新日本古典文学大系 96

江戸歌舞伎集

古井戸秀夫
鳥越文蔵
和田修
校注

岩波書店刊行

目次

解　説

凡例

参会名護屋
傾城阿佐間曾我

一　清新で充実した時期を迎えた元禄期の江戸歌舞伎の作品として、「参会名護屋」「傾城阿佐間曾我」の二点を収録した。ただし元禄期の台本は現存していないので、絵入狂言本によった。

二　底本、参照本として、次の所蔵本を用いた。

参会名護屋　（底本）東京芸術大学附属図書館蔵本　（参照本）ボストン美術館蔵本

傾城阿佐間曾我　（底本）東京芸術大学附属図書館蔵本　（参照本）国立国会図書館蔵本・東京国立博物館蔵本

三　本文は底本を忠実に翻刻することを原則としたが、通読の便をはかって次のような処理を施した。

1場面　底本は第一番目から四番目または五番目までを分かつのみなので、内容から適宜場面分けを行い、仮に名称を与えて（　）内に表示した。

2改行　底本には改行がないが、人物の登退場や演出の区切りごとに改行を設けた。なお、狂言本で独特の用法をもつ「所へ」という語の前では改行するのを原則とした。

3句読点　底本には句読点がないので、適宜読点(、)を補った。狂言本の文体の特色から、句点(。)は用いなかった。

4字体　底本の漢字はすべて通行の表記に改めた。特殊な合字も通行の字体に改めた。

5仮名遣い　底本のままとした。

6清濁　仮名の清濁は通行の読みに従って正した。近世の読みが通行の読みと異なることが明確な場合は底本のままとし、その旨脚注に記した。

7宛て漢字　底本は仮名書きが多いので、適宜漢字を宛て、もとの仮名はふりがなの形で残した。「傾城阿佐間曾我」本文の、第一番目・第二番目……の番立は、底本では第一ばんめ・第弐ばんめ……と仮名書きが混じるが、すべて漢字に改めた。

8振り仮名　底本の漢字に校注者の付した読み仮名は(　)で括って示した。その際は歴史的仮名遣いによった。

9捨て仮名　捨て仮名は底本のままとした。

10反復記号　底本の「ゝ・ゞ・〱」などはそのまま残した。ただし宛て漢字は「々」に統一した。また宛て漢字の次に反復記号が続く場合は仮名に改め、振り仮名に底本の反復記号を残した。

11引用符号　せりふとみられる部分には「　」を付した。

12破損　底本が破損・汚損などで判読不能の場合は、参照本により補った。

13誤刻・脱字　明らかな誤刻の場合は本文を改め、脚注に記した。誤脱とみられる文字は(　)に補った。

14宛字　極端な宛字は通行の表記に改め、脚注に記した。

15大名題小名題・役人付については、右の処理を行わず、底本の表記のままとした。

四　脚注には、語釈を付したほか、各場面をさらに細分化して小見出しを立て、演出や人物の動き、見せ場などについて簡潔に記した。江戸歌舞伎の眼目は役者の演技であり、荒筋を記すことが目的である狂言本では一言ですまされている部分が、実際の舞台では重要な見せ場になることが少なくないので、本文に記された以上の演出を明らかにすることを期したものである。人物の動きや大道具については、推定によるものが多い。

五　登場人物や役者の特色、演出の変遷などを、巻末の付録に、人名解説・用語解説として掲出した。各解説は本文の記載順に配列した。なお「傾城阿佐間曾我」の脚注・解説中でとくに断りのない場合、『曾我物語』は流布本をさし、岩波書店日本古典文学大系本によった。

六　本文作成については、鳥越の指導のもと、当時早稲田大学大学院に在籍していた赤間亮(立命館大学助教授)・岩井眞實(福岡女学院短期大学助教授)・加賀佳子(早稲田大学大学院)・宮田繁幸(文化庁文化財調査官)・和田が合議して取りまとめた。脚注については、「参会名護屋」は鳥越・和田が分担、「傾城阿佐間曾我」は赤間亮・鳥越が分担し、鳥越・和田の合議により、和田が整理にあたった。付録は和田が担当した。

七　注釈にあたっては、諸先覚の業績に負うところが大きいが、その性格上個々に記すことは省かせていただいた。付録においては、最近の研究論文のみふれたところがある。

御摂勧進帳

一　江戸の台本は、作者が役者に呼びかける形式をとる。すなわち、セリフもト書も、すべて役者名で指定される。そのかたちを再現することにつとめた。
ただし、セリフの頭書に役者名を補って、通読の便宜をはかった。
（例）　一《海》　→海老蔵

二　国立国会図書館蔵写本八冊を底本とし、二番目を国立《くにたち》音楽大学蔵本で補った。後者は前者を忠実に写した臨写本である。

三　校訂に際し、二種の写本を参照した。
白藤本（早稲田大学演劇博物館蔵）
大惣本（東京大学文学部国語研究室蔵）

四　本文では、かなづかい・送りがなは底本通りとし、句読点を補い、清濁を正し、ひらがなに適宜漢字を宛て読み易さをはかった。漢字を宛てたかなは振りがなに残し、校注者の付した振りがなは（　）に入れ歴史的かなづかいで示した。

五　脚注には小見出しを付けた。役者の年齢・役柄・芸系、鬘・衣装・小道具など扮装について記した。
なお、演出の注は、初演時を想定したものである。

六　本文の浄書・校正に関し、早稲田大学助手児玉竜一氏、同修士神津武男君の助力を得た。記して感謝します。

＊本文口絵に掲載した五代目市川団十郎の役者絵（八〇頁）はシカゴ美術館の提供によるものである。
Katsukawa Shunsho, Japanese, 1726–1792. The Actor Ichikawa Danjuro V in the play 'Shibaraku', woodcut, 1770, Frederick W. Gookin Memorial Collection, 1939. 734 Photograph by Greg Williams.

＊脚注に掲載した三代目瀬川菊之丞の役者絵（八五頁）はホノルル美術館の提供によるものである。
Gift of James A. Michener, 1959(HAA14, 430)

参《さん》会《かい》名《な》護《ご》屋《や》

鳥越文蔵
和田修
校注

江戸中村座で元禄十年の初狂言(正月または二月)として上演。

元禄期の歌舞伎台帳は現存せず、「絵入狂言本」と呼ばれる挿絵入りの筋書本によって、内容を推察するほかない。歌舞伎の見せ場は役者の演技に重点があり、狂言本の筋書には反映されにくい。「寿のせりふ有」と一言で記されるところが、最も芸の集約されている部分であり、想像力を働かせて面白さを読みとる必要がある。

京都では貞享末年からの狂言本が現存しているが、江戸では本作が最初の刊行と考えられる。内容的にも迫力のこもった傑作であり、元禄江戸歌舞伎の頂点に立つ作品と評価される。

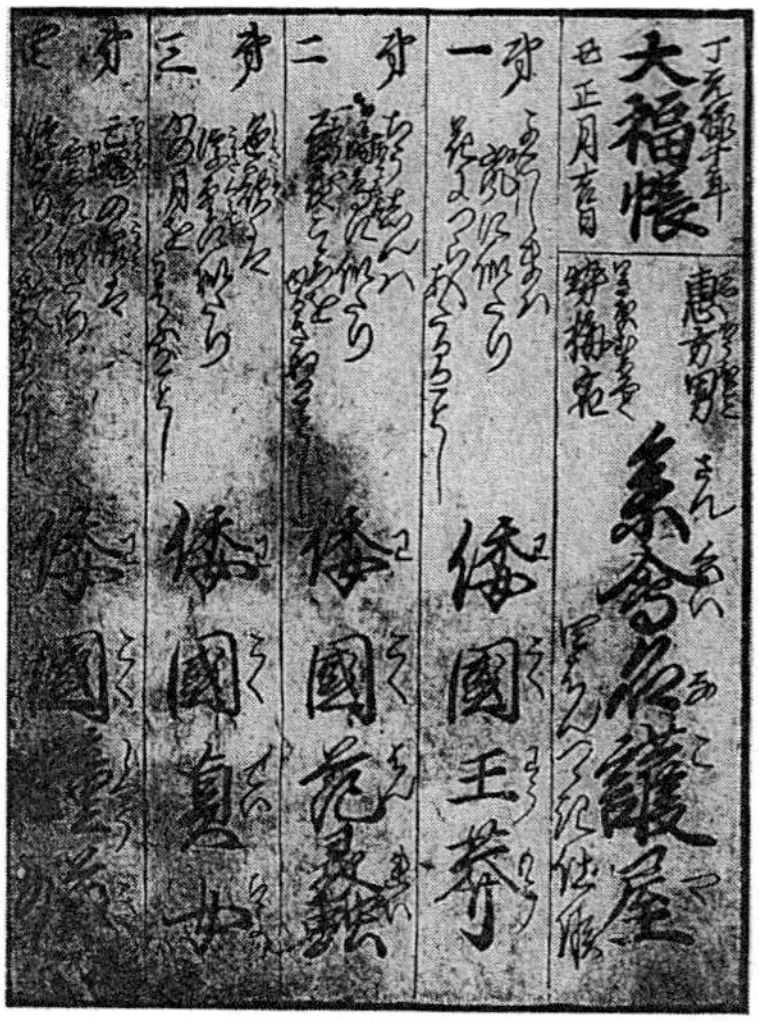

作者としては、市川団十郎と中村明石清三郎の名が巻末に掲げられている(付録・用語59参照)。

本作に登場する名護(古)屋山三は、慶長八年に没した実在の武士だが、かぶき踊の創始者出雲のお国との恋愛伝説なども生んだように、風流な伊達男として知られる。やがて遊女葛城との心中譚が生まれ、古浄瑠璃「なごやさんざ六条がよひ」(山本角太夫正本)・「名古屋山三郎」(土佐少掾正本)以来、恋敵に不破伴左衛門が設定される。浄瑠璃の流行をうけ、歌舞伎でも天和三年頃の「遊女論」で山三・葛城・伴左衛門の三角関係が描かれ、その後も少しずつ趣向を変えて繰り返し上演されてきた。

本作は、これら先行作にもとづきつつ、足利義満の後継者問題という大枠を設定、お家横領をたくらむ太宰之丞と忠臣伴左衛門の対立を前半で描き、伝統的な不破・名古屋の恋争いを中心にすえて、さらに伴左衛門の憤死と悪霊退治の神霊事へと急展開する。従来、山三と葛城の恋を軸に描かれてきたのを、伴左衛門中心に改め、二番目の大福帳のツラネ・熊坂の仕形芸、三番目の鞘当・髪梳・草履打、四番目の神霊事など、団十郎の得意芸を盛り沢山に配し、その後の作品にも大きな影響を与えた。

一 丁元禄十年
大福帳
丑正月吉日

二 恵方男《あほうおとこ》
三 勢梅宿《いきおいむめかやと》

四 参《さん》会《くはい》五 名《な》護《こ》屋《や》

六 四はんつゝき仕候

第一
七 よこしまは
嵐《あらし》に似たり
花につらく
あたるかことし
倭《わ》国《こく》八 王《わう》莽《もう》

第二
九 ちうしんは
時鳥《ほとゝきす》に似たり
昼夜《ちうや》こゝろを
ゆるさぬかことし
倭《わ》国《こく》一〇 范《はん》蠡《れい》

第三
一一 色欲《しきよく》は
浮雲《うきくも》に似たり
心の月を
うはふがことし
倭《わ》国《こく》一二 貞《てい》女《ちよ》

第四
一三 亡魂《ばうこん》の恨《うらみ》は
雪《ゆき》に似たり
つもり〳〵て
きゆるかごとし
倭《わ》国《こく》一四 鍾《しやう》馗《き》

※江戸板狂言本の第一頁は「大名題小名題」と呼ばれ、作品のタイトル(大名題)や一番ごとの構想(小名題)を示す。→用語1。

一 正月の縁起物で、二番目に用いられる大福帳の表紙をデザイン化した。 二 大名題の角書。→用語2。二番目の恵方参りの場面に登場する不破伴左衛門をさす。 三 「梅が宿」は梅の木のある家。北野の社家梅津掃部の庵(二番目第二場)と、そこで梅の精に見立てられる葛城をさす。 四 大名題。→用語3。「参会」は遊廓で遊女や友と席を設けること。廓を舞台とした作品であることを示す。 五 名護屋(名古屋)山三。角書に見立てられた伴左衛門・掃部・葛城とともに、主要登場人物を大名題に詠み込む。 六 四番続。作品を四つのまとまりに分ける。→用語4。 七 一番目の小名題。→用語5。太宰の邪悪を、春の花を吹き散らす嵐に見立てる。 八 →人名1。太宰の悪事を見立てる。 九 伴左衛門の日夜かわらぬ忠臣ぶりを、夏の時鳥に見立てる。時鳥は深夜から暁にかけて一声鳴くとされ、昼夜待ちわびられた。 一〇 →人名2。伴左衛門の忠義を見立てる。 一一 葛城をめぐる山三と伴左衛門の色欲の争いを、心月(心の清いことのたとえ)を隠す雲に見立てる。季は秋。 一二 伴左衛門の横恋慕を拒絶した葛城の貞節をさす。ここだけ中国古典の人名でないのは小名題の趣向として統一を欠く。 一三 伴左衛門の亡魂の積もった恨みが掃部の祈りにより消え去ったことを冬の雪に見立てる。 一四 底本「鐘馗」。中国の厄除けの神(三六頁注一)。恨みがはれて利生の神となり、悪鬼を退治する伴左衛門を見立てる。

一 源のはるわう　袖崎田むら
一 月てるひめ　ふし本門之丞
一 こし元あけまき　岡田小才次
一 同　きぬた　滝井京之介
一 なこや三郎左衛門　田むら小三郎
一 なこや山三郎　村山四郎次
一 小せうむめや　中山初之丞
一 同　せきや　袖崎村之介
一 同　しけや　上むら平七
一 同　ゆきや　みつせかせん
一 あか松入とう　中島勘左衛門
一 につき入とう　田むら平八
一 正親町たさいのせう　山中平九郎
一 きせ川くん平　杉山勘右衛門
一 あら川弥市　山本源左衛門
一 同名こう八　岡田九郎左衛門
一 さくら丸　生島大吉
一 山名左衛門　大くま宇太右衛門
一 同名三木の丞　市河団之丞
一 かつらき　荻野沢之丞
一 かふろうてな　小の川おりゑ
一 けいせいしか崎　袖岡八十郎
一 同　まさつね　藤山花之丞
一 不破伴左衛門　市河団十郎
一 女ほうふしかへ　袖岡政之介
一 いもともなか　袖岡みやこ
一 こしもとおかね　上村万三郎
一 同　おきち　初島きよ三郎
一 同　おせん　中山たつや
一 木薬や兵次　中むら清五郎
一 いもと小なみ　外山くも井
一 御師四郎太夫　西こく兵介
一 けいせいかしはき　桐山政之介
一 かふろたより　玉川千十郎
一 けいせいやへきり　袖岡半之介
一 やりてたま　さこん伊兵へ
一 岩こしかすへ　滝井源右衛門
一 不破伴作　中むらかん三郎
一 小そうり取　中川半三郎
一 おなしく　山下三九郎
一 ねき弥五大夫　村山源次郎
一 むめつかもん　中むら伝九郎

足利館の場　一番目の冒頭に御殿・寺社などの荘厳な場面を設定するのは、古浄瑠璃から踏襲した江戸歌舞伎の通例で、本作でも足利将軍の館の場面から始まる。挿絵によれば、平舞台の正面に襖を立てて屋内であることを示す。上手に一畳台のようなものを置いて太宰が座し、さらに上手または中央などに春王の座を設けたかと思われる。ほかにも山名・仁木・名護屋三郎左衛門など主要な人物が並ぶ。時代は足利義政が没して数年の後か。義政の後継者である春王が幼少だったため、一時的に叔父の正親町太宰之丞が後見役として天下を治めていたが、この春からは春王が正式に跡をとることになり、新春の祝いに加えて、その披露の盃が下されるという設定。

1若手役者の春駒踊　春駒踊の若手役者たちが橋掛りから賑やかに踊り出て、初春狂言の冒頭を飾る。

一 陰が窮まって陽にかえること。転じて冬が去り春が来ること。初春狂言としての祝言の辞。「扨も其後、それ一陽の春なれば」(大和少掾正本「公平末春いくさろん」万治三年三月板)。二 よい時節が到来していることよ。→人名3。三 足利義政。室町幕府八代将軍。四 中世、法規を箇条書きにしたもの。また申し合わせの規約。ここでは、義政の継承者について、幼君春王が成長するまで、太宰が一時的に天下を預かることを、衆議によって決定した後、といった意味で下文にかかるか。五 二番目の設定によると、春王の叔父。山中平九郎の出世芸となり、江戸の実悪の役柄を確立した。→人名4。六 めでたい春の字を用いた架空

恵《ゑ》方《ほう》男《おとこ》
勢《いきおい》梅《むめ》宿《かやと》

参《さん》会《くはい》名《な》護《こ》屋《や》　第壱番目

（第一場　足利館の場）

[1]一、こゝに[一]一陽来復《やうらいふく》[二]時成哉《(ときなるかな)》、[三]義政《よしまさ》公の御[四]式目終《しきもくおは》つて、[五]正親町《あふぎ》太宰之丞《だざいのぜう》、天下をあづかり給ふ、しかれば[六]春王君に当年よりは代《(よ)》をゆづり給ふ、伺候《しこう》の武士《ぶし》には、[七]山名左衛門、[八]名護屋《なごや》三郎左衛門、[九]仁木《(につき)》入道、其外《そのほか》の若 侍《ざぶらい》、烏帽子《ゑぼし》ならべて伺候《しこう》有、例年《れいねん》のごとく　[一〇]春駒踊《はるごまおどり》有《(あり)》

[2]扨《(さて)》、太宰《だざい》「いつもは某《(それがし)》が呑《の》み、春王にさすが、当年《とうねん》は[一一]春王盃をいたゞかん」と有《(ある)》、春王「いや〳〵おまへの[一二]盃《さかづき》をいたゞき申《(まうす)》べし」伺候《しこう》の武士《ぶし》も「此《(この)》義《ぎ》尤《(もつとも)》」と有《(ある)》、太宰《だざい》の盃をいたゞき給ふ、

「扨、皆、是よりは春王が代じやほどに、忠孝《ちうこう》をはげむべし、扨、名護屋《なごや》三郎左衛門は[一三]隠居《いんきよ》をいゝ付《(つけ)》、其方《(そのはう)》悴《せがれ》山三郎《(さんざぶらう)》を[一四]出仕《しゆつし》さすべし」三郎左衛門悦《(よろこび)》けり、「めでたい〳〵」とて　[一五]万歳《ばんぜい》をうたいけり

[3]仁木入道申様《(まうすやう)》、「太宰《だざい》様へ御[一六]目見《めみ》への者がござります、私[一七]面体《めんてい》よく存 候《(ぞんじさうらふ)》[一八]座頭《ざとう》でござりますが、御慰《なぐさみ》に召《(めし)》かゝへられ、[一九]尤《(もつとも)》」と申上る、太宰《だざい》「此儀《ぎ》、よからん」

の人名か。若衆方の役どころ。↓人名5。七 山名宗全をさすか。↓人名6。大熊宇太右衛門はやや老年の立役で、誠実な武士の役などを得意とした。八 名護(古)屋山三郎の父。↓人名7。九 ↓人名8。古浄瑠璃以来、謀反人の役として定着。一〇 巷間で行われた新春の祝福芸の舞台化。後年の江戸歌舞伎では若手の女方や若衆方などが演じるのが常であり、本作でも「其外の若侍」に扮する若衆方などが賑やかに踊ったものと思われる。↓用語6。

2年頭の祝儀　正月を祝って盃が交わされ、万歳を唱える。若者の春王・山三が家を相続するのは、次世代の安泰の象徴であり、ことさら目出度い気分がみなぎるが、一方で太宰の下心も見え隠れする。

一一 春王の盃を。春王のとった盃を太宰が受けることとは、春王を主君と仰ぐことになる。春王は叔父に遠慮して、太宰から先にという。権限を譲りたくない太宰としては思う壺である。一二 相手を敬って用いる代名詞。一三 官を辞し、家督を譲って公的な立場を退くこと。一四 主君の前に出て勤めをする。ここでは跡目相続すること。一五 ↓用語7。古浄瑠璃の初段の形式とも一致する。

3怪しい座頭の物語　太宰に呼び出されて座頭が登場、諸国遍歴の物語をする。

一六 目上の人にお目にかかること。一七 底本「ゐんてい」。顔かたち。一八 剃髪の盲人で、琵琶・三味線や話芸などをよくし、また按摩・鍼などを業とした者。ここでも遊芸をもって召し抱えようとの意。中島勘左衛門が勤める。↓人名9。一九 適当である。

とあれば、座頭《ざとう》出る、「其方いかなることゆへ眼《まなこ》が盲《し》いたぞ」「されば、私、世界《せかい》を[一]悟道《ごどう》いたし、[二]武蔵野《むさしの》ゝ安達《あだち》が原に居住《きよぢう》仕《(つかまつり)》候所に、不思議《ふしぎ》に慢心《まんしん》あらはれしゆへにや、[三]天狗《ぐ》につかまれ、其物語仕候《(つかまつりさうら(へ))》得ば眼《まなこ》盲《し》い、今此国に立かへり候、其かはりに[四]五韻通用《ごいんつうやう》、[五]三明《(さんみやう)》を得、六通《(ろく)つう》をあらはし候、よしなき昔語《むかしがた》り」と云《(いふ)》、太宰《だざい》「扨ゝ、難行《なんぎやう》をしたやつ」とて、[六]検校《けんぎやう》になし給ふ、

[4]座頭《ざとう》申《(まうす)》やう、「いや〳〵もつたいないこと、此屋敷《やしき》は三年《ねん》の内に[七]鹿《しか》の臥処《ふしど》ゝとなり申候、中〳〵[八]仮《かり》の富貴《ふうき》はうけ申まじ」とて、「帰《かへ》らん」といふ、みな〳〵とゞめ、「扨も不思議《ふしぎ》や、何ゆへ屋敷《やしき》はみだるゝぞ」「されば、当《とう》御屋敷《やしき》の南に宝蔵有《ほうざう(あり)》、此辺《ほとり》に用《やう》水あり、情なや此辺《ほとり》、[九]竜宮《りうぐう》の東門《とうもん》に掘《ほ》りあてたり、さるによつて、竜宮《りうぐう》より[一〇]の見込《みこ》み有、此水に近付《(ちかづく)》ものは、あるいは同士《どし》打、不忠《ふちう》の人、[一一]逆心《ぎやくしん》をはさむものは、それゆへ[一二]乱擾《らんじやう》」と云《(いふ)》、太宰《だざい》聞給ひ、「不思議《ふしぎ》や座頭哉《ざとう(かな)》、先《(まづ)》はじめて参《(まゐり)》、宝蔵《ほうざう》、用《やう》水の有《(ある)》をよく知《し》つたこと哉、それはどう祀《まつ》りいたすればよいぞ」「されば、かの用水《やうすい》をかい干《ほ》し、[一三]大般若《(だい)はんにや》を誦《じゆ》し、[一四]行《おこな》いあらば、何ごとも候まじ」「しからば、行《おこな》いさすべし、いよ〳〵重宝成《てうほう(なる)》座頭《ざとう》哉、屋敷《やしき》に足《あし》をとめよ、屋敷《やしき》は大平におさまつた、竜《たつ》の都《みやこ》、[一五]喜見《きけん》城の楽《たの》しみ」とて、みな〳〵奥《おく》に入《(いり)》給ふ、

一 仏教語。真実の知見を開き、仏の道を悟ること。 二 →用語8。 三 →用語9。 四 五十音図の同じ行の音は互いに通用するとする音韻学の古い理論。ここではあらゆる言語を理解するの意。 五 底本「三妙」。仏教語。「三明六通」で特別な修行者の持つ超人的能力。「古人の中にも眼しひて、三明六通山河大地を見たりし人もあるぞかし」(謡曲「弱法師」)。 六 盲人の最上級の官位。

4不吉の予言 お家繁盛の祝儀から一転、その衰微が予言されるが、全ては太宰と座頭の謀計。ただし初春狂言冒頭のこの場は後場への伏線にとどめ、祝言でしめくくって、一同が橋掛りへ退場して終る。

七 鹿の住むような荒れ地。お家が衰え、立派だった館が荒れ果てる様をいう慣用句。「遠からずして此御家鹿の臥処と罷成。草築垣(ついがき)を押し埋み悲しきかなや君なくて。荒れたる宿と成申さん」(義太夫正本「都富士」元禄六年頃板)。 八 当面の栄華。一時的な繁栄。 九 未詳。四天王寺の西門が極楽の東門に当たる(角太夫正本「天王寺彼岸中日」等)という類か。 一〇 「見入れ」に同じ。執念をかけること。 一一 底本「さやくしん」。 一二 乱れ騒ぐこと。騒動。 一三 般若波羅蜜の義を説く諸経典を集成した大般若経六百巻を読誦すること。大規模な法会。 一四 仏事を執行すること。 一五 底本「きけん上」。竜神の住む竜宮と須弥山の頂にある帝釈天の居城。館が繁栄することのたとえ。

足利館宝蔵の場 上手に宝蔵がある。再び館の場面に戻るので、前場の一畳台にかわり蔵を押し出す程度か。

（第二場　足利館宝蔵の場）

[1]扨《（さて）》、[一六]名《な》護《ご》屋《や》山三《さんざ》、[一七]三《み》木《き》之丞《のじよう》は御宝蔵《ほうぞう》の番《ばん》をつとめ、たがいに[一八]知《ち》契《けい》の中なれば、昔《むかし》のことを話《はな》しけり、

[2]所へ、腰《こし》元きぬた、あげまき、お姫《ひめ》様よりの使《つか》い、「おれが行《（ゆく）》」「おれが行」とて[一九]あらそふ、山三みつけ、「何者《なにもの》じや」「お姫《ひめ》様よりの使《つか》いに来《（きた）》り候」と云《（いふ）》、「何、使《つか》いじや」「今日《けふ》は山三様、三木之丞様の番《ばん》じやによつて、内《ない》〳〵頼《たの》みましたごとく、三木の丞に、早《はよ》ふあはしてくだされませいと、御使《つか》いに参《まい》りました」「扨はさらうか」[二〇]挨拶《あいさつ》する時、三木の丞みつけ、呼《よ》ぶ、「早《はや》く御姫《ひめ》様をつれまして参れ」[二一]照《てる》姫いづる、山三を呼《よ》び給ふ、山三「かしこまりました」とて、三木之丞に云《（いふ）》、色《いろ》〳〵いへども[二二]合《が》点《てん》せず、姫《ひめ》「死《し》なん」といゝ給へば、ぜひなく夫婦《ふうふ》の契約《けいやく》有《（あり）》、

[3]所へ、[二三]御師《（おし）》四郎大夫、[二四]札を打《（うち）》に来る、皆ゝ[二五]気《き》の毒《どく》がり給ふ、四郎太夫意《い》地《ぢ》悪《わる》く長話《ばなし》したりけり、[二六]なく〳〵四郎大夫もみつけ、「かね〴〵聞《（きき）》ました」とて、右之通《（とほり）》を云《（いふ）》、「大夫、[二七]通《とお》り者《もの》哉《（かな）》」とて悦《（よろこび）》けり、

[4]所へ、山名左衛門、仁木入道、在番《ざいばん》の替《かは》りけり、みな〳〵慌《あは》て、照姫《てるひめ》を蔵《くら》の内へ入《（いれ）》けり、山名「是よりは我々《われ〳〵》が替《かは》り番《ばん》にて候」とて、山名「是よりが大切《たいせつ》」とて、

1 男色の語らい　風流男の代名詞、名古屋山三と若衆三木之丞が橋掛りから登場、宝蔵の番をしながら馴れ初めなどを語る。

一六 →人名10。戦国時代の実在の人物で、美男子と伝えられる。古浄瑠璃の名古屋山三物以来、不破伴左衛門と恋を争う役として定着。　一七 山名左衛門の弟という設定。市河団之丞は若衆方。→人名11。　一八 きわめて深い交わり。

2 女色の取りもち　橋掛りから色事好きの腰元、あとから月照姫が登場。山三は自分の若衆の三木之丞と姫の恋を取りもつ。

一九 腰元も美男の三木之丞や山三をひと目見たいので、自分が使いに立つと言い争う。　二〇 底本「さいさつ」。「挨拶」は申し入れ、受け答え。　二一 月照姫の略称。藤本門之丞が勤める。→人名12。　二二 主君の許しを得ない恋愛は不義となる。三木之丞は月照姫との身分違いの恋を受け入れない。

3 道外方の邪魔　道外方の西国兵介(→人名13)が守り札を持って橋掛りより登場。「意地悪く長話」するとなっているが、敵役ではないので、山三や三木之丞などをからかいながら、月照姫との逢瀬を邪魔する滑稽なシーンを想定しうる。

二三 →用語10。　二四 祈願の札を打ちつけること。「三十三番の札を打にめぐるは順礼」(仮名草子『尤之双紙』)。　二五 迷惑がる。当惑する。　二六 江戸の道外方は拍子事などを得意とするが、上方では憂いをこめた演技も好まれており、阿呆の役は一面でうら哀しさを伴った。ここでも逢瀬を邪魔する滑稽な演技から、「かね〴〵聞きました」と情を含んだ場面へ転ずる、その切り替えの演

蔵《くら》の鍵《かぎ》をおろす、山三、三木之丞、気《き》の毒《どく》ながら帰《かへ》りけり、

仁木、山名、「さて〳〵一、こなたの弟三木の丞殿《どの》は、若年《じやくねん》なれども侍《さぶらい》」とて、四《よ》方《も》の話《はなし》をしたりけり、

山三郎は、何とぞお姫《ひめ》様を蔵《くら》よりいだし申さん智略《ちりやく》二に、「狼藉者《らうぜきもの》」とて来りけり、「三奥方《おく》へ参候《まゐりさうらふ》」と申けり、入道は奥《おく》方、扨《さて》山名は傍四らに忍《しの》びいたりけり、三木之丞「時分《じぶん》はよし」と、梯子《はしご》をかけ、蔵《くら》の窓《まど》より御姫《ひめ》様をいださんとする、

山名、仁木来り、「見《み》付た、狼藉者《らうぜきもの》は三木の丞」「なぜ狼藉《らうぜき》じや」「蔵《くら》へ梯子《はしご》をさゝんとするは、さだめて宝《たから》をぬすまん智略《ちりやく》と覚へた」山三来り、「いまだ御蔵《みくら》の内の物が、有《ある》やらないやら知《し》れもせぬに、盗《ぬす》人とは何事じや」仁木入道「しからば蔵《くら》の内を詮議《せんぎ》せん」と云《いふ》、山名「もつとも」とて、鍵《かぎ》をあくる、

5山三「いや〳〵入道殿、こなたは蔵《くら》の内へはか五なはぬ、かたじけなくも此内には六天照御神《あまてるおゝんかみ》、其外日本諸神《しよじん》の中七おろしたことなれば、かなふまじ、さいわい御師四郎大夫も参申候《まゐりまうしさうら》へ、一たん内をきよめ、其後詮議《せんぎ》あるべし」と有《ある》、「尤《もつとも》」とて、御師を呼《よ》ぶ、三木の丞こゝろへ、蔵《くら》の前《まへ》なる高楼《こうらう》八の獅子頭《しゝがしら》、番所《ばん(しよ)》九の前《まへ》をはづしけり、仁木は弥一〇市兄弟に松明《たいまつ》をあげさせけり、三木の丞、四郎大夫、天井《てんでう》一一のきよめする　此内獅子《しゝ》一二の舞有《まい(あり)》　すでに蔵《くら》の内へ入《いり》、お姫《ひめ》様を幕《まく》一三の内にかくし、落《お》一四としけり、

技を「なく〳〵」と表現したのだろう。とはいえ「大夫、通り者哉」とすぐにうきうきした雰囲気に包まれ、初春の祝言性が強調される。　三七 人情の機微に通じた者。

4不慮の監禁　橋掛りから仁木・山名が登場し、宝蔵の番を交代する。姫が蔵の中に隠れているとも知らず、忠義の侍の山名は鍵をかける。山三と三木之丞は当惑するが、姫を蔵から出すと不義の疑いを受けるので、心を残していったん橋掛りへ入り、再び登場して姫の救出を試みる。

一 仁木の山名に対するせりふ。敵役の仁木は山名の心を引き見るため、弟の三木之丞をほめたりして、いろいろ話を仕掛ける。　二 狼藉者が奥へ逃げたと偽って、番の二人に追いかけさせ、その間に姫を蔵から救い出そうという計略。「侍」は立派な武士の意。「智略」は善人方のすぐれた計略という意味でしばしば使われる。『大和守日記』に「智略医者」「智略のかけゆ」「智略の酒」「智略の敵討」「智略の馬方」など。　三 奥のほう。　四 底本「片原」。仁木は山三とともに上手の出入口へ狼藉者を探しに行って退場、山名は蔵のそばに隠れるのであろう。その間に三木之丞が出て蔵の窓にはしごを掛ける。

5智略の獅子舞　蔵の清めにかこつけ、獅子舞の胴体の幕に姫を隠して救出する。獅子舞は初期歌舞伎の猿若以来、道外方の持ち役であり、軽やかな拍子事を披露する。また正月の景物としてもこの場の見どころ。

五 入ることはできない。　六 「天照太神 アマテラスヲホンガミ、アマテル―」(『書言字考節用集』)。　七 神を勧請する。神下ろ

「[6]いよ〱宝《たから》は相違《さうい》なし」とて申《(まうし)》けり、三木の丞宝《たから》を持《(もち)》、蔵《くら》内いづる、みれば雲《くも》[一五]掃《はらい》の太刀なし、「いよ〱三木の丞が盗《ぬす》みたるに極《きは》まつた、縄《なは》をかけ、引《(ひく)》べし」とて、御前《ぜん》をさしてあがりけり、

山名、名護屋《なごや》、気《き》の毒《どく》がりけり、名護屋《なごや》申様、「しかし、是は御姫《ひめ》様の、もしものことも有《(ある)》ならばと思召《(おぼしめし)》、自害《じがい》せんと思召、お姫《ひめ》様の手前《てまへ》[一六]にあらん」

所へ、月照《てる》姫出《(いで)》給ひ、「いや〱我《はれ》が方《ほう》にはない、三木の丞、そなたはおれゆへ[一七]に盗《ぬす》人の難《なん》[一八]をお着《き》やる、是迄」とて、用水《やうすい》に身《み》[一九]をなげ給ふ所を、名護屋《なごや》引あぐる、跡[7]より、あやしき男一人、「合点《がつてん》じや」とて駆《か》けいだす、山三、左衛門、とらへ、「己《(おのれ)》は合点《がてん》ゆかず、何様《(なにさま)》紛《まぎ》れ者《もの》か、様子《やうす》を語《かた》れ」と申けり、「私は此度、用水《やうすい》をかい干《ほ》す日雇《ひやう》の者《もの》にて候が、様子あつて是に居《い》申候」とて、逃《に》げんとするをとらへ、「まつすぐに言《い》へ、褒美《ほうび》をとらせん」とあれば、「私は仁木入道にたのまれ、此用《やう》水《すい》かい干《ほ》し、是より御蔵《みくら》へ通《かよ》[二〇]ひ道を掘《ほ》り申候へて、雲掃《くもはらい》の太刀を盗《ぬす》み取《(とり)》候、此太刀《たち》さへ取申候へば、天下は相違《さうい》なくうばい取《(とる)》と候、まだござります、又、あの座頭《ざとう》も拵《こしら》へ物、あれは赤《あか》[二一]松が末流《ばつりう》でござり、偽《に》せ盲《めくら》にて候、是も太宰《だざい》様、拵《こしら》へ事《ごと》にて御座《ざ》候」と申《(まうす)》、「しから(ば)究竟《くつきやう》[二二]、こうせん[二三]」とて、耳《み》さゝやきして、御前《ぜん》にあがる、

し。↓用語11。穢れた一般人は蔵の中に入れないとする口実。**八** 高く造った建物。宝蔵の前に別に高殿があり、その上に獅子頭が祀られているか。または「劫臈」(年を重ねる)で、古びた獅子頭の意か。**九** 仁木らのいる番所の前を避けて舞ったとの意か。**一〇** 貴人に仕えるお伽衆のような役割か。弥市役の山本源左衛門は『やくしゃ雷』(元禄七年)によれば立役。弟こう八役の岡田九郎左衛門は未詳。**一一** ↓用語12。獅子舞による悪魔払い。御師の仕事の一。**一二** シの舞には、一人立ちのものと、一人が獅子頭を持って先頭に立ち、もう一人ないし数人が胴体の幕の中に入る形式がある。本作では三木之丞と四郎大夫による二人立ちの獅子であろう。所作事の得意な西国兵介が獅子頭をかぶり、若衆方市川団之丞が胴体の方へまわったか。土地によっては後ろに立つ者が幕の中に入らず、尻尾を持つようにつき従う場合があり、ここでも若衆の顔を見せるためと姫を隠すため、団之丞は幕の中へ入らなかったかもしれない。

一三 獅子舞の胴体の幕。

一四 落ちのびさせる。

6 太刀の紛失 蔵の中から足利家の種々の宝をうやうやしく捧げもって三木之丞が出てくる。獅子を舞い納めた後に改めて蔵の中に入ったか、あるいは姫だけが獅子の幕の中に隠れて落ちのび、三木之丞は蔵の中に残っていたか。理屈から行けば前者だが、段取りとしては後者の可能性もあろう。その宝の中に雲掃の太刀のみがなかった。お家騒動狂言では宝物が重要な役割を果たす。封建制下において世襲される家の象徴とも

（第三場　足利館の場）

[1]春王《はるわう》、太宰《だざい》、「三木の丞、雲掃《くもはらい》を盗《ぬす》み取つたに極《きは》まつたな」入道「なるほど盗《ぬす》み取候、拷問《ごうもん》して御問《と》はせ候へ」と申ける、三木の丞「侍《さぶらい》が拷問《ごうもん》にあへばとて、

みられ、その宝を取り出すために清めの神楽(獅子舞も神楽の一種)が必要なのであり、神楽によって宝に魂が籠められる。

一五 →用語13。 一六 手もと。 一七 一人称代名詞。男女ともに使う。 一八 非難をうける。濡れ衣をかぶる。 一九 元禄期にはしばしば井戸などを通して人の出入りがあり、橋掛りの付け際あたりに裏へ抜ける切り穴が常設されていた可能性もある。

7抜け道の陰謀 姫が用水(井戸)から助け上げられると、合図と勘違いした忍びの者が続いて飛び出し、太宰一味の陰謀を白状する。この男を捕えて一同橋掛りへ入る。 二〇 用水から宝蔵への地下の抜け道。 二一 →人名14。 二二 きわめて都合のよいこと。 二三 「かくせん」の音便。「それなら良い方法がある、こうしよう」と内緒話をする場面。

足利館の場 第一場と同じ場面で、善人方・悪人方の対決が展開する。

1善人方の窮地 春王・太宰以下、一同が再び着座。太刀紛失の濡れ衣をかけられた三木之丞の詮議が始まる。はじめ善人方は旗色が悪い。

挿絵第一図

「たさいのせう　山中平九郎」
「につき入道　杉山勘右衛門」
「山名左右衛門　大熊宇太衛門」
「あか松入とう　中島勘左衛門」
「山名三木の丞　市河団之丞」
「なこや山三郎　村山四郎次」

座頭に化けた赤松入道に山名左衛門と名古

申《(まうす)》べしか」山三「げにとはそうじや、是は検校殿《けんぎやうどの》、是に候、御判《はん》じ候へ」と申ける、太宰《だざい》「げにとはそうじや、疾《と》く〳〵」と申ける、盲《めくら》申様《(まうすやう)》、「勘《かんが》へませう」一、山名殿、山三殿《どの》でも申ますぞ、どなたでも同類《どうるい》じやと勘《かんが》へますぞ」、山名を同類《どうるい》じやと云《(いふ)》、「山三殿《どの》、こなたも内縁《ないゑん》二があるによつて、三木の丞が同類《どうるい》じや」と云《(いふ)》、

屋山三が刀を差し付けて、偽盲目を顕す場面。山三は立髪と呼ばれる色男の鬘、山名は生締めの鬘の捌き役。三木之丞は若衆の拵えで、宝を盗んだ疑いで縛られている。上手の一畳台の上に太宰が座る。鬘を結っていないのは、後年の王子鬘に通ずる。浄瑠璃では、加賀掾正本「平安城都遷」、近松門左衛門作「天智天皇」絵入本(および江戸の説経正本)、歌舞伎では「金岡筆」(元禄三年京都万太夫座)に、悪王子が髪を取り上げない形で描かれている。本作の太宰は王子ではないが、すでに元禄劇の中で定着していた悪王子・公家悪のイメージが付与されていることが、この挿絵からも窺われる。太宰の側には仁木入道をはじめ、敵役の侍が居並ぶ。仁木入道は、ここでは杉山勘右衛門となっているが、役人付では田村平八。※江戸板絵入狂言本の挿絵は、絵入浄瑠璃本にならい、界線や雲形などで区切って見開き一面(二頁)に四場面程度を描くことが多いが、本作をはじめ元禄十、十一年の中村座の狂言本は、見開き全面にわたった力強い作柄がみられる。

一 易(ゑき)によって吉凶を判断する。占う。「晴明はつと思ひ…是はいか様帝王位を去り給ふとの天変也。と。かんがへ」(播磨掾正本「花山院きさき諍」延宝元年板)。「爰に安倍の清明は天文術をかんがへ。日本の博士と成」(「しのだづま後日」元禄十二年九月大坂嵐座)。 二 身内としての縁故。ここでは衆道の仲。

山三[2]、山名、「いや〳〵それでは知《し》れまい、目《め》[一]をあいて言《い》へ」と有《(ある)》、盲《めくら》「十九の歳《とし》につぶれた目《め》が開《ひら》くものか」「ぜひ開《ひら》かぬか」とて、刀《かたな》を抜《ぬ》きかければ、開《ひら》く、「さあ、仁木悪心《あくしん》じや」と云《(いふ)》、「証拠《せうこ》は」と云《(いふ)》、最前《さいぜん》の井戸《いど》掘《ほり》を出す、右の通《(とほり)》を云《(いふ)》、「仁木悪《あく》心に極《きは》まつた、大小をわたせ」とて、[二]大小を取《(とり)》、「縄《なは》をかゝれ」と云《(いふ)》、太《だ》宰見《ざいみ》たまい、「大小を取《(とる)》は、縄《なは》をかけたも同事《(をなじこと)》、赤《あか》松盲《めくら》も殺《ころ》しては太刀の在処《ありか》しれぬ、まづ己《おのれ》ら命を取はずなれども、云《(いふ)》ても大将の慈悲《ちひ》じや、[三]国中《とくちう》をはらへ」とて、追《お》い払《はら》はるゝ、

春王[3]「扨《(さて)》、山名、其方大切《せつ》な番《ばん》をつとめ、雲掃《くもはらい》を失《うしの》ふ段《だん》、まづ出仕《しゆつし》は無益《むやく》、扨、山三郎ことは、武士《ぶし》の道は忘れ、昼夜《ちうや》色町《(いろまち)》[四]とやらんへ通《かよ》ふよし、かさねて出仕《しゆつし》は無《む》用《やう》」扨、山三「委細《いさい》かしこまりましてござります、[五]とても[六]の訴訟《そせう》がござります、是成《(これなる)》三木の丞と月照《てる》様には、夫婦《ふうふ》の契約《けいやく》まします、御許《ゆる》しくだされませい」と云《(いふ)》、太宰《だざい》「成ほど夫婦《ふうふ》にする」、月照《てる》よろこび給ふ、

扨、山三は、一先《(ひとまづ)》屋《や》敷《しき》を立のきけり、

いよ〳〵[七]館《やかた》長久万歳楽《ばんぜいらく》とて、悦《(よろこび)》給ふぞめでたけれ、

2陰謀の露顕　形勢不利とみえた善人方が、切札の証拠によって逆に悪人方のお家横領の計略を暴露。観客は溜飲を下げる。しかし太宰は巧みに言い回し、味方をかばう。一偽盲目の趣向。→用語14。二大小の太刀。大小を召し上げられると、武士の身分を失う。三領国内から追放する。所払い。

3名古屋山三の謹慎　山三にも色好みの落度があって、謹慎を命ぜられる。ふつう一番目で敵役の悪心があらわれ、お家騒動に及んで、善人方が立ち退くといった展開になることが多いが、本作では太宰がまったくの悪人としては描かれず、ここで春王に取って代わろうとすることなく、月照姫と三木之丞の結婚を許す。おおらかで健康的なムードに包まれており、江戸の初春狂言の本旨が祝言にあることがよくわかる。四遊廓。山三の廓通いは、本作ではこれまでに触れられていないが、古浄瑠璃の名古屋山三物に描かれて以来、観客には周知の事柄として扱われている。五「とてものことに」の略。いっそのこと。どうせ出仕を止められるなら、もうひとつ無理なお願いが致したいとの意。六嘆願。七山三にとってめでたい決着ではないが、この場はひとまず祝言の言葉でしめくくられる。

北野神社の場

二番目の中心は、今日歌舞伎十八番の一つとして知られる「暫《(しばらく)》」。敵役が悪事を行おうとするところへ、善人方の主人公が「しばらく」と声をかけて登場し、敵役をやりこめる。宝暦以降の顔見世狂言では、この場面が暫の場として一番目三建目に置かれるのが慣例となり、神社・寺を舞台とすることが多い。

第弐番目

（第一場　北野神社の場）

一、[1]春《はる》うららかにして、伴左衛門[八]女方《にょうぼう》藤ヶ枝《ふじがへ》、妹もなか、其外《そのほか》腰元《こし》かね、お吉《きち》、おせん、みな〳〵打《うち》つれ、北野[九]こそ当年の恵方《ゑほう》[一〇]とて　ぬめり歌[一一]有《あり》　程なく北野に付《つき》にけり、藤ヶ枝《ふじがへ》、妹、当年《とうねん》の恵方《ゑほう》とて、袖をつらね、参詣《さんけい》おびたゞしさ、みな〳〵絵馬《ゑま》[一二]などを眺《なが》め給いける、

所[2]へ、十七八の女方《にょうぼう》[一三]来り、文《ふみ》[一四]箱を内陣《ぢん》[一五]へ投《な》げこみ、鉦《かね》の緒[一六]に捨身《しやしん》[一七]とみへける、

藤ヶ枝《ふじがへ》、腰元《こし》、みな〳〵とゞめけり、

所[3]に、宮主[一八]梅津掃部《むめづのかもん》[一九]大進《だいしん》[二〇]は、社人《しやにん》[二一]引具《ひきぐ》し来り、「みれば、いづれもの連《つ》れとみへて候が、何もの死《し》をば遂《と》げらるゝぞ」　藤ヶ枝《ふじがへ》「私が連《つ》れにてはなく候、参り合《あはせ》候故、かくはとゞめ候」　掃部《かもん》「もはや身《み》が目《め》にかゝってからは、詮議《せんぎ》をせねばならぬ、子細《しさい》はいかに」と申《まうし》けり、社人《しやにん》「是に文箱《ふばこ》がござります」　開《ひら》きみれば金子《きんす》五十両有《あり》、掃部《かもん》、通《とお》り物にて、「是は色事《ごと》にて候はん、さればこなたの縁組《ゑんぐみ》の印《しるし》に参候《まゐりさうらふ》が、下男《したを》[二二]の有《ある》ゆへに、それを気《き》の毒《どく》に思ひ、しよせん此金《かね》を奉納《ほうのふ》し、

暫の場の前に「暫前」などと呼ばれる端場がつき、同じ社寺の一角で美男美女の濡事や宝物の取合いなどがある。本作でも、毒薬の人相書をめぐる短い一場面があり、次に暫の場が設定されている。舞台は参詣人で賑わう春の北野天神の拝殿前。多くの絵馬が奉納されている。挿絵には鳥居も描かれ、梅が舞台を飾っただろう。

1女方の恵方参り 伴左衛門女房藤ヶ枝と腰元たちが、にぎやかな歌にあわせて橋掛りより登場する。一番目の新年の盃から二番目の恵方参りと、正月の行事が続く。

八 不破伴左衛門。本作では未登場。 九 →用語15。 一〇 その年の縁起の良い方角。歳徳神の宿る方角で、年ごとに干支によって定まる。年の始めには恵方にあたる寺社に参詣して福徳を祈った。 一一 女方の登場などに用いられる音楽。→用語16。 一二 神仏に祈願し、また結願の報謝のため、寺社に奉納する馬の絵をかいた額。読みは「えんま」が古い（『日葡辞書』『書言字考節用集』）。

2自殺未遂の女 橋掛りから出た生薬屋の女房が、拝殿の鉦の緒で首をくくろうとする。のどかな正月気分が一変する。

一三 中世以降、一般に女性をさす。女房。 一四 書状をいれる箱。 一五 神社の本殿の奥にあり、神体を安置するところ。 一六 底本「尾」。「鉦の緒」は鰐口から下げた綱。参拝人がこれをとって打ち鳴らす。 一七 もと仏教語で身命を投げ出して布施することから、自殺の意。「殺生禁断の地に来り捨身とは思ひもよらず」（義太夫正本「弱法師」）。

3梅津掃部の詮議 橋掛りから神職姿の掃部が供を連れてゆったりと登場し事情を聞

最期《さいご》とみへて候」かの女「私は左様のことではござりませぬ」「どうでも様子を聞《き》かねばならぬ」

[4]「然《しから》ば、話《はな》しませう、私が兄様、木薬《きぐすり》[一]を商売《せうばい》なされますが、去方《さるかた》へ此金《かね》にて毒《どく》を売《う》り候故、あまりそらおそろしく思ひ、かやう〳〵」と申けり、「さてはそうか、其兄こそよこしま物よ、我ゝが見付申《みつけまうす》ゆへは、相違《さうい》はない」女申様、「今《いま》にも兄《あに》様のござりますれば、わるうござります」と云所《いふ》へ、兄来り、妹に金の詮議《せんぎ》する、「其金は是に有《あり》」とて渡す、金を請取《うけとり》、帰《かへ》らんとする時に、掃部《かもん》、兄をとめ、「詮《せん》議《ぎ》が有《ある》、いま静謐《せいひつ》[二]なる代《よ》に、なぜ毒《どく》を売《う》つた」とて、詮議《せんぎ》をする、兄「毒《どく》は、売《う》[三]る作法《さほう》があつて売《う》つた」とて、買《か》いに来《きた》る人形《ひとがた》[四]を出す、みれば伴左衛門が人形《ひとがた》也、

藤ヶ《ふじが》枝《へ》肝《きも》つぶし、「何を包《つゝ》み申べし、私は伴左衛門が女方《にようばう》也、恵《ゑ》方参《まゐり》に来り候が、かやう成《なる》ことは、伴左衛門はいたさぬ物にて候が、心得がたく候、私は是より此人形《ひとがた》を持《もち》、伴左衛門に対面《たいめん》し、右之通を詮議《せんぎ》すべし、この木薬屋《や》は、掃部《かもん》様に預《あづけ》申候」掃部《かもん》「しからば心得《へ》ぬことが有《ある》、伴左衛門が、春王様、是へ参詣《さんけい》の折から、御酌《しやく》[五]に立《たつ》也、其折から、それがしも詮議《せんぎ》申べし、それ迄はさらば」とて、皆ゝ肝《きも》を消《け》しにけり、

[5]こゝに太宰之丞《だざいのぜう》は、侍《さぶらい》共を引具《ぐ》し、是も北野参《まゐり》也、「侍《さぶらい》共、是よりはちと徒《か》[六]

く。掃部役の中村伝九郎(→人名15)にはユーモラスな味わいがあり、まじめに詮議しているかと思うと、色事に脱線してしまう。一八 →用語17。一九 古浄瑠璃の名古屋山三物に北野の社人として登場し、歌舞伎にも受け継がれた。→人名16。二〇 大膳職・京職・中宮職・春宮坊などの役人。二一 下級の神官の総称。二二 前の夫。「後夫(うわお)」の対。

4毒薬の売買 法律で禁止されている毒薬売買の疑惑が意外にも伴左衛門に向けられ、一同不審を抱きつつ橋掛りへ退場。ここまで、後段の伏線を張るのみで見せ場はない。

一 生薬。調剤せず、薬材のままの薬。「木薬」の表記も多くみられる。二 世の中が平和に治まっているさま。太平。三 →用語18。「作法」はしきたりの意。四 人相書。

五 酒席で相手の盃に酒を注ぐこと。

5太宰の参詣 人物がすべて入れ替わって、場面の区切りをつける。太宰が橋掛りから登場し、馬を下りて舞台を一巡、「北野の社に取付た」とのせりふになるのであろう。→用語19。

六 歩いて行くこと。七 到着する。

6しばらく 太宰が絵馬を懸け替えようと我儘をはたらくのを、橋掛りの幕の中から伴左衛門が声をかけて制する。すぐには登場しないのが「暫」の趣向の特徴で、観客の期待を盛り上げる。→用語20。

八 古浄瑠璃「かけ正いかづちもんだう」で用いられる太刀の名。→用語21。九 正月に商人が商売繁盛を願って恵方にあたる帳屋で買い求めた。→用語22。一〇 →用語23。

一一 商人。大福帳は商家になくてはならぬ

歩《ち》をひろふべい、北野《のゝ》の社に取付《とりつい》た[七]」
「[6]今日の奉納《ほうのふ》に、此[八]いかづちと云《いふ》名剣《めいけん》を懸《か》くべし、見《み》れば[九]大福帳《ふくてう》と有《ある》[一〇]絵馬《ゑま》が有《ある》、
是は誰《たれ》が上《あげ》た」主計《かずへ》申様、「是は春王君の奉納《ほうのふ》」と云《いふ》、太宰《だざい》「扨は伴左衛門がはか
らいであるべし、面倒《めんどう》な、[一一]売買《ばい〱》人のやうな、見苦《みぐる》しい、引剝《ひっぱが》さん」と飛《と》びかゝり、
降《お》ろさんとするに、「[一二]しばらく〱」ととゞ[一三]むる、
太宰《だざい》「止《と》めるは誰《たれ》じや」軍《ぐん》平申様、「あれは伴左衛門でござります」「絵馬《ゑま》を懸《か》
け替《か》ゆるに、なぜ止《と》める、呼《よ》び出せ、子細《しさい》を問《と》はん」と有《ある》、
[7][一四]伴左衛門、[一五]大紋《だいもん》をた[一六]べ付《つけ》出る、「まことに、[一七]一花《け》開《ひら》けてより、猶《なほ》御恵《めぐ》みの四方《よも》の
春《はる》」[一八]寿《ことぶき》のせりふ有《あり》、
太宰《だざい》「めでたい、しかし、身《み》が絵馬《ゑま》を懸《か》け替《か》へんとするに止《と》める、身《み》が絵馬《ゑま》は、
かたじけなくも[一九]禁裏《きんり》にて、雷《いかづち》を従《したが》へた剣《つるぎ》じや、春王が奉納《ほうのふ》には是がよい、[二〇]大福《ふく》帳は
上られまい、又大福《ふく》帳に威光《いかう》でも有《ある》か」
[8]伴左衛門「おろか也、そも大福《ふく》帳の威光《いかう》、先《まづ》、大《だい》、万物の頭《かしら》おゝつて外《ほか》なきを大《だい》
とよませ、一をかき、人を加《くは》へて、[二一]天地《ち》乾坤《けんこん》、ぞう[二二]ひやう、是大《だい》とす、又、福《ふく》とは、
さいはいとよませ、偏《へん》には示《しめす》とかき、旁《つくり》には[二三]一口の田とかけり、上《かみ》の恵《めぐ》みを下へ示《しめ》
すの断《ことはり》、是大福《ふく》にあらずや」「扨又《さて》、帳《てう》とは」「知《し》らずはことを問《と》い給へ、帳《てう》は是、

が、太宰には不要。一二「しばらく〱」の語義は「少しの間」であるが、相手の言動を制する意を含む。「暫。あたりに人もや候ふらん。某が名をば仰せられまじいにて候」(謡曲「大仏供養」)。一三 底本「みむる」ともみえる。

7 伴左衛門寿のせりふ いよいよこの座のスター、市川団十郎の登場。橋掛りで初春を祝する長せりふを述べる。正月には万歳が家々を門付けするが、その根本は祝言を述べるところにある。烏帽子に素襖という出立ちも伴左衛門と共通しており、戯曲の設定をこえた祝言職の心意伝承があろう。

一四 名古屋山三と葛城を張り合う敵役として、古浄瑠璃の名古屋山三物に登場する。→人名17。歌舞伎では「遊女論」(天和三年頃)以降、名古屋山三の相手役として不破伴左衛門が登場し、たびたび初代市河(川)団十郎が勤めている。→人名18。一五 →用語24。一六 矯(た)め付ける。曲がったりしわのよったりしている衣服を、きちんと正しくする。正しくよそおう。「烏帽子ためつけ召され」(幸若「烏帽子折」)。「すはうたべ付」(元禄十一年六月中村座「竜女三十二相」)。一七「一花(いっけ)開くれば天下皆春」は成句。「け」の読みは呉音。「抑一華開者天下皆春」(「往生講式」元禄十一年)。謡曲「難波」の「一花開くれば天下皆春なれや」で流布。「扨もそのゝち、いつけ開けてよもの春」(和泉太夫正本か「四天王紫野合戦」)。一八 登場した人物が述べる祝言の長せりふ。団十郎の新工夫が込められる。→用語25。一九 宮中。皇居。二〇 底本「大ふく長」。

8 大福帳の割りくだき 大福帳の文字を分

長久《てう》のてう、偏《へん》に巾《きん》とかいて、旁《つくり》[一]には長《てう》、是おさとよます、天地《ち》[二]人の三才《さい》、法報《ほつぽう》[三]応《(おう)》の三身《(さんじん)》、武家《ぶけ》には弓矢《や》の柱《はしら》、仏法僧《ぶつぽうそう》の三宝《(さんぼう)》[四]にあらずや、民家《みんか》には大福《ふく》帳、かゝる尊《たつと》き絵馬《ゑんま》に上《うへ》こす絵馬《ゑま》は、[五]おりやうあるまいと思ふ」

[9]太宰《だざい》「尤じや、尾《お》[六]に尾《お》を付《(つけ)》ていへば、なんでも天地《ち》の内に威光《いこふ》のない物はない、

解して、その意味をめでたく説いてみせる。祝言の一種で、団十郎の得意芸。→用語26。
二 天と地。天下。「天地」「乾坤」は同義。
三 未詳。『元禄歌舞伎傑作集』では「宗廟」をあてる。国家の意か。「然れば日本の惣べうは、伊勢八幡春日、三社を以て惣べうとす」(「面向不背玉」元禄十年京都早雲座)。
三 現行のせりふにこの部分なく、読み不明。『歌舞妓年代記』所収正徳四年十一月中村座「万民大福帳」の「大福帳のせりふ」には「いちくちのた」の振りがある。

一 底本「作り」。 二 宇宙の万物。「天地人の三才にも君をもつて主とし」(謡曲「氷室」)。
三 底本「ほつほう王の三神」。「三身 サンジン〈法。報。応〉」(『書言字考節用集』)。仏の三つの身体。 四 底本「三方」。悟りを開いた人(仏)、その教え(法)、その教えを奉ずる教団(僧)。 五 あるはずがない。「おりやり」(在る、居る)の訛か。
9 へこまぬ太宰 江戸中期以降の「暫」では、敵役が言い負かされ、暫は善人側の「太刀下《たちした》」を助けて悠然と立ち去る。本作では伴左衛門の弁舌に太宰は納得しない。太宰がなお自分の剣の絵馬をあげようと主張することで、絵馬を見立てての熊坂の仕形という次の局面に移ってゆく。
六 物事を大げさに言う。尾に鰭をつける。

挿絵第二図(右)
「たさいせう　平九郎」
「不破伴左衛門　市河団十郎」
「熊坂」の仕形を演ずる太宰と伴左衛門。太宰は広袖の衣裳に丸ぐけの帯。荒事らしい

身《み》が剣《つるぎ》に上こすはあるまい、夫《(それ)》を上《(あげ)》い」　軍《ぐん》平上《あげ》んとする、
不破《ふは》「お待《ま》ちやれ〳〵、忝《(かたじけなく)》も春王君の代参《だいさん》なれば、身《み》は主君よ、扨又《(さて)》、大福《ふく》帳は誰《た》がはづした」　弥市「太宰《だざい》様がはづしやりました」「誰《た》がはずした」　其時《とき》、
太宰《だざい》「[七]おれがはづした」　伴左衛門「おれは粗相《そそう》な」「おれがはずした、侍共懸《か》け

足の描写に注意。伴左衛門は大紋の袖をはね上げたところ。本文にいうごとく月代を剃り、侍烏帽子をかぶる。

挿絵第三図(左)

「ふしかへ　袖岡政之助」

「梅津かもん　伝九郎」

「伴左衛門　団十郎」

「源の春王　袖崎田村」

若衆の拵えの春王を馬の背にいただき、行列踊をする掃部と伴左衛門。掃部が毛槍、伴左衛門が台傘を持つ。藤ヶ枝が馬の口を取るのは女馬士のやつし芸。

七　このあたり誰のせりふか明確でない。『元禄歌舞伎傑作集』は、「俺がはづした」から「侍共掛けい」までを太宰のせりふとし、その中にある「伴左衛門」は呼びかけととる。とすると、太宰が従順すぎて両者の対立が明確にならない。ここでは、「おれがはづした」といった太宰に対して、伴左衛門が「おれは粗相な」と、太宰の自称の「おれ」をそのまま反復して詰問し、太宰も繰り返し「おれがはずした」と受けることで悠然迫らぬさまをみせるととる。ただし形勢不利と見て「侍共懸けい」と命ずるあたり、現行の「暫」のウケほど強力な公家悪のイメージはない。あるいは「なれば粗相な」の誤りか。

い」不破《ふは》「いや、はずした物が懸《か》けたがよい」とて、なんなく伴左衛門にしかられ、太宰《だざい》絵馬《ゑま》を懸《か》ける、「伴左衛門、とて物《(もの)》ことに、[一]いがみはせぬか、見《み》てくれやれ」 太宰《だざい》懸《か》ける、

[10]太宰《だざい》「あつぱれ伴左衛門、侍じや、定《さだ》めて其方、身《み》[二]が頼《たの》むと云《(いふ)》たらば、引《(ひく)》まいな」 逆心《ぎやくしん》の根《ね》[三]心を云《(いふ)》、伴左衛門「盗《ぬす》人め」と云、太宰《だざい》「誰《た》がことじや」「あの絵馬《ゑま》[四]の熊坂《くまさか》さ、あれ盗《ぬす》人でござります」「成程《ほど》、あの絵馬《ゑま》は、やうかいた、見《み》れば宵《よい》より遊君据《ゆふくんす》へ、かの牛《うし》若のこわつぱを、狙《ねら》いけるこそおそろしや、伴左衛門は牛《うし》若、太宰《だざい》は熊坂《くまさか》、あの熊坂《くまさか》は運尽《うんつ》きたらんが、身《み》は運《うん》は尽《つ》きぬ」 是より[五]熊坂謡《くまさかうたい》にて仕形有《(しかたあり)》

なんなく、[六]思いもよらぬうしろより、太宰《だざい》を討《う》たんとする、みな／＼止《と》める、[七]「伴左衛門は牛若《うしわか》、太宰《だざい》は熊《くま》坂、みんな盗《ぬす》人」とて、笑《(わらひ)》に成《(なる)》、

[11]所へ、春王、梅津《むめづ》、参詣《さんけい》有《(あり)》、春《はる》王[八]色《いろ》を見《み》給い、「伴左衛門、おぢ様の機嫌《きげん》を損《そこ》のふたか」とて叱《しか》らるゝ、「[九]いや／＼」 太宰《だざい》「身《み》が伴左衛門に粗相《そさう》を云《(いふ)》た」 伴左衛門「私めが慮外《りよぐはい》を申上ました」

「[一〇]毎年の如《ごと》く銚子《てうし》」とて上《(あげ)》る、伴左衛門酌《しやく》に立《(たつ)》、掃部《かもん》色を見《み》て、「伴左衛門酌《しやく》に立《(たつ)》か」「いかにも立《た》つ」 掃部《かもん》「其酒は毒《どく》じや」と云《(いふ)》、

所(へ)、藤ヶ枝《ふじがへ》来《(きた)》り、伴左衛門に打《(うつ)》てかゝる、伴左衛門「何ゆへ身《み》をば討《う》たん

一 絵馬がゆがんでいないか。「いがむ」は「ゆがむ」の転。太宰は自分の逆心に伴左衛門が同意するかどうか、心を引き見る。

10 熊坂の仕形 太宰は足利家横領の企みを語り、伴左衛門を味方に引き入れようとする。伴左衛門は絵馬に描かれた熊坂の例えを引いて、太宰に諫言する(→用語27)。伴左衛門が牛若、太宰が熊坂となり、謡曲「熊坂」を舞台上に再現する「仕形」の演出。

二 男と見込んで頼まれたら、後へ引かないのが侍の意地。 三 心の奥底。本心。 四 底本「くまさが」。熊坂長範。→人名19。 五 役者の演技の地(伴奏)として謡曲を用いる。→用語28。 六 底本「といもよらぬ」。 七 太宰の油断をついて討ち果たそうとした伴左衛門が皆に止められ、牛若に見立てられた自分も盗人で、結局は盗人同士だと落ちをつけたと解釈して、この一文を伴左衛門のせりふとみる。善悪の対立を避け、笑いに解消することで、初春の芝居の祝言性を強く打ち出す。なお牛若が盗人だというのは、鬼一法眼のもとから三略の巻物を盗み出したこと(『義経記』、室町物語『みなづる』、加賀掾正本「遊屋物語」など)や、五条の橋で辻斬りをしたことなどをさすか。

11 毒薬の詮議 気分が改まって橋掛りから春王・掃部が登場し、いったん和解が成立するが、再び毒薬の詮議で緊迫する。生薬屋の人相書もすべて太宰の計略と判明する。 八 状況を判断する。太宰と伴左衛門の間の険悪な空気を感じとる。 九 誰のせりふか判然としない。伴左衛門の春王への返答としては横柄なので、太宰のせりふか。

一〇 現行の「暫」でもウケの公家悪に盃を奉

とする」「君に毒《どく》をもる、毒《どく》を買《か》つた証拠《せうこ》が有《(ある)》」とて、かの人形《(ひとがた)》を出す、「なるほど、伴左衛門が紋所、[一一]三升《みます》也、しかし頭《あたま》が違《ちご》ふた、頭《あたま》は[一二]総髪《そうごふ》じや」とて争《あらそ》ふ、太宰《だざい》「いや〳〵それは[一三]証跡《せうぜき》にならぬ、とかく伴左衛門、酒を呑《の》め」と有《(ある)》、伴左衛門、呑《(のみ)》、死《し》する、

太宰《だざい》、掃部《かもん》に向《むか》い、「最前《さいぜん》よりの巧《たく》みは、みんな身《み》が巧《たく》んだ、一味《み》せよ」とある、主計《かずへ》いろ〳〵[一四]諫言《かんげん》云《(いふ)》、

[12]掃部《かもん》、御幣《ごへい》を持《(もち)》、伴左衛門を蘇生《そせい》と祈《いの》る、忽《(たちまち)》不破《ふは》よみがへる、皆ゝ悦《(よろこび)》、皆ゝ打《(うち)》散《ち》らしける、

[13]扨《(さて)》、藤ヶ枝《ふじがへ》、春王の御馬引出す、春王頓《(やが)》て馬上也、伴左衛門、掃部《かもん》、「我ゝ、[一五]奴《やっこ》にも侍にもならん」[一六]台傘《がさ》、[一七]立傘《たてがさ》、[一八]行列《れつ》、館《やかた》へ帰《かへ》り給いける、

（第二場　梅津掃部庵の場）

[1]こゝに、掃部《かもん》が[一九]若衆《わかしゅ》桜《さくら》丸、掃部《かもん》が庵《いほり》に来りけり、「ものもふ」と云《(いふ)》、[二〇]禰《ね》宜《ぎ》弥五大夫肝《きも》つぶし、「扨《(さて)》も〳〵、すさまじいものもふ」とて見《み》れば、桜《さくら》丸也、「掃部殿《かもんどの》は何してぞ」「[二一]頃日《(けいじつ)》は、[二二]浮世つれ〴〵に心を寄《よ》せてござります」「少《(ちと)》見舞《みま》いませう」

掃部《かもん》「我、[二三]好色庵《こうしよくあん》に取《(とり)》籠《こも》り、[二四]好《こふ》色分ヶの一道《(いちだう)》を綴《つゞ》る、尤《(もつとも)》[二五]吉田の法師《ほうし》が「[二六]下戸《げこ》な

る場面がある。一一→用語29。一二→用語30。挿絵第二図によるとこの場の伴左衛門は月代を剃っており、総髪の人形とは相違している。一三 証拠となる痕跡。「証迹　シヨウゼキ」（『書言字考節用集』）。一四 いよいよ逆心を顕した太宰に対して、立役の岩越主計（滝井源右衛門）が諫言する。源右衛門は評判記には現れないが、京都で団十郎と同座し、団十郎を頼って元禄九年三月に江戸へ下った役者なので、団十郎との縁の深さからここで諫言の役を与えられたか。

12伴左衛門の蘇生　掃部による蘇生の祈り（→用語31）。伝九郎の得意とする拍子にかかった所作事であろう。

13やつしの行列踊　敵役は橋掛りへ退場。めでたく足利館へ帰還のため、春王を馬上にいただき、伴左衛門と掃部が奴と侍の両方を兼ねて供をする。団十郎・伝九郎とも奴芸が得意であり、その見せ場を設けた。一五→用語32。一六 底本「大かさ」。傘袋に納めた妻折傘。「参内傘」の略とも。一七 長柄の大傘。野天の日除けに用いる。「台傘」の対で、しばしば行列踊の詞章にみられる。「台傘は持助、立傘はでく助」『松の葉』「七つ道具踊」）。一八 行列踊。→用語33。賑やかなフィナーレとしてこの場をしめくくる。元禄十一年三月中村座「関東小禄」でも一番目末に行列踊がある。

梅津掃部庵の場　梅津掃部の好色庵。平舞台全体が庵となり、奥の一段高い所に掃部が座る。橋掛りが屋外で、付け際に梅の立木を飾ったか。大名題角書にいう「梅が宿」。梅の精に見立てた葛城の登場と廓話が眼目。のどかな春の風景。

らぬこそ」と云《(いは)》れた、其様には書《かゝ》かれぬによつて、「上戸成《(なる)》こそ男はよけれ」と書《か》こう」

[2]是より上[一]るり、此内葛城《かづらき》[二]出る　梅に腰掛《こしか》けいたる、人音《(ひとおと)》がするとて見《み》れば女也、弥五大夫、「[三]天人じや」といふ、桜《さくら》丸は「梅の精《せい》じや」と云《(いふ)》、掃部《かもん》見《み》て、「あれは葛城《かづらき》也」

1浮世つれづれ　掃部の若衆桜丸が橋掛りから出て庵を訪れる。上手奥の口から掃部が登場、「浮世つれづれ」について語る。一九 男色関係にある少年。ここで桜丸役を勤めた生島大吉は、『役者大鑑』(元禄十年二月)に若衆方「中」の位として載るが、十年十一月顔見世から女方に役替えし、軽業を得意として活躍した。二〇 神社に奉仕した神職で、神主の下に位置した。村山源次郎は初め立役だったが、南北孫太郎と改名して道外方に転じた(『役者口三味線』元禄十二年三月)。本作でも挿絵に描かれた容貌は道外方風。二一 このごろ。日ごろ。「頃日便りもないゆへに」(紀海音「傾城三度笠」)。二二 土佐少掾正本「名古屋山三郎」で梅津掃部が編んだとされる書。→用語34。二三 →用語35。二四 男女の色恋の奥義をきわめた書をなす。「分」は「訳」とも。「心ごゝろのわけの道」(近松作「曾根崎心中」)。二五 吉田兼好。近世の文芸にしばしば登場する。二六 →用語34。

2葛城の出端　本作のヒロイン葛城がしっとりとした浄瑠璃にあわせて橋掛りより登場し、梅の木の根もとに立つのを、天人か梅の精かと見立てる。桜丸と弥五大夫、葛城の問答は、現行「娘道成寺」「鳴神」の道行から所化の問答などが参考になる。一浄瑠璃。橋掛りから葛城が登場する出端の音楽。→用語36。二 古浄瑠璃の名古屋山三物で山三の相方として登場する遊女の名。→人名20。荻野沢之丞は当時江戸一番の人気の女方。→人名21。本作ではこの場に至ってようやく主要な役者がすべて登場。

行《ゆ》かんとする、桜丸《さくら》塞《せ》[四]いてやらず、桜丸《さくら》「どつから来《き》た」 葛城《かづらき》「分《(わけ)》[五]の里《さと》から来《き》た、咄《(はなす)》ことが有《(ある)》」 桜丸《さくら》「聞てやらふ」とて、弥五大夫ともに聞《き》く、「[3]おれは、まづかはゆい男が有《(ある)》、其男は名護屋《なごや》山三、頃日《(けいじつ)》[六]はすきと来《こ》ぬとなと思《おも》や、文《ふみ》を尽《つ》くせども、[七]つんと来《こ》ぬ、其又幇間《たいこ》[八]男があるによつて、それに逢《あ》おふと思

三 梅の木に腰を掛けた葛城を、天人の影向か、梅の精かと見立てた。→用語37。

挿絵第四図
「さくら丸　生島大吉」

「梅津かもん　中村伝九郎」

「ねき弥五太夫　村山源次郎」

「かつらき　荻の沢之丞」

梅津掃部の好色庵。掃部が文机に向かって「浮世つれ〴〵」を執筆している。神職なので総髪。若衆の桜丸が上手に控える。梅の立木に葛城が腰掛けている。帽子付きの鬘に前帯。白張を着た禰宜の弥五大夫が様子を見ている。

四 男女の仲を裂くこと。ここでは掃部が葛城のそばへ行こうとするのを、若衆の桜丸が嫉妬して通さないようにする。葛城は山三のことを掃部に尋ねに来ただけなのだが、桜丸は掃部の馴染みの遊女かと誤解している。 五 色事の機微に通じたところ。遊廓。

3 葛城の廓話 葛城は舞台の中央に来て、桜丸と弥五大夫を相手に廓話を始める。女方のしゃべりの芸は見せ場の一つ。狂言本の記述は簡略だが、色めいた所作をともなった口舌のせりふであろう。

六 (下に打ち消しの語を伴って)全否定を示す。全然。まったく廓を訪れない。一番目で足利家の勘当をうけた山三は、謹慎して廓へ足を向けなかったことがわかる。 七 (下に打ち消しの語を伴って)とんと。さっぱり。 八 遊客に従ってその機嫌をとり、酒興を助ける者。ここでは掃部をさす。

て、わざ〳〵来《き》たれ共、此男、物をいはぬ、そこで憎《にく》い男じや、いつそつね[一]〳〵せうか」と云《いふ》、

色ゝ話《はな》せ共、掃部《かもん》も、物いゝたく思《おも》へ共、桜《さくら》丸がいればいわれず、葛城《かづらき》も「行《ゆ》[二]かん」と云《いふ》、掃部《かもん》拝《おが》む、「そんなら物をいへ」と云《いふ》、掃部《かもん》ぜひなく、「どうした分《ぶん》で是へは参られた」「されば、頃日は山三殿が見《み》へませぬ、せめてこな様に逢《あ》いませうと思ひ、参候《まゐり》」「然《しから》ば近ゝに連《つ》れ立《た》ゝたん」と悦《よろこび》ける、

[4]所へ、赤松、仁木、山名、追《お》つかけ来る、何ものぞと見《み》れば、山名《な》左衛門也、「此二人が、雲掃《くもはらい》の太刀《たち》を持参した」とて、奪《うば》い取《とり》、二人を生取《いけどり》、「思案有《しあんあり》」とて、[三]長持の中へ入《いれ》、「是からは、めでたき木遣《きやり》[四]で囃《はや》してやらん」とて、みな〳〵木遣《きやり》にて、[五]城中さして急《いそぎ》けり、

一 つねること。遊女が客に腹を立てた素振りを見せて甘えるときのしぐさ。 二 掃部が物を言わないので、葛城は帰ろうとする。掃部は桜丸の誤解をおそれていることを手真似で示し、帰らないようにと拝む。

4 長持引の木遣り 葛城の廓話、桜丸の嫉妬など、おかしみを含んだ色めいた場面が終わると、雲掃の太刀紛失の咎で足利家から勘当されていた山名左衛門が、太刀を盗んだ仁木入道と偽盲目の赤松入道を追いかけてくる。しかしお家騒動の筋は重要ではなく、すぐに敵を生捕って、華やかな長持引の木遣りでフィナーレを飾る。

三 衣服などを入れる木箱。長持などに人を隠す趣向は、『太平記』をはじめ、和泉太夫正本「うぢのひめきり」(明暦四年正月板)などしばしばみられる。 四 →用語38。 五 底本「誠中」。 六 →用語39。

島原の場

京都、島原の遊廓(→用語40)。二番目からさほど日を隔てぬ、雪の降る春の夕暮れ。現行「助六」や「吉田屋」のような、廓の格子先(店の外)の背景か。一番目でお家を勘当された山三が、下駄売となって訪れるやつしの演技が見せ場。

1 雪降りの道中 主要な役者の出の前に、若手の女方が橋掛りから遊女の道中の様をみせて舞台に居並ぶ。現行「助六」に同じ。さらに若衆方の不破伴作の出端、遊女柏木の道中と、橋掛りからの登場が続く。

七 前出の「分ケの一道」「分の里」の「分」で、色事と縁のあるの意。 八 女郎。傾城。 九 遊女の行列の様を歌舞伎に取り入れ、女方の芸の見所とした。→用語41。 一〇 まっさかり。「サイチュウに同じ」(『日葡辞書』)。

参会名護屋[六]　かけ合なのり

第三番目下

（第一場　島原の場）

[1]一、こゝに分《わけ》[七]あり、島原《しまばら》の廓《くるは》の雪の白《しら》ふ降《ふ》り、上郎《(じやうらう)》[八]の道中《(だうちゆう)》[九]も最中《もなか》[一〇]とみへ、しが[一一]さき、まさつね、みな〳〵色《いろ》[一二]を飾《かざ》りけり、

こゝに、不破《ふわ》[一三]の伴作《ばんさく》は、供《とも》二人打《(うち)》つれ　出端有《ではあり》[一四]　名乗有《なのり(あり)》[一五]　木薬屋《や》[一六]兵次郎は、伴作下[一七]人と也《(なり)》、悪心《あくしん》はひるがへし、伴左衛門に宮仕《みやづかい》[一八]のよし云《(いふ)》、所へ、柏木《かしはぎ》[一九]と云《(いふ)》名《めい》上郎《らう》、これも雪降《ゆきふり》[二〇]道中の、禿《かぶろ》[二一]たよりをともなひけり、伴作《ばんさく》みて、「あの上郎は、雪降《ゆきふり》に傘《かさ》もさゝいで、さて〳〵狂言《きやうげん》[二二]と見立《みた》てたり」　なみ[二三]右衛門《ゑもん》も、しめの丞《ぜう》も、いろ〳〵悪口《わる》を云《(いふ)》、柏木《かしはぎ》はら立《(たて)》、口舌《くぜつ》[二四]いろ〳〵申《(まうし)》けり、所[2]へ、下駄売《げたうり》一人来り、あつかい[二五]けり、伴作《ばんさく》「何者《なにもの》じやとみれば、下駄売《げたうり》、己《(おのれ)》が知《し》つたことではない、そちへのけ」といふ、下駄売《げたうり》「私も、一つ買《がい(を)》[二六]おもいたした物でござる、ひらに仲《なか(を)》お直《なを》りくだされませい」と云《(いふ)》、伴作《ばんさく》「あまり[二七]其方《(そのはう)》は、分《わけ》[二八]のよいものじや、然《(しから)》ば仲《なか》を直《なお》りくれん」とて仲直《なかなを》る、「しからば、今日《けふ》は幇間《たいこ》に下駄売《げたうり》をつれん」[二九]とていふ、下駄売《げたうり》「さやうならば、商《あきない》[三〇]の値《あたへ》をくだされませい」とある、伴《ばん》

一一 遊女の名。→人名22。 一二 盛装する。 一三 不破伴左衛門の弟。→人名23。 一四 舞台へ登場するときの特別な演技。六方《ろっぽう》などの歩く芸を見せ、名乗りせりふを伴うことが多い。 一五 →用語42。 一六 生薬屋兵次郎は、二番目で伴左衛門に毒薬を売ったと偽って捕らえられ、梅津掃部が身柄を預かっていた。 一七 奉公人。下僕。 一八 奉公。 一九 →人名24。 二〇 雪の中の遊女の道中。 二一 遊廓で遊女に使われる少女。「たより」はその名。六、七歳から十三、四歳ぐらいまで。→用語43。 二二 晴天でさえ遊女の道中には傘をさしかけるのに、雪降りに傘をさしていないのは、わざと人目を引こうとしているのだと非難したか。 二三 役人替名になし。通りすがりの遊客か。 二四 主として男女間の言い合い。伴作と柏木の口舌か。

2下駄売のやつし 橋掛りから下駄売が登場し、口舌の仲裁をする。名古屋山三という名のある侍が、色事ゆえ主家を勘当されるが、なじみの遊女を忘れかね、下駄売の姿で廓へ来る。こうした演技をやつし事といい、元禄歌舞伎の代表的趣向の一つ。

二五 仲裁する。 二六 ある遊女を一回だけ買うこと。少しは遊んだこともあると卑下して言う。「おれは傾城の一つ買もした物じや。今こそいやしい身なれ以前は所知をも取た」(元禄八年二の替京都早雲座「けいせい阿波のなると」)。 二七 副詞。度をすぎて。あんまり。「分のよい」にかかる。 二八 物わかりがよい。 二九 →用語44。 三〇 伴作の幇間を勤める代わりに、下駄売としての一日分の収入を補償してくれという。

作《さく》「なるほど、支《つか》一へることはない」下駄売《げたうり》「おもしろい、小夜《さよ》の衣《ころも》に香《か》はとゞまりて、とても浅茅《あさじ》の里《さと》ちかく」柏木《かしはぎ》「此歌《うた》は、さる人のこしらへた歌じやが、よふ知《し》つてゆる、とも〴〵うたはん」とていふ、「幸《さいは》い三味線《しやみせん》も持《も》ち合《(あはせ)》た」とて、投《なげ》二節《ぶし》うたいけり、

3所へ、葛城《かづらき》は禿《かぶろ》うてなをつれ、三共歌《ともうた》をうたいけり、下駄売《げたうり》、四竹の子笠《がさ》をきて、葛城《かづらき》をのぞく、「あゝ扨《(さて)》、金《かね》がほしい」と云《(いふ)》、葛城《かづらき》「此雪に、三味《しやみ》の聞《きこ》ゆるはゆかしいぞ」といふ、伴作《ばんさく》「それがし也《(なり)》」五「さては伴《ばん》様が《(か)》、柏木《かしはぎ》様が《(か)》」「これへ葛城《かづらき》様借《か》六り申さん」といへば、「こゝろへた」といゝしなに、足駄《あしだ》の鼻緒《はなを》をきる、下駄売《げたうり》、はやくも履《は》かせけり、葛城《かづらき》「山三殿《どの》七、うれしい」と云《(いふ)》、伴作《ばんさく》「山三とか、これは八いやしもしい所九作言いじや、しかし晩《ばん》に礼《れい》一〇をいはん」といふて、揚屋《あげや》一一へゆき、名護屋《なごや》はあとに残《のこ》り、「無念《むねん》な、足駄売《あしだうり》となつてあれば、己《(おのれ)》までがみこなす一二、身《み》も名護屋《なごや》山三と云《(いふ)》侍《さぶらい》じや、そちを見《み》よふ計《(ばかり)》に此体《てい》になつた」

一三伴作《ばん》みて、「こなたは山三殿が《どの(か)》」 山三いろ〳〵隠《かく》す、「私は伴作《ばんさく》でござる、伴《ばん》左衛門が言《い》ひ付《(つけ)》により、迎《むか》いに参候《(まゐり)》」と云《(いふ)》、「扨は左《さ》様か、しからば御意次第《しだい》」とて、屋敷《やしき》をさして急《いそ》ぎけり、

一 差し支える。不自由する。 二 →用語45。

3山三・葛城の再会 投節の歌につれて橋掛りより葛城の登場。下駄売姿の山三を、それと見知って喜ぶ。このあたり狂言本の文章が不備で、人物関係がわかりにくい。

三 未詳。歌いつれることか。 四 底本「竹の小がさ」。筍笠。竹の皮をさき、編んで作ったかぶり笠。 五 登場した葛城が橋掛りから舞台の伴作・柏木に呼びかける言葉なので、「伴様か、柏木様か」とあるべきところ。 六 他人の揚げている遊女を一時自分の座敷へ呼ぶ。ここでは伴作が葛城と話がしたいという意味。 七 葛城は笠を被った下駄売が、しばらく逢う瀬のなかった自分の恋人、山三であるとすぐに悟る。 八 「賤しむ」の転に形容詞語尾「しい」がついた形。 九 言動。山三が下駄売にやつして葛城と逢おうとしていることを非難する言葉。 一〇 柏木との喧嘩を仲裁してくれたことの礼か。 一一 遊廓で、客が遊女屋から太夫、天神、格子など高級な遊女を呼んで遊興する店。 一二 みくびる。葛城と二人だけで舞台に残った山三が、しばらく逢いに来なかった理由を語り、二人の口舌になったか。 一三 伴作は下駄売が山三であることを承知して揚屋へ行ったはず。ここで「こなたは山三殿か」と初めて気づいたように言い、山三も面目なさそうにするのは不審。先程は人目を憚ってわざと冷淡に扱ったか。改めて登場して、山三を迎えに来たと真意を告げるのだろう。山三と伴作が橋掛りに引込むと、見送った葛城も店の中に入る。

（第二場　島原鞘当の場）

[1]扨又《(さて)》、不破《ふわ》の伴《ばん》左衛門、女方《(にようばう)》藤ヶ枝《ふじがへ》を若衆[一四]の形《(なり)》にして、下人打《(うち)》つれ、寛濶《くはんくはつ》[一五]成《(なる)》風情《ふぜい》にて、是も廓に来りけり　出端《では》あり　「なに、女方共、いや、女方ではない、丁《でっ》[一六]稚《ち》、[一七]こいよ〱」　[一八]いろ〱しこなし有《(あり)》　揚屋《あげや》をさして急《いそ》ぎけり、

[2]所へ、名護屋《なごや》山三は、三木の丞を下人として、是も葛城《かづらき》わすれず、又もや通《かよ》[一九]い廓《くるわ》なる島原《しまばら》に付《(つき)》にけり　是も出端有《では(あり)》　「なに丁稚《でっち》、こいよ〱」　三木の丞《ぜう》「いや、おれ[二〇]は丁稚《でっち》ではない」「なんじや」「おれはこなたの若衆さ」「それでも丁稚《でっち》じやによつて、丁稚《でっち》」「いや〱、もはや丁稚《でっち》ではない」とて、草履《ざうり》編笠《あみがさ》[二一]すてにけり、名護屋《なごや》「大事《だいじ》[二二]ない、是からは意地《いぢ》じやによつて、おれが草履《ざうり》も持《(もつ)》」とて、草履《ざうり》取て急《いそ》ぎけり、三木の丞みて、「旦那《だんな》が草履《ざうり》を取《(とる)》ものか」「是が上下[二三]のさきがけじや、おがむ、三木の丞、丁稚《でっち》になつてくれよ」「そんならば、なつてやらふ、それほど葛城《かづらき》がかはゆいか」「誓文《せいもん》[二四]、若衆のまへで云《(いふ)》はいかゞじやが、かはゆい」とて、揚屋《あげや》に行《(ゆく)》、

[3]所へ、伴《ばん》左衛門来り、名護屋《なごや》にあたる、名護屋《なごや》、知《し》らぬ顔《かほ》にてとおり、伴左衛門、きかぬ男にて、「侍《さぶらい》に鞘当《さやあて》をして、ゆるさぬ」といふ、所へ、土手《どて》の上より、梅津《むめづ》「預《あづか》[二五]つた、ひらに〱」と云《(いふ)》　[二六]此内上るり　三人顔《かほ》を見《み》

島原鞘当の場　舞台装置は前場と変わる必要もないが、時間的には隔たりがある。伴作に伴われて帰った山三は、伴左衛門の口添えで足利家へ帰参。しばらくして山三が再び廓へ赴く。今度は風流な出立ち。伴左衛門も伊達な装束で廓へ現れ、刀の鞘をぶつけたことから喧嘩となる。歌舞伎十八番の内「鞘当」(→用語46)の源流。

1伴左衛門の丹前芸　この時代まで立役の芸の根本に廓通いの買い手を演ずる丹前の芸があり、団十郎も荒丹前を得意とする。作中での忠義の侍という設定と折合いをつけるため、山三へ異見に来たという名目をたて、寛濶な芸の見せ場が展開される。

一四 元服前の男子。ここでは若衆の草履取。→注一六。女役に若衆の姿をさせるのは元禄期に好まれた趣向の一つ。二重の性の倒錯がある。→用語47。一五 気質、服装などのはでなこと。廓通いの伊達な風俗をさしていうことが多い。一六 商人・職人の家に奉公し、雑役などに使われる少年。本来草履取に連れるのは奴などの下人だが、美少年を下僕のかわりに連れるのを伊達とした。少年の場合とくに小草履取という。一七 廓通いの武士が奴を呼ぶときの常套句。これに対して奴は「ナイ」「ネイ」などと答える。「ないと答へて振出す」(近松作「薩摩歌」)。一八 奴が実は女房であることをちょっと窺わせるやりとりなどがあったか。二人はいったん店の中に入る。

2山三の丹前芸、三木之丞との口舌　つづいて山三と三木之丞の出端の芸。三木之丞は山三と朋輩であり知契の仲なので小草履取などする身分ではないが、伴左衛門が女

合して、「一是はく」と計也《(ばかりなり)》、

4伴左衛門「いや是、掃部《かもん》、こなたの、春王様《はるわう》より扶持頂戴《ふちてうだい》し、神職《しよく》をつとめ(る)身《み》が、二鬢《びん》をうすく剃《す》り、これはどうじや、ことに名護屋《なごや》、お手前《てまい》は一度、君に三勘気《かんき》をうけ、それ故身《み》が四申《(まうし)》なをし、帰参《きさん》めされた、所に、悪所通《あくしよがよい》はなにごとじや、異見《いけん》

房を伴っていることとの対照、三木之丞に若衆奴の芸の見せ場を与えることなどの理由から、山三の奴として登場する。

元「通い来る」と「廓」の掛け詞。 言 山三は三木之丞を通例の小草履取の扱いで「丁稚」と呼んだ。三木之丞は下人扱いされることに反発する。 三 遊里で顔を隠すために編笠を被る。 三 構わない。山三はやむなく自分で草履を持つと言う。草履取を連れずに廓通いをするのは武士の面目に欠ける。 亖 身分の上下を示す始まりといった意か。 云 誓って。男色関係にある少年の前で、遊女を愛しているというのも憚られるが、本当に葛城がかわいい。

3鞘当 再び店の内から登場した伴左衛門が山三とすれ違いざまに刀の鞘を当てる。山三は事を荒立てずに行き過ぎようとするが、伴左衛門は血の気が多く、山三をとらえて喧嘩をはじめる。両人とも笠を被っているので朋友同士と気づかない。

亖 もめ事、争い事の間に入って処置を一任されること。鞘当の趣向では、仲裁役が出て、その場をおさめる。 云 浄瑠璃を伴奏とする。梅津掃部の仲裁だけでなく、鞘当の局面全体が浄瑠璃を地としたのであろう。現行の「鞘当」でも、不破・名古屋の出端に唄浄瑠璃を用いる。

一 古浄瑠璃などで、思いがけず対面したときに発する決まり文句。

4伴左衛門の異見 伴左衛門と藤ヶ枝の親身の異見に山三も葛城と別れる決心をする。

二 月代を広く剃り下げ、鬢を糸のように細く残す髪型。糸鬢(→用語48)。 三 主君の

にきた」名護屋《なごや》、掃部《かもん》五みをみ合《あはせ》、「異見《いけん》六に伴《ばん》左衛門が形《なり》をみよ、寛濶《くはんくはつ》な」伴《ばん》左衛門「是をみよ」とて、草履《ぞうり》取をいだす、掃部《かもん》「よい小草履《こぞうり》七取じや、うつくしい」と云《いふ》、伴左衛門「粗相《そさう》をいふな、身《み》が女方《にようばう》じや」掃部《かもん》「扨《さて》もひさしや」女方「伴左衛門殿《どの》が悪性《あくしよ》八でない証拠《しやうこ》、殊には異見《いけん》を言《い》ゝませうために、女の髪《かみ》をきり、かや

怒りにふれること。山三が廓通いのため出仕を止められたこと。四 とりなして言上する。

挿絵第五図

「さくら丸　大吉」
「みきの丞　団之丞」
「なこや山三　四郎次」
「むめつかもん　伝九郎」
「不破伴左衛門　団十郎」
「ふしかへ　政之介」

鞘当の場面。編笠をかぶった山三と伴左衛門の間に掃部が立って仲裁する。山三と掃部は羽織に着流し、伴左衛門は雲と百足を描いた羽織に袴をはき、股立ちをとる。いずれも寛濶な廓通いの風俗。伴左衛門の衣裳は、「稲妻のはじまり見たり不破の関」という荷翠の句により、延宝八年の「遊女論」以来、雲に稲妻の模様であったとする伝承がある(山東京伝『浮世絵類考』など)が、石塚豊芥子『歌舞妓十八番考』で疑われている。

五「かをみ合」「めをみ合」などの誤刻か。六「異見にきた」の意。異見を言いに来たと言う伴左衛門の姿が、派手な廓遊びの衣裳なので、真意を疑う。七 武士が草履取の名目で抱えた美少年。→二五頁注一六。八 底本「あくしよ」。「う」の脱。酒色にふけること。伴左衛門は女遊びに来たのではない証拠に、自分の女房藤ヶ枝を若衆に仕立てて草履取に連れてきた。

うに参ました」「さやうなれば、かたじけない、思ひ切《きり》申べし」 伴《ばん》左衛門「かたじけない、しからば屋敷《やしき》へかへり申さん、かさねて来ることはならぬぞ」 山三「[一]かさねて来《く》ることはならぬ」 掃部《かもん》「なに山三、葛城《かづらき》に暇乞《いとまごい》をせぬか、かさねて来ることはならぬ」「いかにも暇乞《いとまごい》がしたい、[二]けれどもかなはぬ」

[5]伴左衛門みて、「それほど葛城《かづらき》がかはゆいか、しからば、身《み》が[三]中人《なかうど》となり、葛城《かづらき》を[四]請《うけ》出してやろふが、なんと、山三郎が妻《さい》にもなりそふなものか」 掃部《かもん》「器量骨《きりやうこつ》柄《がら》、どうもいわれぬ」「そんなら請《うけ》出し申べし、[五]重《おも》い金も持参《ちさん》いた(し)た」 伴左衛門「とてものことに、葛城《かづらき》が[六]心入《こころいれ》を引てみたい」 掃部《かもん》「げにとはそうじや、[七]心が引てみたい、掃部《かもん》もいゝかねては有が、伴《ばん》左衛門、引てたもるまいか」 伴《ばん》左衛門「それはなるまひ」 掃部《かもん》「[八]とてもからは」とたのむ、「しからば」とて打つれ、「まづ、伴左衛門一人参べし、皆《みな》は[九]中の町《ちやう》に待たまへ」とて、勇《いさ》みながらも急《いそ》ぎけり、

（第三場　揚屋草履打の場）

[1]揚屋《あげや》には、藤ヶ枝《ふじがへ》は次《つぎ》にひかへけり、

所へ、葛城《かづらき》「いやらしい男《おとこ》じやは、さても〳〵、[一〇]地話《じばなし》もならぬは」 藤ヶ枝《ふじがへ》「傾《けい》

一 底本「がさねて」。 二 葛城をあきらめられない山三は、再び顔を合わせて未練が生じることをおそれ、暇乞いを遠慮する。

5 伴左衛門の仲人 山三の強い決意をみた伴左衛門は、葛城を身請けして夫婦にすることにする。そのために葛城の心底を確認することになり、伴左衛門は橋掛りへ、一同は店の中へ入る。

三 なかにたって橋渡しをする人。仲人。 四 身代金と負債を抱え主に払って遊女を自由の身にする。身請けをする。 五 身請けのためにわざわざ重い現金を持参した意か。 六 心を打ち込んでいる度合い。本当に山三に惚れているかどうか。 七 相手の心をためす。掃部は葛城と顔見知りで、自分からは言い出しかねる。 八 身請けまでする以上、相手の心底を確認しておきたい。 九 島原は柳町上・中・下の三町、揚屋町、太夫町、中堂寺町の六町から成っていた。

揚屋草履打の場　舞台は廓の屋外から揚屋の座敷の場面に変わる。橋掛りを次の間とし、上手に鏡台がある。

1 伴左衛門偽りの恋慕 若衆にやつした藤ヶ枝が次の間に座っていると、橋掛りから葛城が出て、せりふを言う。葛城を追って伴左衛門も登場、無体な恋をしかける。

一〇 まじめな話。「太鼓はもてど地ばなしがならぬ〳〵」(西鶴『男色大鑑』)。偽って葛城の客となった伴左衛門が、葛城の心中を試すため、無性に情事を急ごうとするのを、事情を知らぬ葛城が非難している。「地放し」と解し、「じばなしがならぬ」の形で、手におえない意、特に愚かであることのたとえとする説もあるが、ここでは当たらな

城《せい》は[一一]力《ちから》持《(もち)》をするかして、地《ち》ばなしがならぬといふ」葛城《かづらき》「われは誰《たれ》じや」「おれ
は草履《ざうり》取じや」「これも、[一二]いかい風《(ふう)》そうな」とて、いろ〳〵悪《わる》口をいふ、
　所へ、伴左衛門「此上郎《らう》、[一三]肝心《かんじん》のことが埒《らち》があかぬ」藤ケ枝《ふじがへ》「埒《らち》があかぬとは
[一四]床《とこ》入か、[一五]それはいらぬ物」伴左衛門「上郎《らう》、ひらに埒《らち》をあけい」「いや、おれには
男《おとこ》がある」「名護屋《なごや》山三が《(か)》」「されども、それはやう知《し》つたはいの」「男《おとこ》もちながら、
勤《つと》めはなぜする」「それが勤《つと》めじや」「いや、[一六]盗人《ぬすと》傾城《けいせい》」とて、伴《ばん》左衛門が[一七]髪《かみ》をとく、
　藤ケ枝《ふじがへ》、伴左衛門、「いよ〳〵[一八]心中《(しんぢゆう)》は知《し》れた、これ葛城《かづらき》、おれが娘《むすめ》にする、身《み》
は伴左衛門とて、山三と[一九]相役《あいやく》じや、そなたの心を引計《(ひくばかり)》にきた」葛城《かづらき》よろこび、「そ
れは実《じつ》か、うれしや」とてよろこぶ、「山三を呼《よ》びにやらん」とて、藤ケ枝《ふじがへ》を呼《よ》び
にやる、
　[2]葛城《かづらき》よろこび、伴《ばん》左衛門「それほど山三がかはゆいか」と云《(いふ)》、葛城《かづらき》 なじみのよしを
咄《(はなす)》
　[3]「是は又、そうと知《し》らいで、髪《かみ》までほどきました」「そうか、大事《だいじ》ない」「いや、
申ても、[二〇]親分《おやぶん》のこな様の髪《かみ》を、[二一]もつたいない、結《ゆ》ふてしんぜませう」とて、櫛鏡《くしかゞみ》い
だし、[二二]髪《かみ》結ふ、
　伴左衛門、鏡《かゞみ》の内より葛城《かづらき》を見《み》て、[二三]うつかりとなる、葛城《かづらき》「是は」といふ 此内

いようである。 一二 未詳。藤ヶ枝は「地話」を「地放し」(地面から放すこと)と聞き取り、物を持ち上げることを連想したか。 一三 たいそう気取った様子だ。 一三 情事。 一四 男女が共寝すること。 一五 伴左衛門は葛城の心中を知ればよいので、実際に床入する必要はない。女房藤ヶ枝の本心がのぞくところ。 一六 揚銭を取りながら床入を拒否する葛城を非難する言葉。「盗逢いの女郎程世に面白き物はあらじ」(『傾城禁短気』)などから、遊里語として「盗み」が生じる。 一七 ここで髪をとく演技の段取りは不明。伴左衛門と葛城が争ううち、伴左衛門の髪がほどけたか。 一八 真心。とくに男女間の愛情が堅く結ばれていること。 一九 同僚。

2 葛城と山三の馴れ初め 山三と深い仲になったいきさつを、仕方咄で聞かせる場面。現行「鳴神」で雲の絶間姫が先立たれた夫との馴れ初めを語るのと同じ展開。ただし「鳴神」は姫が高徳堅固な鳴神上人を意図的に堕落させようとしているが、本作では喜んだ葛城が思わず山三との恋話をして、それを聞く伴左衛門が次第に心を動かされる。

3 髪梳 元禄期から男女間の愛情を示す演出に、男の髪を女が結い直す「髪梳《(かみすき)》」が用いられるようになった。→用語49。葛城が感謝の気持ちで髪を梳くと、いつしか伴左衛門に恋慕の情が生じるという設定で、髪梳の効果をひねって用いている。

二〇 縁談や奉公などの時に取り結ぶ仮の親子関係の親。「おまへのお名は出さずに。私がおやぶんに成」(元禄十年盆後京都万太夫座「夕きり七ねんき」)。 二一 伴左衛門の髪を葛城がといたことをあやまる。その意

一思ひ入有《あり》「いから痞《つかい》二があがつた」葛城背中《かづらきせなか》をもむ、「いや、腹《はら》じや」といふ、葛城《かづらき》手《て》を入《い》るゝ、その手をとり、「どうもならぬ、さきほどより、器量《きりやう》といひ、立振舞《たちふるまい》、どうもならぬ、山三が屋敷《やしき》へきてはならぬ、ちつとの内に情《なさけ》三を」といふ、4葛城《かづらき》「また心《こゝろ》を引《ひい》て下《くだ》さんすか」といふ、「いや、真実《しんじつ》じや」とて、指《ゆび》四を切《き》りて

味は明らかでないが、男の髪は男が結うもので、女が手をふれることは忌まれた。女髪結いは宝暦以後の風俗。また非人は髪を結うことが禁じられていたので、それに類する捌き髪にしたことを詫びる意もあるか。三 底本「かみ云」。三 茫然となる。

一 心理の変化などを身体で表現する演出法。伴左衛門が次第に本心から葛城に惚れてゆく様子を見せる。二 つかえ。胸にさしこみの発作が起こる病気。癪（しゃく）。現行「鳴神」とは逆で、伴左衛門が苦しいと偽り、葛城が懐へ手を入れるのをとらえて、真の恋を告白する。三 情事。

4伴左衛門の指切り 相手の心を量りかねる葛城の前に、伴左衛門が指を切って渡すことで、非道の恋慕は決定的となる。山三の馴染みの遊女葛城に伴左衛門が横恋慕して口説くが、葛城は承知せず、伴左衛門に切り掛けるという設定は、古浄瑠璃の名古屋山三物を踏襲している。ただし古浄瑠璃には指を切ることや草履打のくだりはない。また古浄瑠璃では伴左衛門が初めから葛城に下心があったとされているのに対し、本作では理非をわきまえた忠臣の伴左衛門が、意外にも葛城に心を移してしまう点に新しい趣向がこらされている。いわゆる色男ではない団十郎は、独自の色事を展開させるために非道の恋慕という設定を好んで用いた。現行「鳴神」の源流である「源平雷伝記」(元禄十一年八月中村座)、「景政雷問答」(元禄十三年一月森田座)、「成田山分身不動」(元禄十六年四月森田座)など。上京時に演じた「阿闍世太子倭姿」(元禄七年盆村

渡《わた》す、葛城《かづらき》、肝《きも》つぶし、「是は真実《しんじつ》か」肝《きも》つぶし、逃《に》げんとするをとらへ、「ひら[五]に」といふ、伴左衛門火[六]をけし、葛城《かづらき》逃《に》げる、とらへ、帯をとく、そのうち、葛城《かづらき》帯《おび》をたづね、またとらへ、「ぜひ」といふ、また逃《に》げんとするをとらへ、「殺《ころ》す」とて、刀《かたな》を胸《むね》にあてる、葛城《かづらき》「そんならたつた一度じや」といふ、「一度で思《おも》ひきら

山座)もこの範疇に入れ得る。
四 二心のない証拠に指を切って相手に贈るのは、元来遊女の手管のひとつ。ここでは伴左衛門の方から指を切って心中を見せた。

挿絵第六図(右)

「伴左衛門　団十郎」

「かつらき　沢之丞」

「藤かへ　政之介」

三番目の髪梳の場面で、伴左衛門が葛城に心を移す重要なシーン。伴左衛門は立髪鬘を捌いたところ。この時には藤ヶ枝はそばにいないはずなので、この絵は異時同図法であろう。

挿絵第七図(左)
「かつらき　沢之丞」
「なこや山三　四郎次」
四番目の山三・葛城の道行。死を決意した二人は数珠を首に掛けている。葛城が太刀を差しているのは男装した出雲のお国の見立てであろうか。北野七本松が描かれる。

五 是非とも。 六 情交に及ぼうとして暗くする。「坂田藤十郎、祇園町ある料理茶屋の花車に恋をしかけ、やがて首尾せんと思ふに、件の妻女、奥の小座敷へ伴ひ、入口の灯をふき消たり」(『役者論語』「賢外集」)。

ん」といふ内に、刀《かたな》をとり、伴左衛門を追《お》つかけ行《(ゆく)》、伴左衛門逃《に》ぐる、

[5]所へ、掃部《かもん》、山三、藤ヶ《ふじが》枝《へ》、みな〱来る、

所に、葛城《かづらき》、伴《ばん》左衛門を追《おつ》かけ来り、みな〱「これは心《こゝろ》を引《ひ》いたが《(か)》、大出来《でき》じや」とてよろこぶ、葛城《かづらき》「いやさ、心を引《ひ》くばかりではない、大《おゝ》きにほれたとさ」「ほれたといふたか、おもしろい」葛城《かづらき》、気《き》の毒《どく》がり、「是、伴左衛門殿《どの》がおれにほれたとて、指《ゆび》まで切《きつ》てよこしやりました」山三指《ゆび》をみる、「伴《ばん》左衛門、手《て》を出《いだ》せ」といふ、[一]右《みぎ》を出《いだ》す、「いやさ」とて、左《ひだり》をみる、「なるほど切《きつ》た」掃部《かもん》「[二]了簡《りやうけん》はないか」「いや、ない」「伴左衛門、さきほどより、夫婦《ふうふ》の心づかいはかたじけないと、礼《れい》をいふた所に、葛城《かづらき》にほれた、われ[三]侍《さぶらい》でない、われ打《う》つても、腹《はら》が癒《い》らぬ」とて、[四]草履《ぞうり》にてさん〲たゝく、

[6]藤ヶ《ふじが》枝《へ》「なるほど、山三殿《どの》が道理《どうり》じや、葛城殿《かづらきどの》、こなたは[五]傾城《けいせい》じや、こなた一人をなんと思《おも》おふ、情《なさけ》を[六]所在《しよざい》にしやるからは、[七]心入《こゝろいれ》にありそふなことじや、ところに、伴《ばん》左衛門は草履《ぞうり》でたゝかれたによつて、死《し》んでもあかぬ、侍《さぶらい》はすたつた、といふて、[八]なびかしやいではないが、盃《さかづき》で思《おも》ひ切れとあるならば、思《おも》ひ切《き》るまいものでない、こなたゆへに、おれも女の髪《かみ》を切《(きり)》、このやうになつてきたは、こなたゆへじや、その伴《ばん》左衛門を、[九]でかしだてな、脇差《わきざし》を抜《ぬ》いて追《おつ》かけると云《(いふ)》ことがあるものか、伴左

5 草履打 葛城が刀を振り回すので伴左衛門は上手奥の口へ逃げ、葛城も続く。橋掛りから掃部・山三・藤ヶ枝が登場して本舞台へ来ると、再び上手から葛城に追われて伴左衛門が登場するという段取りか。葛城の心を試していると思っている一同の前に、伴左衛門の横恋慕が明らかにされる。

一 切った指は左手だったので、わざと右を出した。 二 深い思案があってのことではないのか。 三 二人称代名詞。お前は。

四 草履打の趣向。伴左衛門は、山三の廓通いの異見をしに来て、山三と添わせるために葛城を請け出すことを約束し、念のために葛城の本心を確認するはずだったのに、自分が葛城に心を移してしまった。当時の法では間男は討ち果たしてよいが、朋輩のあさましい行為を山三は人間以下と見下げ、刀で打つ代わりに草履でたたく。この局面は、元禄八年一月山村座「葛城弘徽殿」で、団十郎と七三郎の顔合わせにより、はじめて工夫されたものであることが『役者三友会』(享保九年三月)に記されている。本作の後、上京した中村七三郎が元禄十一年一月早雲長太夫座「けいせい浅間嶽」の中に取り入れ、それ以降は「浅間」に付随した趣向のように思われるほど、大当りをみた。↓用語50。↓六五頁7。

6 藤ヶ枝の自害 藤ヶ枝は、自分の夫の伴左衛門の浮気心も憎いが、葛城のためにしようとしたことから始まったのだから、葛城が遊女として適切なあしらい方をしてくれればよかったのにと、武士として生きる道を失った夫への同情と自分を裏切ったことへの怒りとが相まって、遣り所のない憤

衛門殿《どの》、こなたには[一〇]大小はいらぬ、よこしや」とて、大小をとる、「ひまを下《くだ》され、死《し》ぬる、ずいぶん葛城《かづらき》にほれおふせさつしやい」とて腹切《はら(きる)》、みな〳〵止《と》める、「止《と》[一一]め手《て》はあるまい」とて死《し》ぬる、

[ア]伴左衛門、死骸《しがい》に取《と》りつき嘆《なげ》き、「名護屋《なごや》〳〵、われ草履《ぞうり》にて[一二]ぶつたな、なぜ剣《けん》[一三]戟《げき》をもつてさし殺《ころ》さぬ、いま死《し》ぬ女方《(にようばう)》に[一四]顔《かほ》をあはせることがならぬ、我とびかゝつて殺《ころ》すも知《し》つたけれども、我がやうな人でなしは殺《ころ》さぬ、腹切《はらき》り、女方《ばう》にいゝわけをする、そのかはりに、[一五]七代子孫《しそん》をとり殺《ころ》す」とて、腹切《はらき》り死《し》する、所《ところ》へ、伴作《ばんさく》、[一六]大わらはになつてきたり、打《う》たんといふ、「兄《あに》のかたきじや」掃部《かもん》とゞめ、「伴左衛門が誤《あやま》りじや、諸事《しよじ》は身《み》が宅《たく》で話《はな》さん、こなたへ」とて、涙《なみだ》ながらに人々は、掃部《かもん》が方《かた》へ急《いそ》ぎけり、

濺をぶつけ、自害する。袖岡政之介(→人名25)が手強い女方の地芸を見せる。五 底本「せいせい」。六 仕事。しわざ。七 心構え。客の無理な心中立てを適当にあしらう方法を知っているはずだ。八 底本「なひかしやいてはないか」。「とはいうものの、「伴左衛門に靡け(心に従え)」と言うわけではないが」の意か。九 してやったりという様子。葛城が貞女を強調することに対する藤ヶ枝の非難の言葉。一〇 大小の刀。侍の資格はないという意で、夫から刀を取り上げ、その刀で自害する。一一 止める資格のある者はいないだろう。

7伴左衛門の自害 山三には草履で打たれ、女房には自害され、侍の面目を失った伴左衛門は、恨みを残して世を去り、御霊《(ごりょう)》となることが約束される。かけつけた伴作をなだめ、一同橋掛りへ入る。

一二 底本「ふつだな」。一三 つるぎとほこ。武器。刀剣。一四 底本「かほゝを」。一五 人間は七度まで生まれ替わる。その七代まで崇るというのは、永久に崇ること。楠木正成は「七生まで只同じ人間に生まれて、朝敵を滅さばやとこそ存候へ」といって自害し、怨霊となった(『太平記』)。一六 髪の結びが解けて乱れ垂れること。童はもと髪を結ばなかったので、大きな童の髪の意からいう。歌舞伎では荒事の形容として「大童」を用いる。

第四番目

（第一場　北野七本松の場）

[1]一、こゝにかはりし有様《あり》は、正親町殿《どの》ならびに、軍平《ぐん》、藤《とう》八、弥市郎は、いつしか法《（のり）》に心をよせ、[一]路頭の身《み》となり、北野《の》辺《（あたり）》にさまよい給ふ、されども、弥市、[二]藁《わら》苞《づと》に焼飯《やきいひ》をいだし、太宰殿《だざいどの》に奉る　いろ〳〵[三]狂言有《（あり）》　しばらく[四]露を枕《まくら》になし給ふ、

[2]所へ、山三、葛城《かづらき》　道行《（みちゆき）》[五]説経《せつきやう》にて出ル　[六]七本松に着《つ》きにけり、

[3]葛城《かづらき》なげく、山三[七]「思《おも》ひ定《さだ》めて死《し》ぬることなれば、なげき給ふまじ」とて、最期《さいご》の折から、[八]側《そば》に臥《ふ》し給ふ、みな〳〵勤《つと》めの折ふし、山三「僧と見請《み（うけ）》て候、御回向《ゑこう》を頼候《（たのみ）》」とて、すでに最期《さいご》と見《み》へしとき、

梅津《むめづ》、三木の丞、馳《は》せ来り、[九]「君《きみ》の御意《（ぎょい）》を以て参《（まゐる）》、早ゝ屋敷《やしき》へ帰《かへ》り給《たま》へ、[一〇]辞退《じたい》は畏《おゝそ》れ、ともかくも」とて、行かんとする、

時に、太宰《だざい》「身《み》を見損《みそん》じたか、太宰之丞《だざいのぜう》じゃ、己《（おのれ）》ら、[一一]のがさぬ」といふ、山三、掃部《かもん》、三木の丞、[一二]そうなくみな〳〵切《き》り止《とゞ》め、屋敷《やしき》をさして急《いそ》ぎけり、

舞台装置は橋掛りに松を出す程度か。

北野七本松の場

1太宰の仏法修行　太宰らが橋掛りより鉦を打つなどして登場、修行の様を見せる。

一　底本「露とう」。路頭に迷う（生活手段・住居を失う）の意か。仏教に帰依して頭陀の修行をしている。山中平九郎のやつし芸。

二　「藁苞に金《（こがね）》を包む」（『たとへづくし』）の転か。　三　ここでは弥市を勤めた山本源左衛門がいささか滑稽な演技を見せたか。

四　野宿する。「露を片敷く」と同類。

2山三・葛城心中道行　山三と葛城が橋掛りで道行の所作事をみせる。↓用語51。

五　説経は室町期からの語り物の一種。↓用語52。　六　↓用語53。

3山三帰参、太宰最期　山三・葛城が舞台に来て太宰らに声をかけるところへ、橋掛りより掃部・三木之丞が迎えに来る。太宰らと立廻りの末討ちとり、一同退場。

七　二人が心中する動機は記されていないが、伴左衛門夫婦を死に至らしめたことの責によるか。　八　寝ていた太宰らが起きて勤行を始めたのであろう。山三は何心なく、僧に回向を頼んで心中しようとする。　九　危ういところで事態は急展開し、春王の命により、山三は帰参が赦されることになる。

一〇　底本「しだい」。　一一　太宰が善人側を討とうとする。結局太宰の性根はわからない。仏道に心を寄せたのは計略だったのか。

一二　左右なく。ためらうことなく。

名護屋内の場

名古屋山三の家の中。舞台装置はとくに必要ない。

1病床の山三・葛城　春王・山名らが橋掛りから登場すると、上手の出入口から山三・

（第二場　名護屋内の場）

[1]名護屋《なごや》が宅《たく》には、山三、葛城《かづらき》、万死《ばんし》[一三]の床《ゆか》に臥《ふ》しにけり、かたじけなくも春王《はるわう》君、山名《な》左衛門御供《とも》にて、御見舞《みまい》まします、葛城《かづらき》「冥加《みやうが》[一四]もござりませぬ、もはや御帰《かへ》りましますべし」春王「少《(ちと)》、伽《とぎ》[一五]いたしゐさせん」と有《(ある)》、「ありがたし、御茶道《さどう》[一六]、御薬持参候へ」と有、

[2]不思議《ふしぎ》や、屍《しかばね》、薬を持出《い》づる、又、伴左衛門、雪と[一七]消《き》ゐにし恨《うらみ》のほど、葛城《かづらき》に打向《むか》い　此内いろ〳〵恨《(うらみ)》の所作《しよさ》有《(あり)》

[3]山三立上《あが》り、散々《さん〴〵》に切《き》り散《ち》らせば、又、伴左衛門が女方《(にようばう)》あらはれ、山三に恨《うらみ》の所作《しよさ》有《(あり)》

所へ、掃部《かもん》、神道高間雲[一八]きよく祈《いの》り祈《いの》られ、立ち去《さ》りけり、

[4]所に、雲中より、七頭《(づ)》[一九]の牛に、死《し》して久《ひさ》しき太宰之丞《だざいのぜう》、幷《(ならび)》に、赤《あか》松、仁木入道あらはれたり、「[二〇]あら珍《めづら》しや、春王《はるわう》、掃部《かもん》」「神力《(じんりき)》の誠《まこと》[二一]をもつて勘《かん》がふるに、太宰之丞《だざいのぜう》にてましまさず」「もと我《われ》は楠《くすの》木《(き)》[二二]が精魂《せいこん》、山三郎は大森《もり》[二三]彦七が障碍《しやうげ》[二四]、雲掃《くもはらい》の名剣《めいけん》を取《と》らんとて来りたり」

[5]不思議《ふしぎ》や、北方[二五]より、又、伴左衛門あらはるゝ、「まことは我、伴左衛門にあら

葛城が出て手をつかえる。二人が横たわっている必要はないだろう。 一三 瀕死の病に倒れる。古浄瑠璃に頻出。「ばんじ」と濁る表記も多い。「をもきやまふとひきうけて、はんしのとこにそふされける」（赤木文庫旧蔵絵巻「しやうるり」）。「もりとしは、かぜの心ちとの給ひて、ばんじのゆかにふし給ふ」（「よろひがえ」万治三年五月板）。山三と葛城が病を得た理由は不明。伴左衛門・藤ヶ枝や太宰の祟りか。 一四 恐れ多い。臣下の家へ春王自ら見舞いに訪れたことに対する謝辞。 一五 病人の退屈を慰める。看病する。 一六 底本「ざとう」。殿中で薬湯を持参するのは茶道（茶坊主。殿中で茶の湯を担当）の役なので改めた。

2 伴左衛門の亡魂 伴左衛門の亡魂が屍となって現れる。この頃骸骨の所作が流行っているので、ここでも具体的には骸骨の所作か。→用語54。そこから在りし日の伴左衛門の姿に転じ、恨みを述べる。葛城は苦しむ様をみせる。→用語55。 一七 はかなく死んだ。潔白の意も含むか。四番目の小名題に「雪に似たり」とある。

3 藤ヶ枝の怨霊事 執心をかきくどき恨みをはらそうとする女方の怨霊事。→用語103。 一八 底本のまま。語義未詳。「たかま（高天）」は高天原の略として用いられることがあるので、「神道高天（原）の雲清く」と解せば、いくぶん通るか。七代祟ると言って強烈な怨恨を残して世を去り、御霊となった伴左衛門と藤ヶ枝は、神と斎（い）われることにより、現世利益の神へと転ずる。菅原道真の天神信仰などと同じ御霊信仰の論理。

4 太宰の怨霊 『太平記』巻二十三に記され

ず、仏法守護《しゆご》の[一]鍾馗《しやうき》大臣《じん》、[二]王土安全《わうどあんせん》のため、[三]かりに人間にまじはる、まことの姿みよ」とて、鍾馗《しやうき》の精霊《せいれい》あらはれたまふ、七頭の牛《うし》、飛《とん》でかゝれば、[四]降魔《がうま》の利剣《りけん》に切《き》り従《したが》へ、[五]二匹《ひき》のも、かなはず逃《にぐ》る、[六]楠《(くすのき)》が精魂《せいこん》、たちまち従《したが》へたまふ、法《(のり)》の道のくもりなく、天下大平、万《ばん》〱歳楽《ぜいらく》ぞめでたき

る楠木正成の怨霊になぞらえ、太宰の怨霊が登場する。山三も『太平記』の大森彦七に見立てられるが、善悪の関係は逆転している。雲掃の剣の名も同書にないが、正成の亡魂が足利の天下を覆すために彦七の持つ刀を所望しているのを取り入れたか。

一九『太平記』にみえる七つの頭のある牛。→用語56。二〇以下のせりふは、「あら珍しや、春王、掃部」が太宰の呼びかけ、「神力の…ましまさず」は神職の掃部、「もと我は」以下は太宰の名乗りと解釈。二一底本「まと」。二二楠木正成。→人名26。二三→人名27。二四祟りをなすもの。魔障のもの。

5 鍾馗の神霊事 続狂言の最後の場面(大切)に神霊が示顕し、悪鬼・悪霊を降伏する趣向を神霊事という。悪鬼・悪霊は、大切以前の場面で善人に討たれた敵役が、ふたたび善人側に祟りをなそうとして現れた姿であることが多い。本作でいえば、前場で討たれた太宰が、楠木の精魂として現れ、足利家存続のための重宝、雲掃の太刀を奪おうとしており、挿絵ではその姿が鬼として形象されている。これを鎮める神霊は、敵役の鬼を上まわる強大な力を持つと観念されている荒人神や不動明王などである。鍾馗も中国における一種の御霊神であり、本作ではとくに恨みを残して死んだ不破伴左衛門が、梅津掃部の祈りにより利生神に転じた、新たなる御霊(今宮・若宮)であり、よりいっそう強い力を持つものとみなされる。一日の狂言の終わりの大切に、荒ぶる御霊神により悪鬼が降伏されることで、ちょうど節分(かつては大晦日)に鬼やらいが行われて春を迎えるように、家・国は正当

[七]右此本は座中物子共立役拍子方不レ残上るりせつきやうせりふことばしよさ直之正本を写　一字一点無ニ相違一令ニ板行一者也　今迄狂言本あまた出候へ共夫とは大ニ違則狂言次第一番目より四番目迄役人之申ことを書写出シ申候　御求御覧可レ被レ成候

参会名護屋　第四番目

な後継者が確立され、新たに立ち返る代を迎える。それは民俗芸能として伝承されている三河の花祭や修正会の鬼が「春を呼ぶ鬼」と観念されるのとおなじ心意に基づくものだった。→用語57。

三五 北方は五行説で玄武が配される。亀と蛇の合体した姿だが、「武」の文字に強い力の連想が働く。北辰(北極星)は天の星の中心であり、天子の位にもたとえられる。

以上三五頁

一 中国の厄除けの神。→人名28。二「安全アンセン」(『書言字考節用集』)。三 神仏の前生が人間で、種々の苦難の後、人々を救済する神仏と顕われるとする中世の本地物の発想。古浄瑠璃でも多く取りあつかわれ、江戸時代の人にはよく浸透していた。四 仏法を妨げる悪魔を降伏(ごうぶく)させる鋭い剣。五 赤松・仁木の亡魂も。挿絵では鬼として描かれているので、「二匹の鬼も」という意味だろう。六 楠木の精魂すなわち太宰の亡魂を、鍾馗が従える。

挿絵第八図

「三木之丞　団之丞」
「山な左衛門　宇太右衛門」
「なこや山三　四郎次」
「かつらき　沢之丞」
「かもん　伝九郎」
「たさいの丞　平九郎」
「せうき　団十郎」

伴左衛門の本体である鍾馗が、太宰の亡魂を退治する場面。鍾馗は絵像がそのまま抜け出たような中国風の拵えで、トレードマークの髭をはやす。神仏像がそのまま動き

元禄十年丁丑[三]二月上旬

狂言作者[一] [二]中村明石清三郎
市河団十郎

さかい町東横丁[四]
かいふや開板

出すさまを見せるのが神霊事の眼目であった。太宰の亡魂は二本の角のある鬼として描かれている。下の方にいるのが七頭の牛。頭が七つあるという意味で、七匹の牛ではない。ただしこの絵では四つの頭しか描かれていない。上手には山三、葛城、神職姿の掃部、三木之丞、山名ほか一名がいる。本文では春王が訪れており、三木之丞の登場は記されていない。

七「この狂言本は出演役者や囃子方の正真正銘の台本を用いて編纂した。これまで狂言本という名目で多くの本が出版されていたが、それとこの本は大きく異なる。つまり、狂言の荒筋を一番目から四番目まで通して記し、役者のせりふを載せたものである。是非買い求めてご覧下さい」との意。→用語58。

以上三七頁

一→用語59。二→人名29。三 出版の時期を示す。→用語60。四 板元名。貝府屋権左衛門。江戸堺町東横町で貞享・元禄期に地図と狂言本や絵草紙類の出版活動をしたことが知られる。現存の狂言本では、元禄十年から十四年まで中村座のものを刊行し、十五年十一月中村座の顔見世番付にもその名がある。宝永期になると中島屋が市村座とあわせて中村座の狂言本を刊行するようになる。

傾城阿佐間曾我《けいせいあさまそが》

鳥越文蔵
和田修
校注

江戸山村座で元禄十六年正月に上演。

市川団十郎と対照的な芸風で、元禄期に江戸立役の筆頭の座を争った中村七三郎を中心にすえた作品。

七三郎は元禄十年の暮れから十二年秋まで、京都の早雲長太夫座に出勤した。十一年正月の「けいせい浅間嶽」は大当りで、対抗する都万太夫座の坂田藤十郎や近松門左衛門らを慌てさせた。江戸に戻った七三郎は、十三年正月に「浅間嶽」の趣向を『曾我物語』の中に取り入れた「傾城浅間嶽」を上演し、三年後に再び「曾我」と「浅間嶽」を組み合わせて仕組んだのが本作である。

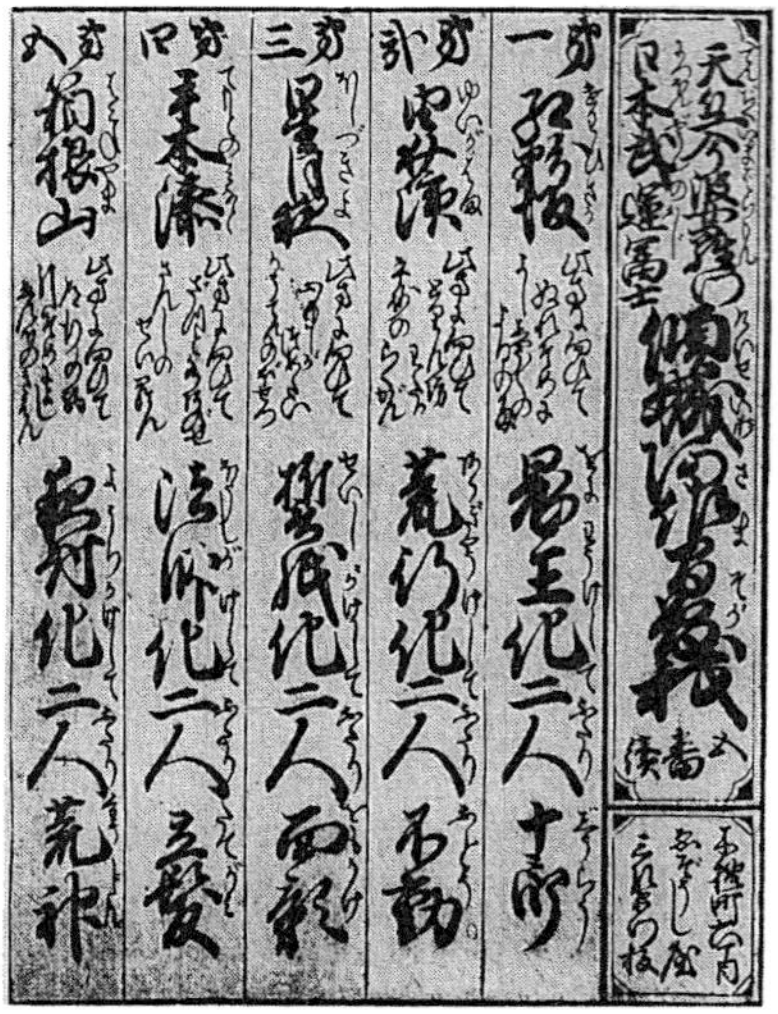

曾我十郎・五郎兄弟が、父河津三郎の敵工藤祐経を討つまでの苦労を描いた『曾我物語』は、浄瑠璃や歌舞伎でもしばしば脚色されてきた。浄瑠璃では近松門左衛門が天和三年に宇治加賀掾のために書いた「世継曾我」をはじめ、好んで曾我物を取り上げている。歌舞伎では江戸の市川団十郎が五郎役を荒事で演じる一方、京都の坂田藤十郎は、遊女大磯の虎との色模様をみせる十郎役を得意としており、七月の盆狂言に上演するのが通例だった。そこには曾我兄弟の魂を祀るという民俗的な背景もあったが、江戸へ戻った七三郎は十郎を持ち役として、宝永五年に没するまで正月に上演し続けた。享保期以降、江戸三座では毎年正月に曾我狂言を出すのが吉例となるが、その端緒は本作前後の七三郎の活動にある。

十郎中心の構成となったこと、五郎も化粧坂の少将との濡場が設けられ、荒事色が薄められたことなどにより、のちに二代目団十郎によって「助六」が生み出される基盤ともなった。

二番目の十郎の華麗な出端とやつし姿の髪梳の対比、京都の「けいせい浅間嶽」の趣向を盛り込んだ三番目などが七三郎の見せ場であり、実事役者の宮崎伝吉と若手の坂東又太郎の見せ場を一番目、四番目に配する。

また五番目の曾我の夜討に、前年十二月の赤穂浪士の討入りを重ねているとみられる点でも興味深い。

天竺今婆羅門《てんぢくいまばらもん》[一]
日本武運富士《につぽんぶうんのふじ》[二]

傾[三]城阿[四]佐間曾我《けいせいあさまそが》

続番五

木挽町六丁目
ゑぞうし屋
三左衛門板

第[五]一　紅粉坂《けわひさか》[六]
此方に向ひて
[一一]ぬれそめに
よし[一二]しやう〳〵の
よるの雨
鬼王化二人十郎《をにわうけしてふたりじうらう》[一七]

第弐　由井浜《ゆいがはま》[七]
此方に向ひて
[一三]とりん坊
わたる
平砂のらくがん
荒行化二人不動《あらぎやうけしてふたりふどう》[一八]

第三　星月夜《ほしづきよ》[八]
此方に向ひて
[一四]心中が
つめたい
かうてんのぼせつ
誓紙化二人面影《せいしがけしてふたりをもかけ》[一九]

第四　手本湊《てもとのみなと》[九]
此方に向ひて
ざつと[一五]水あびせ
さんしの
せいらん
法師化二人立髪《ほうしがけしてふたりたてがみ》[二〇]

第五　箱根山《はこねやま》[一〇]
此方に向ひて
[一六]道行の駒
引そめによし
ゑんほのきはん
夜討化二人荒神《ようちかけしてふたりくわうじん》[二一]

※大名題小名題→用語1。本作の大名題角書は天竺と日本を対応させる。
一　四番目の勘当訴訟の場面で、曾我五郎を生滅婆羅門(→用語112)にたとえる。「今」は当世風。やつしの発想。『曾我物語』以来重要な節目になっている五郎の勘当に関する言葉を詠み込み、本作の見せ場でもあることを示す。　二　→用語61。　三　→用語62。　四　→用語63。　五　小名題。→用語5。

※小名題の語りには曾我物に縁のある伊豆・鎌倉の地名を詠み込み、中国の「瀟湘八景」(洞庭湖に注ぐ瀟水と湘水の二つの川の辺りの勝景)の、瀟湘の夜雨・平沙の落雁・江天の暮雪・山市の晴嵐・遠浦の帰帆の五箇所と対照させた。

六　→用語64。　七　→用語65。　八　→用語66。　九　→用語67。　一〇　→用語68。　一一　「ぬれそめに」をうけ、正月初めての濡事に良いの意。「濡れ」「雨」は縁語。　一二　五郎の馴染みの遊女化粧坂の少将(→人名30)をきかす。　一三　遊里で遊女をだまし金品を巻き上げる客。転じて、遊女に巻き上げられる客。二番目で犬坊が遊女になぶられるのをさす。「わたる」は遊廓を練り歩く意で、「雁」の縁語。　一四　三番目で、曾我十郎が深い馴染みの遊女大磯の虎の誓紙を焼き捨てたことを薄情だとしたもの。「冷たい」「暮雪」は縁語。　一五　四番目で、陸上の禅師坊が還俗して二の宮との婚礼に、水浴びせの賑やかな所作事があることをさす。　一六　五番目に虎・少将・団三郎の道行があることをさす。

※小名題は「二人〇〇」で統一。→用語69。　一七　→用語70。　一八　→用語71。　一九　→用語72。　二〇　→用語73。　二一　→用語74。

五番続役人付の次第[一]

一 みなもとのよりとも　もり岡なには
一 といの次郎　くわばら長五左衛門
一 かづさのすけ　四のみや平助
一 うつの宮弥三郎　天津うこん
一 といの弥太郎　はま崎磯五郎
一 曾我の五郎　ばんどう又太郎
一 をに王女房やへがき　はや川はつせ
一 むすめをさん　子やく吉五郎
一 くどう犬房丸　中しま勘左衛門
一 ほんだの次郎　四のみや平八
一 供やつこ　中村清九郎
一 曾我の十郎　中村七三郎
一 供やつこ　なかむら伝八
一 新がいの荒四郎　とみ沢半三郎
一 やわたの三郎　あら木兵八
一 くどう介つね　四の宮げん八
一 びぜんの大藤内　せんごく彦介

一 くがみのぜんじ坊　かつ山又五郎
一 三浦の与一左衛門　小川善五郎
一 をにわう新ざへもん　みや崎伝吉
一 おとゝどう三郎　さいこく兵五郎
一 そがの母　やま本勘兵へ
一 二の宮のひめ　玉村ゑもん
一 うさみの新五　まつ岡半左衛門
一 大磯のとら　岩井さけんだ
一 けわひ坂せう〳〵　おの川をりゑ
一 かぶろやなぎ　子やく小げんじ
一 女郎きせ川　まつ島ていか
一 同亀ぎく　玉川こもんど
一 同うきはし　ふじた吉三郎
一 同やまの井　かつ山みよし
一 越後の小はる　うへ村才三郎
一 あげ屋九郎次　しまだう平次

元禄十六癸未暦正月大吉祥日
千秋万歳楽叶

一 →用語75。

鶴ヶ岡若宮の場

1若手役者の万歳　舞台には神社の拝殿などの簡単な大道具が飾られたか。年頭にあたり恵方の方角の鶴ヶ岡八幡宮(→用語76)に頼朝麾下の大名たちが参詣する。頼朝役の森岡難波は若衆方「中」の位(『役者御前歌舞妓』元禄十六年三月)、その他の御台所や諸大名は役人付に名前が記されていない。芸の未熟な若衆方や若女方が大勢登場して容姿の美しさを見せるだけのレビューの場面。→用語77。なお歌舞伎ではさして仕所のない大将役を若衆方が勤めることがある。能でも子方が貴人の役を勤める曲があるが、歌舞伎の場合は現実的な好色性をともない、風流の要素が拡大される。

二 →一三頁注一〇。三 神仏の御前。観客ともども舞台の神前を拝し、新春を祝う。四 →人名31。五 →人名32。六 →人名33。七 若衆方三人による正月のめでたい所作。この短い場面の眼目。→用語78。

鎌倉御所大手先の場

本舞台の中央に、上手から下手にかけて大きな橋を飾ったと思われる。背景に描かれているのではなく、人が通ったり、欄干に乗ったりすることのできる、いわゆる丸物(立体)の橋(→用語79)。上手奥に鎌倉御所の表門がある心。この場の前半は、橋の上で袖振り合わせる若い男女の色模様が展開し、出会いの場として橋の機能が利用される。鬼王の実事をはさみ、後半では箱王(五郎)が牛若に見立てられ、能「橋弁慶」の仕方芸で橋の大道具が活用される。

傾城阿佐間曾我

第一番目

（第一場　鶴ヶ岡若宮の場）

[1]時もゆたかに松の葉《は》も、千歳《ちとせ》を祝《いは》ふ鶴ヶ《つるが》岡、[二]恵方《えほう》也と、頼朝《よりとも》并《(ならびに)》御台《みだい》所、若宮《みや》へ御参詣《さんけい》、在鎌倉《ざいかまくら》の諸《しよ》大名《みやう》、みな〳〵御供、[三]宝前《ほうぜん》の拝礼《はいれい》、こと終《をは》れば、毎年の御吉《(きち)》例《れい》とて、[四]土肥《といの》弥太郎、[五]宇都宮《うつのみや》、[六]相《あい》沢、両三人、[七]万歳《ざい》を寿《ことぶ》けば、頼朝《よりとも》御感《ぎよかん》まし〳〵、扨《(さて)》それよりも、御所に帰らせ給ひける、

（第二場　鎌倉御所大手先の場）

[1]爰《(ここ)》に、[八]十郎が舎弟《しやてい》[九]箱王《はこわう》は、身《み》に思ひある年《とし》の春、せめては鎌倉《かまくら》のゆゝしき有様《さま》を見物し、時節《ちせつ》よくば年来《ねんらい》の本望《ほんもう》をとげんと、只ひとり箱根《はこね》を下リ、御所まぢかくも立やすらひ、窺《うかゞ》ふ心ぞあはれ也、折《をり》しも、縁《ゑん》に濡《ぬ》れそめし、[一〇]化粧《けはひ》坂の少将《せう〳〵》は、箱王《はこわう》丸が稚児姿《ちごすがた》、[一一]一首《しゆ》のよすが、捨《す》てがたく、今日《けふ》しも爰に来ルよし、聞《(きく)》とひとしく首尾《しゆび》をつくろひ、いかにもして恋《こひ》しき人に逢《あ》はんため、同《をな》じくこれも鎌倉《かまくら》の、[一二]大手先《てさき》の橋《はし》柱、水行《(ゆく)》河の[一三]蜘蛛手《くもで》にも、

1 箱王と少将の登場 箱王が橋掛りから登場して出端の芸をみせ、名乗りのせりふなどがあった後、本舞台の橋を渡って、いったん上手へ退場する。続いて橋掛りより少将の出の演技があり、恋の思いなどを語る。八 曾我十郎祐成。曾我物語の主人公の一人。工藤祐経に討たれた河津三郎の子で、母が曾我太郎に嫁いだため曾我を名乗った。九 曾我五郎時致の幼名。十郎の弟。→人名34。ここで元服前の箱王として登場したのは、次のような理由による。(一)『曾我物語』では、箱王は箱根山で仏門修行をしていたが、出家を嫌って剃髪直前の夜に稚児姿のまま山から下りた。本作でも下山直後との設定。(二)本作では箱王の稚児姿が、鞍馬山から下りた牛若の稚児姿に重ねられている。(三)稚児姿の箱王と少将が出逢う場面は、近松作の浄瑠璃「曾我五人兄弟」(元禄十二年竹本座)にも先例がある(→用語80)。江戸の歌舞伎狂言である本作が、直接近松の浄瑠璃を典拠にしたかどうかは慎重な検討を要するが、「曾我五人兄弟」と「団扇曾我」(元禄十三年宇治座。竹本座では「百日曾我」)については、影響を認めうると思われる。(四)五郎を勤めた坂東又太郎は「武道手強くせらるゝといへ共、物腰いまだあまへるやうな気味有故、しつかりとせず、芸にあはせてはかいなし、其替りには猩々太郎、又は酒呑童子、幼立の様成事得物にして、外の衆のならぬ事をせらるゝ」(『役者御前歌舞妓』)と評されるように、童形の荒事を得意としており、その芸風に合わせた。一〇 →人名30。一一 箱根山へ紅葉見物に行った少将がすでに箱王を見

物思ひなる恋草《こひ》や、[一]穂《ほ》に表《あら》はれて待《(まち)》わびける、

[2]かゝる所へ、[二]鬼王《をにわう》がつれあい[三]八重垣《やへがき》は、[四]娘をさんを友《(とも)》ない、[五]遠州浜松《ゑんしうはま》より、はる〴〵夫《をつと》を尋来《(たづねきたり)》しが、ふと少将《せうく》と語《かた》りあひ、しか〴〵話《はな》しいる、

所へ、箱王《はこわう》かくとも知《しら》ず来《(きたる)》、少将《せうく》それぞと見るからに、橋《はし》の上《うへ》に立《(たち)》やすらひ、帰《かへ》らんとする箱王《はこわう》に、とやかく濡《ぬ》るゝ春雨の、[六]気色《けしき》あやなるその風情《ふぜい》、

箱王聞《はこわうき》ひて、「扨は過《す》ぎし箱根《はこね》山、紅葉《もみぢ》の伝手《つて》に[七]腰折《こしをれ》の、一首を詠《えい》じ給《(たまは)》りし、こなたは化粧《けはい》坂の少将《せうく》とな、[八]近頃《ちかごろ》御心底《てい》はかたじけなけれ共、かねて出家の心ざし有《(ある)》身なれば、[九]禁戒《きんかい》を犯《おか》しては、[一〇]釈門《しやくもん》の道立《(たた)》ず、ゆるし給へ」と立《(たち)》のくを、鬼王《おにわう》が女房《ばう》、[一一]中媒《ちうばい》して、恋《こひ》をとり持《(もち)》、たがいに[一二]二世《せ》までと言《い》ひ交《かは》す、

[3]折から、鬼王《をにわう》は、様子ありて、[一三]三浦の与一が方へ奉公に出、供大勢《ぜい》にて来れば、

箱王《はこわう》「まづ〳〵それへ」と、人々《ひとぐ》をしのばせ、その身《み》は橋《はし》を帰《かへ》る、

所へ、鬼王《をにわう》はかしこへ来《く》る、元より家来《けらい》なれば、「その方は鬼王《をにわう》か」といへば、

鬼王《をにわう》は家来《けらい》共の見《み》る目《め》をしのび、「鬼王《をにわう》とは誰《た》がことを申す、身《み》は三浦の与一が家《け》来《らい》、[一四]本間《ほんま》新左衛門《ざへもん》と云《(いふ)》もの、さだめて人違《ちが》い成べし」と、知《し》らぬ体《てい》にて通れば、箱《はこ》王《わう》も[一五]手《て》持なく、忙然《ばうぜん》として、橋《はし》の袂《たもと》にやす(ら)ふ内に、

鬼王《をにわう》は家来《けらい》共を呼《よ》び、「与一のお帰りならば、此方へ知《し》らせよ」と、先《さき》へ遣《つか》はし、

染め、和歌を送ったという設定になっているが、その場面は設けられていない。せりふの中でそうした説明をすればよいのだろう。一二 ここでは鎌倉御所の表門。「橋柱」は橋脚。一三 川・橋の縁語で、思い乱れるさま。「水ゆく河のくもでなれば」(『伊勢物語』九)。

一 胸の思いを包みきれず、具体的な行動に表して。少将は箱王を慕い、往来に出て通るのを待つ。

2 八重垣の仲だち 橋掛りより八重垣とおさんが登場し、たたずんでいる少将と対話。上手から箱王が戻ってくると、少将は橋の上で思いを打ち明ける。恥しがる箱王を年功の八重垣が取りもつ。若い男女のみずみずしい恋。春雨の煙るイメージ。

二 曾我兄弟に仕える従者に鬼王と団三郎の兄弟があり、鬼王は兄とされている。→人名35。三 →人名36。四 京都上演の「けいせい浅間嶽」(元禄十一年一月早雲座)で、和田右衛門と三浦の間の子として、同名で出ていた。五 鬼王夫婦が浜松に住む設定の根拠は不明。「団扇曾我」(「百日曾我」)五段目では、鬼王の出身は尾張国熱田の宮の社人。六 色をふくんだ様子。七 拙い歌。一般に自作の歌をへりくだっていうが、ここは相手の歌。八 はなはだ。まことに。九 僧侶の保つべき戒め。一〇 仏門。僧侶。五郎は出家を嫌って箱根山から下りて来たのだが、ここでは恥しさを隠す口実としている。一一 なかだち。一二 夫婦になる約束。

3 鬼王の苦衷 人声がするので箱王らが上手へ身を隠すと、橋掛りより鬼王が供を連

その身《み》一人に也《(なり)》て、箱王《はこわう》がそばへ寄《よ》り、「さて〳〵御成《せい》人、まづは御機嫌《きげん》の体《てい》を見《み》まして、喜《よろこ》ばしや」といへば、箱王《はこわう》大きに怒《いか》り、「をのれ、人でなし、[一六]親河津《おやかわづ》殿の[一七]厚恩《こうをん》をうけ、[一八]譜代相伝《ふだいそうでん》の家来《けらい》が、今更、[一九]身貧《みひん》成《(なる)》曾我《そが》を見捨《す》て、与一が家来《けらい》と也《(なり)》、侍ひの[二〇]一分《ぶん》が立《た》つか、さあ言分《いゝぶん》をいたせ」と詰《つ》めかくれば、「成ほど、それには申《(まうし)》分《ぶん》御ざる」と云《(いふ)》、

所へ、鬼王《おにわう》が女房《ばう》、夫《おつと》也と見るからに、「なう久しや、[二一]こなたの行方《へ》が心もとなく、はる〴〵と遠州《ゑんしう》より尋《(たづね)》きました」といへば、「扨は左様《さやう》か」と、[二二]挨拶《あいさつ》すれば、箱王《はこわう》は、「云訳《わけ》をせよ」とせりかくる、

鬼王《おにわう》もせんかたなく、先《(まづ)》女房《ばう》をおししづめ、「さて箱王《はこわう》さま、お聞なされひ、わたくしめが与一方へ奉公に出《で》ましたは、みなお主《しう》のため、いかにもして御[二三]先途《せんど》を見届《とゞ》けんと、遠州《ゑんしう》より立越《と》へましたれ共、曾我《そが》の家《いへ》、貧苦《ひんく》にして、心にまかせぬ事計《(ばかり)》、此《(この)》うへは一先《(ひとまづ)》他家《け》へ奉公《ほうかう》いたし、その力を以《(もつ)》て、曾我《そが》殿を貢《みつ》ぎ、[二四]年比《(としごろ)》の本望をも遂《と》げさせ申さんと、扨こそかやうの体《てい》と也《(なり)》ました、最前《さいぜん》も、家来《けらい》の見《み》所いかゞなるにより、鬼王《をにわう》と申《(まうし)》ませぬ、すなはち証拠《せうこ》は、[二五]お袋さまよりの文が御ざる、これは[二六]冬年《とし》、少《(ちと)》ながらも御[二七]合力《(かふりよく)》仕リました、そのお礼状で御ざる」と出《だ》せば、箱王《はこわう》見て疑《うたが》いをはらし、「それとは知《し》らず、不調法《ぶてうほう》を申た、許《ゆる》してくれよ、扨それよりは、

れて主人与一の迎えに来る。橋の中央で箱王とすれ違った鬼王は、家来たちを上手に追いやって箱王の前に手をつかえ、疑いのかかった自分の立場を言い開く。鬼王役の宮崎伝吉(→人名38)得意の実事。

一三 『曾我物語』巻五で、三浦与一は、十郎・五郎兄弟に敵討に加勢してもらいたいと頼まれるが、おじけづいて去る。→人名37。本作で与一を勧める小川善五郎は宝永以降に活躍する敵役。 一四 鬼王が三浦与一に仕える際に名乗った変名。 一五 手持ちぶさた。 一六 曾我兄弟の実父、河津三郎。→人名39。 一七 あつい恩恵。高恩も同じ。 一八 主家に代々仕えること。 一九 曾我が貧乏であるのは『曾我物語』以来の設定で、「身貧にして、他人にまじはらんより」(巻四)、「身こそ貧なりとも」(巻六)など、曾我に関して「貧」の語が二十二箇所も出る。歌舞伎や浄瑠璃にも受けつがれ、敵役が曾我をあざけって言う「すつきり祐成」の語が定着した。「す牢人にて金銀はすつきり祐成」(『曾我七以呂波』二段目)。 二〇 その人一人の面目、責任。 二一 鬼王をさす。 二二 女房の応待をするというほどの意。 二三 行く末。 二四 長年。数年来。『曾我物語』によれば、父河津が討たれたとき、箱王は三歳、山を下りて元服したのは十七歳、敵討の時二十歳。物心ついて以来、父の敵を討つことを願ってきた。 二五 曾我兄弟の母。→人名40。 二六 去年の暮れ。旧冬。「冬年も節季候(せきぞろ)になつてよそながら母人のお顔計を見て帰つた」(『傾城浅間嶽』元禄十三年一月江戸山村座)。 二七 金品を与えて人を助けること。

そちが女方《(にようばう)》、頼《たの》もしい心底《てい》や」と、たがいに嘆《なげ》く内に、[4]鬼王《をにわう》、少将《せうく》をみて、「何ものぞ」といへば、女方、初《(はじめ)》終《をは》りを語る[一]、「さては左様《さやう》か」と、笑ひゐる、

[5]所へ、[二]与一左衛門立よれば、人〻を隠《かく》して、「迎《(むかへ)》のため、[三]伺《し》候《かう》いたした」とい

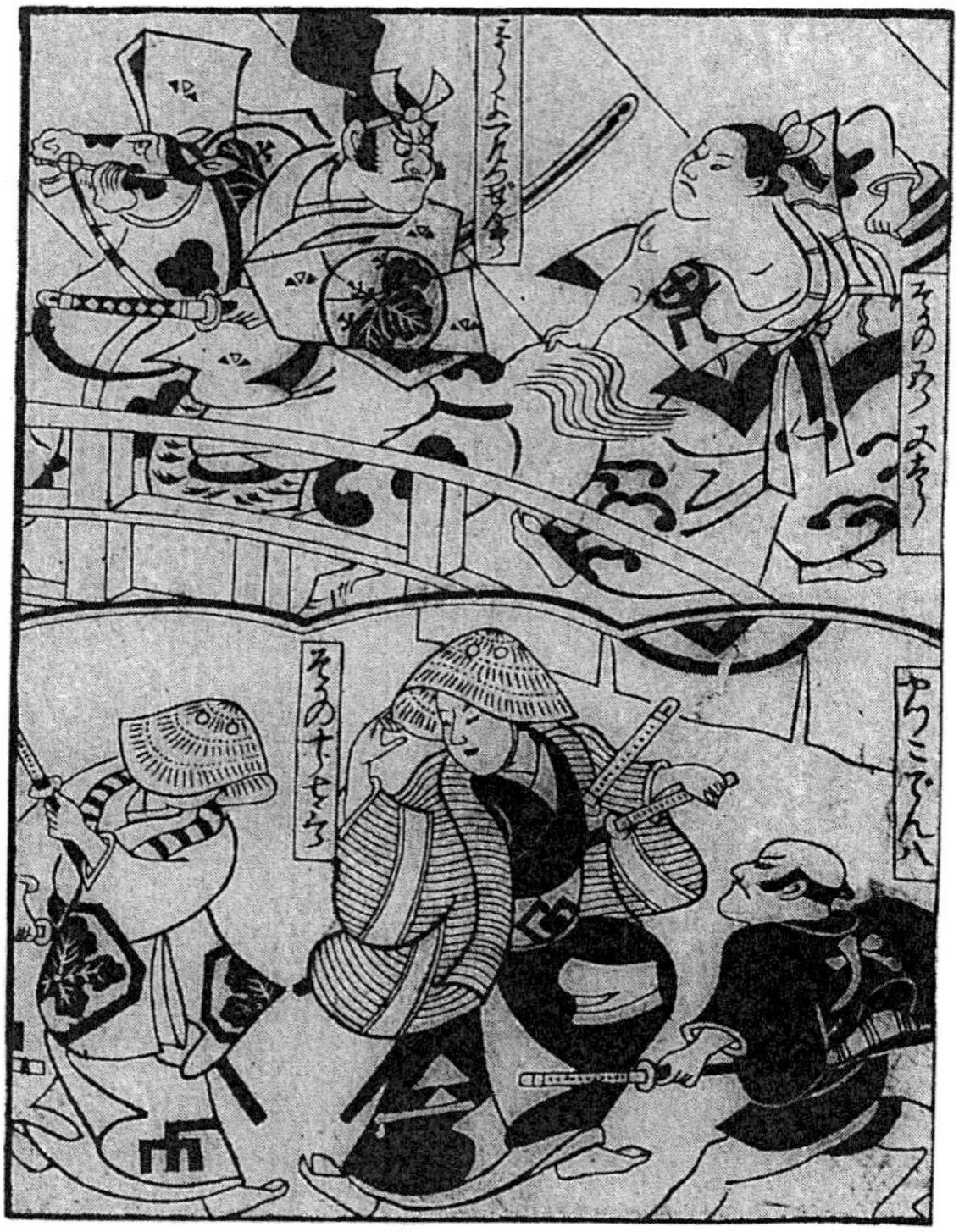

4初心な恋話 身貧を嘆く愁嘆の場面から、箱王と少将のうぶな色事の話になって笑いに転ずる。

一 底本「たる」。「か」を補う。

5鞍馬出 上手から馬に乗った三浦与一が登場し、本舞台の橋にかかる。鬼王は箱王らを忍ばせて与一を出迎え、使いのため橋掛りへ入る。与一が橋の中央にかかると、箱王が笠で顔を隠してすれ違う。泥水をかけられた箱王が、与一の馬の尾を取って引き戻し、荒事風の所作をみせる。箱王を牛若に見立てた、幸若「鞍馬出（くらまいで）」や能「関原与市（せきはらよいち）」のやつしの趣向。→用語81。

二 三浦与一のこと。『曾我物語』では左衛門と名乗っていないが、本作では役人付・挿絵とも「与一左衛門」と記されている。

三 参上する。

挿絵第一図（上段）
「そかの五郎　又太郎」
「三うらよ一左衛門　ぜん五郎」
「をにわう　伝吉」
一番目の大手先の場で、三浦与一と箱王の争いに鬼王が仲裁に入る場面。五郎は稚児装束を片肌脱ぎにする。髷を結わない童子の髪型。与一は素袍に立烏帽子で馬に乗る。鬼王は裃姿で生締めという捌き役の髪型。下手側に与一の家来たちが擬勢する。

挿絵第二図（下段）
「やつこ　でん八」
「そかの十郎　七三郎」
「ほんだの二郎　平八」
「とも　清五郎」
「女らうたち」

へば、与一「でかした、その方はこれより四宇都宮《うつのみや》方へゆき、「近日五申入れませう、御出の日限《げん》をうけ給りたい」と申て参《まい》れ、身《み》は先《さき》へ行《(ゆく)》」と馬にのり、橋《はし》の中ばを通る、

所に、箱王《はこわう》は、笠傾《かさかたぶ》け、行違《いきちが》ふ、折《をり》ふし春雨の六馬ざくり、箱王《はこわう》が衣裳《いしやう》射《い》七れば、や

二番目の大磯の揚屋で、十郎と本田二郎の丹前の所作。十郎は小袖の着流しに幅広の伊達な帯をしめ、羽織を着る。本田二郎は振袖の若衆姿で、ともに編笠を被る。左右に供の奴一人ずつを配する。右に下がっている暖簾は、橋掛りと本舞台を区別するもので(→五一頁)、この場面は橋掛りでの演技であろう。客引きする遊女の並ぶ格子窓は、橋掛りの奥に設けるものと思われる。

四 第一場に登場した宇都宮弥三郎やその一族。
五 馳走などに招く。
六 馬がひづめで水や泥を蹴り立てること。ここは、その泥水。
七 泥水が衣裳に鋭く跳ね上がるさま。

6安宅 橋掛りから鬼王が戻って箱王を引き離し、うわべは他人として振る舞い、能「安宅」を例に引いて、箱王の短慮を戒める異見事をみせる。杖で箱王を折檻するような演技は記されておらず、故実をふまえたせりふ術に眼目があったか。鬼王を勤めた宮崎伝吉の芸風としても、「実事師の開山…方便や軍法をたくませては楠もはだし」(『役者御前歌舞妓』)と評されている。この後に「橋弁慶」の立廻りがあり、三番目にも打擲の場面があるので、趣向がつくのを避けたとも考えられる。この異見事の演技は橋の上で行われたのであろう。→用語82。

がて馬を引とめ、「すゝいで返《かへ》せ」といへば、与一馬上より怒《いか》つて、たがいに問答《もんどう》に及《をよ》び、すでに危《あや》うき所へ、

6鬼王《をにわう》かけつけ、与一が心をたばかり[一]、箱王《はこわう》を知《し》らぬものにもてなし[二]、「身《み》に望《のぞ》み有《(ある)》ものは、堪忍《かんにん》を専一《(せんいつ)》とする、それが子たるものの親《をや》への孝行《かう〳〵》、又家来《けらい》が当座《とうざ》の危《あや》うきをしのがんために、主《(しう)》を打擲《ちやうちやく》するも、忠臣のなす業《わざ》、むかしも九郎義経《よしつね》、頼《より》朝公《ともかう》と御中《(おんなか)》不和《ふは》にして、奥州《をうしう》へ落《を》ち忍《しの》び給ふに、安宅《あたか》の関《せき》にて富樫《とがし》が心をたばかり、家来《けらい》の武蔵《むさし》、主の義経《よしつね》を打擲《てうちやく》いたした、何と今とても、それほどの忠臣、あるまじきものならず、とくと了簡《りやうけん》をいたし、まかり通れ」と、色ゝ言葉《ば》をしこなしいへば、箱王《はこわう》も合点《がてん》して、怒《いか》りをおさへ、しを〳〵となるを、

7与一勝《かつ》[三]にのり、「小悴《こせがれ》が推参《すいさん》[四]、新左衛門《ざへもん》が了簡《りやうけん》[五]なれば、命《いのち》は許《ゆる》す、これへ参《まい》り、草履《ぞうり》がぬげた、履《は》かせよ」と、そばへより、さん〴〵に悪口《あつかう》する、

8箱王《はこわう》、今はせきあがり、飛《と》びかゝるを押《お》し止《と》め、「いよ〳〵与一が見る所も有リ」と、長刀押《を》つ取《(とり)》、切払《はら》へば、箱王《はこわう》も小太刀をぬき、たがいにはげむ心ざし、橋弁慶《はしべんけい》もかくやらん、

その内に家来《けらい》共、与一を無体《むたい》に引連《つ》れ帰れば、鬼王《をにわう》「今は心やすし」と、長刀投《な》げ捨《す》て、こぞり合《(あひ)》、「とにもかくにもお主《しう》の御為《をため》」と嘆《なげ》きしは、あはれ也ける次第

一 だます。 二 ふるまう。

7黄石公の沓 能「鞍馬天狗」で、僧正が谷の大天狗が牛若に兵法を伝授するに際し、漢の高祖の臣張良が黄石公に沓(くつ)を捧げて兵法の奥義を相伝された故事を引く。本作で与一が箱王に草履を取らせようとするのは、そのやつしか。原話は川の流れでの出来事であり、本作でも橋の上での演技となる。ただし、沓を捧げられる人物が本作では敵役で、箱王は秘術を授けられるのではなく、悪口されるところが異なる。

三 勝って図に乗る。 四 差し出がましいこと。 五 とりはからい。

8橋弁慶 与一の傍若無人さに堪えかねた箱王が切りかかる。鬼王は敵討の大望のある箱王が事を荒立てるのを防ぎ、主人の目をごまかすため、長刀を取って箱王を静めにかかる。京の五条の橋の上で牛若と弁慶が争う有名な「橋弁慶」の能がかりの所作。能では牛若が弁慶を降参させるが、この場では戦いの決着を見る前に、家来たちが無理に与一を橋掛りへ退場させる。鬼王が箱王に無礼を謝する場面が、弁慶降参の格となる。一同橋掛りに入って場面が変わる。このところ「関原与市」「安宅」「鞍馬天狗」「橋弁慶」と、いずれも箱王を牛若に見立てる。「安宅」は義経の落人時代の話だが、能では子方が演じるから、若衆のイメージもある。箱王が牛若と重ねられるのは、出家すべく登山していたが、親の敵を討つために山を下りた稚児という境遇が類似しているからであろう。拍子事・軽業や童形の荒事を得意とする坂東又太郎の芸風(↓四三頁注九)を活かした設定でもある。宮崎伝

也、

「今は是迄、又こそ」と、わかれ〳〵に也《(なり)》にけり、

（第三場　曾我館の場）

[一]かくて[六]吉《き》備《び》津《つ》宮の[七]大藤内《(おほとうない)》は、[八]札守《(ふだまもり)》をもたせ、馬一疋ひかせて、[九]曾《そ》我《が》の館《やかた》へ来れば、

[一〇]老母《らうぼ》、[一一]二の宮立出《(たちいで)》、しか〴〵挨拶《あいさつ》有ル、

大藤内、[一二]算《さん》を置《お》きて、「やがて二の宮の御縁組《ゑんぐみ》も定《さだ》まりませう、そのうへ、それがしめは、不思議《ふしぎ》の夢《ゆめ》を七日つゞけて見ました、それゆへにあの馬をひかせました、その子細《しさい》は、こなたの夫《をつと》河津《づ》殿は、[一三]畜生道《ちくしやうどう》へ落《を》ちめされた」といへば、母驚《をどろ》き、「これは合点《がてん》のゆかぬ、様子《やうす》を語《かた》り給へ」とある、「されば、河津《かわづ》殿は、過《(すぎ)》ぬる赤[一四]沢山の[一五]狩《かり》くらに、[一六]工藤《くどう》介《(すけ)》経《つね》が討《う》つたとあつて、曾我《そが》兄弟の衆、今に[一七]瞋恚《しんゐ》をもやし給ふ、まつたく介経《つね》は討《う》たず、[一八]相撲《すまふ》の遺恨《いこん》によつて、又野《の》の五郎が討《う》つた、此行《(ゆき)》違《ちが》いの[一九]妄執《もうしう》、河津《づ》殿の[二〇]苦患《くげん》となつて、畜生道《ちくせうどう》へ落《を》ち、此土《ど》へ生れ替《か》はりめされた、いかにもして、兄弟へこのことを知《し》らせ、又野を討《う》つて手向《たむ》けよとある、その証拠《せうこ》には馬をひかせた」といへば、老母《らうぼ》驚《をどろ》き見給へば、成ほど、馬の額《ひたい》に[二一]介《(すけ)》重《しげ》と云《(いふ)》文字すわり、「工藤《くどう》が討《う》つたか」といへば、涙《なみだ》をこぼし、「又野が討《う》つたか」といへば、

吉も「仕相(合)太刀打の上手」(『役者御前歌舞妓』)だった。

曾我館の場　本舞台の奥に障子などを飾ることで屋内を表す(→用語86)。本作では曾我兄弟の父の敵、工藤介(祐)経が登場する場面が少ないのが、曾我物としては異例。赤穂浪士討入り事件の吉良上野介をにおわせるため、『曾我物語』の年齢より老齢に設定されていること(→人名42)と関わると思われるが、この場は唯一祐経が登場し、小細工を弄して敵討から身を守ろうとする。その愚かしさと、巧みを顕す鬼王の実事が見せ場となる。

1畜生道の計略　橋掛りから大藤内が供に馬を引かせて登場し、曾我兄弟の実父河津三郎が畜生道に堕ちた姿と偽る。上手から曾我の母と二の宮の姉が出て応対する。

六 岡山県岡山市の吉備津神社。七 →人名41。八 神仏の霊がこもり、災厄を免れる札。守り札。九 曾我は神奈川県小田原市内の地名。曾我太郎祐信の本拠地。一〇 →人名40。一一 十郎・五郎兄弟の異父姉。二の宮太郎に嫁したので二の宮の姉と呼ばれるが、本作では独身の設定(→六七頁)。一二 算木の略。占いに用いる。一三 六道の一。生前の悪業により死後畜生となり責めを受ける。→用語83。一四 神奈川県伊東市、遠笠山の東方の海岸近くに位置する。河津三郎が討たれた場所として知られる。一五 狩り場。また狩猟を競うこと。一六 所領の遺恨から家来に河津三郎を討たせた。→人名42。一七 自分の心と相違するものを恨むこと。一八 →用語84。一九 迷い。二〇 苦悩。二一 河津三郎の名。→人名39。

大きに踊《をど》り狂《くる》ふ体《てい》、老母《らうぼ》も今はあきれはて、「扨は左様《さやう》か」と嘆《なげ》き給ふ、

所[2]へ、介経《つね》来ﾘ、立入れば、老母《らうぼ》不思議《ふしぎ》ながら対面《たいめん》有《(あり)》、その時工藤《くどう》、「これ〳〵御老母《らうぼ》、かねて曾我《そが》兄弟は、身を親《おや》の敵《かたき》とねらいめさるゝよし、なか〳〵それは大き成ﾙ相違《さうい》、まことは又野《の》の五郎がしわざ、此うへは、[一]向後《(きやうこう)》遺恨《いこん》なきやうに、二の宮《みや》を申《(まうし)》うけ、悴犬坊《せがれ(いぬ)ばう》と婚《こん》礼をいたそう、それゆへ伺候《しかう》いたし(た)」と、初《(はじめ)》終《をは》りをいへば、母も大藤内が云《(いふ)》所、又は馬の不思議《ふしぎ》、かた〴〵女心にまことと思ひ、「いかにも」と有《(ある)》、

所[3]へ、鬼王《をにわう》きたり、此様子を聞《(きき)》、やがて馬を引出し、よく〳〵見れば、みな仕掛《しかけ》事なれば、やがて事《こと》を顕《あら》はし、工藤《くどう》にむかつて、さん〴〵悪口《あつかう》いへば、工藤《くどう》もこらへかね、口論《かうろん》に及《をよ》ぶ、

所[4]へ、[二]五郎はせ来り、首《くび》を抜《ぬ》かんと飛《と》びかゝるを、鬼王《おにわう》引《ひ》き止《と》め、「御尤《(もつとも)》なれ共、[三]十郎殿と一緒《しよ》に討《う》ち給へ」といへば、介経《つね》も大藤内も、危《あや》うき命《いのち》を助《たす》かり、虎《とら》[四]の尾《を》を踏《ふ》む心地して、よう〳〵館《やかた》へ逃帰ﾙ、鬼王《おにわう》、五郎がその働《はたら》き、誉《ほ》めぬものこそなかりけり、

2工藤と曾我の婚礼　大藤内を先に遣した工藤祐経が素知らぬ顔で橋掛りより登場。姻戚関係を結んで敵討を免れようとする(→用語85)。

一　今後。「向後　ケウコウ」(『書言字考節用集』)。

3鬼王の明察　鬼王は上手または橋掛りから登場し、橋掛りに繋いであった馬の仕掛けを見顕す。現行の歌舞伎十八番「毛抜」に見られるような見顕しの趣向。宮崎伝吉に顕著な作劇法。

4五郎の荒事　橋掛りから五郎が大童の荒事風の拵えで登場し、祐経に切りかかるのを、鬼王がさえぎり、祐経と大藤内は橋掛りへ逃げ帰る。この場は鬼王の捌き役の実事と五郎の若々しい荒事に終始する。

二　箱王の元服名(→人名34)。本作では、前場はまだ元服前、この場は元服後の設定。

三　敵の工藤祐経にめぐりあいながら、兄弟が揃わず機を逸するのは、『曾我物語』以来の常套。

四　「虎の尾をふみ、毒蛇の口を逃がれたるここちして、陸奥の国へぞ下りける」(謡曲「安宅」)。

大磯揚屋の場　二番目の前半は、大磯の廓を舞台に四つの場面から構成されているが、大道具の転換はなかっただろう。→用語86。本舞台を揚屋の座敷として正面に襖や暖簾を飾り、上手には二階座敷を作る(→注一六)。橋掛りの背後には張見世の格子窓を立てて屋外としたか。犬坊の揚屋入りは橋掛り、揚屋でのやりとりから犬坊の引っ込みまでが本舞台、本田次郎と十郎の出端は橋掛り、十郎が揚屋に入ってからは本舞台と、演技の場所を移すこ

第弐番目

（第一場　大磯揚屋の場）

[1]知《し》るも知《し》らぬも[五]大磯の、色めく里[六]の夕気色《げしき》、爰《（ここ）》に、工藤《くどう》が一子[七]犬坊《ぼう》は、[八]初買《はつがい》のため来《（きた）》れば、[九]揚屋《あげや》九郎次出あひ、「[一〇]大臣のお出」ともてなす、あまたの女郎、[一一]道中《どう（ちう）》して揚屋《あげや》へ行《（ゆく）》を、犬坊《ぼう》は大キ成ル[一二]かいの木を持《（もち）》、[一三]よねの前後《まへうしろ》を祝《いわ》ゐ、興《けう》を催《もよほ》しゐる、所へ、少将《せう〱》来ル、[一四]相方《あいかた》なれば、様〱濡《ぬ》れかゝるを、野暮《やぼ》にしなして、みな〱揚屋《あげや》へ行にける、

[2]さて、九郎次方には、女郎あまた、[一五]道中双六《どう》を打《（うち）》、なぐさむ、少将《せう〱》も[一六]二階《かい》より降《を》り、「わしも打ませう」と、打《う》ち交りゐる、

[3]所へ、犬坊《ぼう》来り、「[一七]手《て》の悪《わる》いよねのしこなし、[一八]とても事に、をれも爰にてなぐさまん」と、[一九]邪魔《じやま》になれば、少将[二〇]気《せう〱き》の毒《どく》がり、色〱ばかにして、物まねをさすれば、「[二一]達磨《だるま》のまねをして見せん」と、毛氈《もうせん》をかぶり、目《め》を見出したる体《てい》、「そのまゝの達磨《だるま》也」と、もてはやし、「とても事に[二二]虎《とら》さまに見せませう」と、呼《よ》びにやれ

とで、場面の変化を表したと思われる。

1初買の賑い　賑やかな遊廓の場面。曾我物の設定としては大磯だが、実際には江戸の吉原を写したのであろう。橋掛りで遊女の道中と、それにからむ犬坊の滑稽を見せ、一同揚屋に登楼する心でいったん二階座敷や奥の口に入る。

五 東海道の宿の名。神奈川県中郡大磯町。鎌倉時代に鎌倉の近郊として発展した。六 遊廓。七 工藤祐経の嫡子。→人名43。八 新年、初めて遊女を揚げて遊ぶこと。→用語87。九 遊廓で、客が遊女と遊ぶ店。置屋（遊女屋）に対していう。一〇 大尽。金持ち。一一 遊女が盛装して遊廓内を練り歩くこと。女方の歩く芸をみせる。→用語41。一二 古く貝殻を用いたので、さじ・しゃくしをいう。「揚屋の亭主、古き浅黄袴の腰をねぢらせ、てぬぐひを腰にさし、貝しやくしを持て出」（『役者論語』「芸鑑」）。一三 女郎。一四 相手女郎。

2遊女の道中双六　本舞台では、若手女方の遊女大勢と少将が道中双六に興ずる。一五 絵双六の一。東海道五十三次の絵などを描く。近松作「丹波与作待夜のこむろぶし」（宝永四年末か）では馬士の三吉がこれで遊んでおり、「道中双六」の節事がある。ここでも歌謡などをともなった遊興があったか。一六 揚屋の二階には客が上級の遊女を呼んで遊ぶ部屋がある。

3若衆の野暮大尽　犬坊が少将を探して二階から下りてくる。犬坊を勤めた中島勘左衛門（→人名43）は敵役だが、道外風の演技も加味した。恐ろしい顔つきの勘左衛門に若衆姿をさせ、見た目の可笑し味を誘う。

ば、

4やがて虎《とら》来り、「一めづらしい客衆《しう》がござんしたげな、近付《ちかづ》きに也《(なり)》ませう」と、居《い》眠《ねむ》りゐる犬坊《ばう》が鼻《はな》へこよりを入るれば、大きに腹を立るを、虎《とら》、いろ〳〵にしこなして、「これ、そのやうな風情《ふぜい》をすれば、此里では野暮《やぼ》と云て笑ひます、わし次第にして、二綿《わた》にならんせ」といへば、犬坊《ばう》もことばに三ほだされ、「さりとは、女郎のしこなしはきついもの、生れて親《をや》にさへ折檻《せつかん》にあはぬ、四虎御世《とら(ごぜ)》にをいて、五一郎別当《べつとう》介経《つね》が惣領《りやう》犬坊《ばう》なれ共、色にあつては綿《わた》じや」といへば、虎《とら》も少将《せう〳〵》も六心を付ル体《てい》にて、「扨は犬坊《ばう》さま、これは〳〵」ともてなし、「いとしがり給へ」といへば、少《せう》将《〳〵》も合点《がてん》し、床《とこ》に入ル、

5犬坊《ばう》悦び、しばらく寝《ね》入リたる内に、少将《せう〳〵》は、かみそりを用意《い》し、そばへ寄《よ》り、すでに殺《ころ》さんとする、

犬坊驚《ばうをどろ》き、「こは狼藉《らうぜき》」と、七ひしめくを、虎《とら》、奥《をく》よりとび出、止《と》むる、少将《せう〳〵》腹をたて、「こなたは腰《こし》がぬけたか」といへば、虎《とら》聞て、「いかにも、介経親子《つねをやこ》は、われ〳〵がためにも八舅《しうと》の敵《かたき》なれば、五郎殿のために討《う》たんと有《(ある)》はきこへた、しかし、九をれを人でなしといはんより、そちが道知《し》らずじや、子細《しさい》は、十郎殿のために此虎《とら》は何ものぞ、一〇誰《たれ》も思ひは同じ事なれ共、これは人違《ちが》いじや、一一かまへて早《はや》まつた事は御

一七 意地が悪い。自分がのけ者にされたことを恨んでいるのだろう。一八 いっそのこと。どうせ二階に一人でいるのなら、の意か。一九 知ったかぶりをして双六の邪魔になる。二〇 迷惑がって。二一 顔つきの恐ろしい勘左衛門に赤い布をかぶせて渋面の達磨に見立てる。二二 大磯の虎。→人名44。

4大磯の虎の登場 この座の立女方、岩井左源太の勤める虎が橋掛りから道中をして登場。愚かしい犬坊を手玉にとる。

一 虎は達磨が来たと聞いてやってきた。二 人あたりの柔らかいこと。「お侍様はきつとしたやうで。しかも御心が綿で」(浮世草子『風流曲三味線』巻四)。三 心を動かされ。四 →人名44。五 →人名42。六 ここではじめて、相手が自分たちのなじみの曾我兄弟の敵、工藤祐経の息子であることを知る。遊廓では武士も本名を名乗らない。

5少将の決意と虎の異見 遊びに興じていた舞台の空気が変わり、大勢の役者はいったん奥に入る。少将はうわべは手厚く犬坊をもてなして心にそまぬ床入りをし、剃刀を用意して犬坊の寝息を窺う緊迫の場面。犬坊が気づいて騒ぐと、虎が奥より出て、少将の短慮を戒める。

七 騒ぎ立てる。八 十郎・五郎を夫とみて、その父の河津三郎を舅といったもの。九 男女とも自称に用いる。一〇 狂言本は実際のせりふを要約して記すので、意味の通らないことがままある。この虎のせりふの意図も判然としない。少将が一人で犬坊を討とうとしているのをたしなめて、自分もともに討ちたいということか、女だけでは

無用」といへば、「して、人違《ちが》いとは」「されば、十郎殿、此比《（このごろ）》をれにをつしやるは、「日比《（ひごろ）》介経《つね》を親《おや》の敵《かたき》とねらふたが、それは大きな相違《そうい》じや、まことは又野の五郎が[一二]相撲《すまふ》の意趣《いしゆ》で討《う》つた、武士《ぶし》の冥利《めうり》をかけ、偽リはない」といはしやる、かならず粗《そ》相《ゝう》をせまい」といへば、少将《せう〳〵》もぜひなく、「扨は左様か」といへば、虎《とら》悦び、「此上は、はやう床《とこ》へ入り給へ」と、やがて二人《ふたり》を寝《ね》させ、裾《すそ》へ布団《ふとん》などかける、

[6]所へ、[一三]禿《かぶろ》来リ、「十郎さまから文がきました」と渡ス、虎《とら》開キ見れば、「いつもそう〳〵参《まい》りあふ事なれ共、わけて冬年《とし》の首尾《しゆび》さん〴〵にて、[一四]襲《かさね》の衣《きぬ》の薄《うす》ければ、何ごとも心にまかせず」と書てある、虎悲《とらかな》しがり、嘆《なげ》く内に、

犬坊《ばう》起《を》き、「これ〳〵虎《とら》殿、近比《ちか（ごろ）》慮外《りよぐわい》なれ共、それ成ル[一五]挟箱《はさみばこ》に着替《きが》への小袖あれば、裾《すそ》へかけてもらいたい」といへば、虎《とら》打笑ひ、「扨も、綿《わた》さまのきついしこなしや」といひながら、禿《かぶろ》に云付《（いひつけ）》、挟箱《はさみばこ》を取《（とり）》よすれば、禿《かぶろ》はふたを明ケ、[一六]小袖《こそで》を見て、「扨も、十郎さまの紋《もん》によう似《に》た」といへば、虎叱《とらしか》りて、そのまゝ取《と》り、裾《すそ》へ着《き》せをき、又、文を見て泣《な》きゐる、

[7]所へ、少将《せう〳〵》そつと起《を》き、虎《とら》がそばへ来リ、彼《（かの）》文を見てともに嘆《なげ》き、やがて虎《とら》に心を付ケ、「これ、あの小袖《そで》を取《（とり）》、十郎さまへやり給へ」とさゝやけば、虎《とら》はかぶりをふり、「いや〳〵、左様のことは思ひもよらぬ事」と立退《の》くを、少将《せう〳〵》とゞめて、

なく、十郎・五郎が揃っているところで討つべきだということか。曾我物では、兄弟揃って敵を討つという約束を守ることが兄弟愛の深さを示すテーマとなっている（→五〇頁注三）。 一二 けっして。 一三 俣野が河津を討ったという話は、一番目でも祐経の口から語られており、敵討逃れの虚言として定着している。十郎がそれを信じているはずはないので、ここでは虎が少将の逸る気持ちを押さえるため、偽りを言ったものか。

6身貧な十郎 虎の取りなしでいったん事は納まり、局面は別の方向へ転換。十郎から身貧ゆえ逢うこともままならないという文が届けられ、虎が嘆く。犬坊の頼みで何気なく小袖を取り出させた虎は、禿の「十郎さまの紋によう似た」の言葉で、同じ一族である犬坊と十郎の境遇の違いにますます心乱れる。禿のこの一言は、後の犬坊による十郎の紋所の詮議の伏線ともなる。 一三 遊女の見習いとして遊廓で使われている少女。 一四 衣服を重ね着できないことから、逼迫した経済状況をいう。ここは正月の晴着を持ち合わせないこと。 一五 武士が外出のとき、衣類などを入れて従者に持たせた箱。 一六 小袖は曾我物にとって象徴的な小道具の一つ。→用語88。

7恋ゆえの小袖泥棒 少将は自分が咎を引き受けるつもりで、虎に小袖を十郎のもとへ届けさせる。犬坊は目をさまして少将を縛り、揚屋に預けて橋掛りへ入る。舞台はいったんからになる。

「はて、恋《こひ》じやもの、ひらにわしが云やうにしたまへ、あとはよいようにせん」といへば、虎《とら》も恋《こひ》にはわれを忘《わす》れ、「扨は左様《さやう》か、うれしひ人の心入《(こころいれ)》や」と、少将《せうく》を拝《おが》み、やがて小袖を取ﾘ、ふるい〳〵立退《の》きしは、あはれにも又恋路《こひぢ》也、

かくて、犬坊《ぼうを》起きて、小袖を詮議《せんぎ》するに、なし、「扨は少将《せうく》がしわざ也」と、揚《あげ》屋《や》を呼《よ》び出し、[一]しばりて、「今宵《こよひ》ﾉ内は預《あづ》けをく、明日きつと詮議《せんぎ》する」と、犬坊《ぼう》は館《やかた》へ立帰ﾙ、

[8]折《をり》しも春の朧《をぼろ》月、夜[二]見世《みせ》の気色《けしき》にぎ〳〵と、三味《しやみ》弾《ひ》きつるゝ[三]河竹の、憂《う》き節《ふし》しげき人目《め》をも、いとはぬ恋《こひ》の[四]中の町、[五]振《ふ》り〳〵振《ふ》つて、爰に又、[六]本田の次郎は、[七]介《(すけ)》成《なり》と[八]知《ち》契《けい》の約《やく》、子細《しさい》あつて来りしが、

途《と》中にて介成《なり》にあひ、[九]「さりとは、よしなき[一〇]色に[一一]貪著《とんじやく》なさるゝゆへ、[一二]母の勘気《かんき》、又は重《しげ》忠の不通《ふつう》、しかし、某《それがし》めは、ふと申かはした中なれば、此所迄も参《まい》り、御異《い》見《けん》を申ます、ひらにお帰ﾘなされい」といへば、「成程、[一三]至極《しごく》也、しかし今日《けふ》を限《かぎ》りにして、重《かさ》ねてはふつ〳〵思ひきらん」と云内に、

[9]女郎共、「十郎さま久しや、まづこなたへ」といへば、ぜひなく見世《せ》へあがり、

一 京都の「けいせい浅間嶽」で、立腹した若殿が傾城三浦を縛り、縄目に封をして預けたのを踏まえたか。

8 華麗な丹前 観客の視線は橋掛りへ移り、若衆方の本田次郎の出端の芸がある。続いて十郎が虎から送られた小袖を着て、華やかに装って登場する。身貧な曾我という設定と、七三郎得意の伊達な丹前芸を両立させるため、小袖を盗むという筋立てが用意されている。

二 遊女が夜、張見世に並んで客を招く様子。 三 河竹の流れの身(遊女)が浮き沈みの定まらない境遇であることをいう。「憂き節繁き川竹の、流れの身こそ悲しけれ」(謡曲「班女」)。 四 恋の「中」と吉原の「仲」の町を言い掛ける。 五 立役の歩く芸である丹前六方をさす。→用語89。 六 →人名45。若衆方の四宮平八が勤める。 七 曾我十郎祐成。→人名46。中村七三郎が勤める。→人名47。 八 男色の契り。 九 若衆が念者(兄分)の女遊びをたしなめる。念者側としてはつらいところ。類似の場面は「参会名護屋」にもあった(→二五頁注二四)。 一〇 遊女。 一一 執着。ここでは女遊びにふけること。 一二『曾我物語』で母の勘気を蒙るのは弟五郎であり、畠山重忠は曾我兄弟の支持者だが(巻三)、本作では十郎の廓通いが目に余るため、母に勘当され、重忠からも縁を切られたことになっている。畠山氏は武蔵国畠山(埼玉県大里郡川本村)の住人。 一三 道理。

9 虎・少将の涙 十郎と本田が本舞台へ来る。十郎は虎に挨拶だけして帰るつもりだったのかもしれないが、若い遊女たちが出迎え、

とやかふ物語《がたり》する内に、少将《せう〳〵》来リ、「介さまか、ようござんした」と、一四泪ぐみいへば、介成《なり》「これは合点《がてん》のゆかぬ挨拶《あいさつ》」と云《(いふ)》、

所へ、虎《とら》も来リ、同じく泪をこぼし、「一五よい春でござんす」といへば、本田《ほんだ》も介成《なり》も、「これは合点《がてん》がゆかぬ」と、子細《しさい》を問《と》へば、虎《とら》は泪ながら、「それ、少将《せう〳〵》の縄《なわ》をといて下さんせ」介成驚《なりをどろ》き、小袖を取リ見れば、縛《いまし》めをかゝりゐる、少将《せう〳〵》云《(いふ)》よう、「ゑい、虎《とら》さま、わしが心を無にさしやる、きこへませぬ」といへば、「いかにも道理《どうり》なれ共、咎《とが》もないこなたに縄《なわ》をかけんよりはと思ふて、始《はじ》め終《をは》りを旦那《だんな》殿に云て、わしが縄《なわ》をかゝつた」といへば、

介成《なり》も本田《ほんだ》も大きに驚《をどろ》き、「云ても大切《せつ》な事そふな、はやく様子を話《はな》せ」と、両人の縛《いまし》めをとき、尋ぬれ共、虎《とら》も少将《せう〳〵》も様子を云《(いは)》ず、「かさねて折《をり》もあらん」といへば、介成《なり》腹をたて、「一六総別《そうべつ》一七しこなしだてをする、よい〳〵、云ずは聞まひ」と、いろ〳〵一八口舌《くぜつ》して立帰ルを、

10虎《とら》引《ひ》き止《と》め、「それならば話《はな》しませう、此ごとく二人《ふたり》ながら縛《しば》られたは、此着《き》る物から起《をこ》つての事」と、始《はじ》め終《をは》りを語《かた》り、「これといふも少将《せう〳〵》の心ざしなれば、礼をいわしやれ」と嘆《なげ》く、介成驚《なりをどろ》き、「一九虎《とら》は虎《とら》共思《をも》ふが、五郎となじみ有ルゆかりと

無理に店にあげる。新春早々、虎と少将が縄にかかっていることがわかるので、十郎と本田は驚き、事情を尋ねる。虎と少将は事情を語れば十郎の貧苦を世間に知らせ、恥をかかせることになるので黙っている。十郎は自分に言えない理由があると誤解し、虎の心変わりを恨む。

一四 少将は、十郎に心配させないよう、縄の上から小袖を着て隠し、十郎に初春の挨拶をするが、思わず涙ぐんでしまう。

一五 虎は少将の縄目を赦してもらうため、自ら小袖の下で縄に掛かっているので、やはり涙ぐんでいる。十郎と本田はそれを見とがめる。

一六 すべて。一七 きざなふるまい。自分に真実を語らないので、すねて言ったもの。一八 口あらそい。とくに男女間の痴話喧嘩をいう。

10不如意な境遇 虎が一部始終を語り、十郎も事情を知って和解、落ちぶれた境遇を嘆く愁嘆場になる。

一九 虎が自分のためにしてくれる心ざしは、もっともと思うがの意。

11紋所の詮議 橋掛りから憎らしげな犬坊が登場し、小袖の詮議を始める。紋所を証拠にとられ、十郎は窮地に陥る。

挿絵第三図（上段）
「犬ぼう丸　かんさへもん」
「せう〳〵　おりゑ」
「とらごぜん　左源太」
「十郎　七三郎」
「ほんだの二郎　平八」

て、少将《せうく》の心ざし、いつの世に忘《わす》れん」と、互に取つき嘆《なげ》きゐる、所[11]へ、犬坊《ばう》、詮議《せんぎ》のため来リ、介成《なり》にあひ、「久しや、十郎、幸ひの所で出あふた、少《(ちと)》子《し》細《さい》あれば待《(まち)》めされい、扨、此女の縄目《なわめ》、誰《た》が許《ゆる》した」といへば、虎《とら》聞て、「わしがときました、子細《しさい》はみな此虎《とら》がした事なれば、此うへは、をれをいかやう

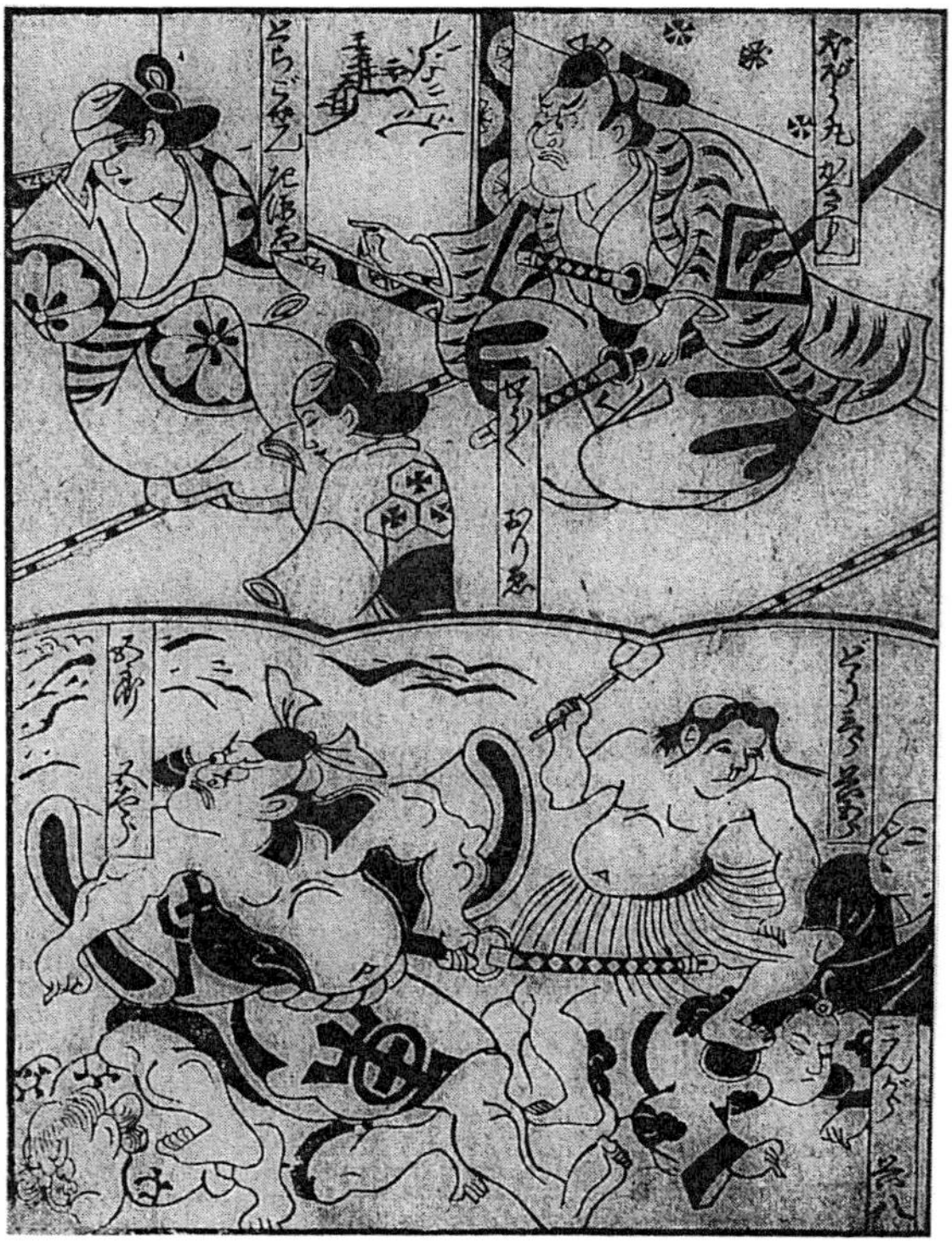

「わかいものども」

二番目第一場の揚屋の場で、犬坊が十郎の小袖を詮議し、本田二郎が仲裁する場面。犬坊の勘左衛門はいかつい顔つきに、前髪がいかにも不釣り合いで滑稽。紋は劇中で問題になっている庵木瓜ではなく、勘左衛門自身の二階笠。十郎は立髪鬘(→一一頁)に挿絵第二図で着ていた小袖。紋は七三郎の重ね釘抜。本田二郎が無理に問題の小袖を脱がせているところ。下手に紙子を持ってくる廓の若い衆と、犬坊の家来が描かれる。

挿絵第四図(下段)

「こんがら　兵八」

「どう三郎　兵五郎」

「五郎　又太郎」

「せいたか」

「ふとう　半三郎」

「十郎　七三郎」

二番目第二場の大山不動の場で、五郎が偽不動を顕すところ。五郎は前髪立ちで髷をくずしてさばき髪にし、力紙を結ぶ。「参会名護屋」挿絵第二図(一六頁)の太宰と同様の広袖の衣裳で、諸肌脱ぎにしている。団三郎は前髪立ちの道外方で、腰簑のようなものだけまとっている。水垢離をとっていたためだろう。新開荒四郎は偽不動の拵え。家来二人が矜羯羅(こんがら)・制多迦(せいたか)に化けている。下手の十郎は、立髪鬘に広袖を着ており、ここでは荒事風の立廻りを見せたか(→五九頁注一九)。

一 本人である以上は。　二「曾我五人兄弟」二段目で、二の宮の姉の嫁入りの披露のた

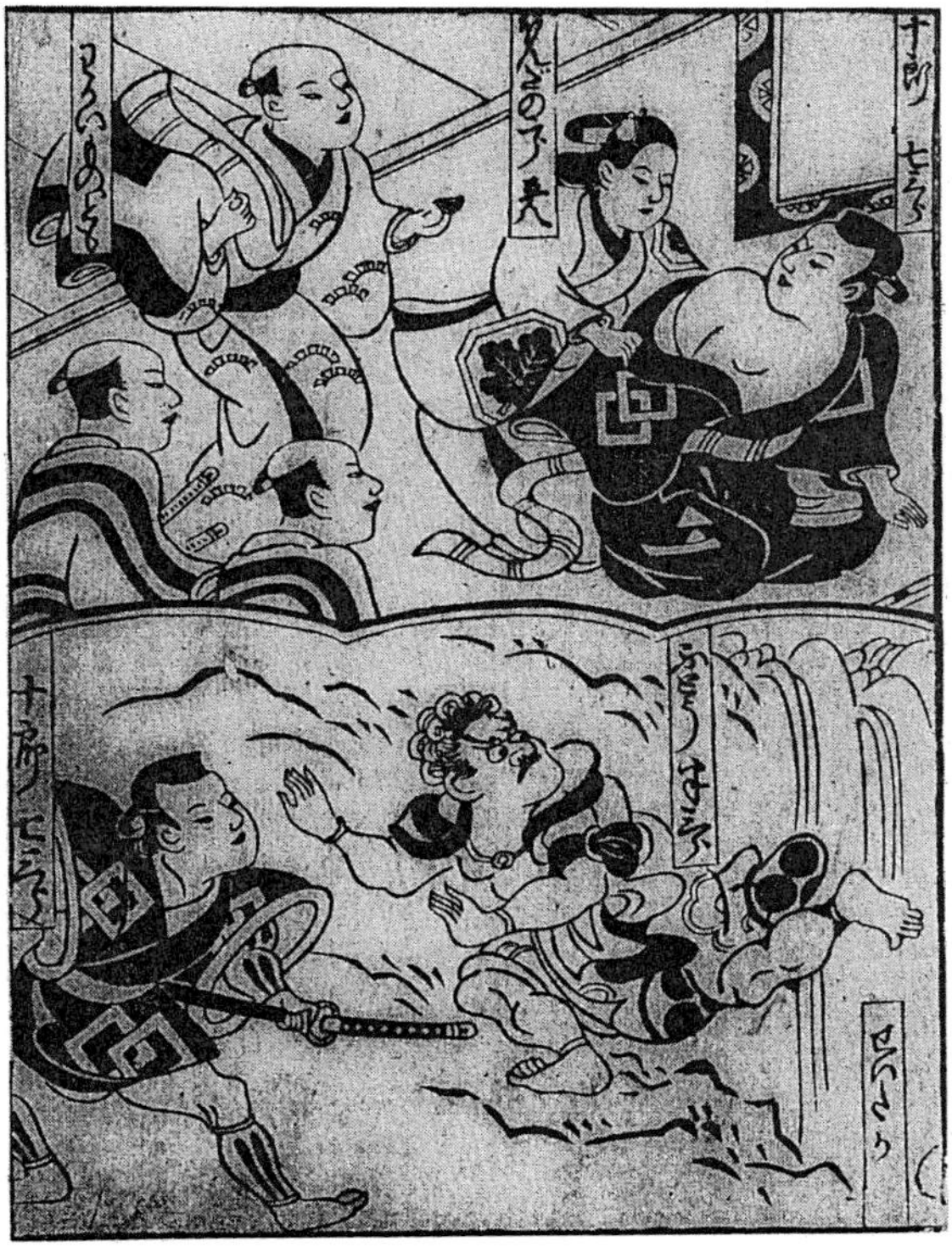

共存分《ぞんぶん》にしたまへ」といへば、「成ほど、望《のぞ》み迄もなひ、一本人からは許《ゆる》しはせぬ、したが、これにはまた同類《どうるい》が有ル」と、介成《なり》が衣裳《いしやう》に目を付ケ、「こりや〳〵十郎、二そちも盗人」といへば、介成《なり》聞て、「盗人と云（いふ）証拠《せうこ》が有（ある）か」「成ほど、しるし有リ、その紋《もん》を見よ」といへば、十郎笑ひ、「曾我《そが》も工藤《くどう》も、もとは一家なれば、三庵《いほり》の内

め、十郎が多くの遊女から衣裳を借り集めるが、紋所がまちまちであるのを、祐経が見とがめる場面がある。三 紋所の名称。伊東・河津・工藤の家紋。→用語90。

一 庶子は跡とり以外の子の総称。しょし。惣領は本家の家筋。工藤と河津の家系は複雑。→用語91。二 →用語90。

12若衆方の諫言 若衆方は容姿が美しいだけでなく、きっぱりとして、敵役をやりこめるような凛々しさが好まれた。本田役の四宮平八も「古事をひいていはるゝ長口上千日いはれてもつまづかるゝ事なく、いさぎよし」（『役者略請状』元禄十四年三月）と評されている。ここでも十郎の顔を立て、犬坊の短慮を戒める捌き役を演ずる。犬坊が非難されているのは、恋ゆえの盲目的行為を理解できない野暮な心と、当時全盛の遊女である虎・少将に縄を掛けるような、権威を笠に着た粗暴な行為。

三 →用語92。四 他に劣ると極めつけられること。盗品を着ていたことが明らかになって当惑している十郎に対し、さらにその衣裳を脱がせてみすぼらしい紙子に着替えさせるのは酷い仕打ちのようだが、とりあえず借りを返した上で、犬坊の対応を見て非難しようというのが本田の思案。悪いようにはしないからと、無理に着物を着替えさせる。五 着物の上に引っかけて着る。下司な言葉を使う犬坊の傲慢さが示される。六 間柄。七 家来の家来。本田は畠山重保の家来で、工藤祐経の嫡男犬坊と同格ではない。へりくだっておきながら、犬坊の配慮のなさを指摘している。

に木瓜《もつかう》を付ルは、今に始《はじ》めぬ事」犬坊《ぼう》「いかにも庵《いほり》に木瓜《もつかう》なれ共、庶[一]子《そし》惣領《りやう》の違《ちが》いあつて、惣領筋《りやうすじ》は庵[二]《いほり》に脚《あし》を付ル、某《それがし》は庶子《そし》筋なれば、庵《いほり》に脚《あし》がない、さあ、その紋《もん》を見よ、脚《あし》がない」といへば、十郎もこれに困《こま》り、迷惑《めいわく》する、

[12]其時、本田《だ》出て、「とかく、よろしきやうに、わたくしが了簡《りやうけん》いたしませう、それ〳〵、何にても、古キ衣裳《いしやう》あらば借《か》りたい」といへば、やがて紙子[三]《かみこ》を出ス、本田《ほんだ》云様、(いふやう)「早々《そう〳〵》これを召《め》し替《か》へられひ、とかくこなたに後[四]《をく》れの付ク事はいたすまひ」と、むたいに小袖を着替《きか》へさせ、「これ〳〵虎《とら》殿、此小袖を返《かへ》し給へ」といへば、虎《とら》、やがて犬坊《ぼう》方へ投《な》げやれば、犬坊怒《ぼういか》つて、「どろぼうの引[五]《ひ》つ張《ば》つたる小袖、けがらはし」と、投《な》げかへす、本田《ほんだ》見て、「ゑい、こなたは恋《こひ》しらず、云(いふ)ても虎《とら》と十郎とは深《ふか》い挨拶[六]《あいさつ》、恋《こひ》と云ものには、われを忘れてかやうな事をも仕ル、そのうへ、鎌倉《かまくら》に大名多《おほ》いと申ながら、虎《とら》、少将《せう〳〵》ほどのものに縛《いまし》めをかくるは、末代《まつだい》迄の恥《はじ》にもなりませう、まあ、又[七]ものの了簡《りやうけん》はかくの通りで御ざる」といへば、

[13]犬坊《ぼう》もこれには困《こま》り、「よい〳〵、此詮議《せんぎ》は成ほどそちが中媒《ちうばい》にまかせう、さて介成《なり》、少(ちと)そのほうに申分が有ル、きけば、親《をや》介経《つね》を親《おや》の敵《かたき》といふてねらふげな、云ても、親仁《をやぢ》は年寄《としよ》つたもの、犬坊《ぼう》がまかりあれば、さあ、此所で打果《はた》せ」と、さん〴〵に悪口《あつかう》すれ共、介成《なり》は構《かま》はねば、「これ迄也」と、犬坊《ぼう》は少将《せう〳〵》を引《ひ》き連《つ》れ、奥《をく》

13犬坊の挑発　本田に言いこめられた犬坊は、くやしまぎれに矛先を転じ、遊廓では十郎が事を荒立てないのを承知の上で挑発する。しかし、誰にも相手にされないので、捨てぜりふを残して、少将を無理に引き連れ、二階の座敷に引っ込む。

14愁嘆の髪梳、別れの丹前　狂言本の記述は簡略だが、髪梳、紙子の丹前と、演技の見せ場が連続している。筋には関わらない役者の芸が膨張し、一人歩きするのが江戸歌舞伎の特色であり、狂言本には荒筋を求めるのではなく、舞台に展開される芸の面白さを読みとらなければならない。

八髪を梳く場面。愁嘆場や濡場の演出法の一つ。→用語49。本作でも、多くの人の面前で恥をかかされた十郎をいたわり、虎が十郎の髪を梳くしんみりした場面。

九先に本田次郎の若衆丹前、十郎の立髪丹前があったが、ここでは十郎に紙子を着せ、愁いの丹前を演じさせるのが趣向。

大山不動の場　本舞台の中央あたりに滝が流れている。→用語93。前半の荒行の厳しい雰囲気が、後半ではうってかわり、敵の計略の偽不動であったことが露顕、さらに道外方の団三郎がそれをもどいて見せるというドタバタに終わる。

1五郎の荒行　五郎が不動に祈誓する荒行の場面。忿怒の相を示す不動明王は、修験の徒や庶民の信仰が厚かった。『平家物語』巻五に、文覚が熊野の那智の滝に打たれて修行したとき、不動に助けられたという説話があり、滝の荒行と不動とが結びついて歌舞伎の荒事にも取り入れられた。

一〇曾我の従者、鬼王の弟。道外方第一位

の二階《かい》へ上りしは、無念也ける次第也、
[14]あとには、十郎、虎《とら》、本田《ほんだ》、互に胸《むね》をおしさすり、泣《な》くより外《(ほか)》のことぞなき、
○爰にて髪梳《[八]かみすき》上るり、紙子《[九]かみこ》の丹前《たんぜん》にて、別《わか》れ〳〵に也《(なり)》にけり

（第二場　大山不動の場）

[1]爰に、曾我《そが》の五郎、団《[一〇]どう》三郎は、大山[一一]の不動《[一二]ふどう》に荒行《あらぎやう》をなす、その勢《いきを》ひ、すさまじかりける次第《しだい》也、
[2]敵工藤《かたきくどう》が智略《ちりやく》にて、新開《[一三]がい》の荒《あら》四郎不動《ふどう》と也《(なり)》、色〳〵問答《もんどう》する、ついにたくみ顕《あらは》れ、[一四]下人共白状《はくでう》すれば、新開《しんがい》「今はかなはじ」と、逃んとするを、介成《なり》うしろより取《と》つて伏《ふ》せ、「若此《(もし)》うへに一味して、介経《つね》が方へ手引《び》きいたさば、命を助《たす》けん」といへば、「いかにも、仰《をほ》せにまかせん」といふ、それより不動《ふどう》の衣裳《[一五]いしやう》をはぎ、下へ落《を》とせば、団《どう》三郎装束《しやうぞく》を着《ちやく》し、利剣《[一六]りけん》をふつて、「扨も、ようした物かな」と云《(いふ)》、
[3]所へ、工藤《くどう》が隠《かく》し勢《ぜい》、どつと云て切《き》つてかゝるを、五郎「得《ゑ》たり」と、筒抜《[一七]つゝぬき》、捩《ねぢ》首《くび》、人礫《(ひと)つぶて》、算《[一八]さん》を乱《みだ》して追散《ちら》し、「門《かど》出よし」と兄弟[一九]は、打連《つ》れ曾我《そが》へ帰りけり、

の西国兵五郎が勤める。前半では五郎の荒行に従うが、滝に恐れる様子などの道外をみせたか。→人名48。一一 神奈川県伊勢原市にある修験系の寺。江戸時代には庶民の信仰を集めた。→用語94。一二 不動明王。五大明王の主尊。忿怒の相で背に火炎を負う。不動と曾我物には縁がある。→用語95。
2敵役の偽不動 少し高くなった岩組の上に新開荒四郎の化けた偽不動が現れる。滝壺の五郎と問答をしているうちに、偽物とばれてしまう。→用語96。道外役の団三郎がその衣裳を着て、自分の立派な姿に感嘆したり、利剣をもって新開をいたぶったりする可笑し味の場面が続く。
一三 →人名49。近松作「世継曾我」以来、曾我に敵対する人物として描かれる。本作では実悪方第二位の富沢半三郎が勤める。「男付りきんで、まなこざしすさまじ」（『役者御前歌舞妓』）等の評があり、不動にはうってつけの面構えだったのだろう。一四 挿絵によれば、家来二人が不動の脇侍、矜羯羅(こんがら)・制多迦(せいたか)の二童子に扮している。一五 前場で十郎が衣裳を剝ぎ取られたのをもどいた場面。岩組の上から下に衣裳を落とすと、平舞台の団三郎がそれを着る。一六 鋭い剣。仏法の教えの正しさの比喩。
3兄弟の立廻り 工藤方の侍たちが切りかかるのを、十郎・五郎兄弟が大立廻りで退ける。二番目第一場、三番目の愁嘆や義理詰めの場面の間にあって、動的な荒事場面。一七 →用語97。一八 占いの算木を乱すようにちりぢりになる。一九 挿絵にも十郎が描かれているので、最後に十郎も登場して、兄弟で立廻りを見せたのであろう。

第三番目

（第一場　浅間狩場の場）

1去ほどに、頼朝公《よりともかう》、一浅間《あさま》の御狩《みかり》こと終《をは》り、諸《しよ》大名の二狩場《かりば》の誉《ほま》れ御覧《らん》あつて、「此上に又富士《ふじ》野を狩《か》らせん、その用意《ゐ》有べし」とあれば、みな〳〵上意《ゐ》を承リ、三本所〳〵に立帰ル、

（第二場　鬼王住家の場）

1爰に鬼王《をにわう》は、十郎殿をかくまい、その身もともに浪々《らう〳〵》の、憂《う》き住居《すまい》こそ悲《かな》しけれ、もとは新開《がい》と云し者《もの》、四遠山軍太《ぐんだ》左衛門と名をかへ、これも介成《なり》へ一味すれば、折々《をり〳〵》鬼王《をにわう》方へ立越《こ》へ、娘をさんに五百人一首《しゆ》を教《おし》へゐる、折《をり》しも、鬼王《をにわう》、六団三郎《どう》は、他所へ出、留主《（るす）》の所へ、軍太《ぐんだ》左衛門来リ、しか〳〵挨《あい》拶《さつ》する内に、鬼王《をにわう》、団三郎《どう》立帰リ、軍太《ぐんだ》左衛門にあひ、「いつもながら、を世話《せわ》になりまする、それ女房《ぼう》共、お茶《ちや》を進《しん》ぜい」と云内《（いふ）》に、

浅間狩場の場

1狩場の誉れ　頼朝の御前において、諸大名が狩場での獲物を報告し、退出するだけの短い場面。若衆方による所作事が付舞台で行われたか。→用語98。

一→用語99。　二→用語100。　三本来の居所。

鬼王住家の場

大道具としては、本舞台正面に障子や襖などを飾って屋内を示す程度の簡略な舞台。京都で上演された「けいせい浅間嶽」(元禄十一年一月早雲座)中の巻、家老花岡和田右衛門(山下半左衛門)の貧乏所帯で、主君の姫の許婚小笹巴之丞(中村七三郎)の廓遊びの金策に端を発し、娘が殺され、妻が身売りする場面を、そのまま趣向取りした。その結果、鬼王が貧しい中で主君十郎を匿う設定になったが、曾我物としては異例。→用語101。

1百人一首教授　橋掛りより軍太左衛門が登場し、おさんに百人一首を教える。ありふれた日常から悲惨な幼児殺しへと展開する京都の「浅間嶽」の印象的な冒頭部分を、そのまま踏襲した。そこへ橋掛りより鬼王・団三郎が帰宅。

四京都の「浅間嶽」の二階堂兵介にあたる。

五→四四頁注四。　六京都「浅間嶽」の阿呆の下人与太郎にあたる。→人名50。

2十郎の借金返済　主君十郎の廓通いの借金を返すため、鬼王は武士の魂の刀を質に入れ、不如意を嘆く。軍太左衛門も聞いている。

七刀。質入れしてしまったので、竹光をさしている。　八京都では、和田右衛門が巴之丞のために二貫八百目(約四十七両)で刀

[2]女房《ぼう》八《や》重《へ》垣《がき》は、鬼王《をにわう》が腰《こし》[七]の物を見付ヶ、いろ〳〵詮議《せんぎ》すれば、鬼王《おにわう》「今は包《つゝ》まれず、団《どう》三郎は兄弟の事、軍太《ぐんだ》殿は一味の人、さして隠《かく》す事なければ、様子を話《はな》そう、まつたく渡世《とせい》の苦労《くらう》、又は、をさんがために置《を》いた質物《しち(もつ)》でなひ、かねてはそち立《(たち)》も知ル通リ、十郎殿には、大磯の虎《とら》と云ものに馴染《なじ》みめされ、通《かよ》ひ給ふ、なれ共、身貧《ひん》なれば心にまかせず、今日《けふ》あつて明日《あす》を知らぬ命なれば、少《(ちと)》ながらも金子《きんす》の用《よう》意《い》して、大磯へやりまして、介成《なり》殿の心よいお顔《かほ》が見《み》とふ思《おも》ふて、団《どう》三郎と云合《(いひあはせ)》、[八]刀を二十両の質《しち》物に入れ、金子《きんす》を調《とゝの》へ帰《かへ》つた」といへば、「扨は左様か」と、女房も[九]至極《しごく》して嘆《なげ》く、

軍太左衛門《ざへもん》涙《なみだ》をこぼし、「御尤《(もつとも)》成ルしかた、いや、某《それがし》めはお暇《いとま》申ませう」と立《た》てば、鬼王《をにわう》も[一〇]介成《なり》の迎《(むかへ)》のため、伺候《しかう》いたせば、「道〳〵同道《どう〳〵》申さん」と連《つ》れ立て、女房《ぼう》八《や》重《へ》垣《がき》は酒求《もと》めて、あとに団《どう》三郎、をさん、しばし眠《ねむ》りいる、[3]所へ、軍太《ぐんだ》、忍《しの》び入、をさん殺《ころ》し、二十両の金《かね》を盗《ぬす》み、いづく共なく逃《に》げ去《さ》るは、あさ(ま)しかりし次第《だい》、

団《どう》三郎は、やう〳〵と[一一]流《なが》しのすみより出《で》る、をさんが[一二]死《し》骸《がい》にとり、嘆《なげ》きいる、[4]所へ、女房《ぼう》は、酒調《とゝの》へて帰《かへ》り、[一三]を聞て、嘆《なげ》く内に、[5]表《をもて》にて、人大勢《ぜい》、十郎に取つき、「[一四]うけきりした泥棒《どろぼう》なれ、それ、[一五]はげよ、たゝ

を売った。本作では半分以下の金額で質に入れた。九 もっともだと思って。一〇 京都では、巳之丞を呼び、事情を話したうえで借金を済ませてもらおうと、和田右衛門が迎えに行く。本作では、十郎は鬼王の家に同居しているので呼びに行くのは不自然だが、帰りを出迎える心で鬼王が家を出る。

3おさん殺し 人々が橋掛りへ入ると、団三郎・おさんは床につく。軍太左衛門が忍び込み、金を取ろうとすると、おさんに気づかれるので、これを殺す。記述は一行だが、手順は京都上演時とほぼ同じであろう。ただし京都の浪人兵介は素姓不明だったのに対し、本作ではいったん曾我側に同心した新開荒四郎が再び寝返ったことになる。

一一 京都では、残虐な殺し場の中でも、人一倍怖がる阿呆与太郎の演技が観客の笑いを誘った。観客席の土間にまで下りて逃げ隠れたとの推定もある。本作も怖がって「流しのすみ」に隠れる演技があったか。

一二 脱字。死骸にとりつきの意。

4女房の愁嘆 橋掛りより女房が戻り、我が子の死を知って涙にくれる。

一三 脱字。事情を聞いての意。

5女房の身売り 家の中での愁嘆場面をよそに、橋掛りから十郎を囲んで廓の衆が大勢登場し、折檻する騒ぎになる。行き違った鬼王が橋掛りからかけ戻って仲裁に入るが、あてにしていた金は奪われてない。十郎の難儀を救うため、鬼王女房は子を殺された悲しみをこらえて、廓へ売られてゆく。

一四 身請けの決まっている遊女を横合いから身請けすること。ここは揚げ代の不払いをいうか。 一五 身ぐるみ剝げの意。

け」と云《いふ》、

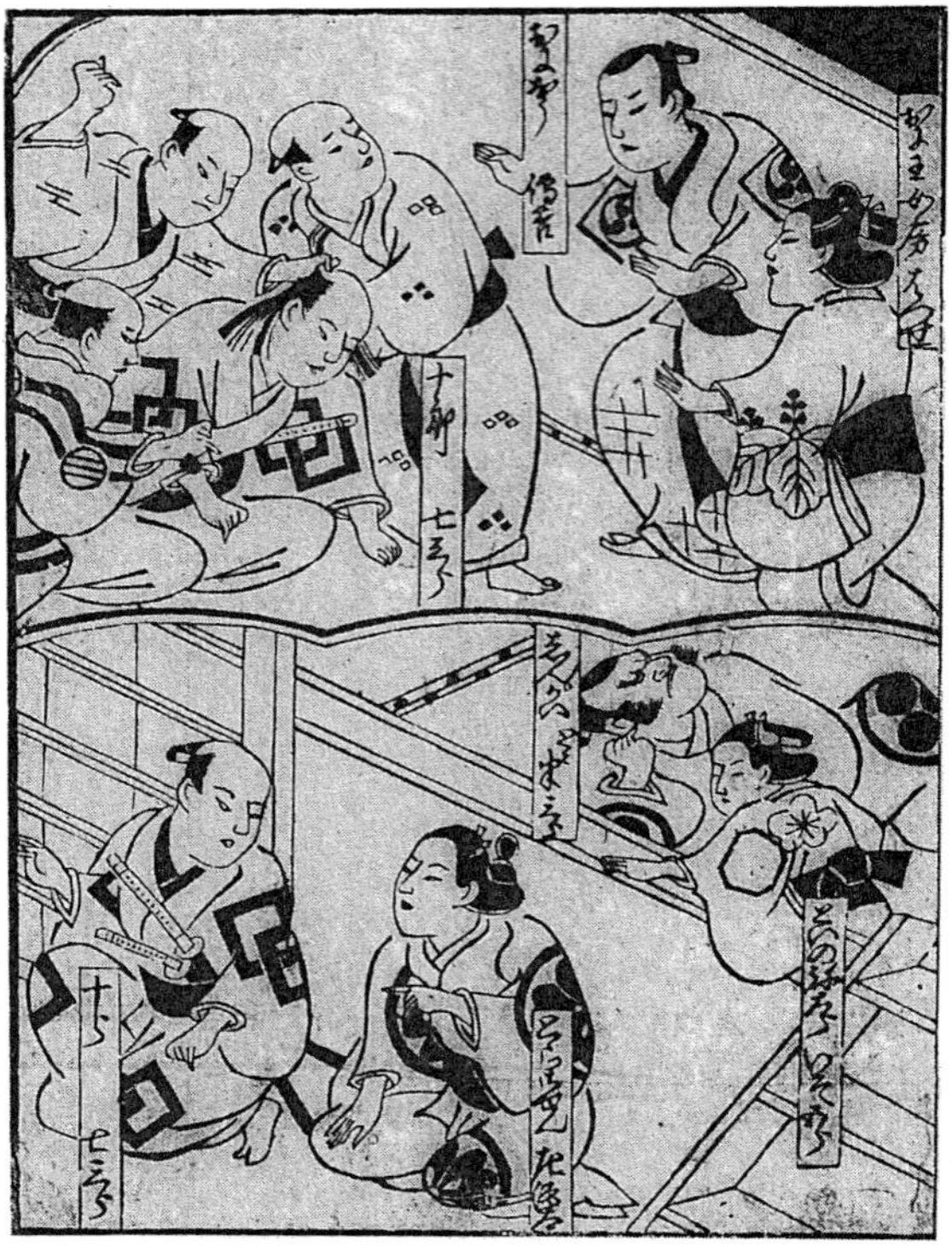

所へ、鬼王《をにわう》、跡より来《きたり》、双方《そうほう》へ押《を》し分《わけ》、「身が了簡《りやうけん》[一]せう」と、内へ入れ、「右の金《かね》を出《だ》せ」といへば、「盗人にとられし」と云《いふ》、轡《くつわ》[二]八郎左衛門、いよ〳〵腹《はら》を立《た》つれば、女房《ばう》せんかたなく、「此うへは金《かね》の調《とゝの》ふ内、質物《しちもつ》[三]と也《なり》、里へ行ませう」といへ

一 取り計らうこと。二 遊女屋の主人。亡八とも書く。仁・義・礼・智・信・忠・孝・悌の八つの心を失った者の意。この役の名は役人付にない。三 女房八重垣は十郎の揚げ代二十両(現在の約二百万円)の代わりに廓に身を売る。→用語102。

挿絵第五図(上段右)

「おに王女房　はつせ」

「おにおう　伝吉」

「十郎　七三郎」

鬼王住家の場で十郎が廓の者の折檻にあっているのを、鬼王夫婦が仲裁している。十郎は腰に刀を差しているが、質入れしてしまった鬼王は腰があいている。

挿絵第六図(上段左)

「とら御せん　左源太」

「十郎　七三郎」

「とう三郎　兵五郎」

「浅間嶽」の怨霊事の所作。虎は怨霊なのでさばき髪。火鉢からは火が燃え上っている(→七〇頁注一六)。道外方の団三郎が流しの下に隠れて窺う。

挿絵第七図(下段)

「といの弥大郎　いそ五郎」

「しんがい　とみ半三郎」

「とら御せん　左源太」

「十郎　七三郎」

「大しう　はつせ」

「おにおう　伝吉」

大しうの述懐の場面。異時同図法で、二階座敷の新開荒四郎と土肥弥太郎も描かれている。荒四郎は総髪の浪人者、弥太郎は前髪振袖の若衆。虎はここでは普通の髷。大

ば、「その儀《ぎ》ならば、連《つ》れ行《(ゆく)》」と、鬼王諸共《をにわうもろ》、大磯へ行しは、あはれ也ける次《し》第《だひ》也、6あとにて、十郎「これと云も、みな虎《とら》より起《を》こる所なり、二世《せ》迄と交《かは》した四誓紙《せいし》を、虎《とら》が方へ戻《もど》さん」といへば、団《どう》三郎「とかく焼《や》き捨《す》て給へ」といへば、「どう也《(なり)》ともせよ」とある、

しうは小袖の肌を脱ぎ、袈裟を見せる。
※挿絵は界線で仕切って三図を描く。狂言本の丁数が次第に減るのに対し、一日の狂言の場面数は増えるので、挿絵は次第に小さく、類型化してゆく。「参会名護屋」の大ぶりな力強い絵に比べると雲泥の差。

6浅間の所作　京都の「浅間嶽」で、その名題の由来ともなった眼目の怨霊事の趣向取り。大磯の虎が生霊となって現れ、不実な男に対する恨みを、浄瑠璃などの音曲にのせて演ずる優艶な所作事。→用語103。

四誓いのことばを書いた紙。起請文。

7おさんの野辺送り　十郎と団三郎が正気付き、はかなく死んだおさんを悼みながら、亡骸を背負って退場する。→用語104。

一葬送の意。

大磯揚屋の場

二番目と同じ舞台。京都の「けいせい浅間嶽」中の巻、乳守の廓の場の趣向取りで、口舌、心中の指切り、打擲、心底の趣向と見せ場が多い。狂言本の記述は簡略だが、前後の京都指向からみて、京都演出で本作を補って読んでよいだろう。

1軍太と弥太郎の遊興　敵役の軍太左衛門と、たまたま誘われた土肥弥太郎が橋掛りから出て舞台へ来て、遊興の様を見せる。土肥弥太郎は若衆方浜崎磯五郎で、後に曾やがて火鉢《ばち》に投《な》げ入るれば、虎《とら》が一念通《ねんつう》じけるにや、そのまゝ煙《けむり》の内に面影《をもかげ》あらはれ、誓紙《せいし》を焼《や》きし恨《うら》みを云《いふ》●こゝにて浅間《あさま》の所作《しよさ》有《あり》

[7]さてそれよりも、団《どう》三郎は、をさんが死骸《しがい》を背《せな》に負《を》い、野辺《のべ》[一]の送《をく》りをなしにける、

（第三場　大磯揚屋の場）

[1]さるほどに、軍太《ぐんだ》左衛門は、金《かね》を盗《ぬす》み取《とり》、土肥《とい》[二]の弥太郎同心《どうしん》[三]して、大磯へ行《ゆき》、九[四]郎二方にて騒《さわ》ぐ、二階《かい》にて、投節《なげぶし》[五]をうたふをきゝ、「誰《たれ》じや」と問《と》へば、「あれは虎《とら》さま」と云《いふ》、「いざ、を近付《ちかづ》きに也《なり》たひ」と、しか〴〵挨拶《あいさつ》して、二階《かい》へ上リ騒《さわ》ぐ、

[2]所へ、介成《なり》は、鬼王《をにわう》が女房《ばう》に逢《あ》はんと行《ゆく》、

[3]案《あん》のごとく、女房《ばう》は大しう[六]と云《いふ》[七]つきだしの女郎と也《なり》、道《どう》[八]中してくる、十郎、道にて逢《あ》ひ、「これは〳〵」と、憂《う》さつらさ語《かた》りいる内に、虎《とら》が出したる[九]新造《ぞう》、此挨拶《あいさつ》をみて、十郎とは深《ふか》[一〇]いと思ひ、虎《とら》に云付ン心入にて入、

[4]かくとは知《し》らで、大しうは、「とても事に、虎《とら》さまに逢《あ》はんせ」といへば、「いや〳〵、虎《とら》には逢《あ》ひますまい、そなたに逢《あ》ふて、せめての義理《ぎり》[一一]を届《とゞ》けんためばかり」と立帰《かへ》るを、「ひらに逢《あ》ひ給へ、此ほどは、こなさまのことを気恚《きわづら》ひにして、九郎次方に御ざる、わしは初《はじ》めての客があつて逢《あ》ひまする、のちに」と云て、別《わか》る

我方の人々に軍太左衛門がいることを知らせ、五番目では夜討に加勢する立役側の人物。京都の「浅間嶽」で桔梗屋の若旦那がはじめて登楼する場面に相当する。

二 →四三頁注四。　三 同道。　四 揚屋の亭主。二番目にも登場。　五 →用語45。京都の「浅間嶽」で奥州が投節を歌うのをうけた。

2十郎の忍び　十郎は二番目とはうってかわって人目に立たないよう、ひそかに大磯の廓を訪れ、揚屋の中を窺う体で、橋掛りの付け際に立つ。京都の「浅間嶽」で当りをとった七三郎のやつし事。

3大しうの道中　大しう（鬼王女房八重垣）が橋掛りから登場し、傾城の道中を見せる。前後の筋とは関係なく、女方早川初瀬の歩く芸の見せ場となる。十郎と出会い、ともに悲しみを語る。

六 →人名51。　七 素人の女性がすぐに遊女の勤めをすること。禿から遊女になる者に対していう。　八 →用語41。　九 姉女郎に従う若い遊女。　一〇 深い仲。新造は、虎と馴染みの十郎が、大しうと深い仲になったと誤解し、虎に言いつけに行く。京都の「浅間嶽」で、巴之丞が三浦に一礼を述べに来たのを、八重霧という若い遊女が誤解して奥州に告げる設定をそのまま取り入れた。

4大しうの心遣い　義理を重んじて帰ろうとする十郎を、廓勤めのつらさを知った大しうが、虎に逢って喜ばせてやれと引き止める。十郎も誘う水にのりやすく、揚屋に入り、舞台はいったんからになる。

一一 義理を果たす。

5虎の嫉妬と十郎の口舌　嫉妬にかられた虎が二階から駆け下りる。新造や遣り手な

れば、十郎せん方なく、「ちよつと逢《あ》はん」とて入、

5 かの[一二]新造《しんぞう》、十郎、大しうに逢《あ》ふて深《ふか》い挨拶《あいさつ》をいへば、様子は知《し》らず、大きに急《せ》き、かけ出《いづ》る、みな〱押《を》し止《と》め、「又、[一三]気色起《きしよくを》こりませう」と、夜着布団《よぎふとん》を着《き》せをく、所へ、十郎来《き》て、起《を》こせど、虎《とら》、[一四]ふり付《(つけ)》て挨拶《あいさつ》せず、介成《なり》みて、「扨は、大しうと物語《ものがたり》せし事の恨《うら》みか、まつたく左様の事ではない、あれは鬼王《をにわう》が女房《ばう》、かやう〱の子細《しさい》」と、始《はじ》め終《をは》りをいへば、虎《とら》も聞分ヶ、「ゆるし給へ」と云《(いふ)》、所へ、「虎《とら》さま、ちよつと[一五]借《か》りませう」といへば、ぜひなく二階《かい》へ行《(ゆく)》、

6 跡へ、大しう来《く》る、「これ介成《なり》さま、大切《せつ》な事ができました、今日逢《けふあ》ふたる客が、わしを請《う》け出そふと云《(いふ)》、どうぞ思案《しあん》はござんすまひか」といへど、さしあたり分別《ふんべつ》もなければ、大しうやがて思案《しあん》して、介成《なり》のそばへ寄《よ》り、いろ〱と濡《ぬ》れる、「とての[一六]心中也」とて、指《ゆび》を切《き》れば、介成驚《なりをどろ》き、「今迄は、[一七]道を立《た》つる女かと思《おも》へば、畜生《ちくせう》に劣《をと》りたるやつ、討《う》つて捨《す》てん」と追《を》いかくる、

7 所へ、鬼王《をにわう》きて、様子を聞《(きき)》、「とても一分《ぶん》が立《た》ゝねば、死《し》ねよ」と、いろ〱に打擲《てうちやく》するは、あさましかりし次第也、

8 よう〱として、大しうは、「そりやそも、を主《しう》に不義《ふぎ》の濡《ぬ》れがなりませうか、これには子細《しさい》あれば、を聞なされい、[一八]勤《つと》めの身《み》の悲《かな》しさは、今日逢《けふあ》ひました客が、

どがなだめて寝かせる。奥から十郎が登場し、事情を説明する。京都の初演、江戸の再演ともに、この場は碁盤縞の口舌として有名になった場面。→用語105。

一二 新造が虎に、十郎と大しうが深い仲だと告げた。 一三 病気。ここでは精神的なもの。四行前の「気患ひ」も同じ。 一四 相手を嫌って寄せつけないこと。 一五 客に揚げられている遊女を、別の客が呼び迎えること。虎をこの場から退場させるための設定。

6大しうの指切り 虎が二階へ上ると、奥から大しうが出て、他の客に身請けされることになったと困惑。意を決して十郎に濡れかけ、自らの指まで切る。

一六 心中立て。自分の真情を相手に示すこと。京都の「浅間嶽」では、七三郎の巴之丞が三浦に恋を仕掛け、指を切って心の証しとする。三浦が邪恋を怒って刀を抜いて追いかける。本作はこの趣向を踏まえながら、立場を全く逆にしている。江戸の「傾城浅間嶽」にこの局面はない。 一七 主従や貞女の道をわきまえる。

7鬼王の打擲 京都では、家来の和田右衛門が主筋の巴之丞を草履で打擲する見せ場であったが、本作は大しう(女房八重垣)を夫の鬼王が打ち、大しうが苦しい胸のうちを語る。七三郎に引き立てられて人気が出た大しう役の早川初瀬を活躍させるよう趣向を改めた(→用語106)。

8大しうの心底 夫に打擲されるままになっていた八重垣が、はじめて深い思案を語る。近世演劇の用語にいう「心底の趣向」。 一八 遊女の勤め。金を出されれば、身請けに応じなければならない。

わしに惚《ほ》れた、請《う》け出さんと云《(いふ)》、そうした時には、[一]を主《しう》のためを思ふ一分《ぶん》も立ず、鬼王《をにわう》といふ夫《をつと》を持《(もつ)》義理《ぎり》をそむきます、[二]邪《よこしま》な執心《しうしん》に、指《ゆび》でも切《き》つた時には、[三]云ても色じやによつて、愛想《あいそう》がつきませう、すれば外へも行《ゆ》かず、[四]を主《しう》の先途《せんど》をも見届《みとど》くる思案《しあん》、そのうへ死《し》したるをさんが菩提《ぼだい》を弔《と》はんため、かくの通り」と、肌《はだ》を脱《ぬ》げば、[五]袈裟《けさ》をかけている、「これほどの心底《てい》を、御存《ぞん》じなひは恨《うら》めしひ」と、かきくどけば、ひと〴〵も言葉《ことば》なく、泪にむせぶ計《(ばかり)》也、

[9]かゝる所へ、弥太郎出《い》で、軍太《ぐんだ》左衛門が事をいへば、「扨は、をさんが敵《かたき》、のがさじ」と云《(いふ)》、

所へ、をさんが幽霊《ゆうれい》あらはれ、[六]修羅《しゆら》の苦《くる》しみをいひ、「此うへは、敵《かたき》をとつてみせ申さん」と、やがて二階《かい》へ行《(ゆく)》とみへしが、二十《はた》尋《ひろ》[七]の毒蛇《どくじや》と也《(なり)》、軍太《ぐんだ》が五体《たい》をまとひ、首《くび》を食《く》い切《き》り、[八]成仏《じやうぶつ》して飛《と》び去《さ》れば、ひと〴〵礼拝供養《らいはいくよう》して、一まづかしこを立退《の》きけり、

一 夫の主君十郎のため、身売りまでした気持ち。 二 請け出そうという客を捨て、他の男に心中立てをすること。 三 何といっても色恋のことだから、他に馴染みの男のある遊女を身請けする気にはならないだろう。 四 主君十郎が敵討を実現する日まで世話をする。 五 京都の「浅間嶽」では、巴之丞は出家をする志で、上着の下に袈裟をかけ、元結を取ると髻《(たぶさ)》を切っていた。

9おさんの怨霊事 金銭ゆえに追いつめられた状況を打開することができず、一同が嘆きに沈むところへ、弥太郎が登場し、軍太左衛門が二階にいることを語る。身請けの問題が解決したわけではないが、別の局面に話が展開する。前半はおさんの怨霊が地獄の責め苦を語る所作事、後半は蛇腹をつけた軽業で、軍太左衛門を討ちとる。鬼王住家の場でもおさん殺しの愁嘆の後に怨霊事があり、この場でも打擲と愁嘆のあとに大がかりな軽業事がある。一番ごとに悲喜硬軟に富んだ見せ場を配することを重視する江戸の作劇法の一例。

六 悪神である阿修羅の住む世界、修羅地獄に堕ちた苦しみ。「浅間嶽」の奥州の怨霊事、近松作「けいせい反魂香」、現行曲の長唄「高尾懺悔」など、怨霊は地獄の責めの苦しさを物語る。 七 尋は大人が両手を広げた時の寸法。大蛇の形容。→用語107。 八 京都初演、江戸再演とも、おさんは身代わりによって生き返るが、本作では成仏して三番目のなかで筋が完結する。

曾我館の場　大道具は一番目第三場と同じで、上手に二階座敷をしつらえる。この場の前半は十郎・五郎兄弟の弟、

第四番目

（曾我館の場）

1 さるほどに、曾我《そが》の館《やかた》には、[九]陸上《くがみ》の禅師《ぜんじ》坊、還俗《げんぞく》して、[一〇]二の宮と縁《えん》を組《く》む、これは[一一]土肥《とい》の二郎計《はか》らい、元は二の宮養《やしな》い娘なれば、十郎五郎兄弟の内に妻合《めあは》せをせんとの事なれ共、[一二]両人共に母の勘気《かんき》をうけぬれば、むなしく曾我《そが》の家の絶《た》へんことを悲《かな》しみ、それゆへ禅師《ぜんじ》坊を呼《よ》び、[一三]曾我《そが》の六郎と名のらせ、[一四]水浴《あ》びせの祝儀《しうぎ》、めでたく取行《をこな》ひ、

2 扨、二の宮は思《をも》はずも、[一五]連《つら》成ル枝の縁《えん》の道、心に染《そ》まぬことなれ共、母の御為《をため》と聞《(きく)》なれば、ぜひに及《をよ》ばぬ閨《ねや》の内、[一六]鬼王《をにわう》が女房《ぼうあ》[一七]案内《ない》して、六郎を忍《しの》ばせ、睦《むつ》まじげ成ル盃《さかづき》、あなたこなたを取まかなひ、をのをの閨《ねや》に入リ給ふ、

3 爰に五郎は、弟禅師《をとゝぜんじ》が還俗《げんぞく》、道ならぬ振《ふ》る舞《ま》い、一矢《ひと》に射殺《いころ》し捨《す》てんと、宵《よい》より忍《しの》び入リ、[一八]矢の根《ね》を磨《みが》き、すでに危《あや》うく見へし時、

4 禅師《ぜんじ》飛《と》び出《(いで)》、「こわ、いかに」といへば、五郎怒《いか》つて、出家の義理《ぎり》を忘れ、男に[一九]成ル事、さんざん云詰《つ》め、折檻《せっかん》すれば、禅師《ぜんじ》聞て、「まつたく左様の心底《しんてい》にあらず、

陸上の禅師坊が活躍。「矢の根」の趣向や怨霊事をはさみ、後半は曾我物の重要な趣向の一つ、五郎の勘当訴訟で、大道具の仕掛けをともなった大がかりな強談判により、五郎の勘当が赦される。狂言本の記述が簡略で、趣向を充分とらえられない部分もあるが、見所の多い場面となっている。

1 水浴びせの所作事 狂言本の筆が舞台の展開を追うより、事情の説明に終わってしまっている。本舞台に禅師坊・二の宮・母などが出て祝言をあげるところに、若手役者が華やかに装って橋掛りより出て、囃子につれて水浴びせの所作をみせるのだろう。

九 曾我兄弟の末弟。→人名52。 一〇 →人名53。 一一 →人名54。 一二 ふつう曾我物では五郎のみが勘当されるが、江戸の「傾城浅間嶽」（元禄十三年一月山村座）では兄弟とも勘当されている。本作もその設定を受け継いだようだが、十郎が勘当される場面はなく、またこの場の後半で母に勘当を赦されるのは五郎だけで、首尾一貫していない。 一三 本作独自の設定。 一四 底本「水あひぜ」。→用語108。

2 禅師坊・二の宮の新枕 恥じらう禅師坊と二の宮を鬼王女房が取りもち、新枕の床へ導く。筋の上での双方の複雑な思いとは別に、ここはしっぽりとした色事をみせる。

一五 血のつながりはなくても、兄弟と名のつく禅師坊と結婚することを後ろめたく思う気持ち。 一六 鬼王女房八重垣。三番目では遊女大しうで、遊廓を無事に出たのであろう。 一七 「案内 アンナイ、アナイ」（『書言字考節用集』）。

3 矢の根五郎 橋掛りから五郎が出て、家

まことはこれを御覧《らん》なされい」と、被《かぶ》[一]りし鬘《かづら》を取《と》れば坊主也、「尤《(もつとも)》、かやうに還《げん》俗《ぞく》の体《てい》と見せ申《(まうす)》も、母の命《めい》を背《そむ》かず、いかにもして、折々《をりをり》御機嫌《きげん》をうかゞひ、御兄弟の勘当《かんどう》をも中直《なを》さんため」といへば、五郎も至極《しごく》[二]して、互《たがい》に嘆《なげ》き、「此うへは、やはり元《もと》の形《かたち》に也《(なり)》、母の心をうかゞへ」と、泪ながら、互に別《わか》るゝ、

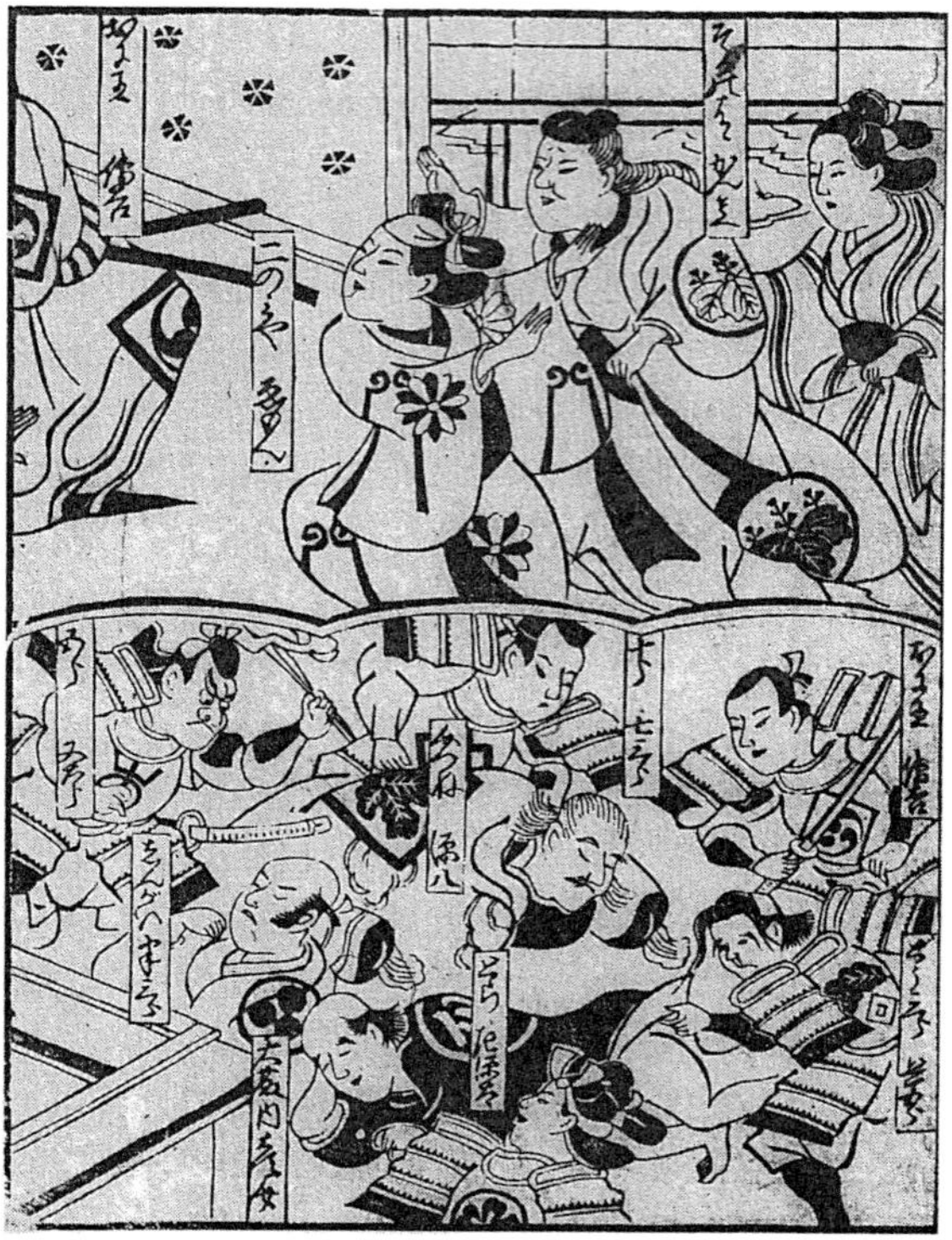

の中の様子をうかがい、橋掛りで矢の根を研ぐ所作をみせる。歌舞伎の曾我物では、五郎が矢の根を磨く場面が「矢の根」と呼ばれて流行し、歌舞伎十八番にも数えられた。その端緒となる場面。→用語109。

一八 鏃(やじり)。矢柄の先端に取り付ける金属。錆びないように研ぐ必要がある。

4 禅師坊の心底 矢の根を研ぎ終わった五郎が、弓につがえて射ようとすると、禅師坊が飛び出して事情を語る。禅師坊の勝山又五郎は、五郎役の坂東又太郎の「引まはし」を得ていた(『役者御前歌舞妓』)ので、息のあった演技をみせたのだろう。

一九 還俗すること。

一 三番目の大しう(八重垣)の出家の覚悟に対応する趣向。本作は、小名題に「二人」とあるように、類似の趣向を二つ並べる構成がみられる。 二 納得して。

挿絵第八図(上段)

「そがのはゝ かん兵へ」

「二のみや ゑもん」

「おに王 伝吉」

「五郎 又太郎」

「せんじ坊 又五郎」

四番目の曾我館の場で、五郎が二階座敷(→用語111)の床を踏み抜いて落ちる場面。地獄に堕ちる場面なので悪相に描かれている。還俗した禅師坊は総髪。曾我の母は老女の拵え。

挿絵第九図(下段)
「おに王 伝吉」
「どう三郎 兵五郎」

5折《をり》ふし、三そのかみ、養子《やうし》に行《ゆ》きし陸《く》上《がみ》の禅師《ぜんじ》、四左衛門が娘《むすめ》五小春《はる》姫、一旦《たん》様子あつて、六中をさけ、禅師《ぜんじ》坊となり、重《かさ》ねて七二人のつまを持《(もつ)》まじとの言ひ交《か》わせ、今さら相違《さうい》して、二の宮と縁《えん》を組《く》みし事を聞、はる〴〵と尋来《(たづねきた)》リ、「曾我《そが》の館《やかた》はいづくぞ」と問《と》ふ、

「十郎　七三郎」

「とら　左源太」

「介つね　源八」

「大藤内　彦介」

「しんがい　半三郎」

「五郎　又大郎」

「二のみや　ゑもん」

「ほん田二郎　平八」

「ぜんし坊　又五郎」

「大しう　はつせ」

「といの弥太郎　いそ五郎」

「せう〳〵　おりゑ」

五番目の夜討の場面。祐経と新開・大藤内が寝ているところを曾我側の人物が全員で討ち入っている。実際の舞台面を想像するのは難しいが、塀と梯子が重要な道具であったことは推察される。

5小春姫の登場 禅師坊と五郎が退場すると、橋掛りから小春姫が登場し、簡単な道行の所作や名乗りのせりふがある。小春姫はかつて禅師坊と結婚したが、出家を理由に離縁された。その禅師坊が再婚すると聞き、恨みを述べにやってきた。三以前に。四「禅師左衛門」と続けて読むのではなさそうなので、別々とすると、二の宮の実父(曾我の母の先夫)左衛門尉仲成をふまえているか。あるいは狂言本の不備か。 五役名の典拠未詳。初春興行にふさわしい名を選んだのであろう。六離縁すること。七再婚すること。

[6]折《をり》ふし、五郎、ふと行《ゆ》きあひ、くわしく様子を聞とゞけ、思案《しあん》するほど、末々《すへ〴〵》の[一]仇《あた》に成ルべしと思ひ、無体《むたい》に絞《し》め殺《ころ》し、前《まへ》成ル井[二]の内へ投《な》げ入れしは、不便《ふびん》也ける次第なり、

[三]此[7]一念《ねん》とゞまつて、鬼王《をにわう》が女房《ぼう》[四]に取付《つ》きゐるを知《し》らず、鬼王《をにわう》は館《やかた》へ来《(きたり)》、女房《ぼう》と挨《あい》拶《さつ》すれ共、小春が性根《せうね》なれば、互《たがい》に行違《ちが》いたる挨拶《あいさつ》、後には一念《ねん》の様子表《あら》はれ、さま〴〵恨《うら》みを云《(いふ)》を、禅師《ぜんじ》坊教化《きやうげ》[五]すれば、瞋恚《しんゐ》[六]を和《やは》らげ立《た》ち去《さ》りける、

[8]かゝる折《をり》ふし、老母《らうぼ》立出、五郎を見付ケ、「誰《た》が許《ゆる》して、あの者《もの》をこれへは寄《よ》せた、いよ〳〵七生《せう》[七]迄の勘当《かんどう》」と、怒《いか》り給へば、五郎も今はせん方なく、「とても悪《あく》[八]人ならば、奈落《ならく》[九]迄も悪にならん」と、さま〴〵母を悪口《あつかう》し、「此うへは首《くび》を抜《ぬ》かん」と、飛《と》びかゝる、

母上《はゝうへ》怖《をそ》れて、二階《かい》[一〇]へ逃《に》げ給ふを、続《つゞ》いて追かけ行《ゆく》を、鬼王《おにわう》押《を》し止《と》め、「あさまし[一一]や、こなたは天竺《ぢく》の生滅婆羅門《しやうめつばらもん》[一二]也、親《おや》を殺《ころ》さんと云《(いふ)》大悪によつて、奈落《ならく》へ沈《しづ》みました」といへば、五郎怒《いか》つて、「面白《をもしろ》い、現在《げんざい》[一三]より無間業《むけんがう》[一四]をうけて、堕罪《だざい》[一五]せん」といへば、忽《(たちまち)》、二階《かい》[一六]二つに裂《さ》け、大地割《わ》れて落《を》ち入れば、下《した》より火焔《くわゑん》燃《も》へ上《あ》がる、

母は此体《てい》を見給ひ、「あさましや五郎めは、親《をや》の罰《ばち》をうけ、只今の体《てい》也」と、泣《な》き給へば、鬼王《をにわう》承リ、「もし五郎様《さま》の生《い》きてござらば、勘当《かんどう》は、を許《ゆる》しなされうか」

6小春姫殺し 五郎が橋掛りで小春姫とすれ違い、事情を聞いて殺してしまう。姫を井戸に投げ込むと、五郎は家に入るか。
一 遺恨。読みは清音でアタ(『日葡辞書』)。
二 →用語110。
7小春姫怨霊事 橋掛りから鬼王が登場し、家の中から女房八重垣が出迎える。やがて八重垣の様子が変わり、小春姫の怨霊に取りつかれた心で、恨みを述べる所作事になる。禅師坊が出て祈ると、小春姫が姿を現し(憑依していたのが離れる)、成仏したことを述べて消える。
三 小春姫の恨み。 四 怨霊が他人に取り付く趣向には、「けいせい仏の原」(元禄十二年一月京都万太夫座)上の巻で、気絶した竹姫の胸から火炎が燃えあがり、傾城奥州が飲む盃の中に入ると、奥州の顔色が変わって、竹姫の声音で恨みを言う怨霊事があり、大当りした。実際に所作をするのは取り付かれた方の役者(「仏の原」では奥州役の岩井左源太)で、本作でも鬼王女房八重垣役の早川初瀬の見せ場となる。初瀬は「二つ縄をわたらせ、又は中がへりかるわざで、いつとてもあたりをとられます」(『役者二挺三味線』)、「第一かるきことをさせては大吉殿と一対の思ひ入、但諸芸は余程おちて見へます」(『役者御前歌舞妓』)と評されるように、軽業を得意とした女方なので、ここでも「さま〴〵恨みを云」うことの具体的な演出は、軽業による怨霊事だったかもしれない。本作では三番目の「浅間の所作」とこの場と、二つの怨霊事が設けられ、この座の一位、二位の女方(岩井左源太・早川初瀬)が腕を競った。 五 教導

といへば、「[一七]云《(いふ)》にや及ぶ、許《ゆる》さん」とあれば、
「[9]さあ[一八]勘当《かんどう》は御免《めん》だ、を出《(いで)》なされひ」と、五郎を連《つ》れ出れば、母は興《けう》をさまし、
「これはいかに」とあれば、「あまり御怒《いか》り強《つよ》ければ、御勘当《かんどう》を許《ゆる》されん手《て》だてに、かくの通り」と、みな[一九]仕掛《しか》けたる体《てい》を見せ申せば、「さては左様か、もはや此上は悦《よろこ》びの盃《さかづき》せん」とあれば、五郎も[二〇]千秋《せんしう》の和歌《わか》を舞《ま》ひ、悦《よろこ》びいさみ入り給ふは、めでたかりける次第《しだい》なり、

して仏道に向かわせる。 六 怒り。怨み。
8 生滅婆羅門の不孝 五郎が母に勘当の赦免を願う場面は、『曾我物語』以来重要視されているが、本作では物語にある生滅婆羅門の例話を視覚化するのが趣向。
七 七度はこの世に生まれかわるという限界から、未来永劫の意。「七生迄の勘当」は勘当場での常套句。 八 いっそ。 九 地獄。
一〇 →用語111。 一一 鬼王の異見事。ただし一番目にも鬼王の異見事があり、しかもここは母に勘当を赦してもらうための計略なのであっさりしている。 一二 →用語112。
一三 現世。この世から。 一四 無間地獄に落ちるほどの極めて重い悪業。無間地獄は八大地獄の一で、五逆罪(父母を殺すなど五つの重い罪)を犯した極悪人が堕ちる地獄。
一五 罪に落ちること。 一六 二階座敷に仕掛けがあり、床板が割れて五郎が落ち、火炎(本火かどうかは不明)が燃え上がったのであろう。こうした仕掛けを仕込むために二階を設定したと思われ、かなりの高さがあったことになる。幸若「和田酒盛」に「親の不孝を得、主の勘当を蒙りたる者の通る時、大地が割れて、身が入れば」。
一七 言うまでもない。
9 勘当赦免の舞 五郎がこの世から地獄に堕ちるという超現実的な場面で観客を驚かせ、実はすべて拵え事だったという穿った趣向。観客も安堵したところで、めでたく舞をまって初春らしくこの場をしめくくる。
一八 勘当は許された。 一九 あえて仕掛けの仕組みを観客にも見せる楽屋落ち。
二〇 →用語113。

第五番目

（第一場　富士狩場工藤屋形の場）

爰に、[1]介経《つね》は、[一]大藤内もろ共、酒宴《えん》して遊《あそ》ぶ、所へ、[2]八重垣《やへがき》、二の宮《みや》、姿《すがた》をかへ、忍《しの》び寄《よ》り、酒の相手《あいて》に也、梅花《ばいくわ》[二]の作り物をこしらへ、太刀、兜《かぶと》、鎧《よろい》に成ル仕掛《しか》[三]け、さま〲立舞《ま》ふ内に、介経《つね》を討《う》たんとする、見とがめて虜《とりこ》と也《(なり)》、危《あや》うき所へ、

[3]鬼王《をにわう》来リ、介経《つね》を虜《とりこ》にして、互に命を助《たす》け、別《わか》れ〳〵に也にける、

（第二場　同曾我仮屋の場）

爰に、[1]兄弟は、虎《とら》、少将《せう〳〵》ともに、夜討《う》[四]ちの供をせんと、大磯《いそ》より来ル心底《しんてい》を悦び、振舞《ふるまひ》[五]をする、

団《どう》[2]三郎出、色〳〵おかしき挨拶《あいさつ》[六]して、

「[3]とかく両人[七]は曾我《そが》[八]へ行、我々《われ〳〵》が心ざしを語リ、母たるものゝ心次第に供をしたまへ」といへば、虎《とら》、少将《せう〳〵》もぜひなく、兄弟の馬をひき、団《どう》三郎を連《つ》れだち、曾我《そが》

工藤屋形の場　富士の巻狩における工藤の仮屋。幔幕などを張りめぐらせた大道具であろう。

1祐経の酒宴　祐経と大藤内らが登場。大藤内役の仙石彦介は道外方で、幇間的な滑稽な演技のあったことが推定される。

一　→人名41。

2八重垣・二の宮梅花の舞　橋掛りから八重垣・二の宮が美しく装って登場し、所作事になる。→用語114。祐経が見とれている隙に斬り付けようとするが、祐経が我に返るなどの演技が繰り返され、いよいよ祐経が寝てしまうと、梅花が太刀などの武具に変わり、斬り掛ける。

二　梅花の島台。→用語115。　三　からくりの仕掛けもの。当時のからくりには梅や松の枝を使うものが少なくない。

3鬼王の救出　八重垣・二の宮が取り押さえられると、橋掛りから鬼王が登場し、祐経を虜にする。簡略な記述だが、最後に捌き役鬼王の見せ場を作り、曾我兄弟自身の敵討へと展開させるための設定。曾我の人々は橋掛りに入り、祐経と大藤内は幔幕の中などに逃げ込むのであろう。

曾我仮屋の場　曾我兄弟が休んでいる仮小屋。大道具は必要ない。

1別れの酒宴　『曾我物語』や幸若・能「夜討曾我」では、兄弟の敵討に遊女がついてくることはないが、浄瑠璃や歌舞伎では、虎・少将が兄弟との別れを惜しむ場面がさまざまに設定されている。ここでは、死の覚悟を隠した心ばかりの酒宴。

四　→用語116。　五　饗応。

2団三郎の道外　愁いの気分を転じ、道外

の里へぞ急《いそ》ぎける、

（第三場　同工藤屋形の場）

1かくて集《あつ》まる与《よ》力《りき》九のもの共、富士《ふじ》の狩場《かりば》を幸《さいわ》ひに、思ひ〳〵の物具《(もののぐ)》して、介経《つね》が閨《ねや》に忍《しの》び入り、終《(つひ)》に敵《かたき》を討《う》つて、名を一天にあげたりしを、誉《ほ》めぬものこそなかりけり

未ノ正月吉日
千秋万歳楽　山村長太夫座
叶

木引町六丁め
一〇ゑぞうしや
三左衛門板

方の名人西国兵五郎の勤める団三郎が、種々の滑稽な芸を披露する。六 とくにせりふ芸をさす。

3 別れの道行 十郎・五郎は敵討の決意を語り、別れを惜しんだ後、出立する。残された虎・少将・団三郎による道行の所作があり、橋掛りに入る。→用語117。七 虎・少将をさす。八 地名としての曾我。

工藤屋形の場

1 討入り 第一場とは異なり、塀に囲われた舞台のようだが、挿絵、本文から大道具の配置や人物の動きを知るのは難しい。狂言本は結末に近くなるにつれて記述が簡略になり、とくに大切(最後の場面)は見せ場となる芸だけを記すことが多い。曾我物としては大切を敵討の場で締めくくるのは自然だが、本作は赤穂浪士の討入りを踏まえており、特別な趣向が凝らされている。→用語118。

九 手助けする人。一〇 山村座専属の板元。元禄十五年閏八月山村座の狂言本「信田会稽山」大名題下に「北がわ桟敷番／ゑざうしや／三左衛門板」とあるので、座の内部の者が営んでいたことが推定されている。元禄期の江戸の狂言本の板元の多くは、こうした劇場専門の特殊な店が多かった。現在狂言本では、元禄十二年から宝永七年までの活動が知られるほか、山村座の顔見世番付も刊行している。

御《ご》摂《ひいき》勧《かん》進《じん》帳《ちよう》

古井戸秀夫　校注

江戸の顔見世は、陰暦十一月、冬のさなかの興行であった。役者は一年間の専属制で、顔見世のときに入れ替えがあった。新加入を新参と呼び、古参の役者との出会いが顔見世になった。一年間の劈頭を飾る興行ゆえ芝居の正月といい、役者は雑煮で初日を祝う。江戸の町に、ひと足早い春を迎える儀式でもあった。

『御摂勧進帳』は、安永二年(一七七三)十一月、江戸中村座の顔見世である。前年に目黒行人坂の大火があった。御贔屓とは復興の兆しをみせる江戸八百八町へのエールでもあった。狂言作者は桜田治助(四十歳)である。物語の世界は「義経記」で、奥州に落ちのびる源義経を描く。一番目は文治元年(一一八五)。二番目は文治二年。ともに季節は顔見世の冬。北国と奥州の義経伝説が展開する。どこからともなく鶯が飛び来たって囀り、紅葉が照り映える。現実の冬のなかに、春が芽生え、秋が残る。顔見世の陽気が虚構の季節を彩ることになる。

一座を統括する座頭は、市川海老蔵(六十三歳)。宝暦四年十一月、四代目団十郎襲名以来二十年間、ほぼ中村座居なりの座頭に君臨し、市川揃えと呼ばれる大一座を組織した。その総決算となる顔見世であった。みずから大名題に謳われた「勧進帳」の弁慶に扮し、緋の衣で天水桶にのぼり、敵役の首級を芋洗いにする荒事を演じる。「いも」は疱瘡の異名で、衣の緋は疱瘡よけの呪力となる。行人坂の大火後の疫病退散の祈りとなるものであった。左頁の勝川春章の役者絵は、その舞台姿を描いたものである。

海老蔵のもとには、五代目団十郎(三十三歳)、四代目松本幸四郎(三十七歳)と海老蔵の前名を名乗る二人の新しい座頭役者が控え、それぞれ一番目と二番目の軸となった。二人に対立する実悪の人気者中村仲蔵(三十八歳)も海老蔵の修行講で育った役者の一人であった。若女形には、京風の芳沢崎之助(三十七歳)、大坂風の中村里好(三十二歳)に、海老蔵門下で江戸根生いの四代目岩井半四郎(二十七歳)と三都の個性が揃った。六人の花形の絵姿を口絵とした。明和七年から安永元年にかけて、春章と文調が描いた役者似顔の錦絵である。

江戸の台本は、ヨーロッパの戯曲と違い、セリフやト書が役者の名で書かれている。本文の挿絵に、鳥居清長が役者似顔で描いた「芝居絵本」(東京国立博物館蔵)を補ったのも、そのためである。

勝川春章画　市川海老蔵
御摂勧進帳　弁慶
(岩田秀行氏蔵)

一筆斎文調画　芳沢崎之助
大鎧海老胴篠塚（安永元年 11 月）
（早稲田大学演劇博物館蔵 030−0140）

一筆斎文調画　中村松江（中村里好）　中村仲蔵
鏡池俤曾我（明和 7 年正月）
（早稲田大学演劇博物館蔵 030−0101）

一筆斎文調画　市川高麗蔵(松本幸四郎)　岩井半四郎
堺町曾我年代記(明和8年正月)
(早稲田大学演劇博物館蔵 030-0141)

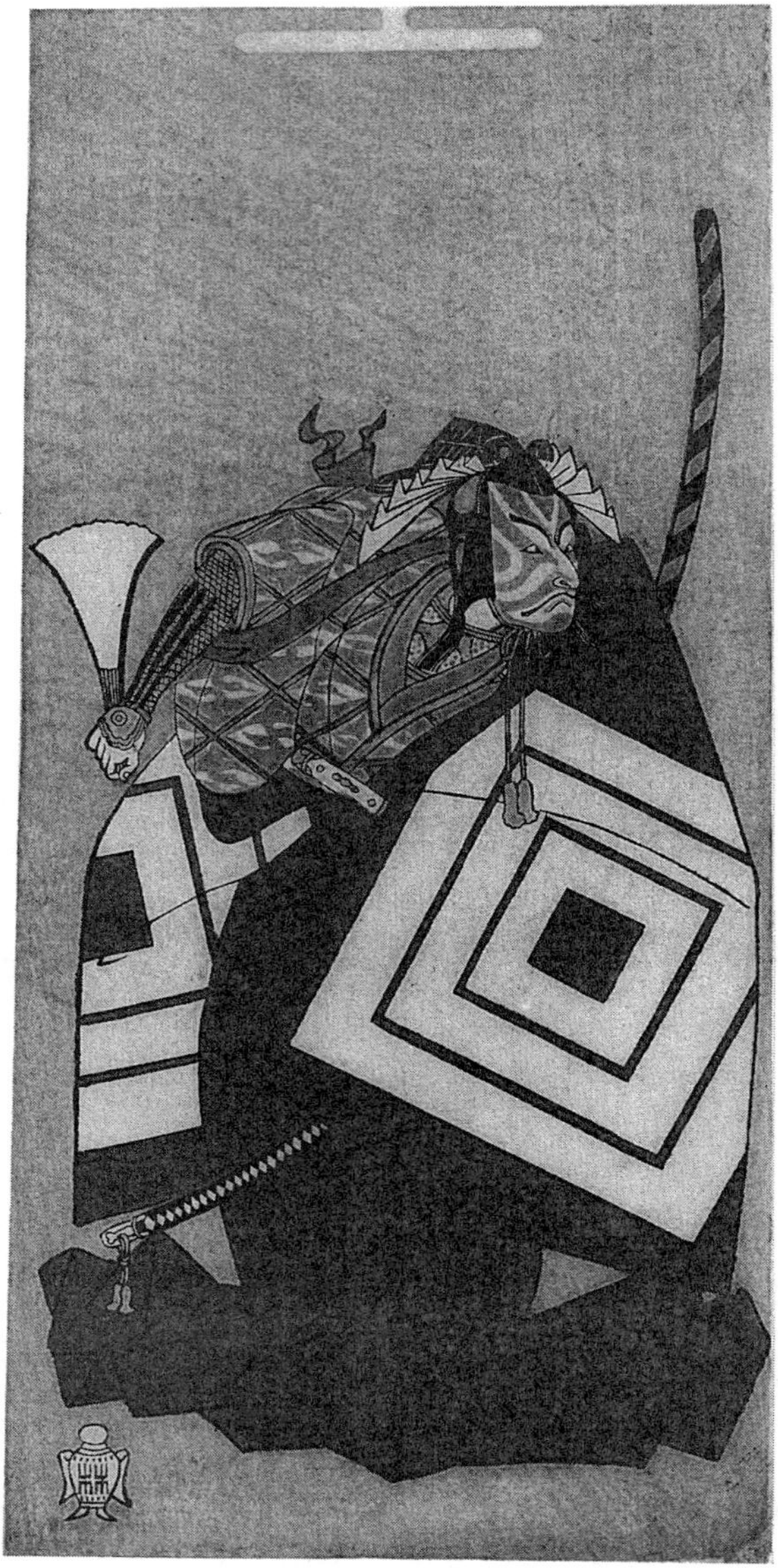

勝川春章画　市川団十郎
鵜森一陽的(明和７年11月)
(シカゴ美術館蔵)

第一番目三建目《みたてめ》[一]

大薩摩主膳太夫浄瑠璃入《いり》

暫《しばらく》[二]之段

[三]役人替名次第《やくにんかへなのしだい》

一、岩手《いはで》姫　佐野川市松
一、下河部《しもかふべ》の行平　市川門之助
一、松風姫　瀬川雄次郎
一、村雨姫　瀬川　吉次
一、鷲の尾の三郎　市川　雷蔵
一、川越太郎　中村　少長
一、西の宮の右少弁　宮崎　八蔵
一、下り松《さがり》の右中弁　沢村　沢蔵
一、藤の森の右大弁　中村　此蔵
一、たゝき町の左少弁　中島国四郎
一、信濃《しなの》小路左中弁　佐野川仲五郎

一、稲毛《いな》の入道　富沢半三郎
一、粕谷《かすや》の藤太　市川純右衛門
一、坂東太郎輝早　坂東又太郎
一、是明親王《これあき》　中村　仲蔵
一、熊井太郎忠基　市川団十郎
若衆《わかいしゅ》　大勢

時　**文治元年(一一八五)冬**
所　**京・是明親王の御殿**

源義経は、平家追討ののち、鎌倉の兄頼朝と不和になり、文治元年十一月三日、京堀川の館を立ち退く。姿をくらました義経をめぐり物語が始まる。

顔見世狂言の序幕にあたり、出演の役者たちは、義経に同情をする貴公子、下河部行平(市川門之助)をはじめとする立役(たちやく)方と、弱い者苛めをする敵役(かたきやく)方とに別れ、それぞれの持ち味である役柄を活かした扮装で颯爽と登場し、小気味の良いツラネのセリフや、立廻り、所作事などの芸を競って披露することになる。

敵役の頂点に立つのが、実悪(じつあく)の人気役者中村仲蔵(三十八歳)。安徳天皇の弟宮で、皇位に就くことのできなかった是明親王に扮し、義経の北の方岩手姫に無体の恋慕をする。その危急を救うのが、若手人気急上昇の五代目市川団十郎(三十三歳)扮する、義経の忠臣熊井太郎忠基。祖父二代目団十郎、父四代目団十郎譲りの、市川家本流の荒事芸で、角前髪(すみまえがみ)の十八歳の荒若衆(あらわかしゅ)姿となって花道から登場し、家の芸「暫」を演じる。

一「みっつめ」ともいう。三立目とも書く。大部屋の若い衆が演じる「序びらき」、中通りの役者たちの「二建目(ふたつめ)」に続く幕。本狂言の序幕になる。　二 白藤本「暫くの場」。
三 役人は役者のこと。替名は舞台で仮に名乗る役の名。配役一覧のことをいう。幕前に口上が出て読み上げる。

[一]本舞台三間の内、[二]正面翠簾。[三]東の柱、紅梅。西の柱、白梅。是《これ》に人の登るやうにして有り。尤《もつとも》大きなる洞《うろ》あり。[四]舞台先に、池の体、人の出入する事あり。[五]幕の内より[六]半三《はんざ》、広袖衣装、直平《ちよつぺい》頭巾、大口、土佐坊の見得《へ》にて、[七]馬に乗り、[八]松明《たいまつ》をかゝげて居る。[九]雷蔵、上下《かみしも》衣装にて、[一〇]股立《もゝ》をとり、その馬の尾筒を取りて控《ひか》へ居る。[一一]若い衆大勢、[一二]軍兵の形《なり》にて、松明を振りて扣《ひか》へ居る。[一三]昌俊《しやうしゆん》の謡《うたい》、[一四]時の声、[一五]どん〳〵にて幕明く

半三郎　ハテ、何とも心得ぬ。今、稲毛《いなげ》の入道重成が、是明親王の勅命《ちよくめい》を受《うけ》、川越太郎重頼が娘、岩手《いはで》姫を引《ひ》つ払《ぱら》ふべい[一六]と、搔《か》ん出《だ》す馬の尾筒へ取《と》つ付《つ》いた奴《やつ》を見りやア、鷲の尾の三郎吉久《よしひさ》だな。何ゆへあつて、入道が馬の尾筒へ取《と》つ付《つ》いた。悪《わる》く邪魔をひろいだら、蹄《ひづめ》にかけて蹴殺《けころ》すが、とつとゝ、そこを退《の》くまいか。

雷蔵　いゝや、そりやならない。忝《かたじけ》なくも岩手姫の御事は、主君義《よし》経公の北の御方《かた》。子細あつて、今日、重頼殿同道にてお館へ御入《おい》りの由。是、能《よ》き幸《さいはひ》の時節。何卒《なにとぞ》、御両人に御意得《ぎよいえ》奉り、それがしもろとも当今《ぎん》[一七]後鳥羽の院の弟宮、是明親王の御前にて、我君判官義経公、御身に誤りなき

一 舞台中央、右よりの能舞台を模した部分。破風《はふ》づくりの屋根を持つ。三間(約五・四メートル)のあいだに飾る大道具の指定で「舞台書」という。 二 客席から見た正面。破風をささえる四本柱のうち、舞台奥の二本の柱のあいだに、三間の大きな御簾がおろされている。そこが是明親王の御殿。 三 舞台前方、右より(上手)の柱。柱に梅の木を描いた薄い板を張りつける。梅は早咲きの冬至梅。図は戯場訓蒙図彙より。 四 客席に張り出した舞台。前舞台。 五 幕のあく前から舞台に出ている役者の指定。板付《いたつき》という。 六 富沢半三郎。中村座ベテランの敵役。鎌倉方の武将、稲毛入道重成に扮する。「鯰坊主」の役だが、ここでは能「正尊」の後シテ土佐坊の法師武者姿。能風の

馬引きの荒事

由《よし》を申開《ひら》かんと来て見れば、稲毛《いなげ》の入道重成殿に出合たが、今に替らぬ悪《わる》工み。サア、その根性《こんぜう》、止《よ》しにして、馬から下《お》りて、三拝《ばい》しろ。たつてじたばた[18]拗《じく》ねると、[19]武蔵《むさし》坊にはあらねども、坊主頭《あたま》の鯰首、此世《(このよ)》の暇《いとま》をとらせるが、はや〳〵此場を、立《た》ちさるまいか。

半三郎　是ヱ〳〵、[20]小《ちい》さな形りをして、大きな寝言《ねごと》をぶち撒《ま》けたな。よく聞《き》けよ。此度、九郎判官義経には、傲《おご》る平家を滅《ほろ》ぼしたる武威《ぶい》に誇《ほこ》つて、兄《このかみ》たる頼朝を失《うしな》はんとなす由《よし》。早くも梶原、是を聞付、頼朝公へ言上なす。是、天下の一大事と、先《さい》つ頃、土佐坊昌俊、討手を蒙り、堀川の館《たち》へ押《(おし)》よせし砌《(みぎ)》りより、義《よし》経主従は行方知《し》れず。さすれば天下の日かげもの。其日《(その)》かげもの〻分際《ぶんざい》で此入道に刃向はんなんど〻は、身《み》のほど知《し》らぬ、素丁《すでつ》稚《ち》め、早くそこを、なくなれ〳〵。

雷蔵　イヤサ、どこまでもやる事は、ならないぞ。

半三郎　やれ面倒《めんどふ》な。遣《や》るな、[21]ヱヽ。

若い衆　[22]遣《や》らぬは。

雷蔵　[23]どっこい。

ト是より、[24]早笛《ふへ》になり、半三・雷蔵、[25]馬引《(むまひき)》の様《やう》なる見得《へ》有て、よ

大口に歌舞伎風の広袖衣装。目だけ出す直平頭巾をかぶる。土佐坊の堀川夜討の再現。七 竹の枠にビロードを張ったもの。馬の足と呼ばれる下廻りの役者が二人で担ぐ。八 小道具。本物の火を使うものと、火綿という赤い綿とがある。能風の火綿は様式的。本火だと凄味がでる。九 市川雷蔵。海老蔵門下の若手花形。二代目。二十歳の若手花形。一ノ谷で義経を案内した若者鷲の尾三郎に扮し、父親譲りの若衆の荒事を見せる。鮮やかな色の裃(かみしも)に、油込みの前髪という荒事の鬘。扮装は純歌舞伎風。「馬引き」は「大日本鉄界仙人」で初代団十郎が演じた。一〇 袴をたくしあげて動きやすくすること。一一 下立役(したたちやく)、稲荷町(いなりまち)ともいう。大部屋の役者。「大勢」と書くのがきまり。一二 稲毛入道の手勢。広袖の木綿の綿入れで裾の短い「軍兵」という衣装に、鉢巻、襷がけ。四人で雷蔵を取りまく。一三「正尊(しょうぞん)」のキリの謡。一四 軍勢の叫び声。一五 下座の鳴物。稲毛入道の責太鼓。大太鼓で打つ。一六「べいべい言葉」。関東弁の田舎訛り。奴荒事に使う。粗野だが愛敬がでる。一七 後鳥羽天皇。史実では是明親王の弟。一八 江戸訛り。すねる。一九 弁慶。二〇 小能「正尊」のキリで土佐坊を生捕る。小柄な雷蔵の当て込み。小さな体で強い力を見せるのが市川流。二一 軍兵に命令する掛け声。荒事の発声で声を裏返す。二二 逃がさないぞ。二三 挑戦を受けてたつ声。立廻りにいう決まり文句。二四「馬引き」の鳴物。笛に太鼓と大小鼓を打つ。太鼓の打ち出しの音から「テンテレックテン」という。二五 荒れ馬の尻っぽを取る力くらべ。

い程に、馬より引おろす。是より若い衆、雷蔵にかゝる。と[一]立廻りあるべし。此《(この)》うちに

半三郎　こいつはたまらぬ。逃《に》げるがヱ[二]ヽはへ。

ト言《い》ひながら、[三]向《むか》ふへ一散《いつさん》に駆《か》けて入《はい》る。雷蔵、皆〳〵を追ひ廻し、とゞ[四]奥へ[五]追《お》ひ込む。と早笛《ふへ》を[六]打上げ、[七]どんつくになり、向《むか》ふより[八]吉次《(きつじ)》、振《ふ》り袖、[九]御守殿《しゅでん》の[一〇]形《(な)》りにて、[一一]文箱《(ふばこ)》を持て出る。[一二]若い衆、[一三]綺麗《きれい》な奴の形《なり》にて付《つ》いて出る。本舞台へ来《く》ると、奥より雷蔵とつて返《かへ》し、吉次に行《ゆ》き当《あた》る。吉次びつくりして

吉次　おゝ怖《こわ》。

奴[一四]　何ものなれば、おらが大事のお姫さまに行《ゆ》き当《あた》つた。[一五]推参《すいさん》な奴《やつ》の。

吉次　是いな、何をその様《やう》に、とが〳〵しう言《い》やるぞいの。もし、どなたさまか存《ぞん》じませせぬが、たゞ今の無礼《ぶれい》の、まつぴらお許《ゆる》しなされて下さりませい。

ト言《い》ひながら、顔を見て

吉次　ヤア、お前《まへ》は、義久《(よしひさ)》さま。

雷蔵　そふ仰《おゝ》せらるゝは、村雨《むらさめ》どのか。

一 軍兵が「ヤア」と声を掛けてかかる荒事の様式的立廻り。 二「良いわい」の訛り。 三 本舞台の役者から見た「向う」。客席の奥、花道の揚幕へ一目散に逃げて入る。 四 本舞台の破風屋根をささえる四本柱のうち、上手奥の柱の右側に、出入りのための幕がある。そこに入ることをいう。現行の上手袖に入る演出が、舞台を横に使うのに対し、登退場が縦の前後の動きになるのが特色。 五「石投げ」など荒事のかたちに決まり、力強く足音をたてて軍兵を追い込んで入る。 六 演奏を止めること。

御守殿の文使い

七 御守殿の文使いの出端(登場)のための鳴物。不詳。白藤本「どんつゝ」。世話の人物の出入りに使う「てんつつ」の類か。時代の鳴物のなかに一ヶ所世話の鳴物を入れるのが三建目風。 八 瀬川吉次。二代目瀬川菊之丞門下の娘形。四年ぶりに古巣の中村座に戻った帰り新参の顔見世。雷蔵とは、明和六年「江戸桜其俤」(今様助六)以来四年ぶりの顔合わせとなる。直井左衛門妹村雨の役だが、姿かたちは江戸時代の御殿女中の風俗。御殿模様の振り袖に、「やの字」に結んだ帯。髪は文金《(ぶんきん)》の高島田。「文使い」の役で出る。 九 御殿女中のこと。その風俗を「御守殿風」といった。 一〇 扮装。形《(なり)》恰好。 一一 手紙を入れる蒔絵の箱。 ※腰元や御殿女中の「文使い」は顔見世の三建目に登場するパターン。姫君の恋文を持って出て、敵役と奪いあうというのが普通。ここでは村雨自身の行平宛の艶書で、文の

吉次　お前《まへ》は何ゆへ、此所へお越《こ》しなされましたぞへ。

雷蔵　それがし、是へ参りしは、一六下河部《しもかふべ》の庄司行平どのに対面《たいめん》なし、君の御和《わ》睦《ぼく》を願はん為《ため》、此御殿へ伺公いたしてござる。して、一七そのもとには何用有て、此所へは参られしぞ。

吉次　さいな、みづから、是《これ》へ参りましたは、行平さまにお目《め》に懸りたいばつかりに、是《これ》迄参りましてござりまする。どふぞ、お前《まへ》と御一所に、お会《あ》わせなされて下さんせいナア。

雷蔵　すりや、そこ元にも行平さまに。

吉次　会《あ》わねばならぬ事有て、わざ〱参りましたわいナア。

雷蔵　いかにも、それがし同道にて、奥御殿にて行平さまに。

吉次　お会《あ》わせなされて下さんすか。

雷蔵　人目にかゝらぬその内《うち》に、それがしと一所に、サア。

吉次　そんなら三郎義《よし》久さま、お前《まへ》と一所に。

雷蔵　サア、ござりませう。

ト雷蔵、吉次を連《つ》れて奥へ入《はい》る。と一八神楽《かぐら》になり、奥より以前《いぜん》の軍兵出る

くだりは、のちのストーリーに関係のない「立ち消え」になる。帰り新参の吉次の出端を特徴づけるための演出。「文使い」は、「忠臣蔵」のお軽、「加賀見山」のお初など、女形芸の系譜をなすもの。図は、三代目瀬川菊之丞のお軽(ホノルル美術館蔵)。

一二 大部屋の役者。ここでは子役。
一三 「繻子(しゅす)奴」という。繻子地の派手な衣装を着る。日常的なリアルな奴は「紺看板」と呼ぶ。
一四 若い衆の扮する役には、具体的な役名がないのが普通。一五 無礼な奴。
一六 正しくは下河辺。下総国下河辺の領主。頼朝の信任が厚く、当時京の警固にあたっていた。本作では「行平」の名の連想から、謡曲「松風」の在原行平に重ねる。
一七 二人称をいう侍言葉。「そこもと」の方が、かたい古風な言い方になる。
一八 宮神楽。神社で演奏されている神楽の囃子を鳴物にしたもの。太鼓・大太鼓・篠笛にチャッパ(銅拍子)を打ち、三味線の「宮神楽合方」を弾く。顔見世の十一月は神楽の月なので三建目の人の出入りなどによく用いる。同じ神楽でも正月の曾我狂言には「通り神楽」を使う。太神楽の芸人が大道を祝って歩く神楽の音を写したもので、こちらは正月の風物詩となる。

若い衆　扨〳〵形《なり》に似合はぬ、手酷《ひど》ひ童《わつぱ》し奴《め》。それに弱《よわ》いは入道さま、どこへ逃《に》げさつしやつたか。捜《さが》さずばなるまい。サア、来《き》やれ〳〵。

ト言《い》ひながら、向《むか》ふへは入《い》る。と[一]本神楽《かぐら》になり、[二]鷲《わし》蔵、[三]忍びの形りにて義経の[四]八竜《はちりう》の兜を持《も》ち、池の中より出る。[五]梅の木末《こずゑ》より、定八、忍びにて一通をくわへ、しづ〳〵出て、互《たが》いに顔を見合せて

鷲蔵　[六]木末《ずへ》の権藤太。

定八　[七]池淵《ぶち》兵内。

鷲蔵　して、首尾は。

定八　まんまと。主君[八]錦戸太郎さまの仰《おほせ》を請《うけ》、此館《やかた》へ忍び入り、何かの様子《やうす》を伺ふ所に、是明親王の御謀反《むほん》に相違ないわへ。

鷲蔵　いかにも、それがしも此義《よし》経の着《ちやく》せし八竜の兜《かぶと》を所持なし、水底へ忍び、委細の様子《やうす》は残らず聞《き》いた。なんと此兜《かぶと》を所持なして[九]水の中に居《い》れば、平地に居るも同前、なんと不思議《ふしぎ》な兜《かぶと》じやアないか。

定八　なる程、稀代《きたい》な兜《かぶと》もある物だナア。時に、此一通は錦戸太郎さまより是明親王さまへ、御味方に参らんとの一通。ひとまづ、是を富樫の左衛門

一 能の囃子の「神楽」を歌舞伎化したもの。能では巫女や女体の神舞に用いる。歌舞伎では顔見世の三建目に出る盗賊や忍びの者の出に使う。　二 三好鷲蔵。中村定八とともに下立役(したたちやく)の若い衆の役者。若い衆は役人替名で省略。　三 忍びの者。黒四天に黒の手甲・脚絆、黒の忍び頭巾。　四 義経が屋島合戦で小林神五宗行にあたえた兜。「銀にて竜(たつ)を前に三つ後に三つ左右に一つ宛打ちたれば、八竜と名付けたり、保元の軍に鎮西八郎為朝の著たりける重代の宝」(源平盛衰記四十二)とある。源氏八甲の一つ。京都の鞍馬寺に伝えられ徳川吉宗が閲覧。その写生図をもとに松平定信が復元している。　五 下手の西の柱の白梅。役者がのぼるための踏み板が付けてある。図(羽勘三台図絵)は柳に踏み板を付けたもの。

忍びの者の八竜の兜

六 木に隠れる役を洒落て「木末」と付けた役名。　七 池の中に隠れる役名。忍びの術で、水に隠れるのを水遁(すいとん)、木に隠れるのを木遁(もくとん)という。義経記一に安倍貞任の弟境の冠者は「敵起る時は水の底海の中にて日を送りなどする曲者なり」とあるによる設定。　八 義経が頼りとする奥州藤原秀衡

鷲蔵　殿へ送り届《とゞ》け、すぐに奥州へ。出来《でき》たく〳〵。去《さり》ながら、もはや夜も明《あ》けぬれば、人目にかゝっては一大事。まづ、それ迄は。

定八　おれはやっぱり、あの梅が枝《へ》。

鷲蔵　おれはやっぱり、此水底《そこ》。

両人　それよ。

ト両人、元の所へ忍ぶ。と一〇三味線入りの楽《がく》に成り、向ふより一一純《すみ》右衛門《ゑもん》、弓矢を持て来る。跡より一二市松、打掛《うちかけ》衣装にて、三方に願ひ書を載《の》せて、持て出、花道の中にて両人、鶯をきつと見て

純右衛門　扨も、我《われ》、今日是明親王を諫《いさ》め奉らんと小鳥狩の催《もよふ》しをなし、諸鳥を献《けん》ぜんと思ひし所に、時ならざる鶯の囀《さへず》り。誠や鶯は、一三日月星《じつげつせい》を囀《さへず》る。是《これ》まさに三種の神器になぞらへて時ならざるの囀《さへず》りは、是明親王の天子にたゝせ給はんとの吉瑞《ずい》成るか。何にもせよ、心能《よ》き鳥の囀《さへず》りじやよナア。

市松　鶯は、一四経読み鳥。一五春鶯囀《しゆんあふでん》を囀《さへず》れば、当宮《とうぐう》に立《た》ゝせ給はん事、思ひもよらず。一六剃髪染衣《ぜんゑ》の御姿を、教《おし》えの為のあの鶯。ハテ面白《おもしろ》き、囀《さへず》りよナア。

の長男。敵役。九 八竜の兜は、八大竜王をかたどったもの。八大竜王は海や雨など水をつかさどる神。一〇 時ならぬ冬の鶯が出現するための鳴物。能で舞楽を舞うときに用いる楽の囃子による。太鼓を「テン」と打ち、それをきっかけに笛・太鼓に三味線の楽の合方を弾く。「関の扉」の関兵衛の星繰りでは、大太鼓の薄ドロを打つ。一一 市川純右衛門。市川海老蔵門下の敵役。粕谷藤太有末の役。立髪シッチュウ付の生締(なまじめ)の鬢、織物の裃姿で、弓に矢をつがえて出る。弓矢を携えての出も三建目のパターン。邪気を払う役目になる。一二 佐野川市松。二代目。二十七歳。若衆形から女形になる。義経の正妻岩手姫に扮し、織物の打掛の裾をひいて出る。一三 三光(さんこう)と呼ぶ、鶯の特別な鳴き方。月日星(つきひほし)と鳴く。笛を使って教える人工的な飼育法。その鳴き声を、天子の御子が立てるとされる、日月に北斗七星を描いた、日月旗に結びつけたもの。一四 鶯の正統的な鳴き方。法華経と鳴く。鶯の飼育では、上方が三光を良しとし、江戸は法華経を貴んだ(春鳥談)。鶯を飼育する趣味の流行を踏まえ、同じ鶯の鳴き声を敵役と女形で対称的に聞きとる面白さがねらい。一五 教訓抄に「春宮(とうぐう)ノ立給日ハ、春宮殿大楽官ニ、此曲奏スレバ、必ズ鶯ト云鳥来アツマリテ、百囀(ももさえずり)ヲス」とある。「当宮」は「東宮(皇太子)」の宛字。一六 出家すること。皇位を得られなかった皇子のとる道。史実の是明親王も、のちに出家し聖円と号した。

鶯のセリフ

純右衛門　何にもせよ、[一]善悪二つの鶯は、今それがしが只一ト矢に。

ト[二]つか〳〵と舞台へ来る。市松もつか〳〵と来て、純右衛門を隔《へだ》てゝ

市松　粕谷《かすや》の藤太有末さま、マア〳〵お待《ま》ちなされませい。

純右衛門　ハテ心得ぬ岩手姫《(いはで)》、[三]時節《じせつ》ならざる音《(ね)》を発《はつ》する、梅の梢《こずへ》の鶯を射て落さんと立寄るを、何故とゞめ召《め》されたナ。

市松　サイナ、お止《とゞ》め申さいでは。時節ならぬとおつしやれども、時は[四]一陽来《らい》復《ふく》の、春待顔《(はるまちがほ)》のあの囀《さへず》り。なんの怪《あや》しい事がござりませう。マア〳〵お待なされませい。

ト隔《へだ》てる

純右衛門　いゝや、そこ退《の》いた。

ト少し立廻りの内、向《むか》ふより[五]半三、羽織衣装にて軍兵を連《つ》れ、[六]やれ参れ〳〵と言《い》ひながら駆《か》けて出て、市松を見付て

半三郎　ヤア、よい所へ岩手姫、是より直《(すぐ)》に[七]引立《(ひつたて)》て、此入道が手柄にする。サア、おれと一所に来《き》な。

ト市松が手を取《と》つて、引《ひ》つ立《た》てにかゝる。純右衛門、突《つ》きのけ

一　是明親王が東宮になるという吉兆を善とし、出家せよとの教えを悪とみる立場。

二　演出用語。足早に行くことをいう。

三　時ならぬ鶯を怪鳥《(けちよう)》と見て退治しようとする。

四　陰暦十一月。冬至のこと。冬よ去って春よ来いという祈り。その春を待って鳴く鶯ですから、怪しいことはありませんという意。神前や親王の御殿を血で穢すことを嫌い、生き物の生命を大切にするのが立役側の立場。

※不思議な現象がおこり、それにひかれるように花道から敵役と女形が出て、和漢の故事を引きながら、事態を占う場面。顔見世三建目のパターンの一つである。是明親王が宝剣を隠し持っているので、その陽気で時ならぬ春が来たというもの。

五　富沢半三郎の扮する稲毛入道。義経勲功記十二で、稲毛三郎重成は義経追伐を辞退し、そのかわりに土佐坊が派遣された。幕明けでは能の「正尊」のシテ土佐坊の扮装。それを脱いで歌舞伎風の「暫」の鯰坊主の扮装になって出る。広袖の綿入れの着物を着流しに着て、派手な模様を縫い取りにした羽織を着る。すっぽりの坊主鬘に、太白の糸を黒く染めたものを組んで長く垂らした「鯰」という揉み上げを付ける。顔にも墨で鯰の髭を模した戯隈《(ざれぐま)》を取る。

岩手姫への横恋慕

六　組頭が組下の家来にかける掛け声。道外がかった軽い言いまわしになる。

七　無理やり連れてゆくこと。

八　無礼な。

純右衛門　[八]推参《すいさん》な稲毛の入道、今朝《こんてう》、是明親王の勅命によつて、川越太郎、岩手姫、此両人を召し来れと、それがしに仰《おほせ》つけられ、さるによつて同道なした る岩手姫、無体《むたい》に手を取り、[九]なんとおしやる。

半三郎　イヽヤ何共《なんとも》仕らぬ。拙者がお手を取りましたは、やつぱり君への忠臣で ござる。[一〇]先へ廻《まわ》るは[一一]お髭の塵《ちり》、[一二]悪根性《わるこんぜう》は仕《つかまつ》らぬ、あんまり腹をお[一三]立《た》ち やるな。

純右衛門　すりや貴殿《きでん》、岩手姫を。

半三郎　是明親王のお后《きさき》に。

市松　是《これ》もし、そりやマア何をおつしやりまするぞいナ。みづからが事は御存 じもござりませう、[一四]九郎[一五]判官義経と申まする、[一六]大事の夫《おつと》のある身のうへ、 是《これ》ばつかりは、ならぬわいナア。

純右衛門　いや〳〵そうは言《い》わさぬ〳〵。たとへ[一七]鎌倉どので[一八]あんべいが、[一九]綸言《りんげん》を背《そむ》 けば、違勅《いちよく》の罪人《つみんど》。其上、又、義《よし》経は先《さい》つ頃より行方知《し》れず。さすれば、 寡《やもめ》の岩手姫、誰《だれ》に遠慮《ゑんりよ》もない事だ。[二〇]嫌《いや》でも旦那に供《そな》へる。そう合点《がてん》して、 [二一]おいきやれサ。

市松　いへ〳〵[二二]なんぼうでも、是ばつかりは、嫌《いや》じや〳〵、嫌《いや》じやわいナア。

九　どうするのだ、の意。武士言葉。
一〇　大惣本では「先に回るは、お髭の塵か」は純右衛門のセリフになる。
一一　お髭の塵を払うの略。おべっかを使うこと。中国宋の宰相寇準(こうじゅん)の髭の汚れを下役の丁謂(ていい)が拭き取って、たしなめられた故事による。先回りして岩手姫を口説くのも、是明親王へのお追従(ついしょう)であるの意。
一二　邪悪な気持ちではない。
一三　お立てなさるな。
一四　九郎は義経の仮名(かりな)。左馬頭義朝の九男の意。義経記では八男とされるが、叔父鎮西八郎為朝のあとを継ぐところで、みずから「左馬九郎」を名乗ったとある。
一五　義経の官職名。検非違使の尉(じょう)のことをいう。検非違使の尉は京の治安を担当する要職で、元暦元年(一一八四)に後白河上皇に任命された。それがもとで兄頼朝と不和になる。
一六　元暦元年九月十四日に河越太郎重頼の息女が上洛し、義経に嫁している(吾妻鏡)。その翌年、義経は平大納言時忠卿の姫君を北の方に迎えている(平家物語)。岩手姫の名は「陸奥(みちのく)の岩手しのぶはえぞ知らぬ書きつくしてよ壺の石ぶみ」(新古今集・雑下・源頼朝)による。
一七　頼朝のこと。
一八　奴言葉「あるべい」が訛ったもの。
一九　天子の言葉。是明は親王なので僭称になる。
二〇　大惣本「嫌でも旦那に供へる膳」。
二一　お居やる。合点していなさいな、の意。
二二　なんぼでも、の変化。いくらなんでも。

半三郎　是はどう[一]したものだ。さりとは悪《わる》い心得《へ》だ。能《(よく)》〱物を積《つ》[二]もつて見たがヱ丶。是明親王は一天[三]の君、その后《きさき》に立《(たつ)》岩手姫、舅川越太郎は殊により[四]関白職。それになんぞや、腰《こし》ぬけ武士の義経に貞女だて、なんぼ恋しい床しいと思《おも》つても、大かた今ごろは喰い物に困《こま》つて、どこぞでのたれ死《(じに)》にくたばつたであん[五]べい。なんと藤太殿、左様《やう》じやアござらぬか。

ト此内、市松、口惜《くや》しきこなし[六]、いろ〱あるべし

純右衛門　左《さ》様《やう》〱、いらざる事に心中《(しんじゅ)》[七]だて。ほん[八]の鮑《あわび》[九]の片思ひ、夫《(それ)》よりは我〱が言《い》ふ事を。

両人　聞《き》いておくれ。

市松　たとへ此身はどの様《やう》になるとても、此事斗《(ばか)》りは、わしや嫌《いや》じや。その様《やう》な辱《はづかし》めを受《う》けふより、いつそ殺して下さんせ。[一〇]みづからは死《し》にたい、いつそわたしは、死《(しに)》たいわいのふ。

純右衛門　手ぬるく言《い》へば付《つ》け上りのする、とち[一一]女郎《めろう》だ。此上は、我君の御前へそ[一二]びき出して口説《くど》[一三]くがヱ丶。入道、合点《がてん》[一四]か。

半三郎　合点《(がつてん)》だ。

ト市松が後《うし》ろへ廻り

一 なんということだ。二 考えてみる方がよい。「見たがヱ丶」は「見たが良い」の訛り。三 天下を治める君。天皇。四 天皇を補佐し、政務を執りおこなう職。幼少の天皇には摂政《(せっしょう)》がつき、天皇が成人すると関白になる。史実の是明は七歳。五 奴言葉「あるべい」が訛ったもの。六 演出用語。身ぶり、動作などの演技をいう。七 貞節を守り通すことを。八 本当の。まさにこれが。九 諺《(ことわざ)》。鮑が片貝なのでいう。一〇 自分自身のこと。貴族など高貴な女性が使う。一方、「わし」は、同じ女性の一人称でも近世のもの。一一 ふざけたことをいう女だ、の意。一二 ひっぱり出す。一三 口説くが良い。一四「がってん」の約音。粕谷藤太が「がてんか」と縮めていい、稲毛入道が「がってんだ」ときっぱりというセリフの調子。一五 鳴物の音。大太鼓を「ドロン」と打つ。坂東又太郎の出の鳴物のきっかけに打つ、大太鼓の頭《(かしら)》の音。一六 下手の柱の白梅の洞《(ろう)》。図(戯場訓蒙図彙)は桜の木だが、洞の口には黒幕があり、その継目から手だけを出す演出。観客の視線

半三郎　サア岩手姫、我〱と一所に。

皆〻　うしやアがれ、ヱ、。

ト引《ひ》つ立《た》てやふとする拍子《ひやうし》に、どん[一五]と、梅[一六]の中より真《ま》[一七]つ赤《か》な手を出して、半三が頭《あたま》を摑《つか》む

皆〻　ヤ[一八]。

半三郎　待《ま》て〱。今[一九]、是明親王の御前へ岩手姫をそびき出さんとする所へ、此入道が禿頭《はげあたま》を、田夫野人《でんぶやじん》[二〇]に摑《つか》んだが、そもまづ汝《うぬ》は。

皆〻　何奴《やつ》だ、ヱ、。

又太郎　待《ま》ちやアがれ、ヱ、。

ト是より大太鼓《だいこ》[二一]流《なが》しに成り、又太郎[二二]、赤面《つら》[二三]、上下衣装《いせう》にて、股《(もも)》立《(だち)》取《と》り、梅の洞《うろ》の中より出て、皆〻を追ひ廻し、花道より取《(とつ)》て返《かへ》し、市松を囲《かこ》ひ、しやんと見得《へ》[二四]になる

皆〻　どつこい[二五]。

純右衛門　やれ待《ま》て、今岩手姫を引《ひ》つ立《た》てんとする所へ、白梅《(はくばい)》[二六]の中から、真《ま》つ赤《か》な奴《やつ》が現《あらわ》れたが、そもまづ[二七]、汝《うぬ》は。

皆〻　何奴《なにやつ》だ、ヱ、。

を集め、役者の出となる。一七「赤っ面」の手。赤い肉襦袢に、朱で隈を描いたもの。

赤っ面の洞の出

※顔見世三建目では、木の洞より出るのは、忍びの者に扮した謀反人。刀を持った手が出て人を殺し、宝物や密書を奪う。本神楽の鳴物で、無言で出る凄みを見せる。その演出を荒事師に応用したもの。この場面は、享保十七年「大銀杏栄景清」で二代目団十郎が景清に扮し、銀杏の洞より出て娘人丸を助けた格。

一八 別本「ヤア」「ヤア、〱」。驚くときの声。

一九 以下、「暫」のパターン。享保十一年中村座の顔見世十二段で二代目団十郎の鎌倉権五郎景政が「しばらく〱」と声をかけずに本舞台の大太鼓を二つに割って飛び出した格。ここでは大太鼓のかわりに洞の中より出る。

二〇 無作法に。 二一「流し」とは鳴物の同じ手をくり返して打つこと。「鶏の真似」(安永五年)に「荒事仕押し出し、せり出し、台引」などに用いるとある。能管を吹き合わす。 二二 坂東又太郎。四代目。実悪だが、江戸風の奴荒事師をかねる人気役者の一人。三十一、二歳。坂東太郎に扮し、赤っ面に矢筈鬢の鬘、織物の裃姿で出る。 二三 白粉に生臙脂(しょうえんじ)という紅をまぜ、顔を真っ赤に塗った役。紅で隈を取る。敵役、または荒事師の化粧。 二四 演出用語。付(つけ)を打ち、その音とともに、きれいな形に決まること。 二五 立廻りなどで、見得に決まったときにかける掛け声。どっこい負けないぞ、の意。 二六 白梅と赤っ面の洒落。

二七 暫のツラネの前の敵役の決まり文句。

又太郎　夫《それ》[一][二]一陽来復《らいふく》の時来《きたり》て、東山《とうざん》[三]梅から突《つ》ん出るのも、古きを以《もつ》て新《あたら》しき、[四]紅葉染なす竜田川[五]。真《ま》つ赤《か》な面《つら》の唐紅《からくれない》、色も姿も吉野川[六]、その千歳《ちと》[七]せ川、[八]音無《おとなし》川、かわゆい[九]川の御方《おんかた》を、無体に袖を布引川[一〇]。悪根性《わるこんぜう》を吉《よし》[一一]川に、流しておれに久米川[一二]なら、此場も水に隅田川[一三]。たゞし遣《や》るなと佐川[一四]なら、片《かた》つ端《ばし》から初瀬川[一五]。痛《いた》い目みせ川[一六]、湊川[一七]。御裳《みもすそ》[一八]川の風かわらず、清《きよ》き河原のその内に、とつとゝ[一九]爰を白《しら》[二〇]川と、悪態《あくたい》[二一]まじりの気短《みじ》かは、何《いづ》[二二]れも様《さま》も御存《ぞん》じの、長谷川町[二三]の腕白《わんぱく》[二四]者と、ホヽ、敬《うやま》[二五]つて申《まうす》。

皆々　[二六]どつこい。

市松　よい所へ坂東太郎照早《てるはや》さま、よふ来て下さんしたナア。

又太郎　ヲヽ、おれが来《く》るからは、もふ気遣ひな事はなんにもない。五六《ごろく》[二七]をいけたと思《おも》つて、落《お》ち着《つ》いていな〳〵。

半三郎　何だこいつは、洒落《しやれ》[二八]る奴《やつ》じやアないか。坂東太郎[二九]なら、実事師[三〇]じやアつ[三一]まるまい。是ヱヽ、その姫はな、是明親王のかつ[三二]惚《ぼ》れてござるによつて、后に立《た》てべいと思《おも》つて、そこで御前へそびく[三三]のだ。邪魔だてして、坂東太郎、大き[三四]な目に会《あ》うなよ。

又太郎　何だ、此す[三五]だれ十め。是《これ》、能《よ》ふ聞《き》けよ。君を諫《いさ》めるは臣下の役、それに

川づくしのツラネ

一 そもそも。改めて故事来歴などを述べるときにいう。以下、川づくしのセリフ。二 冬至。陰気がつまって、陽気が復活するときがきたので、赤っ面が飛び出した、の意。三 東山は坂東又太郎の俳名。四 赤っ面にかけていう。五 大和の川。紅葉の名所。「ちはやぶる神世も聞かずたつた河から紅に水くゝるとは」(古今集)による。唐紅は中国産の真赤な紅。六 大和の川。姿も良しにかける。七 千年川。筑後川のこと。八 紀伊の川。九 岩手姫に扮する市松の姓「佐野川」のこと。一〇 摂津の生田川の上流、布引の滝。一一 紀伊の川。一名、逆《さかさま》川。悪根性を止すにかける。一二 大和の川。来目(くめ)川とも。一三 江戸の川。済ますにかける。一四 不詳。逆らうならにかける。一五 大和の川。一六 痛い目をみせる。それを川の名のように言ったもの。以下、湊川、御裳川と「み」の字づくし。字づくしも、ツラネのセリフのパターンの一つ。一七 摂津の川。一八 伊勢の五十鈴川の異称。上流に伊勢の大神宮がある。「風かわらず、清き河原」は、その縁。御裳川の流れのように、おれの心がおだやかなうちに、の意。一九 さっさと。二〇 京の地名。白河。早く「しろ」にかける。二一 憎まれ口をきくこと。悪態をつくのが荒事の特色。二二 御贔屓の皆さま。見物。二三 現東京都中央区日本橋堀留町二丁目。「坂東又太郎東山 住居長谷川町」(新東名鑑)とある。芝居町の近くで役者たちの住居があったところ。二四 わがままな子供のこと。二代目団十郎は、荒事

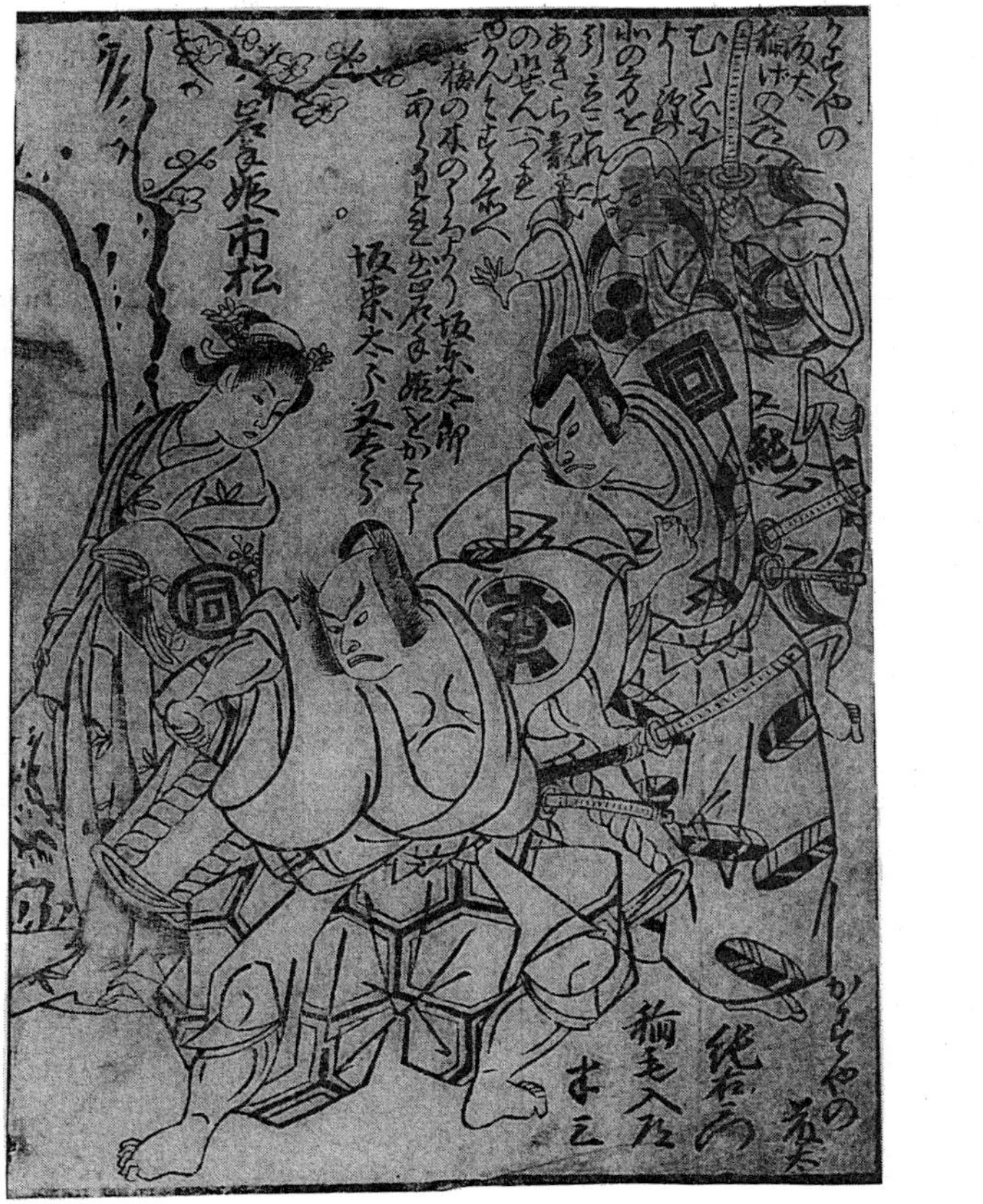

粕谷《かすや》の藤太、稲毛《げ》の入道、むたいに義《よし》経の北の方を引立、是明《これあきら》親王の御ぜんへ連《つ》れゆかんとする所へ、梅の木のうろより坂東太郎あらわれ出、岩手姫をかこう

粕谷《かすや》の藤太　純右衛門、稲毛入道　半三

坂東太郎　又太郎、岩手姫　市松

の口伝として「すべて七つ八つの子供のまね」(古今役者論語魁)で演ぜよとした。

二五 ツラネの最後の決まり文句。

※坂東太郎は利根川の異称。それ故、ツラネが川づくしになる。川づくしのセリフともいう。古風な江戸の雄弁術。三味線の合方や、大小の鼓、笛などを使わない、セリフだけの芸。七五調に縛られない自由な文体が特色となる。

二六 坂東太郎のツラネに対して受けて立つ敵役の掛け声。二七 五寸×六寸の角材。柱を立てなおす根継に使う。「五六を組む」という。二八 なまいきなことを言う奴だ。

二九 利根川の異名。それ故、おとなしい実事師などではなく、暴れ者の役だろう。坂東又太郎は、明和七年の粧相馬紋日でも坂東太郎に扮し、角前髪だが赤っ面の荒事を演じている。敵役から立役に転じて、初めて荒事を演じたときの役名は荒川太郎。これも関東を代表する川の名。三〇 問題解決のために艱難辛苦する役柄。三一 面白くないだろう。三二「かつ」は強調の接頭語。

三三 無理やり連れて行く。しょびく。

三四 大変な目にあう。ひどい目をみる。

三五 江戸のめくり骨牌(かるた)の札。四枚ある十の札のうち、赤の十のこと。札に僧侶が描かれていることから、坊主の蔑称。ここでは、坊主頭の稲毛入道のことをいう。安永二年刊の当世口合千里翅に「当世は、猫も杓子もめくりの座」とある。それまでの「読かるた」に替わり、このころから「めくりかるた」が流行。団十郎・海老蔵・仲蔵など人気役者の名が骨牌の役物の名に使われた。

半三郎　汝《うぬ》らが様《やう》に非義《ひぎ》非道《ひどう》を勧《すゝ》めるは、世の中で言《い》ふ[一]げぢ〳〵侍。岩手姫を后にしてよけりやア、おれがする。わいらが知つた事じやアない、[二]すつこんでけつかれ。夫《それ》に又、此坊主と同《おんな》じ様《やう》に、[三]如何様《いかさま》の頭取株《かぶ》、ヱヽ、加減《かげん》に[四]悪《わる》さをしろ。あんまりひつこく[五]駄《だ》々を言《い》ふと、[六]食《ちき》どめに会《あ》わせるぞ。

半三郎　こいつは、あんまり人を[七]安《やす》くする奴《やつ》だ。その[八]いけつ口を。

ト又太郎に[九]かゝろふとする

純右衛門　是さ入道、[一〇]お待《ま》ちやれ。高が赤《あか》つ子同然《ぜん》の、知恵なし野郎《やろう》だ。[一一]絞《し》める所で絞《し》めてみしやう。入道、[一二]おきやれ。

半三郎　それでも、あんまり。

又太郎　なにを。

純右衛門　坂東太郎。

又太郎　両人。

純右衛門
半三郎　後《のち》に会《あ》ふべい。

ト[一三]神楽《かぐら》になり、純右衛門・半三・若い衆、皆々奥[一四]へは入《い》る。市

一 蚰蜒(げじげじ)の形が「非」の字に似ているのでいう。武士の道を踏みはずした者。嫌われ者。 二 そこに居ろ。ののしっていう語。 三 いかさま博打(ちばく)の胴元め。 四 子供のいたずら。 五 わがままをいうこと。 六 子供の御仕置。こらしめのために食事を抜く。 七 軽く扱う。子供扱いされたことをいう。 八 いけず口、とも。その口で悪口をいえないようにしてやろう、の意。 九 打ってかかろうとする。 一〇 お待ちなさい。 一一 こらしめる。とっちめる。 一二 一緒に来なさい。 一三 下座の鳴物。宮神楽。 一四 ここでは、本舞台の下手、橋懸りの奥にある出入りのための幕へ入る。 一五 土佐坊の堀川夜討のこと。 一六 演出用語。鳴物の演奏などを始める合図となるもの。ここでは岩手姫のセリフの終わりが、「今様始り」の呼びをいうきっかけになる。 一七 今様の所作事。顔見世三建目の「暫前」に出るパターンの一つ。神社への奉納、即位の儀式などの余興、勅使への饗応を目的に、家臣、またはその子弟などが選ばれて勤めるもの。今様の舞は、鳥羽院の島の千歳・若の前、あるいは静御前ら白拍子の男舞に始まるとされる(舞曲扇林)。江戸歌舞伎では、能の題材を当世風に歌舞伎化した長唄の所作事を出す。若手の女形、立役、若衆形、娘形、子役の持ち場となる。 一八 「呼び」という。花道の揚幕のうち、または大道具の裏などで、下立役の若い衆がいう。勅使・上使のお入りや、儀式の始まりを告げるもの。声を張って、ゆっくりという。ここでは、大道具の裏、是明親王の御殿の内側から呼ぶ。 一九 神事、あるいは儀式など、晴の場なの

松・又太郎、残る

又太郎　やれ〳〵、[一五]堀川の館《たち》の乱《(みだれ)》より、色〳〵との艱難《かんなん》苦労、嘸《(さぞ)》かし推量いたしてござる。

市松　ほんにマア、西も東も敵の中、心ならざるその中に、夫《おっと》の行衛を案《あん》ずるは、女子《おなご》心の儚《はかな》さと、御推量《すいりやう》なされて下さりませい。

ト此《(この)》[一六]きつかけに、[一七]今様《やう》始り、と[一八]呼《よ》ぶ

又太郎　最早《もはや》、今様《やう》の始《(はじま)》りとあれば、此所に[一九]長居《(ながゐ)》は如何《いかゞ》。それがしと一所に奥殿ンへ。

市松　そんなら、お前《まへ》と御一所に。

又太郎　岩手姫どの、ござれ。

ト又、今様《やう》始り、と[二〇]呼《よ》ぶ。是より、[二一]所作の鳴《なり》物になる。此[二二]鳴り物をかりて、又太郎・市松、[二三]奥へは入《(い)》る。と直《(すぐ)》に正面の御簾《みす》を巻上げさせて、[二四]結構なる[二五]山台の上《うへ》に紅葉を大ぶん飾《かざ》り付《つ》け、後《うし》ろの方に[二六]段幕を張《は》り、[二七]紅葉狩の見得《へ》。是に、[二八]門之助、羽織衣装にて[二九]中啓を持《も》ち、左《(ひだ)》りの肩に[三〇]長絹《けん》を懸《か》け、[三一]眠《ねむ》りて居《い》る見得《へ》。[三二]雄次郎、打掛《かけ》衣装にて、[三三]般若《はんにゃ》の面《めん》と、[三四]鉄杖《でう》を持《も》ち、[三五]上《(かみ)》の方《(かた)》に立て居《い》る見得《へ》。是

でいう。二〇「呼び」は二度くりかえすと、舞台の雰囲気が改まる。二一 舞台上手横の下座で演奏する陰囃子ではなく、今様の所作事のための出囃子の連中による鳴物になる。二二 今様の所作事のための鳴物を使って退場すること。「鳴物をかりる」という。二三 上手の奥。二四 リアルな現実的なものでなく、きれいな。二五 四寸(十二センチメートル)ほどの高さの平台。蹴込みに草花などを描いて山に見立てたもの。能の一畳台にあたる。二六 紅白の布を上から交互に縫いあわせた幕。紅葉狩の酒宴のために張ったもの。二七 紅葉狩をしている様子。二八 市川門之助。

今様の紅葉狩

市川海老蔵門下。若衆形の名人門之助の二代目。三十一歳。美男の若衆形で荒事もかねる。頼朝の信任を得て京の治安維持にあたる武将下河部行平の役。ここでは今様の役人として、謡曲「紅葉狩」のワキ平維茂(これもち)に扮する。前髪のある若衆髷、美しい模様の羽織に着流しの衣装。中啓の扇とは鳥帽子を持つ。二九 先端が半開きになっている扇。能の持ち道具。三〇 能の「紅葉狩」で維茂が着る装束。三一 前シテの上臈に酒をすすめられ、酔って寝ている姿。三二 瀬川雄次郎。初代。二代目沢村宗十郎の長男。のちの三代目市川八百蔵。二代目瀬川菊之丞に入門、女形となる。二十七歳。中村座には帰り新参の顔見世。三年前の顔見世で雄次郎を襲名。そのときも、門之助と「楓葉恋狩衣」を踊った。そのコンビの復活になる。松風姫の役で、今様の「紅葉狩」でシテの鬼女を勤める。歌舞伎風のお姫さまの

を押《お》一し出して、誂《あつらへ》二の所作、色〳〵あるべし

長歌役人替名

下河部庄司行平　市川門之助
富樫の左衛門妹松風姫　瀬川雄次郎
四湖出市十郎《こいでいちじふらう》　六杵屋《きねや》六三郎
三長　柴田小源次　五三　七同　喜三郎
歌　富士田音蔵　同　左吉
富士田松蔵　線　同　新太郎
同　定八
八小鼓《つゞみ》　九望月太左衛門
同　同　幸十郎　一四太鼓《たいこ》　一五坂田仙之助
一〇大鼓《つゞみ》　一一六郷新三郎　同　一六小西十兵衛
一二笛《ふえ》　西村吉右衛門
同　一三中村弥八

一七むつの花紅葉《はなもみぢ》　艶狩《もみぢがり》
一八謡ひがゝり〽一九月待《まつ》ほどの、うたゝ寝《ね》に、夢、二〇打覚《うちさま》す夕時雨　二一カン〽二二四方《よも》の梢も、

姿。振り袖の打掛を着て、能の後シテの面を手に持って出る。二三 鬼女の面。額に角《つの》が二本ある。能では、角のない顰《しかみ》の面を使うのが普通。般若だと女の鬼になる。二四 鉄の杖。撞木の形で、人を打つために鬼などが持って出る小道具。打杖《うちづえ》という。二五 山台の右の方、上手に立っている。酔って眠っている維茂を、上から鬼女がのぞきこむ姿。

一 舞台転換の一方法。山台の下に木の車をつけ、うしろから大道具方が押して出す。

二 演出用語。決まりきったものではなく、注文によって新しくつくることを「あつらえ」という。なお、江戸の台本では「誂の所作、いろいろあるべし」とのみ記し、歌詞や出演者など、内容は省略される。台本は狂言作者の担当で、今様の所作事などの歌詞は長唄囃子連中の担当と所管が異なるからである。ただし、底本は貸本屋用に転写されたものなので、読者のために長唄の正本によって歌詞などが補われた。

三 長唄の出演者の連名。長唄連中という。本舞台の奥、緋毛氈の段の上、左手に唄い手、右に三味線が並び、平舞台に囃子方がすわる。台が二段になる「雛段」は寛政四年以降。この当時は、まだ一段。出囃子の連名。この興行中、今様の所作事に出る予定の連名で、かならずしも全員が毎日出勤するわけではない。立唄以下は日替りで出る。このような新曲は、流行唄でもあるので、その創演に名を連ねることに意味がでる。

四 中村座の長唄の立唄《たてうた》。初代。三十七歳。安永天明期のメリヤスの独吟の流行を

富樫《とがせ》の左衛門妹松風《かぜ》、下河部《しもかうべ》の行平、両人にて今様《やう》の所作《しよさ》
此所鼓唄《つゞみうた》にて所作あり
行平 門之助、松風《かぜ》 雄次郎

つくりだした人。のちに大坂に江戸の長唄をもたらす。五 三味線のこと。弦が三本なので三弦、または三線(さんせん)という。三味線は、三つの弦が三つの味の音を出すという意の宛字。六 立三味線。二代目。富士田吉次らの三味線を弾いてきた名人。六十二歳。中村座の長唄連中の筆頭の位置にある。七 ワキ三味線。六代目。江戸長唄三弦の本家家元の七代目でもある。翌安永三年(一七七四)に立三味線となる。八 能は小鼓方が一人。歌舞伎ではワキをともなう。掛け声をかけながら大間に打つ能の「トッタン囃子」に対し、歌舞伎は早間にリズミカルに打つ「チリカラ囃子」になる。九 長唄囃子望月系の祖。タテ小鼓。望月太左衛門と名を改めての顔見世。一〇 能と同じで大鼓は一人。一一 二代目。三十二歳。一二 能の笛は一人。一三 能笛方一噌流の出身。七十一歳。笛方を勤めるとともに振付をかねた。振付は、古くは囃子方に所属。この今様の所作事の振付も中村伝次郎と二人で担当。一四 能では一人。一五 小西十兵衛の門弟。翌安永三年坂田重兵衛と改名、タテの太鼓方となる。一六 中村座のタテの太鼓方。本曲では門下の仙之助にタテの位置を譲る。
一七 長唄の外題。正本の表紙には「陸花艶(つむのはなもみじ)」とある。「艶狩」は内題。一八 能の謡風の節付で歌うこと。ここでは三味線を使わずに、鼓のリズムにあわせて歌う。立唄の独吟で、美しい声のきかせどころ。一九 謡曲「紅葉狩」の一節。前シテが、中の舞を舞ったあと、酔って寝入ったワキ維茂の顔を見込むところ。「有明の月待つほど

色〳〵に、錦色《いろど》取る[一]谷川に、風のかけたる柵《しがらみ》は、流れもあへぬ紅葉葉《ば》を、[二]渡らば錦、中絶《なかたえ》ん　カン〽[三]よしや思へば是とても、[四]前世《ぜんぜ》のちぎり浅《あさ》からぬ、深き情《なさけ》の色《いろ》見へて、かゝる折《をり》しも道の辺《べ》の、[五]草葉の露の託《か》[六]言《ごと》をも、懸《かけ》てぞ頼む行末を、契るも儚《はかな》、打《う》ち付《つ》けに、人の心もしら雲の、立《た》ちわづらへる気色《けしき》かな

〽[七]紅錦繡《こうきんしう》の山、装《よそほ》ひをなす　〽是なる紅葉の下枝に、[八]落葉搔《か》き寄せ薪となし、酒薫《くゆ》らするその景色《けしき》、忍《しの》ぶ心の面白《おもしろ》く、いざや汲べし〳〵　合

〽面白《おもしろ》や、時雨《しぐれ》急《いそ》がん紅葉狩、[九]牡《を》鹿の角《つの》の束《つか》の間《ま》も　合　唐土《もろこし》の[一〇]朱買臣は錦《にしき》の袂を会稽山に翻《ひるがへ》す、彼《か》の[一一]七賢が楽しみも　合　[一二]酒にせい　合　[一三]銚子持《も》て来《こ》い、盃持《も》て来《こ》い、[一四]扨お肴は何〳〵ぞ、頃しも秋の山草《やまぐさ》、[一五]花立《はなたち》花《ばな》の、匂ひを含む〳〵、酒の[一六]寒山《かんざん》じつと押《お》[一七]さへて　〽[一八]今まで爰に佇《たゝず》む女〳〵、とり〴〵[一九]手管《くだ》の姿を現《あらは》し。或《あるひ》は[二〇]悋気に炎《ほむら》を焦《こが》し、又は虚空に撓垂《しなだ》れかゝり、[二一]咸陽宮の煙《けむ》りもいそよ、[二二]七尺《しつせき》の屏風《へいふう》の上に猶、余りてその丈ヶ、[二三]一丈の血文《ちぶみ》、角《つの》も折《お》れかし、面《おも》も向《む》けぬ、恥《は》づかしや

〽惟茂少しも騒がずして。[二四]南無や意気地《いきじ》の大菩薩と、心に念《ねん》じ、[二五]煙管《きせる》

のうたたねは山の端のみぞ夢に見えける」（金葉集）による。三〇 謡曲では、前シテが「夢ばし覚まし給ふなよ」といって入る。それを逆に〽「夢うち覚ます」とし、時雨のなかを紅葉狩に急ぐ、能の冒頭シーンに戻る趣向。三一 高い音で歌う指定。甲(かん)。三二 以下、能でシテとツレが歌う、山の紅葉を尋ね歩く道中の詞章を取って、短くまとめたもの。

以上九六頁

一「山川に風のかけたるしがらみは流れもあへぬもみぢなりけり」（百人一首）。二「竜田川紅葉乱れて流るめり渡らば錦中や絶えなん」（古今集）。三 以下、謡曲「紅葉狩」のクセの後半。能では酒宴の場面。本作では、あとで酒宴になる。シテの女の思いを述べたもの。松風姫の行平を慕う気持ちに重ねるクドキ。四 前世の古い読み方で、謡曲に従ったもの。五 はかないものの譬え。ギンの節で、艶やかに唄う。六 恨みごと。七 正本に「謡がかり」とある。謡曲「江口」のクセの一節。「着野展敷紅錦繡」（和漢朗詠集・春興）による。「江口」では、春の桜をいうが、ここでは秋の紅葉に見立てる。漢詩風の文句で、気分を変える。八 謡曲「紅葉狩」の「林間(りんかん)に酒を煖めて紅葉を焼くとかや」。「林間煖酒焼紅葉」（白楽天、和漢朗詠集・秋興）による。九「束の間」の序詞。「錦木」など謡曲で用いられる。一〇 謡曲「実盛」のクセの一節。薪を売って貧しさに耐えた朱買臣が、出世して会稽に錦をかざる漢書の故事による。ここでは、軽く、落葉を薪にして酒の燗をつけていても、すぐに出世するさ、という意。一一 竹

を持て待《ま》ちかけ給へば　合[二六]口舌になさんと、飛んでかゝるを、飛違へ、煙管《きせる》の真《ま》ん中、持添《（もち）そ》へ給へば、その手を[二七]引〆《（ひきしめ）》、難《なん》なくお[二八]敵《てき》に従《したが》ひ給ふ、紅葉の威勢は面白《おもしろ》や　合

〽[二九]紅葉散《ち》りしとなあ　合暮《くれ》待《ま》つ風に　合あたら紅葉の、[三〇]散るは〳〵散り来るは〳〵　合[三一]傘《かさ》にとん〳〵止《と》まれば　合とん〳〵止《と》まれば、猶いと〳〵し、腰を締《し》めたや、抱《だ》かれて寐たや、おてんとてんと紅葉葉《ば》を敷《し》くや褥《しとね》に、ねん〳〵〳〵〳〵寝《ね》とござる、寝《ね》とござるへ　合現《うつゝ》なや　合

[三二]所は山路の菊の酒。何《（なに）》かわ苦《くる》しかるべきと　合人〴〵輿に入り給ふ

合花やかなりし風情かな

[三三]歌切れると

雄次郎　[三四]ほんにマア、あられもない。今様《やう》を[三五]幸《（さいはひ）》に、爰まで[三六]来《（き）》ごとは来《き》たれども、お顔を見れば今さらに、言《（いひ）》たひ事も[三七]エヽ言《い》わず、ほんに[三八]辛気《しんき》な事ではあるわいナア。申《（まうし）》、行平さま、たつた一ト言《こと》、女夫《（めうと）》じやとおつしやつて下さんせいナア。

ト此内、[三九]後《うし》ろへ吉次出て、是を見て真《ま》ん中へ入《はい》る

林《（ちくりん）》の七賢。竹のなかで酒を楽しんだ中国晋の七人の隠者。一二 ここから江戸の花街での、くだけた酒宴に変わる。一三 急須の形をした、酒をつぐための鉄鍋。一四 謡曲「大江山」で勇者の酒宴の場面、「さてお肴は何々、頃しも秋の山草、桔梗、刈萱、われもこう」による。一五 花橘。甘い香りのする夏の花。一六 中国唐代の隠逸の僧。拾得《（じっとく）》とともに奇行を残す。酒の燗にかけて、さらに「拾得」と、「じっと」をかける。一七 盃を押さえる。相手に差そうとする盃を押さえて、もう一杯飲ませること。一八 以下、能「紅葉狩」の後シテの鬼女の出の謡「不思議や今までありつる女〳〵」から、「威勢の程こそ恐ろしけれ」と舞い納めるまでを流用。鬼女を江戸の遊女に、維茂を客に見立てたもの。一九 謡曲では「化生の」。それを遊女が客をあやつる手練手管に読みかえる。二〇 謡曲「あるひは巌《（いわお）》に火焔を放し、または虚空に炎を降らし」。遊女が嫉妬してみせたり、甘えたりする手管をいう。二一 謡曲「咸陽宮の煙の中に」。秦の始皇帝の宮殿が焼かれたことをいう。その炎さえも女郎の手管からみればこわくない。

松風姫・村雨姫花いくさ

「いそよ」は、及びませんね。三二 咸陽宮の高い屏風。三三 謡曲「一丈の鬼神」。血文は女郎が血で書く起請文。三四 謡曲「南無や八幡大菩薩と」を恋の意気地とする。三五 謡曲は剣。煙管を持って脂《（やに）》下がる。三六 痴話喧嘩。謡曲「微塵になさん」。三七 抱きよせる。三八 相手の遊女のこと。三九 ここから踊り地になる。拍子に合わせ

吉次　一ちつとお邪魔《じやま》になりやんしやう。

ト言《い》ふ。雄次郎、びつくりして

雄次郎　二ヲヽ、怖《こわ》。コリヤお前は村雨さん、三何しにこゝへは来《き》やしやんしたヱ。

吉次　わたしじやとて、爰へは来《こ》ぬものかいな。もし行平さま、いつぞや四都へお上《のぼ》りなされしより、五ひよつと見染《そ》めしそのお姿、忘る《(わする)》暇《ひま》はないわいな、どふぞ六色よいお返事を。

雄次郎　ヱヽ、七つんともふ、八何じやいな、お前へ返事させまして、よいものかいナア。サア、みづからにお返事を。

ト取《(とり)》つく

吉次　イヽヱ、わたしへお返事《じ》を。

ト両方より、取りつくを、門之助、振《ふ》りきつて

門之助　いかに女子《おなご》なればとて、聞《(きき)》わけのなき此ありさま。それがしとても九岩木《(いはき)》にあらぬ身なれども、一〇兼て噂にも聞給《(きゝたま)》ふらん、此度《(このたび)》、一一九郎御曹子《おんぞうし》、一二御謀《む》反《ほん》の由《よし》、一三頼朝《らいてう》公の御耳に達し、先達《だつ》て土佐坊昌俊、堀川の御所へ押寄せしより、御行方も知《し》れ給はず。御労《いた》わしく存る《(ぞんず)》ゆえ、何卒、御在《(あ)》り家《(か)》を尋《(たづね)》奉り、御兄弟の御中《(おんなか)》を一四日月《(じつげつ)》の如く成《(な)》し奉らんと、一五数千《ちゞ》に心を砕《くだ》く下

た二人の手踊り。三〇「英獅子乱曲」（枕獅子）による。原曲は牡丹。三一 合方を「チリ〳〵〳〵」と弾く。三二 以下チラシ。謡曲「紅葉狩」の詞章にもどる。※長唄の作詞は、節に乗るように謡曲の一節などを巧みに引用しながら綴るものなので、普通、三味線弾きなどが作る。ただし、本作では、眼目となる酒宴のクドキに、遊女と客の痴話喧嘩の趣向が入るので桜田治助が筆を取ったものか。狂言作者が執筆した場合でも台本では歌詞が省略される。三三 今様の所作事がおわる。うしろの御簾をおろして長唄囃子連中を消す。三四 今様の役から、松風姫にもどって。姫御前が遊女の真似をするなんて、なんとまあ、はしたないことでしょう。三五 行平に逢う、良い機会だと思って。三六 来ることは来たけれど。三七 良く、の訛り。三八 気がもめる。じれったい。三九 上手奥の出入り口から出て、うしろから行平と松風姫の様子をうかがう。

一 ちょっと、二人のお邪魔になりましょう。遊女などが使う伊達な言い方。行平と松風姫のあいだに村雨姫が入ることで、謡曲「紅葉狩」の場面が「松風」に変わる。以下、謡曲「松風」の海士の姉妹松風村雨を歌舞伎風の姫にした恋争いの場面になる。二 女性が驚いたときにいう。三 松風姫、村雨姫ともに身分のある女性同士の会話なので、本来なら「さま」、あるいは「どの」。ここでは世話にくだけていう。四 行平は関東の武士で、寿永三年（一一八四）に平家追討のため西国に下り、翌文治元年に壇の浦で

雄次郎　河部の庄司行平。夫《(それ)》に何《(なん)》ぞや、不義[一六]放埒《ほうらつ》に身を委《ゆだ》ね、鎌倉[一七]どのゝ御前《(ごぜん)》へ対し、何と申分けのあるべきぞや。憎《にく》[一八]ふは思はぬ、松風殿、村雨殿、逢《あ》わぬ昔《(むか)》しと諦《あきら》めて、思ひ切て下されや。

吉次　なる程、今、おつしやつたお言葉を無理とは、さら〳〵思はねども、今言《(ゆう)》て、今爰で、女夫に成ふといふではなし。未来《みらい》[一九]で添《そ》わふとおつしやつても、嬉しふなふて、なんとしやう。お前の口から女夫じやと、一口《ひと》言て下さんせ。それ聞《き》かぬうちは、なんぼ[二〇]でも、爰放《(ここ)》[二一]しやせぬ、放《はな》さぬわいナア。

門之助　そふでござんす。どのやうに言《い》わんしても、此お返事のないうちは、動《うご》[二二]かす事じやないわいナア。

雄次郎　それ程迄の心ざし、返事[二三]せいではなけれども、いづれ[二四]を見ても憎《にく》からぬ、源三位《(げんざんみ)》[二五]にはあらねども、ひき[二六]ぞ煩《わずら》ふ花菖蒲《あやめ》、いづれへ返事を。

ト思案《しあん》する

吉次　そりや御思案《しあん》には及《およ》ばぬ事。わたしが千束《(ちづか)》の文玉章《(ふみたまづさ)》[二七]、よもお忘れはあるまいがな。

吉次　そりや、わたしとても同じ事、通[二八]ひ車の文の数〳〵、此お返事はみづか

平家を滅ぼしたのち入京。そのとき出逢ったということ。 五 偶然に。姫君らしくない、蓮葉ないい方。 六 村雨姫の恋を受け入れるという、うれしい返事。
七 女性が、じれたときにいう言葉。
八 なにいってるの。
九 非情のものではないので、恋情もあるが、の意。「さすが岩木にあらざれば」(謡曲「紅葉狩」)。 一〇 以下、堅い侍の口調になる。
一一 義経のこと。御曹子は源家嫡流の子息をいう。 一二 文治元年十月十八日、義経は後白河上皇より頼朝追討の院宣を得ている。
一三 源頼朝。改まったいい方。
一四 太陽と月。 一五 さまざまに。
一六 不義は私的な恋。放埒は酒色にふけること。主君である頼朝の許可なしに、松風姫や村雨姫と契りをかわすことをいう。
一七 頼朝のことをいう。
一八 嫌っていうのではないですよ。
一九 死んで生まれかわった来世(らいせ)で夫婦になろうという誓い。夫婦になる男女は、それだけ因縁が深く、来世でも一緒になるという仏教的な教えにもとづく。夫婦は二世ともいい、女夫になることを二世の契りという。この世の縁は薄くとも、未来で添いとげるというのが、近世の女性の理想。
二〇 どんなことがあっても。
二一 どこへも行かせません。 二二 動いて、どこか他のところへ行こうとしても許しません。
二三 返事をしないわけではないが。
二四 松風姫、村雨姫ともに美しい。
二五 源頼政。晩年、三位にすすんだのでいう。頼朝に先だって挙兵、宇治で自刃。歌

らに。

雄次郎　何じやいな、いやらしい。[一]年端《は》も行《ゆ》かいで、あたしつこい。なんぼその様《やう》に言《い》わんしても、惚《ほ》れ手《て》はわたしが先《(さき)》じやわいナア。

吉次　いへ〳〵、そりやお前、みんな、嘘《うそ》じや。私《わたし》が先《(せん)》[二]に惚《ほ》れたわいナア。

雄次郎　またかいナア、黙《だま》らんせ。

吉次　[三]お前《まへ》、黙《だま》らんせ。

雄次郎　こなさん、黙《だま》らんせ。

吉次　そなた、黙《だま》りや。

雄次郎　我《わ》が身、黙《だま》りや。

両人　ヱ、、ほんに、[四]阿呆《あほふ》らしい。

門之助　扨こそ、[五]悋気《りんき》嫉妬は女の常、[六]そふなふて叶《かな》わぬ事。ハテどふしたら、よかろふナア。

ト辺《あた》りを見

門之助　[七]それ。

ト是より、[八]相方になり、門之助、両方の[九]梅の枝を切て、雄次郎、吉次が前におき

人としても有名。謡曲「頼政」「鵺(ぬえ)」の主人公でもある。

二六 源平盛衰記十六「菖蒲前の事」による。三人の美女のなかから本物の菖蒲(あやめ)の前を選べといわれた頼政が「五月雨に沼の石垣水こえて何れかあやめ引きぞわづらふ」の歌を詠み、鳥羽院から菖蒲の前をあたえられた故事をいう。

二七 文も玉章も手紙のこと。恋文。

二八 深草の少将が小野小町のもとへ九十九夜通いつづけた車のように、送りつづけた恋文のかずかず、の意。

一 まだ幼い子供のくせに。謡曲「松風」の設定をふまえたセリフ。須磨の浦に流された平安朝の貴公子在原行平と契りを交わした海士の姉妹のうち、松風が姉で村雨が妹というもの。役のうえでは、ともに十代だが、松風姫に扮する雄次郎は二十七歳の若女形で、村雨姫の吉次は十代の娘形。その違いにもよる。

二 さきに。松風姫の「先(さき)」に対して強い調子になる。大惣本「せん」。白藤本「先ン」。

三 以下、相手に対し「お前」「こなさん」「そなた」「我が身」と呼び方を変えて、たたみこんでゆく。「黙らんせ」も、「黙りゃ」と、じれて短くなる。

四 ばかばかしい。

五 悋気、嫉妬と同じ言葉を重ねたもの。

六 悋気や嫉妬は慎むべきだというのが一般論。それに対し、女なら悋気・嫉妬は当然だとする。浮世の義理にしばられず、現実を容認する二枚目の濡れ事師の態度。

七 紅白の梅を見ていう。おお、そうじゃ。

両人　是は。

門之助　その二ッ枝が、行平が返事。

両人　此梅が枝《へ》を、お返事とは。

門之助　サア、こちらへ誠の返事せば、こちらが恨《うら》みん此場の仕儀《しぎ》。夫《それ》ゆへ手折《たをる》、此梅が枝《へ》、時に取ての一〇花軍《はないくさ》。一一勝色《かちいろ》見せしその方《かた》へ、いかにも返事をしやうわいのふ。

両人　そんなら、わたしら二人《ふたり》して。

門之助　花の軍《いくさ》の、一二勝負しや。

雄次郎　コリヤほんに面白《おもしろ》いわいナ。此松風と村雨さん、夫《をつ》トを争《あらそ》ふ花いくさ。

吉次　一三わたしが殿御《とのご》と言《い》ふものか。

雄次郎　わたしが殿御《ご》と言《い》ふものか。

吉次　わたしや、ちつとも用捨はせぬぞへ。

雄次郎　わたしも、お前《まへ》に用捨はないぞへ。

門之助　サア、立上つて、勝負《せうぶ》〳〵。

雄次郎　一四いざ。

吉次　いざ。

八　下座で弾く三味線の合方。

九　仕掛けで、折り取れるようになっている小道具の梅の枝。紅梅の枝を雄次郎、白梅を吉次の前に置く。源氏の白旗、平家の赤旗の源平戦さの見立てになる。吉次の村雨姫は義経方の直井の妹。松風姫は加賀斎藤一族の娘だが、斎藤実盛の印象から平家方に見立てる。

一〇　女性が花の枝を打ちあう遊戯。花相撲、花くらべ、ともいう。一人の男を、二人の女が花いくさで争う趣向は、謡曲「三山（つみやま）」による。「三山」では桜の枝と桂の枝。それを紅白の梅にしたもの。今様の所作事の秋の紅葉が、春の梅に変わる巧みな段どり。

一一　「かついろ」ともいう。勝勢を見せた方に。謡曲「田村」に「勝つ色見せたる梅が枝」とある。梅は他の花に先がけて咲くので、勝利のきざしになるというもの。

一二　勝負をしなさい。

一三　目の前の枝を手に取る。

一四　太刀打ちの試合の、はじめにかける掛け声。いざ、勝負。

※三建目の面白さの一つに、鳴物の変化がある。花道の出端も、文使いは「どんつく」で、鶯を見ての粕谷藤太と岩手姫が「三味線入り楽」、長裃の出端（一一一頁）が「太鼓謡」で暫（一二〇頁）が「人寄」になる。立廻りも、馬引きの「早笛」につづき、この花いくさが「三味線入り太鼓」、鐺のタテ（一〇八頁）は「大太鼓入り」になる。顔見世の十一月の神楽（宮神楽・本神楽）をはじめとして、登場する人物の扮装や趣向にあわせて鳴物に工夫が凝らされることになる。

両人　いざ。

ト是より、[一]三味線入《(いり)》太鼓《たいこ》、賑《にぎ》やかなる相方《かた》になり、雄次郎・吉次、[二]花軍の立《たて》、門之助、[三]行司の様《やう》なる事、色〳〵あり。[四]取組、いろ〳〵あるべし。[五]とゞ雄次郎、吉次に散《さん》〴〵叩《たゝ》かれ、口惜《くや》しき[六]こなしにて、とゞ[七]癪《しやく》を起《お》こし、[八]気絶する。吉次、大きに嬉《うれ》しきこなし、いろ〳〵有べし。[九]門之助、驚《おどろ》き、介抱《かいほう》する。吉次、腹を立て、振《ふ》り放す事あるべし。いろ〳〵にしても[一〇]気が付《つ》かぬゆへ、とゞ門之助、池の傍《そば》へ来て、[一一]水を汲《(くま)》ふとして、[一二]池を[一三]きつと見て、[一四]思入《い》れして、[一五]見得《へ》になる。[一六]本ン神楽《かぐら》に成り

門之助　ハテ怪《あや》しき、[一七]陰性《いんせい》は内に影《かげ》あり、[一八]陰中に陽を含《ふく》む池中《(ちちう)》の面《(おも)》て、水、満《まん》〳〵として、[一九]気《(き)》、上《(うへ)》に漲《みなぎ》るは、ハテ、心得ぬ事じやナア。

ト此内、定八、梅の枝へ出て、見て居る。門之助、是を見つけて

門之助　爰にも映《うつ》る、あの梅が枝《へ》、ヱイ。

ト[二〇]小柄《(こづか)》を手裏剣《しゆりけん》に打《う》つ。此とたんに梅の枝より定八、飛び下り、いつさんに向《むか》ふへ行ふとする。是を引戻し、[二一]見事に投《な》げ、起上る所を一ト太刀に[二二]是《(これ)》を切り、定八が落せし一通を拾《ひろ》い、懐中する所

一 太鼓地の鳴物に三味線の合方を弾き合わせたもの。花いくさの鳴物。時代が少し下って名歌徳三升玉垣(享和元年)、貞操花鳥羽恋塚(文化六年)の花いくさの鳴物になると「白囃子」。「白囃子 しなへ打の時か、角力か、又は奴二三人水をうつ幕明にある也」(戯場訓蒙図彙)。白囃子(修羅囃子)は大小鼓に本調子の修羅囃子合方を弾く。ここでは太鼓地なので、白囃子より様式的で派手になる。太鼓のほかに篠笛・摺り鉦・大太鼓・大拍子などを賑やかに入れ、三味線も本調子から二上りや三下りに転調する。古風な演出。二 花の枝を使った立廻り。三 相撲の行司。花いくさの立廻りを相撲に見立てたもの。相撲は、大谷広次(十町)・中村助五郎(魚楽)コンビの当り役。立役の裸になっての立廻りを、女形の花いくさにしたもの。四 相撲の四十八手。それを取りこんだ立廻り。五 とどのつまり。結局。

忍びの者の詮議

鯔(ぼら)という魚は成長にしたがって名を変え、最後に「とど」になることからいう。謡曲「三山」では、年上の桂子(かつらご)が若い桜子をうわなり打ちにする。その逆で、若い村雨姫が松風姫に勝つ設定。六 演技。身ぶり。しぐさ。七 女性の病気。心労の結果おこる発作。腹や胸の激痛。さしこみ。八 仰向けに反り返って倒れる。のる。九 行平が癪をおこした松風姫を介抱し、それに腹を立てた村雨姫が、行平を松風姫から遠ざけようとする。一〇 松風姫が気絶したままなので。一一 癪には水を飲ますと良い。それゆえ、池の水を汲んで飲まそうと

へ、雷蔵出て、門之助が刀[二三]の生血《のり》を拭《ふ》き、しやんと納める

門之助　鷲の尾の三郎、今の様子《やうす》を。

雷蔵　とくと拝見《はいけん》いたしてござりまする。

門之助　夫《(それ)》じやア、生《い》け[二四]てはおかれぬわへ。

ト切《(きり)》かける。立廻り有て、[二五]しやんと止《と》めて

雷蔵　かならず早《はや》まり給ふな、行平さま。たとへいか様《やう》な儀がござればとて、唯今《(ただいま)》の仕儀《しぎ》、何《(なに)》しに人に物《もの》語らん。まづ〳〵お扣《(ひか)》へ下されませう。

門之助　しかと左様《やう》な。

雷蔵　刀[二六]に懸《か》けまして。

門之助　忝《(かたじけ)》ない。

ト納《おさ》める

雷蔵　只今の御芳志《ほうし》に、拙者めが願《ねが》ひ、何卒、義経《ぎけい》の御在り家、知《し》れたるうへは、御和睦《ぼく》の御願ひを。

門之助　そりや、それがしが命にかへて。

雷蔵　ヱヽ、ありがたい。

門之助　コリヤ村雨姫、松風姫《ひめ》へ心[二七]を付《つ》きや。

する。一三 謡曲「三山」で花いくさの女性桂子が池の水底に消えるのを、ワキの旅僧良忍上人が見こむ場面をふまえたもの。一三 演出用語。きっぱりと。ここでは、池の中を見こむ姿勢をかたち良くつくって。一四 演出用語。思い入(おもいいれ)とも。セリフでいわず、心で思案している様子を示す演技。いま見た、池の面の不思議な気配をあれこれと分析し、こころ積りをする。一五 見得を切る。役者が美しい形にきまること。思い入の思案から、われにかえり、顔を力づよく振りあげ、右足を踏み出し、目をかっと見ひらく。このとき、柝でバッタリとツケを打つ。一六 ツケの音をきっかけに下座の鳴物になる。本神楽は、忍びの出に使う鳴物。太鼓・大小鼓・能管。「本神楽 是は本業(能)の神楽にて時代の上下(かみしも)の立廻り、又木のうろより出るか、切破りて出る忍びの出に用ゆれども、一体謀反の張本人といふやふなおも〳〵としたるのでなければつかわぬ」(絵本戯場年中鑑)。一七 陰陽五行説で、木火の陽に対し、金水は陰。その陰性の水のなかには影があるはずなのに、池の面に陽気がみなぎっているのは不思議だ、ということ。一八 八竜の兜が池の中にあるため、陽気をよぶ。池の中の八竜の兜を「潜竜(せんりょう)」としたもの。「潜竜勿レ用、陽気潜蔵」(易経)による。池や淵にひそんで、まだ天に昇らない竜は、陽気を隠し持っているというもの。一九 陰気は内にとどまり、陽気は外に発揚する、という考えにもとづくもの。「陽、揚也、気在レ外発揚也」(釈名・釈天)。二〇 刀の鞘にそえる小刀。髪をとと

吉次　アイ。

　　ト水を汲《く》んで雄次郎に飲《の》ませ、気を付《つ》ける。雄次郎、気が付《つ》き、吉次を突《つ》き退《の》け、き[一]つとして

雄次郎　ヱヽ恨《うら》めしい村雨どの、情《なさけ》ないは行平さま、こりやマア、どふせうぞいナア。

　　ト泣《な》[二]き出す

門之助　[三]さのみ悔《く》やませ給ふな、松風姫。一《ひと》[四]つの功だに立《た》つならば、恋[五]わびて、鳴音《なくね》に紛《まが》ふ浦波の、思ふ方《かた》より風や吹らん、それ。

　　ト最前《さいぜん》の一通を打付てやる。雄次郎、見て

雄次郎　此上《う》ハ書《がき》は、富樫《とがし》[六]の左衛門どのへ、錦戸の太郎、是は。

門之助　村雨《むらさめ》、[七]おじや。

　　ト歌[八]になり、門之助、吉次を連《つ》れて、奥《おく》へ、は入《い》る。雄次郎・雷蔵残りて

雄次郎　[九]南無あみだ仏。

　　ト[一〇]雷蔵が刀にて、死ふとする。雷蔵、止《と》めて

雷蔵　コリヤ、気が違ふたか、松風どの、今行平さまの言葉の端《はし》、一つの功を

のえる笄(こうがい)と一対の装飾品。二二 立廻りの一種。ほうり投げて一回転させる。とんぼ返り。とんぼを切るともいう。二三 底本「首」。白藤本による。首を切ると、小道具の切首(きりくび)を出すことになる。二三 懐紙で刀をはさみ、血をふき取る。二四 生かしてはおかれない。二五 演出用語。立廻りの双方が美しい形で止まること。二六 武士の魂である刀にかけて誓う。金打(きんちょう)をする。小柄で刀の刃をたたく誓いのしるし。二七 意識を取り戻す。気を付ける。

一 演出用語。はっとして、きびしく身構えること。
二 泣きくずれる。三 そのように、むやみと。四 恋する女性に対し、一つの功を立てよというのが歌舞伎、人形浄るりなど江戸時代の特色。社会への貢献を正義とみて、それに報いようという姿勢。五 源氏物語・須磨で光源氏が詠んだ歌。秋の夜の須磨の浦で、波の音を聞きながら、この風は、恋しく想う都から吹いてくる風であろうか、とおもいをいたす。行平は光源氏の古歌を引いて、松風姫がひとつの功さえ立てれば、思う方、すなわち行平の方から風が吹くであろう、ということを暗示する。
六 松風姫の兄。奥州の藤原秀衡の長男錦木戸太郎よりの密書。
七 付いて来なさい、の意。
八 下座で唄う。出入(では)り唄。長唄の連吟。三味線を伴う。「出這入唄 奥の口よりの出、又両方(向うと奥)に入時の唄。直に合かたへとる事もあり。此唄二種(ふたいろ)とも昔は四季をわけて文句有しが今はきわまりなし」

雄次郎　立《たて》たなら、思ふ方《かた》より風や吹《ふ》くらん、との謎《なぞ》の一首。その一通、見《み》ずに与《あた》へ行《ゆ》きしは、此場の寸志[一一]。彼是《かれこれ》[一二]もつて大事の命《いのち》、此場で失ふ事ではない。必共《かならずとも》、早《はや》まりめさるな。

雷蔵　そんなら此一通の、内[一三]やゆかしき兄《あに》[一四]さんの、心[一五]の底を聞まして。

雄次郎　善悪ふたつの、その中にて。

雷蔵　思ふ方より風ぞ吹《ふ》く。

雄次郎　もし兄さんのお心が、善に極《きわ》まるその時は。

雷蔵　あの御歌を。

雄次郎　待《ま》つてお居やれ。

雄次郎　あい。

ト歌になり、雄次郎、奥《おく》へは入《い》る。雷蔵、思案《しあん》して、奥へ行ふとする。と、ば[一六]つたりと音して、池の中より鷲蔵出る。雷蔵、是にて小隠《こがく》[一七]れする。鷲蔵、ゆふ〳〵と辺《あた》りを見て

鷲蔵　最前《さいぜん》のど[一八]さくさは、たしかに権[一九]藤太めが化《ばけ》の皮があらわれたわへ。おれも、こふしちやアいられない。ちつとも早《はや》く、逃《に》げるがヱ[二〇]ヽ、そふだ。

ト雷蔵、是[二一]を引戻し、兜《かぶと》を引《ひ》つたくり、鷲蔵、花道の方《はう》へ行ふと

（絵本戯場年中鑑）。
九 死を覚悟して、この世の別れに唱える念仏。一〇 松風姫は、鷲の尾三郎の脇差しを抜いて、喉をついて死のうとする。
一一 厚意の一端。一二 あれこれ考えてみると、簡単に死ぬ場合ではない。一つの功を立てれば行平への恋もかなうし、兄への密書の詮議もある、ということ。
一三 謡曲「鸚鵡小町」で陽成院が小野小町にあたえた「雲の上はありし昔に変はらねど見し玉簾《たまだれ》の内やゆかしき」による。かつて小町がいた宮中の様子が知りたくはありませんか、の意。その返歌に、小町は「内ぞゆかしき」と一字だけかえ、ご様子が知りとうございますと答えたというもの。義経千本桜（鮓屋）でも引用される。ここでは、松風姫の密書の内容に心が動かされる様子を、古歌にたくして婉曲に表現したもの。一四 姫にふさわしくない、世話がかった言い方。一五 心底。歌舞伎や浄るりでは、主人公が心底を隠し行動するのが、ひとつのパターン。兄の本心を聞きだすのが松風姫の使命となる。
一六 ツケ打の柝の音。池の中より、八竜の兜を持った忍びの者が出る気配を強調したもの。一七 小隠れ。演出用語。舞台上の役者が、いったん姿を隠すことをいう。ここでは、梅の木の陰に隠れる。一八 取りこみ。
一九 梅の枝の忍びの者。木末の権藤太。
二〇 良い、の訛り。
二一 花道の方へ逃げようとするのを、うしろから捕まえて、兜を奪い取る。互角の力くらべの引き事ではなく、忍びの者を軽くあしらう。

するを、池へ放《ほふ》り込む

雷蔵　是こそ主君、義《よし》経公御秘蔵《ひぞふ》ありし八竜の兜《かぶと》、今思はずも手に入る事、大[一]願成就かたじけない。

トいたゞく所へ、後《うし》ろより新蔵[二]・乙蔵《(おとざう)》[三]・三五郎[四]・常八[五]、此《(この)》四人、対[六]の誂《あつら》への形りにて、鎗を持て出て、両方より取《と》り巻《ま》き、四人にて、人殺《ごろ》しめ、動《うご》くな、と声かける

雷蔵　コリヤ、何をひろぐ[七]のだ。

乙蔵　今、うしろで見て置た、人を殺したその上に。

三五郎　うぬがものしたその兜《かぶと》、早くこつちへ。

皆〻　渡《わた》せ、ヱヽ。

雷蔵　命しらずの有財《うんざい》[八]めら、入らざる事に邪魔せずと、そこ押《お》つ開《びら》いて、通せばよし、悪《わる》く騒《さわ》ぐと、片《かた》つ端《ばし》、あの世、此世の暇乞《いとまご》ひ、首と胴との別《わか》れだが、そこ押《お》つ開《びら》いて、通《とふ》すまいか。

四人　どつこい。

ト是より大太鼓《だいこ》[九]入の立《たて》に成り、花〴〵しき立《たて》、色〳〵有て、とゞよい程に、二人りは池へ放《ほふ》り込み、二人りには当《あ》[一〇]て身をして、兜《かぶと》

一　めでたく大願が成就するしるしだ。

二　以下四人、下立役の役者。下立役は座付の専属で、新役者附(顔見世番付)にのみ名前が出る。市川新蔵。明和三年(一七六六)十一月よりの出勤。三　新役者附に該当する者なし。翌安永三年十一月より、中村座で立役となる中村音三のことか。明和七年十一月、中村座の下立役に市川音蔵あり。

四　明和七年十一月より、中村座の下立役に名をつらねる松本三五郎か。この顔見世で松本大五郎と改名したらしい。安永三年十一月より、出世して立役となり、その翌年から敵役となる。安永五年正月刊「三芝居連名」に、「松本大五郎　さまよ　今(五代目)団十郎弟子」とある。五　中村常八。明和七年十一月より出勤。六　四人一対の、揃いの衣装。捕手(とりて)の役。裾の短い四天(よてん)を着る。「四天　白ねり　又は　たてわき(たてわく)　唐草あり。景清　助六　その外軍だての大わらわにきる。又浄るり所作の立、四人づめには片身がわり、またはすりこみ、色〳〵也」(絵本戯場年中鑑)。

荒若衆の鐺の立廻り

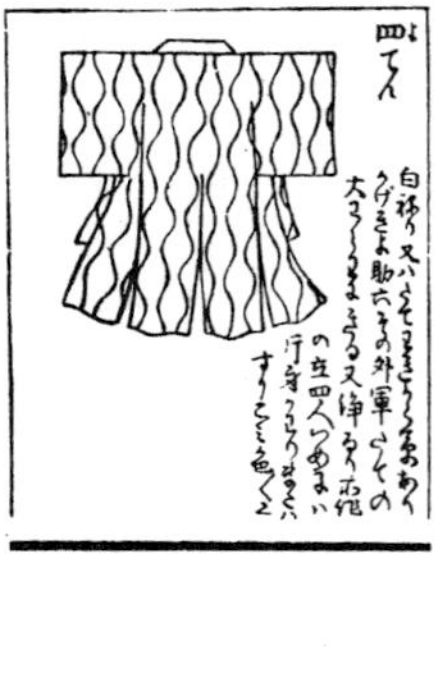

を持《も》つて、[一一]一散《いつさん》に向《むか》ふへ入《はい》る。[一二]二人り、起《お》き上つて、跡を追ては入《(い)》る。鳴物、[一三]打《(うち)》あげる。ト直《(すぐ)》に[一四]管弦《くわげん》になり、奥より純右衛門、門之助を引づり出る。是を雄次郎・吉次、介抱《かいほう》しながら付て出る。

純右衛門、門之助を引すへて

純右衛門　爰《(こゝ)》な行平の大腰抜けめ。なんじ此度上京なしたるは、義経を詮議《せんぎ》の為じやアないか。夫《(それ)》になんぞや、松風村雨が恋路に迷《まよ》ひ、うつゝを抜《ぬ》かす、[一五]大べらぼうめ。[一六]武士の風上《かざかみ》にも置《お》かれぬ奴《やつ》、おのれが様《やう》な腰ぬけ侍は、粕谷《かすや》の藤太が、[一七]こう／＼／＼するは。

ト さん／″＼に打擲《てふちやく》する。雄次郎、止《と》めて

雄次郎　是、申《(まうし)》、藤太さま。そりやマア、お前《まへ》、[一八]あんまりじや。行平さんに、[一九]どふのこうのと言《い》ふたのは、わたしら二人《ふたり》が業《わざ》。主《ぬし》さんに科《とが》はない程に、[二〇]構《かま》へて、[二一]聊爾《りやうじ》さしやんすな。

純右衛門　何を、此[二二]とち女郎《めろう》め。[二三]うぬ一人《ひとり》でもある事か、[二四]おぼこ娘の村雨まで、疵《(きず)》物《(もの)》にしやアがつたな。たとへ女の方《ほう》から仕掛《しか》けても、[二五]役義を大切《せつ》と思へば、中／＼、不義放埒がなるものか。[二六]根が[二七]助兵衛《すけべい》から起《お》こつた事だ。エヽ、[二八]まじ／＼とした、[二九]しやつ面《つら》だわへ。

七 するのだ、を乱暴にいったもの。しやあがるのだ。
八 人を罵る言葉。有財（うき／いい）餓鬼の略。
九 下座の鳴物。太鼓・大太鼓・能管に、三味線の大太鼓入り合方を弾く。時代物のゆったりとした立廻りにつかう。
一〇 にぎり拳（こぶし／しょ）で相手の横腹を突いて気絶させること。

不義の詮議

一一 脇目をふらずに、花道を駆けて入る。
一二 当て身をくわされた二人。
一三 鳴物を止めること。自然と音が小さくなって消えるのではなく、太鼓などを力強く打って区切りをつける。
一四 下座の鳴物。大太鼓に能管、管弦の合方を弾く。奥殿で雅楽が演奏されている情景。時代物の御殿の幕明けや、役者の出入りに用いる。
一五 馬鹿者め。「べら坊」という、寛文年間の見世物に出た畸人に始まる。
一六 武士の面よごしだ。
一七 打ち叩くときに発する掛け声。
一八 ひど過ぎる。一九 口説くこと。
二〇 必ず。二一 粗相なことをしなさるな。
二二 女を罵っていう語。「どち」は接頭語で、愚かなもの、ふざけたものを示す。「女郎」は女性を卑しめていう語。
二三 おまえ。松風姫のこと。
二四 世間知らずの若い娘。二五 役目。
二六 生まれつき。もともと。
二七 好色な男。擬人名。
二八 平然とした。しゃあしゃあとした。
二九 しゃ面。顔を罵っていう語。

ト門之助[一]が顔を蹴《け》る。門之助、口惜《くや》しきこなし、様〴〵有て

門之助　是[二]明親王の御殿ッといひ、身に誤りのある故に、無念《むねん》をぢつと堪《こた》[三]へていりやア、行平程《ひら》の武士《もののふ》を、土[四]足《どそく》をもつて蹴《け》たぞよ。

純右衛門　蹴《け》たが、どふした。腰抜《こしぬ》け武士だから、蹴《け》たわ。それが口惜《くや》しくば、なぜ義経の詮議《せんぎ》はせぬ。なぜ色事に日を送《おく》る。たゞし、鎌倉どのゝ言《い》ひ付《つけ》で、はる〴〵と都へ上《のぼ》り、松風や村雨と色をしろとの言《い》ひ付か。よもやそふじやアあるまいぞよ。

ト此内、門之助、色〳〵口惜《くや》しきこなしにて

門之助　ヱヽ、おのれをな。

ト反《そり》[五]を打《う》つ。雄次郎・吉次、両方より止《と》める

雄次郎　滅多《めった》な事をなされますな。

純右衛門　わりや、反《そり》を打て、おれを切る気か。是、ヱヽ、爰《ここ》をどこだと思ふ、是《これ》明《あき》親王の御殿《ごてん》だぞ。その鯉[六]口《こひぐち》が、一寸《いつすん》でも離《はな》れると、此場において、逆[七]《さか》磔《ばつつけ》、サア、抜《ぬ》け〳〵。所詮《しよせん》、面倒《めんどふ》な、親王の御前ッへ[八]うしやアがれ。

ト引《ひ》つ立《た》てにかゝる。向[九]《むかふ》にて

少長　待《まつ》た。

一　行平の顔を粕谷藤太が足蹴にする。顔は男の体面、面子(めんつ)の象徴。それを辱しめることで、行平を挑発する。

二　神聖な御殿なので騒動を起こすわけにはいかない。

三　耐える。我慢をする。

四　蹴られた痛みよりも、土足で顔面をけがされ、武士の面目をつぶされた怒り。

五　刀を抜こうとする。刀の反(そり)を裏返して身構えること。

六　刀の鞘の入口。鯉の口の形をしているのでいう。その鯉口から、刀が一寸(約三センチメートル)でも離れたら、逆磔の刑になるぞ、というもの。

七　罪人の体を逆さにして磔にすること。

八　失せやァがれ。いなくなれ。こっちへ来い、の意。口ぎたない言い方。

九　花道の揚幕のうちから、声を掛ける。立役方を救うために、揚幕から声を掛けて出るのが暫のパターン。顔見世の三建目では、このパターンが、いろいろな趣向で繰り返される。

一〇　関東の武将。娘を義経に嫁し、そのため文治元年(一一八五)十一月、所領を一旦没収された。

一一　下座の鳴物。「太鼓謡 右ハ老松の切、養老切、竜田の切、呉服の切の類なり。上使の出ニ打也。上使ハ太鼓謡、勅使ハ下り羽と知るべし」(鵜の真似)とある。上使饗応のための太鼓入り祝言の謡が謡われている描写。上使の役ではないが、長裃(ながかみしも)の華やかな出端が共通するので使用。

立髪・長裃の出端

純右衛門　待《ま》てとは。

少長　一〇川越太郎重頼がお止《とゞ》め申《(まうし)》た、マア〱お待《ま》ち下されい。

ト一一太鼓謡《たいこうたい》になり、一二少長《(せうちやう)》、長上下《(ながかみしも)》にて、出て来る。純右衛門を突《つ》き退《の》け、門之助を囲《かこ》つて、しやんと見得《へ》に成る

純右衛門　コリヤ、川越太郎重頼どの、たゞいま、それがし不義の咎ある行平を引《ひ》つ立《た》てんと仕《(つかまつ)》るを、何故《なぜ》、邪魔を一三おしやるのだナ。

少長　イヤ、まつたくお邪魔は仕《(つかまつ)》らぬ。去りながら、よく思《(おぼ)》し召ても御覧《らう》じろ。いまだ若輩な下河部行平。かれらは、一四蕾《つぼ》める松風村雨《さめ》、左様《やう》な事もござらいでは。其うへ、又今日、此御殿ンに置まして今様《やう》興行の由《よし》。その役に一五指《さゝ》されましたる行平、松風。今様《やう》のその一六一《ト》手に、一七味《あじ》な気、身ぶりも有そふなもの。すりや、その様《やう》に御詮議《せんぎ》には一八及《およ》びそもない物かと、重頼めはぞんじまする。

純右衛門　すりやアなんと仰らるゝ。不義いたづらをいたしても大事ないとお言《い》やるか。

少長　左様《やう》では御ざらぬが、よもや誠に不義《ふ》いたそふ一九様《やう》が御ざりませぬ。

純右衛門　でも不《ふ》義者に相違《そふい》ござらぬ。

一二　中村少長。江戸の名物男と呼ばれた中村七三郎の二代目で、少長は、その俳名。晩年、俳名を名乗った。一座の最長老で、七十一歳。立髪(たてがみ)の鬘に、慰斗目(のしめ)模様の長袴で颯爽とした出端を見せるのが眼目。立髪は、名物男の象徴で、月代を剃らずに黒ぐろとのばし、額の生え際が逆だったもの。月代の部分に光沢のあるビロードや羅紗(らしや)を貼ることもある。伊達な丹前羽織を着て濡れ事を演じるのが家の芸。二代目も曾我十郎を生涯に二十六回演じたという江戸の和事師、濡れ事師だが、晩年は実事にまわった。慰斗目は大名など武家の正装で、本来は麻裃だが、歌舞伎では鮮やかな色の地に、金糸・銀糸などの色糸で胸と腰に同じ模様の派手な縫い取りをしたものを着る。江戸城内など室内用の正装。このように屋外で着るのは歌舞伎の形容。長い袴の裾をきれいに捌いて颯爽と見せるところが役者の仕どころとなる。衣装も鬘も、立者(たてもの)の役者は自前。自分のものを着て出た。顔見世初日の前夜には「衣装見せ」といい、顔見世で着る衣装や鬘を飾って祝った。ことに少長は「英(一蝶)流画を能するゆへ衣装の好みに風流あり」(役者今文字摺)といわれた。

一三　しなさるのだ。

一四　花の咲く前の蕾の状態でいる。

一五　指名された。

一六　今様の曲の一節。舞の一さし。

一七　色っぽい、妙な気分。

一八　及びそうもない。及ばない。

一九　理由。訳。

少長　しからば何ぞ、確《たし》かな証拠になるべき文《(ふみ)》[一]などござるかな。

純右衛門　いや、そんな物はなけれども、何で有ふと不義《ふぎ》者さ。

少長　左様《やう》仰られては御詮議《ごせんぎ》が暗《くら》[二]いかと存《ぞん》じまする。コリヤ、此儘にさしおかれいサ[三]。

純右衛門　なんだか呆《あき》れて、物《もの》が言《い》われぬわへ。道理《どふり》でこそ、その元[四]の御息女岩手《(いはで)》姫、是明親王の御心に従《したが》わひで、義経と乳繰《ちゝく》りあひ、挙句《あげく》の果《は》てにやア打《う》[五]つちやられ、此程は寡婦《やもめ》ぐらし。親《おや》が馬鹿なら、子もたわけ[六]、いやはや気の毒《どく》千万な。

少長　何《なに》を。

ト急度《(きつと)》なる。と向《むか》[七]ふにて、右大弁[八]参内《さんだい》[九]と呼ぶ[一〇]。是より、下《さが》[一一]り羽《は》になり、八蔵[一二]、公家[一三]の形《なり》にて笏《しやく》[一四]を持《も》ち、沓《くつ》を履《は》いて出る。若い衆[一五]、仕丁《(じちやう)》[一六]にて付て、日傘[一七]を差《さ》し懸《(かけ)》出る。同じく左少弁参内《さんだい》と呼《(よん)》で、此蔵《(このざう)》[一八]出る。同じく右中弁参内と、沢蔵《(さはざう)》[一九]、同じく左中弁参内《だい》と、仲《(なか)》[二〇]五郎《(ごらう)》、同じく左大弁参内《さんだい》と呼《(よび)》、国四郎[二一]、出る。何《(いづ)》れも、公家の形《(な)》りにて、仕丁日傘を差《さ》し出、花道へ並《なら》ぶ。相揃《そろ》[二二]ひ本舞台へ来て、皆〳〵居並《なら》ぶ。少長・門之助・純右衛門・雄次郎・吉次、皆〳〵、

一 艶書。恋文。　二 不十分かと。
三 相手を軽くあしらっていう語。
四 そなた。貴殿。武士が同輩に向かっていう語。　五 捨ておかれて。　六 おろか者。馬鹿。　七 花道の揚幕のなかで。
八 太政官で行政事務を執行する弁官の一つ。左弁官は中務・式部・治部・民部の四省、右弁官は兵部・刑部・大蔵・宮内の四省を担当し、それぞれに大弁(従四位上)・中弁(正五位上)・少弁(正五位下)が各一名おかれた。ここでは右少弁を除く五名の弁官が集められたことになる。
九 内裏(だいり)に参上すること。
一〇 参内を告げる呼び声。下立役の若い衆が花道の揚幕の内でかける。
一一 下座の鳴物。下り端とも。公家など高位の人物の出入りに使う。笛・太鼓で「ヒー、テコッテンテン」と下り羽頭を打ち込み、大小の鼓を打ち合わせ、三味線で下り羽合方を弾く。　一二 宮崎八蔵。二代目宮崎十四郎(じゅうしろう)の弟子で、天明四年(一七八四)に三代目を襲名する。敵役だが、むしろ二代目以来の道外がかった「半道(はんどう)」で人気を得た。特徴のある好色で滑稽な顔つきは黄表紙などにも描かれる。図は、勝川春章画「役者夏の富士」(安永九年)。

[一三]下《しも》の方《かた》へ下《さが》り、控《ひか》へる

純右衛門　是《これ》は、何《いづ》れもさまにお揃《そろ》い遊ばされ、只今の参内《さんだい》。何共《なにとも》、合点参りませぬ。

八蔵　不審《ふしん》は尤、今日《こんにち》、是明親王の勅命には、我〳〵を密《ひそ》かに召れ、何か御内《ない》[二四]勅ありとの事。去るによつて、かく申《まうす》西宮《にしのみや》右大弁永《なが》たる。

此蔵　まつた、藤の森の左少弁みつ高。

沢蔵　下《さが》り松の右中弁むね春。

仲五郎　しなのゝ小路左中弁仲平。

国四郎　たゝき松の左大弁うじくに。かく我〳〵参内《さんだい》の上からは、兼て申《まうし》つけ置たる、岩手姫が事。

純右衛門　イヤ、その儀は気遣ひあられまするな。はや先達《さきだつ》て、此所へ召寄まして御ざりまする。何、稲毛の入道、岩手姫を同道してお来《き》やれ。

半三郎　心得てござる。

ト管弦《くわげん》になり、市松を連《つ》れて出る。市松、少長を見て

市松　重頼さま、只今参内《さんだい》遊ばされましたか。

少長　岩手姫、その方は、はや先達《さきだつ》て参内《さんだい》の由《よし》、定めて親王の勅命を、逐一《ちくいち》、

公家の参内

一三 参内の正服姿。束帯(そくたい)という。垂纓冠(すいえいかん)をかぶり、袍(うほ)を着て、石帯(せきたい)を締め、飾太刀を佩き、裾に下襲(したがさね)を付け、浅沓(あさぐつ)という黒塗りの木沓を履く。役者の自前の衣装ではなく中村座で持っている蔵衣装を着て出る。

一四 儀礼用の白木の板。両手で持って出る。

一五 下立役の役者。

一六 公家の雑用をする下僕。白丁(はくちよう)ともいう。白張(しらはり)と呼ばれる白い狩衣(かりぎぬ)に仕丁烏帽子をかぶる。

一七 参内のとき、うしろからさしかける長柄の傘。参内傘。黒の塗柄で、朱の爪折傘。

一八 中村此蔵。敵役。中村仲蔵の弟子。大柄な役者だが俊敏で、「立師ノ名アリテ築地(坂東善次)ト並べ称セラレ、立ト云ヘバ善次、此蔵ト云レ」(劇神僊話)た立廻りの名手。浮世絵師の写楽が此蔵だという説もある。

一九 沢村沢蔵。敵役。沢村長十郎の弟子。

二〇 佐野川仲五郎。敵役。佐野川市松の弟子。

二一 中島国四郎。敵役。二代目中島三甫右衛門の弟子。それ故、顔見世番付でも、一人だけ初代三甫右衛門天幸(てんこう)考案のお家の公家悪の王子髭の姿で描かれている。

二二 花道に五人の公家が並んだあと、五人一緒に本舞台へ来て、上手(かみて)に並ぶ。高合引(たかあいびき)にかける。仕丁五人は、うしろに坐って控える。

二三 上手が上座なので下手にまわり座す。

二四 内密の勅諚。

承《うけたま》はつたで有ふな。

市松　いへ〱、今に置《おき》まして、何の御沙汰《さた》も御ざりませねども、最前《さいぜん》から藤太さま、入道さま、それは〱、色〱な無理非道な事ばつかり。いつそ、口惜《くや》しふて〱ならぬわいナア。

純右衛門　是、ヱヽ、なんの無理を言《い》ふものだ。おいら[一]が女房にするじやアなし、親王の后に具《そな》[二]ふと言《い》ふものを、無理だと言《い》ふは、そつちの無理。

国四郎　夫共《それとも》、又《また》、御心に従はずば、違《い》勅の罪に落《お》ちべい[三]ぞ。

仲五郎　親《おや》も浮《う》かめば、子も浮《う》かむ、結構《けつこう》な身の上《うへ》を嫌《いや》がるのは、大《おほ》[四]べらぼふ。

沢蔵　行衛《ゆくへ》も知《し》れない義経に、義理だてをしやうより、后になるが上分別《ふんべつ》。

此蔵　恋しいと思ふ義《よし》経は、のたれ死《じに》にくたばつたか。

八蔵　お先も知《し》れぬ色事より、今、目の前のうまい物、それを喰《くつ》たが良《よ》かんべい。

半三郎　たゞし勅命《ちよくめい》を背《そむ》く気か、重頼共に返事をしろ。

純右衛門　此返答《へんとふ》は。

皆〻　どふだ、ヱヽ。

ト此きつかけに、御簾《みす》の内より

一　おれ。おれの女房。　二　具えよう、の訛ったもの。　三　べいべい言葉。奴言葉。京の公家が、粗野な江戸訛りを使う面白さ。　四　大馬鹿者。

五　中村仲蔵。初代。安永天明期を代表する役者の一人。三十八歳。色悪。是明親王に扮し、暫のウケを勤める。ウケは、暫に敵対し、受け取める役。是明は、寿永二年(一一八三)五歳のとき天皇になるチャンスがあった。祖父である後白河法皇の面接でむずかって泣き出し、その結果人なつこく祖父に近づいた弟が後鳥羽天皇になった(平家物語、源平盛衰記)。ここでは、二年後にかつて皇位に就くことのできなかった皇子が、みずから即位を宣言することになる。温和な弟惟仁親王にかわり、わがままで邪悪な兄惟喬親王が即位をする「御位(みくらい)争い」の格。是明は、皇位継承の望みがなくなったのち承元五年(一二一一)、二十三歳で出家。四十三歳まで生きた。

六　金巾子(きんこじ)の冠に、白小袖、紅の長袴の姿。天皇の日常の姿。ただし、ここでは沓を履いているので、長袴ではなく指貫(さしぬき)。上皇・親王の他、天皇も殿上淵酔の夜に限り用いた。金巾子の冠は、うしろに垂れた纓を巻き上げるために金箔の巾子紙(こじがみ)を用いたことによる名称だが、歌舞伎では金の冠を使う。それ故、金冠。白衣の袍の胸のところに、丸い模様の日輪、あるいは竜を描くのも歌舞伎の特色。天皇の礼服(らいふく)である衮竜(こんりよう)の衣に使われる、衮冕(こんべん)十二章と呼ばれる模様の代表的なもの。暫のウケは金冠白衣が普通だが、天皇の礼服である冕冠(べんかん)・衮竜衣の姿になること

仲蔵　姦《かしま》しい、静《しづ》まれ、ヱヽ。
ト下《さが》り羽《は》になり、御簾《みす》を巻上る。と[五]仲蔵、[六]金冠白衣《きんくわんびやくえ》にて、[七]笏《しやく》を持《も》ち、沓《くつ》を履《は》いて、左りの手に[八]宝剣を持《も》ち、[九]二重台の上に[一〇]床几《せうぎ》に掛《かゝ》かつている。後《うし》ろに[一一]又太郎、[一二]日傘を差《さ》し懸ている。是にて[一三]押《お》し出す。下り羽《は》、打上ると
又太郎　是明親王のお入りなるぞ、静《しづ》まれ。
皆々　ハア。
仲蔵　麿《まろ》、此度《このたび》、[一四]一天下《いつてんか》の望みある所に、先達て[一五]須磨の乱れに、安徳天皇入水《じゆすい》の折から、義経ひそかに奪《うば》い取たる、此《この》宝剣。堀川夜討の騒《そう》乱に、又候《またぞろ》、[一六]麿《まろ》が手に入たる事、大望《もふ》成就の奇瑞《きずい》のしるし。さるが中にも、麿《まろ》が心に任《まか》せぬは、[一七]恋は曲者《くせもの》と、岩手姫、思ひに余《あま》る心より、今日《けふ》、此所《このところ》へ呼《よ》び寄せて、今宵をすぐに新《にい》枕。川越太郎。
少長　ハア。
仲蔵　是へ参《まい》つて水いらず、麿《まろ》と妹背の仲人しろ。
少長　ハア。
ト真中へ出て

もある。化粧は白塗りで、公家特有の高眉。青黛(せいたい)で隈を取る。鬢は王子。耳の横よ

暫のウケ

り、棒ジケをたらす。棒ジケは好色のシンボル。「色悪」と呼ばれる役柄。七 象牙(ぞうげ)を使用した牙笏(げしやく)を右手に持つ。八 皇位継承に必要な三種の神器の一つ。草薙剣(くさなぎのつるぎ)。壇の浦で安徳天皇とともに入水したもの。錦の袋入りの小道具。九 二畳台とも。能の造り物「一畳台」を真似たもの。貴人・高位が座す。高さ八寸(約二十四センチメートル)ほどの畳おもての台。図は「繧繝縁(うんげんべり)」といって天皇などが使用したもの。一〇 高合引(たかあいびき)。黒塗り、または「青紙にてはる」(羽勘三台図絵)。

一一 坂東太郎の役。赤っ面の腹出しという扮装で、暫の中(なか)ウケを勤める。中ウケは、暫のウケを補佐する役。九一頁で白梅の洞より出た赤っ面、矢筈鬢、織物の裃姿の扮装。ここでは、両肌ぬぎになり、赤い肉襦袢を着た、大きな腹を突き出す。それ故、腹出しと呼ばれる。敵役の荒事師の役どころ。一二 黒塗りの長柄、緋の爪折傘。一三 二重台を本舞台の中央に押し出す。上手に五人の公家と、その仕丁、下手に粕谷藤太、稲毛入道と、その手下の敵役、川越太郎、下河部行平、岩手姫、松風姫、村雨姫の立役側がいる。一四 天皇に即位するこ

少長　綸言《りんげん》には候へども、およそ天地のその間に、無理非道の第一は、是《これ》不義なり。その御鏡《みかがみ》ともならせ給はん御身にて、貞女を破らせ給ふ事、[一]世の人口《じんこう》も如何《いかゞ》。此義は、何卒思し召《めし》きらせ下されませうならば、有難《がた》ふ存じ奉りまする。

仲蔵　黙《だま》れ重頼、汝《なんぢ》が今の一言は、全く麿《まろ》を諫《いさ》めの言葉にあらず。九郎判官義経を何国へか隠し置《おき》、後日に[二]義兵を催ふして、鎌倉を打滅《ほろ》ぼし、一天下を望む下心《した》、それに違ひはあるまいがな。

少長　[三]こわ、[四]親王家の御詞とも覚へませぬ。[五]九郎御曹子《おんぞうし》に置まして、謀反《むほん》の兆《きざ》しなんどゝは、[六]かつ以《もつ》て、御《ご》ざりませぬ。

門之助　その上、川越太郎重頼は、かく申《まうす》行平と申合せ、義経《ぎけい》の行衛を尋求め、御和睦《わぼく》を願ふ所存。謀反《むほん》抔《など》とは、思ひもよらず、滅多《めつた》な事を御意なされまするな。

純右衛門　小賢《こざか》しき[七]素丁稚《すでつち》め、おのれが不義を差《さ》し置て、忠臣顔がみつともない、誰《たれ》より先へ、マア、うぬを。

ト門之助へ掛《かゝ》かるを、又太郎、純右衛門を突《つ》き退《の》け、門之助を囲《かこ》ふ

とをいう。　一五 寿永三年（一一八四）二月、須磨の一ノ谷の合戦。安徳天皇入水は、翌年三月、長門の壇の浦のこと。以下、宝剣の行方については本作の仮構。
一六 天皇または、それに準ずる人の自称。
一七 恋は、えたいの知れないものだ。

一 世間の噂。
二 正義の戦い。天皇・上皇・法皇などの意を体する兵。この年の十月十八日に、後白河法皇より頼朝追討の院宣を得るが、京の都を落ちのびたのち、逆に義経追討の院宣が諸国に下されていた。それらをふまえた設定。いったんは落ちのびて、ふたたび挙兵する気か、ということ。
三 これは。
四 親王のこと。高位なので婉曲にいったもの。
五 義経のこと。
六 まったく。
七 行平が前髪姿の若衆なのでいう。小僧め。

純右衛門　坂東太郎、何をするのだ。

又太郎　何をするとは、べらぼうめ。旦那殿[八]が駄ゞ《だだ》[九]を言《い》やア、おんなじ様《やう》に騒《さわ》ぎやアがる。是、親王さま、旦那どの[一〇]、なぜそのやうに無理な事を言《い》わっしやる。主《ぬし》のある岩手姫を后にすべい[一一]とは、そりやア無体だ。是程広い日本国、尋《(たづね)》だしやア、いつくらでも后に立《た》てる様《やう》な女は有。是ばつかりは、おれがさせない、坂東太郎がさせないぞ。

仲蔵　麿《まろ》に向つて、いらざるおのれが諫言だて。所詮《しよせん》、朕《(ちん)》[一二]が心に従《したが》はざる岩手姫、まつた義経を逃せしか、何国へか隠し置たる川越太郎、両人共に、首を打《ぶ》[一三]て。

少・市・吉・門・雄　ヱ、。　ト驚《おどろ》く

又太郎　すりやア両人共に、此場にて。

仲蔵　太刀取り[一四]は坂東太郎、おのれに急度言《い》ひ付たぞ。

又太郎　そりや又、あんまり。

皆ゝ　綸言《りんげん》を背《そむ》くと朝敵だぞ。

八 粕谷藤太の旦那。是明親王のこと。下世話に言ったもの。
九 子供がわがままを言って、すねること。
一〇 坂東太郎が親王につかえているので、旦那という。坂東太郎は、敵役方の親王の家臣だが、義経方の立役を庇う役どころ。顔見世番付に示された坂東又太郎のこの一年間の役柄は「実悪」。実悪は、天下国家を狙う大物の悪人のことをいうようになるが、もともとは実と悪とをあわせ持つ役柄。敵役と立役の二つの要素を持つ。
一一 奴言葉。しようとは。
一二 天皇の自称。
一三 うて、の訛り。斬罪にせよ、の意。
一四 罪人の首を切る役人。

又太郎　ヱヽ、忌《いま》〳〵しい。

仲蔵　下河部の庄司行平は、身の一大事を打《(うち)》わすれ、松風村雨両人に不義をなしたる不《ふ》所存もの、三人共に、首を打《ぶ》て。

純右衛門　畏《かしこま》つて御ざりまする。サア、どいつもこいつも、[一]きり〳〵爰《(ここ)》へ[二]直《なを》りやアがれ。

少長　身に覚へなき罪科《つみとが》にて、[三]罪《ざい》に会《あ》ふのも、[四]皆因縁《いんゑん》、下河部行平殿。

門之助　川越太郎重頼さま。

市松　松風さん、村雨さん。

雄次郎
吉次　岩手姫さま。

五人　[五]是非《ぜひ》もない世の有様《ありさま》じやナア。

皆々　きり〳〵そこへ直《なを》れ、ヱヽ。

ト是より[六]三味線になり、少長、市松を[七]真《ま》ん中に引《ひ》き据《す》へ、又太郎うしろへ廻り、[八]太刀を抜《ぬ》く。純右衛門、下《(し)》もの方へ門之助を連《つ》れゆき、うしろの方《かた》へ廻り、刀を抜《ぬ》く。半三、雄次郎・吉次を上の方へ直し、太刀を抜《ぬ》く

一　さっさと。
二　しかるべき位置に、きちんと坐ること。
三　罰せられること。
四　前世から定められた運命。
五　立役方のきまり文句。「是非もなき世の」とも。
六　下座の合方。立役方の五人が、それぞれの位置に移るためのもの。現行では、立役は坐ったままで動かず、それ故、この合方は用いることがない。そのかわり、敵役の「腹出し」五人が両肌を脱ぐ動きのための鳴物として「岩戸神楽」を付ける。寛政文化期の台本では「三保神楽」とある。「三保神楽」は能管に大太鼓とそのフチを打ち合わせるもの。現行では、腹出しが肌を脱いだあと、ウケが盃を受けるところで「三保神楽」を演奏し、そのあいだに腹出しが太刀を抜く。
七　前舞台の中央に坐らせる。
八　荒事用の反(そり)の深い大太刀。抜いた刀を、刃を上にして、頭上に横にかかげる。上手の純右衛門の粕谷藤太は裃の肩衣をはね、股立を取って、下手の稲毛入道とともに刀を抜く。その太刀の下にいる立役方を、太刀下(たちした)という。この絶体絶命の場面で暫が登場する。図は、この場面を描いた歌川豊春の浮絵(うきえ)、浮絵芝居之図(神戸市立博物館蔵)。浮絵は、ヨーロッパの遠近法を応用するとともに、中央のウケ・腹出し・太刀下が浮き上って見える江戸独特の画法。

又太郎　今思はずも、主命もだしがたく、坂東太郎輝早が、一刀《いつたう》の下《もと》に命を断《た》つ。
岩手姫、川越太郎。

純右衛門　下河部行平。

半三郎　松風、村雨《さめ》。

又太郎　今が最期《さいご》。

三人　観《くわん》念。

団十郎　[九]暫《しばら》く。

皆々　[一〇]イヤア、暫《しばら》くと声を懸たぞよ。

仲蔵　待《ま》て〱、麿《まろ》、[一一]たつふくの君と仰《あを》がれ、その威、[一二]階下《かいか》の間に満《み》ちてかくの通り、心に任せぬ者共を、命を断《た》てよと言《い》ひ付たる、剣《つる》ぎの下を暫《しばら》くと、声を掛たは。

皆々　何奴《やつ》だ、ヱヽ。

団十郎　暫く。

皆々　暫くとは。

団十郎　暫く〱〱引[一三]。

皆々　どつこい。

暫の出端

九 花道の揚幕のなかで言う。しばらく待ての意。
一〇 驚いたときに掛ける声。「暫」の吉例。
一一 不詳。大惣本「たつぷく」。
一二 朝廷のきざはしの下。臣下のいるところ。
一三 唇をふるわせて「しばらプウ」と語尾をひく荒事の発音。

上るり[一]主膳太夫[二]〽かゝる所へ熊井太郎忠基[三]は
ト太鼓《たいこ》[四]の合方《あいかた》になり、人寄《ひとよせ》[五]に成り、団十郎[六]、花道より、柿の素袍《すわふ》[七]、烏帽子《ゑぼし》、大太刀にて、中啓を持《も》ち、出る
上るり〽陽[八]に咲、顔[九]のくまこそ、[一〇]今年《ことし》と一昨年《おとゝし》を、三升《みます》[一一]の紋の智仁勇、三徳兼し荒若衆、世《よ》ゝ《よ》[一二]吉例の大太刀は、竜《りよう》[一三]の伏《ふ》すかと疑《うたが》われ、凄《すさ》まじかりける次第成り
皆〻　どつこい。
又太郎　暫く〳〵と声を掛て出た奴《やつ》を見れば、去年一昨年《おとゝしむ》[一四]向かひ町の役者付《やくしやづけ》[一五]で見た三升《みます》の紋だな。素袍の糊《のり》[一六]の荒事出立ち、[一七]そもまづ汝《うな》ア。
皆〻　何奴《やつ》だ、ヱヽ。
団十郎　東岸西岸《とうがんせいがん》[一八]の柳は、遅速《ちそく》同じからず、南枝北枝《なんしほくし》[一九]の梅は、帰り新参《しんざん》のわがまゝ者。足《あし》[二〇]かけ三年、柿八年、柿の素袍《すおふ》に三升の紋、計《はか》[二一]り出たる此色子《いろこ》[二二]は、九郎判官義経公の膝下《ひざもと》さらず、熊井太郎忠基といふ坊主[二三]ころし。一[二四]ト声かけて見てあれば、イヨ仲[二五]ぼうじやく無人《ぶじん》の振舞《ふるまい》、持《も》て余《あま》されて、南《みんなみ》に赴《おもむ》き帰る一陽来《いちやうらい》。芝[二六]の果《は》てから勘[二七]三の代〻厄介若衆、鬼も十八[二八]、情《なさ》[二九]け知《し》り、わしは[三〇]三谷《や》の三日月さまよ、海老《ゑび》[三一]に、ちらりと似た斗《ばか》り。似《に》[三二]

一 江戸浄るり、大薩摩節。豪快な曲風で、江戸荒事に使う。 二 大薩摩節の家元。明和七年十一月、三代目襲名。三味線は長唄の杵屋喜三郎。 三 源氏の武将。一ノ谷の合戦の鵯越(ひよどりごえ)で義経に従う。のち義経とともに奥州にまでいたる。登場する人物の名を呼び上げるのは、浄るりの「呼び」という演出。 四 下座の鳴物。ヨセ(人寄)の合方に、大小の鼓、太鼓、能管をあわせる。現行「暫」では大小鼓のヨセ。太鼓が入ると賑やかで派手になる。 五 もと人形芝居で「三番叟」のあとに観客を呼び込むために弾いたのでいう。「暫」吉例の鳴物。 六 市川団十郎。五代目。三十三歳。座頭の市川海老蔵(四代目団十郎)の実子。明和七年十一月に団十郎となる。それまでの色悪から立役の荒事師となり、「鵺森一陽的(ぬえのもりいちようのまと)」で初めて家の芸「暫」を演じた。翌年、森田座に移り、三十一歳の若さで初座頭を勤める。中村座には二年ぶりの帰り新参の顔見世になる。ウケの仲蔵とも三年ぶり、初暫のコンビの復活となる。このとき三度目の「暫」。 七 二代目団十郎以来の「暫」の吉例の扮装。麻地・柿色の五つ所紋の素袍に長袴をはく。素袍は、もと武家の平服であったが、江戸時代には陪臣(ばいしん)らの着る礼服となった。陪臣とは、将軍に対する大名の家臣のこと。熊井太郎は、義経の家臣なので、江戸時代風に礼服の素袍を着て出る。左右の袖には、白抜きの大きな三升(みます)の紋が染め出され、袖の中には左右各二本ずつ籐が入れられ、歌舞伎風に誇張して

暫のツラネ

せます、真似《まね》ます、隈《くま》どります、升《ます》〳〵賑《にぎ》あふ花の顔見世、花の笑《ゑ》み、三三雪に見紛《みまが》ふ三芳野の、古郷へ錦、金冠《かんむり》、無理な所へ、三四仲《なか》ぐるま、巡《めぐ》る三五月日は八声《やこゑ》の鳥《とり》、げに勇《いさ》ましき歌舞妓の門前、三六市川十まで飲《の》み込む、跳《は》ね込む、踏《ふ》み馬御免《めん》、三七三升《さんじやう》仕つた、一昨年《おとゝし》、三八噂の出見世の三九判取《はんとり》、四〇大福帳。年馴染《なじ》みの四一秀鶴《しうかく》、お見知《し》りなされてくんさい四二艾《もぐさ》、四三団十郎にやく貴賤群集《くんじゆ》の真《ま》ん中村と、ホヽ、敬《うやま》つて中《まうす》。

皆ゝ　どつこい。

半三郎　四四さちやア、おのれが義経《つね》が家来、熊井太郎忠基だな。とんだ所へ出たぞよ。見たか、是にお渡りなさるゝは、人皇八十二代の帝四五後鳥羽の院の弟宮、是明親王様だぞ。その外、美《び》ゞしき雲の上人《うへ》、うぬらが様《やう》な、無位無官、喰や喰《く》わずの痩《やせ》浪人、主《しゆう》に離れた素丁稚《すでつち》の出る所じやアない。早くそこを、なくなれ〳〵。なく成り様《やう》が遅《おそ》いと稲毛の入道重成が、うぬを取て、四六ぺいするぞ。

団十郎　太《ふと》い奴《やつ》じやアないか。岩手姫は、主君の簾中、川越太郎どのは舅君、御難義と見て爰《こゝ》へ出た熊井太郎、進退共に、おれが四七三昧《ざんまい》。こふ打《ぶ》つ座《すわ》つちやア、四八生《は》へ抜《ぬ》いたも同前、動《うご》く事は、いやだ。

ピンと大きく張るかたちになる。素袍の内に、丸胴の胸当を着込み、籠手(こて)を付ける臨戦体勢。鬘は、荒若衆の油込みの前髪に侍烏帽子、大きな白い力紙をつけ、矢筈の鬘。化政期から矢筈が誇張されて、現行では五本車鬘になる。顔は、白塗りで、朱で筋隈を取る。三升模様の角鍔の大太刀に脇差を差し、手に中啓を持って出て、花道の七三に構える。七三は、現行では舞台から三分、揚幕から七分の位置をいうが、この当時は逆で、揚幕から三分、本舞台から七分の位置。立ち姿の構えをたもつために、後見が用意した高合引に腰をかける。

八 一陽来復。陽気が戻って、木々に花咲くこと。九 市川流の筋隈。赤い朱の隈取りを太陽に見立てたもの。「夜はほのぼのと赤筋隈」(明和八年十一月森田座「葺換月吉原」五代目団十郎、暫のツラネ)。一〇「去年(こぞ)今年」にかける。去年明和九年十一月の顔見世「大鎧海老胴篠塚」では松本幸四郎改め二代目市川海老蔵が奴姿で暫を勤め、今年安永二年十一月には五代目団十郎が、一昨年にも「倭花小野五文字」で市川一門の重鎮、三代目市川団蔵が角前髪の暫を勤め、三年続いて中村座の顔見世を市川家の三升の紋の暫が飾ったことをいう。一一 市川家の定紋。三つの升を、儒教の三徳である智仁勇に見立てる。一二「三升の鐔の大太刀、日の丸の小さき扇」(父の恩)は、初代団十郎以来の吉例。朱塗りの鞘に鍍金の薄金を螺旋に巻いた蛭巻(ひるまき)の太刀で、柄巻は、鮮やかな萌黄(もえぎ)の糸を菱形に平巻にしたもの。柄先の冑金(かぶとがね)、鞘尻の石突(いしづき)、三升模様の角鍔など鍍金。柄先に朱の組紐是《これ》明親王、岩手姫、我こゝろにしたがわぬゆへ、岩手姫が親川越《ごへ》、まつた行平・松風《かぜ》・村雨《むらさめ》、不義《ふぎ》なるゆへ、五人もろとも、首《くび》うてと下知《げじ》する。五人、すでに首《くび》うたれん(と)する所へ、しばらく〳〵

の手貫緒(てぬきのお)を付ける。現行の物は、鞘が黒塗り胴金入。全長二一一センチメートル。柄だけで五四センチメートルの大太刀。抜くことができないので、別に抜身(ぬきみ)の太刀が用意されている。吉例の大太刀を、まるで竜が寝ているようだと見たてたもの。一三 伏竜。臥竜。昇天する前の竜のことで、出世する前の英雄をさす。一四 木挽町五丁目の森田座をさす。同じ日本橋でも、中村座の堺町と離れているのでいう。ちなみに葺屋町の市村座は、中村座の隣なので「隣り町」という。顔見世のときにのみ役者が入れ替わる。一五 新役者附。顔見世番付。極(きま)り番付。一六 糊がきいて肌ざわりが荒い、にかける。市川家の暫では、柿の素袍を二張用意し、五、六日ごとに糊を強く張り直して着た(芝居秘伝集)。一七 暫のツラネの名乗りゼリフをひきだす決まり文句。一八 和漢朗詠集・早春「東岸西岸之柳、遅速不レ同。南枝北枝之梅、開落已異(かいらくすでにことなり)」(慶滋保胤)による。暫のツラネは、冒頭に漢語風で東西南北の四方について述べるのが常套。四方の悪魔払いの呪力。一九 早咲きの南枝の梅を、赤い筋隈の自分の顔に見立てる。「開落(かいらく)」に「帰り新参」をかける。二〇「桃栗三年、柿八年」の洒落。足かけ三年ぶりの出勤にかける。二一 大惣本「罷り」。二二 坊主は男色の客。二三 男色を売る少年俳優のこと。二四 暫の一声。二五「イヨ、仲坊」を傍若無人と続ける。「役者万歳暦」(明和九年刊)で仲蔵の贔屓が「おらが仲坊」と呼ぶ。愛称。二六 ツラネ・セリフの常套句「芝の果から神田の台」のもじり。海老蔵こと二代目団十郎の「かるたづくしせりふ」

是《これ》明親王　仲蔵、松風　雄次郎、村雨《むらさめ》　吉次、岩手姫　市松、川越太郎　少長、稲毛《げ》入道　半三、坂東太郎　又太郎、粕谷《かすや》の藤太　純右衛門、行平　門之助、此蔵、沢蔵、熊井太郎　団十郎

(寛延元年)に「どんがらとうからと評判は、芝のはてから神田の岱(だい)、神津ごゝく寺のしやかあがり」とある。江戸のすみずみまで、の意。 二七 初座頭の暫のツラネ「森田勘弥がやつかい若衆」にならったもの。 二八 諺「鬼も十八番茶も出花」。鬼のような人でも年頃になれば色気づく。 二九 恋の情け。 三〇 俚謡「さまはさんやの三日月さまよ宵にちらりと見たばかり」による。売れっ子の女郎を三日月にたとえたもの。 三一 団十郎の父、市川海老蔵。 三二 升(ます)づくし。ますを三つ重ねて三升。 三三 義経千本桜(道行)に「雲と見まがふ三芳野の」とある。 三四 ウケの仲蔵の紋所。中車。 三五 夜明けを告げる鶏の音。暫の一声の見立て。 三六 一から十までの洒落。 三七 団十郎の俳名。参上にかける。「暫のせりふ」の正本では「三升」の前に「御めんのかふむり」が入る。 三八 明和八年十一月の顔見世で、中村座の団蔵が暫のツラネで「出店は一間木挽町」(役者万歳暦)と森田座の団十郎の暫を揶揄したことをさす。 三九 判取帳に番頭の判をもらう丁稚。自分を卑下して、まだ若僧の丁稚ですというもの。 四〇 二代目団十郎の「大福帳のツラネ」以来、「暫」のシンボル。 四一 仲蔵の俳名。 四二 団十郎艾(もぐさ)。二代目団十郎以来の市川家の芸「艾売りのセリフ」に因み、浅草御堂前笹屋藤助が売り出したもの(役者全書)。 四三 「男女老若」にかける。 四四 さては、の訛ったもの。 四五 史実では天皇。 四六 幼児語で、捨てること。 四七 自由だ。 四八 根が生えたも同じこと。

——以上一一二頁

純右衛門　いやだと吐《ぬ》かせば、親王の御前、見苦《ぐる》しい。誰かある、熊井太郎を引《ひ》っ立《た》て召《め》されい。

皆ミ　ハア。

八蔵　待《ま》て〳〵、誰彼《だれかれ》と言《い》わふより、一力自慢《じまん》の公家の二腕立《うでだ》て、それがしが取《(とっ)》て、三うつちやるべい。

ト四花道へかゝり

八蔵　やい、五童《わっぱ》しめ、今歳《(ことし)》ア、引《ひ》つ立《た》ても六気をかへて、七優《ゆふ》にやさしき八冠《かむり》、装束《せうぞく》、見かけとは、違ふぞよ。サア、痛い目にあわぬうち、きり〳〵爰を、立《た》ち去るまいか。

団十郎　見れば、立派《りっぱ》な装束《せうぞく》だ。地合も見れば、九木蘭《もくらん》だな。

八蔵　何を。

団十郎　一〇もくらんの母は一一餓鬼道の苦《くる》しみ、可愛《かわい》やこいつも、餓鬼道《がきどふ》の苦《くる》しみかい。して、お前《まへ》のお名は何《なん》と言《い》ふへ。

八蔵　一二西の宮の右少弁一三永たる、といふ、お公家さまだ。

団十郎　一四何だ、牛の小便、なま長い。

八蔵　一五おきやアがれ。その口を、おれが引《ひ》っ裂《ざ》くぞ。

公家の引っ立て㈠

一 公家といえば力のない優さ男。それを力自慢にした面白さ。 二 腕力をたのみに暫と争うこと。 三 放り投げる。 四 花道へ行き、七三にいる暫に向かい、引っ立てにかかる。 五 子供を罵って言う言葉。暫が元服前の十八歳の若衆という設定なのでいう。 六 暫の引っ立ては敵役の役どころで、武士や奴、仕丁の役が普通。今年は趣向を変えて。 七 上品で優美な。 八 衣冠束帯のこと。公家の正装をいう。「かむり」は「かんむり」の訛り。 九 木蘭地。梅谷渋で赤茶色に染めたもの。大弁(四位)の位袍は「深緋(ふかあけ)」、中弁・小弁(五位)は「浅緋」(衣服令)。ただし、江戸時代は四位以上が黒袍、五位が深緋の緋袍を用いた。黒袍を着る四位の大名は、国主クラスの大大名で、緋袍を着る中小の大名とのあいだに格差があった。その知識を踏まえて、お前の着ている袍は赤がくすんでいるが木蘭地じゃあないのかと茶化したもの。ただし、ここでは中村座の蔵衣装を着て出るので五人揃いの黒袍で出る。 一〇 釈迦の弟子、目連(もくれん)尊者にかける。餓鬼道に苦しむ母を救ったことで有名。盂蘭盆(うらぼん)の由来となる。 一一 地獄に堕ちて飢え苦しむ餓鬼の姿に、八蔵の顔を見立てたもの。八蔵は、飛び出した特徴のある目玉に、隈取りで口を大きく割っている。 一二 公家らしい名前を創作したもので実在の人物ではない。西の宮は、右京朱雀院の西隣にあった西宮殿。西の宮左大臣こと源高明の邸で、安和の変ののち焼失。 一三 底本「右大弁」。次の洒落

団十郎　夫《(それ)》こそ、本《(ほん)》に、[一六]途方《とほう》もない、引《ひ》つ込《こ》みやアがれ。

八蔵　[一七]永たるさま、お入《(い)》り。

ト八蔵、本舞台へ来る。仲五郎、急《せ》いて

仲五郎　ヱヽ、埒《らち》のあかない。どれ〳〵、[一八]四ッ谷の先生が出てやろう。

ト花道へ行《ゆ》き

仲五郎　是やい、おれが出たぞ、恐《こわ》く思はゞ、早《はや》く、きり〳〵下《さ》がれやい。

団十郎　こいつは何だ。おれア、元来お江戸生れ、[一九]此芝居に久しく居た者だが、

仲五郎　汝《うぬ》が様《やう》な奴《やつ》を、ついぞ見た事がない、何と言《い》ふ公家だ。

団十郎　[二〇]しなの〻小路左中弁仲平と言《い》ふ、[二一]歌を能く詠むお公家さまだ。

仲五郎　なんだ、[二二]信濃《しなの》者の[二三]中気《(ちうき)》やみだ。

団十郎　何《なに》を。

仲五郎　信濃《しなの》なら信濃《しなの》の様《やう》に、[二四]新宿で冬奉公でも稼《かせ》ぎやアがれ。

団十郎　その代《か》わりに、[二五]春になつたら。

仲五郎　[二六]踏《ふ》み殺してやるべい。

団十郎　[二七]うぬを。

仲五郎　なんと。

公家の引っ立て(二)

は「右少弁」に付けたもの。役人替名・役割番付で訂正。本作では五人の公家の名・官職に混乱がみられる。ここはその一つ。細かな仕組みの苦手な、桜田治助らしいミス。　一四 公家の名を下世話に読み違う面白さ。狂歌的発想。牛の小便は、長いもののたとえ。　一五 やめろ。よしやァがれ。　一六「此人は左の手をさしまげて、いやあて事もないといふて勤るがゑて物」(役者刪家系)といわれた八蔵の師、宮崎十四郎の口癖をふまえたもの。「あてこともない」は途方もない、という意。　一七 団十郎に、カッと睨まれ、進退きわまって自分自身の名を呼び、引っ込むところ。　一八 佐野川仲五郎のこと。築地に住む坂東善次を「築地の先生」と呼ぶたぐい。四ッ谷の縁で信濃殿町・内藤新宿と続く。　一九 団十郎は、中村座に二年ぶりの帰り新参だが、それまでは十年間連続で中村座に重年《(じゅうねん)》した。それに対して仲五郎は、一年前に現われた新顔。　二〇 京に「しなの〻小路」という地名はない。四ッ谷の信濃殿町(現信濃町)の当て込み。　二一 和歌。公家の教養の必須科目。　二二 農閑期に江戸に出稼ぎに来る下男の代表。川柳などで大食漢として揶揄された。　二三 中風の患者。脳溢血などで身体の麻痺が残っている人。　二四 内藤新宿。信濃(長野)から江戸へ出る甲州街道の入口の宿場町なのでいう。信濃者は、農閑期の十一月から二月までの冬奉公が普通であった。
二五 給金をくれますか、の意。約一両。
二六 江戸の出稼人のことを「椋鳥」と呼んだ。

仲五郎　構《かま》[一]いもせぬものを。

ト後退《あとじさ》[二]りに、舞台へ来る

此蔵　ヱヽ埒《らち》のあかない。どれ〳〵、こんな時にやア、新参[三]ン古参ンの用捨はない。おれが出て、片付《かたづ》けべい。

沢蔵　是〳〵、又、先へ乗《の》り出るか。今年《ことし》[四]から中を能くする様《やう》に、二人《ふたり》一所に行《(いく)》べいじやアないか。

国四郎　待《ま》ちやれ〳〵、ひとつ[五]張《ば》つて行《い》こうより、連《つ》れのあるうち、おれも行べい。

此蔵　そんなら三人一所に行《い》つて、ものゝ見事にあの童《わつぱ》しを、やらかしてくれべい。

沢蔵　手柄《がら》は一《ひと》つ、褒美はてん[六]〴〵、三人つん[七]〳〵連《つ》れだち、一《(ひ)》ィ二《(ふ)》ゥ三《(み)》ィで行《い》くべいは。

此蔵　お定《(さだ)》まりの通り、夫《(それ)》がよい。

ト花道へかゝり

三人　一《ひい》[八]、二《ふふ》、三《みい》、童《わつぱ》しめ、立《た》て、ヱヽ。

団十郎　コリヤア三人、お揃《そろ》いなされて、お出《(いで)》[九]だの。

春になって故郷に飛び立つ前に、踏み殺してやる、という悪態。二七 お前を先に、と右手の笏をふりあげるが、団十郎に睨まれて、恐ろしくなるという段取り。

公家の引っ立て㊂

一 なにも悪戯をしていないのに。

二 両袖を広げ、鳶凧の見立てになる。鳶凧は四ツ谷の名物。四ツ谷とんび、の洒落。現行の「八人奴」が奴凧の振りで暫に吹き飛ばされる演出と同工。

三 新参は、この顔見世から新加入の役者。古参のことを重年（じゅうねん）、または居成（いなり）という。此蔵は、明和五年（一七六八）以来、六年連続の居成り。顔見世は、新役者の紹介が本来で、新参に花を持たせるのが原則なのでいう。

四 沢蔵は、市村座中心に出勤してきた敵役で、中村座は初舞台。それ故、重年の此蔵と今年から仲好く一緒にやりましょうという。

五 恰好つけて一人で行こうより。国四郎も新加入の敵役。ただし、明和七年に中村座に出勤しているので、帰り新参と呼ぶ。暫の引っ立てが複数になるのも吉例。

六 それぞれ。手柄は一つでも、褒美は三人それぞれもらいます。欲ばった本音をずばりという敵役の愛敬。

七 「連れ立つ」をリズミカルに言う常套句。

八 右足から、一歩ずつ掛け声に合わせて三歩出る。現行では「どりゃ、どりゃ、どりゃ」。

九 大惣本「お出たの」。

三人　ちつと舞台[一〇]が大きいぞ。

団十郎　名が聞たい。

此蔵　聞《きき》たくば、高らかに名乗て聞《き》かせん、よつく聞け。それがしこそは、古《ふる》[一一]馴《な》染《じ》み、下《さが》[一二]り松の右中弁むねはる。

沢蔵　それがしこそは、藤[一三]の森の左少弁高光[一四]。

国四郎　それがしこそは、たゝき町[一五]の左大弁うじ国。

団十郎　なんだ、たゝき町に、下り松、藤の森。かふも[一六]有ふか。

三人　何《なん》と。

団十郎　無駄《むだ》[一七]な顎《あご》[一八]、たゝき町より下り松、命にかゝる藤の森かな。

三人　おきやア[一九]がれ。

此蔵　かく我〳〵が出《いで》たつて、赤耻かいてあられうか、力まかせに粉微塵《こなみぢん》。

沢蔵　首[二〇]と胴との生《い》き別《わか》れ。

国四郎　観念《くわんねん》ひろげ、熊井太郎、返答《へんとふ》は。

三人　どふだ、ヱヽ。

団十郎　味噌[二一]を打《ぶ》ちあげると、睨《にら》[二二]み殺すぞ。

三人　何と。

一〇 三人揃って立派だということ。この興行から、大入で舞台の上に「さゞえ桟敷」ができ、観客であふれた（東都劇場沿革誌料）。その熱気をいう。

一一 団十郎とは、かって三年間、一座したことをいう。

一二 京都の一乗寺辺りの地名。この場面の公家の名に混乱がある。此蔵は、一一三頁では「藤の森の左少弁みつ高」と名乗る。次の沢蔵の名と入れ替ったことになる。桜田治助のミス。

一三 伏見の深草の地名。深草祭の藤の森神社がある。

一四 一一三頁で此蔵は「みつ高」と名乗る。

一五 一一三頁で国四郎は「たゝき松」と名乗る。大惣本「たゝき松」。いずれにしても京の地名に見られない名。

一六 舞台で、狂歌などを詠むときにいう決まり文句。

一七 三人の公家の名を詠み込んだ狂歌。三人とも、無駄な口をたたいていると、その うち命にかかわるぞ、というもの。団十郎は、花道のツラネの名で狂歌を作り、堺町連を率いた。桜田治助も連中の一人で、桜田のつくりを名乗った。

一八 大惣本「たゝき松」。

一九 置きやがれ、の訛り。やめにしろ。

二〇 死ぬことを洒落て言ったもの。

二一 手前味噌を言う。自慢する。

二二 市川流の睨み。荒事の睨む芸。瘧《おこり》が落ちるとされた。

団十郎　[一]引《ひ》つ込《こ》みやアがれ。

此蔵　是だによつて、三《み》[二]つでもあんまり出《で》られぬ。

沢蔵　[三]頭《あたま》で引《ひ》つ立《た》てを、踏《ふ》[四]んで出ればよかつた。

国四郎　それでも、尻《しり》[五]にまだ親玉《（おやだま）》[六]がいる。

沢蔵　[七]丈夫な芝居へ住《す》[八]んだはへ。

国四郎　さわ、去《さ》りながら。

団十郎　何と。

三人　[九]晩《ばん》程、参りませう。

ト三人ともに舞台へ来る。半三、急《せ》きに急《せ》いて

半三郎　どいつも〳〵、役に立《た》たぬ。どれ、どふでおれが出ざアなるまい。[一〇]サア、熊井太郎、たつた今、首を叩《たゝ》き落すぞ、観念ひろげ ◯[一一] といふは、みんな嘘《うそ》。[一二]三升《（さんじょう）》さん、お前《まへ》は、マア、どふなさりやしたへ。此間《（このあひだ）》、[一三]買明《ばいめい》さんで、度《（たび）》〳〵お噂。例年の通り、[一四]御贔屓連《ひいきれん》中、幕も能く染《（そま）》りました、お目でたふ御ざりまする。私も此暫《しばらく》の引《ひ》つ立《た》ては、お前《まへ》のお爺《ちい》[一五]さまの時から、お父《とつ》[一六]さまの時、そしてお前[一七]、度〳〵出たが、ついぞ荒事を敵役《かたきやく》の方から引《ひ》つ立《た》てた事が御ざりませぬ。よつて今年《ことし》は気をかへて、なんと是

一 睨んで威嚇する。 二 めくり骨牌(かるた)の用語。三人で打つこと。手札が悪く一人おりると「サシ」になる。 三 引っ立ての最初に出ればよかった。 四 演出用語。「どりゃ〳〵〳〵」と掛け声をかけて踏んで出る。 五 「頭」に対し、「尻」と洒落たもの。団十郎のうしろには、まだ親玉がいる。 六 二代目市川海老蔵(四代目団十郎)の愛称。この一座の座頭(ざがしら)。 七 役者ぞろいの豪華な座組をいう。 八 出勤すること。 九 夜になったら参りましょう。博奕など遊びに行きましょうという誘いの言葉。 一〇 「どりゃ〳〵〳〵」と掛け声をかけて花道へ行く。

※鯰坊主は、暫の吉例の登場人物。丸坊主の鬘に、鯰の揉み上げを付け、鯰の隈取り、派手な羽織の着流しで出る。鯰が地震を押さえるという俗信によるもので、地震のような暫を押さえる役で出る。現行では「女鯰(おんなまず)」という女形も出る。この場合も

鯰坊主の引っ立て

「瓢箪鯰」の洒落で、瓢箪の付いた紅梅の枝を持って出る。

一一 台本に用いる記号。句読点を大きくしたもの。少し間を取ること。その間に、思い入れをしたり、気を変えたりする。ここでは後者。 一二 団十郎の俳名。ここから熊井太郎、稲毛入道という役を離れた楽屋落ちになる。声を少しひそめていう。「おとし」の芸。落語のオチにつながる面白さ。「おとし」二代目団十郎も「おとし」の名人とされ、正徳四年(一七一四)十一月中村座「万民大福帳」の初暫にも「(大福)帳のいひたてに我又木挽町から堺町へかよひ帳のおとし」(役者返魂

団十郎　から[一八]留場《(とめば)》の口までも、お前《まへ》に立《た》つてもらひ申せば、私も女房子の前へ外聞がよふ御ざりまする。どふぞお慈悲にお立《た》ちなされて下さりませう。

半三郎　[一九]やれ〱、お父《とつ》さまに、よふ似中《(にまうし)》なさつた。

団十郎　ホヽウ、誰《だれ》だと思つたら、貴さまは[二〇]半《なかば》だな。

半三郎　左様《さやう》〱。

団十郎　わしも[二一]旦那方《がた》のお陰《かげ》で、どふやらこふやら、[二二]こつちへ呼んでもらつたによつて、言《い》わば目出たい此顔見世、祝儀心に貴さまを立て《(たて)》。

半三郎　此所をあつちの方へ。

団十郎　退《の》いてやつたら良《よ》かろうが、金輪際《こんりんざい》、退《の》くまい。

半三郎　なんと。

団十郎　いやだ。

半三郎　こいつが〱、太《ふと》い奴《やつ》じやアないか。甘酒をなめさせておけば、[二三]喰《くら》い戯《そば》へて、色〱な事を吐《ぬ》かしやアがる。誰《だれ》だと思ふ、稲毛の入道、手もなく汝《うぬ》を。

団十郎　引《ひ》つ立《た》てるか。

半三郎　くどい。

香)をいった。とくに、ベテランの敵役が鯰坊主などに扮し、芝居の正月の年始の挨拶で「おとし」をいうのが吉例のパターン。初代半三郎は、「おとし」をいう名人で人気があった。一三 俳諧の江戸座の宗匠。独歩庵とも。堺町に住み、役者との交流もあった人。天明四年(一七八四)没、七十四歳。一四 一年前の顔見世の団十郎の評に、「引まくも川並ひいき連中より三升へのつみ物にて、すわう大太刀の引まく拁々花やかな顔見世で今までの木挽町とはぐわらりとせかいがかわつたぞ」(明和九年刊「役者万歳暦」)とある。一五 二代目団十郎。海老蔵と改めてのち、宝暦六年(一七五六)十一月市村座「帰花金王桜」で渋谷の金王正俊に扮し最後の暫を演じたとき。中村伝吾時代の半三郎も同座し、敵役八人の軍兵による引っ立てに出た。一六 四代目団十郎(二代目海老蔵)。宝暦九年十一月市村座「阿国染出世舞台」で荒獅子男之助に扮し三度目の暫を演じた。その時、宮川八郎左衛門の半三郎も同座、五人入道の一人として引っ立てに出た。一七 五代目団十郎、二度目の暫。明和八年(一七七一)十一月森田座「葺換月吉原」の荒獅子男之助。半三郎もあがた権藤太の役で引っ立てに出た。一八 場内係り。花道の揚幕の横に控え、見物同士の喧嘩口論を留めたり、花道の役者の出入りに支障のないようにする。花道は、見物の通路でもあった。留場のいる揚幕の方へ、少し戻っていただけませんか、の意。一九 家の芸を立派に継承しましたねという誉め言葉。二〇 半三郎の俳名。中葉《(なかば)》とも書く。二一 御贔屓の旦那方。二二 中村座。二三 酔っ払って。

団十郎　ソリヤ、どこで。
半三郎　爰で。
団十郎　いつ。
半三郎　今《いま》。
団十郎　誰《だ》が。
半三郎　おれが。
団十郎　誰《だれ》を。
半三郎　我《われ》を。
団十郎　[一]ヲヽ〳〵〳〵〳〵、[二]おたの、[三]白癩《びやくらい》、[四]お臍《へそ》で、おせんが茶を沸《わ》かす。
半三郎　[五]所《ところ》を。
団十郎　腕《うで》を捥《も》ぐぞ。
半三郎　[六]イヨ、市川の大当り。
団十郎　あんまり、そりやア古《ふる》い。
半三郎　是も御祝儀の内よ。
ト舞台へ来る
[七]皆〻　熊井太郎、きり〳〵下《さ》がれやい、どふだ。

一　半三郎の答えに呆れ、嘲笑する言葉。
二　不詳。白藤本「出たの」。「出たの」なら、大きなことを言い出したな、の意。
三　決して。必ず。たとえ白癩となっても。
四　お臍でお茶を沸かす。笑わせるな、という意の慣用句。「おせん」は、谷中笠森稲荷の水茶屋鍵屋の娘で、お茶の縁で結びつけた洒落。おせんの姿は浮世絵にも描かれ、「とんだ茶釜」という明和安永期の流行語にもなった。
五　そういうところを。団十郎に打ってかかろうとする。
六　宝暦四年(一七五四)十一月中村座「三浦大助武門寿」、四代目団十郎襲名の初暫のとき、海老蔵(二代目団十郎)が「切落しより佐倉の百性姿にてぶたいへあがり、これ〳〵団十郎殿〳〵大当り〳〵とほめ」(役者删家系)たセリフによる。十九年以前のことなので、「あんまり、そりやァ古い」ということになる。ちなみに、このときが五代目団十郎、二代目半三郎の初舞台でもある。
七　敵役がいう。
八　諺。遠すぎる。迂遠だ。
九　子供の言葉。赤い顔のおじさん。前舞台の中央にいる赤っ面の坂東太郎のこと。
一〇　大波がくるから、流されないように注意しろ。
一一　驚きの声。
一二　自分の寺。敵役にいう。おれが、そっちへ行ったら命がないぞ。今のうちに葬式の用意をしとけ、の意。
一三　自分の棺桶を用意しろ。死んでから早急につくるので早桶という。
一四　まずは一番やってみるか。

団十郎　どふで爰から、物を言《い》つちやア、[八]二階《かい》から目薬《(ぐす)》り。どれ、そこへ行《い》つて、親王さまにも、[九]赤いお爺《ちい》にも近付《(ちかづき)》になるべい。片《かた》つ端《ぱし》から[一〇]帯《おび》と帯とを括《くゝ》し合《あ》い、手に手を取て用心しろ。

皆〻　[一一]いやア。

団十郎　[一二]旦那寺へ人を遣《や》れ。

皆〻　いやア。

団十郎　[一三]早《はや》桶の用意をしろ。

皆〻　いやア。

団十郎　[一四]一番《ばん》そこへ大波《(なみ)》を、打《ぶ》たせべいか、どれヱ。

皆〻　[一五]ありや〱〱〱〱〱〱〱〱。

ト[一六]大太鼓《だいこ》入りの、[一七]とひよに成り、団十郎、舞台へ来る。若い衆・敵役残らず[一八]立廻り有て、[一九]皆〻を囲《かこ》ひ、[二〇]仲蔵・又太郎が中へ、[二一]しやんと見得《へ》になる

皆〻　どつこい。

又太郎　いかなれば熊井太郎、下賤《せん》[二二]匹夫の身をもつて、親王に近《ちか》づき、上《かみ》を恐れぬ無礼の振舞《ふるまい》。[二三]気が違たか、[二四]酔狂《(ゑひぐる)》いか、坂東太郎が相手になるぞ。

一五 化粧声。仕丁などの役で出ている下立役の役者が掛ける暫への誉め言葉。暫の動きとともに、ゆったりと掛ける。現行では「アーリャ、コーリャ」をくりかえし、暫が舞台中央で肌ぬぎになってきまると「デッケー(大きい)」と誉める。

一六 下座の鳴物。鶏の真似(安永五年)では「大小入トヒヨ」。本作以外は「大小入り」。現行でも、大太鼓は入らない。

一七 下座の鳴物。享保年間に小鼓打ちの西村弥平次が工夫したもので、「暫」の吉例になっている。大小の鼓を一緒に平らに流して打つ「早鼓《(はやつづみ)》」に、能管で「トヒヨ〱」とくりかえし吹き合わせる。大太鼓が入るところが派手で古風になる。なお、「トヒヨ」は、鳥の声を表わす鳴物全般をいい、「しばらくの時は早目」(三座例遺誌)とされる。

一八 大勢の敵役を、右と左に交互にかきわけて入れ違う。立廻りの「千鳥」の型。

一九 川越太郎をはじめとする立役の皆々。

二〇 本舞台の二重台の上にいる仲蔵と、前舞台の又太郎との間に入って、見得になる。敵役との間に立って、囲いとなること。

二一 元禄見得を切る。素袍の両肌を脱いで、浅黄と紫で太く縒りあわせた力襷《(ちからだすき)》をしめた姿になり、左手で刀をぐっと押しさげ、右手の拳《(こぶし)》を振り上げた形に決まる。この時、後見が素袍の袖を左右に大きく広げる。若い衆が「どっこい」と誉める。

二二 身分の賤しい男。

暫とウケの宝剣の争い

二三 乱心。　二四 酔っ払い。

団十郎　相手になるとは面白い、どいつなりとも、相手に嫌《きら》ひは粗金《あらかね》[一]若衆。親王さまへは内《(ない)》〳〵で御無心申さにやアならない物がある、妨《さまた》げひろぐと、張《は》り殺すぞ。

純右衛門　待《ま》て、親王へ対《たい》し奉り、内〻で御無心とは、合点の行ぬ童《わつぱ》しめ。粕谷《かすや》の藤太が相手になろふか。

団十郎　うぬらに頓着《とんじやく》するのじやアない、サア是明親王さま、深《ふか》く隠して所持なされし、三種《(さんしゆ)》[二]の神器《(じんぎ)》のその一つ、十柄《(とつか)》[三]の御剣、暖《あつた》めてある事を兼て聞《き》く。主君義経《(よしつね)》、此度鎌倉[四]どのよりお疑ひを蒙られたも、三《み》種《くさ》[五]の宝《たから》とゝのわざるゆへ、忠臣の我〳〵、尋ね求《もと》めて禁庭へ差《さ》し上《あ》げ、義経《ぎけい》に野心《やしん》なきとの申訳を立《た》てにやアならぬ。速《すみ》やかに、その宝剣を忠基へ渡すまいか、返答は、どゞ、どふだ。

仲蔵　ヤア、存外《ぞんぐわい》なる熊井太郎、卑《ひ》[六]職凡《ぼん》下の身を以て、麿《まろ》へ対《たい》し、敵《(てき)》たふありさま。あまつさへ、宝剣を隠し持《(もち)》しなんぞとは、何のたわ事。殊に、岩手姫を匿《かく》まい、立后《りふこう》の妨《さまた》げなす汝《なんじ》、眼下《がんか》[七]に命《(めい)》を失はん、可愛《かわい》[八]や〳〵。

団十郎　命《(いのち)》[九]を軽《かろ》んずる事、英雄の先《(さき)》[一〇]んずる所、サア、宝剣をお渡しなされい。

仲蔵　宝剣は、知《し》らぬわやい。

一　精錬する前の金属。そのような荒若衆。嫌いはあらぬ、にかける。

二　八咫鏡（やたのかがみ）・天叢雲剣（あまのむらくものつるぎ）・八尺瓊曲玉（やさかにのまがたま）。

三　十握の剣。握り拳（こぶし）の長さ十個分の刀。神代より伝わる三霊剣の一つ。草薙の剣のこと。天叢雲剣は、その古名。

四　源頼朝。

五　安徳天皇の入水とともに、天叢雲剣を失ったことをいう。範頼・義経は西国出陣に際し、後白河法皇より三種の神器を無事に取りもどすよう勅命を受けていた。平家物語九「三草勢揃」に「本朝には、神代よりつたはれる三の御宝あり。内侍所・神璽・宝剣これ也。相構て、事ゆへなくかへし入れたてまつれ」とある。

※失われた宝剣について伝説が生れた。平家物語十一「剣」では、宝剣を海士に探索させたが見つからず、ある陰陽博士が「素戔鳥の尊にきり殺されたてまつし大蛇、霊剣をおしむ心ざしふかくして、八のかしら、八の尾を表事として、人王八十代の後、八

団十郎　何が、なんと。

仲蔵　岩手姫を渡せ。

団十郎　宝剣を渡《わた》せ。

両人　どつこい。

　　ト[一一]大勢かゝるを、突《つ》き退《の》け搔《か》き退《の》け、[一二]仲蔵を二重台より引おろして、懐中の[一三]宝剣を取り出して、仲蔵を突《つ》き放す

皆々　どつこい。

団十郎　是こそ疑《うたが》ふ所もなき十握《とつか》の御剣、熊井太郎が手に入りしこそ、いまだ義経公の御武運長久のしるし、ヱヽ、ありがたいナア。

純右衛門　[一四]そりよを。

　　トかゝる純右衛門を突《つ》き退《の》け

団十郎　アヽ、つがもない。

市松　今に始《(はじめ)》ぬ熊井太郎が忠臣、父上《うへ》さま、お喜《よろこ》びなされませい。

少長　かゝる忠義の武士《もののふ》を家臣に持た[一五]堀川殿、いかなれば讒言《ざんげん》の舌にかゝらせ給ふやらん。夫《(それ)》につけても、残念な事じやナア。

団十郎　そのお悔《く》やみはさる事ながら、ひと先《(ま)》づ都をくらまされ、折を見合せ、

歳の帝となつて、霊剣をとりかへして、海底に沈み給ふにこそ」と占ったとある。八歳の帝とは安徳天皇のことである。源平盛衰記四十四「老松若松剣を尋ぬる事」では、大蛇が海士の老松となって現われる怪異譚に発展している。一方、幸若舞曲「腰越」では「三種の神器、事故なく二度帝都に納め申」と、宝剣をともなって義経が凱旋することになる。江戸の通俗史書のなかにも、この設定はうけつがれて義経勲功図会では「宝剣は安徳帝に佩せ奉りて入水在しかば紛失したりけるを、軍果て後、浦の蜑に命じて探上させ給ひけるとぞ」となっている。失われた宝剣を手に入れ即位しようとする皇子と、それを阻止する荒若衆の対立として描くのは、本作の仮構。冬の場面に春の陽気がもたらされるも、この宝剣の徳によるものである。

六 賤しい人のこと。一般の庶民。
七 目の前で、死ぬことになるだろう。
八 かわいそうだ。
九 死ぬことを怖がらない。
一〇 先に立っておこなうこと。
一一 若い衆の仕丁など。暫と千鳥に入れかわる。
一二 現行では、暫がウケをひきずりおろす演出はない。暫本来の古風な形。
一三 錦の袋入りの小道具。図は戯場訓蒙図彙。
一四 それを、の訛り。
一五 義経のこと。堀川に館があったのでいう。

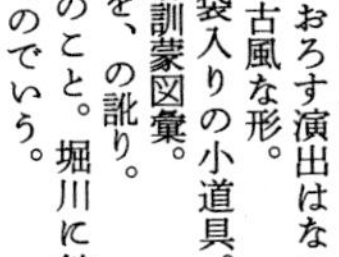

御開運あらん。いざ〳〵、お立《(たち)》あられませう。

門之助　[一]熊井太郎が働《はたら》きにて、危急を逃《のが》れし此《(この)》行平。

雄次郎　折《おり》を待《ま》てとの此《(この)》松風。

吉次　此《(この)》村雨も紫[二]の。

団十郎　[三]雲井を共に、御立《た》ちあられ然《(しか)》るべう存じ奉りまする。

純右衛門　坂東太郎照早《てるはや》、かゝる大事をよそに見て、知《し》らない顔は。

皆〳〵　コリヤ、どふだ。

又太郎　どふだの、からだのと言《い》ふ事がある者か。三種の神器を尋ね出し、禁庭へ納めんとある忠臣の熊井太郎へ歯向《はむ》かへば、よこしま非道《ひどう》。力《りき》んではみたものゝ、[四]心やすくしてもらわにやア、[五]ちつとこつちの理《り》[六]屈《くつ》が悪《わる》い。宝剣を遣《や》るべいと、[七]頷《うなづ》き合た此照早《てるはや》、首尾よくいつた目出《めで》たい顔見世、[八]親分《ぶん》、一つ[九]しめべいか。

団十郎　[一〇]旦那がたも助け参らせ、宝剣を守護《しゅご》なせば、此上の本望はない。祝つて一つ、しめべいか。

両人　[一一]ヨイ〳〵〳〵。

団十郎　サア、立《た》ち帰る熊井太郎、[一二]ちつくりとでも言分《(いひぶん)》が御ざるか。是明親王、

一　以下太刀下の三人が、ひと言ずつのセリフをつらねるもの。渡りゼリフ。
二　雲にかかる枕詞。
三　宮中。皇居。ここでは是明親王の御殿のこと。
四　暫を演じている団十郎と親しくなりたい。ストーリーから離れた楽屋落ち。
五　少し。ちょっと。
六　手筈が違う。心づもりが狂ってくる。
七　承知しあう。暫の熊井太郎と納得づくで。

※敵役の坂東太郎が、実は、実事師だったという趣向。「暫」では、このような返り忠、

暫くと中ウケの手じめ

裏切りが出て結末になり、手をしめることがパターンになっている。現行「暫」では女鯰の役どころ。

八　団十郎のこと。兄貴分に向かって親しく呼びかける語。
九　手をしめる。手じめ。ことの成就を祝って、一緒に拍手をすること。
一〇　ご主人方。熊井太郎の主人義経の北の方岩手姫らをいう。
一一　「ヨイ」は、手を打つ掛け声。三度打つ。三・三・三・一と打つときは「ヨヨヨイ、ヨヨヨイ、ヨヨヨイ、ヨイ」という。
一二　少しでも。ちょっとでも。

熊井太郎、五人ともに助《たす》け、親《しん》王、かねて盗《ぬす》みとらし、むらくもの御けんを、奪《うば》いかいし、五人をともない立かへる

川越《ごへ》太郎　少長、坂東太郎　又太郎、是《これ》明親《しん》王　仲蔵、熊井太郎　団十郎

以下一三六頁

一 仲蔵の愛称。女性がいう。「娘出よい仲同士のさゝめ言としつぽりとしたうまい事は仲さんの事じゃ」（役者歳旦帳）。仲蔵さんを短く略した流行の洒落た呼び方。

二 演出用語。手際よく。颯爽と。

三 若い衆の扮する仕丁などの首。暫が大太刀を、一振りすると、全員の首がいっぺんに落ちるという漫画的演出。太刀が長すぎて抜くことができないので、抜身の太刀を別に用意する。小道具の「切首（きりくび）」も、ちゃちな「駄首」を使う。木綿の袋や、和紙の中に鉋くずを入れ、髪や目・鼻・口などを簡単に描いたもので、切り口には赤い布を張る。この駄首を数珠つなぎにしたものを、後見が舞台に投げ出す。首を切られた仕丁は、白張、または赤い布で首を隠す。これを「ぶっかぶり」という。大惣本には、ト書に「場へほふり首十計出る」という説明が付けられている。現行では、「太刀下」が花道を入ったあとで首を切る。

四 血糊の付いた大太刀を、右肩にかつぐ。暫の引っ込みのスタイル。形式にこだわらない、粗野で愛敬のある動作。現行では血

仲蔵　仰《おつしや》りぶんは、仲《なか》[一]さん、どふだ。

団十郎　無念には逸《はや》れ共、忠臣の心を感《かん》じ、命助ける、早《はや》、帰れ。

半三郎　しからば、お暇《いとま》、仕《つかまつ》る。

皆〻　それ、遣《や》るな。

どつこい。

ト か〻るを見事[二]に首[三]を切て落し、血刀[四]を担《かつ》ぎ、急度《きつと》[五]、思入《おもひいれ》して

団十郎　岩手姫[六]の、お立《た》ち。

上るり[七]〽[八]いでや紅葉[九]の色見[一〇]へて、名[一一]に紫[一二]の江戸[一三]の花、ゆかしかりけり

ト 市松・少長、宝剣を持《も》ち、門之助・雄次郎・吉次、跡[一四]より団十郎、大太刀[一五]を振《ふ》つて、花道の中迄行《ゆき》、振《ふ》り返つて

皆〻[一六]　さらば。

ト 是より早《はや》[一七]下り羽《は》にて、おの〳〵花道へは入《い》る　幕引《まくひく》[一八]

千鶴万亀《せんかくばんき》[一九]　大〻叶《だいだいかなふ》[二〇]

桜田左交[二一]作

糊は付けない。

五 刀をかついで、きっぱりと決まること。

六 岩手姫の帰館の供触れ。熊井太郎が、主人の警固の供侍の役目をする。現行の演出には見られないもの。

七 大薩摩。

八 いざ。さあ。

九 暫の顔の筋隈。紅葉の江戸隈。

一〇 赤くなって。紅葉して。「色見草」は紅葉の異称。

一一 噂。評判の高い。

一二 江戸紫。

一三 江戸の名物。市川団十郎のこと。

暫の引っ込み

一四 うしろから。

一五 大太刀をかつぎ、体を左右に振って、の意。

一六 敵役、皆々。

一七 早めの下り羽。

一八 引き幕を閉めること。下手から上手。現行は逆で上手から下手に閉める。現行では、「幕外《まくそと》」の演出が付き、幕を閉めたあと、花道に暫一人が残り、「ヤットコトッチャア、ウントコナ」の掛け声で、「六法」を踏んで入る。鳴物は「飛去り」。

一九 台本の裏表紙に書く祝言の文句。「千穐万歳大々叶」。そのバリエーション。諺「鶴は千年、亀は万年」にかけたもの。

二〇 大いに叶う、の意。「叶」の字を細長く書くのが約束。商人の大福帳の裏にも書かれる。

二一 左交は桜田治助の俳名。

第一番目四建目（よたてめ）

役人替名次第

一、鶏の精霊《せいれい》　中村　里好
一、長兵衛女房およし　実ハ土佐坊娘敷妙《たへ》　芳沢崎之助
一、秀衡《ひら》娘忍ぶの前　岩井半四郎
一、長兵衛娘小とみ　中村七三郎
一、鎌田兵衛一子　市川　辰蔵
一、加賀の次郎俊《とし》国　市川　染蔵
一、九郎判官義経　松本幸四郎

富本豊前太夫浄瑠璃之段[一]

一、鹿島の事触《ぶ》れべい〳〵言葉の弥五兵衛　実ハ御馬屋《や》の喜三太　市川団十郎
一、古金買《か》い弁慶橋常陸《ひたち》長屋七つ道具の長兵衛　実ハ備前守行家　大谷友右衛門
一、越前国の住人斎藤次祐家　中島勘左衛門
一、金沢太郎照門　中村　此蔵
一、新宿[二]三平　佐野川仲五郎
一、雲助麻生《あそふ》の段八　中島国四郎
一、直井の左衛門秀国　大谷　広次
若い衆　大勢

時　文治元年（一一八五）十一月
所　越前の国、気比の明神

舞台は、京の都から一転して、北陸（ほくろく）道に移る。

顔見世のハイライトである新役者を紹介する幕である。口幕にあたる気比の明神の場では、大坂から帰った女形の中村里好（三十二歳）がだんまり模様の妖艶な姿を見せ、浄るり所作事では、中村座初お目見得の立役の人気者三代目大谷広次（三十四歳）が陽気な赤っ面の奴になって踊る、対照的なお目見得をする。

物語は、京の都を落ちてゆく義経と、その周辺を描く。前半では、義経とともに頼朝追討の院宣を得た備前守行家に、実悪の大谷友右衛門（三十歳）が扮し、幼ない娘の見ている前で少年を締め殺す残忍な場面を見せる。

一方、四代目松本幸四郎（三十七歳）扮する義経は、四代目岩井半四郎（二十七歳）扮する忍ぶの前と気楽に恋を楽しみながらの逃避行になる。三建目の季節外れの早咲きの寒梅とともに、冬の北陸、十一月の秋篠の紅葉の照り映える赤は、陽気を呼びおこす江戸の顔見世を象徴する色になっている。団十郎（三十三歳）が、お家の柿の素袍と朱の隈取りから解放されて、白の狩衣姿の鹿島の事触れとなって自由に演じているのも見どころである。

一　富本豊志太夫連中の出演。豊志太夫は、安永六年に二代目豊前太夫を襲名する。
二　底本にナシ。大惣本で補う。

[一]本舞台三間の間、しん〳〵たる森に、玉垣、石灯籠あまた、一体、越前の国、[二]気比《けひ》の明神の境内の体。[三]西の方に乗物、東の方に四つ手駕籠、両方離れてあり。[四]神楽《かぐら》にて幕明く

ト花道より、[五]染蔵、上下《かみしも》にて出て来る。跡より、侍の形《な》りにて若い衆、鶏を抱《かゝ》へて来《く》る。鎗持、草履取、[六]挟箱持《もち》、付《つ》き出る。[七]東の方より、[八]此蔵、ぶつさき羽織、[九]取り手の形りにて、若い衆五人、付《つ》き出る。双方、本舞台にて行逢《ゆきあひ》

此蔵　[一〇]その許《もと》さまは、富樫《とがし》の左衛門家直様の御家来、[一一]加賀の次郎俊《とし》国殿では御ざりませぬか。

染蔵　左様《やう》仰らるゝは、[一二]斎藤次祐《さいとうじ》家様の御家来、[一三]金沢太郎照門どの。是は〳〵変《かわ》つた所で御意《ぎよい》得ましたな。

此蔵　されば御座る。手前儀は、[一四]堀川の御所におゐて、[一五]備前の守行家、まつた伊予の守義経、両人心を一致《いつち》にして、頼朝公を追討の[一六]宣旨《せんじ》を蒙り、及ばぬ逆意を企《くわだ》て、ついに都を出奔して行衛《ゆくへ》知れねば世上の騒動《そうどふ》。よつて、義《よし》経成り共、行家なりとも、搦《から》め取て出せよとある[一七]鎌倉殿よりの上意によつて、手の者を引具《ひきぐ》し、只今とても、かくの如し。して、その元《もと》には、

一 背景の書割の絵。その前に朱の玉垣。ところどころに石灯籠(図・羽勘三台図絵)。

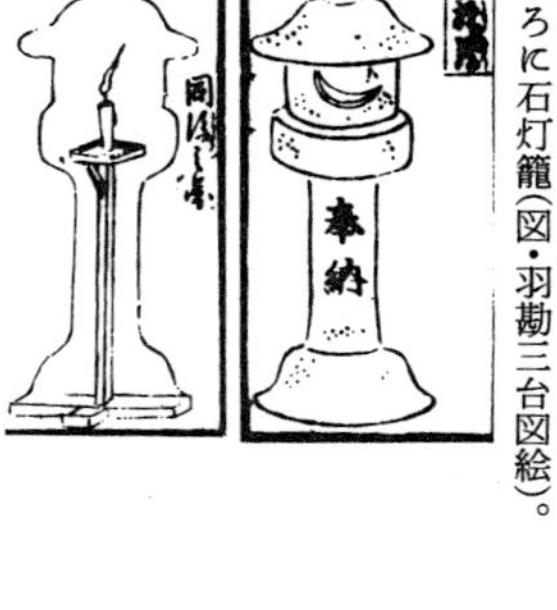

気比明神へ鶏の奉納

二 越前の国(福井県)敦賀。北陸道総鎮守。義経は敦賀から船に乗る予定であった(義経記)。 三 舞台の下手。東の方は上手。※三建目の賑やかな「暫」が、薄暗い気比明神の場に変わる。下手に武家用の駕籠である乗物、上手に町人用の四つ手駕籠が置かれているが、幕明けの舞台に役者は一人もいない。寂しさを強調する演出。舞台書きにはないが、前舞台に池がある。 四 下座の鳴物。宮神楽。気比明神で演奏されているというところ。 五 市川染蔵。立役。幸四郎の弟子。台本では旧名のまま。このとき市川染五郎と改名。富樫の家来の役。町奉行所の与力の継裃姿。供に、槍持ち・草履取り・挟箱持ちの中間と供侍が一人付くのも与力の格。 六 着替えの衣服などを入れる箱。棒を通して担ぐ。 七 東の歩み。観客席の土間の通路で、役者の出入りにも使う。現行の両花道の出の演出。

染蔵　何方《いづかた》へお越しなさるゝな。
拙者儀は、主人富樫の左衛門、当社、気比明神へ心願《しんぐわん》の旨御ざつて、納めまする所の此《この》鶏、則ち富樫の左衛門が一八干支《えと》の七つ目、代参として拙者が参詣。その許様にも大切なる御用、御苦労千万に存じまする。

此蔵　役目で御座れば、さのみ太儀《たいぎ》共存ぜぬ。たゞ今承はれば、鶏は富樫の左衛門様の干支《えと》の七つ目ゆへ、御立願《ごりふぐわん》の為、御奉納なさるゝとな。

染蔵　左様で御ざる。武運長久の為、一つには、仰付《おほせつけ》られた加賀の国安宅《あたか》の関、その元様の御主人、斎藤次祐家様とは御相役にて、我〳〵主人も固《かた》めの大役。随分《ずいぶん》と過《あやま》ちなきやうに、われ〳〵までも一九信《しん》を取り、参詣《さんけい》仕りまする。

此蔵　それは手前とても、その通り。今にも義経、姿をかへ、往来仕るまいものでもない。その許様にも、随分《ずいぶん》とお心を付られい。拙者も序《ついで》がましけれ共、気比明神へ参詣《さんけい》いたそふ。御案内を頼み存ずる。

染蔵　しからば、二〇かうお出《いで》なされい。

　ト二一宮神楽《かぐら》に成り、染蔵・此蔵、鶏を二二よい所へ放し、入《はい》る

二三●若い衆　やれ〳〵、今日《けふ》のやうに草臥《くたび》れた事はない。二四煙草《たばこ》にしよ〳〵。

八 中村此蔵。敵役。三建目で暫の引っ立ての公家に扮した。ここでは斎藤次の家来。騎馬姿の与力の扮装。動きやすいように背を割った、ぶっさき羽織に馬乗袴。大小の刀、十手。九 羽織・袴に長脇差をさし、十手を持つ。一〇 侍の堅い言い方。俗に「左様然らば」。一一 富樫の領国、加賀に因んだ名。一二 加賀斎藤の一族。富樫もその支族。一三 地名に因んだもの。一四 正しくは院の御所、六条殿。京堀川の義経館との混同。一五 頼朝・義経の叔父。一六 文治元年十月十八日、後白河法皇より出されたもの。一七 頼朝。一八 自分の干支から数えて七つ目の動物の絵を持つと幸福になるという俗信。「竜頭雑字元亀大全といふものゝ中に、十二支相冲、子午相冲、寅申相冲、卯酉相冲、辰戌相冲、巳亥相冲、丑未相冲とあり。相冲とはむかひあふ義なるべし」(南畝莠言)。一九 信仰心を持って。二〇 斯う。このように。さあ。二一 幕明けの神楽の鳴物を再び演奏する。染蔵・此蔵の二人と、染蔵の供の者四人が、上手奥の下座の口へ入る。舞台には捕手の若い衆五人が残る。二二 奉納の鶏を解き放ち、自由にする。放生《はうじやう》という。「よい所」とは適当な場所。舞台演出上、ふさわしい所。二三 若い衆のセリフは、序びらき・二立目《ふたつめ》をのぞき符号で記される。五人のうち、●○の二人だけがセリフをいうのではなく、稽古のなかで振り分けてゆく。大惣本は、文化期の写本と思われ、五人のセリフを○《まる》・□《かく》・△《うろこ》・☒《ちきり》と四つの符号で書き分けるが、セリフの内容に矛盾が残る。二四 休憩。一服する。

○若い衆　いかに手前が歩《ある》かぬといふて、おいらを使《つか》い殺すといふものではないか。

○義経をぼつかけ[一]ふとて、夜《(よ)》る昼《ひる》なしに駆《か》け巡《めぐ》つて、或は[二]二十里三十里、毎日〳〵歩《ある》く事だによつて、息《いき》も精《せい》も続くものではない。

　ト[三]下《(した)》に居《い》る

●やれ〳〵、草臥《くたび》れた〳〵。

○その草臥《くたび》れた所へ憂《う》さを晴《は》らすは是《(これ)》、我等が貯《たくわ》への賽《さい》[四]が一《ひと》つぼ、手水鉢の柄[五]杓にて、と押伏《おつぷ》[六]せた所がちよぼ[七]一《いち》。なんと、張《は》る気はごんせぬか。

○コイツ、中〳〵思ひ付《つ》きがよいわへ。さア、旦那のお帰りまで、此所でやつつけべいじやアないか。

●よかるべし〳〵、ちよぼ[八]一ならば七里帰つても張《は》れ、といふ譬《たと》へもあれば、しつく[九]文《もん》がおつ始《ぱじ》めろ〳〵。

○サア〳〵、旦那のお帰り迄、何のかのと言《い》わふより、[一〇]四割の廻りで、貰《もら》[一一]ひ筒《づゝ》が四割半、寺[一二]なしの大道[一三]博打《ばくち》。サア、伏《ふ》せる所が、われらが壺《つぼ》。

　ト手水鉢の柄杓にて、賽《さい》を伏《ふ》せる

○[一四]それ、ぴんよ。夫《(それ)》、三よ。それ、四よ。それ、ぴんよ。戻《もど》り。

　ト押被《おつかぶ》[一五]せると、てんぐ[一六]〳〵に煙草《たばこ》[一七]入より銭を出して張《は》りかける。だ

一 追いかける、の訛り。 二 江戸幕府は三十六町(約三・九キロメートル)を一里とした。一日に百キロ前後となる。誇張した言い方。 三 坐る。 四 さいころ。「一つぼ」は「一つぶ」の訛り。 五 柄杓を壺皿のかわりに使う。 六 伏せるを強く言ったもの。隠語で賭博のことをいう。底本の表記に「おつぷせ」と半濁音がある。 七 さいころ賭博の一種。中

大道博打のちょぼ一

国渡来のもので「樗蒲一」と書く。「樗蒲」は、さいころのことで、転じて博打のことをいう。江戸では擬人化して「ちょぼ市」ともいう。筒取(どうとり)が壺皿で隠した賽の目を当てるもの。「是は莚之上に一より六迄之賽の目を印置、坪皿に賽一つ入伏置、銘々好きの目ゑ金銭張置、坪明け勝負いたし申候」(博奕仕方風聞書)。「京坂賽ヲ掌ニ握リ席上ニ投テ勝負ス。江戸ハ賽ヲ掌ニ握ラズ椀ニ納レ席上ニフセ而後発レ之テ勝負ヲ決ス」(守貞漫稿)。 八 博打ならば遠くから帰って来てでもやれの意。「朝茶は七里帰っても飲め」などのように諺めかして言ったもの。 九 不詳。白藤本にナシ。大惣本「四九文」。四九(くし)は、博打の一種。 一〇 ちょぼ一のルール。筒取を順々に変えてゆくときは、当り目に対し四倍支払う。「張置候賽の目出候得は、銭一文張置候得ハ四文、金一分張置候得ハ金一両受取申候、右之通四割に為二請取一申候」(博奕仕方風聞書)。 一一 貰い筒(うど)。筒取を廻さず、一人でするときは、当り目の支払いが四倍半になる。「廻り筒と申、順々筒取いたし候節は右之通四割に為レ請定、筒に極め候得ハ四割八

●　ん〳〵坪[一八]を廻して、とゞ[一九]残《のこ》らず銭を張《は》り込んでしまふなる程、此賽《さい》はよく跳《は》ねる賽《さい》だ。ア丶是、もちつと張《は》りたいが銭がなくなつた。何ぞ手ごろな物をやらかし[二〇]たいものだナア。

○　おれも、此家《いへ》[二一]に伝《つた》わる一《(ひ)》ト腰《(こし)》を売《(うつ)》てしまつて、もふ四[二二]五百づゝがしてみる気だ。

●　気所《(どころ)》ではない、どのやうな事をしても、五六百、勝《(かち)》たいものだ。

○　勝《(かた)》ふにも負よふにも、銭を拵《こしら》へてへものだ。どふぞ、かふいふ所へ、工《く》[二三]面《めん》のよい商人《あきんど》が。

皆〻　欲《ほ》しいナア。

ト切幕《(きりまく)》[二四]にて

友右衛門　古《(ふ)》[二五]る金買《か》をを〳〵。

皆〻　イヤア。

○　銭の一文もない所へ、古金買《ふるかねか》[二六]いとはよい[二七]壺《つぼ》だ。よいものが来《く》るじやアないか。

皆〻　そふとも〳〵。

ト言《い》ふ内《うち》、てんつゝ[二八]にて、友右衛門[二九]、花道より、古《(ふ)》る金買《か》いの形《(な)》

分に為レ請申候」(博奕仕方風聞書)。一三 寺銭の略。博打場の胴元の取り分。大道でする博打だから寺銭はいらない、の意。一三 道なか。道路で車座になって始める。一四 賽の目のぴん(一)に銭を賭けるぞ、という掛け声。同じく三の目、四の目に賭ける者もいて、壺皿をあけると、ぴん(一)の目が出たので、四倍にして戻す。ちょぼ一の遊びの掛け声。舞台では、役者が振り分けて言う。捨てゼリフ。一五 大惣本「おつ伏る」。一六 それぞれに。一七 銭入れとしても使う。一八 壺。筒取を順々に変えて。一九 結局。とどのつまり。二〇 売っ払って金にしたい。二一 先祖伝来の刀。わざと大袈裟に言ったもの。二二 銭四、五百文。二三 金まわりの良い。二四 花道の出入りに使う幕。揚幕。花色木綿の地に、中村座の座紋「角切銀杏《(すみきりいちょう)》」を白く染めぬいたもの。友右衛門は、切幕の内側で、呼び声を聞かせてから、出になる。二五 古金買いが大道を流す呼び声。二六 銅や鉄のくずのほか、紙くずや古着など廃品一般を扱う。屑屋。古道具屋。二七 良いタイミング。思う壺。二八 古金買いの出の鳴物。二上りの三味線をテンツ〳〵と繰り返し弾く。世話の人物がいそがしく出入りする場面で使う。二九 大谷友右衛門。初代。実悪。三十歳。大坂の浜芝居出身で、江戸に下り敵役の人気役者になる。浜芝居で修業したので、浄るり狂言に精通し、立廻りも得意で、半道敵のチャリもできる。そのうえ、実悪のやつしの愁嘆までこなす。ここでは、義経とともに頼朝追討の院宣を得た備前守源行家の役で、古金買いのやつしを見せる。

りにやつし、上帯《うわ》[一]、下《さ》げ[二]煙草《たばこ》入れ、門札[三]提《さ》げ、浅黄股引《もゝひき》、紺《こん》の足袋、草鞋《わらぢ》を履《は》き、両掛けの古金買《ふるかねか》ひの荷物《にもつ》を担《かつ》ぎ、七三郎[四]、やつし[五]の娘の形りにて、迷子札[六]を付《つ》け、友右衛門に手を引《ひ》かれ、出て来る。花道の中程にて

友右衛門　古《(ふ)》る金買《かねか》を／＼。

七三郎　申《(まうし)》、父《とゝ》さん、わたしはいかふ草臥《くたび》れたわいナア。

友右衛門　尤《(もっとも)》じや／＼、草臥《くたび》れもせいでは、慾心[七]まん／＼たる此長兵衛、命かぎり足かぎり、歩《ある》く事じやもの、そなたは草臥《くたび》れいでなんとせう。あの境内の水茶屋[八]で大転《ころ》[九]ばしを食《く》わせう程に、早《はや》ふおじや／＼。

七三郎　アイ／＼。

ト舞台へ来る

●　よい所へ古《(ふ)》る金買《かねか》ひ、売《う》らねばならぬ物がある。その子を連《つ》れて古金《ふるかね》どの、マア／＼爰へ来《き》たり／＼。

皆〻　サア／＼、早いがよい／＼。

友右衛門　ハイ／＼。どれ／＼、そこへ参りませう。

○　是／＼、早速《さつそく》、貴さまに売《う》りたい物がある。此脇指《(わきざし)》はいくらになろふの。

古金買いのやつし

一 羽織の上から帯を締めること。 二 帯に挟んで腰に下げる煙草入れ。 三 古金買いの鑑札。享保年間に組合ができ、焼き印を押した木札の携帯が義務づけられた。

※古金買いのやつしの芸は、すでに初代団十郎の当世小国歌舞妓(元禄十二年十一月)や、海老蔵こと四代目団十郎の敵討忠孝鑑(明和七年七月)などがある。これら江戸の古風な市川流の雄弁術を聞かせる明るいやつしに対し、ここでは気比明神の薄暗い境内で少年を縊り殺す陰惨な演技が眼目となる。したがって、同じ袖なし羽織でも、派手な模様やシンプルな浅黄(薄い水色)で出る市川流と違い、江戸の最下層の現実の風俗を再現する。江の島奉納見台(享和元年三月)の絵本番付(図)に見られるように、

地味な袖なし羽織の上から帯を締め、股引、草鞋の扮装で、天秤棒に円筒形の大きな御膳籠を二つ提げて歩く。鬢の小鬢には、「ぼっと(ぼっとせ)」と呼ばれる乱れ髪が付

友右衛門　どれ〳〵、[一〇]ても見事な拵《こしら》へ、[一一]鮫《さめ》がなふて、[一二]柄糸《つかいと》が真田《さなだ》、[一三]切羽《せっぱ》・[一四]鎺《はゞき》が只の赤銅《がね》、[一五]身がなまくらで、[一六]鞘《さや》が後家鞘《ごけざや》、その代《か》わりに鍔が[一七]国広。[一八]踏《ふ》んでみた所が鍔《つば》斗《ばか》りの値《ね》、百拾六文やりませうかい。

○　それはあんまり酷《むご》いといふもの。何ぼ此やうなざまでも、百拾六文といふ[一九]腰の物があるものか、どふぞ二百に買《か》つて下《くだ》さい〳〵。

友右衛門　どふして是が二百に買《か》われるもので御座りまする。

○　そりやあんまり酷《むご》いといふものだ。

友右衛門　そんなら、もふ[二〇]四文《しもん》つけあげて、百二拾に買《か》いませう。

○　百二拾に負《ま》けてやれ。

ト[二一]手を打《う》つ。その跡へ出て

●　サア、[二二]此《この》布子、[二三]一杯《いっぱい》に買ていくらが物が有ふの。

友右衛門　どれ。

ト布子を色〳〵に広《ひろ》げて見て、綿《わた》を摘《つま》んで

友右衛門　此布子は三百で持ていきませう。

ト手を打《う》つ

●　アヽ是〳〵、こいつが〳〵、[二四]引売同然《どうぜん》な事を言《い》やアがるナ。これやい、

く。間の抜けた男や田舎者に使うもので、颯爽とした市川流のやつしにはない、親近感がある。このような街を流して歩く普通の男が、暗闇で子供を殺す。のちの南北の「生世話(きぜわ)」の原点となる場面である。友右衛門の扮する備前守源行家は、平家追討のために修験者に変装し、諸国の源氏を説いて廻った。その史実にもとづいて、古金買いとなって江戸の裏店に住み込む人物に設定したものである。　四 中村七三郎。三代目。子役。九歳。五年後に九代目勘三郎になる。友右衛門扮する行家の娘小とみの役。　五 世話の姿。　六 住所と名前を書いて腰に付ける。迷い子札だと武家の場合は臍(ほぞ)の緒書。　七 意欲にあふれた。漢語を使った武士としての行家の言葉使い。長兵衛は、町人に身をやつした行家の変名。　八 休息をとるための掛け茶屋。　九 丸く棒状にした菓子。目黒不動の飴が有名であった。　一〇 さても立派な刀ですね、の意。わざと逆に言ったもの。拵えは、鞘など刀の装飾をいう。　一一 鮫皮。刀の柄に滑りどめに巻く。　一二 刀の柄に巻く糸。菱形に巻く。真田紐は木綿の実用的なもの。関ケ原の合戦に破れた真田昌幸が浪人中に使用したことに始まる。「今の世には大小の柄に木綿を用ふるもの絶えてなし」(三省録)とある。　一三 刀の鍔(つば)を固定するための金具。鍔の前後にはめ、彫刻などの装飾が施される。　一四 刀が鞘から抜け出さないようにするためのもの。装飾として鑢目(やすりめ)を入れる。金・銀・鉄なども用いるが、ここでは一番安価な銅で、しかも装飾もない、ということ。

いかに此布子が[一]昼過《ひる(すぎ)》だといつて汚《よご》れた斗《(ばか)》り、外《(ほか)》は何ともないぞよ。武[二]士の衣類を[三]大道中《(だいだうな)》カで三百とはどふだ。そこへ出て相手になれ、許《ゆる》さぬぞ〳〵。

友右衛門　ア丶申、早《はや》まらしやりまするな〳〵。お前《まへ》の方《はう》で売《う》らぬ気なら買《か》わぬ斗《(ばか)》り、布子はそつちの物《もの》、銭はこつちの物、何も商売《せうばい》づくで御ざりまする。お腹が立《た》つなら堪忍《かんにん》しなされ。

●　夫《(それ)》でも三百には、あんまり安い値《ね》の付《つ》けやう。

友右衛門　ハテ、まだ言《い》わつしやりますか。此布子斗りでは二百、百だけは虱《しらみ》を値《ね》に入《いれ》て三百に付《つ》けました。

●　ヱ丶忌《いま》〳〵しい、いつその事に三百に売てやれ。

友右衛門　三百に買ても、お前《まへ》、腹《はら》は立《た》たぬかへ。

●　[四]男は当《あた》つて砕《くだ》けろだ、負てやろう〳〵。

　　ト友右衛門へ布子を渡して、羽織の上へ帯《おび》を締《し》める

友右衛門　そんなら夫《(それ)》三百よ、お前《まへ》が百二拾。

　　ト銭を渡して、布子・脇差《ざし》を[五]籠《かご》の中《なか》へ入れる

○　サア〳〵、是から又博打《ばくち》が盛《さか》るといふものだ。サア始《はじ》めろ〳〵。

一五 刀身。切れ味の悪い鈍刀。一六 刀身にあわせて作った誂え物の鞘ではなく、まにあわせの物をいう。一七 桃山時代の刀鍛冶。堀川派の祖。国広は鍔師ではなく、口から出まかせに言ったもの。値打のあるのは鉄で出来た鍔だけ、ということ。一八 値を踏む。買い値を付ける。一九 脇差。二〇 明和五年に四文銭が発行され、一文銭とともに貨幣の最少単位となった。ごくわずかの金額で交渉し、世話のしみったれたところを見せる。二一 承知する。交渉が成立したことをいう。二二 木綿の綿入れ。羽織の下に自分が着ていた布子を脱いで渡す。二三 目一杯。二四 叩き売り。

一 盛りを過ぎた。古くなる。二 正しくは武士の家来。えらそうに言ったもの。三 他人の見ている道なかで、恥をかかすな、ということ。なお、古金買いは、道ばたで買い取ることは禁じられていた。くり返し禁令が出されている。明和四年五月十六日の町触れに「道橋ニ而古鉄一切売買仕間敷候、若商売致候者有之候ハヽ、其所之辻番ニて捕、奉行所江可出之、見のがし申ニおゐては可為同罪事」(江戸町触集成)とある。四 思い切って決断するときにいう言葉。五 御膳籠といって、竹をこまかく編んで、中の品物が見えないようにしたもの。不正の品を買うための手段と見られ、禁令が出されていた。文政十一年の取締りの文に「古鉄買は差札も相用いず、御膳籠と唱え候、内の見透さざる籠を荷いあるき候、買もこれまた同様の体にてあるき候故、渡世柄の見極めもこれなく、右は不正の品を

●　夫《(それ)》がよかろう〳〵。したが待《ま》ちやれよ。押《お》[六]しつけ、お帰りに間《ま》もあるまい。何と、此《(この)》森の影へ行べいじやアないか。

○友右衛門　それがよい〳〵。サア来《き》やれ〳〵。

友右衛門　お前《まへ》がたは、もふ何も売る物はないかへ。

●　この頃《ごろ》に、屋敷《しき》へ来やれ。

友右衛門　はい〳〵。

皆々　サア来《こ》い〳〵。

ト皆々、下座へ入《はい》る。宮神楽《かぐら》になる。友右衛門、辺《あた》りを見廻し

友右衛門　いかに世の中の成《(な)》り行《(ゆき)》じやと言て、誰《たれ》あろふ備前の守源の行家ともあろふ者が、弁慶橋[七]常陸《ひたち》[八]長屋、七つ道具[九]の長兵衛といふ古《(ふ)》る金買《かねか》ひ、思へば〳〵、ヱヽ口惜《お》しい世の中じやナア。

七三郎　申《(まうし)》、父《とゝ》さん、そのやうな事仰《おつ》しやつて、人が聞ても大事ないかへ。

友右衛門　大事ないと誰《だれ》が一人《ひとり》、許《ゆる》し手《て》はなけれども、悔《くや》しいにつけ不憫《ふびん》につけ、思ひ出される我身の上《うへ》。押《お》し付、甥の頼朝を滅《ほろ》ぼし、義経と此行家、京[一〇]鎌倉と別《わか》れて子孫の栄へを楽《たの》しまん。その時にはそなたにも、よい物着《き》せて夫《(それ)》〳〵に、女も大勢使《つか》わせう。今は昔《むかし》の物語り、楽《たの》しんでいやヤ。

買取るべき手段」(田村栄太郎「江戸の町人」)とある。 六 間もなく。 七 江戸神田の藍染川に架けられた橋の名。「すぢかひにわたしてむつかしき橋也。是は大工棟梁弁慶小左衛門地割の橋也といふ」(江戸砂子)。神田元岩井町・松枝町の俚俗町名でもある。 八 常陸坊海尊。弁慶とともに義経の奥州落ちに付き従った僧形の武士。その名を冠する長屋に住んでいるという設定。また、和泉国八木郷で行家を捕えることになる常陸房正明の名を重ねたものか。 九 弁慶の七つ道具から取った異名。弁慶橋に住む古金買いなので、弁慶の七つ道具のように、いろいろな古道具を買い集めてくるの意。弁慶の七つ道具は、熊手、薙鎌、鉄の棒、木槌、鋸、鉞、刺股(鬼一法眼三略巻)などの武具。弁慶が背負ったとされる武器。

※古金買いに身をやつした備前守行家は、弁慶の七つ道具の連想から弁慶橋に住む。場面は、気比明神のある敦賀(福井)周辺だが、描かれる風俗は江戸のもの。下町神田の裏店に住む、行商の、その日暮らしの男となる。長屋は、地方から江戸に流入した男たちの共同生活の場で、俗に「九尺二間」と呼ばれる小さな家が並んだ。そのような長屋から江戸の街を流して歩く長兵衛が、娘と二人っきりになると、もとの武士の物言いにもどって、思わず愚痴になってしまう。

一〇 義経が鎌倉の幕府を差配し、自分が京の都を守護する。権力を東西に二分して共存する計画をいう。頼朝追討の院宣が出されたとき、義経が九州の地頭、行家が四国の地頭に補されたことをふまえる。

七三郎　イヱ〳〵、わたしや、どのやうなよい身の上にならずとも、わたしやお[一]前《まへ》と一《ひと》つ[二]に居たいわいのふ。

友右衛門　そりや、父《とゝ》とても同じ事。天にも地にもたつた一人《ひとり》のそなた、どふして離《はな》しておこうぞいのふ。

ト言《い》ふうち、花道にて[三]人音《（ひとおと）》する。友右衛門、一寸《（ちよつと）》影《かげ》[四]をする。と花道より、辰蔵[五]、順礼の形りにて、玉鶏《（ぎよつけい）》の印《（いん）》[六]を袱紗《ふくさ》に包《つゝ》み、抱《かゝ》へて走り出てくる。跡より国四郎[七]、雲助の形りにて、付《つ》いて出て、辰蔵を引よせて

国四郎　サアわつぱしめ[八]、うぬがぽつぽ[九]へ入れてけつかる[一〇]、義朝軍勢催促《さいそく》の玉鶏の印、おれが方《ほう》へ渡《わた》しやアがれ。

辰蔵　どのやうな事が有ても、大切《せつ》なる玉鶏《ぎよつけい》の印《いん》、渡す事はならぬわいのふ。

国四郎　麻生《あそふ》の段八へ渡せ。

辰蔵　ならぬわいのふ。

国四郎　渡《わた》しやアがれ。

ト辰蔵を引《ひ》き寄せて、玉鶏の印を取ふとする

辰蔵　あれ〳〵〳〵[一一]。

一 子供が親に対していう。あなた。
二 一緒に。
三 花道の揚幕の中で、捨てゼリフをいう。雲助と巡礼の少年が争う声。それを聞いて行家親子が姿を隠す。 四 隠れる。姿を消す。 五 市川辰蔵。中村座の子役で、明和四年から出勤。七年目になる。役は鎌田兵衛正清の遺子。巡礼の扮装。着物の上に、白の笈摺(おいずる)をかけ、手甲・股引、草鞋。
六 鶏の形をした玉璽。勘合の印の一種。木札に押印し、軍勢催促の割符(わりふ)とする。

古金買いの巡礼殺し

※鎌田兵衛正清は、主人源義朝とともに、尾張の野間の内海で殺される。その遺子が、玉鶏の印を持って、さ迷うという設定。義経記で鞍馬山の牛若丸の前に現われる鎌田三郎正近をふまえたもの。この場面は義朝が殺された平治元年から二十六年後。少年のままでいるのは時代違い。義朝由縁の者が唐突に現われ、以後鎌田の筋は立ち消えになる。この少年は、玉鶏の印を持って殺されるためだけに出てくる。したがって名前もない。前後の物語の因果関係を省略し、舞台展開のスピード感を重視する桜田治助の特色が現われているところ。

七 中島国四郎。敵役。三建目では暫の引っ立ての公家を演じた。ここでは麻生(あそう)の段八という雲助に扮する。麻生は越前(福井)の愛発(あら ち)山近くの地名麻生口による。義経一行は愛発山を越えて敦賀に向かった(義経記)。その付近の街道で道中人足をする無宿(むしゅく)者という設定。雲のように、ふわふわと渡り歩くので雲助という。国四郎

ト逃《に》げる。国四郎、追《お》つかける。後《うし》ろより友右衛門出て、国四郎を[一二]取て投《な》げ、寄る所を当《あ》てる。国四郎、[一三]うんと倒《たを》れる。辰蔵、友右衛門へ掛《かゝ》るを、引寄せて締《し》め殺す。七三郎、ぶる〳〵震《ふる》へている

友右衛門　怖《こわ》い事はない〳〵。

七三郎　夫《(それ)》でも怖《こわ》いわいのふ。

友右衛門　是こそ義朝の形見《かたみ》の一ト品、軍勢催促《さいそく》の玉鶏の印、ヱ、忝《(かたじけな)》い。

　ト戴《いたゞ》き、懐中して、国四郎を蹴《け》る。国四郎、起《お》き上《あ》がつて

国四郎　ヤア、こなたは行家どの。

友右衛門　やかましい。仕事は山わけ、こつちへ来《こ》い。

　ト行ふとする。[一四]岩戸《いわと》神楽《かぐら》に成り、[一五]西の方の乗物より、[一六]勘左衛門、上下《(かみしも)》衣装にて、白髪《しらが》親爺《おやぢ》の形りにて、種が島を持《も》ち、友右衛門を付《つ》けて出る。友右衛門、手ばしかく七三郎を帯に括《くゝ》し付《つ》け、国四郎を引《ひ》つ張《ば》り、楯《たて》に取て、[一七]じり〳〵廻る。国四郎、気味の悪《わる》きこなし。行ふとする友右衛門を見て

勘左衛門　身うごきすると、親子共に命がないぞ。

は、この役で「二つめの立もの」(役者位弥満)を勤めた。二建目は中通り以下若い衆が早朝に演じる稽古のための一幕。八 童《わらは》の転。男の子のことをののしっていう語。九 懐中。ふところ。一〇 いやあがる。一一 子役の悲鳴。一二 一回転させる。国四郎がとんぼ返りをする。立ち上がって打ちかかるところを、拳で当て身をくわせる立廻り。一三 気絶することをいう。
※古金買いが腰の手拭で子役を締め殺す。自分の娘が見ている前でおこなうところが残酷で、しかも、ひと言もいわずに無言で殺すところが無気味。凄味をねらう演出。
一四 下座の鳴物。天照大神の岩戸がくれの神話に取材した神事、岩戸神楽を模したもの。太鼓、大太鼓、笛で囃し、荒事の出端などに使う。ここでは、乗物の中に隠れていた勘左衛門の出を岩戸開きに見立てる。
一五 下手(しもて)。大名がお忍びのときに用いる御忍び駕籠(図・守貞漫稿)。
一六 中島勘左衛門。三代目。敵役。三十六歳。市村座よりの帰り新参で、この一座の立敵(たてがたき)。越前の大名斎藤次祐家の役。織物の豪華な裃に、白髪

斎藤次と行家の密約

友右衛門　サア夫《それ》は。

勘左衛門　七つ道具の長兵衛といふ町人、世《よ》の常の人物《じんぶつ》でないと、兼《かね》〲聞て、待設《まふ》けたる越前の国の住人斎藤次《さいとうじ》[一]祐家。所領に代《か》へて頼みたき子細有り、うぢ〲せずと、これへ〲。

友右衛門　合点《がてん》参らぬ祐家様、拙者をお頼みなされたきとて、所領に代《か》へんと仰《おほせ》らるゝ、して又、その御用はな。

勘左衛門　加賀の国に据《す》へられたる安宅《あたか》の新関、相役として富樫の左衛門、聡明叡《そうめいゑい》知《ち》を鼻にかけ、それがしをないがしろにする其《その》無念、須臾《しゆい》[二]の間《あいだ》も止《や》む時なし。なにとぞ、かれが落度《おちど》を拵《こしら》へ、腹切らせんと思へども、手だてなければ是非に及ばず、今日《けふ》迄延引《えんにん》せり。頼みといふは爰《ここ》の事、何卒、彼が妹松風姫、さいつ頃、是明親王の御殿ンにおゐて、下河部《しもかふべ》の行平と不義をひろいで[三]御殿《てん》を穢《けが》せし咎《とが》を負《お》ふせ、富樫の左衛門もろ共に流罪[四]させん似せ勅使。此事、為《し》おふせるその人物《じんぶつ》、その方ならで外《ほか》になし。手だてと言《いふ》は。

ト乗物より風呂敷包を一つ出して、友右衛門へ渡し

勘左衛門　是を用意に、その咎《とが》を。

の髪、種子島の短筒(たんづつ)を持って出る。白髪は、白熊(はぐま)と呼ばれるヤクの尾の毛を癖毛にしたもの。白(はく)の癖付(くせつき)という。

一七 睨みあいながら、円を描くように移動してゆくこと。「付け廻し」の演出。

一 加賀斎藤の一族。白髪は、篠原の合戦で白髪を黒く染めて出陣した斎藤別当実盛の連想。

※種子島の短筒を持った、白髪の不気味な男斎藤次の登場により、場面が緊迫し、古金買いの長兵衛のセリフも、くだけた世話の調子から、時代の武士の口調へと変わる。

二 「しゅゆ」の訛ったもの。少しの間。

三 他人の行為を罵っていう言葉。

四 三行前には「腹切らせん」とある。流罪は、在原行平が須磨に流された謡曲「松風」の連想。

五 贋勅使の供の侍の装束。五位の諸太夫が着るもので、家紋を大きく染めぬいた大紋の直垂に、左折りの風折烏帽子を被る。

六 贋勅使の公家の装束。

七 気比明神の玉垣。その上に、富樫が奉納した鶏がいる。

八 中国では、牛の左耳を切り取り、その血をすすって誓った(和漢三才図会)。十八史略には「鶏狗馬之血」をすするとある。ここでは、日本の大小神祇に誓うため、日本の鳥を犠牲(いけにえ)に捧げ、その血をすすって会盟をしようというもの。気比明神への立願のため放たれた鶏を殺すことで、富樫への呪詛ともなる。

九 「神水をのむと云事、神前に水をそなへて其水を飲て誓言をたてる事を云也」(貞丈

友右衛門　烏帽子《ゑぼし》[五]大紋《もん》、冠《かむり》[六]装束。

ト開《ひら》き見て

友右衛門　スリヤ、贋《にせ》勅使と偽《いつわ》つて。

勘左衛門　頼《たの》まれたといふ、誓言《せいごん》聞ふ。

友右衛門　サア、その誓言《せいごん》は。

勘左衛門　なんと。

ト詰《つ》め寄《よ》る。友右衛門、忌垣《いがき》[七]に止《と》まりいる、鶏を引寄せて

友右衛門　この鶏こそ日本の鳥類、願主を見れば富樫の左衛門。是こそ究竟《くつきやう》の会《(くわい)》[八]盟《めい)》の印《しるし》、此血を屠《ほふ》つて、固《かた》[九]めの神《(じ)》ン水《(ず)》イ。

ト鶏を殺し、血を飲《の》んで、勘左衛門へ渡す。勘左衛門、飲《の》んで、国四郎へ投《な》げて渡す。国四郎、気味悪《きみわる》そふに飲《の》んで、友右衛門へ渡《わた》す。友右衛門、取て、その鶏を御手洗《みたらし》[一〇]の内《うち》へ投込む。どろ〳〵[一一]になり、誂《あつら》[一二]への相方になり、池の中より、里好[一三]、鶏[一四]の精《せい》にてせり上《あ》げる。四つ手駕籠の内より、崎之助[一五]、是を見る。国四郎・勘左衛門、ともに気を失ふ、呆然《ぼふぜん》と立竦《すく》み、下に居《い》る。その内《うち》そろ〳〵、里好、花道の方へ行《(ゆく)》を、友右衛門、跡より付《つ》けて、とふ

雑記)。

一〇 参詣者が手や口を浄める川。御手洗川。気比神宮の御手洗川では、敦賀の名産の鶏卵紙が漉かれた。「紙屋町　鶏卵紙(とりのこがみ)を漉者気比宮御手洗川の流に着て此処より住りよて町名となれり。此紙此水にあらざればよからずと云」(敦賀志)。鶏の精の出現はその連想。

一一 下座の鳴物。幽霊、変化などに用いる。鶏の精の出現に付けたもの。笛の寝鳥(ねとり)に大太鼓の薄ドロを打つ。「ひゅーどろ」。

一二 作者よりの注文。ここでは、寝鳥合方。

一三 中村里好。若女形。三十二歳。大坂の子供芝居の出。二十歳のとき、中村松江を名乗り江戸に下り「忠臣蔵」のお軽で当りを取る。いったん帰坂し、故あって改名、俳名の里好を名乗る。市村座よりの帰り新参の顔見世。傾城の役を得意とした。前舞台の池の中よりセリ上がり、花道中ほどのスッポンにセリ下ろすまで、ひと言もセリフを言わない。妖艶な姿を強調する演出。

鶏の精のだんまり模様

「だんまり」の様式美が生れる、安永期江戸歌舞伎の新鮮な表現。セリフをひと言もいわず、衣装の模様や、仕草の端々に鶏の精を暗示する。なお、池の中よりのセリ上げは、鶴屋南北の時代になると、本水を用いて、水に濡れた姿を見せる仕掛けが工夫されるが、ここは形容のみ。

一四 神聖な御手洗が鶏の血で穢され、鶏の精が出現する。この鶏の精は、玉鶏の印の雄鶏と契りを交した雌鶏の精という設定が六建目で明かされる。「越前の福井、松本

古金買《かねか》い長兵衛、にわ鳥を池《いけ》の中へ投《な》げこみしが、女あらわれしを怪《あや》しみ、切つくる。女、たちまち消《き》ゆる。長兵衛女房、夫《おっと》の心底《しんてい》を立《た》ち聞《ぎ》き、怪《あや》しむ。

古金買《かねか》い長兵へ　友右衛門、長兵へ女房およし　崎之助、鶏の精霊《せいれい》　里江

の藤屋といふ旅籠屋にて、ある夜、飼おきし鶏の雄を殺し料理しけるに、雌、にはかに竈のまへに飛来りしを、捕へて塒にとまらせしが、程なく又とびおりて、あわたゞしく鳴けり。これ只事にあらず、雄をしたひけるにやと、人々、忌おそれて喰ざりしとなり」(新著聞集二・慈愛篇)とある伝説をふまえたもの。

一五 芳沢崎之助。三代目。三十七歳。この一座の立女形(たておやま)。二代目芳沢あやめの門弟で、師の前名崎之助を譲られるとともに、初代あやめの俳名春水を名乗る。中村富十郎・中村条太郎の京風のやわらかな芸風を持つ。ここでは、やつしの世話女房の役で、古金買いの女房およしに扮する。やつしの世話女房姿は、初代芳沢あやめ以来の家の芸。

〱花道の中にて、友右衛門、抜《ぬ》いて切り付る。里好、業通《ごふつう》[一]にて友右衛門を苦《くる》しめ、花道[二]の中にて消《き》へる。友右衛門、方《(はう)》〱と切り払ひ、舞台へ来る。勘左衛門・国四郎、心づいて、三人、顔を見合て囁《さゝや》きあひ、勘左衛門を先《(さ)》きに立《た》て、国四郎、花道へは入《(い)》る。友右衛門、風呂敷包を抱《かゝ》へ、七三[三]が手を引て、四つ手駕籠《かご》[四]を開《あ》ける、内より、崎之助、世話《せわ》女房の形りにて出る。すぐに友右衛門が胸《むな》ぐらを取て

崎之助　ヱヽ、[五]こなさんは〱、さつきにから此内にて、みんな様子《やうす》を聞て居たわいナア。又しても〱、悪事《わる》にばつかり身を入《い》れて、末《すへ》はその身はどふ成ふと思《おも》はしやんすぞ、[六]こちの人。

友右衛門　ヱヽ、喧《やかま》しい異見立《いけんだて》。悪事と知《し》つて与《くみ》するも、みんな身の為[七]、我子のため。サア聞わけて此小とみを、幸ひな所で会《あ》ふた、預けた程に大事にせい。

ト行ふとする

崎之助　イヱ〱、なんぼ[八]ふでもやらぬ〱。

友右衛門　ヱヽ、面倒《めんどふ》な、退《の》き[九]くされ。

一 鶏の精の神通力。右の手をかざすと、古金買いの長兵衛が、たじたじとなる。めくるめいて、くるくる廻りながら、目に見えない敵を切り払う。

二 鳴物が大ドロにかわり、セリおろす。大太鼓を細い長撥でしなるように「ドロン〱〱」と打つ。大ドロを打上げると斎藤次、段八が気を取りもどす。

三 七三郎の略称。娘小とみの役。ト書では文章が簡単に省略されることが多い。ここでは、友右衛門が七三郎の手を引いて花道の方へ行こうとする、そのとき、崎之助が四つ手駕籠の垂れを撥ね上げる段どり。

四 庶民の駕籠。京坂と違い江戸の町は広いので移動に用いられた。「江戸民間ノ専用ノカゴ也。京坂ニハ無レ之」(守貞漫稿)。武家の個人用と違い、乗賃を払う辻駕籠である。四本の竹を柱とした簡単なもので、垂(れた)を撥ね上げて乗り下りする。引戸を横に開けて出る乗物と、対照的な役者の出になる。

五 お前さん。

六 夫(おっと)のことをいう。

七 お前のため。女房のことをさす。

八 なんぼ。どのようにしても。

九 退きやがれ。罵倒する言い方。

崎之助　待《ま》つた〳〵。

ト友右衛門、行ふとする。崎之助、無理矢理《むりやり》に引とめると、無理に振《ふ》り切て、風呂敷包を抱《かゝ》へて、一散《いつさん》に[一]向《むか》ふへ入《はい》る。崎之助、七三郎を連《つ》れて、身ごしらへして跡より行ふとする。後《うし》ろより、[二]染蔵出て、七三郎抱《かゝ》へ、崎之助を突《つ》き退《の》け、花道へ一散《いつさん》に入《はい》る。崎之助驚《おどろ》き、染蔵が跡を追て、花道へ入《はい》る。[三]道具廻る

一 花道の揚幕の内へ入る。

二 気比明神に富樫の代参で来た加賀次郎俊国。
※加賀次郎が突然現われ娘小とみを奪って立ち去る。その間、捨てゼリフだけ。何のために子供を誘拐するのか、理由の説明はない。四建目は、前半が一番目の狂言場である六建目の伏線、後半が二番目と続く。伏線の張り方には、理詰でゆくやり方と、そうでない感覚派とがある。前者の代表が金井三笑で、後者が桜田治助。それぞれ三笑風、桜田風と呼ばれた。

三 舞台展開の一つ。廻り道具。廻り舞台と違い、舞台上の大道具だけを廻す。廻り道具によって、観客の見ている前で、松の生い茂る薄暗い気比明神の場面が、一転して紅葉の照り映える秋篠の里へと変わる。
※大坂では、並木正三によって、宝暦八年(一七五八)に、舞台の床を切り抜いて、大道具を乗せたまま舞台そのものを回転させる廻り舞台の技術が完成されていたが、その技術が江戸に移入されるのは寛政五年(一七九三)。廻り舞台には、舞台下の奈落を深く掘り下げる土木技術が必要であった。人形芝居の盛んな大坂では、三人遣いの人形のために舞台を掘り下げる舟底があり、その技術を応用。廻り舞台は、舞台の心棒を奈落で廻す形式。一方、廻り道具は大道具の底に車をつけて廻す簡単な仕掛け。芝居小屋の規模をはじめ、江戸の舞台機構は大坂にくらべて単純で、大道具も、大坂は間口いっぱいに飾る「一面飾り」、江戸は本舞台三間のみ。その分、役者のセリフ廻しや動作、衣装や鬘に視線が集中し、大坂にはない技術が工夫された。

本舞台三間の内、一面に山組《やまぐみ》[一]の景色にて、左右の柱[二]、紅葉の立木。
[三]鏡《かゞみ》板より豊志太夫連中《とよしだゆうれんぢう》[四]、見へ[五]能《よ》く並《なら》ばせ、正面[六]より下げ降《お》ろす。
近年になき道具[七]の物ずきにて、前弾《び》き[八]より、すぐに[九]浄瑠璃に成る。

浄瑠璃連中

富本豊志太夫　　同　富太夫
　　　　　　　　[一〇]富本斎宮太夫《いつきだゆう》
富本豊太夫　　同　豊次
　　　　　　　　同　喜惣次

[一二]三味線

　　　　　　　　[一一]名見崎《なみざき》　徳次
　　　　　　　　同　与惣次

源の義経公　　松本幸四郎
忍《しの》ぶの前　　岩井半四郎
直井の左衛門秀国　　大谷　広次
お馬やの喜三太　　市川団十郎

時　**文治元年(一一八五)十一月**
所　**越前の国、秋篠の里**

花やかな豊後節の浄るり所作事は桜田治助のもっとも得意とするところ。ことに顔見世の浄るりは、上の巻、下の巻の二段仕立で、本作では幕切れに所作ダテが付く。物語は、義経を慕う女馬子の恋を、赤っ面の奴と、鹿島の事触れが取り持つ簡単なもの。彩りの違う曲調の浄るりを並べた組曲形式で、その構成は次のようになる。
上の巻㈠オキ(置浄るり)。〽関の地蔵は(馬子唄)」から。㈡セリ上げの出端。〽御いたわしや(平家)」から。㈢名所づくしのクドキ。〽駅路に馴れし」から。
下の巻㈠鹿島の事触れの出端。〽千早振(田舎節)」から。㈡悪身(わるみ)のクドキ。〽人に恨が」から。㈢踊り地。〽雪が恋するものならば」から。雪月花の総踊り。㈣段切れ。〽忍ぶあまり」以下。最後に所作ダテ。〽伝へ聞」が付く。

一 山の連なる背景。二 三建目では紅白の梅。ここでは、紅葉にかわる。三 本舞台のうしろの板。四 富本豊志太夫。二代目。二十歳。富本節の流祖豊前太夫の遺児。安永六年に豊前太夫の二代目を継ぐ。美音で鳴り、安永天明の富本節全盛時代を築く。俗に「馬面(うまづら)豊前」と呼ぶ。連中は一座のこと。五 山台(やまだい)に、出語りの太夫三人と三味線弾き二人(二梃三枚という)が並ぶ。タテ語りとタテ三味線を中央に、左に太夫、右に三味線が並ぶ。山台は蹴込みに土手を描いたもの。背景の役目を兼ねる。六 文意

色手綱《(いろたづな)》恋の関札

[一]二上り〽関[二]の地蔵は、親《おや》よりましじや、親も許《ゆる》さぬ妻《つま》を持《も》つ、親《おや》[三]も許《ゆる》さぬ妻糸を、桛《かせ》に懸《(かけ)》たる謎《なぞ》の橋、まだ解《と》け兼て分《わ》く方《かた》も、[四]なげの情や仇[五]ぼれも、色の世界の小紫[六]、[七]お江戸気質《かたぎ》は女子《(をなご)》にも、[八]吾妻からげの何くれと、掻《か》いやり捨し俤《(おもかげ)》は、[九]昔の道を慕《した》ひ行《(ゆく)》、月も紅葉に色増して、花にうつろふ恋の首尾

ト此浄るり切《(きれ)》ると、[一〇]鳴物《もの》入りの相方になり、[一一]幸四郎、真《ま》ん中に、広袖衣装、羽織の形りにて、煙管《きせる》を持《も》ち、小《(ちひ)》サ刀《(がたな)》の形りにて、紫の頭巾を頭《つむり》に置《お》き、張《は》り肘《ひぢ》をして馬に乗て居る。此馬、[一二]木蘭《もくらん》張にて綺麗《きれい》にして、この東の方《かた》に、[一三]半四郎、女馬士《(をんなまご)》にて、広振《ふ》り袖の形り、[一四]脱《ぬ》ぎかけ、頬《ほふ》かむりをして、手綱を鞭《むち》にして立て居る。西の方に、[一五]広次《(ひろじ)》、真赤く塗《ぬ》つて、奴の形りにて、[一六]岩台に腰をかけ、紅葉の枝に[一七]塗《ぬ》り樽を付《つ》けて担《かつ》いで、左《(ひだ)》りの手に[一八]大津火縄を持ている。[一九]此見得《へ》にて、三人を[二〇]せり上《あ》げる

不明。脱文がある。紅葉の釣り枝を舞台一面に下げる指定か。七 豪華な大道具のこと。八 三味線の前奏曲。九 口上やセリフなど入れることなしに。一〇 初代の高弟で豊志太夫の後見。四十七歳。兄弟子の豊太夫と日替り出演。富太夫・豊次は「ワキ」(顔見世番付)で、これも日替りの出演になる。一二 義太夫の太棹、長唄の細棹に対し、中棹の三味線をつかう。一三 二代目豊前太夫の相三味線。松平南海公に「その撥捌き、波が崎に寄る如し」と賞され、名見崎を名乗る。ワキの二人は「上調子《(うわぢょうし)》」(顔見世番付)という。「上調子」は、三味線の弦を短くし、音を高くしたもの。

置浄るりの小室節

一 底本にナシ。正本(写本)で補う。三味線の調子。本調子の二の糸を高くする。陽気で派手な曲調になる。
※この浄るりは、宮古路文字太夫(常磐津節の祖)の「駒鳥恋関札」(延享元年・春)を先行作とする。長唄の「百千鳥娘道成寺」の道行で、主人公の瀬川菊之丞が女馬子に扮した。〽関のお地蔵は」の小室節の馬子唄は、その出端の曲である。原作は東海道の道行だが、紀の路に改作された「鈴曙恋関札」(宝暦六年四月)、北陸道の本作にも、この一節は残った。「駒鳥恋関札」は、先代大谷広次が中村座初舞台の春狂言で、赤っ面の奴に扮し、牛若丸との恋の取り持ちをした。その縁で、当代広次の中村座初御目見得に「恋関札」が選ばれたのである。
二 「駒鳥恋関札」に「小室節」とある。小室節

〽御《(おん)》[二二]いたわしや義経公、讒者《ざんしゃ》の為に御連枝の、御中《(おんなか)》たちし旅衣。昨日《きのふ》は勅宣《せん》[二三]の一チに撰まれ給へども、今日《けふ》は野田《(やで)》[二三]ンの月ひとつ、宿かる露の託言《かごと》[二四]にも、夕べ〱と夜をかぞへ、日を小車《おぐるま》[二五]のわれながら、寐《(ね)》[二六]よげに見ゆる女馬士《(をんなまご)》

〽梅[二七]の一枝《ひとへ》は室《(むろ)》にも寝《ね》るが、色に逢ふ夜の室《むろ》がない、やつす姿も恋草[二八]の、恋の重荷《おも》に面《おも》やせて、手綱[二九]を鞭に、さま参る、[三〇]しどけ形《(な)》りふり[三一]目に立娘《(たつ)》、目に立《た》つ供の丈夫《ますらお》[三二]や、直井[三三]の左衛門跡《(あと)》に付《(つき)》、酒に咎なき初紅[三四]葉、顔[三五]の日和《(ひよ)》りと御贔屓《ひいき》を、力に仮りの錦取《にしき》[三六]り、気転《てん》きかせてネイ[三七]〱〱、おつとまかせの多葉粉《(たばこ)》の火、差《さ》し上《(あげ)》[三八]まいらせ、そろ〱と、干反《ひぞ》[三九]りそめたる背《せな》と背《せな》、振た女郎衆が憎《にく》かろならば、お先[四〇]鳥毛は[四一]十文字、いつも我等は八[四二]文字

ト此浄るりの内《うち》、色〱面白き振《ふ》[四三]りありて

幸四郎　直井の左衛門、中〱其方《(そのはう)》は味《あぢ》[四四]をやるわいの。どふ[四五]も言《い》へぬ〱。

広次　是は〱、拙者儀も、此度初めてかやうな有難《ありがた》いお供を仰付られましたるによつて、なんでも気が遅《おく》れては成まいと存《(ぞんじ)》まして、熱燗《あつがん》にして鈴形《りんなり》[四六]で八九杯《はい》やつつけまして御座りまするによつて、ほろ〱酔の酒機嫌、

セリ上げの出端

は「松の落葉」(元禄十七年)巻四、馬子踊の唄にのる。関の地蔵は、東海道関の宝蔵寺の地蔵尊。以下、置浄るりは女馬子の忍ぶの前について語る。三 正本(写本)に「ナヲル」とある。ここから本調子になる。以下、義経を糸に譬え、女馬子という桛《(かせ)》に巻き取ったが、忍ぶの前という本名は謎のままで、打ち解けることもなく、かといって他に心を散らすこともできずにいる、という女馬子のところを述べたもの。四 うわべだけの情け。分く方なしに掛ける。五 浮気な恋。六 紫は江戸紫。江戸生れで江戸育ちの若女形岩井半四郎のことをいう。七 女の江戸っ子。女の身でありながら、大胆にも女馬子に身をやつしたこと。八 歩きやすいように着物の裾をはしょって帯にはさむこと。九 かつて義経が奥州にいた昔。一〇 セリ出しの鳴物。太鼓を主に、大小鼓、大太鼓、能管を用い、セリの合方を弾く。一一 松本幸四郎。四代目。三十七歳。当世男、洒落男と呼ばれた人気の和事師。義経の役。ゆったりとした広袖の衣装に、羽織着流し、紫の置頭巾に、小刀。「伊達」の頼兼など、歌舞伎の大名の吉原通いの扮装。長い煙管と張り肘は、安永期の通人のポーズ。一三 木蘭色の布を張った馬の小道具。なかに人が二人入る。栗毛。「毛色は黒、栗毛の外なし」(羽勘三台図絵)。一三 岩井半四郎。四代目。二十七歳。江戸で生れ、江戸で修業をした、江戸根生《(いねお)》の若女形。ふっくらと愛くるしい顔立ちから、のちに「お多福」と愛称される。奥州の

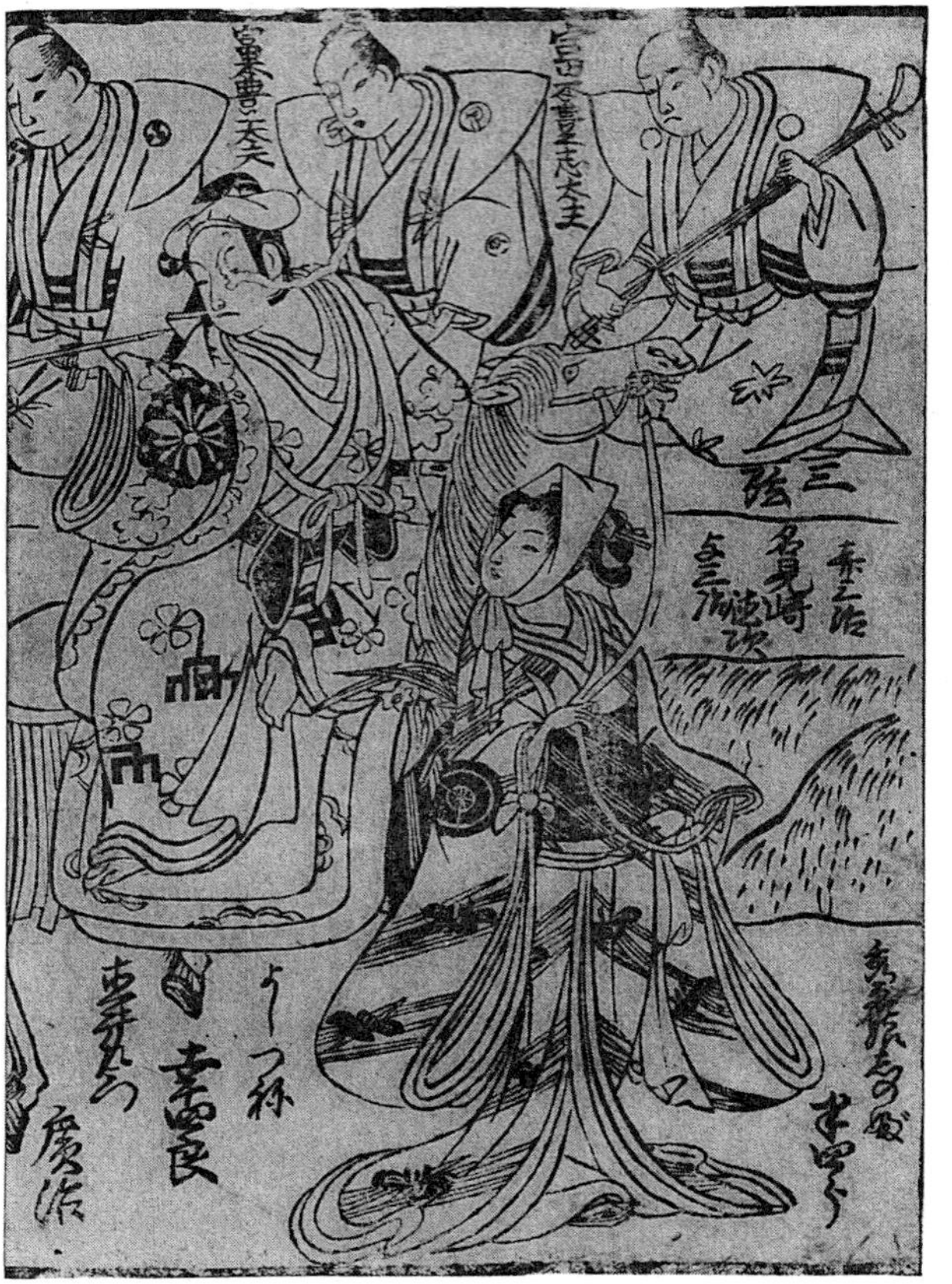

浄瑠理　色手綱恋の関札　此所第一ばんめ四立め、大でき〱
富本豊志太夫　富本豊太夫　富本斎宮《いつき》太夫　三弦　名見崎徳次　喜三治　与三治

大名藤原秀衡の娘忍ぶの前の役で、女馬子に身をやつす。手綱を鞭にした立姿は「駒鳥恋関札」以来のもの。一四 片肌脱ぎのこと。一五 大谷広次。三代目。三十四歳。愛敬男と呼ばれた人気の立役。市村座の秘蔵っ子。大谷広次の中村座初御目見得が、この年の顔見世の話題。越後の大名直井左衛門の役で、赤っ面の供奴に身をやつす。バレン付の時代の伊達奴。生締(なまじめ)の髷に、矢筈鬢の鬘。一六 大道具。岩の形をした台。一七 赤い酒樽。一八 義経は、京から大津へ出て、大津次郎の船に乗り、琵琶湖の北、海津の浦に出て、そこから北陸道に入った(義経記)。その大津で買った火縄ということ。ただし、ここでは、大津と同じ東海道五十三駅の一つ、関の地蔵の関宿の名産の竹火縄をさす。遊女が往来で売って客を引いた(東海道名所記)。丸めて輪にして持つ。一九 この姿で。二〇 舞台下の奈落より、役者や大道具を押し上げる仕掛け。「せり出しは、時によりて役者一人ならば、かつぎ上る事有」(戯場訓蒙図彙)とあるが、ここでは滑車や縄で梃子(てこ)の原理を応用して上げる。奈落の深い大坂と違い、江戸の舞台としては大がかりな仕掛けになる。桜田治助は、廻り舞台やセリ上げなどが開発された宝暦期の大坂で修業をしている。その経験が生んだもの。
※立役二人と女形一人、三人の人気役者を舞台中央の大ゼリでセリ上げる趣向は、顔見世の浄るり所作事の呼び物となって定型化する。延享四年十一月中村座の「三千両の顔見世」と呼ばれた、二代目団十郎、長十郎こと初代沢村宗十郎、初代瀬川菊之丞

秀平娘しのぶ　半四郎、義経《よしつね》　幸四郎、直井左衛門　広治、鹿島《かしま》の事触《ことぶ》れ　団十郎

と千両役者三人の顔合せに見られるように、立役二人に女形一人の組合せが江戸歌舞伎の基本的な構図。しかも、江戸のセリは、のちのちまで「せりあげに舞台の板を一まい〳〵取のけるも間のぬけたものだ」(文政八年「諸国芝居繁栄数望」)とされるように、舞台の羽目板を一枚一枚はずして横に積み上げてから、ゆっくりセリ上げるという悠長なものであった。その間、じっくり三人の顔を見くらべることになる。図は文政九年五渡亭国貞画(国立劇場蔵)。

二一 正本(写本)の節付に「平家」とある。平家ガカリ。平曲の古風な節廻しで語る。以下、馬上の義経の振り。二二 後白河法皇の勅命。二三 田野。二四 恨みごと。二五 正本「送る間(ま)」。二六 共寝をしたい。「駒鳥」のオキの引用。二七 正本「合」。三味線の合方が入り、以下、女馬子の振りになる。二八 恋の思いの激しいことをいう。二九「駒鳥」の引用。もどかしく思う恋ごころを現わす。三〇 恋文。手紙の最後に添える慣用句。三一 髪や服が自然に乱れて愛くるしい様子をいう。「駒鳥」など娘道成寺物の決まり文句。三二 立派な男。三三 義経一行は、加賀の富樫から、越後の直江の

幸四郎　面白《おもしろ》いやら嬉しいやら、うか〳〵是迄参りましたで御ざりまするで、ネイ御《ご》ざりまする。

広次　そふで有ふ〳〵。ときに、それがしもかふじやわいの、馬の上はいかふ寒《さむ》ふて、裾から風が入《いつ》てならぬ程に、是から下りて、ちつとの内も歩《ある》いてはどふであろふぞ。

幸四郎　夫《それ》は一段とよふ御座りませう、サア〳〵拙者がお抱《だ》き申ませうか。

　ト側《そば》へ寄る。煙管《きせる》にて広次を退《の》けて

広次　是、野暮《やぼ》め。その方に抱《だ》かれて下《お》りるくらいならば、飛んで下《お》りても済《す》む事じやわいの。我等、其方には抱《だ》かれまい〳〵。

幸四郎　扨〳〵、夫では、お危《あぶ》なふ御座りまする。どれ〳〵、拙者が。

広次　まだかいの。夫、あれを知《し》らぬか。一急度《きつと》して結構な、あの馬士《まご》。抱《だ》いて乗せるも、抱《だ》いて下《お》ろすも、道中の馬は馬方次第《かたしだい》。気転《てん》きかせて〳〵。

幸四郎　実《げ》に〳〵是は誤《あやま》つたり。君の仰《おほせ》を蒙《かふむ》れば、どれ〳〵、二肘《ひぢ》で突《つ》くべいか。

　ト半四郎が側《そば》へ寄り、背《せ》中を叩《たゝ》く

半四郎　三ヲヽ、辛気《しんき》。

広次　四辛《しん》気な筈だ初《はつ》舞台。五来年いつぱい厄介奴、可愛《かわひ》がつてくんなさい。

津に渡る。その土地の名を取った大名。正しくは直江。義経記には直江次郎、幸若舞「笈捜」には直江太郎の名がみえる。以下、広次の奴の振り。三四 中村座初舞台の広次の赤っ面を初紅葉に見立てる。顔の赤いのは生れ付きで、酒の咎ではありません。三五 赤っ面のこと。三六 伊達奴の姿をいう。三七 正本「詞」。セリフのように語る。三八 参らせ候。女性の手紙に使う丁寧語。恋文をさす。三九 すねる。四〇 大名行列の毛槍の鞘。奴が先頭で振る。四一 広次の紋所。四二 男伊達の歩き方。足を外輪に、体を振って歩く。四三 踊りの物真似の動作。歌詞に付かず離れずに付ける。四四 洒落たことをする。四五 なんともいいようのないほど良かった。当時の流行語。四六 鈴形茶碗。鈴の形のもの。

以上一五五頁

一 きりりとして。
二 注意をひく。
三 女性の慣用句。うしろから不意に叩かれたのでいう。なにをするの。いやですね。
四 大惣本「新規」。
五 この顔見世から一年間、中村座で一座しますので、よろしくという挨拶。
六 馬の轡の形の紋所。丸に十文字で、大谷広次の紋所。
七 乙をいう。洒落たことをいいますね。
八 半四郎の定紋「三扇(みつおうぎ)」をいう。
九 おむすめ、の略。娘さん。
一〇 楽屋落ちの当て込みのセリフと思われるが不詳。古賀の松原は、琵琶湖の西岸、阿曇川辺の地名。
一一 それ以来。

半四郎　ソリヤこつちから言《い》ふ事じやわいナア。お頼み申さにやならぬぞへ。

広次　ソリヤまた、何《(なん)》で。

半四郎　ハテ、[六]轡《くつわ》の紋は馬方《かた》に、能《(よ)》くも大谷叶ふたり。

広次　こいつは、[七]乙《おつ》を岩井氏《(いはゐうぢ)》。爰で扇の[八]蝶番《てうつがひ》、離《はな》れぬやうに頼《たの》みんす。

幸四郎　直井の左衛門、寒《さむ》ふてどふもならぬ。早《はよ》ふ下《お》ろしてくれぬかい。

広次　畏《かしこ》まりました。時にお[九]娘《むす》、おれは此様《やう》に見へても、馬に乗る事がきつふ不器用で、[一〇]十四五年前《まへ》に古賀の松原で落たものだ。[一一]夫からこつちへ、馬の側へ寄るも嫌《きら》いだ。近頃おせ[一二]文字《もじ》さまながら、おらが旦那を、鳥渡《(ちよつと)》馬から下《お》ろし申てくれまいか。

半四郎　どふしてマア[一三]殿《との》たちを、女子《(をなご)》の業《わざ》に下《お》ろし申《(まうす)》事がなるものじやぞいナア。

広次　イヤ、あの様《やう》に見へても、おらが旦那は、軽《かる》いと出《だ》しては〳〵、[一四]軽《かる》焼の潮《うしほ》煮か[一五]灯心売《とうすみうり》の独《ひと》り者《もの》。ちよつと[一六]当《あた》つて見給へ〳〵。

半四郎　じやと言《い》ふて、あなたのお側へ、こちらが様《やう》な賤しい者《もの》が。

広次　ハテ、そこが旅の習《なら》い。ちつとも大事ない程に、サアお側《そば》へ寄《よ》つて、早ふ〳〵。

一二　女房詞の一つ。文字詞。お世話さま。強い奴が、柔らかな女性語を使う、おかしさ。
一三　男性。
一四　浅草誓願寺門前茗荷屋九兵衛の京丸山軽焼。もち米に砂糖を入れ、ふっくらと焼いた軽い煎餅。潮煮は鯛などを水で煮て、塩で味を付けたもの。あっさりとした軽い味付けの料理。ともに軽いものの譬え。「軽焼を潮煮にしたやうな女郎だ」(山東京伝「仕懸文庫」)。
一五　行灯(あんどん)の油皿に入れる灯心を売り歩く人。灯心(とうしみ)売の訛り。ごく軽いものの譬え。「とうしみに釣り鐘」(美地の蠣殻)。そのうえ、家族にしばられない身軽な独り者だということ。
一六　様子をみる。反応をみてみる。
※浄るりと、浄るりの間の洒落たセリフも「せりふにつくり花を咲す　桜田」(役者名所図会)と称えられた桜田治助の魅力の一つ。ことに、顔見世のお目見得浄るりでは、楽屋落ちをふんだんに織り込んで軽快なリズムをつくりだす。ここでは「しやれの先生」(当世気とり草)と呼ばれた洒落の名人松本幸四郎が一歩引いて、中村座初舞台の大谷広次に洒落たセリフを書き込んでいる。花やかで、なごやかな雰囲気が、半四郎の女馬子の「義経さま」のひと言で、いっぺんに緊張する。その緊張を紛らわすために「名所古跡」の浄るりへと展開する呼吸が桜田風である。なお、「名所古跡」の趣向は、富本の「鈴曙恋関札」(宝暦六年四月中村座)の中村富十郎の女馬子で「ならはぬ名所旧跡を語るも恋の綱手縄」による。

半四郎　そんなら、お許《ゆる》しなされませい。
幸四郎　許《ゆる》さいでは〱、早ふ下《お》ろして貰《もら》ひたい。
半四郎　そんならどれ〱、わたしが下《お》ろし申てあげませう。
ト幸四郎を抱《だ》く。すぐに半四郎に抱《だ》きついて馬より下《お》りる。広次、馬を脇《わき》へ引《ひ》く。幸四郎、下《お》りても半四郎を放《はな》さず、抱《だ》きついている。半四郎、振《ふ》り放《はな》そふとする。広次、是を見て
広次　一見る物じやアない、通《とふ》らつしやい〱。
半四郎　もし〱、何をなされまするぞいな、悪《わる》い事をなされまするな、爰《(ここ)》をお放《はな》しなされませい。
幸四郎　爰《(ここ)》がどふして放《はな》されるものか、二たんぽの代《か》わりじや、ちつとの間《あいだ》、かふしておいて給《た》も〱。
半四郎　三つんともふ、お許《ゆる》しなされて下されませい、義《よし》経さま。
ト幸四郎、広次と顔を見合せて、半四郎を引《ひ》き廻《まわ》して
幸四郎　合点《がてん》の行ぬ、それがしが名をよつく知ているそなた、たゞの馬士《(まご)》ではないわいの。
広次　まつすぐに身の上《うへ》を。

一 往来での犬の交尾に見立てる。その時に言う決まり文句。「通らつしやい」は、あっちへ行け。二 湯たんぽ。三 女性が焦れていう語。四 派手な姿の女。五 その土地土地の風習。
六 以下、敦賀を中心に、北陸道の名所古跡を詠み込んだ女馬子のクドキになる。色の浜(貝の浜)・愛発山(あらちやま)・秋篠の里・五幡山(いつはたやま)・浅水(あさうず)の橋・丹生(うに)の山・玉江・気比の浦と、古くから歌枕として知られ、枕草子や西行・芭蕉に詠まれた地名を並べ、そのなかで江戸の娘の激しい恋ごころを述べる。七 敦賀湾の浜。敦賀志に「真蘇芳(ますほ)貝は此浦の名産なり」とある。西行「汐そむるますほの小貝捨ふとていろの浜とはいふにや有らん」(山家集)。芭蕉「浪の間や小貝にまじる萩の塵」(奥の細道)。
八 「判官は海津の浦を立ち給ひて、近江国と越前の堺なる愛発の山へぞかゝり給ふ」(義経記七)。古くからの歌枕。西行「有乳(あらち)山さかしく下る谷もなくかじきの道を造る白雪」(山家集)。
九 「市ノ野 以前は秋篠と云しとぞ」(敦賀志)。現敦賀市市野々町。越前国名蹟考では「阿岐師(あきしの)里 名所 道の口の西に当る」(名勝志)とし、実朝の古歌「あらち山雪気の空になりぬれはあきしの里にあられふりつゝ」(堀川百首)を引く。道の口は、愛発山と敦賀の間。
一〇 「駒鳥」の引用。「無間の鐘」梅ケ枝の「だんない〱大事ない」(ひらかな盛衰記)による。恋の罪で地獄に堕ち、未来の責めを受けても構わない、という意。
一一 敦賀湾の五幡山。誰が言うに掛ける。

ト詰《つ》め寄《よ》せる

幸四郎　聞《きく》に及ばぬ伊達女子《だてをなご》[四]、所ならい[五]の馬おひ姿。名所古跡が尋《たづね》たい。

半四郎　サア夫は。

広次　なんと。

〽[六]駅路《あきろ》に馴《な》れし賤《しづ》の業《わざ》、覚へし事もありふれし、その名所《などころ》に身を寄せて、松《まつ》に色ある貝《かい》[七]の浜、アレあらち山[八]、風誘《かぜさそ》ふ心のたけと胸《むね》の火と、思ひ比《くら》べて身を秋篠《あきしの》[九]の、里の噂も世の誹《そし》りをも、罪[一〇]も、報《むく》ひも、未来の責《せ》めも、だんない〳〵、何《なに》、中〳〵に厭《いと》はじと、思ひ乱れし黒髪を、誰《た》[一一]がいつはたの山かづら、飽《あ》かぬ別れの浅水《あさうづ》[一二]の橋、丹生《にう》[一三]の山、玉江[一四]に写《うつ》る俤の、恋しうて〳〵、はる〴〵慕《した》ひ気比《けひ》[一五]の浦、磯の岩根に打波《うつ》の、ともに砕《くだ》けて、ちり〳〵[一六]鳥の、鳴《な》いて明《あ》かしていたわいな。なれも袂は川島《かわ》の、憂《う》きには濡るゝ習ひぞや、寝覚《ねざ》[一七]めの鵆《ちどり》、浮《う》[一八]き寐鳥、鳴《な》いて別れし、[一九]都の空、思ひ出《いだ》すも情なや

〽[二〇]そも〳〵甲冑を枕とし、弓箭《きうせん》の業を本意ぞと、軍勢に暇《いとま》あらざりし、此身も今は泡沫《うたかた》の、哀《あわ》れはかなき陸奥《みちのく》へ、再び結ぶ雁《かり》[二一]の文《ふみ》、誰《た》が玉章《たまづさ》[二二]の返り事、思はせぶりが恋の罠、懸て木賊《とくさ》[二三]の園原《その》[二四]や

歌枕で枕草子の「山は」の段にもその名が挙げられた名所。

一二　北陸道の浅水川の橋。枕草子に「橋は、あさむづの橋」と挙げられた歌枕。

一三　越前の西部、丹生郡の山。大伴家持「ひとりのみ聞けばさぶしもほととぎす丹生の山辺にい行き鳴かにも」(万葉集)。

一四　歌枕。「あさむづの橋をわたりて、玉江

名所づくしのクドキ

の蘆は穂に出にけり」(奥の細道)とある。葦と月の名所。

一五　敦賀湾の古名。笥飯(けひ)の浦として万葉集に詠まれる。

一六　千鳥の鳴き声。「ちりちりやちりちり」(狂言「千鳥」)。千々に乱れる娘の恋ごころを浜辺の千鳥に見立てたもの。娘道成寺物の常套。

一七　夜に鳴く小夜(さよ)千鳥。「娘道成寺」の道行「恋をする身は浜辺の千鳥、夜ごと〳〵に袖しぼる」。

一八　鴛鴦(おし)の浮き寝。仲の好い夫婦のこと。その仲の良い男女が、泣く泣く別れること。

一九　正本「合」。三味線の合方が入り、女馬子のクドキから、京の都を落ちのびた義経のことに転じる。

二〇　以下、義経の物語の振り。「そもそも」と時代に構えて軍語りになる。

二一　消息を知らせる手紙のこと。

二二　手紙の返事。

二三　謡曲「木賊」。掛けた罠を解くに掛ける。

二四　信濃の園原山。木賊の舞台。「園原や伏屋に生ふる帚木のありとは見えて逢はぬ君かな」(新古今集)。姿が見えるのに逢えないことをいう。

広次 〽[一]其腹でいる此奴、恋に姿は[二]遣《つか》はれ物よ、寒《かん》の師走も日の六月も、[三]さまに焦《こ》がれて夜も日も通ふ、[四]所ならひか、お国の作法《さほ》か、姉が妹《いもと》の酌をする、姉が妹の、やれ酌をする。[五]うつぽりうぽりと浮《うい》てきた、浮《うわ》気盛りの、此お娘《むす》、[六]娘《むすめ》〳〵と沢山《たくさん》そふに、言《い》ふて給《たも》んな主《ぬし》さんならで、外《ほか》に任《まか》せぬ身じやものを、女子《をなご》たらしの憎《にく》らしい

なんぼこつちがそふ言《いふ》気でも、おらが旦那は大体《たいてい》や大方《かた》の疑《うたが》いではない。女にかゝると[七]先《さき》を潜《くゞ》つて、あゝ言《い》ふのはかふで有ふ、かふ言《い》ふのはあゝで有《あろ》ふと、潜《くゞ》つて〳〵潜《くゞ》り難《にく》い[八]潜り木戸を、潜つては御ざるによつて、相性でも見てもらふか、縁結《えんむすび》でもして貰《もら》はざア、色事にもなるまい程に、そふ思つて[九]さつちいろサ。

半四郎 さつちいる事は厭《いや》じやわいナ。

広次 夫でも、あの様《やう》に堅い顔して御座なさるれば、滅多《めつた》に側《そば》へは寄られまいぞ。

半四郎 ヲヽ辛気《しんき》。

〽千早振《ちはやぶる》、神の教《おし》へを一筋《ひとすじ》に

ト[一〇]相方に成り、花道より、[一一]団十郎、鹿島《かしま》の事触《ことぶ》れの形りにて、白《はく》

一 園原に掛ける。以下、奴の振り。
二 遣われ奴。奴は、そもそも召使。恋の使いもいたします。
三 相方の遊女のこと。
四 土地の遊廓。三国(《みくに》)の習俗。
五 浮かれたさまをいう。
六 「駒鳥」の引用。
※上の巻の中心となる浄るり。タテ・ワキ・ツレと三人の太夫が語り分ける。正本では、それを○□△の符号で示す。タテは主に女馬子、ワキは奴、ツレは義経。
七 相手の心を先まわりして考えること。
八 潜って通る低い木戸口。
九 奴詞。そう思っていらっしゃい。
一〇 富本の三味線の合方。
一一 市川団十郎。五代目。三十三歳。三建目では暫。ここでは義経の家臣お厩(《うまや》)喜三太の役で、鹿島の事触れに身をやつして出る。
※鹿島の事触れは、烏帽子・白丁の禰宜の姿で、襟に御幣を差し、手に鈴または銅拍子を持って、鹿島大明神の神託を触れ歩いた(図・守貞漫稿)。歌舞伎の舞台では、「おじやりや申」など独得の田舎言葉が滑稽なセリフの芸として取り入れられてきた。それを所作事にしたものである。元禄期、京坂の女形加茂川のしをが道行の所作にしたことがあるが、直接には市村亀蔵(九代目羽左衛門)が踊った淡島園生竹(宝暦九年)の淡島の所作事の流れを汲んでいる。亀蔵は、踊りの名手で、二代目団十郎の荒事芸の継承者でもあった。ういろう売など二代

鹿島の事触れの出端

丁《(ちやう)》の肩《かた》斗《(ばか)》り掛《か》けて、浅黄頭巾の上へ烏帽子を着《き》て、襟《えり》に御幣《おんべい》を差《さ》し、鈴を振て出る

へ諸[一二]国諸《しよ》在所をうん[一三]共《ども》らが、足にかけまく畏《かしこ》くも、是は是より東《ひんがし》の国、[一四]常陸鹿島《かしま》さの事触《ぶ》れで、おじやりや申《(まうす)》でござりや申。[一五]今年《ことし》や世が良《よ》て、稲には八重穂《(やへほ)》が咲《さ》くといな、酒の出来が能《(よう)》て[一六]小色がざらよ。お嬶《かゝ》お寝《よ》るなら戸立《た》てゝお寝《よ》れ、[一七]鎗《(やり)》がは入《(い)》るぞ槍梅《やり》が、やれ是[一八]天骨《てんこち》ない槍《やり》が、[一九]梅の梢も似《に》て候の、かしく仮名《かな》文[二〇]恋草の、種まきよしと立よれば

広次　是《(これ)》よろこべ〱、相性を見て貰《もら》いたい所へ、アレ、おんじやり申《(まうす)》鹿島の事触《(ことぶれ)》、おれが爰《(ここ)》へ呼《よ》ぶ程に、何《(なん)》成りとも、[二一]そもじの願ひを言《い》つて見やれ〱。

半四郎　コリヤ良《よ》い思ひ付《(つき)》じやわいナ、そんならお前どふぞ良《よ》い様《やう》に言《(いふ)》て、爰へ呼《よ》んで下《くだ》さんせいナア。

広次　呑《(のみ)》こんだ〱。是、事触《ぶ》れさまに、ちつと頼みたい事があるによつて、あのお娘《むす》が側《そば》へ、なんと来てはくれまいか。

団十郎　あり様《やう》はこの事触《ぶ》れも、何ぞの用も有ふかと、ひよつくらひよつと出《(で)》中《まうし》た。[二二]願ひ望み、失《う》せ物《もの》、待人《(まちびと)》、[二三]当卦《(たうけ)》本卦の占《うらな》いが、[二四]ありまさ〱。

目団十郎のやつしのセリフの芸を、所作事に移したことに新しさがあった。

一二　以下、団十郎の花道での所作。
一三　自分らが。田舎訛り。
一四　常陸(茨城)の鹿島神宮。
一五　以下、民謡。山家鳥虫歌(諸国盆踊唱歌)、攝津のへ今年世がよて穂に穂がさいて、殿も百姓も嬉しかろ」による。
一六　ちょっとした色事。
一七　隠語。男根をいう。男が夜這いに来るぞ。
一八　途方もない。
一九　梅の折り枝。女性が手紙の文末に添える「かしく」の文字に形が似ているということ。仮名文も女性の手紙。恋文。
二〇　恋草の種を蒔くのに良いときだ。
※鹿島の事触れは、「鹿島大明神ノ神勅ト称シ当年中ニ某々ノ天災アリ、或ハ某々ノ疾病流布ス、免レ之ト欲セバ秘符ヲ授クベシ等ノ妄言ヲ以テ愚民ヲ惑シ種々ノ巧言ヲ以テ頑夫ヲ欺キ、金二朱或ハ一分或ハ二三百文ノ銭ヲ貪リ取ル也、実ニ鹿島ヨリ来ルニハアルベカラズ」(守貞漫稿)とある。近松の用明天王職人鑑でも「娘をもつたお方

ト鈴を振《ふ》る。[一]その袖を引《ひ》いて舞台へ来て

広次　[二]当《あた》るとは有難《ありがた》い。鳥渡《(ちよつと)》お娘《むす》が[三]手の筋を、どふいふ筋か見てやつて貰《もら》いたい。

団十郎　どれ〳〵、一《ひと》つ見てやりませう。

半四郎　そんなら手の筋を、お世話《せは》ながら見てくださんせ。

ト手を出す。団十郎、手の筋を見て

団十郎　ハア、まづ此筋が[四]恋慕《れんぼ》れゝつ、こちらの筋が浮気《うわき》半分、こちらの筋が真実半分、コリヤちつと難《むつか》しいわいの、是《(これ)》こちらの方の此筋、先《(さき)》でも少し思ふといふ手の筋に見へるわいの。

半四郎　そんなら先でも思ふてかへ。

団十郎　思つて共《(とも)》〳〵、[五]思《おも》つて下馬先《(げばさき)》、繋《つな》ぎ馬、繋《つな》ぎたがつていらるゝて。

半四郎　そりやマア本《ほん》の事かいナア。

団十郎　是《(これ)》此手の筋に顕《あら》われて、あり〳〵と見へてある。

広次　どれ〳〵。

団十郎　夫《(それ)》〳〵、此手の筋がずつと真直《(まつすぐ)》に、通れば相惚《ぼ》れ筋、此手の筋に横丁《よこつてう》の方へ、おし廻してあれば[六]角屋敷《(かどやしき)》の嫁入筋、是が通ていれば[七]蔵前筋、夫か

は御用心なされ」と不吉な託宣をする。この浄るりでは、逆に祝言を述べて恋の取り持ちをする。これは、女性を対象とした淡島の修行者の影響を受けたもの。二代目亀蔵が踊った関東小六後雛形(明和七年)に「妹と背を結ぶの神とはこれならん」とある。

二一　女性語。そなた。

二二　大道易者の口上。

二三　当卦は、失せ物、待ち人など当座の問題に対する占い。本卦は生涯の運勢などを占う。当卦、本卦で、なんでも占いますという口上になる。

二四　占い者のこと。加茂在方《(ありまさ)》のこと(安斎随筆)とも、ありありと正しく占う意(嬉遊笑覧)ともいう。

一　広次の奴が、花道へ行って、団十郎の袖を取って、本舞台まで連れて来る。

二　芝居が当るに掛ける。大入りになるとは縁起が良い、という楽屋落ち。

三　手相。

四　惚れること。流行唄「恋慕流し」の囃子詞から出る。

五　表御門に掛ける。お城の表御門の下馬先の繋ぎ馬と調子良く洒落る。下馬先は、馬に乗ったままでは、それより先に入ることが許されない場所。

六　江戸の角屋敷。由緒ある裕福な町人のこと。

七　以下、江戸の町づくしになる。角屋敷の連想で、札差の住む蔵前、魚河岸のある日本橋の小田原町、大きな商家や問屋が並ぶ日本橋の石町・伝馬町、それに江戸町人の代表格の神田と並べたもの。その町の大通

らかふが小田原町、こふ廻れば石町《こくちやう》、神田伝馬町、それから先が吉原筋、通《とほつ》ているが通り者[八]、われら手の筋の大通《つう》でヱス[九]。

ト鈴を振《ふ》る

広次　中〳〵こいつ、奇妙《きめう》〳〵。とてもの事に、サア旦那も手の筋はどふでござりまするぞ。

幸四郎　イヤ〳〵、われら手の筋所《どころ》ではないでゑす[一〇]。見《み》れば見る程可愛《かわゆ》らしい手の筋、どふぞ成《なら》ふ事ならば、足の筋から膝《ひざ》の筋、どこやらを見てやりとふて〳〵、どこもかしこも[一一]無《む》性霊宝《せうれいほう》、[一二]用心の鈴めが鳴《な》りおつて、[一三]大将甚《はなは》だ辟易《へきゑき》いたした。

団十郎　[一四]さも候《そふ》ず〳〵、そこをわれらが呑《のみ》こんで、[一五]祭りを渡す此宮《みや》[一六]ず子《こ》、落《おち》ついて御座りませい。

広次　[一七]コリヤ落ついては居られまいわいの。落ついて居るうち、どこからどんな風が吹て来《こ》よふも知《し》れぬよつて、サアこつちから持《も》ちかけたり。

半四郎　じやといふて、[一八]打《うち》付《つ》けに、[一九]恥《はつ》かしらしい、どふしてマア。

広次　言《い》われぬ所を此《この》奴が、そもじに替つて[二〇]やらかすべい。

団十郎　べい〳〵言葉の此[二一]べこ平、さらば我らも[二二]色事師と、鳥渡《ちよつ》と替《か》わつて聞べ

と呼ばれる町人が吉原に通うという。このように、とりとめもないことを調子良く、面白おかしく喋るのが安永天明に流行した洒落のひとつ。

八　通人。物ごとに良く通じている人。とくに吉原での遊び。当時、蔵前の札差、文魚こと大和屋太郎次などが十八大通とされた。

九　男伊達などが気取って尊大に言うときに使う。市川流のセリフまわし。

一〇　であります、の訛り。大通ぶった言い方。

一一　無性に。やたらと。霊宝は、口拍子で付けたもの。

一二　寺社の開帳で陳列された霊宝に見物が手を触れぬよう用心のために付けられた鈴。鈴は男性器の異称でもある。

一三　自分のこと。洒落て言う。自分の鈴が鳴って困った。下がかった内容を、わざと客観的に堅く言って婉曲に表現したもの。

一四　いかにも、その通りです。時代がかった返事。

一五　隠語。男女が交合すること。その仲介をすることをいう。

一六　神主。

一七　半四郎の女馬子に向かって言うセリフ。落ちついていると、他の女に取られますよ、という意。

一八　直接に。あからさまに言うこと。

一九　恥かしいを婉曲に言ったもの。

二〇　やりましょう。ぞんざいな言い方。

二一　役人替名では「べい〳〵言葉の弥五兵衛」。「べこ平」なら「べ」、弥五兵衛なら「べえ」の音を重ねるリズム。

二二　幸四郎の扮する義経をさす。

いか。

広次　[一]言《い》わふわいナ。

団十郎　聞《きか》ふわいな。

広次　[二]是《これ》、申《まうし》。

[三]〽人に恨《うらみ》があらばこそ、思ひ切られぬ身の因果、思ひ過して恋しさに、[四]袂の乾《かわ》く隙《ひま》とては、一日[五]片時《へんし》もないわいな、わたしやお前に打《う》ちこんで、寝《ね》ても起《お》きても、[六]ほんにやれ、忘《わす》れやせぬとにじり寄《よ》る、跡は無《む》性《せう》に[七]吠《ほ》へにける　[八]〽是《これ》、そのない[九]わいなの[一〇]当《あ》て振《ぶ》りは、[一一]此《この》色男はゆ[一二]かぬぞや。[一三]自体《じたい》やつがれは、[一四]恋慕《れんぼ》れゝつの[一五]訳知《わけし》り、[一六]涙〳〵に三涙《なみだ》ござる、[一七]来《き》やれ紋日《もんび》物日《ものび》を括《くつく》り付《つ》きよとて、[一八]御女郎《おんじよろ》さんまの涙がけ、又は弥生の[一九]雛棚過て、一ト季半季の花曇り、[二〇]我らが如きの裏《うら》店ずまい、山[二一]の神が怒《おこ》り出して、[二二]皿《さら》さ鉢《はち》のめつた投《な》げ、去《さつ》て〳〵[二三]去状の、三《み》くだり半のその上へ、落る涙は茨《いばら》の花、[二四]竈《かまど》の神のお祟《たゝ》りを、清《すゞ》しめ給へと喋《しやべ》りける

幸四郎　それ〳〵世の中に女子《をなご》程恐《おそ》ろしいものはないわいの。縦《たて》から見ても上から見ても、人を騙《だま》そふ〳〵と明け暮思ふて居る所へ、つい、うか〳〵と

一 女馬子の気持ちを。 二 競りあおうとする団十郎を押し止めるセリフ。浄るりのカカリ(演奏を始める合図)になる。
※上の巻の女形のクドキが悪身になる。悪身は「わるみ」または「わりみ」といい、髭面の奴や、赤っ面の荒事師など、立役や実悪の役者が女形を真似て踊ることをいう。ここでは、赤っ面の

悪身のクドキ

奴姿の広次が、団十郎を坐らせて相手の男に見立て、クドク。手拭を女形の帽子のように置いて月代(さかやき)を隠し、短い裾の四天(よてん)の褄を取り、足を内輪に鰐足にして、嫌らしい目付き、身ぶりをまじえて踊ることになる。 三 以下、富本のタテ語りによる広次のクドキ。道成寺物の「鐘に恨み」のテーマを踏まえ、人間に恨むという感情がある以上、一度、恋した人を忘れることなどできないという意。 四 涙で濡れた袂。 五 底本「へんじ」。大惣本による。 六 じつに、まあ。じれったい気持ちの表現。 七 泣く。悪身なので、荒っぽく、ぞんざいに言ったもの。 八 ここから、団十郎の相手の男の振り。浄るりの太夫もワキに替る。 九 女形のクドキのことをいう。何々じゃないわいなアという女形特有のねばった言い方を指す。 一〇 浄るりの文句通りに踊ること。 一一 女にもてる好男子。自分で言う滑稽さ。 一二 騙されないぞ。 一三 そもそも、わたくしは。改まった言い方。 一四 色恋のこと。 一五 遊里に通じた人。通人。 一六 三味線の合方が入り、涙づくしになる。女郎、出稼ぎ女、女房と女の流す三つの涙を面白

掛《か》ゝろふとは危《あぶ》ない事。どりや、我らは去《い》にましよか。
[二五]〽コレ何《なん》じやいな、憎《にく》らしい、女子《（をなご）》心は取《と》りわけて、恋には迫《せま》る胸の闇《やみ》、つれなき人を恋こがれ、乱れそめにし[二六]陸奥《（みちのく）》の、文《（ふみ）》の文字摺《（もちずり）》くど／＼と、案《あん》じ煩ひ身をかこち、そもマアどのよな神さんに、仇《あだ》な縁《ゑにし》を結ばれて、思ひ切られぬ[二七]おだ巻の　[二八]〽いとし殿御と見る人は、[二九]三千世界を尋ても、外にま一人《ひとり》あろかいな、惚《ほ》れたが[三〇]因果《いんぐわ》、これいな、惚《（ほれ）》られ給ふが因果ぞや、因果同士《いんぐわどうし》の中／＼に、[三一]さまで厭《いと》はぬ逢瀬《あふせ》川、わたしが心も思ひやり、可愛《かわい》と思ふて給われと、顔をも得上《ゑあ》げず、縋《すが》り寄る。[三二]君も今さら[三三]片糸の、[三四]解《と》けかゝりにし恋衣、[三五]綻《ほころ》びやすきと見て取て、側から跡を、[三六]月読《よ》み日読《よ》み、扨、[三七]雨の宮風の宮、[三八]とうかみ縁に引《ひ》かれては、[三九]かんごん真実取《と》り持て、[四〇]二つ枕を手枕《（たまくら）》に、[四一]ちよつと鹿島の事に触《ふ》れ、折も[四二]吉野の夕まぐれ、月雪花の詠《（なが）》めかへ
三下り踊り[四三]〽[四四]雪が恋するものならば、逢《あ》わぬ夜ごとの積《つも》るも辛《つら》い、逢《あ》ふて解《と》けぬも又辛気《またしんき》、逢《あ》ふ夜積りて打解《（うちとけ）》て染る、中に[四五]小雪を詠むるならば、嬉しかろふじや有まいか。それ／＼夫《（それ）》も嬉しかろ
〽[四六]花が恋する物ならば、うつろふ色に替るも辛《つら》ひ、仇に契るも又辛気《しんき》、

おかしく語る。「シャベリ」と呼ばれる話芸の舞踊化。一七 お金のかかる紋日・物日に来てもらおうと、女郎が客に見せる嘘の涙。一八 御女郎様の訛り。一九 雛祭りが過ぎると、一年または半年契約の奉公人が田舎に帰る、その別れの涙の花曇。二〇 合方が入り、三つめの涙になる。裏店の夫婦喧嘩から離縁になる涙には茨の花のとげがある。二一 女房のこと。二二 皿と鉢のこと。二三 亭主から女房に出す離縁状。三行半に書くので「三下り半」という。二四 女房の異称。その祟りがこわい。毎月晦日におこなう竈を清める竈払(かまばら)いに見立てて、その祟りを払い落とすということ。二五 以下、悪身のクドキを見ていた半四郎の女馬子が、幸四郎の義経をクドク振りになる。前半の浄るりがワキ、「〽いとし殿御」からタテ。二六 古今集「陸奥の忍ぶ捩摺」の歌を踏まえる。二七 糸巻。二八 おだ巻の糸に掛ける。二九 仏様の教化する想像上の広い世界。三〇 仏教語。前世の罪によって定められた運命。三一 それほどまでに嫌うことなしに逢って下さい。義経との逢瀬を隔てる川に譬える。三二 義経のこと。義経の振りになる。三三 二つの糸を一つに縒(よ)り合せる前の片方の細い糸。枕詞。三四 もつれた糸

雪花月の手踊り

が解けるように、二人の心が打ち解けて。三五 以下、団十郎の鹿島の事触れの浄るり。二人の仲が綻びてはと、また取り持ちにかかる。占いに関することを、口から出まかせに並べたもの。三六 月数、日数を数えて占う。跡を付けるに、月を掛ける。三七 狂

[一]八重に思はで一ト重に咲《(さい)》て、飽《あ》かぬ盛《(さかり)》を、詠《(ながむ)》るならば、嬉しかろふじやあるまいか、夫〳〵それも嬉しかろ

〽[二]月が恋するものならば、曇る心が折〳〵辛《つら》い、[三]晴て思ふも又辛気《しんき》、[四]逢夜曇《(くもり)》て心が晴て、替らぬ影を詠るならば、嬉しかろふじや有まいか、それ〳〵夫も嬉しかろ、嬉し〳〵の若盛り

ト此踊《おど》り[五]切《(きれ)》ると、[六]方〴〵にて[七]人音《(ひとおと)》する。広次、半四郎・幸四郎を後《うし》ろへ囲《かこ》い、急度《(きつと)》思入有る。団十郎、俄に驚《おどろ》き、[八]おかしみ色〳〵あるべし

幸四郎　[九]シヤア小癪《こしやく》なる鎌倉武士、義経是《(これ)》にある事を、はや知たるにやあの人音、[一〇]昌俊《(しやうしゆん)》如きの寄手の面〳〵、それがし引受《う》け追返《かへ》さん、それ。

広次　コハ御短慮《たんりよ》にて候ぞや。太刀・[一一]物の具もあらざるに、急《せ》かせ給ふは何事ぞや、まづ〳〵お控《ひか》へあられませう。

半四郎　それ〳〵、マア〳〵お待《ま》ちなされませい。

広次　あれ〳〵、敵《かたき》近くへ寄せたれば、今こそ御身の御大事、先《(まづ)》〳〵お忍《しの》びなされませい。

ト幸四郎・半四郎・広次、一寸[一二]影《かげ》をする。団十郎、ひとり残り、

言「禰宜山伏」で伊勢神宮の禰宜が祈誓する神。「なかにも荒神といわれさせ給うは雨の宮に風の宮」。三八 神官が唱える呪文。「と・ほ・かみ・ゑみ・ため」の五つ。亀甲占いに刻む五つの線の名。後半の「ゑみ・ため」を、「縁に引かれては」と読みかえる。三九 易の八卦の名「坎(かん)艮(ごん)震(しん)巽(そん)」の四卦。後半の震巽を「真実」と読みかえる。四〇 男女二つの枕。四一 ちょっと貸す、に掛ける。四二 義経が北陸道に落ちる前に入った吉野の山。折も良し、に掛ける。

※鹿島の事触れと奴の取り持ちによって、ようやく義経と女馬子の心がなごんだところで、四人揃っての総踊りになる。クドキやシャベリなど、それまでの浄るりの文句にそって付けられた物真似の振りから、盆踊り風のリズミカルな手踊りになる。とくに、ここからは、下座のお囃子が入る踊り地となって、太鼓の拍子を取りながら、面白い手振りを組み合わせて、四人が揃って踊る花やかな場面となる。浄るり正本、下の巻の正紙には「笛 西村吉右衛門、小鼓望月太左衛門、大鼓 六郷新三郎、太鼓 小西重兵衛」と、タテ四人の名が記されている。

四三 三味線の三の糸を低くした調子。しっとりとした曲になる。四四 雪に見立てて、恋の辛さと嬉しさを歌う。四五 二人の子供。四六 二の句になる。同じメロディーを繰り返す。花(桜)の恋の辛さと嬉しさを歌う。

一 八重桜。浮気な男の心に譬え、それが一重桜のように一途になるのが嬉しい。二 三の句。月の恋。三 月が晴れても、遠

色〳〵身拵《ごしら》へするおかしみ有べし。その所へ[一三]宮神楽《みやかぐら》にて、[一四]此蔵、以前《いぜん》の形りにて、[一五]組子を大勢連《つ》れて来て、直《(すぐ)》に団十郎をおつ取《と》り巻《ま》き

皆〻　動《うご》くな。

此蔵　サア、汝《なんじ》こそ義経の家来、お馬やの喜三太とよつく見ぬいて取巻《ま》いた、逃《のが》れぬ所だ腕《うで》、廻《まわ》せ、ヱ、。

団十郎　ヤア[一六]仰《おしや》つたり、お馬やの喜三太と見ぬかれたからは、どふで隠すに隠《かく》されぬ、有《(あり)》やうに名乗て聞《き》かせう、よつく聞《き》け。事も愚《おろ》かや[一七]やつがれは、義経公の身内《みうち》において[一八]五天王の随《ずい》一と呼《よ》ばれたる、[一九]法性寺《(ほつしやうじ)》の入道先《さき》の関白太政大臣、お馬やの喜三太とは、おれが事だ。

皆〻　[二〇]ヤア。

団十郎　サア、[二一]どつつ成り共相手になれ、こちらの[二二]腕《うで》に八百《はつぱく》人力《りき》、こちらの腕《うで》に八百《はつぱく》人力、都合あわせて千六百人力《ばくにんりき》、一度に出して寄手の面《めん》〳〵、いち〳〵並《なら》べて其首を胴の中へ叩《たゝ》き込むぞ、それじやア飯《めし》が食《く》われまいぞ。

此蔵　[二三]おきやアがれ。言葉争《あらそ》ひ面倒《めんどふ》な、夫《(それ)》、喜三太に縄を掛《か》けろ。

皆〻　[二四]やらぬは。

お厩喜三太のおかしみの立廻り

くから思っているだけでは辛い。四 曇って月が見えなくても、逢って心が晴れたなら、見えぬ月影を詠めるだけでも嬉しい。五 曲が終わること。六 舞台の上手、下手、奥、または花道の揚幕の内など。七 足音。拍子柝を舞台に打ちつけて足音を強調する。カゲ、ツケともいう。付拍子。鬨(とき)の声をあげ、鳴物の遠寄せをあわせて打ったか。八 滑稽な演技。九 そやつ。そいつ。人を罵っていう語。一〇 京の堀川の義経館を夜討ちし、逆に討ち取られた土佐坊昌俊。一一 甲冑。一二 隠れる。一三 気比明神の幕明きの鳴物。そこから捕手がやってきたことを示す。一四 斎藤次の家来金沢太郎の役。幕明けのぶっさき羽織、野袴の姿で出る。一五 金沢太郎の配下の者たち。捕手。一六「ヤア吐かしたり」と強く、ぞんざいに言うところを、間違って敬語を使うおかしみ。以下の名乗りゼリフも、間の抜けた、おかしみのセリフになる。一七 僕。謙譲語。一八 普通四天王。股肱の臣。四天王には入らないけれども、五天王ぐらいならという愛敬を見せるところ。一九 関白太政大臣藤原忠通のこと。出家して法性寺の別荘に住んだのでいう。へりくだったと思ったら、大ボラを吹くおかしみ。二〇 ツラネやセリフを受けて驚く声。二一 白藤本「どいつ成りとも」。どつつは、その訛り。二二 ウソ八百。嘘をぺらぺら言う人を八百屋といった。底本に「はつぱく」と半濁音あり。二三 江戸語。置きやがれ。よしにしろ。二四 逃がさないぞ。

団十郎　[一]どつこい。

ト是より、笛《ふへ》[二]、三味線入の相方にて、おかしみのたて[三]有て、大勢を相手に色〳〵あつて、とゞ[四]若い衆を花道へ追《お》ひこみ、団十郎、花道へ入《はい》る。此蔵、小《こ》[五]隠《がく》れする所へ、奥[六]より、幸四郎・半四郎・広次出て、辺《あた》りを窺《うかゞ》ひ

広次　[七]サア今こそ君の御大事、ひとまづ此所を御立退《の》き有てしかるべう存じ奉りまする。

幸四郎　とても斯《か》く成る義経が絶運《ぜつうん》、寄手を引受、潔《いさぎよ》く腹掻《か》き切て最期を遂《と》げん。

広次　直井の左衛門、用意〳〵。

半四郎　御切腹とは言甲斐《がひ》なし、暫《しば》しの内の御艱難《かんなん》、御凌《しの》ぎある物ならば、頼朝公にも御連枝《れんし》の御間《あいだ》、ついにめでたく御和睦《ぼく》。只今と成り御短慮《たんりよ》は、いよ〳〵野心《や[八]しん》に似給ふぞや、まづ〳〵お控《ひか》へ下さりませう。

広次　それ〳〵、秀国殿の申されまする通り、月[九]にも日にも折〳〵は、曇《くも》らせ給ふ習《なら》ひあり、暫《しば》しの内《うち》は世の中を忍《しの》ばせ給ふも御身の為、憚《はゞか》りながらみづからが、あなたの御供《とも》いたしませう、サア〳〵お立あられませう。

待《ま》て、最前《さいぜん》からの立振《ふ》る舞《ま》い、合点《がてん》の行ぬと思ひしに、今又、君の御供

一 相手を受けて立つときの掛け声。
二 下座の鳴物。富本の中棹の三味線から、長唄の細棹のかろやかな音に変る。
三 滑稽味のある立廻り。
四 ついに。団十郎が大部屋の若い衆が扮する捕手を花道の揚幕へと追い込んで入る。
※団十郎の父、海老蔵と四代目団十郎は、実悪を表役としたが、芸域が広く、半道(半分道外役)の役でも当りを取った。ことに団十郎を襲名した年、宝暦五年秋の中村

忍ぶの前の別れ

座「信田長者柱」で演じた百姓杵蔵の贋の小山判官は大当りとなって「町中の大評判、小山でござる〳〵と、子供ら迄が海丸(団十郎)のくちまねせし程の大当り」(役者懸想文)と評された。その芸を受け継ぐもの。ここでは、寛延二年(一七四九)正月市村座「葉早寅(はつとら)鞍馬源氏」の御馬屋喜三太の「あほうの大力(だいりき)なる仕内」(役者花双六)を踏まえる。義経の家来が鹿島の事触れに身をやつす趣向は宇治加賀掾浄るり「凱陣八島」に「片岡は鹿島の事触、弁慶は山伏」とある。
五 姿を隠す。
六 舞台上手奥の柱の横にある出入り口より。
七 以下、三人とも本来の時代のセリフにもどる。
八 野人の持つ、あらあらしい心。
九 太陽や月。
一〇 奥州平泉を本拠とする武将。陸奥(むつ)・出羽押領使。鎮守府将軍、陸奥守。義経を庇護し、頼朝に敵対。本作の二番目は、奥州の秀衡館が舞台となる。以下は、その伏線。普通、江戸の歌舞伎で秀衡は、仙台六十二万石の伊達公に仮託され、奥州五十四郡を統括する武将として描かれる。本作で

半四郎　して何処《いづく》へか立退んと頼《たの》もしき詞の端《はし》、そもマアそちは、何者じや。

幸四郎　かふ成りまする上《うへ》からは、何をかお隠し申ませう、私事《こと》は陸奥《みちのく》の一城主、[一〇]藤原の秀衡《ひら》が娘、忍《しの》[一一]ぶと申まする者で御座りまするわいナア。

半四郎　ヤヽ、何、その方が奥州秀衡《ひら》の娘、忍ぶの前とや。

幸四郎　アイ〱、左様《やう》でござりまする。

半四郎　誠に思ひ出《いだ》せば秀衡が五人の兄弟、その末子に忍ぶの前、[一二]それがし下りし折柄《おりから》は、まだ角髪《つの》[一三]の[一四]いたいけ盛り、父秀衡の寵愛深《ふか》く。

[一五]義経公は、此《この》忍ぶが夫《おつと》よ、妻《つま》よと仰《おつしや》つた、そのお言葉を忘れ兼、[一六]十三年の年月《としつき》を、焦《こ》がれ〱し此身の上《うへ》、都の事を承はり、もしやあなたも今一度、お下りなされる事もやと、お迎ひの為あられもない、女子の業《わざ》に馬追ふて、不思議《ふしぎ》にお目に懸《かゝ》りしも、尽《つ》きせぬ御縁で御座りませう。憚《はゞか》りながら我君にも、忍ぶが心を御汲《く》み遊ばして、是より直《すぐ》に奥州へお下りなされて下さりませうならば、有難《ありがた》ふ存《ぞん》じまする。

幸四郎　聞《きけ》ば聞《き》く程親切《しんせつ》なる忍ぶの前が心ざし、忘《わす》れおかぬ、嬉《うれ》しいぞや。

広次　左様《さやう》で御座りまする、十三年以前《いぜん》からあなたの事を、御大切に心にかけておられしとは、[一七]日本一《につぽんいち》の[一八]情《じやう》あり娘。お目かけられて遣《つか》わされませう。

は、「奥六郡」という歴史的呼称を用いてそのうちの六郡を領する一大名という設定になっているのが特色。出羽六郡の領主佐竹公を見立てたもの。
※五建目六建目で団十郎扮する富樫左衛門が二本松十万石の大守丹羽長貴公に見立てられるのに対し、この幕の義経は秋田藩二十万石の藩主佐竹義敦公に見立てられる。鳥居清長の芝居絵本で富樫は丹羽の「大洲流し」の紋、義経には佐竹の替紋である源氏香の「花散る里」の紋どころが描かれる。佐竹公は、八幡太郎義家の弟、新羅三郎義光を祖とする、源家の弟の血筋で、源義敦と署名した。下谷の三味線堀の江戸屋敷を三階建てに改築した際に蜀山人をはじめとする狂歌師を招き盛大な狂歌会を開くなど文雅な大名として知られた。平賀源内門下の蘭画家で曙山と号した。江戸の留守居役には朋誠堂喜三二らの戯作者もいた。このような風雅な大名を登場人物に見立てる手法は、黄表紙にも影響をあたえる。寛政の改革のおりには、天明八年刊「文武二道万石通」で白河公松平定信を畠山重忠に仮託し、以後、喜三二は黄表紙の筆を絶った。その一方で、翌寛政元年「荏柄天神利生鑑」で畠山重忠に扮した幸四郎には、観客から「白河〱」の誉め言葉が掛けられた。そればかりか江戸城に登城する白河公に供侍らが幸四郎の屋号である「高麗屋〱」の声を掛けたという(歌舞伎年表)。
一一 陸奥の国、信夫(しのぶ)の里の忍ぶ振摺(もじずり)に因んだ役名。 一二 義経が京の鞍馬寺を抜け出し、秀衡の庇護を求めた若き日をいう。 一三 上代の子供の髪型。真中から分け

幸四郎 なる程〳〵、それがしとても兼てより、又奥州へ下らんと、思ひ設《もう》けし事なれば、是より行《(ゆく)》は安けれ共、女子《(によし)》を連《つ》れては路次《じ》もいかゞ、人の目端《つま》に懸《かゝ》らぬうち、そなたは早ふ先へ行《ゆ》きや。

半四郎 イヱ〳〵、せつかく是まで参りまして、お目に懸りし此《(この)》忍ぶ、どふしてお先へ参《まい》られませう、どふぞあなたと御一所に、お供いたして参りませう。

幸四郎 サア、その心ざしは厚《あつ》けれども、そなたと一つに行事《(ゆくこと)》は。

半四郎 ソリヤお情なふ御座りまする、せつかく〳〵、是迄よふ〳〵と、思ひ思《おも》ふて参りました。

広次 ハテサテ、お別《わか》れ申て此後《(このゝち)》に、ふたゝび会《あ》わぬといふではなし、平《ひら》にお供は御無用〳〵。

半四郎 サア、そふ仰《おつしや》ればそふなれども、是ばつかりは。

幸四郎 聞わけのない忍ぶの前、唐土《もろこし》の[一]李将軍は陣中に女を戒《いまし》め、気を計《(はか)》りたる例《ため》しもあり、[二]静御前も津の国大物《(だいもつ)》の浦にて別れしぞや。押《お》しつけ堅固で奥州の、父が屋形で対面せん、サア〳〵早ふ先へ行《ゆ》きや。

半四郎 お言葉かへすは恐れあれ共、五つや六つの其時より、思ひ染《(そめ)》たる義《よし》経公。

て、耳の上に丸く結ったもの。 一四 可愛らしい。 一五 忍ぶの父秀衡が、かつて娘に言いきかせた言葉。謡曲「道成寺」に拠る。「昔この所に真砂(まさご)の庄司といふ者あり。かの者一人の息女を持つ。また、その頃、奥より熊野へ参詣する山伏のありしが、庄司がもとを宿坊と定め、いつもかの所に来たりぬ、庄司娘を寵愛のあまりに、あの客僧こそ汝が妻よ夫よなんどと戯れしを、幼心にまことと思ひ年月を送る」というもの。この娘が「道成寺」のシテの鬼女になり山伏をとり殺す。義経一行が熊野詣の山伏になって関所を越えたことから、この「道成寺」の設定に結びつけたもの。二番目の伏線。 一六 義経は承安四年(一一七四)十六歳のときに平泉に入る(義経記)。本作でもそれを踏まえるが、文治元年(一一八五)までは足かけで数えても十二年間しかない。それを十三年間に設定したもの。翌文治二年になる二番目でも「承安四年より、今文治二年まで十四年が間」(三二四頁)と一年増しに数える。十三年ぶりの再会を強調したもの。十三鉄漿(かね)の祝いなど十三年は女の子が大人になる区切りの年。二番目の忍ぶの前の髪梳きの櫛(九四)の異称でもあり、奇(く)しき因縁のイメージも重ねる。 一七 すばらしい。最高だ。「日本(にっぽん)だ」は安永天明期の流行語。天明四年「此奴和日本(こいつはにっぽん)」という題の黄表紙が出版された。 一八 情無(じょうなし)の反対。愛情深いということ。

一 前漢の武将で匈奴討伐にあたり天下無双と称された李広将軍のこと(史記・李将軍列伝)。

広次　ハテサテ、夫《(それ)》も押《お》[三]しつけ何[四]やかや、[五]かてゝ加《くわ》へてお話《はなし》申しや。

ト言《い》ふうち、又人音する

広次　あれ〳〵、又も追手の人音、目に懸つては為にならぬ、サア〳〵早《はや》ふ立退きめされい。

幸四郎　夫《(それ)》〳〵直井の左衛門、忍ぶの前を四五里がうち、せめて送てやつて給《た》も。

広次　畏《かしこ》まりました、いざ〳〵。

ト半四郎を引立る

半四郎　是申、我君さま。

広次　[六]コリヤ。

[七]〽忍ぶはあまりに耐《た》へ兼て、逢《あ》ふ事繁《しげ》き恋路さへ、別れはつらい物なるに、ましてわらはが身の上《うへ》は、お側離《はな》れていつか又、お言葉交《か》わす事もなく、恋し〳〵と思ひ寝の、夢にお顔を見るよりは、[八]外《(ほか)》に涙の憂《う》き別れ、せめて[九]形見《かたみ》と縋《すが》り寄る。君も[一〇]便《びん》なく思《おぼ》せ共、何今さらの物思ひ、未練《みれん》見せじと振《ふ》り払《はら》ひ、立《た》ち退《の》き給ふを慕《した》ひ寄《よ》る、中を隔《へだ》つる雨[一一]やさめ、諫《いさ》め〳〵て詮方《せんかた》も、涙に道も[一二]白河を、さして[一三]

ト此浄るりの内《うち》、半四郎、幸四郎に別れを惜《お》しむを、広次、隔《へだ》

二 義経の愛妾。謡曲「舟弁慶」に拠る。義経記では大物の浦で別れたのは静をのぞく十人の女性。静御前は吉野まで同行し、そこで別れることになっている。
三 そのうち。程なく。
四 いろいろ、さまざまなこと。それらが無事に納まってを省略、婉曲に言ったもの。
五 その上に。あなたのお気持ちを加えて。
六 義経に縋ろうとする忍ぶの前を止める言葉。浄るりのカカリ(演奏のキッカケ)になる。
七 以下、忍ぶの前の道行の段切れになる。タテ語りの持ち場。
八 外に無いに掛ける。
九 思い出に一夜契りを交わしたい。
一〇 かわいそうに。
一一 さめは雨のこと。義経との間を隔てる奴を雨に譬えるとともに、別れの涙で義経がかすんでゆくさまをいう。
一二 白河の関。奥州の入口。
一三 以下〽たどり行く」などを省略。「さして」の「て」の母音「え」を「えー」と産字《(うみ)》で延ばして語り納める。語り切らずに余韻を残す段切れの表現方法。

　　て〻無理矢理《やり》に、東の歩《あゆ》み[一]へ連《つ》れては入《(い)》る。幸四郎、残り居ると、
　　[二]此蔵・[三]仲五郎、[四]紅《もみ》襦袢《ばん》にて[五]十手《じっ》を持《も》ち、[六]大勢引連《つ》れ、花道に窺《うかゞ》ひ
　　いる

幸四郎　忍ぶの前が心ざし、不憫《ふびん》には思へども、此身に迫《せま》る今の難義《(なんぎ)》、堪忍《かんにん》して
くれいやい。

　　ト思入《おもいれ》して

幸四郎　イヤ〳〵、かふ言《(いふ)》うちにも安からぬ、それがしが身の上、人目にそれと
懸《かゝ》らぬやうに。

　　[七]トおしよぼ絡《から》げをして、頰《ほう》かむりをかむり、[八]馬士の形《(な)》りに拵《こしら》へ、
　　馬を引て花道へかゝる。此蔵始め皆〻、幸四郎を[九]押《お》し返《かへ》す

皆〻　[一〇]動《うご》くな。

幸四郎　是は旦那衆、どふで御座りまする、此馬方《かた》に動《うご》くなとわへ。

此蔵　なる程わりやア[一一]馬方《かた》だ、隠《かく》れ紛《まが》へもない馬方《かた》と、よつく見ぬいて取《と》り巻
た、馬方《かた》ならば用がある。

幸四郎　はて怖《こわ》い馬方《かた》な。もし、して馬方《かた》に御用はヱ。

仲五郎　外《(ほか)》の事でもない、此度、鎌倉表よりお尋《(たづね)》なさるゝ馬がある、夫ゆへわれ

一　現在の仮花道。花道を西の歩みという。東は上手。西は下手の意。本来は土間の客の通路なので歩みという。

義経の所作ダテ

※忍ぶの前の別離の涙の悲しさを払拭する華やかな義経の所作ダテ。立廻りに絡む捕手たちも、団十郎の喜三太のおかしみの立廻りの時のリアルな扮装から、派手な花四天《(よて)》に変る。

二　斎藤次の家来金沢太郎の役。此蔵は「立《(た)》〔て〕と云へば善次・此蔵」(劇神僊話)とされた立廻りの名手。この所作ダテでトンボ返りなどの腕を見せる。　三　佐野川仲五郎。「暫」で引っ立ての公家に扮した敵役。此蔵とともに捕手頭の役。　四　紅花で赤く染めた絹の肌着。江戸では鹿子などの絞りを使う。裾の短い半服で、ちょうど花四天の姿になる。現行の「落人」(お軽勘平道行)の伴内の原型で、伴内の場合は段鹿子の長襦袢を尻っぱしょりに着て、女性用の柔らかな扱《(しご)》〔き〕帯を前に締め、赤い鉢巻をする。　五　江戸の捕物の道具。町奉行所の同心は十手と捕縄で捕縛するのが原則で、長脇差の刀は刃挽きになっていた。捕縛術には、竹内流・夢想流など諸派があった。江戸の歌舞伎でも十手のタテを重んじて、中村座では立廻りの振付をする中通りの頭は銀の十手を持つことが許された。　六　大部屋の若い衆。捕手の役。花四天の姿。向う鉢巻で、十手または縫いぐるみの棒を持つ(図)。　七　着物のうしろの裾を帯に挟んで動きやすくすること。　八　紫の置き頭巾を取って羽織を脱いで馬子に身をやつす。馬子に身を

にその馬の、あり家《(か)》を鳥渡《(ちよつと)》聞ふと思つて。
ト寄《よ》る。立廻り有て、仲五郎を投て[一二]
幸四郎　成程わしやア馬方《かた》ゆへ、馬の事なら何なりともお尋《たづ》ねなさい、お話申《はなしもふ》す。
此蔵　そんならわれが、あの馬の、謂《いわ》れ因縁《いんゑん》、古事来歴《らいれき》、尋《たづ》ね事は吐《ぬ》かすだまで。
ト寄る。立廻り有て、此蔵を投《なげ》て
幸四郎　ソリヤ、何《なん》なりとも中ませう。
此蔵　それ。
皆〻　[一三]やらぬは。
幸四郎　やらぬもやるも馬方《かた》次第、[一四]はいしい、どふでも相手になるか。
此蔵　馬方《かた》ぐるめに。
皆〻　動《うご》くな。
[一五]〽伝《つた》へ聞、車匿《しやのく》[一六]童子も御仏《み》の、誓《ちか》ひの駒にのり[一七]の道、荒野《あらの》の道の駒だにも、繋《つな》げば繋《つな》ぐ物ならじ、色と情の[一八]綯《な》い交《ま》ぜも、手綱を腰《こし》に馬柄杓[一九]、手には又轡《くつわ》、難波入江の葦分《あしわけ》[二〇]の駒や、月毛《つき》[二一]、雲雀毛《ひばり》[二二]、甲斐の黒[二三]、額白《ひたい》[二四]、[二五]三つ白、四つ白、月額《つきびたい》[二六]、扨も見事な乗掛け馬[二七]や、手綱早《はや》めて行時《(ゆく)》は、

やつす代表的なものに「与作」(乗掛情の夏木立)がある。九 花道から本舞台に押し戻すこと。一〇 捕手の掛け声。神妙にお縄につけ。一一 馬方に身をやつすところを花道で見ているので、承知の上での謎かけになる。義経を馬に見立てて謎をかけるところ。一二 義経に投げられてトンボを切る。一三 逃がさないぞ。一四 馬を追うときの掛け声。ハイシイドウにどふでもを掛ける。一五 以下、三人の太夫が一同に語る馬づくしの浄るり。浄るりの文句に合わせた物真似の振りではなく、所作ダテという舞踊的な立廻りになる。一六 悉達太子(釈迦)が修行のため檀特山(だんどくせん)に入るとき、馬の口取りをした従者。お釈迦さまとの別れを惜しんで悲しむ場面を「車匿の別れ」という。一七 法(のり)の道に、馬に乗るを掛ける。一八 義経の忍ぶの前に対する気持ちをいう。それを女馬子や「与作」物の頬冠りの手拭や脚絆の模様に使われる「手綱染」のダンダラ模様に掛ける。「江戸ニテ手綱染ト云馬ノ手綱ニ多クアル形故也」(守貞漫稿・図)。一九 馬を洗うための柄杓。二〇 葦分舟を馬にしたもの。葦の生い茂ったなか

いつも桜の花心

皆ゝ　どつこい。

へ隙《すき》を伺ひ左右より、取たと掛《かゝ》るを無二無三《む》、殴《なぐ》り情も荒馬に、ひらりと法《のり》[一]の玉鉾《ぼこ》[二]や、西天竺《(さいてんちく)》[三]まで翔《かけ》りたる、彼《(か)》[四]の周《しう》の代《(よ)》の駿馬にも、劣《おと》らじものと勇《いさ》み足、駒も双葉《ふた》[五]の山嵐、さつ〳〵と吹《(ふき)》おろす、風か木《(こ)》の葉か、さら〳〵〳〵、さすが源氏の御大将、越路《こし》をさして一鞭《ひと》に、打《う》ちたて〳〵

ト引《ひ》[六]つ取《と》り、三重の切に、一声[七]に成り、向《(むかふ)》[八]へ幸四郎、馬に乗て、紅葉[九]の枝を鞭《むち》にして、潔《いさぎよ》くは入《(い)》る

幕

桜田作

を通る困難をいう。二一 白毛に黒または濃褐色の毛が混じった葦毛で、やや赤がかったもの。以下、馬の毛色づくし。二二 たてがみと尾と背の筋の黒い、黄白まだらの馬。二三 甲斐の国の黒毛の馬。甲斐の黒駒。二四 額の白い馬。月額。二五 脚の毛をいう。膝から下、三足が白いものを「三つ白」。四足とも白いものを「四つ白」という。二六 額に白のまだら毛のある馬。二七 道中の駄賃馬。

一 乗るに掛ける。義経が馬に乗る。
二 道のこと。
三 インド。中国から見て西。
四 中国、周の穆《(ぼく)》王の故事。八頭の駿馬を手に入れ、西方に巡幸し、崑崙山中の瑤池で仙女西王母《(さいおうぼ)》と出逢ったことをいう(十八史略)。
五 若いことをいう。
六 浄るりの三味線で弾いて取ること。三重は段切れなどに弾く三味線の手の総称。のちに「引取三重」(御狂言楽屋本説)と呼ばれる。
七 下座の鳴物。笛に大小鼓を打ち合す。
八 花道の揚幕。
九 紅葉の枝を手折って鞭のかわりにする演出。市川流の家の芸の一つ「矢の根」で曾我五郎が大根を鞭にする格。二枚目の和事師なので風流な紅葉にしたもの。

第一番目五建目《いつたてめ》

大薩摩主膳太夫浄瑠璃入《いり》

安宅の関の段

役人替名次第

一、九郎判官義経　松本幸四郎
一、源《げん》八兵衛広綱　坂東又太郎
一、鷲の尾の三郎義久　市川　雷蔵
一、大津の次郎民利　姉川新四郎
一、増尾の十郎兼房　市川　染蔵
一、赤井八郎景次　市川　滝蔵
一、駿河の次郎清重　市川門之助
一、武蔵坊弁慶　市川海老蔵

一、富樫の左衛門家直　市川団十郎
一、斎藤次《さいとうじ》祐家　中島勘左衛門
一、常陸坊海存　嵐　音八
一、樋爪《ひづめ》の太郎　佐野川仲五郎
一、備前平四郎成景　市川　綱蔵
一、出羽の軍藤とし高　宮崎　八蔵
一、江田の源三《げんざう》広基　市川団太郎
若い衆　大勢

時　文治元年(一一八五)十一月
所　加賀の国、安宅の関

親玉(おやだま)こと座頭(ざがしら)の三代目市川海老蔵(六十三歳)が登場する幕である。海老蔵は、弁慶に扮し、大名題の「勧進帳」を演じ、幕切れでは茶目っ化たっぷりの「芋洗い」の荒事を見せる。毬栗(いがぐり)頭の大坊主の弁慶が着る鮮やかな緋の衣は、鍾馗(しょうき)・為朝など子供の疱瘡除けの紅刷りの守護神が動き出す面白さがある。「いも」は疱瘡の異名で、「芋洗い」の荒事は、安永二年(一七七三)の春から夏、江戸中で流行し、十九万人の死者を出した疫病を洗い流す呪力になる。還暦を過ぎた海老蔵にとって緋の衣の赤い色は、やんちゃな子供にたちかえるシンボルともなった。

物語は能の「安宅」を踏まえるが、その一方で、三建目で団十郎が演じた市川流の正統な「暫」のやつしになっているところが見どころ。大薩摩の浄るりで松本幸四郎(三十七歳)の義経をはじめ十人の立役が花道に立ち並んだところが市川揃えの魅力で、海老蔵の出端に花を添える。

一方、五代目団十郎(三十三歳)は、幸四郎とともにこの幕ではワキにまわる。富樫左衛門に扮し、弁慶・義経に同情し、情けで関を通す実事師の役柄を演じる。団十郎の富樫が素袍烏帽子の大名姿で揚げ障子を上げて出る演出は、市川流の江戸歌舞伎の魅力のひとつである。

本舞台三間の間《あいだ》、加賀の国、[一]安宅の関所にて、西東に見へよき木[二]戸をしつらひ、[三]正面に幕を張り、[四]突棒《つくばう》・刺股《さすまた》の飾《かざ》り付。[五]番手桶《ばんてをけ》・[六]用水桶、[七]是《これ》に好《この》みあり。東の柱に[八]松の上枝を綴《と》ぢつけ、思ひの儘に枝葉茂り、高塀いつぱいに這《は》いかゝり、その枝、西の柱迄届き、此《この》枝に[九]里好《りかう》が紋の付たる衣装の片袖掛り在る。[一〇]幕の内より、[一一]大洲《す》流しの紋のついたる[一二]高挑灯五《い》つ張り、[一三]侍の形《な》りにて若い衆大勢持《もち》居る。[一四]八蔵・[一五]仲五郎、対のぶつさき羽織、袴《はかま》、股立《ももだち》の形《な》りにて、[一六]弓張り挑灯を持《もち》居る。[一七]物音して、[一八]人声《ひとごゑ》にて幕明

ト八蔵・仲五郎、方《はう》〴〵へ気をつけ

八蔵　かた〴〵抜《ぬ》かるな。此《この》関こそ、此度、[一九]源二位《げんにゐ》頼朝《らいてう》公、伊予守義経公、御連枝《れんし》の御中《おんなか》不和となり給ひ、都堀川の館を逐電《ちくでん》あつて、行衛しれずとの義経《ぎけい》の風聞。よつて[二〇]新関を据《す》へ置《おき》、もしや奥州へふたゝび下らんとの心もやと、往来を改《あらた》むる。その為まさしく最前忍び越《こえ》しは、怪《あや》しき曲者《くせもの》。

仲五郎　何《なん》と、左様《やう》では御座《ござ》らぬか。

いかにも、出羽の軍藤とし高殿の仰の通り、[二一]夜の明《あ》けざるに忍び越へしは曲《くせ》者に相違《そうい》ござらぬ。[二二]昼《ひる》のうちは斎藤次《さいとうじ》祐家が役目。曲《くせ》者に関を越へ

一 謡曲「安宅」の舞台。ただし大道具は江戸時代の関所(図)。正面に番所。のちに揚げ障子で団十郎の出になる。 二 関所の出入りの木戸。東西の柱に取りつける。 三 番所の軒先に掛ける。関守の紋を染めたもの。 四 捕り物の道具。袖がらみとともに関所に備えられた三つ道具(図)。江戸の町の辻番所の表にも飾られた。 五 用水桶の上に重ねて並べる。防火用の手桶。 六 天水桶。防火用の雨水をためる大きな桶。 七 演出の特別な指定のこと。幕切れの「芋洗い」のためのもの。 八 塀越しに出た松の枝。舞台の天井より釣り枝を下げる。 九 中村里好の定紋「抱(だき)若松」の付いた振り袖。関を忍び越えたときに残したもの。 一〇 以下、幕を明けたときに、すでに舞台に居る板付(いたつき)の役者たちの指定。 一一 紋所の名。治水に使う蛇籠や杭を図案化したもの。ここ

安宅の新関

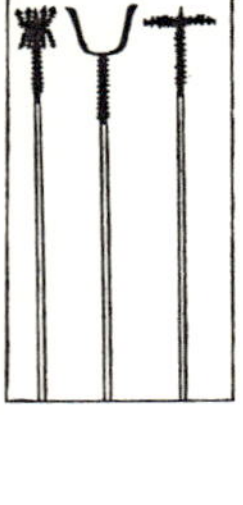

られしは、富樫の左衛門が不調法、申訳は御座るまい。侍中《ちう》、関所のぐるりを詮議《せんぎ》おしやれ。

皆々　ハア。

ト言《い》ふうち、花道にて、斎藤次祐家さまのお入《い》り、と呼《よ》ぶ。[二三] 時の太鼓《たいこ》にて、勘[二四]左衛門、白髪親爺《しらがおやぢ》にて、股立《ももだち》、烏帽子大紋《だいもん》、竜神《りうじん》巻《まき》にて、中啓を持《も》ち、先へ窠《くわ》[二五]の紋のつきし高挑灯を二《ふた》張り立《た》て、侍大勢連《つ》れて出て来る。すぐに本舞台へ来て、方々詮議《せんぎ》。八蔵・仲五郎、下へ下《さが》つて

八蔵　斎藤次祐家様、関所を越へし曲者《くせ》の様子《やうす》。

仲五郎　詳《くわ》しくお聞なされましたか。

勘左衛門　いかにも、此度頼朝《らいてう》公の厳命にて、新《あらた》に据《す》へられし加賀の国安宅《あたか》の関所、何者にか越へられしとの風聞《ふうぶん》あつては、富樫の左衛門は格別《かくべつ》、かく申《まうす》、越前の住人斎藤次祐家、年《とし》こそ寄《よ》れ、鎌倉殿え対し一言半句の申訳が御座ない。よつて取る物も取りあへず、此所へ罷越して御座る。定めて、こゝの隅《すみ》、かしこの隈《くま》々、怪《あや》しい所を、各《おのおの》は、詮議《せんぎ》おしやつたか。

八蔵　左様《さやう》で御座る。随分《ずいぶん》と残りなく、詮議《せんぎ》いたして御座れ共、是ぞと申《まうす》、怪《あや》

では「丹羽の紋所なる拍子木の如きを打違へ候を二つ並べて附たるを大洲流といへると、古実者の語りし」(耳嚢)とある二本松城主丹羽左京太夫の丹羽直違《すじかい》の紋。大惣本には紋の指定はない。一二 番屋の入口に飾る。家紋などを付けて竿で高く掲げ目印にする。一三 捕手の武士。一四 宮崎八蔵。三建目では暫の引っ立ての公家を演じた半道役者。この幕では関所の役人出羽軍藤の役。一五 佐野川仲五郎。三建目では暫の公家。四建目で捕手頭新宿三平。この幕では関所の役人樋爪太郎。出羽・樋爪とも奥州の地名。今切御関所改次第に「与力二人同心六人宛五日代勤ㇾ之」とある江戸時代の関所の与力の二人。一六 弓張型の竹に吊るした提灯。手に持って前方に掲げる。一七 バタバタ。拍子柝を打ち付けて足音の擬音とする。一八 若い衆の捨てゼリフ。下座の鳴物を使わないリアルな演出。一九 文治元年四月、平家追討の功により従二位に叙されたのでいう。二〇 臨時の関。江戸時代も必要に応じて設置された。二一 江戸の関所は明け六つから暮六つまでの通行。それを踏まえる。二二 関守を二人にした趣向。義経記の「越前国の住人敦賀兵衛、加賀国の住人井上左衛門、両人承りて、愛発の山の関屋を拵へて、夜三百人、昼三百人の関守」とあるに拠る。二三 城中で時刻を知らせる太鼓。下城・登城などに打つ。歌舞伎では奉行所の白洲の取調べの場にも用いる。大太鼓で「ドン」と一つ頭を打ってから打つ。二四 中島勘左衛門(三十六歳)。越前の大名斎藤次の役。四建目の気比明神では種子島の短筒を持ったお忍び姿。ここは役目上の

しい事も見へませぬ。夜の明けぬうち、詰所の関を破られし富樫の左衛門は、論なしの不《ぶ》調法。差《さ》し当つて痛《いた》[一]い腹をやらかさゞア成りますまい。何と斎藤次殿、苦《にが》〳〵しい事じやア御座らぬか。

仲五郎　越度《おちど》がござれば、我〳〵とても武士の役目《やくめ》、切腹仕るは兼ての心得《へ》。大切なる此関所を越したる曲者《くせ》こそ、義経《つね》の身寄《よ》りかも知れませぬ。左様《やう》で御座れば、富樫の左衛門は、切腹では済みますまい。殊によつたら、縛《しば》[二]り首。

勘左衛門　是〳〵、いかに若いとて、めつたな事を中《まうす》な。大切成る安宅の関所、富樫の左衛門家直、何者にか越へられしと、此方から訴へても、証拠なければ水かけ論《ろん》、かゑつて人の嘲《あざけ》りを受る事、夫共《それとも》、確《たし》かな証拠《せうこ》が有るか。

仲五郎　サア、それは。

勘左衛門　なんと。

八蔵　まだ、その所へは参りませぬ。

勘左衛門　馬鹿《ばか》〳〵しい。そのやうな事で、富樫の左衛門に腹が切らせられるものか。扣へておいやれ。

両人　心得《こゝろへ》て御座る。

正装。竜神巻は、大紋の片袖を脱ぎ、熨斗(のし)包みの形に結んで肩のうしろから立てたもの。現実にはない、歌舞伎独特の扮装。亖 木瓜(もっこう)のこと。安永二年当時の江戸北町奉行、曲淵(まがりぶち)甲斐守景漸(かげつぐ)の定紋「丸の内横木瓜」。

一 切腹。 二 武士は自裁(じさい)。他人に裁かれる縛り首、打ち首、磔(はりつけ)は不名誉とされた。 三 江戸時代の関所は「入り鉄砲に出女」を取り締りの第一とした。寛文七年の今切御関所改次第にも「女並に銃砲を第一改可レ申候」とあり、女性に関する取り調べについての注意事項が並べられている。これは江戸の藩邸にいることが義務づけられている各藩主の妻がひそかに本国に帰ることを監視するためのものである。関所を越えたのが女性ということになると、富樫の罪がますます重くなるということ。四建目の斎藤次の持つ種子島の短筒と対の趣向で「入り鉄砲に出女」となる設定。

※斎藤次が安宅の関で義経一行を押しとどめる設定は、江戸時代に入って馬場信意によって書かれた通俗史書「義経勲功記」(正徳二年刊)十七・義経危難附斎藤次助家事に拠る。義経勲功記は、金井三笑によってまとめられたとされる狂言作者の虎の巻、世界綱目に「義経記」の世界の引書(参考文献)として掲げられ、本作四番目の小名題にも「勲功記」とある粉本の一つ。ただし、義経勲功記では、安宅の関の主人は加賀国の守護職富樫介家直で、斎藤次はその舎弟であった。富樫とともに斎藤次を関守とし、江戸北町奉行曲淵(まがりぶち)甲斐守景漸(かげつぐ)に見

勘左衛門　何、かた〴〵、いよ〳〵曲者《くせもの》忍び越《こ》へしとの儀に相違なくば、今一度、方〴〵詮議《せんぎ》おしやれ。

皆〻　ハア。

ト所〻へ、気を付《つ》け

勘左衛門　待《ま》て〳〵。見れば合点《がつてん》のゆかぬ、あの松が枝にかゝりあるは、何やら、異《い》な物の体《てい》に見ゆる。早ふ、降《お》ろして持て参れ。

皆〻　畏《かしこま》りました。

ト手ばしかく、松の枝にかゝりたる、片袖を取て、勘左衛門へ渡す。勘左衛門、合点《がつてん》のゆかぬ思入《おもいれ》して

勘左衛門　扨こそ、片《かた》袖、縫ふたる紋は、抱《だ》き若松。[三]ことに女の片袖。あの松が枝《へ》にかゝりしは、関を越へたる曲者《くせもの》の《ゝ》証拠《せうこ》。是さへあれば、富樫の左衛門家直が不調法《ぶてうほふ》に相違《そふい》はない。しからば鎌倉殿へ右の様子《やうす》を言上《(ごんじやう)》して。

八蔵　左衛門が身の上は。

仲五郎　いよ〳〵切腹。

勘左衛門　やかましい。此上は、義経《よしつね》に気をつけい。

皆〻　畏《かしこま》りました。

立てることで江戸幕府の職制が二重写しになるように仕組まれている。曲淵は、明和六年(一𠂉九)から安永期をはさみ天明七年(一𠂉七)まで江戸北町奉行を勤めた。田沼意次の一派で「人の憎むものは曲淵甲斐守」(蚊やり火)などと悪口を言われた。その一方で、幕末になると大岡政談の「おこよ源三郎」などで名奉行とたたえられることになる不思議な人物である。江戸の町奉行所は、老中をはじめとする江戸幕府の職制にならい、北町南町月替りの担当であった。それを昼と夜の時替りにしたのは、義太夫の双蝶々曲輪日記の「引窓」の趣向を踏まえたもの。富樫が差配する夜の闇の中で初めて人の情けが生かされることになる。なお、斎藤次が烏帽子大紋の扮装で出るのは、江戸幕府の行事における町奉行の礼装による。町奉行は家格三千石なみの旗本であるが、役職により一万石以上の大名の扱いをうけて、従五位朝散太夫に任ぜられ、五位の諸太夫の礼装である大紋に風折烏帽子の着用を許された。ただし、歌舞伎では、烏帽子を大きく派手にした梨子打烏帽子などを用いる。大紋の竜神巻は、有職故実にはないもので、能の「竜神」の扮装をもとに発展さ

ト囁《さゝや》き、皆ゝ思入《おもいれ》して、勘左衛門、片袖を隠《かく》して、[一]見事に居並ぶ。

ト[二]主膳太夫浄るり

大薩摩主膳太夫浄瑠璃〽[三]旅の衣は[四]篠懸《すゞかけ》の、露けき袖《そで》や絞《しぼ》るらん。[五]鴻門《こうもん》、楯《たて》破れ、都の外《（ほか）》の旅衣、日もはる〴〵と、越路の末《すへ》。[六]義経《よしつね》公の御《（おん）》ありさま、[七]木にも萱《かや》にも、行来《ゆきゝ》にも、心を奥の高館《だち》へ、主従以上[八]十二人、いまだ習《なら》はぬ旅姿、袖の篠懸《すゞかけ》、露霜を、[九]今日《けふ》あけ初《そ》めていつ迄の、限りといざや[一〇]白《しら》波の、末《すへ》は遥《はる》かに湊となる、葦《あし》の篠原波よせて、なびく嵐の激《はげ》しきは、花の安宅《あたか》に着《つ》きにけり

ト此浄るりのよい[一一]程の中より、[一二]幸四郎義経、[一三]門之助駿河の次郎、[一四]新四郎大津の次郎、[一五]雷蔵鷲の尾の三郎、[一六]綱蔵備前の平四郎、[一七]染蔵増尾《（ましお）》の十郎、[一八]滝蔵赤井の次郎、[一九]団太郎江田の源蔵、[二〇]音八常陸《ひたち》坊、[二一]又太郎源《（げん）》八兵衛、いづれも[二二]広袖着流《きなが》し、水衣《（みづごろも）》、頭巾《ときん》、篠懸《すゞかけ》、半大口にて、臑当《すねあて》、重《かさ》ね草鞋《わらぢ》、[二三]金剛杖、[二四]刺高数珠《いらだかじゆず》、[二五]おの〳〵綺麗《きれい》に取り揃へ、花道へ出て居並《なら》ぶ

幸四郎　義経、いやしくも[二六]清和の台《うてな》を出て、[二七]多田の満仲《（まんぢう）》の正統、今、天下に威を揮《ふる》い、[二八]六十余州がその間を納め給ふ、[二九]右大将正二位源の頼朝、我兄なが

せたものである。「道明寺」（菅原伝授手習鑑）の判官代輝国の扮装などで完成された。道中を歩くためにとる股立の姿は「菅原伝授手習鑑」人形浄るり初演の絵づくしにも

義経の出端

見られる。大紋の片袖を脱ぎ竜神巻の姿となって股立を取る不思議な姿は人形浄るり・歌舞伎が創り出したものである。

一 関守の斎藤次は、高合引《（たかあいびき）》に腰を掛けて立ち姿に構える。出羽軍藤と樋爪太郎が左右に控え、うしろに若い衆の侍たちが居並ぶ。 二 三建目の暫の出端の浄るりを語った太夫。三代目。三味線杵屋喜三郎。三建目の荒事の出端に対し、ここでは道行を語る。舞台上手の上、二階桟敷の奥で演奏する。 三 以下、謡曲「安宅」の道行に拠る。 四 山伏の着る篠懸衣。 五 漢の高祖の故事。樊噲《（はんかい）》の楯のこと。義経の堀川の館《（たて）》に掛ける。 六 以下、〽心を奥の高館へ」まで謡曲の文句を書き改める。謡曲では伊勢三郎ら六名の名を挙げるところ。のちに一人ひとりが花道で名乗りゼリフをいうための省略。 七 草木の動きにも敵かと心を配ること。 八 謡曲に拠る。この作品では主従は十人。 九 謡曲「分け初めて」。 一〇 謡曲には「白雪」。以下、謡曲では春の季節を示す。本作では、季節を冬としたので、その部分を省略する。 一一 浄るりを少し語ったあと、適当なところで役者の出端になる。 一二 松本幸四郎。義経の役。 一三 市川門之助（三十一歳）。若衆形。三建目で下河部行平に扮する。ここでは、亀

門之助　ら、梶原父子が奸佞《かんねい》の舌さきにかゝり、むなしく兄弟の親《した》しみを断《た》ちしか。思《おも》へば〳〵浅《あさ》ましいナア。

その御憤《いきどふ》りこそ、御尤にこそ存じますれ、我君親兄《しんきやう》の礼を重《おも》んじ給ひ、鎌倉どのへ対《たい》し、野心《やしん》なきとの義経公の御胸中は、源家の氏神、正八幡[三〇]も照覧《せうらん》あれ。

新四郎　世に讒言《ざんげん》程、情なきものはなし。すでに菅原《すがはら》[三一]の道真卿《みちざね》、か程に道を尊《たつと》み給へども、讒者時平《ざんしや(しへい)》が業《わざ》によつて、ついに筑紫《つくし》の波枕。

雷蔵　誠や、叢蘭茂《そうらんしげ》[三二]らんとすれば、秋風《しうふう》是を破るとかや。平家や木曾の大敵《たいてき》を討《う》ち滅《ほろ》ぼし、国家を治め給ひしも、皆、我君の鉾先《ほこ》ならずや。言《い》ひがひなき、頼朝公の御《おん》ふるまい、是、大将の器《うつわ》にあらず。憤《いきどふ》りをもつて憤《いきどふ》りに向《む》かはゞ、たちまち御連枝《れんし》呉越《ごあつ》[三三]となり。

綱蔵　矛盾《むじゆん》と成て鎬《しのぎ》を削《けづ》らば、我〳〵とても必死《ひつし》の一戦《いつせん》。己《おの》れやれ、鎌倉勢《かまくらぜい》、敗北《はい》させてくれんずもの。

染蔵　早《はや》る心も君が為。ひとまず、都《みやこ》を開《ひら》かせられ、ふたゝび奥へ忍ばるゝ、義経公の御身の上《うへ》、お労《いたわ》しく共、時節とも。

滝蔵　たゞ諦《あきら》めて道すがら、供奉《ぐぶ》仕るが忠臣ならずや。行先とても敵《かたき》の中、油《ゆ》

井・片岡・伊勢・駿河と呼ばれた義経四天王のひとり駿河次郎清重の役。一四 姉川新四郎。大坂の姉川新四郎とは別系。江戸の色子出身の若衆形。大津の浦で都落ちの義経の家来となった大津次郎の役。一五 市川雷蔵(二十歳)。三建目で馬引きの荒事を演じた鷲の尾三郎の役。一六 市川綱蔵。先代雷蔵の弟子。十人のうち、ただ一人の敵役。鵜越に従った義経の家来備前平四郎の役。一七 市川染蔵。幸四郎門下の若手立役。この顔見世で師の前名染五郎に改める。四建目では富樫の家臣加賀次郎の役。ここでは増尾十郎に扮する。一八 市川滝蔵。幸四郎門下の若衆形。「男振人品トモニヨケレ片舞台ハトクトセズ」(劇神僊話)。十人の主従には若くて見た目のきれいな役者が選ばれたことがわかる。赤井次郎の役。一九 市川団太郎。団十郎門下の若衆形。江田源三の役。二〇 嵐音八。二代目。江戸道外形の名人初代音八の子。坂東又太郎の弟。十人の内、唯一の道外形で、種々の伝説を持つ義経の家臣常陸坊海尊に扮する。二一 坂東又太郎。三建目で暫の中受け、坂東太郎に扮した。ここでは源八兵衛の役。二二 以下、主従十人そろいの扮装。山伏の頭巾・篠懸の姿。能「安宅」の様式化された水衣、大口を基本に、裾の短い半大口にして足の臑当を見せ、ぶ厚い重ね草鞋を履く。篠懸は能の装束で、水衣の上にかける輪袈裟の一種。二三 山伏の持つ八角の棒。二四 山伏が持つ、ごつごつした数珠。揉むと高い音が出る。二五 各役柄で鬘や広袖の衣装の色や模様に特色を持たせつつ統一観を出す。二六 清和天皇の血統。清和源氏。徳川氏もその末流

断《だん》ならざる今の身の上《うへ》。

団太郎　八方に眼《まなこ》を配《くば》り、互《たが》ひに心を付《つ》け合て、[一]すわ御大事《おんだいじ》と見るならば、[二]今の命は、浮世の塵《ちり》。

音八　[三]さもそうづ〳〵、[四]命の直段《ねだん》は三分五厘《りん》、極《きわ》まる相場《さうば》は皆相伴《しやうばん》、遅《おく》れはとらじ働《はたら》かんと[五]云ゝ《うんのん》。

又太郎　君に[六]惻隠《そくいん》の仁あれば、臣に羞悪《しうを》の義を戴《いたゞ》き、憐愍《れんみん》深き主君を持《も》ち、何か絶命《ぜつめい》くるしかるまじ。去《さり》ながら、今の旅行《りよこう》は安からぬ御身の上《うへ》。

門之助　[七]駿河《するが》の次郎清重。

新四郎　大津の次郎民利。

雷蔵　鷲の尾の三郎義久。

綱蔵　備前の平四郎成景。

染蔵　[八]増尾の十郎兼房。

滝蔵　[九]赤井の次郎景次。

団太郎　[一〇]江田の源三《げんざう》広基。

音八　常陸坊海尊《かいそん》。

又太郎　[一一]源《げん》八兵衛広綱、各《おのおの》心を。

を称した。　二七 源満仲。義経はその七代の後胤。　二八 日本のこと。　二九 頼朝が右大将になるのは五年後、建久元年(一一九〇)のこと。　三〇 八幡大菩薩。　三一 菅原道真が藤原時平の讒言によって九州筑紫に流されたことをいう。　三二 芳香を持つ蘭の花が群生しようとすると、たわいもない秋風がそれを散らす。義経の身に譬えたもの。　三三 呉越・矛盾とも敵対することをいう。

一 いざ義経が危険とみるならば。
二 現世での命。浮世はこの世。命など塵のように軽いものだ。　三 その通りだ。
四 浮世三分五厘。三分五厘は一日の米代。生活費。銀の重さで、一匁(もんめ)の十分の一が一分、その十分の一が一厘。この世の命など軽いものだということ。
五 うんぬんの訛ったもの。ということですの意。道外形らしい、とぼけた言い方。
六 孟子公孫丑上「惻隠之心、仁之端也。羞悪之心、義之端也」に拠る。主君に家臣を思うあわれみの仁徳があるならば、その家臣は不善を憎む義の心を持って、情け深い主君のために命を落とすことなどなんでもない。
七 以下、九人の名乗り。能「安宅」では〽旅の衣は篠懸の」の道行のなかで〽伊勢の三郎駿河の次郎、片岡増尾常陸坊」と謡う。それを花道での渡りゼリフにしたもの。
※市川揃えの若者十人が花道に並ぶ趣向。これは二年前、明和八年正月市村座「和田酒宴納三組」の曾我の対面の場で「十人の女形は高欄の上にならび其花〳〵しさ近年覚えぬ、たいめんの大出来」(役者いろいろ

皆ゝ　一致《いっち》にして。

幸四郎　音高し〳〵。是《これ》より先は、安宅の湊《みなと》。富樫の左衛門家直、斎藤次祐家、此所に新関を据《す》へ、山伏を堅《かた》く選《あら》むとの事。我〳〵が身の上に、差《さ》しあたつたる難義の一《ひと》つ。

雷蔵　[一二]コワ、御諚《でう》とも覚へぬ物かな。此関一つは苦にならず、たゞ打破《やぶ》つて。

幸四郎　[一三]コリヤ、此関ひとつ打《う》ち破り、通らん事は易《やす》けれども、秀衡《ひら》が館《たち》へそれがしが落つくまで、路次《ろじ》の狼藉《ろうぜき》、覚束《おぼつか》なし。只、何事も事ゆへなく、源[一四]八兵衛広綱、その方よきに計《はか》らふて良《よ》かろふ。

又太郎　畏《かしこま》つて候。それがし急度《きつと》、心《こゝろ》を巡《めぐ》らし見まするに、我〳〵を始め、いづれと申ても相違も御座らぬ山伏姿。[一五]我君の体を見まするに、陳《ちん》じても陳《ちん》じられぬ伊予守義経公。恐れ多くは候へ共、それがしが[一六]此笈を、君の御背に負《お》わせられ、[一七]御篠懸《すゞかけ》をも除《の》けられて、只、[一八]強力《ごうりき》の姿にて、[一九]笠深《ふか》〴〵と召《め》し給ひ、随分《ずいぶん》と疲《つか》れ給ひし御姿にて、我〳〵よりも引《ひ》き下つて御通り遊ばされ、然《しか》るべう存じ奉りまする。

幸四郎　いかさま、是は尤成る広綱が計らい。しかしながら此所を立越んにも、武蔵坊弁慶、道に遅《おく》れしゆへ、此所にて待合せ、我〳〵もろとも通らい

有)とされた金井三笑得意の演出を受け継ぐもの。能では主従十二人が登場するが、観客からは離れた橋懸りを通る。それを観客が取り囲む花道に移し、渡りゼリフにして各人の名乗りを聞かせるところが歌舞伎の魅力になる。この場面は、四建目の幸四郎の義経に見立てられた秋田藩の有名な「佐竹の人飾り」の見立てにもなっている。佐竹藩では正月の松飾りのかわりに人間を立たせて飾った。江戸名物の一つ。

八 義経の北の方の傅(めのと)増尾十郎権頭(ごんのかみ)兼房。義経とともに高館で自害。

九 義経勲功記十七で北国落ちの供の一人にあげられた人物。九州の菊池次郎を討って高名をあげた黒井次郎景次との混同か。役人替名では赤井八郎景次。

一〇 源氏譜代の郎等で堀川夜討で悲劇的な死をとげた人物。生きのびて義経一行を追う途中、美濃の国と近江の国の国境の小溝をはさんだ隣家で静御前と邂逅し、壁ごしに終夜語りつくしたとする「美濃と近江の寝物語」の伝説の主人公となった。その連想で、この場面に登場。

一一 平家物語に「源八広綱」とある平家追討の戦さに加わった義経の郎等の一人。江戸の荒事師の役どころ。

一二 これは。　一三 謡曲ではシテの弁慶が言う。　一四 このセリフを謡曲では子方の義経が言う。源八兵衛ではなく弁慶。

一五 義経の美しい貴公子ぶりをいう。誰が見ても荒あらしい山伏なんかには見えない。

一六 山伏が仏具など荷物を入れて背負う箱。

一七 頭巾(ときん)とともに山伏姿の象徴。

一八 山伏の従者。荷物持ち。　一九 塗り笠。

では。

門之助　一武蔵坊弁慶、我君に遅《おく》れましたるこそ幸ひ。まだ明《あ》けやらぬ二東雲《しのゝめ》に、目立ぬやうに、いざ〳〵お越しあられませう。

幸四郎　何様《(なにさま)》、その義も然《しか》るべし、どれ〳〵。

又太郎　いざ篠懸《すゞかけ》を取《と》らせられ、此笈を、イザ。

ト花道にて又太郎、幸四郎に笈を背負《せを》わせ、鈴懸を取て跡へ残し、又太郎、三上の方へ直《なを》り

又太郎　随分《ずいぶん》と草臥《くたびれ》たる体を、かならずお忘れなされまするな。

幸四郎　合点《がつてん》じや。

皆々　イザ。

ト四祝詞《のつと》になり、又太郎始め、いづれも舞台へ来る。幸四郎、跡より足を引ずりながら来《く》る。勘左衛門、見て

勘左衛門　ソリヤ。

ト言《(いふ)》うち大勢立かゝり

皆々　待《ま》て、ヱヽ。

又太郎　合点《がつてん》が参らぬ、おの〳〵がた、我〳〵を何ゆへ止《とゞ》め給ふ。是《(これ)》は五南都東大

一 乱暴者の弁慶がいないうちに。智者として描かれる謡曲に対し、歌舞伎では直情径行型の弁慶像を描く。

二 夜明け。明けがた。富樫が関守である夜のうちに、富樫の情けにより義経一行が安宅の関を通過するための時間設定。謡曲にはない。

三 一行の先頭。花道の舞台に近い方。当時の花道は本舞台に対し直角ではなく、下手に向けて、やや斜めに付けられていた。上手の方が舞台に近くなる。

四 下座の鳴物。山伏の一行に付けたもの。「のつと　神いさめ、又は神おろし」(絵本戯場年中鑑)。大小の鼓を一緒に流して打つ。能管を「トヒヨトヒヨ」と吹き合せ、三味線で祝詞合方を「チンテンツン」と弾く。

五 治承四年(一一八〇)平重衡により奈良の興福寺とともに東大寺が焼かれ、その再建のため、翌養和元年俊乗坊重源が勧進上人となって活動したことを踏まえる。

寺建立《こんりふ》のために、国〴〵へ役僧[六]を遣はし、報謝《ほうしや》[七]に与《あづ》からんが為、たゞいま北陸道へ罷り通る我〳〵。支《さゝ》へ給ふは、何ゆへで御座る。

勧左衛門　ヤア、何ゆへとは、愚《おろ》か〳〵。頼朝・義経《よし》、御中不和《(おんなか)》にならせ給ふより、判官殿は、奥州秀衡を頼《たの》まんが為、十二人の山伏《ぶし》と成て、此関へ通らんは必定《ひつでう》[八]。よつて国〴〵に新関を建《た》て、行来《ゆきき》を止《とゞ》むる我〳〵が役目。斎藤次祐家、此所に控《ひか》へる上《うへ》からは、どつこい[九]、そつこい、一人《ひつとり》[一〇]も通す事はならないぞ。

又太郎　コハ情《なさ》けなき関守《もり》の仰。たとへ鎌倉殿の仰なりとも、よもや誠《まこと》の山伏を止《と》めよとの仰にては候まじ。サアつゝがなふ此関を通しめされてくだされい。

勧左衛門　誠《まこと》にもせよ、似せにもせよ、問答《もんどふ》[一一]は難《むつか》しい。一人《ひとり》も通す事は罷《(まかり)》ならぬ。

又太郎　しからば、いよ〳〵通さるゝ事は成りませぬか。

勧左衛門　くどい〳〵。それがし此所に在りながら、やみ〳〵と通しては、鎌倉殿へ申訳がない。どこがどこまでも通す事はならぬぞ。

皆々　ハイ[一二]。

勧左衛門　いち〳〵こいつらに縄[一三]を打《ぶ》て。

六 寺で事務をとる僧。役付きの僧。謡曲では「客僧」。旅の僧のことで山伏をさす。
七 神や仏に金品を施すこと。
八 謡曲では富樫の詞で「聞こえ候間」。噂があるので、の意。敵役の斎藤次のセリフにしたため「必定」と断定するセリフに変更。
九 相手に対する掛け声。ちょっとやそっとでは。
一〇 謡曲では「いちにん」という。
一一 謡曲「あらむつかしや問答は無益」。問答無用。面倒だ。
一二 ホイ。なかなか難しいなアという気持ちの溜息。大物本では「トみな〳〵ヘイと当惑する」。
一三 捕縛せよ。謡曲では、昨日も三人の山伏を斬り殺したうえは、この場で成敗しようとする。捕縛して裁きにかけようとするのは江戸時代の制度を反映させたもの。

八蔵　心得て御座る。サア、山伏たち、遁《のが》れぬ所、[一]尋常に腕《うで》を廻して、縄か〻れ。

仲五郎　まだ此上に、[二]意地無地《いぢむじ》ぬかさば、どんな憂目《うきめ》を見やうもしれぬ。きり〳〵腕《うで》を廻《まわ》せ、ヱ丶。

皆〻　どふだ。

又太郎　ヱ丶、情《なさ》けない此場の仕儀《しぎ》。[三]打破《やぶ》らんは易《やす》けれども、手を拱《こまぬ》いて控《ひか》へるかへ、残念《ざんねん》な。

皆〻　ヱ丶、口惜《くちお》しいナア。

勘左衛門　縄《なわ》か〻れ。

皆〻　どふだ。

海老蔵　[四]待《ま》つた。

皆〻　[五]どつこい。

ト[六]祝詞《のつと》になり、[七]海老蔵、花道より、[八]広袖、[九]緋《ひ》の衣の露《つゆ》を取たる形（な）りにて、[一〇]毬栗鬘《いがぐりかづら》、[一一]ひの木笠にて、刺高数珠《いらだかじゆず》、金剛《こんごう》杖を持《も》ち、重《かさ》ね草鞋《わらぢ》にて出て来て、すぐに舞台へ来て、侍を突《つ》きのけ、十人を後《うし》ろに囲《かこ》い、急度（きつと）、思入《おもいれ》する

一 抵抗することなく、すなおに。縛りやすいよう腕をうしろに廻せ。 二 ぐずぐず言うと。 三 荒立てては、道中の警備がさらに厳しくなって、奥州まで落ちのびることが難しくなる。 四 花道の揚幕のうちで掛ける掛け声。暫の「しばらく」の掛け声にあたる。 五 敵役皆々のセリフ。弁慶の「待った」という声を受けるもの。「暫」のパターン。 六 山伏姿の弁慶に付いた鳴物。一八六頁の祝詞を再び演奏する。 七 市川海老蔵。三代目。この一座の座頭。江戸劇団の総帥。六十三歳。三年前に団十郎の名跡を息子が相続し、前年には幸四郎の名も門弟の高麗蔵に譲った。この二人を中心に、修行講という勉強会を主催し、中村仲蔵らを育成、市川揃えと呼ばれる空前の大一座を組織した。景清など実悪を本役とする一方で、市川流の荒事・実事、道外から女形までをこなした。この顔見世では、帰り新参の息子五代目団十郎に、お家の荒若衆姿の暫を譲り、毬栗頭の大坊主の弁慶に扮して暫のパロディの荒事を演じることになる。

弁慶の出端

八 袖口の広い綿入れの縕袍《わんぼう》。 九 暫の柿の素袍に対応させたもの。露を取るは、衣の袖をたくしあげること。篠懸の袈裟を付ける。 一〇 坊主の毛がのびた毬栗頭に矢筈鬢の鬘。頭巾《ときん》をかぶる。 一一 檜で編んだ笠。「我衣曰、檜笠ヲ用フコト和州大峰入ノ修験者古来ヨリ晴雨用レ之」（守貞漫稿）。笠は阿弥陀にかぶる。荒事の様式。

※弁慶は、初代団十郎が元禄十五年の星合十二段で演じているが、ここで規範とされ

皆〻　どつこい。

勘左衛門　待《ま》て〳〵、大きな坊主が突《つ》ん出たが、[一二]サチヤア和僧《(わそう)》[一三]は、親玉《(おやだま)》[一四]だな。

八蔵　合点《がつてん》の行ぬ山伏たち、通す事はならないぞ。

勘左衛門　[一五]きり〳〵爰《(ここ)》を下《さ》がれやい。

皆〻　[一六]どふだ。

勘左衛門　いやさ。

皆〻　どふだ、ヱヽ。

海老蔵　[一七]それ山伏と言《い》つぱ、不思議《ふしぎ》な役《えん》[一八]の優婆塞《うばそく》で、勘三《(かんざ)》[一九]が芝居を動かず去らず、[二〇]不動明王と成田屋十兵衛[二一]。三代四代《(よだい)》十千万歳《とちまんざい》、頭《かうべ》に戴《いたゞ》く御贔屓《ひいき》は、こち[二二]の判官《(はうぐわん)》をかたどつたり。十二因縁《いんねん》[二三]、霜月朔日。柿の素袍は子に譲《ゆず》り[二四]、柿の鈴掛そめかくだ[二五]。かくて妨《さまた》げなすならば、握《にぎ》[二六]り拳《こぶし》の法螺貝《ほらがい》で、ひとは《ひと》り張《は》つて春《はる》の峰。落花狼藉千万《ろうぜきせんばん》[二七]な。命の手[二八]の内乞はん為、是迄出たる優《やさ》[二九]法師。お見しりなされて、くんさり[三〇]ませう。

皆〻　どつこい。

八蔵　こいつは〳〵〳〵こゐつはどふやら、きび[三一]の悪《わる》い奴《やつ》だが、おぬしや、マア何と言《い》ふ山伏《ぶし》だ。

たのは二代目団十郎栢莚が延享二年十一月中村座の顔見世「扇伊豆日記」で演じた分身(ふんじん)の弁慶である。栢莚は弁慶の親熊野弁真の役であったが、大詰七里が浜の場で頼朝の危急を救うため山伏姿の弁慶の分身となって現われた。この栢莚風の弁慶を継承したのが市村座の座元九代目羽左衛門で、明和六年十一月の顔見世「雪梅顔見勢」で大当りを取った。ただし、この時も本物の弁慶ではなく鞍馬山の僧正坊が化現(けげん)する長唄の所作事「隈取安宅松」であった。海老蔵は栢莚風の扮装で、分身でも化現でもない生きた弁慶の荒事を演じる。

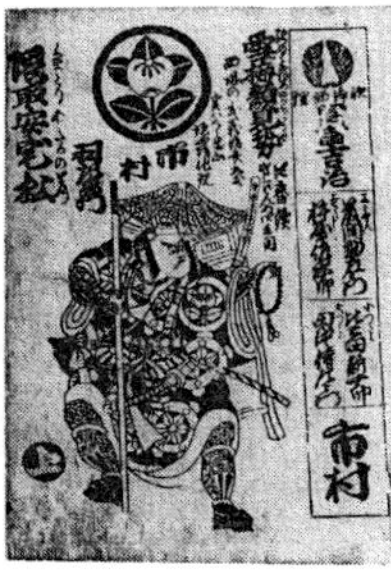

一二 荒事風の訛り。さては。　一三 坊さん。　一四 海老蔵こと四代目団十郎の愛称。川柳などでは徳川将軍や富士山の異称としても用いられる。海老蔵は深川の木場に住んだので幕内では木場の親方と呼ばれた。　一五 さっさと。　一六 敵役皆々のセリフ。　一七 以下、弁慶のツラネ。謡曲の「最後の勤め」を踏まえる。　一八 修験道の祖、役の行者のこと。不思議な縁に掛ける。　一九 中村勘三郎の略。海老蔵が宝暦十年十一月から連続十四年間、中村座に出勤し続けている

海老蔵　わしかへ、名は讃岐《さぬき》坊[一]。
八蔵　なんだ、歯抜《はぬ》[二]き坊だ。そんなら亀の甲の笠を被《かぶ》ればヱヽ。
仲五郎　置《お》きやアがれ。
勘左衛門　合点《がってん》のゆかぬ山伏十一人。いよ〳〵義経主従に違《ちが》いわない。夫《(それ)》、やるな。
皆々　やらぬぞ。
山伏皆々　なんと。
皆々　動《うご》くな。
団十郎　待《ま》[三]つた。
皆々　待《ま》てとは。
団十郎　加賀の国の住人、富樫の左衛門家直が、止《と》めた。[四]かた〴〵お控《ひか》へなされい。
皆々　ヤア。

ト鼓《つゞみ》[五]、相方《かた》になり、正面揚《あ》[六]げ障子《せうじ》、此内に[七]団十郎、素袍《すわふ》の形《(な)》りにて、きつと思入《おもいれ》している

勘左衛門　誰《だれ》だと思つたら、富樫の左衛門。胡乱《うろん》なる山伏十一人、引《(ひつ)》く〳〵さんと存じた所を、貴殿《でん》は何で、止《と》め召《め》さるな。

ことをいう。二〇 動かず去らずの連想で家の芸の一つ不動明王の役を挙げる。謡曲「その身は不動明王の尊容を象り」。二一 二代目団十郎の通称。二代目は成田不動の申し子であった。団十郎も二代、三代、四代と、いついつまでも続くという祝言。二二 わたしたちの義経公。江戸っ子の判官贔屓を指す。謡曲「兜巾と云つぱ五智の宝冠なり」のもじり。二三 謡曲「十二因縁の襞(ひだ)を据ゑて」。後半を顔見世の初日霜月朔日にしたもの。二四 暫を五代目に譲ったこと。二五 そみかくだ。山伏の異称。二六 握り拳のごつごつを法螺貝に見立てる。二七 桜。花吹雪。二八 手の内は報謝のこと。命を助けて下さい。二九 見かけと違い、本当はやさしい僧です。三〇 下さりましょうの訛り。市川流の「艾(もぐさ)売り」のセリフで使う。三一 気味が悪いの訛り。

一 義経記「是は羽黒山の讃岐坊と申す山伏にて候」に拠る。弁慶が「西塔に候ひし時、羽黒の者とて、御上の坊に候ひしが申し候ひしは、大黒堂の別当の坊に荒讃岐と申す法師に、弁慶はちとも違はぬ由申し候ひしかば、弁慶をば荒讃岐と申し候べし」としたもの。二 安永二年当時の江戸の畸人、亀甲医者こと加藤玄悦(曳尾庵)のこと。近世商売尽狂歌合(図)に「ゆるく共よもや入歯のぬけなまし亀のこ医者の万代までも」の狂歌と「亀甲医者元祖加藤玄悦と云。我衣と言随筆一冊あり」とある。おどけて聞き違えたもの。

富樫の揚げ障子の出　三 関所の番所の内側から

団十郎　頼朝公義経公、御中不和とならせ給ひ、先年奥州へ立退給ふ（たちのき）例（ためし）ありとて、此所に関を据《す》へ、往来を止《と》めよとの鎌倉《かまくら》殿よりの厳命《げんめい》。それがしとても、義経を詮議《せんぎ》なす役人。怪《あや》しき者と存《ぞん》じたればこそ、貴殿《でん》をお止《と》め申た。

勘左衛門　合役の富樫の左衛門。卒爾《そつじ》な事はいたさぬ。まづ〳〵控《ひか》へておいやれ。コリヤア面白《おもしろ》い。義経を見のがせば謀反《むほん》の方人《かとうど》。詮議《せんぎ》の仕様《しやう》が手ぬるいと此斎藤次祐家が、鎌倉《かまくら》表へ言上（ごんじやう）いたすぞ。

八蔵　[八]年寄《としより》を差置て、差《さ》し出た事をおしやつて、かならず後悔《こうくわい》おしやるな。

仲五郎　ひよつと不念《ぶねん》な事があつて、由《よし》ない事をしたなぞと、口の内で言ふ物さ。

勘左衛門　そんなら随分《ずいぶん》、不調法のないやうに、詮議《せんぎ》おしやれ。

団十郎　[九]およそ孝徳天皇の御宇に、始めて諸国へ関所を据《す》ゆる。夫（それ）よりして伊勢の国に鈴鹿の関、美濃の国に不破の関、近江の国に逢坂[一〇]の関、越中に砥（と）[一一]並《なみ》の関、越後には直江[一二]の関、加賀の国には安宅の関。風も漏《も》らさぬ天（てん）[一三]下《くわ》の上意。富樫の左衛門家直、若輩ではござれども、卒爾《そつじ》な事は仕らぬ。お年寄《としより》のお心づかい、御無用にして差《さ》しおかれい。

勘左衛門　万事よろしう頼《たの》み申。

団十郎　ちつとも御気づかいなさるゝな。サア、往来の山伏《ぶし》たち、何共合点《がてん》が行

声を掛ける。五 下座の鳴物。大小鼓入り三味線の合方。四 関所の番人への呼び掛け。揚げ障子の出に付けたもの。現行の「矢の根」の揚げ障子では、大小鼓の寄（よせ）に、寄（人寄せ）の合方を弾く。六 大道具の一つ。「上障子 三方よりたれたる障子屋台へチヨンと木を入れば上の方へ巻上るを云」（戯場訓蒙図彙）。市松模様の障子で、曾我の「対面」の場を中心に、明和安永期の役者絵の背景にも多く描かれる（図）。それらを見ると本舞台三間の一面の大きなものと、一間の亭屋体形式のものとがある。現行では「矢の根」など古風な狂言の演出に用い、障子は三段に折り曲げて上げる。七 市川団

十郎。五代目。三十三歳。八 江戸幕府の老中、大名の家老のことなどをいう。室町時代からの慣習。九 関所の謂れ因縁を述べるセリフで、和漢三才図会の「日本紀、

此度《たび》、頼朝《よりとも》の厳命《げんめい》にて安宅に新関所《しんせき》を、富樫《とがし》の左衛門・斎《さい》藤次両人、関守を被《かうむ》り、義《よし》経主従《しうぐ》を見とがむる

富樫《とがし》の左衛門　団十郎、斎藤次　勘左衛門、八蔵

孝徳天皇二年、始置…古所謂三関、勢多勢州、鈴鹿勢州、不破濃州」に拠る。〔一〇〕古代の関所。鈴鹿、不破とともに三関に数えられた。〔一一〕古代の関所。加賀と越中の間の関。〔一二〕不詳。義経記七「直江の津にて笈探されし事」の観音堂を誤ったものか。〔一三〕将軍の命令。頼朝が征夷大将軍に補任されるのは七年後のこと。ここは江戸幕府の関所の掟に拠る言い方。

※富樫の揚げ障子の出は、江戸の大名の格式を見せるところ。北町奉行曲淵の紋を付けた斎藤次に対し、加賀守の富樫は、奥州安達郡二本松十万七百石の大主丹羽左京太夫長貴の丹羽直違(大洲流し)を用いる(図・安永二年「武鑑」)。丹羽家の先祖は越前守、加賀守を勤めた北国の雄で、奥州に移封ののちも若狭守、越前守を名乗った。長貴公は「十八歳 公辺二十三歳」(二本松市史)の若き藩主で、安永四年には、みずから希望して加賀守を名乗った。「豪邁不羈、細節に拘せず、行動往々常軌を逸す、頗る古英雄の風あり」(二本松藩史)とされた。このように鎌倉など歴史物語の武将を江戸の大名に見立てる演出は、黄表紙「三幅対紫曾我」などに影響を与えることになる。扮装は素袍烏帽子という歌舞伎の大名の礼装。本来、素袍は大名ではなくお目見得以下の陪臣の礼装で、大名は四位以上が直垂、五位は大紋を着用することになっているが、直垂は絹地が原則で、歌舞伎は表向き絹物を禁止されていたので素袍と称した。「今世劇場

弁慶《けい》何とぞ通《とを》らんと勧進帳《くはんじんてう》を読《よ》み、義《よし》経を強《がう》力と偽《いつは》り、さんぐ\に打擲《てうちやく》する。富樫《とがし》の左衛門、弁慶《けい》が心を察《さつ》し十二人の山伏《ぶし》を通す

弁慶《べんけい》　海老《えび》蔵、義経《よしつね》　幸四郎、駿河《するが》の次郎　門之助、団太郎、綱蔵、常陸坊《ひたちぼう》　音八

御摂勧進帳 第一番目五建目

ニテ大名等武家礼服ニ扮スル者左図ノ如シ…又礼服モ俗ニ大紋ト云、名ニ因テ記号ヲ背ト肩ハ平常ノ素襖ノ大サニシテ、袖紋ノミヲ太(はな)ダ大形ニ描ケリ」(守貞漫稿)。烏帽子も正式な風折烏帽子ではなく、能にならって派手で大きい立烏帽子を用いる。老若二人の裁きを見せる場面は、江戸歌舞伎の一つのパターンで、現行では「伽羅(めいぼく)先代萩」対決の場の細川勝元・山名宗全が代表的なもの。義経勲功記では富樫の方が年嵩で斎藤次は舎弟。北町奉行曲淵が四十九歳、丹羽公が十八歳なので老若を逆にした。ここでは、若輩ながらも夜は富樫の役目なので裁きの主導権を握る。富樫が二重舞台の上番所の中央に座し、斎藤次は平舞台上手に高合引に掛けて控える。

以上一九一頁

※現行の歌舞伎十八番「勧進帳」では義経一行の鬘は撫で付けで統一される。月代を伸ばした髪を髷に結わず、うしろに撫で付けた有髪の僧の姿。本作では、もともと僧形の弁慶と海尊が毬栗と鯰坊主と僧形になるが、あとは役柄にあわせた鬘を使用。ことに幸四郎の義経は撫で付け姿で月代を剃るという特殊な姿になる。月代の髪がまだ伸びきらぬ俄道心のおもむきがある。

ぬ。義経《ぎけい》主従も十二人、おことらの同行《(どうぎやう)》も十二人、伊予守義経《よしつね》殿主従《しうじゆう》と見た目は僻目《ひがめ》か。ありやうに身の上《うへ》を明《あ》かしめされい。

海老蔵　コハ、思ひ寄らぬ関守りのお尋《たづ》ね。我〳〵事は、[一]紀州熊野山より、出羽の羽黒山へ罷り通る山伏《ぶし》に相違《さうい》ござらぬ。深《ふか》く御詮議《せんぎ》おしやつても、山伏は山伏《ぶし》。生粋《きつすい》の山伏。きり〳〵開《ひら》いて通しめされい。

山伏皆〻　通しめされい。

団十郎　容易《ようい》には、通さぬ〳〵。サア、山伏とある確《たし》かな証拠《せうこ》が出《いで》ざれば、富樫の左衛門が、罷《(まかり)》ならぬ。

山伏皆〻　サア、それは。

団十郎　まこと南都東大寺の建立《こんりふ》とあれば、俊乗《しゆんじやう》坊重源《ちやうげん》より[二]添状のあるべき筈。大仏殿建立《でんこんりふ》とある、添《そへ》状なければ叶はぬ〳〵。

海老蔵　サア、それは。

団十郎　添《そへ》状があるか。

海老蔵　さん候《ざうろう》。新関の据《す》わりし事、[三]南都《なんと》にてはいまだ知《し》らず。去《(さる)》に依て、添状は持《も》ち申さぬ。

団十郎　添状がなくて、証拠《せうこ》があるか。

一　義経記に拠る設定。
二　主旨を書いた手紙。山伏は関所の通行を許されていたので本来は必要のないもの。義経記にも「昔より今に至るまで、羽黒山伏の渡賃関手なす事はなきぞ。判官ならば仔細を知らずして関手をなして通らんと急ぐべし」とある。ここでは、贋山伏詮議のための新関なので求めた。ただし、謡曲「安宅」にはない設定。謡曲ではすぐに勧進帳の件りに入る。江戸時代の関所の通行に手形を必要とする現実を踏まえた趣向。
三　奈良のこと。
四　人々に寄進をすすめるための文書。
五　富樫の揚げ障子の出に用いた下座の鳴物を演奏する。荒事風のゆったりとした雰囲気を出す。
六　謡曲「安宅」では往来の巻物を読む。ここでは歌舞伎の楽屋落ちで、前の幕、四建目の浄るり所作事で使った口上の巻物を使う。江戸の歌舞伎では、幕毎に口上言(こうじょういい)と呼ばれる役者が出て、座元に代って出演者の披露をした。中村座では、下立役の頭、篠塚浦右衛門が勤めた。「すこぶる」というのが口癖で、それをそのまま「頗(すこぶる)」という家紋にした洒落た男で、口上に出ると声が掛かったという。晩年の姿を写楽が描い

海老蔵　確《たし》かな証拠は[四]勧進帳《くわんじん》、人を勧《すゝ》むるこの一巻、身の上《うへ》の証拠《せうこ》に聞《(きき)》めされい。

団十郎　何、人を勧《すゝ》むる勧進帳《くわんじん》とや。

海老蔵　いかにも。

団十郎　然《しか》らば早《はや》ふ。

海老蔵　心得申て候。

ト是より又、[五]鼓《つゝみ》の相方《かた》になり、海老蔵心づいて[六]浄るりの幕の巻物を出《いだ》して読《よ》みにかゝる。両方より、取《(とつ)》た、とかゝる。投《(なげ》ちらす。

どつこいと止《と》まる

海老蔵　[七]夫《(それ)》、つら〳〵惟《おもん》みれば、[八]大恩教主《おんきやうしゆ》の秋の月は、[九]涅槃《ねはん》の上《うへ》、雲に隠れ、[一〇]生死長夜《(しやうじちやうや)》の、長《なが》き夢、驚《おどろ》かすべき、[一一]人の上《うへ》。

ト[一二]両方より、勧進帳《くわんじん》をとりにかゝる。是を左右へ投て、どつこいと止《と》まる

主膳太夫浄るり〽こゝに中頃帝《みかど》おわします。御名をば[一三]聖武《しやうむ》皇帝と名づけ奉り、最愛《さいあい》の夫人《ふじん》に別《わか》れ、恋慕《れんぼ》やみ難く、涕泣《ていきふ》、[一四]眼《まなこ》にあつく、涙《なんだ》、玉を貫《つらぬ》く。思《おも》ひを

海老蔵　[一五]善路《ぜんろ》に翻《ひるがへ》して、[一六]盧遮那仏《るしやなぶつ》を建立《こんりふ》す。かほどの霊場の絶《た》へなん事を悲《かな》しみ

ている(図)。

七 以下、勧進帳の読み上げ。

※能「安宅」の勧進帳は、「三読物」と呼ばれる重い曲の一つ。その詞章を、ほぼそのまま使って歌

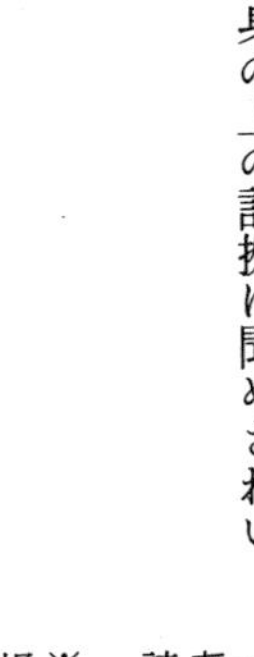

勧進帳の読み上げ

舞伎風の演出にアレンジしたもの。能は幕府の式楽であり、お膝元の江戸では、歌舞伎でそのまま演じることが、とくに難しかった。そのこともあって、市川流の荒事仕立てにした。勧進帳を全部、本式に読み上げるのではなく、途中に大薩摩の浄るりを入れ、そのところで関所の役人二人を軽くあしらう立廻りでアクセントを付ける。

八 釈迦のこと。秋の月が雲に隠れるように死んだことをいう。

九 能では〽涅槃の雲に隠れ」。涅槃は煩悩から解放されること。釈迦の死をいう。

一〇 生きている間は、迷うことだらけで、その迷いの長き夢を覚ましてくれる人などいない。

一一 能では〽人もなし」。

一二 能では富樫が勧進帳をのぞこうと近より、弁慶がそれを隠すところ。それを立廻りにした。

一三 東大寺を建立した天皇。夫人は光明皇后。

一四 能「眼にあらく」。

一五 能「善途(ぜんと)」。　一六 東大寺の大仏。

て。[一]

八蔵
仲五郎　それを。

トまた掛《かゝ》る

海老蔵　何をひろぐ。

ト両人の腕《うで》を捩《ね》じあげる

浄るり〽数千《すせん》[二]蓮花《(れんげ)》の上《うへ》に座せん。帰命稽首《きめうけいしゅ》[三]、敬《うやま》つて申と、天も響《ひゞ》けと読《よ》みあげたり

ト此浄瑠璃のうち、海老蔵、下へ[四]置《お》きし勧進帳《くわんじん》を取て戴《いたゞ》く。浄るり切れる

団十郎　その一巻《いちくわん》の勧進帳を聞からは、詮議《せんぎ》におよばぬ。きり〳〵[五]爰《(ここ)》を通りめされい。

海老蔵　スリヤ、此所を。

団十郎　通りめされい。

勘左衛門　待《ま》つた。先達《さきだつ》ての噂には、武蔵坊弁慶こそ三塔一《とふいち》[六]の博識《はくしき》にて、弁舌富楼那《ふるな》[七]を欺《あざむ》くとや。勧進帳《くわんじん》の出放題《でほうだい》[八]、やらかすまいものではない。夫《(それ)》を証拠《せうこ》に通すとは、年のゆかぬ富樫の左衛門、ちつとゝ[九]やつとゝ御不念でござ

一 以下、謡曲の一部を省略して立廻りを入れる。

二 極楽の蓮華台。

三 首を地につけて、仏に帰依することを誓う言葉。能の観世流では「けっしゅ」という。宝生流は「けいしゅ」。

四 関所の役人二人の腕をいっぺんにねじあげるため、いったん下に置いた勧進帳を取り上げる。

五 さっさと。

六 比叡山の東塔・西塔・横川の三塔。比叡山の総称。弁慶は西塔で修行。謡曲では「三塔の遊僧」で延年の舞を舞う。義経記三「学問世に越えて器用なり」などを踏まえる。

七 釈迦の弟子。雄弁家として有名。近松の「㜸(ふたり)静胎内捃(さぐり)」で弁慶が「某ふるなの弁舌にて」というのを踏まえる。

八 口から出放題に言うことなど簡単だ。

九 ちっとやそっとでは。かなり。相当。調子に乗った言い方。

ろうぞや。

団十郎　サ、夫《(それ)》は。

勘左衛門　一〇最前《さいぜん》から目をつけて罷り在た中に、独《(ひと)》りの山伏こそ伊予守義経に違ひはない。縄ぶつて詮議《せんぎ》する。者《もの》共、戸ざしを固《かた》めて一人《(いちにん)》も動《うご》かぬ様《やう》に油断《ゆだん》をするな。

海老蔵　スリヤ、中にひとり義経《よしつね》に似たるもの有《(あり)》とのお咎めとや。

勘左衛門　くどい〳〵。それ笠かたむけて顔を隠し、跡にさがりし山伏こそ、伊予《いよの》守義経《かみよしつね》。夫《(それ)》、やるな。

皆〻　一一やらぬは。

ト大勢、幸四郎を取まき、海老蔵大勢《ぜい》を突《つ》きのけ、幸四郎を引《ひ》き寄《よ》せて、金剛杖にて、めつた打《(うち)》に打《う》ちすへる。皆〻一二驚《おどろ》き

皆〻　是は。

海老蔵　一三言語同断の強《ごう》力やある。なんじ跡におくれずば、義経《よしつね》と咎《とが》むる者もあるまじきに、又ぞろ道におくるゝゆへ、人も怪《あや》しむあいだ、斯《(か)》くあらずんば、能登の国まで行べきに、憎《にっく》き強力《ごうりき》の振舞《ふるま》い、思ひ知《し》れ〳〵。

ト幸四郎を打《う》ちすへる。皆〻、一四海老蔵が傍《そば》へ寄ふとする

一〇　以下、謡曲では富樫の従者が義経を見咎め富樫が一行を止めるところ。その役割を、もう一人の関守斎藤次がする設定。

一一　敵役皆々のセリフ。関所の役人が義経を取り囲む。

弁慶、金剛杖で義経を打つ

一二　立役の皆々。次のセリフも義経の家来九人がいう。

一三　口では言い表わせないほど。とんでもないことをする奴だ。

一四　義経の家来たちが、弁慶の打擲を止めようと近付く。それを制止する義経のセリフになる。謡曲では、義経に子方《(こかた)》といって子供が扮するので、この場面でのセリフはない。

幸四郎　いかなる打擲《てふちやく》にあふとても、申訳なき此強力《ごうりき》。足に痛《いた》みの候へば、許《ゆる》して給《たま》はれ先達殿[一]。わが誤《あやま》りと存ずるゆへ、返《かへ》す言葉はござりませぬ。

海老蔵　サア彼奴《きやつ》こそ我〳〵が連《つ》れたる所の強力《ごうりき》。此上にも疑《うたが》わるゝものならば、金剛杖《こんごう》の相伴《しやうばん》[二]に、力《ちから》の程をお目《め》にかけふか。

皆〻　サア〳〵〳〵、なんと。

勘左衛門　そんなら、ヱ[三]ヽわさ。

海老蔵　[四]アヽ、つがもない。

団十郎　ハテ、逞《たくま》しき先達《せんだつ》のありさま。言葉[五]に誠《まこと》を顕《あら》はして、気色《けしき》[六]ぼふたる今のありさま、強力《ごうりき》に相違《そうい》も御座るまい。安宅《あたか》の関の関守《せきもり》、富樫の左衛門家直が詮議《せんぎ》の上《うへ》、相違もなき往来[七]の山伏《ぶし》。きり〳〵爰《(ここ)》を通りめされ。

皆〻　スリヤ此所を。

団十郎　早ふ〳〵。

皆〻　ヱヽ忝ない。

勘左衛門　そりやアならない。鎌倉どのよりの厳命、山伏《ぶし》を止《とめ》よとある安宅の関を、やみ〳〵と通しては、お手前[八]は格別《かくべつ》[九]、[一〇](まうす)かく申斎藤次祐家が立《た》ち申さぬ。どこがどこ迄も罷《まか》りならぬ。

一　山伏のリーダー。弁慶のこと。
二　正客とともに御馳走になること。これ以上、われわれを疑うのならば、強力とともに、あなたたちもこの金剛杖で打ち殺しますよと威嚇する。それに呼応して、義経の家来九人も「サア〳〵〳〵なんと」と斎藤次に迫る。謡曲では「十一人の山伏は、打ち刀抜きかけて、勇みかかれる有様は、いかなる天魔鬼神も恐れつべうぞ見えたる」とあり、その力に押し切られて富樫が「近頃誤りて候。はやはやおん通り候へ」となる。その富樫の役割を敵役の斎藤次に負わせたもの。したがって、能では双方が拮抗して力くらべをする見せ場だが、本作では一方的に斎藤次が圧倒されておわる。
三　いいよ。勝手にしろ。未練を残す言い方。
四　馬鹿ばかしい。ざまあみろ。市川流の荒事の啖呵。
五　偽りのない誠意が表われている。
六　怒りをあらわにした。
七　諸国を行脚(あんぎや)すること。
八　江戸時代の侍の言葉。同格の相手に対して言う。
九　別にして。
一〇　改まった言い方。自分を主張するときに使う。

団十郎　左様《さやう》御座らば、よふござる。富樫の左衛門家直を差《さ》しおかれて、そこ元ひとりの計《はから》ひにおしやれ。

勘左衛門　[一一]言《い》ふにや及《およ》ぶ。此由《よし》、鎌倉どのゝ上聞《じやうぶん》[一二]に達《たつ》して。

団十郎　仰付られたる役目が立《た》つか。

勘左衛門　サア、それは。

団十郎　鎌倉の詮議《せんぎ》を頼《たの》まば、我〳〵が此所に居《お》つて、詮議《せんぎ》いたすは詮《せん》なき事。それでも、役目《やくめ》が勤《つと》まりますか。

勘左衛門　サ、夫《それ》は。

団十郎　お年《とし》が寄たか祐家どの、刃金《はがね》[一三]が裏《うら》へ廻り申た。

勘左衛門　そんなら、貴《き》様の御勝手次第。去ながら、その先達、弁慶《べんけい》に違ひはない。有様《ありやう》に、名のれ〳〵。

海老蔵　サ、それは。

勘左衛門　斎藤次祐家も、[一四]相役の眼鏡《めがね》をもつて縄かける。夫《それ》、あの先達《せんだつ》に縄をかけろ。

八蔵　心得《こゝろえ》て御座る。

勘左衛門　早《はや》ふ〳〵。

一一　言うまでもない。
一二　主君に報告すること。
一三　刀の切れ味が悪くなること。刃金が刀背（むね）へまわる。
一四　富樫の相役。夜の間は富樫の掛りなので横目（よこめ）として監視する。その判断で縄をかけるということ。

八蔵　サア、先達《せんだつ》の大入道[一]、遁《のが》れぬところ、弁慶《べんけい》と名乗らぬか。サア〳〵〳〵、なんと。

海老蔵　[二]ハイ。

八蔵　[三]取た。

　ト八蔵、海老蔵を縛《しば》る。皆〻[四]、寄ふとする

八蔵　[五]途《と》方《ほう》もない奴《やつ》だ。

勘左衛門　出《で》かした〳〵。その松の木へ括《くゝ》し付い。

仲五郎　[六]立《た》とふ。

　ト海老蔵を松の木へ括《くゝ》し付《つ》ける

勘左衛門　サア、こふして置《お》いて、どふしてくれう。きり〳〵、爰を立て行け。

皆〻　なんと。

団十郎　これ[七]〇行《(ゆき)》さきとても関所あり、此所の切手[八]なふては叶《かな》わぬ〳〵。富樫の左衛門家直が、相違《そうい》なきとの往来切手。

皆〻　[九]是は。

団十郎　[一〇]越へぬより、思ひこそすれ陸奥《みちのく》の、名に流れたる白川の関。きり〳〵こゝを、通り召《め》されい。

一　大男とされる弁慶のこと。舞の本「富樫」では「武蔵が丈は六尺二分」とある。扮する海老蔵も、それまでの団十郎の小兵のイメージを打ち破る長身であった。

二　従いますという軽い返事。それまで強かった弁慶が一変して弱くなるところ。

三　縄を掛けるときの掛け声。誇張した太い縄で、うしろ手に縛る。

※弁慶が縛られる趣向は、近松の浄るり「瘵《ふた》(り)静胎内捃《さぐ》(り)」に拠る。弁慶は、義経一行に先だって、一人安宅の関に乗り込み、すでに手配の絵図面が配布されていることを知り、犠牲を覚悟で縛られているというもの。「勧進帳と名付け、天も響けと読上しを、奪ひ取て披見すれば、是見よ、勧進の趣は一字一点もなき往来の巻物。誠らしき声にて、それつら〳〵おもんみればなンどと、仏を偽り人を欺く曲者」と富樫に辱められ、じっと我慢をする実事師の役柄であった。それを道外がかった愛敬のある役に作りかえ、近松の浄るりでは描かれなかった、実際に弁慶が縛られる場面を出すことによって、まったく新しい作品に作りかえている。これが桜田治助の作劇上の特色で、門弟松島半二が「人の趣向を盗むに、其の狂言の模様を其儘には盗まず、筋の裏を盗むゆゑ、新作のやうにて化を顕さず」(近世日本演劇史)とした。

四　近寄ろうとする義経の家来を、弁慶が目顔で止める。

五　弁慶に対して言うセリフ。

六　捕手が掛ける決まりゼリフ。立ちなさい。

七　歌舞伎台本に用いる記号で、少し間を置く印。句読点を大きくしたもの。思い入れ。

皆〻　忝《(かたじけな)》い。

団十郎　[一一]祐家どの、ござりませう。

ト[一二]歌になり、団十郎・勘左衛門、奥《おく》へ入《はい》る。[一三]時の太鼓《たいこ》になり、幸四郎・皆〻、奥へ行《ゆ》き、海老蔵、一人《ひとり》残る。仲五郎・八蔵・侍、残らず舞[一四]台先《さき》へ出て

八蔵　やれ〳〵難《むつか》しい詮議《せんぎ》であつた。成程、今のを通してやるも[一五]不気味《ぶきび》であつた。

皆〻　それ〳〵。

仲五郎　時に此坊主《ばうず》めだ。弁慶ならば、よもやお主《ぬし》が手で縛《しば》られそふもないものだ。

八蔵　是〳〵あんまり[一六]人を安くするな。弁慶《べんけい》だと言《(いつ)》て、おれだといつて、あんまり力に負《ま》けはせぬ。日頃から、なんぞで力量《りきりやう》が見せたかつたが、今日《けふ》といふ今日《けふ》、[一七]音に聞へし三塔一《いち》の兵《つわもの》、武蔵坊弁慶を搦《から》め取たは、何と[一八]きつい手柄《がら》じやアないか。

仲五郎　なるほど、あれが弁慶ならば、お主《ぬし》やア大きな手柄者《がらもの》。何にしろ、あの[一九]親玉《おや》を縛《しば》るとは、[二〇]途方《とほふ》もない役が付《つ》いたぞや。

八　加賀の国。江戸時代の関所の通行には手形が必要で、その土地の領主・奉行・代官などが出した。そのことを踏まえる。加賀の国の領主として通行の手形を出す。
九　立役の皆々。思わぬ展開に驚く言葉。
一〇「堀河百首」祐子内親王の歌。「思いこそやれ」を「思いこそすれ」に変えて引用。奥州へと落ちゆく義経であることを知って通す心を、歌に託して知らせる。
※富樫が、義経・弁慶主従の心に感じ、情けで関を通す趣向は、近松の浄るり「〓静胎内捃」に拠る。「源家無双の名将武士の司の御身にて、富樫に腰をかゞめ給ふ御運の程のいたはしや」と感じ、「此君をからめ取、喜見城の楽《(たのしみ)》の恩賞も何かせん、助けてや通すべき」となる。ただし、近松の浄るりでは助けるために、かなり込み入った段取りが必要となる。それらを、すべて腹に飲み込んで通すところに富樫の役の大きさが生れ、それが歌舞伎十八番「勧進帳」の富樫像の基礎になる。関所の切手を渡す場面は、曾我狂言の対面で、五郎十郎兄弟に狩場の切手を渡す寛仁大度の工藤の格になる。なお、義経勲功記の富樫は血気に逸る舎弟斎藤次を押しとどめ、頼朝・義経兄弟が仲直りしたら大変だと思い、打算で助ける。

捕縛された弁慶

一一　相役の斎藤次のこと。
一二　富樫の引っ込みに付く下座の唄。義経との別れを惜しみつつ、番所の中に入るまで演奏する。現行の「只唄《(ただうた)》」のようなもの。〽心残して」など短い歌詞を、役者の思い入れにあわせて長く引いて歌う。この

八蔵　また頬[一]らはねばよいが。サア、是から皆《みんな》よつて、あの坊主《ぼうず》を嬲《なぶ》るべいじやアねへか。

仲五郎　そりやアよかろふ〳〵。

八蔵　是やい、そふ縛《しば》られちやア、動《うご》[二]きは取《と》れぬ。サアありやうに[三]、名を名《な》のれ。

海老蔵　無理な事ばつかり言《い》わつしやる。弁慶ではない[四]もせぬ者《もの》を。

仲五郎　何だ、弁《べん》[五]でない。弁慶でないと吐《ぬ》かせば、是《(これ)》、此金剛《こんごう》杖で、頬辺《ほふつぺた》を突破るぞ。

ト仲五郎、海老蔵が前へ、金剛《こんごう》杖を突《つ》き出す。海老蔵、肝《きも》を潰《つぶ》す。八蔵、すぐに

八蔵　やい、先達《せんだつ》。先達《(さきだつ)》て承知いたした、我《(われ)》が大方《あふかた》、弁慶《べんけい》であろう。おいらに縛《しば》られて、悔《くや》しいか。悔《くや》しかア、名を名《な》のれ。

海老蔵　お前《まへ》、無理《むり》な事斗《(ばか)》り言《い》わつしやる。弁慶ではない物を。

八蔵　弁慶でないと吐《ぬ》かせば、甘酒《あま》[六]を振舞《ふるま》ひませう。

仲五郎　おいらも、振舞《ふるま》ひませう。

鳴物を借りて、斎藤次も上手奥へ入る。
一三 下座の鳴物。江戸時代、城中で登城、下城など時刻を知らせるために打つ太鼓。町奉行所の白洲での取調べの開始、終了にも使う。ここでは、関所の裁きがおわり、義経一行が上手の奥に入るための鳴物。
一四 前舞台。
一五 「ぶきみ」の訛り。
一六 軽く見る。
一七 有名な。
一八 大変な。
一九 弁慶に扮する海老蔵のこと。楽屋落ち。
二〇 とんでもない。

一 海老蔵(団十郎)に睨まれると瘧(おこり)が落ちるといわれたことを踏まえる楽屋落ち。海老蔵に睨まれて、あまりの恐ろしさに震えがきて病気にならなければよいがということ。
二 逃げることはできないぞ。
※松の木に縛られて動けなくなった弁慶を敵役が道外がかった演技でなぶる場面。「暫」の引っ立てのパロディになる。弁慶も急に弱くなって子供あつかいされることになる。
三 正直に。
四 ありもせぬ、のこと。弁慶ではないことを強調した言い方。
五 弁慶を称略した、洒落た言い方。
六 ひどい目に逢わせることをいう。

若い衆大勢　おいらも、振舞《ふるま》ふべい。

ト思ひ〳〵に海老蔵を、蹴《け》たり踏《ふ》んだりして、色〳〵と嬲《なぶ》る。海老蔵、[七]めそ〳〵泣《な》く

八蔵　是《(これ)》、見やれ。こいつは弁慶《けい》ではないそふで、大きな様《ざま》をして、めそ〳〵吠《ほ》へるそふだ。コレ、坊《ぼん》よ、わりやア泣《な》くか。ヤレ、可愛《かわい》や〳〵。こんな時だ、[八]一年中、投《(なげ)》たり踏《ふ》まれたりする替りに、こふしてやるべい。

ト叩《たゝ》く

仲五郎　是《(これ)》やい。夫《(それ)》程に縛《しば》られたのが切《せつ》なかア、弁慶と名のれ。

皆〻　名のりやアがれ〳〵。

海老蔵　おれも、ありやうは弁慶《けい》と名のりたいが、弁慶《べんけい》でもないもせぬものを。

八蔵　そんなら、弁慶《べんけい》ではない。

海老蔵　何さ。

皆〻　ハテなア。

海老蔵　腹《はら》からの山伏でごんす。今度《こんど》出羽の国、[九]羽黒山《はぐろさん》へ[一〇]歳籠《ごも》りに行《(いく)》に違《ちが》いは御座りませぬ。

七 江戸時代の弁慶のイメージを、わざと逆手に取ったもの。「弁慶の一度きり」といわれ、一生に一度しか泣かなかったという。「生れた時の産声より、外には泣かぬ弁慶が」(御所桜堀川夜討)。「終(つい)に泣ぬ弁慶が」(義経千本桜)。

八 楽屋落ち。これからの一年間、荒事師の海老蔵に舞台で投げられたり踏まれたりする。

九 山伏の修験道のメッカ。

一〇 大晦日の夜の修行。籠って正月を迎える。謡曲では春の設定だが、本作は季節を冬の十一月にしているのでいう。

八蔵　そんなら夫《(それ)》に違ひはないか。
海老蔵　なにさ。
仲五郎　そんなら、此道筋《すじ》を、知《し》つているか。
海老蔵　いゝへ。
八蔵　そんなら、此道筋《すじ》を知らないか。
海老蔵　どふぞ教《おし》へて下さいまし。
仲五郎　此富[一]樫から、野[二]の市へ一[三]里。野の市から、加賀の金沢へまた一里。
八蔵　[四]加賀の金沢から、高松《まつ》、米出《よねいで》[五]、今浜《はま》、い[六]くの山、此間《あいだ》が山越しに、十八里。
海老蔵　そんなら今の山伏も、よつぽど行《い》つたで御座りませうな。
皆〻　たしかに、もふ一二里は行《い》つただろうか。
海老蔵　そんなら、まだ早いわへ。
八蔵　早いとは。
海老蔵　お前の事さ。
八蔵　おれが事とは。
海老蔵　[七]お前の手[八]の内、わしに縄《なわ》を掛《か》けさしやつた、その手の内の早さといふも

一 義経一行と富樫との出逢いは、謡曲では安宅の関だが、義経記、義経勲功記などでは富樫館。そのための混同。義経記に拠ると、義経一行は安宅の渡しを越えたのち白山権現などに参詣しながら二日後に富樫に到着している。
二 北陸道の松任と金沢の間。和漢三才図会によると金沢までは一里で、富樫館跡がある。
三 距離を示す単位。江戸時代には一里六町の小道(こみち)と三十六町の大道(おおみち)が併用されていたが、ここでは幕府が一里塚で定めた三十六町(約三・九キロメートル)。
四 以下、北陸道から北にずれて、能登の国の七尾にまでいたる七尾街道の道筋に変わる。和漢三才図会に拠ると金沢から森本、椿田を通り高松までが七里。高松から今浜までが二里。ここから能登の国になって、志保・飯野山・高畠・二宮・石動(いするぎ)山まで七里八丁、合計十六里八丁。富樫からは十八里八丁の行程になる。
五 大惣本にはなし。
六 石動山の誤りか。和漢三才図会に「この山から能登・越中の界となる。七川・七瀬・七曲坂・板子峠がある。みな嶮難な道である」とある。
七 底本「おま」。大惣本により訂正。
八 腕前。捕縛術がうまいですねと煽てる。捕方の役人にとって捕縛の訓練は必須のものであった。

八蔵　の。それが早《はや》かつたといふ事さ。

海老蔵　そふ言《い》われて[九]乗《の》り地《ぢ》を語《かた》るではないが、まだ〳〵あんなこつちやアない。

八蔵　ハテナ。
[一〇]早《はや》いと出《だ》しちやア、まづ第一、[一一]足が早《はや》い。そして[一二]手が早《はや》し。そして女房は[一三]子早《ばや》し、そして[一四]口が早《はや》し。[一五]妻《さい》は耳《みゝ》が早《はや》し。

海老蔵　もふ、いくら程、今の山伏は行《い》つたろふな。

八蔵　大かた三里も行《い》つたであろふ。

海老蔵　そんなら、もふよい加減《かげん》だわへ。

仲五郎　よい加減《かげん》とは、何の事だ。

海老蔵　よい加減《かげん》とは、[一六]跡から行事《（いくこと）》さ。

皆〻　そんなら、わりやア。

海老蔵　武蔵坊弁慶だは。

ト縛《しば》り縄を切る

皆〻　イヤア。

海老蔵　わが君を落し参らせ、[一七]跡ぼつかくる忠義の一《ひと》つ。そこ押《お》つ開《ぴら》いて、通《とふ》すまいか。

九 浄るりの三味線に乗って調子よく語る演技。乗り地を語るように、自慢話をしましょう。
一〇 早いと言ったら。
一一 逃げ足。
一二 盗むこと。
一三 妊娠しやすい。
一四 おしゃべりで口うるさい。
一五 女房を気取って言ったもの。噂を聞きだすのが早い。道外がかった、早いものづくしのセリフ。
一六 義経に追い付くことをいう。
一七 追い掛ける、の訛り。

以下二〇六頁
一 さあ、本当の力を見せて、思い知らせてやろう。
二 自分の行動を説明するト書の部分をセリフで言う演出。能の様式を踏まえたもの。能「正尊」の切組(立廻り)でワキの弁慶が「いざ一太刀、と呼ばはれば」という格。
三 大太鼓を中心に、太鼓・能管を打囃し、三下りの三味線を弾く。時代物の鷹揚な立

八蔵　弁慶《べんけい》と聞《き》いちやア通されぬ。それ、やるな。

皆〻　やらぬは。

海老蔵　[一]いで物みせん、と[二]言《い》ふまゝに。

皆〻　どつこい。

　ト是《（これ）》より、[三]大太鼓《（おほ）だいと》入りの相方《かた》に成り、海老蔵、[四]気味《きび》のよき殺陣《たて》あつて、とゞ残らず首を[五]抜《ぬ》き、天水桶《てんすい》のなかへ、打《う》ち込む。是を[六]八蔵、手伝《つだ》つて運《はこ》ぶ。夫《（それ）》より、八蔵が首も引ぬき、急度《（きつと）》、思入《おもいれ》する。ところへ以前《いぜん》の山伏《ぶし》、残らず出て来る。此内、[七]幸四郎斗《（ばか）》り出ず。皆〻取《と》つて返《かへ》し、海老蔵を見て

山伏皆〻　出来《でき》た〳〵。

海老蔵　[八]喧《やかま》しい。

　ト海老蔵、金剛杖《こんごう》を二本取て、首を[九]芋《いも》のやうに、天水桶《てんすい》に立て、洗ふ。と[一〇]片しやぎりにて

幕引

左[一一]交作

廻りに使用されるもの。

四 気持ちの良い。見ている者の気持ちが晴ればれとする立廻り。

芋洗いの荒事

五「暫」のパロディ。「暫」では大きな刀をひと振りすると大勢の首が飛ぶ。ここでは弁慶が一人ひとりの首を引き抜く。首を抜かれた役者は、襟のうしろより赤い布を引き出して頭を隠して引っ込む。後見が小道具の首を舞台にほうり出す。

六 海老蔵に睨まれ、おどかされて手伝う。

七 義経だけは幕切れに姿を見せない。観客の視線が海老蔵の弁慶に集中する効果を計算したもの。

八 番屋の奥に聞こえるぞ、というもの。

九 桶の上に立って、二本の棒を交叉して掻き廻し、芋の土を洗いおとす。狂言の「芋洗い」の芋を首にする演出。狂言では、京に上った太郎冠者が鴨川で芋を洗う女を見るという設定。水に濡れないよう裾を短くたくし上げたところに、ほのかなエロティシズムが出るもの。それを荒事風にした演出。「芋洗い」は、寛延三年十一月中村座で中島勘左衛門が八丁礫喜平次に扮して演じている。それを市川流の荒事にしたもの。のちに七代目団十郎が義経千本桜の演出に流用することになる。

一〇 大時代な狂言の幕切れに演奏する鳴物。太鼓で「片シャギリ頭」を打ったあと、「テンテンテレックツ」の地を繰り返し打ち、能管を吹き合すもの。現行の「暫」の幕切れにも用いる。

一一 桜田治助の俳名。

第一番目六建目《むたてめ》

役人替名の次第

一、村雨姫　瀬川　吉次
一、長兵衛女房　実ハ[一]土佐坊娘敷妙　芳沢崎之助
一、伊勢三郎女房お市　佐野川市松
一、松風姫　瀬川雄次郎
一、下河部庄司行平　市川門之助
一、馬士門出《かどいで》よし松　市川高麗蔵
一、腰元《こし》　籬《まがき》　沢村　歌川《うたかは》
一、同　早《さ》枝《へだ》　岩井　重八《しげはち》[二]
一、奴白梅八重助　大谷　谷次
一、腰元《こし》　いく代　三条亀之助
一、三国《みくに》の傾城《けいせい》室屋《や》若松　実ハ美濃《みの》のヽ

富樫館の段

一、富樫《とがし》の左衛門家直　市川団十郎
一、井上次郎忠永　実ハ備前守行家　大谷友右衛門
一、奴時助　実ハ伊勢三郎義盛　坂東又太郎
一、斎藤次祐家　中島勘左衛門
一、常陸坊海尊《かいそん》　嵐　音八
一、遣手《やりて》お辰《たつ》　富沢半三郎
一、若者《わかいもの》　喜助　沢村　沢蔵
一、奴紅梅八重平　大谷　永助
一、加賀の次郎　市川染五郎
一、麻生《あそう》の団八　中島国四郎[三]

時　**文治元年(一一八五)十一月**
所　**加賀の国、富樫の館**

一番目の狂言場になる。五代目団十郎(三十三歳)が富樫左衛門に扮し、お家の立髪(たてがみ)の捌(さば)き役を演じる。団十郎は、まず織物の裃姿で、中村里好(三十二歳)扮する傾城若松をともない、酔態で、派手な花魁(おいらん)道中の出端を見せる。その傾城を挟んで、大谷広次(三十四歳)扮する直井左衛門と江戸吉原の廓遊びのさまを見せる部分が前半の山場になる。狂歌・漢詩・俳諧をまじえた二人の左衛門のおりなす会話は、活きて動く洒落本といってよい。ことに洒落本では描くことが許されない、お大名や旗本の廓遊びの姿を髣髴とさせるところに贅沢な江戸歌舞伎の魅力があふれる。後半では、羽織着流し姿となった団十郎の富樫をめぐり、芳沢崎之助(三十七歳)扮する土佐坊娘敷妙と傾城若松の恋あらそいが眼目の趣向となる。ここでも洒落本の古典「跖婦人伝」が踏まえられる。

物語は、安宅の関の関越えの女の詮議や、松風行平の不義など、これまでの伏線に仕組まれた難題を、団十郎の富樫が捌いて解決するというものだが、そのような筋立を追ってゆく余裕すらないほど、人気役者が華やかな凝った趣向で次から次へと登場してくる。いかにも江戸の顔見世らしい一幕になっている。

一　底本「土佐敷妙」。白藤本で補う。
二　底本「重蔵」。白藤本で訂正。
三　底本「国五郎」。役割番付で訂正。

国鶏籠《けいろう》山鶏の精霊[一]　中村　里好
一、行家娘小とみ　中村七三郎
一、直井の左衛門秀国　大谷　広次
若衆《わかいしゅ》[二]　大勢《ぜい》

本舞台三間の間、富樫《とがし》[三]の左衛門館の体《てい》。上《かみ》の方へ寄《よ》せ、奇麗《きれい》[四]なる亭《ちん》。下柱[五]に紅葉の立木《たちき》。此前《この》に井筒[六]、人の出入なるよふにして、幕の内より雄次郎[七]、打掛け衣装《いせう》にて、手拭《ぬぐひ》にてめんない千鳥[八]をかけ、其先へ門之助[九]、上下衣装《いせう》にて、歌川《うたかは》[一〇]、亀之助[一一]、重八《しげはち》[一二]何れも打《うち》掛衣装《いせう》にて、目隠《めかく》[一三]しをして居る見得《へ》。騒《さわ》[一四]ぎにて幕あく

トいづれも逃《に》げ廻る。門之助を、度ゝ突《つ》きやる。門之助、突《つ》きやられて、逃《に》げよふとする

門之助　手[一五]の鳴《な》る方《ほう》へ〱。
皆ゝ　お姫さま待《ま》たい〱、手《て》の鳴《な》る方《ほう》へ〱。
門之助　さあ、捕《と》つて見やれ。
皆ゝ　お姫さま待《ま》たい〱。

ト方《ほう》〲へ逃《に》げ歩《ある》く。門之助も同じやうに逃《に》げ歩《ある》く。雄次郎、方《ほう》

一 底本「晴霊」。白藤本で訂正する。
二 底本「若者」。白藤本で訂正する。
三 間口三間(約五・四メートル)の二重屋体。中央に黒塗りの階段。左右に欄干《らんかん》付きの廊下が付く。
四 富樫館の上手に間口一間(約一・八メートル)の亭屋体。茶室風の風雅な離れで、一面に市松模様の揚げ障子が下りている。ト書の指定はないが、上手に柴垣があり、そのうしろから忍びの者の出がある。
五 下手の大臣柱に紅葉を描いた板を張り付ける。この柱は、三建目で梅、四建目で紅葉、五建目で松、この幕でふたたび紅葉へと変わる。立木は、枝だけでなく幹もあるものをいう。
六 下手の大臣柱の前に井戸の造り物(図)。舞台の板がくりぬいてあって、奈落から役者の出入りがある。

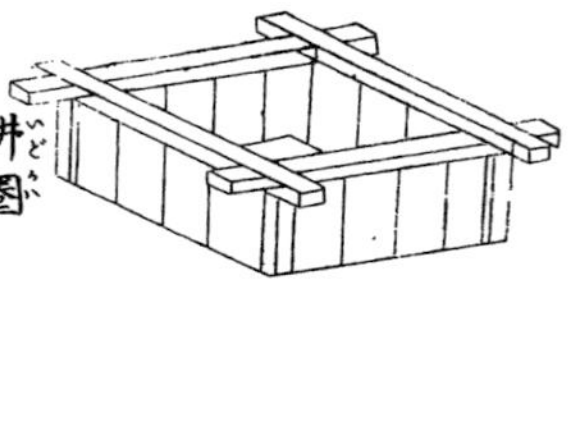

松風・行平の目隠し鬼

忍びの者が出る。
七 瀬川雄次郎。若女形。二十七歳。三建目の松風姫の役。この館の主人富樫の妹。お姫さまの振り袖・打掛姿で、めんない千鳥の鬼の役となり、手拭で目隠しをする。
八 目隠しのこと。
九 市川門之助。三十一歳。三建目の行平の役。前髪のある若衆姿で、きれいな色袢を

〳〵と追《お》ひかける。度々、亀之助・重八、門之助を付出し、雄次郎に捕《と》らまへさせる。門之助、振《ふ》り放《はな》そふとする。雄次郎、抱《だ》きつき

皆々　さあ、行平《ひら》さまは、鬼《おに》じや〳〵。

雄次郎　そんなら行平《ひら》さまかいの。

門之助　わしじやわいのふ。

雄次郎　ヲヽ、嬉《うれ》し。

門之助　サア、わしが鬼《おに》じやほどに、こゝを放《はな》して下されいのふ、松風殿、人が見るわいのふ。

雄次郎　それでも、あなたが目隠《めかく》しの鬼《おに》にならしやんしたぞへ。

門之助　鬼《おに》じやわいのふ。

雄次郎　鬼《おに》も〳〵、鬼《おに》より増《ま》したお心《こゝろ》つよき、言《い》わば語《かた》らば、玉《たま》[一六]の緒《お》も絶《た》へるほどに、思ふていやんす此(この)松風。

門之助　是(これ)〳〵、もうその様《やう》な事は、言《い》ふても下《くだ》さるな。此下河部の行平は、義《よし》経《つね》公御行衛につき、富樫《とがし》の左衛門家直どのの、その心底《しんてい》[一七]きかんが為、頼《より》[一八]朝公の仰《おふ》せにより此ほどの逗留《とふりう》。其内にその様《よふ》な淫《みだ》らな事があつては、

着て出る。

一〇 沢村歌川。中村座の色子・子役出身の若手の若女形。前名沢村鶴蔵。実悪の二代目沢村宗十郎の門弟。二年振りの帰り新参で、松風姫の腰元籬に扮する。

一一 三条亀之助。顔見世番付に「要蔵改三条亀之助」とある。この顔見世で中村要蔵から三条亀之助に改名し若女形になる。中村座の子役・若衆形出身。松風姫腰元いく代の役。

一二 岩井しげ八。森田座の色子出身の若手の若女形。前名坂東いろは。四代目岩井半四郎門下。中村座初出勤で、松風姫の腰元早枝の役。

一三 遊戯の名称。めんない千鳥ともいう。目隠し鬼のこと。子供の遊びだが、京の祇園など花街の座敷でもおこなわれた。忠臣蔵七段目「祇園一力の段」で大星由良助がめんない千鳥の鬼になって出る場面が有名。

一四 廓の場面で演奏される下座の鳴物。大名の屋敷で、浮かれた花街の遊びがおこなわれているという設定。大小の鼓に太鼓を打ち込み、数梃の三味線を賑やかに弾いて三下り、あるいは二上りの唄を軽やかに連吟で歌う。

一五 鬼への掛け声。忠臣蔵七段目では「手の鳴る方へ〳〵とらまよ〳〵由良鬼またい〳〵とらまへて酒のまそ」とある。

一六 「絶へる」にかかる枕詞。死ぬほど思っているということ。

一七 本心。主人公が心底を隠し、放蕩をよそおうのが顔見世一番目の狂言場の基本パターン。

一八 底本「頼朝」。白藤本で補う。

雄次郎　どふも松風殿の兄、此館《やかた》の主《あるじ》、左衛門殿へ立《た》[一]ちませぬわいのふ。

亀之助　又あの様《やう》な堅《かた》い事おしやんすわいの。

雄次郎　どの様《よう》な堅《かた》い事いわんしても、ちつともお気づかいな事は御座りませぬ。

亀之助　中《(まうし)》、行平さま、その様《よふ》なお心づよい事[二]おつしやらずと、松風さまの御[三]堪能《たんのふ》なさるゝ様《よふ》に、どふぞ色《いろ》よい返事してあげまして、おくれなされませいのふ。

亀之助　それいのふ、大抵《たいてい》や大方《おふかた》の御執心《しうしん》ではござりませぬ。いかに堅《かた》いお生《むま》れつきじやといふて、情《なさ》[四]けといふ事をちつとは思《おぼ》し召《(めし)》なされませい。

重八　女子《おなご》といふ者《もの》は、突《つ》[五]き詰《つ》めたものじやによつて、酷《むご》ひ〳〵と思ふ、其一《いつ》心《しん》が、たいてい恐《こわ》いものじやござりませぬぞへ。

雄次郎　それ〳〵、みづからが是ほどに思《おも》ふことを、徒《あだ》[六]に思《おも》ふて下《くだ》さんすと、此松風は、ひと思《おも》ひに死《し》んでしまふて、未来《みらい》[七]へ往《い》て、鬼《おにゝ》になるぞへ。

皆々　ヱヽ、。

雄次郎　鬼《おに》も鬼《おに》、恐《こわ》ひ鬼《おにゝ》になつて、愛《いと》しと思《おも》ふ行平《ゆき》さまを。

門之助　思い切《き》つてくださるゝか。

雄次郎　いゝへ、鬼《おにゝ》になつても、[八]やつぱり惚《ほ》れているわいなあ。

一 面目がたたない、ということ。
二 底本「おつしやんすと」。白藤本によった。
三 気分が晴れる。納得する。
四 恋ごころ。
五 娘の一途な思いをいう。
六 おろそかに。
七 あの世で安らかに成仏するのではなく、悪鬼となってさまようということ。目隠し鬼の遊びの鬼とは違いますよ。
八 恨んで、とり殺すのではなく、慕いつづける。

門之助　それ程に思《おも》ふてくださる心ざし、いく度も言《い》ふ通り、つい[九]した様《やう》には思《おも》わぬわいな。さりながら、[一〇]葦分《あしわけ》船の障《さわ》りがち、どふも儘《まゝ》ならぬ行平が身の上《うへ》、添《そ》はれぬ縁《ゑん》と諦《あきら》めて、思ひ切《き》つてくだされい。

雄次郎　何のまあ、思《おも》ひ切《き》らるゝくらひなれば、何しに是ほどに思《おも》ひ詰《つ》めませうぞいの。なんぼでも、みづからは、思《おも》ひ切《き》る事はなりませぬ。聞《き》[一一]こへたわいのふ。その様《よふ》におつしやるは、直井の左衛門秀国さまの妹子、あの村雨殿と女夫《(めをと)》におなりなさるゝお心《こゝろ》でござりまするかへ。

門之助　なんの〳〵、そなたにつれのふ言《い》ふからは、村雨殿、行平は添《そ》わぬ心じやわいのふ。

亀之助　いへ〳〵、どふおつしやつても村雨さま、お添《そ》ひなさるゝ。

門之助　なんのいのふ、そうした事ではないわいのふ。

皆〻　いへ〳〵、そふであろふ〳〵。

門之助　是はまた迷惑《めいわく》な。まあ、こゝ放《はな》してくだされいのふ。

雄次郎　いへ〳〵、なんぼでも放《はな》すことぢやござりませぬ。

門之助　まあ、放《はな》してくだされい。

皆〻　ならぬ〳〵。

九　粗略には思わない。

一〇　障りがちを導く序詞。

一一　わかった。

※門之助扮する下河部行平は、三建目で富樫左衛門への密書を手に入れ、富樫の心底を探るため加賀の国へ来ている。大名の奥むきで、行平と松風姫など若い男女がともに遊び戯れることは許されることではない。あくまでも行平は遊興に耽るふりをみせ、富樫を油断させ、その心底を探ろうとしている。台本のト書では裃衣装と公式勤務の姿となっているが、「中村座狂言絵」では、くつろいだ着流しの姿で描かれている。付録参照。

ト[一]騒《さわ》ぎの三味線になると、門之介逃《に》げよふとすを、雄《ゆふ》次郎・亀之助・重八、[二]駒鳥《こまどり》のよふに追《お》わへかける。[三]是に構《かま》わず、花道より又[四]太郎、奴の形《なり》にて、[五]革《かわ》文箱《ばこ》と、[六]水油《あぶら》と鬢付《びんつけ》を入たる袋をさげて出てくる。うか〳〵と舞台へ来《く》る。思《おも》わず知らず又太郎、五人中へ挟《はさ》み、門之助、引《ひ》つ張《ば》り[七]東の方へ連《つ》れて行と、雄次郎、引《ひ》つ張《ば》り[八]西の方へ連《つ》れて来《く》る。又、門之助、東の方へ連《つ》れて行と、又、雄次郎西の方へ連《つ》れて来《く》る。又太郎あきれて、[九]両方引《ひ》つ張《ば》る。此とき、顔を見合《みあはせ》て、皆〳〵びつくりする

又太郎　気《き》が違《ちが》つたそうだ。

雄次郎　[一〇]ヲヽ辛気《しんき》。[一一]ひよふなところへ時助がおじやつたわいのふ。こりやまあ、どふしやうぞいのふ。

皆々　[一二]悪《わる》いところへ、よふおじやつたの。

又太郎　ハイ、斯様《かやう》なところへ帰りましては、[一三]照降《てりふり》町、門之助が油店《みせ》へ、[一四]御錠《じやう》口の御用にて参りましたる此時助。[一五]梳《す》いた事のないよふでも、梳《す》き油の梳《す》き通《とふ》し、こふいふ所へ、[一六]小間物《こまもの》ならば良《よ》かつたに、気を付《つ》け[一七]髱《たぶ》の気《き》も付《つ》かず、色《いろ》じや〳〵[一八]なるをより油、女中方を[一九]銀出しの、だしに御使《おつかひ》なさ

一 幕明きの鳴物。唄なしで三味線のみの演奏。脇三味線の弾く地に、立三味線が派手な替手を弾く。二 子供の遊戯の一つ。子取(ことろ)。子取子取。親の役の子がうしろに従う子供たちを鬼から守るもの。守貞漫稿に「種彦曰、今ノ子トロ〳〵ヲ中昔迄ハコマドリトモ、雀ノ子ドリトモ云」とある(図)。江戸では鬼が「子を取ろ、子取ろ」といい、親が「サア取ってみさいな」といって遊ぶ。三 本舞台で演技がおこなわれているにもかかわらず、同時進行で、の意。騒ぎの三味線は、駒鳥のような追い廻しとともに、又太郎の出端の合方にもなる。四 坂東又太郎。三建目では坂東太郎の役で赤っ面の荒事。五建目では源八兵衛で山伏に扮する。この幕では、義経の家来、伊勢三郎義盛の役。義経の母常盤御前の形見、

奴時助の恋の取持ち

馬郎婦の観音を盗み出すため、奴時助に身をやつし富樫館に入り込んでいる。月代を

るゝとは、夢にもわれら白絞《しらしぼ》り[二〇]。油づくしをぢくねるとは[二一]、ちと伽羅《きやら》[二二]く
そうござりませう。

皆〻　なんのこつちやいの。

又太郎　もし、お前方《まへ》は、あんまり眼《まなこ》が見へませぬ。この時助は、乱離骨灰《らりこはい》[二三]になりました。お嗜《たしな》みなされませ。

雄次郎　勘忍《かんにん》してたも、みんな、みづからが悪《わる》かつたわい。

又太郎　お前《まへ》が仰《おつしや》つてくだされますれば、なんぼ卑《いや》しいわたくしでも、またどふぞお力《ちから》になるまいものでもござりませぬ。申、何なりとも仰《(おほせ)》つけられくださりませ。

雄次郎　そんならそれが定《ぜう》かいな。

又太郎　ほんのことでござりまする。

雄次郎　そんなら聞《き》いてたも、みづからは兄さん左衛門さまへお隠《かく》し申《(まうし)》て、行平さまへどふもならぬほど。

又太郎　[二四]芳礼綿《ほうれい》とおつしやる事かへ。

亀之助　それじやによつて、こちらがお取《と》り持《も》ち申《(まうす)》のじやわいのふ。

歌川　それを成《(なる)》の成《な》らぬと、行平さまが御心強《づよ》い事おつしやるわいのふ。

広く剃り下げた奴鬢の髷。紺看板と呼ばれる裾の短い法被(はっぴ)を尻っぱしょりにした捻切(ねじきり)姿。世話の中間の扮装。五 手紙を入れてやりとりする革製の細長い箱。六 髪油。水油は椿油など液状のもので、髪を梳くのに用いる。鬢付油は蠟と香料を加え固く練り合わせたもので、髪の形が乱れるのを防ぐ。時助が油店から買ってきたもの。七 舞台上手の方。時助の左手を取って引っぱる。八 下手。九 左手の行平、右手の松風。一緒に引き付ける。一〇 あら、いやだ。一一 ひよんな。意外な。一二 松風が行平を口説くところを見られたので悪い所といいかける。一三 日本橋堀江町、伊勢町堀にかかる荒布橋から親父橋にかけての道筋の俗称。そこに行平に扮する門之助の油店(香具屋)があった(図)。その楽屋落ち。

安永三年刊「役者全書」には「当時役者油見世之分」として十三人の江戸役者があげられ、そのなかに「市川門之助 てれふれ町」とある。髪油のほか白粉など女性用の小間物を扱う店。以下、油づくしのセリフになる。一四 大名の屋敷で女性たちがいる奥への通用口。大名のほか成人の男子は入れない。その女性たちの御用で買い物にいった。一五 好いたこと、にかける。武骨に見えても、お見通しだということ。一六 女性の装

重八　あなたがならぬと仰《おつしや》れば、松風さまの御身の上《うへ》の瑕《きづ》、こちらはじめ立《た》ゝぬわいの。

門之助　なんぼ立《た》ゝぬと言《い》ふても此行平、家直殿へ立《た》ゝぬによつて、それで返事《へんじ》をせぬのじやわいのふ。

又太郎　成程、義経《よしつね》公の御行衛を糾《たゞ》さんとて、この館《やかた》へおいでなさるゝ行平さま、一返事をなさるゝもなさらぬも、もつとも。

　ト指《ゆび》を折《お》る

又太郎　また、取持《も》ちかゝつて返事を聞《き》かねば、松風さまへ立《た》ゝぬと言《い》ふも、もつとも。

　ト指《ゆび》おる

又太郎　又、なるのならぬのと仰《おつしや》るを、お心強《づよ》いと言《い》ふも、もつとも。

　ト指《ゆび》おる

又太郎　また、二松風さまの事は、お主《しう》さまじやによつて、取り持《も》ちと言《い》ふも、もつとも。

　ト指《ゆび》おる

又太郎　又、三富樫《とがし》さまへお隠《かく》しなされて、人知《し》れず惚《ほ》れているとおつしやるも、

飾品や日用雑貨を売り歩く行商人。こなければ、にかける。一七 若い女性のこと。たぼ。一八 不詳。髭、または髪を繕る油。伽羅油の類か。一九 銀出し油。鬢付油より固く芳香が高い。「ぎん出し油、すき油を柔にせしなり。寛延の頃より、市村羽左衛門の見世にて売、役者の遣ひし也」(続飛鳥川)。「本田あたまの銀出し」(噺之画有多)と女郎買いの男も使った。二〇 白ゴマから取る油。上等なゴマ油で、食用のほかに女性の髪油にも使用。二一 すねて、駄々をこねる。二二 伽羅油。鬢付油の一種。「大名旗本等稀ニ用レ之、婦女ハ更ニ不レ用レ之」(守貞漫稿)。洒落(しやらく)くさい、の洒落。二三 体中がばらばらになること。二四 打ち直した古綿のこと。惚れたことを婉曲にいう。

一 返事をするとか、しないとか、そのようなことにかかわってはいられないというのも、もっともだ。以下、もっともづくし。二 主人の恋を取り持つのは、もっともだ。ただし、江戸時代、親の許さぬ不義の恋を、家来が取り持つのはご法度。重罪に処せられた。三 不義の恋は許されぬが、若い娘の自然な感情としては、もっともだ。四 もっともを五つ並べて、五もっともの洒落。指を一本ずつおって数えてゆく。五 力になろうというので、取り持ってくれるのかと真面目に聞いていたら駄洒落だったので、なにをいうのですか、と拍子ぬけにいう。六 うまく。適当に。いまの御尤のように、煙にまいてください。

又太郎　若《わか》いお身の上《うへ》では是も、尤《もつとも》。
　　　ト指《ゆび》を折《お》る
雄次郎　[四]御尤《ごもつとも》の謂《いわ》れは、是で知《し》れた。
門之助　[五]何《なん》の事じやいのふ。
又太郎　どふぞ、よい[六]様《やう》に言《い》ふて、松風殿に思《おも》ひ切《き》らるゝやうに言《い》ふてくだされい。
雄次郎　中《まうし》、そりやアお前《まへ》、あんまりお[七]胴欲《どふよく》と申《まうす》ものでござりまする。[八]隣町から恋にこがれて此[九]結綿《ゆひわた》。そう仰《おつしや》らずと、この紋[一〇]ばかり、一つ付ておやりなされませ。
門之助　そなたまでがその様《よふ》な事いやるわいの。
雄次郎　それ〳〵、そなたをほんまの[一一]結《むす》ぶの神さんじやと思ふて頼んだ程に、かならず返事を聞《き》かせてたもや。
又太郎　結《むす》ぶの神にしては、から[一二]没義道《もぎどふ》な結《むす》ぶの神。どふなり、こふなり、[一三]道行を付てあげませう。
雄次郎　そんなら頼んだぞや。
又太郎　人に頼《たの》まれた事ならば、[一四]針《はり》の山を[一五]俵転《たわらころ》びでもする気でござりまする。お

七　情けを知らない。非道なこと。
八　楽屋落ち。堺町の中村座の隣、葺屋町の市村座から、松風姫に扮する瀬川雄次郎が帰り新参でやってきたことをいう。恋にこがれてとあるのは、四年前、明和六年十一月中村座の顔見世で瀬川雄次郎と改名した際にも、門之助(当時弁蔵)と共演し、楓葉恋狩衣の今様の所作事を踊り、惚れたことをいう。このときも門之助は、二人の若女形に惚れられ迷惑する役であった。
九　瀬川一門の定紋。結綿の紋(図)を付けた雄次郎のことをさす。
一〇　好きあった男女が相手の紋を身につけることを踏まえ、思いをかなえてやってください、という意。

一一　男女の縁結びの神。
一二　なんとまあ、情け知らずな、武骨ものだろう。
一三　きっかけをつくる。お膳だてをする。
一四　地獄にある山。針がいっぱい立てられた恐ろしい山でも、の意。なんでもします、を誇張したもの。
一五　玩具の一種。俵がえり。俵ころばし、ともいう。小さな張子の俵のなかに重しを入れ、竹の中などを転がして遊ぶもの。それを模した歌舞伎の立廻りもある。「反頭(そつくび)(おとし)、俗ニ俵ころびトモ云」(戯場訓蒙図彙・図)。

気遣《きづか》い被成《なされ》ますするな。さあ、下河部の行平さま、是程に迄仰《おつしや》ること、なんと、お返事を被成《なさ》る〻お心《こゝろ》は、ござりませぬか。

門之助　黙《だま》ろう、それがしは義経《よしつね》公の御行衛を尋《たづ》ね求《もと》めんが為、頼《より》朝公の御内意にて、此ところに逗留《とうりう》いたすも、富樫《とがし》殿、もし[一]ふた心でもあらんかと、いまだ疑《うたが》ひも解《と》けざるに、妹の松風姫、たとへ縁《えん》あればとて、此行平《ゆきひら》がさしあたつて心に任《まか》せぬ。よつて、返事には及《およ》ばぬほどに、思《おも》ひ切て下されい。

ト云切《いひき》つて、行《ゆ》かんとする

皆〻　マア〳〵、お待被成《まちなされ》ませい。

門之助　いや〳〵、放《はな》して下されい。

又太郎　まづ〳〵、お待《ま》ち被成ませい。

門之助　いや〳〵、放《はな》した。

皆〻　まづ〳〵、お待《ま》ちくださりませい。

門之助　いや〳〵、放《はな》した。

勘左衛門　[二]待《ま》つた。

皆〻　待《ま》てとは。

一 頼朝を裏切ることをいう。
二 花道の揚幕の内側から声を掛ける。
三 男女の恋の機微(きび)。曲輪の作法。
四 江戸の敵役、中島流の伊達爺(じじい)。色の諸訳もない、に掛ける。諸訳などにこだわらない敵役の強引な恋の仕方をいう。
五 大名の言葉づかいではなく、丹前風の寛闊な、くだけた言い方。
六 ちょっと。
七 丹前の出端の鳴物。太鼓・大太鼓・能管による「津島」の鳴物に、三味線の唄入り。
八 大谷永助。大谷谷次。ともに大谷広次の弟子。永助は、養子となって、のちに二代目中村仲蔵になる人。市村座の子役で、中村座初舞台。斎藤次の奴・紅梅八重平、白梅八重助の対の小奴の役で、斎藤次の出端の先ぶれに、花道で奴丹前の所作を踊る。奴丹前は、中村座の若太夫伝九郎の家の芸。それを学んで踊ったもの。役名は梅と桜に因んだもので、いずれ兄やら弟やらという見立て。
九 中島勘左衛門。同じく斎藤次の役だが、四建目の裃、五建目の竜神巻、この幕の丹前と、幕ごとにがらりと変わった扮装で登場する。帰り新参の儲け役。年齢は三十六歳だが、白髪の老人に扮するのは、初代勘左衛門以来の家の芸である。
一〇 丹前は、江戸初期、承応明暦のころ、神田堀丹後守前の湯女に通う男の姿を写したもの。安永三年刊「役者全書」に「其比祭礼ねり物などにも風俗をうつし、長キ白柄大小・巻羽織・深あみ笠の出立、是を多門庄左衛門といへる役者始て勤む…元祖七三郎、是に工夫の振を付立髪丹前とて今につた

勘左衛門　色《いろ》[三]の諸訳《しよわけ》も中島[四]の、色《いろ》ぢゞいが押《お》つ止《と》めた。姉《(あね)》[五]さんたち、一[六]ばん待《ま》つてくんなさい、よやよう。

ト言《(いふ)》、きつかけに丹前[七]の出になり、花道より永助[八]・谷次、対《つい》の奴の形《なり》にて、出て来《く》る。奴の所作、少《(せう)》〳〵あつて、納《おさ》まる。と花道より勘左衛門[九]、広袖、羽織《はおり》衣装にて、紫の頭巾、重《かさ》ね草履《ぞうり》、丹前[一〇]の形《なり》にて、奴[一一]を大勢つれて出て来て、本舞台にて納《(をさま)》る

勘左衛門　それ、まかり出《いで》たるやつがれ[一二]は、親[一三]も勘六、子も勘六、合《(あはせ)》て今年十二年、それから後の帰り花。呉山《ござん》[一四]の雪《ゆき》にあらねども、色《いろ》[一五]さま方《がた》の御贔屓《ひゐき》を、戴《いたゞ》く笠の紋《もん》どころは、お江戸四代[一六]の敵役、根元《こんげん》、ほん混《ま》じりなし。味噌《みそ》[一七]をあげくにお叱《しか》りを、受《う》[一八]け目《め》、払《はら》い目《め》、二皮目《ふたかわめ》[一九]、塩[二〇]の目《め》ぢゞいが顔見世の、丹前出立《でた》ちで突《つ》ん出《で》るこんだ[二一]。

永助　旦那、申《(まうし)》あげまする。今日はお屋敷へ、御大切なる御用でおいで被成《(なされ)》たでは、ござりませぬか。

谷次　それに左様《さやう》の寛闊出立《くわんくわつでたち》、憚《はゞか》りながら奴めら、ちつと[二二]ゝやつとゝ合点《がつてん》が参りませぬで。

両人　ねい[二三]、ごわりまする。

斎藤次の丹前の出端

へ」とある。元禄期に確立した古風な芸。手と足を一緒に振って練って歩く姿を見せる。京では「六法」、大坂では「だんじり」といった。初代勘左衛門は、星合名護屋の不破伴左衛門で初代団十郎ぶりの六法の出端を見せた。これは深編笠に袴の股立を取る荒事の演出であった。ここでは、「助六」の意休の格で、吉原通いの豪華な広袖の羽織着流しに重ね草履のラフな姿で出る。頭に紫の置き頭巾を乗せたのは、遊蕩気分を強調したものである。

一一 若い衆の奴。そろいの伊達奴。
一二 大通(だいつう)の用語。自分は。
一三 二代目勘左衛門。その前名が中島勘六。自分の前名勘六と合わせて十二の洒落。宝暦十二年十一月中村座の顔見世で、その勘六を勘左衛門に改めて以来、足かけ十二年ぶりの帰り新参ということ。楽屋落ち。
一四 「呉山にあらねども笠の雪の重さよ老の白髪となりやせん」(謡曲「竹の雪」)に拠る。出典「笠重呉天雪」(詩人玉屑)。勘左衛門の二蓋笠(にかいがさ)の紋を笠に、白髪を雪に見立てたもの。 一五 美しい女性のこと。
一六 元祖あぶら勘六をいれて四代目。
一七 味噌をあげる、に掛ける。自慢した結果。
一八 金が入ること。払い目は、その逆。以下、目づくし。 一九 二重まぶた。
二〇 人格のよい。愛敬がある。
二一 ことだ、の訛り。
二二 ちょっとや、そっと。
二三 奴詞。はい、ございます。

勘左衛門　此引《ひー》つ切《き》りどもは、ませた事を聞《(きい)》たな。今日、かくいふ斎藤次祐家《すけいへ》は、富樫家直に、ちと尋《たづ》ねべき用事あつて、内ゝで参《(まゐつ)》たる助家。聞けば此頃富樫の左衛門には、越前[二]三国《(みくに)》の傾城、室屋《むろや》[三]の若松[四]といふ太夫職《しよく》[五]、屋敷へ置《(おく)》と噂とり〳〵。馴染《なじみ》[六]の末《すへ》の祝《いわ》い心、目《め》だゝぬ様《よう》に此出立。その若松に近《ちか》づきになるべいとて、ゑつちら[七]おつちら参《まい》つた。越前の国の住人、斎藤次祐家参《(まゐつ)》たと、取《と》り次《つ》いでおくりやれ。

雄次郎　どなたかと存《ぞん》じましたれば、斎藤次祐家さま、よふおいでなされました。

勘左衛門　是は〳〵、富樫《とがし》殿のお妹子、松風殿、やれ〳〵、久《ひさ》[八]しく出《で》あいましたな。それにおいやるは、下河部の行平殿ではござらぬか。

門之助　左様《やう》でございますする。助家[九]殿には、いつも〳〵御機嫌《きげん》でございますするな。

勘左衛門　是ばかりが年の一徳で御ざる。時に、承れば行平殿、そこもと義は、頼《より》朝公より御内ゝにて、富樫の左衛門へ御尋《たづ》ねなさるゝ事あつて御出《(おいで)》と承わつたが、いよ〳〵左様《やう》でござるかな。

門之助　なる程、左様《やう》でございますする。

勘左衛門　左様《やう》でございますする。これ、やい、頼朝《よりとも》公の御用にて此所へ来りし行平。娘子共をそゝなかし、此所に長居《ながい》して、御奉公がなり申《(まうす)》か。

一　女や子供をののしっていう語。
二　現福井県三国町。江戸時代に日本海西廻り航路の寄港地として繁栄。三国湊上新町に遊女町もできた。安永二年には、旅籠屋八軒の他、揚屋二十四軒、遊女持三軒(遊女四十四人)、新見世遊女持四軒と栄えた。豊後節「比翼の初旅」など三国小女郎の物語で知られた北国一の遊廓。そこから加賀の国の富樫館まで遊女を連れて来て館に逗留させて遊んでいるという設定。ただし、描かれる風俗は江戸吉原のもの。
三　遊女屋の名。
四　中村里好の定紋、抱き若松(図)に因んだ名。この顔見世で中村松江から俳名の里好に改名して、定紋も中村歌右衛門家の祇園守りから替紋の抱き若松に改めた。そのお披露目。

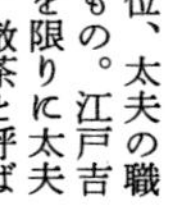

五　遊女の最高位、太夫の職についているもの。江戸吉原では、宝暦を限りに太夫はいなくなる。散茶と呼ばれた下位の遊女が、呼出し、昼三《(ちゅうさん)》、付廻しと名を変えて最高位になった。
六　富樫左衛門と傾城若松が深い馴染みの仲になったことを祝って、吉原通いの寛闊な丹前姿で来たということ。富樫の放蕩が目だたないよう、斎藤次も同じ遊興の姿となった。
七　やっと。ようやく。
八　久しぶりで逢いました。
九　祐家のこと。

門之助　さあ、それは。

勘左衛門　此間承わつた是明《これあき》親王の御殿にて、松風姫と村雨姫、そこもと一人《ひとり》を引《ひ》つ張《ば》りあい。見苦《みぐる》しき事がござつたげな。それでも、一〇いしこそうに鎌倉殿より御内〳〵の御用があつて参つたでは、よふ、その様《よふ》な白《しら》〴〵しい事が、こなたは言《い》われることだの。

門之助　扨は、先《せん》達て是明《これあき》親王の御殿《ごてん》にての様子《やうす》を、貴殿は御聞き《きゝ》被成《(なされ)》しとや。

勘左衛門　一一おんでもない事。

門之助　一二ハイ。

勘左衛門　うまい事をした後《あと》で、一三へいの、すふのと、ざつと笑《わら》へた詮索《せんさく》だわへ。

門之助　何事も是まで、そうじや。

ト門之助、一四刀へ手をかける

雄次郎　申《(まうし)》〳〵、滅多《めつた》な事をなされまするな。

門之助　行平《ひら》が身の上《うへ》の事、外《(ほか)》ゝへ聞《き》こへては面目《めんぼく》なし。不義《ふぎ》いたづら、頼《より》朝公への申訳《わけ》、放《はな》して、殺《ころ》して下されい。

又太郎　滅多《めつた》な事をなされまするな。たとへあなたがどの様《やう》な、いたづらがましき御身もちにもせよ、松風さまも村雨さまも、一五いまだ主《ぬし》なき、莟《つぼみ》の花。

一〇　もっともらしく。

一一　もちろん。言うまでもない。

一二　しまった。ホイ。大惣本「ヘイ」。

一三　ヘイだのスウだの。ああでもない、こうでもないと言うのも、なんとまあおかしなことだ。

一四　切腹しようとするのを、松風姫が止める。

一五　夫・言号など、定まった主がいない。

勘左衛門　若《わか》いお身にはある習《なら》い、少しも大事《だいじ》ござりませぬぞ。

又太郎　いゝや、大事がある。

勘左衛門　何が、なんと。

又太郎　松風姫は誰《た》が娘、かく言《い》ふ斎藤次祐家が娘。安宅《あたか》の関守は富樫《とがし》、斎藤《さいとう》、此両人、仰付られ候てより、大切なる当役《(たうやく)》[一]ゆへ、それがし事は娘松風を富樫へ妹に遣わし、まつた、富樫の左衛門は是。

ト懐中より、袱紗《ふくさ》包を取《と》り出《いだ》し

勘左衛門　是こそ九条の御曹子《ぞうし》[二]、伊予守義経《よしつね》公の御母、常盤《ときは》[三]御前の主従《しじう》[四]、青墓《おふはか》[五]の宿にて熊坂[六]が為《ため》に最期《さいご》を遂《と》げしみぎり迄、所持なしたる所の馬郎婦《ばろうふ》[七]の観音《くわんおん》。家[八]の宝迚《たから(とて)》、富樫《とがし》の左衛門、肌《はだ》身はなさぬ、此厨子《ずし》をそれがし方へ譲《ゆず》り物《もの》。

又太郎　すりや、その馬郎婦《ばろうふ》の観音《くわんおん》を。

勘左衛門　斎藤次祐家が娘、松風と引《ひ》きかへ。

又太郎　此観音《くわんおん》の事、富樫の左衛門さま、御所持《しよじ》と聞《き》いて入こみし此義盛[九]　○　サ、よし、守《も》りなさるゝその観音《くわんおん》。あなたの方《ほう》にあろうとは、思ひがけなき祐家さまの御咄《(はな)》し。

一 この役職。 二 正しくは九郎御曹子。義経のこと。母常盤御前が九条院に仕えたことにかけて九条としたもの。 三 一条大蔵卿の長男侍従良成の母でもあり、義経都落ちにより異父弟の良成も処分されるというのが史実。以下は幸若舞曲「山中(やまなか)常盤」にもとづく俗伝に拠る。 四 常盤御前と乳母侍従の主従。「山中常盤」では、牛若を追って奥州に下る途中、山中の宿で盗賊六人に殺される。 五 奥州に下る途中、美濃の青墓の宿で牛若丸が盗賊の頭目熊坂長範を成敗した場所(幸若「烏帽子折」)。平治の乱で義経の父義朝が落ちのびた場所でもある。 六 盗賊熊坂長範。「山中常盤」の伝説と一つになって近世に流布されたもの。近松の浄るり「糜静胎内捃」に「我母の東路にて。熊坂に殺され給ひしは。世上に知らぬ人もなし」とある。

馬郎婦の観音

七 「山中常盤」では、常盤御前の形見を「黒木の数珠と鬢の髪。肌の守り」とする。馬郎婦の観音を、常盤御前の「肌の守り」、すなわち、守り本尊とするのは本作の仮構。「伏見常盤」で清水寺の観世音に祈るなど、常盤御前の観音信仰を踏まえたもの。馬郎婦は、正しくは「めろうふ」。法華経の普門品にもとづく三十三観音の一つ。観音が教化のため化身した姿の一つで、美女となり馬氏の妻となったというもの。中国の宋代より流行。わが国では嘉元三年(一三〇五)成立の「雑談集」に見える。江戸時代に入り、「魚籃観音即馬郎婦也」(元禄五年刊「寂照堂

勘左衛門　此観《くわんおん》音引かへの身が娘、松風にどれ一〇あつたる行平、此祐家が言《い》ひ分《ぶん》があるぞ。

門之助　さあ、それは。

勘左衛門　委細《いさい》の事は此屋の主《あるじ》、富樫の左衛門家直に会《あ》つての事。松風、奥《おく》へ案内《あんない》しろ。

雄次郎　ハイ。

勘左衛門　行平、続《つゞ》いてお来《き》やれ。

ト歌になり勘左衛門、門之助・雄次郎はじめ皆〻、奥《おく》一一へ入る。又太郎、跡へ残り

又太郎　馬郎婦《ばろうふ》の観音《くわんおん》の事は、義経《よしつね》公の御母君、常盤《ときわ》御前の守本尊。何とぞ、母君の御かた身、手に来れとの義経《よしつね》公の仰《(おほせ)》。かしこまり候、お承《う》け申て入《(いり)》込《(こみ)》し、伊一二勢三郎義盛《よしもり》。かりに姿をやつしたる中間時助、折を窺《うかゞ》ひ、富樫の左衛門が仏間《ぶつま》へ忍《しの》び入て、奪《うば》ひ取《と》らんと思ひの外。斎藤次祐家が所持なしたる体《てい》。此所にて拝《はい》せしこそ幸《さいわ》い。何卒我手に入れたいな。

ト言内《(いふうち)》、花一三道にて

音一四八　馬士殿や、馬を急《いそ》いでもらいましよ。

谷響続集四」)とされた。ここでは、前年の二月二十九日の目黒行人坂の大火で焼け残り、御本尊を開帳(武江年表)した三田の魚籃観音を当て込んだもの。八 山中の宿には、美濃の国とするものと、加賀の国とするものとあり、ここでは後者にもとづき加賀守の富樫の家に伝えられたとするもの。九 奴時助の実名。伊勢三郎義盛。思わず実名を名乗り、ハッとして、ごまかすために「よし、守り」といったもの。

一〇 男と女が私通すること。

一一 中央の階段より二重舞台にあがり、廊下を通って富樫館の奥へ入る。

一二 鈴鹿山、または上野国の山賊の出身で義経の四天王の一人。源平盛衰記に「義経、木曾殿幷に平家追討の討手のため京上の時は、伊勢三郎義盛とて先陣を打つ、西国屋島、壇浦までも相離れず、義経都を落ちける時、義盛、君の落ち着き給へらば、急ぎ馳参る可しと様々契り申して、思ふ様ありとて暇を乞て、故郷伊勢国に下りぬ」とある。伊勢の国で守護首藤四郎を襲い敗れて鈴鹿山で自害をしたという。本作では、これらの史伝を踏まえ、都落ちに際し、義経と別行動を取ったのは、盗人の出身なので馬郎婦の観音を盗み出すよう秘密の指令が出されていたという設定にしたもの。

一三 花道の奥の揚幕の内側。そこでセリフを言う。

一四 嵐音八。二代目。五建目の常陸坊海尊の役だが、この幕では本格的な道化の役廻りになる。鯰坊主の鬘。山伏の扮装。

馬士の出端

高麗蔵[一]　合点《がつてん》でごんす。

ト摺《す》[二]り金の、坂[三]は照《て》る〳〵の歌になり、花道より高麗蔵（こまざう）、脚半《きやはん》、甲《こう》掛《がけ》、やつし、広袖、腹掛《はらがけ》、馬士の形《なり》にて、頬被《ほふかむり》して片肌《はだ》ぬぎ、煙管《きせる》を持《も》ち、馬[四]を引て出て来る。此馬に乗《の》り音八、笈《おい》を背負《しよつ》て、常陸坊の形《なり》にて出て来る。花道の中程にて

音八　馬士殿や、もふ何刻《なんどき》であろうの。

高麗蔵　いかさま、昨日《きのふ》の今時分《いまじぶん》でもごんせう[五]かいな。

音八　昨日《きのふ》の今時分にしては、早《はや》いよふだが、何里程来ました。

高麗蔵　されば、もふ二三町[六]も来たでごんしやう。

音八　今朝《けさ》[七]から、たつた二三町か。

高麗蔵　その様《よふ》に、たんと[八]歩《ある》くと此馬士《まご》は草臥《くたびれ》るでごんす。

音八　いかさま、たんと歩《ある》いたら草臥《くたびれ》そうな、大兵《たいひよう》[九]な馬方《かた》。ハテ、よい[一〇]馬に乗《の》

高麗蔵　つたわへ。さりながら、馬士殿、ちつと急《いそ》いでもらいましよ。

高麗蔵　合点《がつてん》でごんす、布袋腹《ほてつばら》[一一]め。

ト又[一二]、歌になり、舞台へ来る

高麗蔵　さあ〳〵旦那、来《き》ました〳〵、下《お》りさつしやれ。

一　市川高麗蔵（こまぞう）。二代目。十歳。四代目幸四郎の長男。文化文政期の実悪の名優五代目幸四郎の子役時代。富樫左衛門一子直石丸の役で、門出（かどいで）よし松という馬子に身をやつして出る。広袖の衣裳に手甲・脚半、頬被りをして、右の片肌を脱いでキセルを持ち、左手を袖に入れて「ヤゾウ」という形にきまる馬子のやつし姿。子供なので腹掛けをして出る。馬子のやつしは、こま蔵（駒蔵）の洒落。

二　摺り鉦。下座の鳴物で祭り囃子などに使う。摺り鉦入りで、高麗蔵の出を華やかにしたもの。

三　馬子唄。三味線の二上り曲。〽坂は照る〳〵な、鈴鹿は曇るよ、合の土山なあ雨が降るなあえ」。馬子唄の代表的なもの。鈴鹿は伊勢三郎の連想。普通、馬についている駅路の鈴を使うが、ここでは摺り鉦入りで派手にする演出。

四　小道具の馬。縫いぐるみの中に若い衆が二人入る。栗毛、または黒毛。

五　侠客や相撲取りの使う伊達なものいい。ごんす。

六　二〇〇メートルか三〇〇メートルちょっと。

七　場面は夕方の設定。

八　たくさん。女子供の使う言葉。ごんす、と対照させる面白さ。

九　体の大きい人。小さな子供の高麗蔵を逆に言ったもの。

一〇　反語としていう。ひどい馬に乗ってしまったなあ。

一一　馬子が馬に掛ける言葉。

一二　〽坂は照る〳〵」の馬子唄を下座で再び演奏すること。

一三　馬の駄賃。乗る前に馬子と交渉して決めた額。銭で六十四文。

音八　やれ〳〵早《はや》く来たな。何、どれ〳〵、駄賃《だちん》をやろう。それ、[一三]極《きわ》めの六拾四文。それ、外に[一四]酒手の代《かわ》り、[一五]鹿子《かのこ》餅の代が十五文。やれ〳〵よく乗て来た〳〵。

高麗蔵　なんと早《はや》かつたかへ。

音八　花道から、爰《(ここ)》までだものを、早《はや》くなくつて、どうするものだ。アヽ、おれも色事師ならば、[一六]米屋と[一七]艾屋《もぐさや》と[一八]煎餅屋《せんべいや》、[一九]此馬の出を語てもらおふに、なにを言《い》ふのも[二〇]豆太鼓《まめだいこ》を見《み》るやうな鬢《びん》つけて、上《(じやう)》るりでもあるまい。時に伊勢三郎義盛に会《あ》いたいものだが、[二一]案内《あんない》をしてみよふ　〇　頼《たの》みませう〳〵。

又太郎　誰《だれ》だ〳〵。

音八　ヤア、貴様は伊勢三郎義盛《よしもり》。

又太郎　是、其名を　〇

トほう〴〵心を付《つ》け

又太郎　常陸坊海尊《ひたちぼうかいそん》、此所へお来《き》やつた用事は、心得ない、なんと〳〵。

音八　外の事ではござらぬ、我君義経《よしつね》公の仰《(おほせ)》には、常盤《ときわ》御前の御かた身、あの[二二]白がね町《(ちやう)》の観音《くわんおん》、いや〳〵[二三]馬喰《ばくろ》町の観音《くわんおん》。何でも、そのよふな名の観音《くわんおん》

一四　駄賃に添える祝儀。酒代。
一五　嵐音八の見世で売り出した餅菓子。安永三年刊「役者全書」に「かのこ餅 人形町ゑびすや、古嵐音八見せにて、今嵐音八につたふ」とある。初代音八が宝暦ごろから売り出し流行した。餡でつつんだ餅の表面にあずきを粒のままつけて鹿子斑にしたもの。ぜんまい仕掛の小坊主の人形が茶台にのせて客に出した。役者全書には、ほかに団十郎煎餅・高麗煎餅(幸四郎)・雷蔵おこし・潜竜湯(又太郎)など役者の売り出した菓子の名があげられている。その楽屋落ち。
一六　富本斎宮太夫のこと。「元来武家にひとゝなりしか、後町人となり、米商人となり、神田川の辺又南茅場町に住し、清水屋太兵衛と号す」(声曲類纂)とある。
一七　富本豊志太夫こと二代目豊前太夫のこと。父の三升屋平右衛門が通旅籠町で団十郎艾の店を出していたのでいう(宝暦現来集)。
一八　不詳。富本豊太夫のことか。
一九　四建目の浄るり所作事のように、富本の太夫に語ってもらったのに、ということ。楽屋落ち。
二〇　子供のおもちゃ。丸くて薄い柄つきの太鼓。両耳に糸で大豆をたらし、柄を振って大豆で音を出して遊ぶ。海尊の丸坊主の頭を太鼓に、鬢から垂れた鯰の毛を、糸で垂らした大豆に見立てたもの。
二一　取次を頼むこと。
二二　日本橋本銀(ろがね)町四丁目の千手観音堂。七の日が縁日で、江戸の三大縁日の一つとされた。馬郎婦がうろ覚えなので、江戸で有名な観音の名を口から出まかせにあげたもの。
二三　日本橋の地名。馬郎婦の音に通じるので言ったもの。観音はない。

を、何卒早《はや》く持参《じさん》おしやれとの仰《おふ》せつけられ。それゆへわざ〳〵、海尊《かいぞん》参つた。何ぞ一つ、飲《の》ましてくだされ。馬の上《うへ》で寒《さむ》い目《め》をしたれば、水鼻《はな》斗《(ばかり)》、武士の奉公と申《(まうす)》ものは、さて〳〵苦《くる》しいものでござる。是、忠[一]臣蔵だときさまは勘平、おれは弥五郎。

　　ト いつまでも口を利《き》いている。又太郎、突《つ》き倒《たを》し

又太郎　馬鹿《ばか》〳〵しい、内[二]でも外《そと》でも同《おな》じやうに。我《わが》君の仰付られには、常盤《ときわ》の御前御かた身、馬郎婦《ばろうふ》の観音《くわんおん》、此義盛に奪《うば》い来れとの仰付られとな。

音八　[三]もち〳〵。

又太郎　その事は先だつてより、承知いたしておる。かく言《(いふ)》伊勢の三郎は、勢《せい》州鈴鹿の盗賊なりと聞《き》こしめされて此用、主命《しうめい》に背《そむ》かじと、入込し此義《よし》盛。今日中に貴殿へ渡《わた》そう程、義経《よしつね》公へ差《さ》しあげておくりやれ。

音八　心得《へ》てござる。

又太郎　待《ま》つていやれ。

　　ト相[四]方《かた》になり又太郎、奥《おく》へ入《はい》り、音八、跡を見おくつて

音八　是、まだ用が有、咄したい事がある。あゝ、そそつかしい。おれに待《ま》つていろと言《い》ふても、こんな形《なり》で待《ま》つていては、人目《め》に懸《かゝ》つて言訳が、ど

一 仮名手本忠臣蔵五段目「山崎街道の場」の早野勘平と千崎与五郎のようだ。勘平は猟師に身をやつし、お詫びの機会を待つところに古朋輩の与五郎に出逢う。義経のもとを離れて行動する伊勢三郎を勘平に見立てたもの。

二 又太郎は先代音八の長男。音八は、その弟。家でも外でも馬鹿〳〵しいことばかり言っているという兄の弟への意見になる。

三 もちろん、を省略したもの。

四 下座の三味線の演奏になり、奴姿の又太郎が上手奥の出入り口へ入る。

五 いたいものだ、の訛り。

六 鷹や鷲の羽で作った丸い大きな団扇。天狗の持ち物。青本「義経一代記」で、常陸坊海尊が実は鞍馬山の大天狗僧正坊の化身で、義経を蝦夷へ導く趣向を踏まえたもの(図)。

音八の海尊は、鯰坊主の扮装をふくめ、そのパロディになっている。僧正坊は、鞍馬山で牛若丸に兵法を伝授したとされる天狗。

天狗の羽団扇

七 天狗の世界の神通。

ふもあるものじやあない。ア丶、どふぞ常陸《ひたち》坊と知《し》れないやうに形《かたち》を変《か》へて[五]いていものだが。

ト考《かんが》への思《おも》入有て

音八　ある〳〵。こんな時の御用意を持《も》つて来た。此[六]羽団扇《うちは》、[七]天狗道《てんぐどう》の神通《じんつふ》を得《え》たる、不思議《ふしぎ》の団扇《うちは》。此団扇《うちは》で、ひと招《まね》きまねけば、何でも[八]人の心をぐにや〳〵とさせて、[九]欲《ほ》しい物《もの》がそこへ出《で》ると言《い》ふが、一《(ひと)》つの[一〇]かすり。どれ、ひと招《まね》き、招《まね》いてみよふ。どれ、ヱ丶。

ト[一一]どろ〳〵となると、舞台へ[一二]風呂敷《ふろしき》包出る。音八、是を見て

音八　しめた〳〵。どれ〳〵此風呂敷包の内を拝見《はいけん》いたそう。

ト開《あ》けて見て

音八　イヤア、羽団扇《うちは》の模様《もよう》の[一三]衣装《いせう》羽織。こいつを着《き》れば形《かた》は良《よ》いが、[一四]頭《あたま》がつまらぬものだ。幸《さいわ》い〳〵、是、馬形《(うまかた)》。

高麗蔵　なんの用《よふ》でごんす。

音八　是、[一五]近《ちか》ごろ世話ながら、おれがこの、[一六]鬢《びん》の毛《け》を後《(うしろ)》でちよつと結《い》ふてもらいたい。

高麗蔵　合点《がってん》でごんす〳〵。これ〳〵出《だ》さつしやい。

八　羽団扇の効能の一つ。人に向かって煽ぐと相手の心が緩んで体がぐにゃぐにゃになるというもの。このあとの立廻りで威力を発揮することになるが、もともと天狗の羽団扇に、そのような効能はない。真言宗の光明真言の加持を受けた土砂(お土砂)や、光明丹(護摩の灰)など、振りかけると人の体を柔らかくするという民間信仰などによるもの。八百屋お七の芝居で、お土砂をかけられた釜屋武兵衛の体が柔らかくなる格(明和八年刊「役者優軍配」)。

九　天狗の羽団扇の、もう一つの効能。ひと振り振ると、好きなものが出るというもの。鬼の持つとされる「打出の小槌」の特色を羽団扇に当て嵌めたもの。二つの効能ともに、道外形の音八らしい真実性の薄い好い加減なもの。

一〇　ちょっとした利得。

一一　下座の鳴物。大太鼓を長撥で「ドロ〳〵」と打つ。幽霊など不思議な物の出現に使う。

一二　ジャリ糸や差し金を使って、風呂敷包が宙を飛んで出る演出。「どろ〳〵」は、そのための鳴物。

一三　羽団扇の模様を大きく描いた派手な着物と、同じ模様の対の羽織。羽織衣装の寛闊出立の衣装。

一四　鮗坊主の髪型では面白くない。

一五　たいそう。はなはだ。近頃になく。

一六　耳から下に垂れた鮗坊主の鬢の毛を、頭のうしろで結って、剃り下げ奴の髪型に見立てたもの。奴丹前の伊達姿となる。斎藤次の出端に続いて、吉原通いの伊達風俗を描く演出。

ト音八が鬢《びん》を高麗蔵《こま》、奴《やっこ》のように結《ゆ》うて、すぐに音八、羽織衣装《はおりいせう》の形《なり》にて、形《かたち》を作《つく》る

音八　どふも言《い》へぬ〱。是では誰《た》が見ても、常陸坊海尊《ひたちかいぞん》とは見へぬ。時に、この笈は[一]此井戸の内へ、こうして置て、是からちつと[二]洒落《しやれ》かけよふ。

ト言《(いふ)》うち高麗蔵《こま》、羽団扇《はうちは》をそつと取《と》つておく

音八　[三]思ひ出《(いだ)》せる事こそあれ、それがし事を知《し》つた者《もの》は、馬形《(うまかた)》ばかり。下郎は口の[四]盃もの、こいつは助《たす》けては置《お》かれぬはやい。馬かた、覚悟《かくご》をしろ。

高麗蔵　[五]そんなら貴様が、あの、おれを。

音八　[六]おんでもない事。

高麗蔵　[七]つがもない。

音八　どつこい。

ト是より[八]合方《あいかた》になりて、立《た》ち廻《まは》りあり、とゞ高麗蔵《こま》、団扇《うちは》にて音八を煽《あを》ぐ。[九]おかしみにて、よろ〱[一〇]奥《おく》へは入《(い)》り、つゞいて高麗蔵《こま》もは入《(い)》る。[一一]ばた〱にて花道より[一二]染蔵《そめ》、[一三]七三郎を引《ひ》つからへ、出て来《く》る。[一四]奥《おく》より門之助、出て来る。互《たが》いに行《ゆ》きあい

門之助　加賀の次郎殿か。

一 西の方、下手の井戸の内に隠す。次に佐野川市松が、この井戸から出るので、観客の注意を集める効果を狙ったもの。
二 遊びにゆこう。
三 改まった時代の口調になる。秘密を知った下人の口を封じるときの決まり文句を、立役のように気取っていうおかしみ。
四 白藤本「さがなきもの」。口が軽い、ということ。意味が解らないので「盃もの」と間違える。間の抜けた道外の演技。
五 以下、市川流の荒事のセリフになる。
六 言うまでもない。
七 団十郎家の癖ぜりふ。ばかばかしいことだ、ということ。団十郎が三建目の暫などで使用。安永六年に、五代目団十郎の子、桃太郎が死んだあと、高麗蔵は、一時、五代目の養子となり、六代目団十郎を継ぐ立場になった。
八 下座の三味線の合方。おかしみの立廻りのためのもの。
九 音八が、心が緩んで体がぐにゃぐにゃになる滑稽な動作をする。
一〇 上手、奥の出入り口へ入る。
一一 足音の擬音。拍子柝で舞台の床を叩く。下座の三味線による、おかしみの立廻りの合方を止め、ばた〱になる。リアルな音で、いっぺんに舞台が緊張する。
一二 市川染蔵。この顔見世で染五郎に改名したが、台本では旧名のままで表記されている。富樫の家来、加賀次郎の役。四建目の気比明神で攫った古金買い長兵衛の娘小とみを抱えて出る。
一三 中村七三郎。子役。長兵衛娘小とみの役。

染蔵　下河部の行平《ひら》さまか。

門之助　合点《がつてん》のゆかぬ、其少人[一五]は。

染蔵　是こそ、日頃お尋《たづ》ね被成るゝ弁慶橋《べんけいばし》の常陸《ひたち》長屋、七つ道具の長兵衛と申、古金買《ふるかねか》ひの娘。

門之助　それこそ備前守源の行家、かれが行衛を尋《たづ》ねるに、究竟《くつきやう》の餌《ゑ》[一六]ば。でかしめされた。

染蔵　主人富樫《とがし》の左衛門へ。

門之助　それがし、宜敷《(よろしく)》物語《ものがた》らん。

染蔵　行平さま。

門之助　加賀の次郎、お来《き》やれ。

ト門之助、七三郎を染蔵より請取《(うけとり)》、引《ひ》つ抱《かゝ》へ取て、両人奥《おく》[一七]へ入《はい》る。[一八]本神楽《かぐら》に成り、東の垣[一九]の口より[二〇]崎之助、黒仕立の形にて、[二一]龕灯提《がんどうてう》灯《ちん》を持《(もち)》、袖頭巾[二二]を着て、出る。と、西の井筒の内、市松[二三]、同《おな》じく黒仕立にて、龕灯提灯《がんどうてうちん》を持、忍《(しのび)》やかに出て来る。互《たが》ひにあたりを窺《うかゞ》ひ

崎之助　[二四]東南に風おこり、西北に雲しづかならず。もしやそれぞと知られしと、

一四 上手奥の出入り口より出る。

一五 子供。

一六 餌のこと。

一七 上手奥。

一八 下座の鳴物。能の囃子「神楽」による。太鼓、大小鼓に能管も吹き合す。忍びの者の出に使う。

一九 上手の生垣。この生垣を、真中から左右に割って女の忍びの者が出る。

二〇 芳沢崎之助。三代目。三十七歳。この一座の立女形。古金買い長兵衛女房およし、実は土佐坊娘敷妙の役。四建目気比明神の場では世話女房の姿。ここでは黒装束の忍びの者の扮装で、攫われた娘小とみを取り戻すために富樫館に忍び込んでくる。黒装束の女盗賊の趣向は、明和四年春、市村座「曾我和《(やわらぎ)》そが」で二代目瀬川菊之丞が演じ「黒装束にて手下の者に金を盗ませ、親方といはるゝ趣向は少シしやれ過ました」(明和四年三月「役者御身拭」)とされた。謀反人が盗賊となって、木のうろや、樋の口、生垣や井戸から、ぬっと現われる場面は、座頭格の立役実悪の見せ場で、それを女形に仕立て直した趣向。黒の裾引きの衣

黒装束の女盗賊

装に、黒の袖頭巾、手に龕灯を持って出る。

二一 懐中電灯のように、光をしぼって、必要な方向を照らすことのできる提灯。外枠は黒く塗った釣鐘型のブリキ、または銅板。竜頭のところに把手があり、片手で持って前後、左右、自由に照らす。そのため、中の蠟燭の火が消えないよう、ぶらぶらと自由に動く工夫がされている。光を消したい

市松　窺《うかゞ》ひ寄《(より)》し此館。富樫《とがし》の左衛門家直さまの御居間《おいま》はいづくぞ、よろしき伝《つて》[一]が欲《ほ》しいなあ。思《おも》ひ回《まは》せば恐《おそ》ろしや、女のあられぬ此姿、夫《おっと》に会《あ》いたい意地《いぢ》ばかりで、来《き》ごとは来《き》ても案内《あない》は知《し》れず、よろしき伝《つて》が欲《ほ》しいなあ。

ト言《(いひ)》ながら両方、互《たが》ひに顔を見合《(みあはせ)》て、びつくりして市松、行《ゆ》[二]かふとする

崎之助　待《ま》つた。

市松　こつちの事かへ。

崎之助　合点《がてん》の行《ゆ》かぬ。何者《もの》なれば、富樫《とがし》の左衛門家直が館《やかた》へ、窺《うかゞ》ひ寄《よ》りしか、何者《もの》じや。

市松　なるほど、御もつとものお尋《たづ》ね。わたしや、いかにも紛《まぎ》[三]れ者《もの》、命を的《まと》に此館《やかた》へ、忍《しの》び入たる曲者《くせもの》じやわいナア。わたしをそれと咎《とがめ》さんす、お前はそして、どなたじやへ。

崎之助　サ、それは。

市松　さあ、お前の御名《おな》を聞《き》ゝ[四]やんせう。

崎之助　サアア。

ときは、自分の体に押しあてる。盗賊や忍びの者が使う。

二二 女性の防寒用の頭巾。おこそ頭巾ともいう。

二三 佐野川市松。二代目。二十七歳。若女形。三建目の岩手姫。この幕では、奴時助女房お市の役で、崎之助と一対の黒装束の女盗人。馬郎婦の観音を盗むため奴となっている夫を追って来たもの。黒の裾引きの衣装。手に龕灯を持つ。頭巾をかぶった柔らかな崎之助に対し、きりりとした若衆形の魅力を見せる。

二四 風雲急を告げる様子をいう。謡曲「熊坂」で熊坂の亡霊の出にいう「東南に風立つて、西北に雲静かならず」に拠る。天下泰平なことを「東南に雲おさまり、西北に風静かなり」という。その逆の表現。

一 案内をしてくれる人。手蔓。盗みに入った女の心細さを示すセリフ。

二 花道の方へ逃げて行こうとする。

三 怪しい人物。自分から曲者と居直るセリフ。小気味の良い啖呵(たんか)。

四 やんすの変化。もと遊里語。蓮葉な女の言い方になる。女同士の立て引きのセリフ。

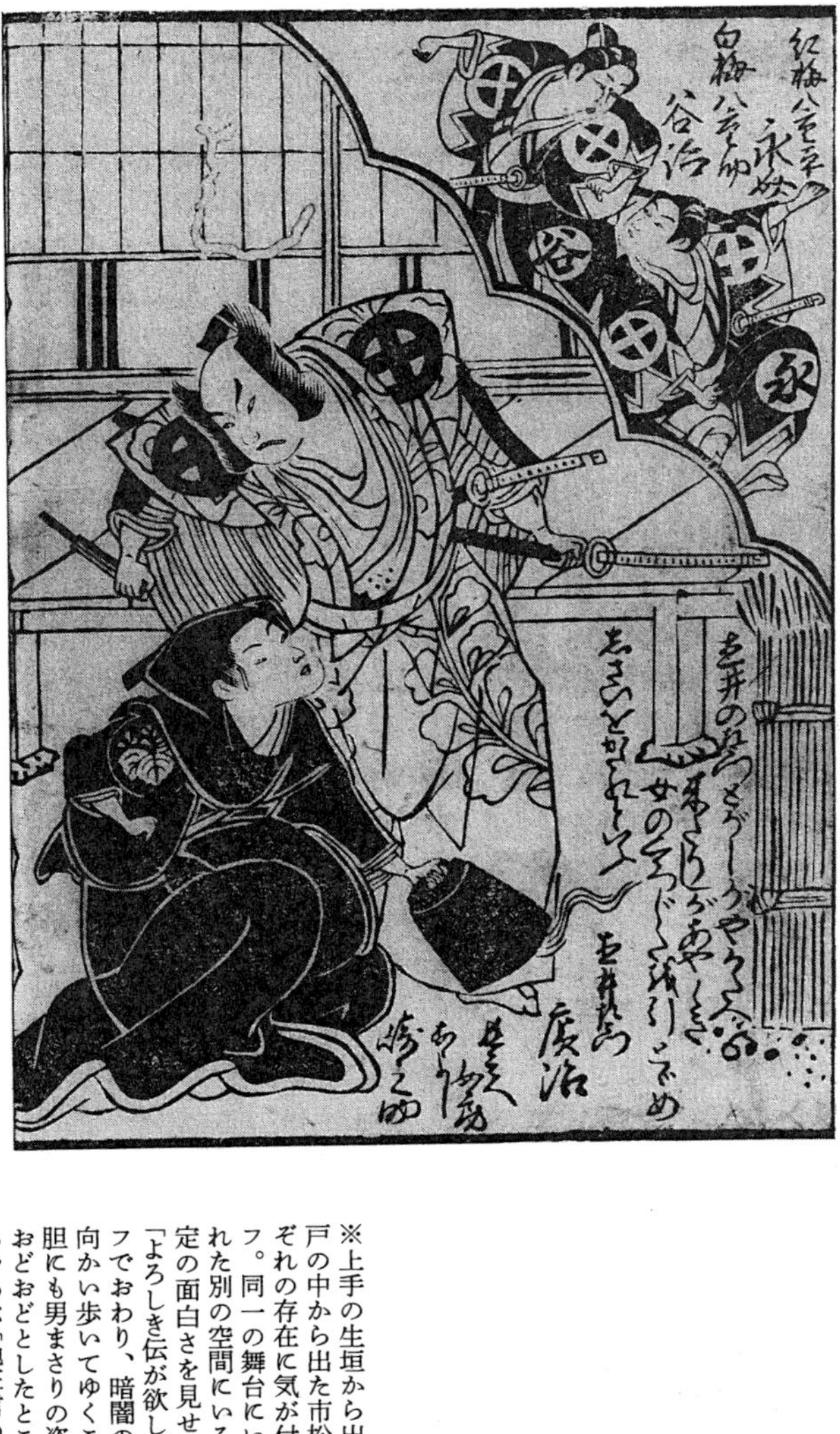

紅梅八重平　永介、白梅八重助　谷治
直井の左衛門、富樫《とがし》が館《やかた》へ来たりしが、怪《あや》しき女の黒仕立《くろじた》(て)を引とゞめ、子細《しさい》を語《かた》れといふ
直井左衛門　広治、長兵衛女房およし　崎之助

御摂勧進帳 第一番目六建目

※上手の生垣から出た崎之助と、下手の井戸の中から出た市松の二人の女形が、それぞれの存在に気が付かずにいう独白のセリフ。同一の舞台にいながら、二人が少し離れた別の空間にいるという歌舞伎の空間設定の面白さを見せるところ。二人ともに「よろしき伝が欲しいなあ」という同じセリフでおわり、暗闇の中をおそるおそる館に向かい歩いてゆくことになる。女ながら大胆にも男まさりの盗人となり、その一方で、おどおどとしたところを見せる。初代芳沢あやめが「地狂言の開山思入の元祖たり。顔みせにおつとが親をころすを。武士の女房なれば義理にせまりて。とめる事ならず身をもがいての思入。親をころした刀の血を。しやくで水かけあらはるゝ時。手のがた／＼とふるいやう。あのやうな思入終に見た事のないお上手」(宝永二年四月刊「役者三世相」)とされた女形の芸の見せどころ。

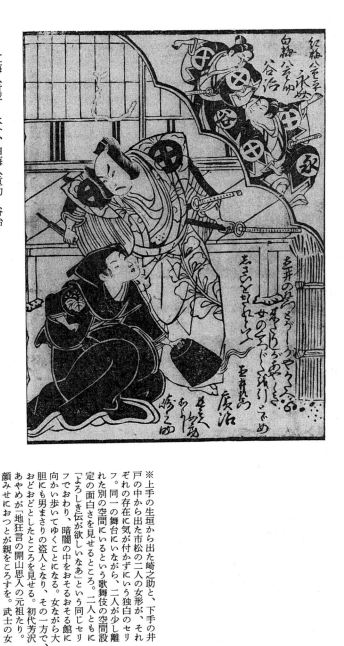

市松　合《が》点《てん》の行《ゆ》かぬ。富樫《とがし》の左衛門家直さまのお館《やかた》へ入込し曲者《くせもの》、有様《ありやう》に身の上《うへ》を明《あ》かしや。

崎之助　ホヽヽ、[一]仰山《ぎやうさん》な御《お》様《さん》じやわいなア。[二]いまにもそれと顕《あら》われなば、女だてらに大胆《たん》な、噂にかゝるは覚悟《かくご》の前《まへ》。命ひとつを名にくれて、忍び入たる身の上《うへ》は、よく／＼の事あればこそ。

市松　そんならお前《まへ》も人しれず。

崎之助　願《ねが》ひ叶《かな》へて欲《ほ》しさゆへ、此お屋敷《やしき》へ。

市松　此館《やかた》へ、思《おも》ひ合《あ》ふたる。

崎之助　身の上《うへ》の。

市松　女子《おなご》もあれば。

両人　あるものじやなあ。

市松　よく／＼の事なればこそ、こゝまで来《(きた)》る恐《おそ》ろしさ、恐《こは》い／＼と思ふ上《うへ》に、寒《さむ》さを凌《しの》ひだそのせいに、わたしや左《(ひだ)》りへ[三]癪《しやく》が差《さ》し込《こ》んで、どふも痛《いと》ふてならぬわいナア。お前《まへ》、薬《くすり》はござんせぬかへ。

崎之助　わたしもつね／＼[四]癪《しやく》もちゆへ、[五]薬は持《も》つているわいナア。どれ／＼、薬をあげよふ。

一 大げさな人ですね。
二 盗みに入って捕まれば、女だてらに大胆な奴と噂になるのは覚悟している。しかし、命に替えても、家の恥となるので、名前は名乗らない、という意味の啖呵。
三 女性の病気。緊張すると腹や胸に差し込みがくる。
四 癪が持病だということ。
五 黒丸子(こくがんし)・熊の胆(い)・陀羅助(だらすけ)などの丸薬。黒丸子は、熊の胆を主剤としたもので、本町三丁目のいわしや、大伝馬町二丁目の殿村、大門通りの伊勢屋の品が有名。
六 懐紙。本朝世事談綺に「むかしは畳紙を以て、丸散の薬、あるひは耳爬(みみかき)石筆やうの物を納む。今のはながみ袋は、畳紙の遺風なり。今云鼻紙も、むかしは懐紙(ふところがみ)といひし也」とある。杉原紙を横に二つ折りにし、それを縦に二回折ったものの中に丸薬などを入れる。
七 ちょっとしたこと。
八 花道の揚幕の内。本舞台から見て向うにあたる。若い衆の役者の一人がいう。呼び。
九 下手の井筒の内。舞台の板が切り抜いてあり、そこから舞台下の奈落へと出入りをする。
一〇 揚幕のこと。底本、以下一行分脱文あり。白藤本で補う。
※底本は貸本用に転写された写本。貸本屋用の台本によくみられることだが、幕が進

ト懐《ふところ》より畳紙《たとふ》[六]を出し、薬《くすり》をやり、市松を介抱《かいほう》する

崎之助　女子と言《い》ふものは、気の弱《よわ》いものじやによつて、ちつとした事[七]があつても、此差《さ》し込《こ》むには困《こま》るわいナア。

市松　是は〱ありがたふござりまする。

崎之助　なんのお礼《れい》に及《およ》ぶ事かいナア。

[八]向《むかふ》にて　直井の左衛門秀国さま、お入《い》り。

ト呼ぶ。市松・崎之助、びつくりして囁《さゝや》きあい、市松は元《もと》[九]の所へ忍ぶ。崎之助は龕灯提灯《がんどうてうちん》を下げて花道へ行《い》く。また直井の左衛門、お入りと呼《よぶ》。と、[一〇]切幕より広次、[一一]上下衣装にて、扇を持、出てくる。花道の中ほどにて崎之助と行あい、互《たが》ひの思ひ入あつて、跡[一二]へ崎之助を押《お》し返《かへ》す。[一三]舞台にて立廻りあつて、崎之助、花道へ行《ゆ》かふとする

広次　待《ま》て。

崎之助　ハイ。

ト立どまる

広次　[一四]世ゝ《よよ》顔見世のお定り、[一五]赤い男に黒《くろ》ん坊《ばう》、[一六]珊瑚樹《さんごじゅ》とりを見るよふに、取《とり》

むにしたがって脱文・誤写が目立つようになる。それらを主として白藤本で補正した。白藤本は、幕臣で蔵書家として知られた鈴木岩次郎こと白藤の旧蔵書。底本と同系統の写本だが、転写の時期が底本より少し下るものかと思われる。

一一　大谷広次。三代目。三十四歳。直井左衛門の役。四建目の浄るり所作事では奴姿に身をやつしたが、ここでは本来の武士の姿に戻る。時代物の大名らしく、髷は生締《なまじめ》(図)。月代を剃った、矢筈鬢の鬘。赤っ面で派手な伊達模様の豪華な織物の裃衣装。大小の刀を差し、大きな扇を持って、勢いよく体を振って出る。

一二　本舞台の方へ、崎之助を押し戻す。

一三　花道から舞台に来て、前舞台で二人が入れ替わる立廻りがある。

一四　代々。年々。以下のセリフについて、歌舞妓年代記は「「待(て)世々顔見世のお定り。赤い男にくろんぼう珊瑚珠とりを見るやうな。ぼつてりものゝ後かげ」トいふせりふ。見物の評判よく、皆覚えて是をいふ」とする。

一五　赤っ面の荒事師と、黒装束の実悪は、顔見世の常套の趣向だということ。

一六　黒ん坊のこと。安永三年刊の洒落本「婦美車紫鹿」に「さんごじゅとりの黒ん坊をみるやうだ」とある。赤本「義経島めぐり」に珊瑚を取る黒ん坊の姿があり、その連想

赤っ面と恋の曲者

合《あはせ》だと思《おも》ひの外《ほか》、[一]ぼつとり姿の後影《うしろかげ》、[二]恋の曲者《くせもの》、[三]ごさんなれ。直井の左衛門秀国が、目《め》にかゝつちやア[四]難《むづか》しい。聞《き》かにやあならぬ事がある。[五]身が膝元《ひざもと》へ、[六]つゝと来《こ》ひ。

崎之助　それ。

トつか〳〵と[七]立帰り、[八]詰よせて

崎之助　参りましたが、御用かへ。

広次　[九]シタリ、[一〇]年増《としま》の生粋《きつすい》、見事なもの。ときに合点《がてん》がゆかないは、[一一]奥を勤《つと》める者《もの》ならば、[一二]座敷《ざしき》の上《うへ》を頭巾《づきん》でもあるまいし、よしんば他所《よそ》の者《もの》にもしろ、[一三]隠《かく》れ忍《しの》ばふ様《よふ》がない。どちらから、どふ廻《まわ》つても聞《き》かにやあならぬ、[一四]お身さまの身の上《うへ》。[一五]元来《ぐわんらい》、お主《ぬし》やア、何ものだ。

崎之助　ハイ、御尤なるそのお尋《たづ》ね。たとへお尋《たづ》ねないとても、お話《はな》し申《(まう)》さにやならない者《もの》。直井の左衛門秀国さまと、お名をたゞいま承りました。こつちから、かへつて身の上《うへ》をあからさまに申あげ、その上《うへ》にてはわたくしがお願《ねが》ひ、御聞《き》き《ゝ》被成《(なされ)》て下さりませい。

広次　直井の左衛門秀国と、それがしが名を聞《き》いて、身の上《うへ》をあかし願《ねが》ひがあるとか。

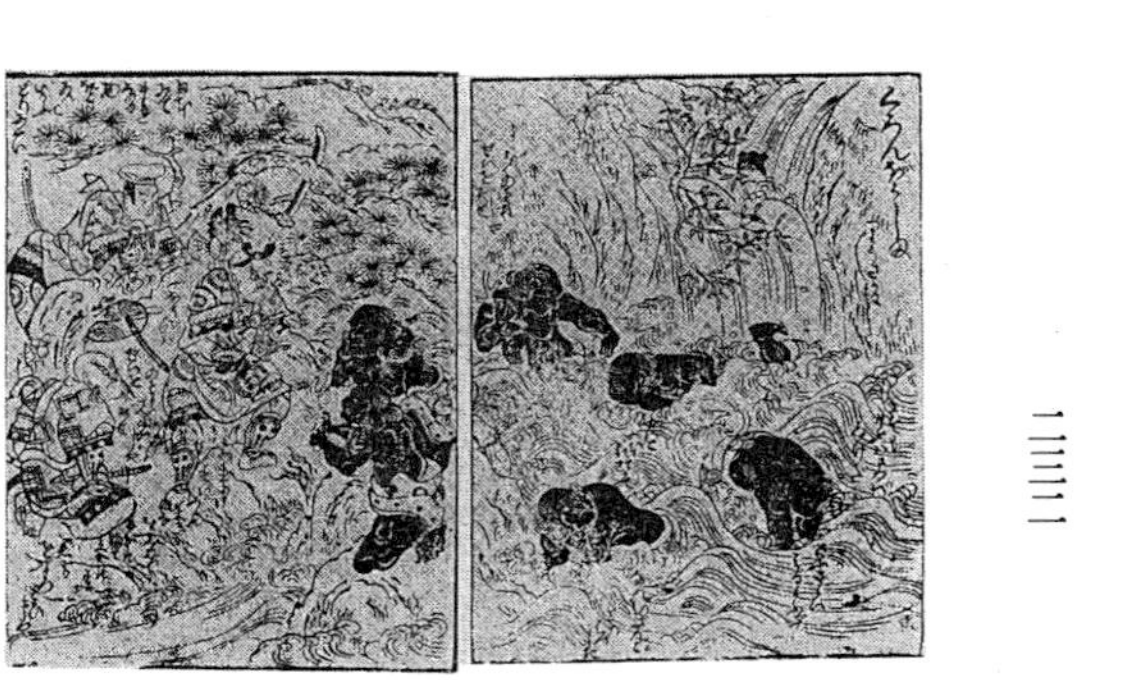

(図)。赤い珊瑚と黒ん坊のように、赤っ面の荒事師と黒装束の実悪とは、顔見世に付きものの取り合わせと思いの外、その黒装束が女だったということ。

一　柔らかくて愛敬のある女性のさま。
二　美しい姿の曲者。謡曲「花月」の「げに恋は曲者」に拠る。
三　こっちへ来い。「ござんなれ」とも。
四　簡単には通さないぞ。
五　自分。侍言葉。膝元は近く。わたしの近くにいらっしゃい、ということ。
六　速やかに。ずいと。
七　花道から舞台に戻ってくること。

崎之助　あいな、馴《な》れ〳〵しい事ながら。

広次　あの、秀国に。

崎之助　アイ。

広次　滅多《めった》にや聞《き》かれまい。

崎之助　そりやまた、なんで。

広次　さあ、それは。

崎之助　女《おんな》の際《ざい》に[一六]良《よ》からじない、なんで盗《ぬす》みをひろぐのだ。

広次　いやさ、なんで盗《(ぬすみ)》をひろぐのだ。

崎之助　さあ。其盗《ぬす》みは。

広次　なんだ。

崎之助　[一七]男を盗《ぬす》みに来《き》たのじやわいなあ。

広次　忍び入たは、あの、男を。

崎之助　あい、わたしや盗に来《き》たわいナア。

広次　とんだ物《もの》を盗《ぬす》みに来《き》たな。

崎之助　お聞《き》ゝ被成《(なされ)》て下さりませい。恥《はつ》かしながら、恋故に、[一八]こうした形《なり》でござりまするわいナア。

八 広次の直井左衛門の下手に片膝ついて坐り、体を詰め寄せる。
九 感心していう語。あっぱれ。
一〇 娘に対する語。二十歳を過ぎた女性。まぎれのない年増のなかの年増。娘にはない色気があるということ。二十歳代なかばの年増ざかり。
一一 大名の奥向き。奥方や子供などのいるところ。そこに勤める女中。
一二 風よけの頭巾を家のなかで被る者もない、ということ。
一三 隠れ忍ぶ理由がない。
一四 侠客の使う言葉「おみさん」を丁寧にいうもの。洒落本「変通軽井茶話」に「学者の足下 藩中(おやしき)の貴殿、侠者のおみさん」とある。
一五 そもそも。伊達奴などが使用する語。「おらは元来使われ者よ」(常磐津「戻り駕」)。
一六 とんでもない。
一七 男を盗みにきた、黒装束の恋の曲者の設定。奪われた娘のことを心のうちに隠して、色仕掛けで取り戻そうというもの。正徳三年四月刊「役者座振舞」に「春狂言大石山丸には。かめ山のお梅。はたごやの下女姿。手代左平次団之丞殿にほれかけられ。恋かなへるていにて。ほうてうで切ころさるゝ手ばしかさ。ころしたあとでふるはるゝ思ひ入どふも〳〵」とある初代芳沢あやめの芸系。世話がかったあやめの役どころを、大時代に伊達で豪奢にしたもの。常磐津「忍夜恋曲者(しのびよるこいはくせもの)」の原型になる。
一八 盗人の黒装束をいう。

広次　シテまた男は誰《だれ》だ。

崎之助　一北陸道《ほくろくどう》七ヶ国に隠《かく》れなき、加賀の国の住人、富樫《とがし》の左衛門家直さまに、いつか心をかけ二帯の、三解《と》けぬ女の心より、思《おも》ひあまつた徒《いたづら》な。あなたを盗みに来《き》たわいナア。

広次　取《と》り持《も》つてやろふ。

崎之助　ヱ。

広次　実《じつ》か嘘《ちく》四かは知《し》らねども、女《おんな》の身にて突《つ》きつめた、男を盗《（ぬすみ）》に入《はい》りしとは、あんまり肝《きも》が潰《つぶ》れし故《ゆへ》、不憫《ふびん》なこつた、取もつべい。

崎之助　まあ、ありがたふござりまする。あなたを見そめ、五丸三年、便《たよ》り求《もと》めて文の伝《つて》。幾度《いくたび》とのふ差《さ》しあげしが、叶《かな》わぬ事とて、六藻《も》塩《しほ》草、書《か》き捨《す》てておきしに今の今、あなたの今《いま》のお言葉《ことば》が、わたしが為には七力ずな、よもや直井の左衛門さま。

広次　八刀《かたな》にかけて、相違《そうい》ない。

崎之助　あの、お刀《かたな》にかけられて。

広次　九そもじの恋を取《と》り持《も》とふ。

崎之助　ヱヽ、ありがたふござりまする。

一 若狭・越前・加賀・能登・越中・越後・佐渡の七国。
二 女性が物詣のさいに掛ける赤い平ぐけの帯。心をかけて神仏に祈る、ということ。
三 帯を解くに掛ける。富樫左衛門と打ち解けることができないので、心が晴れない。
四 うそ。関東訛り。奴詞。
五 寿永元年(一一八二)の暮から丸三年。このころ源頼朝と不和となった源行家が木曾義仲を頼り、その義仲のもとに加賀の富樫一族も参加した。その史実を踏まえ、そのとき行家の妻である敷妙が富樫左衛門を見染めたとするもの。
六 塩を採取するための海藻。搔き集めるので、書くことに掛ける。和歌の用語。
七 大惣本「力艸」。八 武士の誓い。
九 武士の言葉。そなた。もと女性語。刀にかけての誓いなので、寛闊な奴詞から、堅い侍の物言いにかわる。
一〇 誓いの金打(きんちやう)をすると見せかけて腰の刀を抜く。金打は、刀を少し抜いて小柄で叩く誓いの作法。一一 気比明神の場で、古金買い長兵衛が鎌田兵衛の子を殺して奪ったもの。それを女房およしが預かっている設定。宝物が懐中から落ちて、場面が急転する。顔見世の常套の演出。
一二 尾張国知多郡の地名。源義朝が風呂で長田庄司に殺害されたところ。
一三 令制の長官の尊称。ここでは左馬頭の義朝のこと。
一四 花道の揚幕の内。若い衆による呼び。
一五 下座の鳴物。「天王立に似たるもの。勅使の出は入につかふ」(絵本戯場年中鑑)とある。能の囃子から取ったもので、太鼓・

広次　曲者《くせもの》、観念《くわんねん》。

ト広治抜《ぬ》[一〇]いて、切《き》りつける。手ばしかく立廻りあつて、其内に崎之助、[一一]四立目の玉鶏の印の袱紗《ふくさ》包を懐《ふところ》より取《と》り落《おと》す。広次それを取《と》りあげて、両人きつと見得《みへ》になる

崎之助　是こそ[一二]野間《のま》の内海《うつみ》にて、落命《らくめい》ありし守《かう》[一三]の殿《との》。

広次　義朝《よしとも》公の玉鶏の印。軍勢催促《さいそく》の此印《いん》を、所持《しよじ》せし女の身の上《うへ》は。

ト[一四]向ふにて、勅使《ちよくし》

崎之助　勅使《ちよくし》とや。

広次　来《こ》い。

ト広次・崎之助、入《はい》る。すぐに[一五]下り羽《は》になり、花道より国[一六]四郎、冠装束《かむりせうぞく》にて、笏《しやく》を持《もち》出て来る。跡より[一七]友右衛門、烏帽子素袍《ゑぼしすほう》の形《なり》にて、出て来る。跡《あと》より[一八]吉次、打掛衣装《うちかけいせう》にて、縛《しば》られ、是を若《わか》[一九]ひ衆《しゆ》、[二〇]割竹《わりだけ》にて追《お》つたて〳〵出て来る。[二一]奥《おく》より[二二]雄次郎・歌川・亀之助・重八・染五郎出てくる。跡より勘左衛門出てきて、すぐに国[二三]四郎・友右衛門・勘左衛門・雄次郎・歌川・亀之助・重八・染五郎と並《なら》び、[二四]吉次を舞台先へ直《なを》す

勅使の難題

大小鼓に能管を吹き合わす。高位の人物の出に用いる。

一六 中島国四郎。敵役。中島流は公家悪の家筋。三建目の「暫」でも引っ立ての公家の一人に扮した。ここでは、四建目気比明神の場の盗人麻生の段八が古金買い長兵衛とともに贋勅使中納言義明卿となって入り来む設定。贋勅使は顔見世一番目狂言場のパターン。黒の冠装束に白木の笏を持ち出る。

一七 大谷友右衛門。敵役。古金買い長兵衛、実は源行家の役。四建目気比明神の場で斎藤次に頼まれ、麻生の段八を勅使の公家に仕立て、井上次郎忠永という公家侍となって乗り込んで来る。歌舞伎の烏帽子素袍は大名格の武士の礼装。

一八 瀬川吉次。娘形。三建目の村雨姫の役。直井左衛門の妹。振り袖の打掛衣装で出る。

一九 井上次郎の家来の侍。数人出る。

二〇 竹の先を割って、叩くと音がするようにしたもの。警備の役人が使う。舞台を叩いて村雨姫を追いたてるのに使う。

二一 上手奥の出入り口。富樫館の内より出る。

二二 以下、幕あけの松風姫とその腰元三人。

二三 加賀次郎に扮する染五郎(染蔵のこと)をふくめ五人が富樫の家の者。あとから勘左衛門の斎藤次が出る。底本脱文あり。白藤本で補う。

二三 中央の階段を上り、二重舞台の上に勅使の二人、平舞台上手に斎藤次、この三人が高合引に腰かけ、他は坐る。

二四 縄で縛られた村雨姫を前舞台に坐らせ、割竹を持った侍数人が館の左右に控える。

雄次郎　思《おも》ひ設《もふ》けぬ、今日のお勅使《ちよくし》。折悪《あ》しく、兄富樫《とがし》の左衛門事は、一白山《しら》権現《ごんげん》へ参詣《さんけい》いたしまして、御挨拶には此松風。お勅使《ちよくし》の趣《おもむ》き、仰聞《きけ》られ下さりましようなら、ハイ、ありがたふござりまする。

友右衛門　すりや、富樫《とがし》の左衛門には白山権現へ参詣《さんけい》いたし、折悪《おりわる》ふ在宿《ざいしゆく》いたさぬとな。

雄次郎　ハイ。

友右衛門　しからば、二かれへ仰《おふ》せ聞《き》けられ下さりませふ。

国四郎　三勅使《ちよくし》の趣、余《よ》の儀《ぎ》にあらず、此あいだ是明親王《これあきしんわう》の御殿《てん》におゐて、下河部の行平《ひら》、富樫の左衛門が妹松風、まつた直井の左衛門が妹村雨《むら(さめ)》、四上《かみ》を畏《おそ》れず、どれやつて、不義《ふぎ》をひろいだ、その科《とが》。よつて、三人ともに須《す》五磨《ま》の浦《うら》へ流罪《るざい》せよとの勅使《ちよくし》。

雄次郎　ヱヽ、そんなら今様の折から、是明《これあき》親王の御殿を穢《けが》せし科《とが》によつて、行平《ひら》さまも村雨姫も、此松風も、あの須磨の浦へ流《なが》し者《もの》とや、六ハイ。

吉次　みづからとても其折から、御殿を穢《けが》せし科《とが》によつて、思ひ設《もふ》けぬ此縛《いまし》め。

雄次郎　そんならお前《まへ》も。

吉次　松《まつ》風さまも。

一 加賀の国。安宅から富樫に向かう途中、義経も参詣した(義経記)。

二 松風姫をいう。

三 勅使の趣を述べるときの常套句。

四 天皇の尊称。ここでは是明親王のこと。

五 在原行平が流されて、海士の姉妹松風村雨と契りを交わしたところ。

※江戸の顔見世の狂言場は、勅使あるいは上使が、お家の存続にかかわる難題をもたらし、それを主人公の立役が取り捌く、お家騒動物の骨格を持つ。難題の主なものは、家督相続に必要な宝物と、謀反人など反体制側との提携、そして不義の恋の三つが中心となる。ここは恋の難題。幕末に流行する滝沢馬琴流の勧善懲悪と少し違うのは、悪はこらされても、死んで滅びるのは端敵で、巨悪である実悪は必ず生きのびて立役方と対立するところにある。

六 驚きと失望を表わす声。ホイ。

雄次郎　みな、恋ゆへに。

皆〻　ハア。

友右衛門　逃《のが》れぬ所じや、それ、松風に縄《なは》かけい。

侍大勢　ハア引。

亀之助　憚《はゞか》りながら、お待《ま》ち被成《(なされ)》て下さりませい。松《まつ》風姫がその科《とが》にて縄《なわ》かゝりますは、勅使《ちよくし》の仰、是非《ぜひ》に及《およ》びませぬ事でござりますれども、おり悪《あ》しく、富樫《とがし》の左衛門おりませねば、まづ〳〵お待《ま》ち被成《(なされ)》て下さりませい。

染五郎　殊に我〳〵此席《せき》に連《つら》なりおつて、松風が不義《ふぎ》いたづら、詳《くは》しく様子《やうす》承知いたさぬそのうちに、縄《なは》うたれんとは粗忽《そこつ》の至《いた》り。まづ〳〵お待《ま》ち下されませう。

友右衛門　小癪《こしやく》なる加賀の次郎、行平、松風、村雨に縄《なわ》打きたれとは、是明《これあき》親王仰出《(おほせいだ)》され。流罪《るざい》とあるは七勅諚《ちよくじよう》も同然《どふぜん》。八尻《しり》の仕舞《しま》いは、富樫《とがし》の身の上《うへ》。急《いそ》いで松風に縄《なわ》を打《う》て。

皆〻　さあ、夫《(それ)》は。

友右衛門　勅諚《ちよくでう》を背《そむ》けば、違勅《いちよく》の罪《つみ》、きり〳〵縄《なは》を打《う》たないか。

皆〻　さあ、それは。

七　天皇の命令。
八　事件の責任が富樫にもおよぶだろうということ。

友右衛門　サア。

皆〻　サア。

[一]友右衛門　さあ〳〵〳〵、どふだ。

[二]ト向ふにて、殿の御帰り、と呼。[三]誂《あつら》への鳴物《なりもの》になり、花道より[四]沢蔵、若い者《もの》の形《（なり）》にて、[五]抱《だ》き若松の紋《もん》ついたる女郎の提灯《てうちん》を点《とぼ》し、出くる。あとより[六]里好、打掛衣装《うちかけいせう》、傾城の形にて、出て来る。是に[七]団十郎、上下衣装《いせう》にて、[八]傘《からかさ》を差《さ》しかけて、出て来る。跡より、[九]対《つい》の禿形《かむろなり》にて、[一〇]市弥《や》・松之丞、花《はな》紙、煙管《きせる》を持て、付《つ》き出《で》る。跡より[一一]半三、遣《やり》手の形《なり》にて出て、花道の中《なか》程にて

団十郎　[一二]言《い》へば優《やさ》しく月に花に、詠《（ながめ）》いやます君《（きみ）》が風俗《ふうぞく》。富樫《とがし》の左衛門家直、われながら、[一三]迷《まよ》ふたわいの。いよ、[一四]傾城の親玉《おやだま》め。

半三郎　[一五]惚《ほ》れられたのと、惚《ほ》れたのは、きつい違《ちが》いの人心。誰《たれ》あろふ、文武《ぶんぶ》に名高き左衛門さま、よく〳〵お気《き》に入《い》つた様《やふ》、今日も今日《けふ》とて、おふたり一緒《いつしよ》。あの、嬉《うれ》しそふな、お顔わいなあ。

沢蔵　[一六]いかさま、世の中に、[一七]お屋敷へ抱《かゝ》へられた若い者《もの》程、[一八]かすりの廻《まわ》らぬ物はない。[一九]物《もの》日紋《もん》日はお座敷《ざしき》ばかり、[二〇]貰《もら》い引が出きず、[二一]無心が言《い》われず、

傾城をつれた富樫の出端

一　底本「勘左衛門」。白藤本で訂正。
二　花道の揚幕の内。若い衆による呼び。
三　富樫の出端に付けたもの。傾城若松を吉原の花魁（おいらん）、富樫をその客にした吉原の揚屋入りの道中の見立て。吉原の遊女の張見世に弾く清掻（すがき）の三味線をゆっくりと弾く。それに鳴物を打ち合わせたもの。
四　沢村沢蔵。三建目で暫の引っ立ての公家。ここでは遊女屋の若い者喜助の役。大きな箱提灯を持って道中の先導をする。衣装は着流し、草履。喜助は吉原の若い者の通称。
五　傾城若松に扮する中村里好の定紋。誹諧通言に「大箱提灯　女郎の紋付、紅摺、仲の町へ出る時、茶屋の門口に置く。是上方になき派手花やかなる事いわん方なし」とある江戸の吉原風俗。
六　中村里好。若女形。三十二歳。傾城若松の役。四建目気比明神の鶏の精霊。扮装はがらりと変わり、着流し、うしろ帯の日常の姿から、伊達な花魁の道中姿になる。大きく結った丸髷に、当時流行の燈籠鬢。張り出した鬢の毛筋が透けて見える。鼈甲（べっこう）の櫛は傾城特有の二枚櫛。同じく鼈甲の琴柱（ことじ）と呼ばれる長い簪（かんざし）を左右に三本ずつ差す。三枚襲ねの衣装に、帯を前で大きく太鼓に結ぶ。黒塗りの三枚歯の下駄。足を内側から外に逆八の字を書くようにゆっくりと外八文字に練って歩く。なお、現行の傾城の本飾りと呼ばれる伊達兵庫の髷は、この時代にはない。
七　市川団十郎、五代目。三十三歳。館の主人富樫の役だが、洒落て廓の若い者のよう

団十郎　[二二]御門は堅《かた》し。是でも旦那、[二三]よふござりまするか。

市弥　[二四]野暮《やぼ》め、[二五]諸事万端《しよじばんたん》の。

松之丞　もふし、[二六]太夫さん。今日はどうした御趣向《ごしゆかふ》やら、[二七]殿さまのあのお姿。堅《かた》い様《やう》でもどこやら[二八]粋《すい》な仕様《しよふ》と見《み》へるわいなあ。

里好　そうじやわいナア。[二九]揚屋《あげや》入りとは事かわり、お庭《には》ずたいの八文字。[三〇]おろし歩《あゆ》みも珍《めづら》しかろ。[三一]ほんにしみ〴〵好《す》いたぞへ。[三二]好《す》いた好《す》かぬは初手《しよて》の内、[三三]馴染《なじみ》は同《おな》じ谷川の水。[三四]流《なが》れを立《た》つる憂《う》き節《ふし》にも、[三五]誠あかすが[三六]苦界《くがい》の花。[三七]今また開《ひら》く中の町、此花道の初《うい》〳〵しさ、皆さん、許《ゆる》しておくれいナア。

団十郎　[三八]李延年《りゑんねん》が一節《いつせつ》より、世に傾城の名おこれり。[三九]島原に鳴《(なく)》、鶯《うぐひす》。吉原に住《す》む、蛙《かわず》。[四〇]猛《たけ》き者《もの》たて籠《こも》る城郭《ぜうくわく》。遊里《ゆふり》と見《み》こみ、山程つもる胸《むね》事を語《(かたり)》あかすはあの鳥。身どもに続《つゞ》いて、さあ、[四一]おじゃれ。

禿　アイ。

ト清搔《すがゞき》になり、舞台へ来《く》る。すぐに団十郎、[四二]真中に座《すわ》る。里好、団十郎へ凭《もた》れかゝる。沢蔵、煙草盆《たばこぼん》持て行。半三、盃を持て行。此うち、始終《しぢう》、清搔《すがゞき》

に長柄の傘を花魁に差しかけて出る。桜田治助の得意とする趣向。明和六年十一月中村座「常花栄鉢樹」で四代目幸四郎が傾城玉菊に長柄の傘を差しかけて出た格。文調の描く役者絵では、長柄を背中にまわして差しかける吉原風。このとき玉菊に扮した二代目瀬川菊之丞も「京町の誰レやらが道中姿に其侭でござる」(役者不老紋)とされた。団十郎の富樫は、五建目では烏帽子素袍の礼装。この場では、大谷広次の直井左衛門と一対の伊達な裃姿。広次の赤っ面に対し、団十郎は白塗り。髷は同じく生締だが、月代を剃った広次に対して、団十郎は立髪(たてがみ)。立髪は、額の生え際の毛が逆立ったもの。江戸の濡れ事などに使う。ここでは「毛抜」に代表される二代目団十郎以来の家の芸で、立髪の荒事の捌き役を演じることになる。月代を剃らずにいるのは、関抜けの女を詮議するため、わざと遊興に耽っていることを示す。

八 蛇の目の傘。傘の外輪に抱き若松の紋を付ける。柄は黒塗りの長柄。「吉原は女郎の紋付」(誹諧通言)。京坂は親方の定紋を付ける。

九 二人禿(ふたりかむろ)。傾城の身のまわりの世話をする禿という少女が二人付くのが吉原独特の風俗。誹諧通言に「二人り禿 宝永年中新丁中近江屋都路といふ女郎より仲の丁へ出るに二人禿をつれる事はじまるなり」とある。鬘は帽子なしの地髪鬘。生え際の部分のみ地毛を使う江戸独特のもの。燈籠鬢に花簪をたくさん付ける。対の振り袖。黒塗りの下駄。

一〇 瀬川市弥。山下松之丞。二人とも娘形。

沢蔵　さあ旦那、ひとつお上《あ》がり被成《(なされ)》ませい。扨《(さて)》〳〵、此間は一寒《かん》じが強《つよ》ふなりましたでござりまする。あなたは、いつも〳〵御盛《さか》んで、お羨《うらや》ましうござりまする。のふ、お辰《たつ》どの。

半三郎　それ〳〵、喜助どのゝ言《い》わつしやるとふり、二主《ぬし》さんの様《やう》なる客《きやく》さんばつかりあれば良《よ》いと、陰《かげ》では三新造《しんぞう》さんや、四中の町の御五亭《て》さん方《がた》とお噂斗《(ばかり)》いたしておりましたでござり、六ホヽヽ。ひとつお上《あ》がり被成《(なされ)》ませ。

団十郎　また酒にいたそふか、一つ注《つ》いでくれたまへ。

里好　わたしが酌《しやく》をしやんしよう。

団十郎　君の酌《しやく》とは、ありがたい。名こそ多《おふ》けれ、室屋《むろや》の若松は、太夫といふ酌《しやく》では、一つ飲《の》まずばなるまいかへ。

里好　さあ〳〵ひとつ上《あ》がれいなあ。

七勘左衛門　井上次郎忠永殿、此体《てい》を御覧《らん》被成《(なされ)》たか。

友右衛門　呆《あき》れて物《もの》が中《もふ》されぬ、富樫の左衛門が此さま。

勘左衛門　何、家直殿。斎藤次祐家でござる。只今、お帰《かへ》り被成《(なされ)》たか。

里好　ヲヽ、恐《こわ》。ありや、なんじやへ。

団十郎　何でもよい〳〵。

評判記では色子之部に出る。一人が花紙、もう一人が煙管を持って出る。

二　富沢半三郎。三建目の稲毛入道。ここでは遣り手お辰の役。遣り手は、遊女の差配をする年配の女性。着流し、うしろ帯、草履。

三　傾城若松に対する誉め言葉。その姿が秋の名月、春の桜より美しいということ。

一三　惚れたこと。

一四　中村里好が傾城の役を得意とするのでいう。海老蔵こと四代目団十郎を親玉という格。

一五　相手に惚れられたのと、自分から惚れたのでは、まったく違う。団十郎の富樫が傾城若松に惚れて夢中になっている様をいう。

一六　もっともだ。花道のうしろから遣り手が団十郎の富樫に、お愛想をいったのに対し、今度は花道の前方から、わざと穿った愚痴をいって客の機嫌をとるもの。

一七　大名の屋敷。現実には起こりえないが、吉原の若い者が雇われると、このような不都合なことが起こります、という穿ち。

一八　得にならない。損だ。

井上次郎、富樫の詮議

一九　五節句など廓の祝い日。富樫の座敷だけなので、花魁を他の客の座敷に出して祝儀をもらうこともできない。

二〇　遊里語。遊女などを他の客に出すため、その座敷をさがらせてもらうことをいう。

二一　金品をねだる。

二二　大名のお屋敷なので自由に出入りができない。

里好　八恐《こわ》い爺《ぢゞ》さんが、なにやら物《もの》いふてぢやぞへ。

団十郎　捨《す》てゝ置《お》きやく〜。

勘左衛門　是〳〵富樫の左衛門家直、九茶にするも殊による。是にお入被成(いりなされ)たは、中一〇納言義明《よしあき》卿。まつた、井上次郎忠長殿。是明《これあき》親王の厳命《げんめい》によつて、お立《た》ち被成(なされ)た今日の勅使《ちよくし》。一一席《せき》を改《あらた》めて、御挨拶おしやれ。

里好　勅使《ちよくし》とは、何のこつちやへ。

半三郎　ハテさて、それは一二杓子《しやくし》さ。

沢蔵　一三しやくしさまと言《い》ふは、茅場《かやば》町ではないかの。

勘左衛門　一四おきやあがれ。

ト立かゝり

勘左衛門　うぬらまでが、その様《やう》に嘲弄《てうろう》する、憎《につく》い奴《やつ》の。富樫の左衛門家直、斎藤次祐家に挨拶《あいさつ》はないか。挨拶《あいさつ》がなければ、一五取かわしたる娘松風、それがし連《つ》れて帰《かへ》る。松風こい。

団十郎　ま、待《ま》つた。

勘左衛門　なぜ止《と》める。

団十郎　いつたん貰《もら》い請《う》けたる妹松風、理不尽《りふじん》に手をつけると、一六腕骨《うでぼね》きつて、切

二三　いいですか。

二四　遊びのことに通じていないこと。不通。

二五　いろいろと。不満のないようにしているではないか、の下略。堅い侍言葉で真面目に答えようとするので禿が口をはさむ。

二六　遊女の最高位。ただし、宝暦以降、吉原には太夫がいなくなり、呼び出し・昼三(ちゆうさん)・付け廻しの遊女が最上級となった。それにともなって、太夫を揚げる揚屋茶屋がすたり、道中も遊女屋から仲の町の引手茶屋までにかわった。

二七　廓に堅い裃姿で遊びに来る客はいないのでいう。大名なら羽織着流し。ただし裃だけれども織物の派手な模様なのでいう。

二八　恰好いい。遊び馴れている人の洗練された姿をいう。

二九　遊女が遊女屋から客の遊ぶ揚屋に行く道中。吉原名物。

三〇　八文字の歩き方。ゆっくりと足をおろすこと。

三一　廓言葉。ほんとうに面白い。

三二　好きだとか嫌いだとかいうのは始めのうちだ、ということ。吉原では、初めての客を初会といい、二度目を裏を返す、三度目から馴染みになって、仮の夫婦の盃をかわし床入りとなった。富樫とは深い馴染みになったことをいう。

三三　諺、落つれば同じ谷川の水、にかける。出どころは違っても、いずれは一つになる。大惣本「馴染めば」。

三四　流れの身。遊女のこと。

三五　金や手練手管ではなく、真底から惚れること。客の理想。底本は「あかさす」。白藤本によった。

下るぞ。

勘左衛門　富樫《とがし》の左衛門、気[一]が出て面白《おもしろ》ひ。お身さまの様《よふ》な、[三]血腰《ちこし》の抜《ぬ》けた侍《さむらい》に、娘松風は、遣《や》る事はならないわい。

団十郎　控《ひか》へ召《め》され祐家、なんで富樫《とがし》の左衛門を、血腰《ちこし》ぬけとはお言《い》やるな。

国四郎　[四]勅使《ちよくし》。

団十郎　勅使《ちよくし》とあれば、事の子細《しさい》を承ふ。若松、ちつとのあいだ、そなたはそこに居《い》てたもれ。どつちへも遣《や》りやせぬぞや。

里好　合点《がつてん》じやわいナア。

団十郎　ちつとのあいだぢや、待《ま》つていや。思ひもふけぬ、勅使《ちよくし》のお入り。富樫の左衛門家直へ、仰《おふ》せ聞《き》けられ下《くだ》さりませふならば、ありがたふ存《ぞん》じ奉りまする。

友右衛門　それ、家直に縄《なわ》を打《う》て。

[五]皆々　ハイ。

団十郎　勅使《ちよくし》のお入り、それがしが縄《なは》かゝるべき科《とが》はない。[六]わつぱさつぱと立《た》ち騒《さわ》がば、どなたなりとも、お相手に罷《まか》り成ぞ。

友右衛門　ヤア、落《お》[七]ちつくな〳〵、富樫の左衛門家直妹松風こそ、近頃是明《これあき》親王の

三六 廓の勤めのこと。苦しい世界での、なぐさみだということ。
三七 中村座に帰り新参の里好を再び開く花にたとえたもの。
三八 中国前漢の武帝に仕えた音楽の名手。妹を武帝に推薦するために歌った「北方有佳人、絶世而独立。一顧傾人城、再顧傾人国。寧不知傾城与傾国、佳人難再得」が傾城の語源となったことをいう。
三九 古今集・仮名序の「花に鳴く鶯、水に住む蛙の声を聞けば」に拠る。島原は京の遊廓。鶯、蛙は、それぞれの飄客の見立て。
四〇 侍。武将。廓を城郭に見立て、他人に語ることのできない武将が、唯一、うちとけて語り合うことができるのが遊里の鳥、すなわち傾城だということ。
四一 来なさい。
四二 前舞台の中央。そこに坐って吉原の揚屋の遊びを再現する演出。洒落本の舞台化。

以上二三九頁

一 寒さが身にしむこと。
二 遊里語。あなた。
三 花魁(おいらん)の下にいる妹女郎。振り袖姿の若い遊女を振り袖新造(振新)、留袖の年配の遊女を番頭新造(番新)と呼ぶ。
四 江戸吉原の仲の町。吉原の中央を通るメイン・ストリート。両側に引手茶屋があった。惣籬と呼ばれる大見世の客は、引手茶屋を通して登楼することになっていた。
五 吉原言葉。茶屋・船宿の亭主のことをいう。天明ごろまで通用した言い方。
六 お追従笑い。「ござります」を最後までいわずに笑いでごまかす言い方。
七 大惣本では「ト此時、奥より勘左衛門、

御殿にて、乳繰《ちゝく》りやつた相手《あいて》、行平。其行平《ゆきひら》を止《と》めおくは、富樫の左衛門が心に一物《いちもつ》。よつて、縄《なわ》うつて、それがしが[八]陣屋《ちんや》へ引《ひ》く。すみやかに縄《なわ》かゝれ。

国四郎　勅使《ちよくし》に立《た》ちしも、其趣。行平、松風、村雨ともに、摂州須磨の浦へ流罪《るざい》せよとの詔《みことのり》。逃《のが》れぬところだ、松風を渡《わた》せ。

勘左衛門　異議《いぎ》に及《およ》ぶと左衛門は、重罪《じうざい》。逃《のが》れぬところだ、返答《へんとう》は。

三人　どうだ。

団十郎　勅使《ちよくし》の趣、委細《いさい》承知いたしてはござれども、富樫《とがし》の左衛門家直は鎌倉殿の上意により、当時[九]富樫の関守たり。妹松風が身の上《うへ》の儀《ぎ》は、中さば、かれが徒者《いたづらもの》と中もの。それがし、かつて存《ぞん》ぜぬ事に縄《なわ》かゝり、囚人《めしう》となつて、頼朝公より被仰付《(おほせつけられ)》たる役目は、いづくにおる富樫の左衛門が、関守の役目は勤るな。

三人　さあ、それは。

団十郎　まだその上《うへ》に松風が身の上《うへ》、下河部の行平と通《つう》じましたると言《い》ふには、なんぞ確《たし》かな証拠《せうこ》がござるかな。

三人　さあ、それは。

いぜんの形にて出来り」とある。皆が揃っているところに斎藤次が出ることで、斎藤次の役を良くする演出。台本の系統によって二通りの演出が伝えられたもの。

八　上手の高合引の斎藤次を、下から眺めていうセリフ。

九　馬鹿にする。ちゃかす。

一〇　太政官で左大臣・右大臣・大納言につぐ高官。従三位相当。卿は、大納言・中納言・参議などの敬称。

一一　威儀を正して。

一二　飯や汁などをすくう道具。下世話なものと聞き違えるおかしさ。

一三　薬師さま、の洒落。日本橋茅場町の薬師堂。八日と十二日が縁日で有名。植木の市がたった。ちょくし・しゃくし・やくし、と変化させたもの。

一四　よしにしろ。やめろ。江戸訛り。

一五　約束をすること。ここでは富樫の妹にする約束。

一六　腕の骨。腕そのもの。

以上二四一頁

一　活気が出て。

二　近世の武士言葉。そなたさま。

三　性根の抜けた。底本誤写「ちこしめ」。

四　平舞台で競り合う勘左衛門と団十郎に対し。二重舞台の上からかける声。これにより舞台左右の平面的な対立が、二重の上下をもふくめた立体的なものにかわる。中島流の公家悪は、大声で調子のはずれた太い胴間声《どうまごえ》を特色とした。独特の声で二人の間に割って入る。普通、勅使がみずから「勅使」と名乗ると下り羽の鳴物になり、勅使の趣を述べることになるが、ここでは

団十郎　何が、なんと。

友右衛門　証拠《せうこ》のない事を言《(いふ)》ものか。証拠《せうこ》と言《(いふ)》は、松風、村雨、かれらに覚《(おぼえ)》があればこそ、村雨姫には縄《なわ》かける。きやつらが論《ろん》より確《たし》かな証拠《せうこ》。富樫《とがし》の左衛門、逃《のが》れぬ所じや。縄《なわ》かゝれ。

団十郎　すりや、行平に心を通じ[一]、是明《これあき》親王の御殿を穢《けが》せし、確《たし》かな証拠《せうこ》は。

友右衛門　目前《もくぜん》に松風村雨、御殿を[二]揚屋《あげや》同然《どふぜん》に、寄《よ》つて集《たか》つて[三]どやにした、確《たし》かな証拠《せうこ》はふたりに問《と》へ。

団十郎　すりや、両人に。

友右衛門　くどい〳〵。確《たし》かな証拠《せうこ》があるからは、いよ〳〵三人は須磨の浦へ流罪《るざい》。行平を引こんだる富樫の左衛門は[四]押込《おしこ》め、縄打《なわぶ》つて、引《ひ》いて行《(ゆく)》。すみやかに、腕《うで》まわせ。

団十郎　さあ、それは。

三人　なんと。

団十郎　縄《なわ》かゝること、罷《まか》りならぬ。

三人　そりやまた、なぜだ。

団十郎　[五]きやつで。

中島流の大声のみ。なお、中島流の公家悪は冠に髭鬘を付けた。役者名物袖日記に「此ひげかつらは、公家悪に用。冠有ても此ひげなくては公家悪と不見。古三甫右衛門家産」(図)とある。江戸時代以前の有髭の公家の風俗を写したもの。とくに検非違使の役人には、威厳を保つため「かつらひげ」と呼ばれる付け髭を付したものもあった。

五 井上次郎の家来の侍たち。
六 やかましく言うさま。
七 富樫に対していう。落ち付きはらってはいられないぞ。
八 代官や地頭、あるいは城を持たない大名の館をいう。
九 安宅の関との混同。

一 底本「とふせ」。白藤本で訂正。
二 遊廓で客が遊女を呼んで遊ぶところ。揚屋で遊ぶように男と女が一緒になって色恋ざたに耽ったことをいう。
三 香具師仲間の隠語。淫売宿。私娼窟をいう。宿(やど)を逆さにしたもの。底本「こや」。大惣本で訂正。
四 江戸時代の刑罰の一種。門を閉じて外出を禁じ、蟄居(ちっきょ)させること。ここでは捕縛し、陣屋に蟄居させることになる。
五 あいつ。傾城若松のこと。

三人　なんと。

ト言内、里好、引寄《よ》せる

団十郎　三国《みくに》第一の若《わか》松、此君の容色《ようしよく》に、富樫の左衛門ほとんど弱《よわ》り、しばしが内も離《はな》れる事、ならぬでゐす。[六]縄《なわ》かゝる儀《ぎ》ならば、余人《よじん》[七]へ仰《おふ》せ聞《き》けられい。

勘左衛門　勅使《ちよくし》へ対《たい》し、不届《ふとゞき》なる挨拶《あいさつ》。祐家が縄《なわ》かける、富樫の左衛門、腕《うで》まわせ。

団十郎　妹《いもと》[八]松風を、連《つ》れてお行《い》きやれ。

勘左衛門　なんと。

団十郎　富樫《とがし》の左衛門、妹に松風姫あればこそ、それがしが難儀《なんぎ》。妹松風をそこもとへ返《かへ》せば、家直に科《とが》はないぞ。

勘左衛門　さ、それは。

団十郎　松風姫を連《つ》れてお行《ゆ》きやれ。

雄次郎　これいなあ、兄さま、お前《まへ》は〳〵、お情《なさ》けない。いかに血筋《ちすじ》ないとても、今の今までも、兄上《うへ》[九]よ、わが妹よと、呼《よ》び呼《よ》ばれたるその仲《なか》を、お心《こゝろ》づよひ家直さま。みづからは、なんぼでも、あなたと縁《ゑん》は切ぬ〳〵。

団十郎　戯《たわ》け面《づら》め。たとへ此場でそれがしが、縁を切《き》つたとて、ハテさて、縁《ゑん》を

六 市川流の立髪捌きの濡れ事師のセリフ廻し。男伊達風のいい方。
七 他の人。
八 底本「妹と」。
九 底本脱字あり。大惣本で補う。

切《き》つた、縁《えん》を切《き》らいでは、どこがどこまでも縁《えん》を切《き》らねば、この場が済《す》まぬ、そこ立《た》つて失《う》せう。

雄次郎　お心《こゝろ》づよひ家直さま。

勘左衛門　娘をこつちへ取かへせば、是で一家の誼《よし》みはない。富樫《とがし》の左衛門、縄《なは》かゝれ。

団十郎　松風を返《かへ》しても、なぜ家直に縄《なわ》打つのだ。

勘左衛門　頼《より》朝公より被仰付《(おほせつけられ)》たる、安宅《あたか》の関守《も》り。関を越《こ》されたる富樫の左衛門、確《たし》かな証拠《せうこ》の此片《かた》袖。此科《とが》ゆへに縄《なわ》かける、逃《のが》れぬ所だ、腕《うで》まわせ。

ト袖を取《と》つて、思入あるべし

団十郎　さ、それは。

勘左衛門　さあ。

団十郎　サア。

勘左衛門　サア〳〵〳〵どうだ。

友右衛門　富樫《とがし》の左衛門、捕《と》つた。

ト友右衛門《ニ》、素袍《すわふ》の袖を捲《まく》り、掛《かゝ》る。団十郎、その手を取て

団十郎　待《ま》つた。そこもとの名は、なんと言《(いふ)》。

一五建目安宅の関の場の幕明けに、松の枝にかかっていた片袖。中村里好扮する傾城若松、実は美濃の国鶏籠山の雌鳥の精が、

関破りの詮議

安宅の関の関越えの際に残したもの。片袖が証拠となって、関守の富樫が窮地に追い込まれる。

※片袖は、その人の死を知らせる印でもあった。大坂の大念仏寺に伝わる「片袖縁起」(享保九年成立)では、堺の商人松屋某の娘が心中し、成仏できずに幽霊となって箱根の地獄谷に現われ、奥州の巡礼に愛用の着物の片袖を渡し、大念仏寺での回向を頼む。娘の証拠となったのが片袖であった(高田衛「別冊太陽」日本のこころ98)。常磐津の「関の扉」では白尾の鷹が、小野小町の恋人の五位之助安貞の血汐の片袖で、その死を知らせる。ここでは、四建目気比明神の御手洗で殺された鶏の精が傾城若松となって、契りを交わした雄鳥の玉鶏の印を求めて富樫館に乗り込む雌鳥の死を象徴する。また、美濃の国の鶏籠山は野上の宿の南にあり、

友右衛門　井上次郎忠永と。

団十郎　[三]かけも構わぬ関やぶりの詮議《せんぎ》に素袍《すおふ》の袖を捲《まく》り、たつて捕《と》つた遣《や》らぬとおつしやるは、御人体《ごじんてい》[四]に似合《にあ》い申さぬ。

友右衛門　サ、コリヤア。

団十郎　なんと。

里好　思《おも》ひも寄《よ》らぬ、その片《かた》袖。

団十郎　覚《おぼ》へがあるか。

里好　いゝへ。

団十郎　覚のないのに、きつい肝《きも》の潰《つぶ》し様《よふ》の。

勘左衛門　言訳《わけ》があるか。

団十郎　言訳いたそふ。

里好　こゝは端近《はしぢか》[五]。

団十郎　[六]案内《あんない》おしやれ。

友右衛門　中納言義明《よしあき》公のお入り。

[七]ト友右衛門、里好をはじめ、残《のこ》らず入《はい》る。団十郎、ひとり残《のこ》り

団十郎　合点《がてん》のゆかぬ勅使《ちよくし》のありさま、コリヤ、ひと思案《しあん》せずばなるまい。

麓には謡曲「班女」の旧蹟があった(木曾路名所図会)。班女の主人公、野上の宿の遊女花子は、吉田少将との別離を悲しみ、狂い死にする。その姿を傾城若松に重ね合わせたのである。鶏籠山には花子の守り本尊の観音を祭る観音堂もあり、そのことが同じ美濃の国、不破郡の関ケ原にあった山中の常盤御前の伝説と結び付き馬郎婦の観音の趣向となる。班女の観音堂は、明治十二年に鶏籠山真念寺に移されている。山上には鶏籠山千年の松と呼ばれる古木もあり、それらが重なりあって五建目幕明けの松の枝の片袖の場面が設定された。

二　二重舞台の下におりて、富樫の手を取る。

三　まったく関係のない。

四　底本「ごしんたい」。白藤本で訂正。大名の御身分。江戸時代、罪人を捕縛するのは同心格の侍の役目で、上役の与力ですら指導をするのみで、みずから捕り物で縄を掛けることはなかった。まして烏帽子素袍を着る大名格の身分で、みずから捕縄しようとすることなどありえない、と図星を差す。放蕩をよそおいつつ、冷静な観察力と確実な判断力で難局を乗り切る捌き役の見せどころ。

五　富樫館の入口に近いところ。

六　館の奥へご案内しなさい。

七　下座の鳴物になって奥へ入る。大惣本では、鳴物について「楽(がく)に成て」という指定がある。楽は、舞楽の演奏を模したもので、大小の鼓に能管を吹き合わせる。太鼓入りの場合もある。三味線で楽の合方を弾く。勅使に付けた鳴物。

卜[一]煙草《たばこ》を呑《の》みいる所へ、[二]奥より広次、上下にて出てくる

広次　それにお居《い》やるは、富樫《とがし》の左衛門殿ではござらぬか。

団十郎　左様仰《おふ》せらるゝは、直井の左衛門秀国殿。

広次　左様《さよふ》〳〵。

団十郎　これは〳〵直井殿、まあ〳〵これへ。

広次　しからば、御めん下されい。

卜[三]上へ《うへゝ》上《あ》がる

団十郎　扨《(さて)》〳〵[四]其後《(そのご)》は中絶《ちうぜつ》つかまつゝた、まづ〳〵近《ちか》ふ。

広次　何からお話《はな》し申そ、いろ〳〵やま〳〵。

団十郎　[五]御同然《どうぜん》〳〵、まづ〳〵何事も差《さ》し置きまして。

広次　[六]貴公《きこう》にも御健勝《けんせう》で、珍重《ちんてう》に存《ぞん》じまする。

団十郎　そのもとにもご堅固《けんご》で、大慶に存《ぞん》じまする。

広次　是は〳〵、早速ながら御祝義申そふは、貴殿《きでん》のお身分《ぶん》。[七]当時《とうじ》、[八]鎌倉殿の御前《ぜん》よろしく、だん〳〵との御立身《りつしん》。若手《わかて》の内《うち》の[九]随《ずい》市川、お羨《うらや》ましう存《ぞん》じまする。

団十郎　是は〳〵ありがたい御挨拶《あいさつ》、近頃《ちかごろ》もつて忝《かたじけな》い。そこもとさまにも[一〇]日ゝ

一　中央の階段をあがり、二重舞台中央で煙草を呑み思案する。「毛抜」の粂寺弾正の格。

富樫、直井二人左衛門の色話

二　上手奥の出入り口。

三　二重舞台の上にあがる。

※若い衆をのぞき十五人の役者が二重舞台の上下に並んだ場面から、一転して、中村座初舞台の大谷広次、帰り新参の五代目団十郎、中村里好と、この顔見世の花の新役者三人の顔合せの場面となる。ことに広次と団十郎は、ともに生締の裃姿で、広次が赤っ面の月代、団十郎が白塗りの立髪で、富樫左衛門・直井左衛門の二人左衛門となって、傾城役の里好をはさんで、がっぷり四つに組む。二人の会話のやりとりは左様しからばの堅い武士言葉の挨拶に始まるが、たがいの色話で、ぐっと砕けた友だち口調へと移ってゆくことになる。富樫に見立てられた丹羽長貴公は、備前岡山三十一万五千石の大守池田治政公と吉原通いをしたと伝えられる。「伝説としては長貴公が、備前少将治政卿と相棒になられて、或は江戸の市中で辻斬りをやって見られたり、又或は吉原通いをされたり、吉原通の者を脅威して見られたりしたことがあって、その都度併包源兵衛佳芳の手厳しい切諫に遭はせられたもののそうであるとは、よく古老の話し合うところでありました」(平島郡三郎「二本松寺院物語」)。池田治政公は、寛政の改革ののち、越中こと松平定信の倹約令に従わず「越中に越されぬ山が二つある、京の中山、備前岡山」とされ、寛政六年には致仕を余儀なくされ隠居した。寛闊な二

の御評判《ひやうばん》、おびたゞしき御贔屓《ひひき》と承り、毎度御噂《うわさ》つかまつる。定《さだ》めて当《とう》時《じ》御[一一]発向《はつこう》の直井殿、色[一二]事《いろ》なぞは、どふでへす。

ト扇にて、背中《せなか》たゝき

広次　お恥《はつ》かしい事ながら、面《つら》の赤《あか》いが疵《きづ》になり、色《いろ》事といふ事は、気《け》もない事〳〵。日頃《ひごろ》が鈍《どん》[一三]なその上《うへ》に、女に懸《か》けちや、煽《あお》[一四]つてばつかり、無手《むて》[一五]ときたものじやに依て、色《いろ》[一六]事は三年の塞《ふさが》り。女[一七]郎買《か》いは鬼門《きもん》。岡釣《おかづり》[一八]ばかりで、寂《さび》しく暮してまかりある。そこもと様《さま》こそ、うけ給わつた品[一九]川がよ[二〇]ひのまゝなぞをかけしも聞《き》[二一]きまし参らせ候。

ト背中《せなか》を叩《たゝ》く

団十郎　是は〳〵迷惑千万《めいわくせんばん》な。左様な事はなけれども、出合ましたるこそ幸《さいわ》い、是からおり〳〵何方へなりと、そろ〳〵押《お》[二二]してみませうかへ。

広次　[二三]みませうか、とはありがたい。

ト傍《そば》へ寄《よ》る

団十郎　やつぱり御酒も前《まへ》の通り。

広次　[二四]搔《か》つ喰《くろ》ふやつ。

ト傍《そば》へ寄《よ》る

人の大名のやりとりを髣髴とさせる場面である。　四 久しく逢わなかった、ということ。　五 おたがいさまで、話したいことはいろいろありますが、なにはともあれ御挨拶から。　六 次の団十郎のセリフとともに、二人の対の挨拶の言葉。貴公をそのもと、御健勝をご堅固、珍重を大慶と、同じ意味の違う言葉に置きかえる。　七 現在。　八 源頼朝のこと。江戸劇壇における立場から親玉こと市川海老蔵のことをかけていう。団十郎が父海老蔵の庇護のもと、森田座で座頭を勤めるまでに出世したことをいう。楽屋落ちのセリフ。　九 随一に、団十郎の市川姓をかける常套句。　一〇 愛敬男と呼ばれた大谷広次の人気のことをいう楽屋落ち。「扨々きついひいきの有人かな、何ンでもずつとそこへ出らるゝと、よいかわるいかいさいかまはず、どつ〳〵とわれる様にござります」（安永三年刊「役者位弥満」）とある。　一一 人気ざかりで、もてはやされている人のことをいう。　一二 劇神僊話に「男振ヨク大柄ニテ調子ヨク通リ愛敬男トノ評判、明和安永ノ間ハ女ノ贔屓モアリ、丸屋（広次の屋号）張ト云フ煙管モ出来タリ」とある。安永六年刊「役者穿鑿論」に「去年の秋。深川の茶やの娘が。かけこんだといふ事だ。いかに。浮気な所風でも。女房の在内へ欠込とは。こいつもあんまり。厚かましひやぼじやアねいか」とゴシップが書かれた。　一三 女の気持ちのわからない野暮な人。　一四 底本「あおす」。白藤本で訂正。ただ一直線につき進むだけ。大惣本では「手なし上総（かずさ）といふもんだから」とある。上総

団十郎　われらも変《かわ》らず。
広次　一飲《の》みかけ山《やま》。
　　ト傍《そば》へ寄《よ》る
団十郎　二山《やま》とは。
広次　古《ふる》いか。
　　ト傍《そば》へ寄《よ》る
団十郎　三畜生《ちくせう》め。
　　四ト手を引《ひ》く
団十郎　誰《だれ》ぞ来《こ》いよ。お盃《さかづき》を持《も》つて来《こ》い。
里好　あい／＼。
　　五ト相方《かた》になり、六里好、打掛衣装《うちかけいせう》にて、七銚子《てうし》・盃《さかづき》を持《も》ち出て、すぐに団十郎・広次が中《なか》へ坐《すわ》る
里好　あい／＼、盃《さかづき》、銚子《てうし》。
団十郎　こふいふ所はまた、八そもじでなければ、いかぬわいの。九ちよつとお引《ひ》き合《あわ》せ申《もふ》そう。きやつめは、われらが閨《ねや》の花《はな》、お見しり被成《（なされ）》て下されい。
広次　したり、見事。直井の左衛門秀国でへす。おり／＼は参つて、御世話に

木綿は情なしのことをいう。一五 手のないこと。手は色恋のテクニック。手練手管。一六 足かけ三年、色ごとがない。一七 吉原は女郎に振られるから苦手の場所だ。一八 海岸や川岸で魚を釣ること。転じて人を待ちうけて、つかまえることをいう。一九 品川の遊里。江戸四宿の一つ。東海道の入口で飯盛女と呼ぶ遊女がいた。明和元年、遊女五百人を置くことが認められ流行し、安永年間には南閨雑話など洒落本も出版された。吉原の北国・北州に対し、品川は南国・南州と呼ばれた。芝の増上寺の僧侶や薩摩藩の侍客が多い土地で、明和八年刊の岡場所評判記「遊里の花」では極上上吉の最上位におかれている。その遊里に団十郎が遊びに行ったというゴシップを暴露したもの。団十郎は安永六年刊「役者穿鑿論」

帆立貝の酒宴

で「よし原ふか川など。人の行所へは。行れませぬ。折々氷川の赤城のといふ。つがもなひ所へ行れます。一ッたい人とは。ちがつた気質さ」とされた。赤坂の氷川神社、神楽坂の赤城神社の門前の岡場所を好んだとある。明和安永期は、岡場所と呼ばれた私娼地の全盛期で、安永三年に刊行された婦美車紫鹿では、吉原をはじめ江戸の遊里七十ヶ所が並べられた。そのなかで山猫と呼ばれた赤城は八番目にランクされ「髪の結様衣裳武家をまなぶ。あまりさわぎならず」とされ、九番目の氷川は「此浄土仲町土橋にならぶ」とある。二〇 大惣本「まく」。二一 女性が手紙に用いる慣用句。聞かせて下さいな、ふざけて軽く言ったもの。

里好　成るで御座ろう。

広次　なんのいな。こう、お目《め》にかゝるこそ幸《さいわ》い、随分《ずいぶん》とお心やすふ。

団十郎　来《く》るなと言《い》つても、参らねばならぬ。そのくせに一〇酒盛《さかもり》をしている事がならない、一一気前我儘《ぜんわがまゝ》な奴《やつ》さ。

そりや、拙者なぞがその通り、盃を控《ひか》へて、一二たら〳〵としている事が嫌《きら》いでへす。どれ〳〵、そうしている内、ひとつ、そこもとへ進《しん》上いたそう。

ト盃を取《と》り上る

里好　どれ〳〵一三注《つ》ぎやんしよう。

団十郎　またお酌《しゃく》か。

里好　珍《めづら》しうもない、わたしが酌《しゃく》、お嫌《いや》かへ。

団十郎　お嫌《いや》とは、どふでへす。

里好　それでも、どふやら嫌《いや》そうだによつて。

広次　一四いよ〳〵、一五力《りき》んだの。

ト誉《ほ》める。団十郎、一六扇にて悦《えつ》を隠《かく》す

里好　そんなら、此盃をば、わたしが拾《ひろ》うて、あなたへお上《あ》げ申《もふ》そうか。

二二　押し出す。遊びに行きましょうか。二三　遊びに行きましょう、とは有難い。堅い侍言葉から柔らかい口調になったのでいう。二四　喰う、は飲むこと。それをぞんざいに言ったもの。

以上二四九頁

一　飲みかける、の洒落。明和元年刊「遊子方言」にある古い洒落。二　しこため山、はたらき山など、下に山を付けて洒落るのが流行した。山を付けるなんて、もう古くさいですね。三　こん畜生。面白い奴だ。四　広次の手を取る。五　下座で弾く三味線の合方。里好の出に付けたもの。六　中村里好。傾城若松の役。花魁道中の扮装から、打掛衣装に俎板帯を前に締めた、座敷に出る時の遊女の姿に変わる。「助六」の揚巻は、道中姿、座敷の正装、夜着と、傾城の三つの姿を見せる。その演出にならったもの。七　朱塗りの盃と鉄製の銚子を膳にのせて、館の奥より廊下を通って出てくる。銚子は酒の燗を付けるための鍋で、丸い柄と注ぎ口が付く。八　傾城若松のこと。そなたでなければ場がもたない。九　以下、馴染みの遊女と連れの客を引きあわせる「おり〳〵は…」、「随分とお心やすふ」など決まり文句。一〇　差しつ差されつ、ゆっくり飲むのは嫌いだ。一一　性質が我儘な男さ。一二　のろのろとするさま。一三　丁寧語。お注ぎしましょう。一四　誉めるときの掛け声。ひやかしていう。一五　力が入ったな。他の男に酌をすることで痴話喧嘩のようになり、団十郎が真面目になったので茶化す。一六　ひやかされた飄客のとるパターン。白藤本では「顔をかくす」。

ト里好、広次へ注《さ》す。広次、取り上て

広次　さらば、ひとつ下《くだ》さりようか。

里好　どれ〳〵お酌《しやく》をいたしませう。

ト注《つ》ぐ

広次　是は〳〵、[一]強《つよ》いお酌《しやく》の。

団十郎　若松、[二]口取《くちと》りは、どふじや。[三]お吸物《すいもの》を申《もふ》し付《つ》けぬか。

里好　あい〳〵、ちやつと言《い》ふて参りませうか。

団十郎　待《ま》ちや〳〵、直井殿の珍《めづら》しい御出《おいで》。なんぞよい口取りで、ひとつ進《しん》ぜたいものだ。ヲヽある〳〵。幸《さいわ》い〳〵。あれ、[四]次《つぎ》へ仕掛《しか》けて置た、あの火《ひ》鉢《ばち》。[五]帆《ほ》立貝《たてがい》も、なにもかも、皆こゝへ持《も》つておじや。

里好　あい〳〵。

ト里好、奥《おく》より帆《ほ》立貝《たてがい》、盆《ぼん》に[六]いろ〳〵積《つ》み並《なら》べて、玉子を添《そ》へて、持て出る。団十郎、すぐに火鉢《ひばち》を引よせて

団十郎　時に、直井殿には、なんと思召て今日の御出《おいで》でへす。

ト団十郎、火鉢の火を[七]拵《こしら》へながら咄内《(はなすうち)》、里好は[八]花《はな》紙にて火を煽《あを》ぐ。[九]帆《ほ》立貝《たてがい》かけ、広次は盃引寄《(ひきよせ)》て

一 盃になみなみ注いだことをいう。
二 口取肴。最初に出す酒の肴。
三 椀仕立ての汁物。酒の肴として出す。塩・醬油・味噌仕立てがある。吉原の料理は、台の物屋と呼ばれる料理屋の仕出しを取ったが、吸物は茶屋で作って出した。
四 次の間。隣の部屋のこと。
五 帆立貝の貝殻。吉原で遊女が自分の部屋で料理をあたためる鍋のかわりに使う。居続けの客など馴染みの客だけに出すもの。誹諧通言に「帆立貝 名馴の客人には是にて物をあたゝめる」とある。帆立貝を出すことによって、吉原の遊びの雰囲気が舞台に広がる。桜田治助は、「吉原好にて、夜毎に入いらねば寝られぬ」（作者店おろし）とまでいわれた。廓風俗を描くことを、もっとも得意とする作者であった。一方、傾城若松に扮する中村里好も、有名な吉原の花魁、丁子屋丁山（ちようざん）を妻とした傾城役者であった。
六 帆立貝で煮る材料。
七 火箸で炭をととのえる。
八 懐紙。畳紙（たとうがみ）ともいう。小菊半紙の束を三つ折りにしたもの。それで火鉢の火をおこす。
九 火鉢の中の五徳の上に帆立貝をのせて材料を煮る。

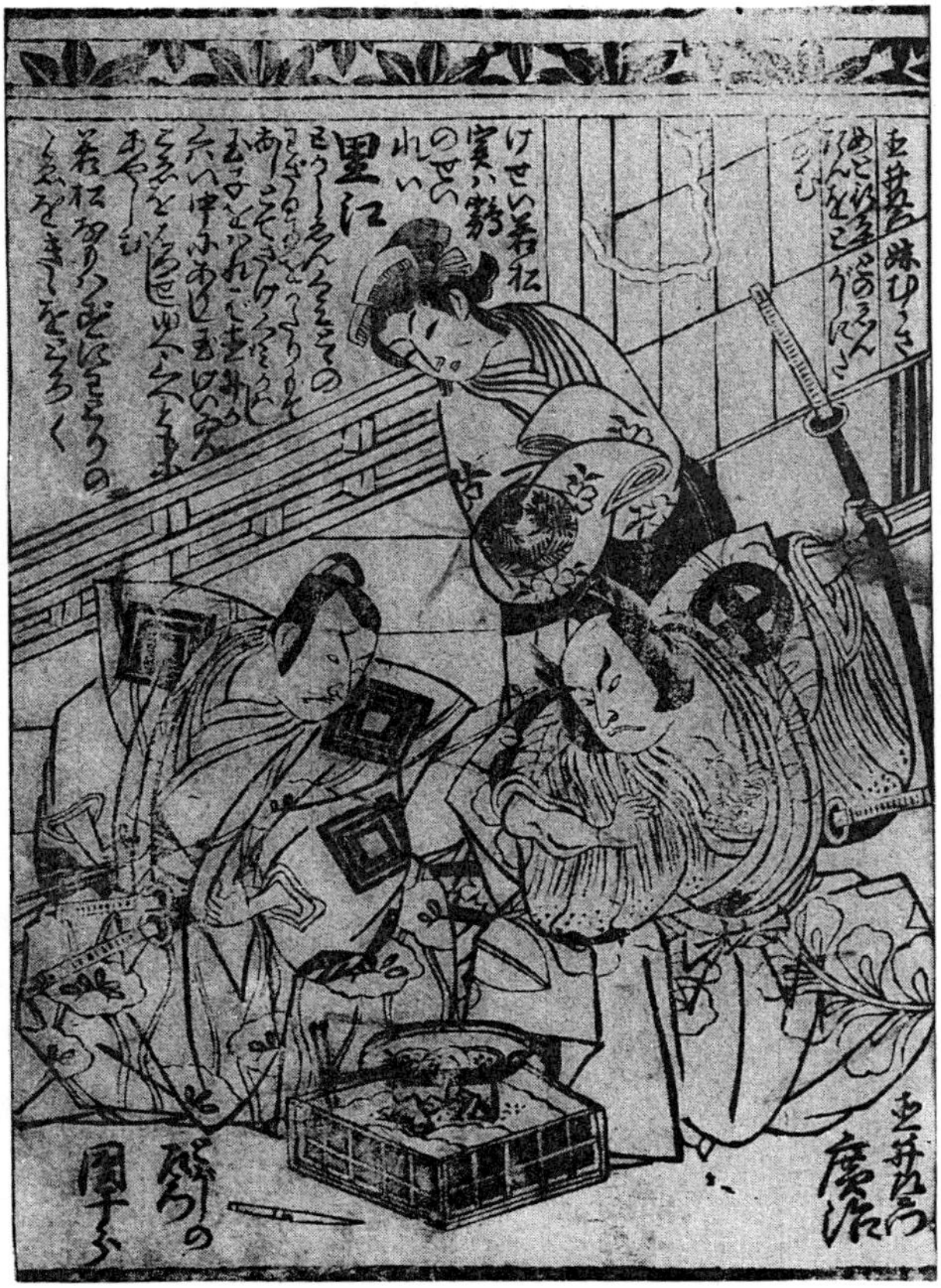

直井左衛門、妹村雨《むらさめ》と行平との縁談《えんだん》を富樫《とがし》にたのむ。富樫《とがし》、縁組《えんぐみ》とゝのわざる事をかたり、もてなしとて酒《さけ》くみかはし、玉子を割《は》れば、直井が懐《くはい》中にありし玉鶏印《けいゐん》、声《こゑ》を発《はつ》せしゆへ、三人ともにあやしむ。若松、おもはず鶏《にわとり》の声《こゑ》を聞《きゝ》き、驚《をどろ》く

直井左衛門　広治、富樫《とがし》の左衛門　団十郎、傾城《けいせい》若松実は鶏の精霊《せいれい》　里江

御摂勧進帳　第一番目六建目

※明和安永期には、大名たちの贅をつくした奇行がみられた。久留米二十一万石の大守有馬頼徸(よりゆき)公は夏の土用に品川の下屋敷で蒲団を高く積み重ね、裸に紅絹の褌ひとつになって、黒の蒔絵の七つ梯子の階段をかけ、絽の帷子一枚を着た給仕の女を上り下りさせ、招いた宝生太夫に女子どもの内股は下から見えるかといって驚かしたという。有馬公の屋敷の奥むきには歌舞伎の舞台がしつらえてあり、内玄関から地下道で通じてあったともいう(譚海九)。また、雲州公松江十八万六千石の大守南海公松平宗衍(むねのぶ)公も自邸で歌舞伎狂言を上演するとともに、ご贔屓の女形三代目瀬川菊之丞や、お抱えの相撲取り釈迦ケ嶽を、神仙の美女や大男に化けさせて「化物ぶるまい」をしたという(甲子夜話)。有馬公・松江公に越後新発田十万石の溝口梅郊公の三人を粋の三幅対として描いたのが安永七年刊恋川春町作黄表紙「参幅対紫曾我」で、本作の趣向にならい、松江公を畠山重忠、久留米公を曾我祐成、新発田公を工藤祐経に仮託した。溝口公は馬場文耕の「江都百化物」の「城主の化物」に松江公・有馬公とともに取りあげられた役者好きの大名の一人であった。

大名屋敷のなかで、真夜中に、吉原の遊女の部屋の中のように帆立貝を使い大名みずからが料理をする場面は、このような大大名たちの奇行を再現する面白さがある。

広次　拙者、今日参《まい》つたる事は、ちとそこもとに[一]御意得たい儀がござつて、わざ〳〵参りました。

団十郎　左様《さやう》ならば、家《いへ》直に。

広次　ちと拙者が、[二]御無心がござる。

団十郎　何がな。

広次　外の義でもござらぬが、下河部の行平どの、鎌倉一の[三]若衆《わかしゆ》ざかり。綺麗《きれい》なところに目《め》が付《つ》いて、拙者が妹、[四]あのゝものゝと訳《わけ》ある中。なんと行平殿を、そこもと様《さま》のお世話《せわ》で、拙者が妹《いもと》へ下さるまいか、其義をどうぞ。

団十郎　そりや、なりますまい。

広次　なぜな。

団十郎　直井の左衛門秀国、[五]義経《よし》公へ内縁の武士。富樫《とがし》の左衛門家直も[六]常盤《ときわ》御前へ内縁の武士。[七]近頃、[八]伊予守殿、[九]奥州高館藤原の秀衡が方へ立越《(たちこえら)》れしとの、とり〴〵の噂《うわさ》。安宅《あたか》の関を越《こ》されしは富樫《とがし》の左衛門が業《わざ》などゝ、頼朝公の上聞に達《たつ》し、それよりお疑《うたが》ひかゝつて、鎌倉表より下河部の行平、仰付られ、それがしが身の上詮議《うへせんぎ》。其行平を拙者が仲人《なかうど》いたしては、世《せ》

一 お考えをうけたまわりたいことがある。
二 お願いがある。
三 美少年。
四 あれこれと恋の訳あいがあることを、婉曲にいう。
五 本作での設定。役割番付に「義経めのと直井左衛門秀国」とある。傅(めのと)は、主君の子の守役(もりやく)をする家来をいう。
六 これも本作の設定。それ故、馬郎婦の観音を富樫が持っている。
七 このごろ。最近。
八 義経のこと。
九 義経の落ちゆく先。牛若時代にも世話になっているところ。秀衡は奥州藤原氏の三代目で陸奥・出羽押領使、鎮守府将軍。

問体《けんてい》も済《す》みますまい。何はともあれ、頼朝公へ申訳《わけ》がござらぬ。そこもとのお頼《たの》みでも、此儀は御用捨にあづかりたい。

広次　富樫《とがし》の左衛門、そりやお手前、日頃《ひごろ》にも似合《にあ》はぬ。挨拶に[一〇]懸子《かけご》があつて、表向《おもてむ》きのよい事ばかり。直井の左衛門、[一一]請まいわへ。

団十郎　黙《だま》り召され、直井の左衛門、なにゆへ、それがしが挨拶に懸子《かけご》がござるな。[一二]卒爾《そつじ》な事を言《い》やつて、あとで後悔《こうかい》お言《い》やるな。

広次　家直へ対《たい》し、卒爾《そつじ》な事を申《もふ》そふか。そこもとの妹子、松風姫に下河部の行平を添《そ》わせべいと、[一三]手前勝手《がつて》の富樫《とがし》の左衛門、是に違《ちが》いはあるまいがな。

団十郎　[一四]生得《しやうとく》、不実《ふじつ》なる直井の左衛門、富樫《とがし》の左衛門が魂《たましい》を見ちがへたか。女子《(をんなこ》供《ども)》の[一五]わざくれ事、それを取り上《あ》げて、得手《ゑて》勝手を申《もふ》すよふな、器《うつわ》の狭《せま》い侍ぢやアないぞ。

広次　何が、何と。

団十郎　頼朝公の命《めい》を重《おも》んじ、富樫《とがし》の左衛門、義経公を見のがさぬと言(いふ)、申訳さへ立《た》てば、妹の一人りや二人り、[一六]眼前、命を捨《す》てる事も存《ぞん》ぜぬか。誠の武士を磨《みが》くところ。それを知《し》らず、言葉すごすと富樫《とがし》の左衛門が許《ゆる》さぬ

一〇 箱の中を二段にするために、外側の箱の縁からつり下げる箱のこと。外から見えないことから、相手が本心を隠していることをいうときに使う。
一一 納得できない。請けとれない。
一二 軽率なこと。
一三 自分勝手。
一四 生れ付き誠実ではない。自分が不実なので、人もそうかと疑うのだろう、ということ。
一五 戯れ。
一六 底本「眼」なし。白藤本で補う。

※一本気な大名同士の意地の張り合いを描くところ。富樫に見立てられた丹羽長貴公は「公人となり豪邁不羈、細節に拘せず、行動往々常軌を逸す、頗る古英雄の風あり」(二本松藩史)とされた。伝えられるところによると、そのジャジャ馬ぶりは諸侯の間に有名で、十一歳将軍初御目見のとき、諸侯が示し合わせ長貴公の席を詰めてしまった。そのとき、意気揚々と両手を振り、将軍の側の席へ坐り、列座の諸侯を睨め廻したという。また、備前岡山池田公・高山彦九郎らと天下のことをはかったといい、そのため動乱を待望し、平島藤馬の小者久助をして江戸市中の要所要所に火付けをさせ、ついには自分の屋敷までを焼かせたと伝えられている。その一方で、茶の湯・生け花・絵画に堪能な風流人でもあった(二本松寺院物語)。

ぞ。

広次　相手《あいて》になるべい。

団十郎　相手《あいて》になるか。

広次　さあ、抜《ぬ》け。

団十郎　さあ、抜《ぬ》け。

両人　なんと。

　ト刀の柄《つか》へ手を掛《か》ける。里好、[一]心意気《いき》ありて

里好　是。

団十郎　[二]てゝゝ。

広次　へゝゝ。

団十郎　ハゝゝゝ。

広次　ハゝ。

両人　ハゝゝゝゝゝゝゝ、いかい戯《たわ》け。

里好　わたしや、ほんまの事かと思《おも》ふて、びつくりしたわいなあ。

広次　どふして〳〵、何を言《い》ふのも、心安《やす》さのまゝ。

団十郎　左様《さやう》〳〵。

一 はっと驚いて、二人の中に止めに入る。
二 白藤本「へ、、」。大惣本「フ、、」。笑い方のバリエーションを見せるところ。
三 狂歌の上の句を広次が詠み、下の句を里好が付ける。酒は飲まなければ寂しい、といって広次が盃をあけると、里好が飲むと酔って赤くなり争いごとが起こる、といいながら酌をする。須磨・明石は、義経の一ノ谷の合戦に因んだもの。
※江戸の狂歌は、明和六年に始まり、安永天明期に大流行をみる。ことに五代目団十郎は花道のつらねの狂名で堺町連を組織した。そのなかに桜田つくりの狂名で桜田治助も加わっていた。「つくり」は狂言作者のことをいう。
四 貝のうちに玉子を割り入れる。鶏卵は強壮剤。手の内は、料理の腕前。五 玉鶏の印が発する鶏の声。同類の鶏卵が割られたことに反応したもの。長者伝説の一つ金鶏伝説に拠るもの。黄金で造った鶏一双を塚に埋めると元旦に鶏が声を発するというもの。甲子夜話に奥州の炭焼藤太が砂金を見つけ富を得て「金を以て鶏形一双を造り、山神を祭り、炭と倶に土中に埋む」とある。義経が最期をとげる奥州平泉の高館の西南にある金鶏山に因んだ趣向。ただし、玉鶏の印は、四建目気比明神の場で古金買いの長兵衛が手に入れ、このあと長兵衛女房およしが持って出る。その間に、直井左衛門が、およしに富樫を取り持つことを約束しているので、一時だけ預かったということになるのか。いずれにせよ、筋立の一部に辻褄のあいにくい部分が残っても、見た目本意の場面で押し進めるのが桜田風の魅力。

里好　そんならお二人《ふたり》さんながら、機嫌《きげん》なをしに、さあ〳〵もひとつ上《あ》がれいナア。

広次　どれ〳〵また酒《さけ》か〳〵。[三]酒《さけ》はたゞ、飲《の》まねば須磨の浦さびし。

　ト盃《さかづき》を空《あ》ける

里好　飲《の》めば明石《あかし》の、波風ぞ立《た》つ。

　ト酒《さけ》を注《つ》ぐ

団十郎　さらば御馳走《ちそう》の貝焼《かいやき》出来《(しゅったい)》。かうして置て此[四]玉子、火箸《ばし》の手の内《うち》、お目《め》にかけふ。

　ト団十郎、玉子を取《と》りて、火箸《ばし》にて割《わ》る。[五]途端《とたん》に鶏の声《こへ》すると、広次、懐《ふところ》を押《お》さへ、心遣有べし。里好は、[六]鶏の声を聞て、ぎよつとする。団十郎は、火箸《ばし》を持ながら、里好・広次を見て

団十郎　[七]鶏すでに鳴《な》いて、忠臣、暁《あかつき》を待《(まつ)》。折もおりとて玉子の手の内。砕《くだ》くと等《ひと》しく、鶏の声。ハテ面白《おもしろ》き今の一声。

広次　それかあらぬか、[八]東天紅《とうてんかう》。[九]東《ひんがし》よりまづ盃も、白《しら》けそめたる此場の[一〇]仕儀《しぎ》。

団十郎　[一一]鶏《にはとり》の息《いき》より霞《かす》む朝《あした》かな。直井の左衛門、奥《おく》へ。

　ト[一二]歌になり、団十郎・広次、奥へ入《はい》る。里好、跡《あと》を見おくり、ひ

※金鶏などの宝物が鳴き声を発したり、水気を吹きあげたりする見た目本意の派手な趣向は、桜田治助の師堀越二三次の得意とするところで、その俳名から菜陽風と呼ばれた。桜田治助が継承して江戸の顔見世狂言の常套の趣向となる。
六 幕切れであきらかになるが、里好の役は玉鶏の印の鶏と番いの雌鳥の精なので、雄鳥の声を聞いて驚く。七 和漢朗詠集・鶯「鶏既に鳴いて忠臣旦(あした)を待つ 鶯いまだ出でずして遺賢谷に在り」に拠る。唐の詩人賈嵩(かすう)の詩を引用して、この場の心境を暗に示したもの。夜中だというのに鶏が時をつくった。難題をかかえている忠臣、すなわち自分にも夜明けがくるのだろうか。八 雄鶏が暁に時をつくる鳴き声。東の空が赤くなりはじめる意をこめたもの。九 まだ夜なので東の空が明るく白むことはないが、それより先に、異常な事態で酒席が白けたというもの。一〇 大惣本「時宜」。二 漢詩に俳諧の発句を付けたもの。冬の寒い暁に時をつくる雄鳥の白い息を、夜明けの出陣を待ってじっと忍ぶ勇士の息に見立てたもの。団十郎自作の発句か。
※団十郎は役者穿鑿論に「此人正直にてわる気なく。役者にはめづらしき気象。実に戯場の君子とも申ませう。第一俳諧を能いたされ。江戸役者での手書キ。それに祖父栢莚。学問をしつけられしに。近頃また山口なにがしの門人となり。唐本も。いつかど読ます」とある。文人墨客との交友は、やがて市川白猿七部集にまとめられる。
三 二人の左衛門が館の奥に入るための下座唄。只唄(ただうた)の〽「心残して」などを歌う。

とり残《のこ》りて

里好　思ひがけなひ、今の一声。心に誤《あやま》りあるゆへに、はつと思ふて立《た》つたる顔。物《もの》[一]に賢《かしこ》き富樫《とがし》の左衛門。もはや覚《さと》つて此場の体《てい》、済《す》まぬと思ふて行(ゆ)かんしたか。気にかゝる事じやわいなあ。

ト言内、奥《おく》より半三[二]、鏡台《けふだい》を持て出て

半三郎　さあ〳〵爰へ鏡台《けふだい》を持《も》つて参《さん》じたわいなあ。お湯《ゆ》[三]もよふ湧《わ》いたと言てくるわいナ。早《はよ》ふ髪も梳《す》いてしまふたがよいわいなあ。

里好　それ〳〵、そんなら鏡台こゝへ直《なを》して下さんせ。

半三郎　ちよつと髪も梳《す》きやんしよう。お歯黒《はぐろ》[四]も湧《わ》かそふと思ふたがな、寒《さむ》ふて付《つ》かぬわいな。お前《まへ》さんは知《し》らぬこと、わたしや雪歯《ゆきば》[五]じやによつて、寒《さむ》いとこのよふに、付《つ》かぬわいなあ。

ト言ながら、半三、襷《たすき》をかけて、里好が髪を梳《す》きにかゝる。里好、鏡台《きよふだい》を引寄せて、鏡《かゞみ》に向《む》かふ張《は》[六]りあいに、舞台に落《お》ちてある、音[七]八が法螺貝《ほらがい》を見つけ

里好　お辰《たつ》どんや、ありやあ何《なん》ぢやへ。

半三郎　是かへ、若松さんとした事が、コリヤ何《なん》じやわいな、山伏[八]の持《も》つ物《もの》ぢや

一 聡明な。
二 富沢半三郎。遣り手お辰。
三 遊女が髪を洗うための湯。吉原では、髪を洗う日は月に一回で各妓楼ごとに決められていた。抱えの遊女がいっぺんに洗うので忙しく、あわただしいさまを再現したもの。
四 鉄漿(かね)。歯を黒く染めること。江戸の女性は結婚をすると眉を落とし、歯を黒く染めた。吉原の遊女は、眉は剃らず、お歯黒のみ付けた。一夜妻のこころ。なお、

傾城若松の髪梳き

岡場所や四宿の遊女、吉原の新造は白歯のまま。お歯黒をするため鉄漿壺を暖める。
五 不詳。六 はずみに。
七 常陸坊海尊の役。
八 山伏は法螺貝を腰に付ける。「弁慶は大先達にてありければ…法螺貝をぞ下げたりける」(義経記)。
九 以下、白藤本では半三郎のセリフの続きとする。大惣本でも「おかしい物じやなあ」を略して、半三郎のセリフ。
一〇 最上のことをすること。または昇天すること。甲子夜話八十、対州夫婦貝にある観音院宝螺に「この貝男螺にして、女螺は海底にありとぞ。因て男螺を吹くことを厳禁す。若し吹ことあれば、海波忽起り、大船を覆すに至ると」とある。法螺貝に関する伝承を踏まえたもの。また、法螺貝は女陰の隠語。それを掛けるか。
一一 吉原の入口。兵庫屋は大門を入って南北に通る仲の町通り左側、伏見町二丁目の角の引手茶屋兵庫屋伊兵衛(安永三年刊「細見鳴呼御江戸」)のこと(図)。一二 遊女の客

わいなあ。

里好[九] おかしい物《もの》じやなあ。此よふな形《なり》でも、天井《てんじよう》[一〇]をする時《とき》は恐《おそ》ろしいものぢやと言出《(いふ)》しを、誰《たれ》やらがしたわいなあ。ヲヽ、それ〳〵、大門《(おほもん)》[一一]の兵庫屋《ひよふごや》からござんす客人《(きやくじん)》[一二]の咄《はなし》いなあ。恐《こわ》[一三]いものじやな。

半三郎 まあ、手に取て見さんせいなあ。

里好 こちや、嫌《いや》。

半三郎 マア〳〵、このよふに見へても、重ひわいナア。

里好 重《おも》ひかへ。

ト半三[一四]、貝《かい》を手に取る。貝《かい》[一五]の内《うち》より米を里好が膝《ひざ》へこぼすと、里好

ト言内、半三、鏡に映《うつ》る里好顔を見て

里好 コリヤ、米じやないかへ。

半三郎 ヤア〳〵〳〵、若松《わかまつ》さんの顔が鶏に見へるわいナア。

ト驚《おどろ》く。里好、其鏡[一六]を取て、半三を見事に切る。きつと思入する。歌[一七]になり、里好、心《こゝろ》を納《おさ》め、死骸《がい》を隠《かく》して、辺《あた》りを窺《うかゞ》ひながら、廊下《ろうか》へ入《はい》る。と勘[一八]左衛門、出て、呼子《(よぶこ)》[一九]を吹。以前《いぜん》[二〇]の奴、大勢《ぜい》、出

のことをいう。[一三] 底本、セリフ改行の印を付け「里好」と指定あり。白藤本・大惣本も里好。[一四] 底本「里好何心なくかいを手に取て」とある。そのあとト書に混乱あり。白藤本で補正。なお大惣本でも法螺貝を手にするのは里好。[一五] 山伏は報謝米を法螺貝の中に入れる。こぼれた米を見て、鶏の餌と思い、思わず鶏の本性を現わす。狂言「釣狐」で人間に化けた狐が好物の鼡の油揚を見て本性を現わす格。鏡は、ものの本性を写し出す力を持つので、一瞬に現われた鶏の顔を写し出したもの。狐の場合は、銜面(くわえめん)を用いる演出もあるが、ここでは身振りで鶏を暗示する。それとともに仕掛けで鏡に鶏の絵を出し、それを観客に見せる。[一六] 鏡台の鏡を取って、証拠となる鶏の顔を隠す。遣り手のお辰を殺すのは、剃刀など別の刃物。[一七] 下座の唄。里好が心を静める思い入れをして、遣り手の死骸を隠し、廊下伝いに館の奥に入るまで歌う。[一八] 里好が入ったあと、下座の歌がおわり、音楽の入らない素(す)の状態になる。そのあとで、下座の大太鼓による風の音を打ち、勘左衛門扮する斎藤次が忍んで出る。[一九] 人を呼ぶ合図に吹く小さな笛。呼子の笛の略。[二〇] 斎藤次の丹前出立ちの出端に付いて出た若い衆の伊達奴たち。

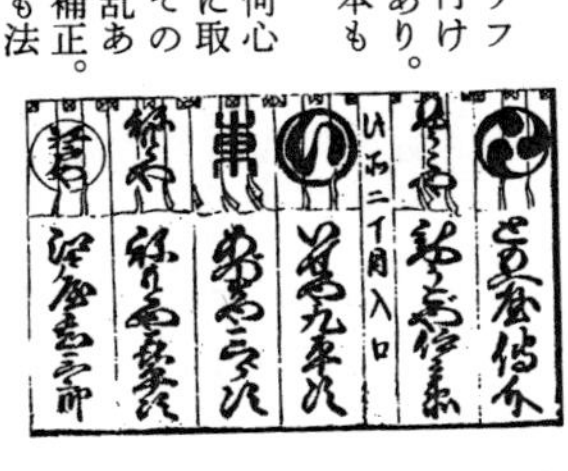

て来る

奴皆〻　御用かな。

勘左衛門　家来どもへ中付置たる通《とふ》り、折《おり》を窺《うかゞ》ひ、富樫《とがし》の左衛門を討《うー》つて締《し》めろ。それがし事は娘松風を引《ひ》きたて館《やかた》へ帰る。用事あらば合図の呼子を、かならず抜《ぬ》かるな。

奴　心得ました。

勘左衛門　合点《がてん》のゆかぬは、下部の時助。此馬郎婦《ばろうふ》の観音《くわんおん》へ心をかくる体《てい》。きやつこそ正《まさ》しく義経《よしつね》が余類《よるい》。縄《なわ》ぶつて、詮議《せんぎ》すべいか。いや〳〵、まづ此用《二よう》心《じん》には縄《なは》を張《は》れ、此馬郎婦《ばろうふ》の観音《くわんおん》を盗《と》られぬやうに。

ト懐《くわい》中より出して、包み直《なを》そうとする所へ、市松《三》、伺ひ寄《よ》つて、厨子《ずし》へ手を掛《か》ける。勘左衛門、振《ふ》り放《はな》して

勘左衛門　此女《あま》は、何をする。

市松　さあ、これは。

勘左衛門　合点《がてん》のゆかぬ、とち女郎《めろう》め。此観音《くわんおん》へ手を差《さ》つ掛《か》けるは、曲者《くせもの》に相違《そうい》はない。サア、あり様《よふ》に身の上《うへ》を、明《あ》かすまいか。

市松　滅多《めつた》な事をおつしやりますな、わたしがお傍《そば》へ参りましたは。

一 討ち殺せ。
二 諺。用心に用心を重ねること。十分に用心をすること。

奴姿の丹前の所作ダテ

三 佐野川市松。時助女房お市。黒装束の女の忍びの姿で入った二人の女のうちの一人。夫の伊勢三郎とともに馬郎婦の観音を盗みに来た。

※馬郎婦の観音は明和九年(安永元年)に開帳された三田魚籃寺の魚籃観音を当て込んだ趣向。魚籃寺は承応元年(一六五二)称誉上人の創建になり、魚籃観世音霊験記(魚籃寺蔵)には十五種の霊験譚が伝わる。そのなかには、「天明元丑年初冬のころ武州忍(おし)の城主阿部正敏侯大病にかゝり玉ひ飲食更に咽に通ぜず危く見へ給ふ。然るに此侯魚籃観世音を信じ給ふ事多年なりき、此度丹誠を抽(きぬ)んで病気平安を祈念し給ふに十一月十七日の夜夢に黒衣の大士雑宝厳飾の袈裟をかけ枕上に立給ふを拝し給ふ。しきりに夢に拝し給ふ事三度なり。茲におゐて翌日鑯(みく)じを取て治を池原法印に転ぜらる。不日に全快し給ふ。程なく四品(しほん)に累進し給ふ。依て夢見の聖像を彫しめ本尊の傍に安置し月々億百万返修行を命ぜらる。今なを存す」とある。忍十万石阿倍公は代々江戸幕府の老中を勤めてきた家柄である。また柳沢吉保の子孫大和郡山十五万一千石柳沢保光公が吉保公拝領の梅樹をもって本尊を二体模刻した記述も載る。その一方で舟乗りや農婦、薄幸の遊女や日傭の親子にも霊験はおよび、その特色を魚籃寺蔵板の

勘左衛門　斎藤次が傍《そば》へ寄《よ》つたは。

市松　サア、是は。

勘左衛門　なんだ。

市松　ヲヽ、それ〳〵、それぢやわいなあ。あなたが承りましたる、斎《さい》藤次祐家《いへ》さま。今日《けふ》の、あなたの御趣向《しゆこう》は、丹前出立、四吉屋《よしや》風《ふふ》。五吉屋《よしや》と言《い》へば名につれて、お供の御用もあろうかと、ちよつとお傍《そば》へ。

ト懐中《くわい》へ手を入、立廻りあつて

勘左衛門　なんと。

市松　寄《よ》つたわいナア。

勘左衛門　面白《おもしろ》い。丹前出立の斎藤次、供《とも》の役にも立《た》とふかと、それで六そさまが寄《よ》つたのか。

市松　あい。

勘左衛門　此馬《ば》郎婦《ろうふ》の観音《くわんおん》を。

市松　サア、それは。

勘左衛門　寄《よ》りやがるな、とち女郎《めろう》め。是に心を懸《か》けると見て、詮議《せんぎ》がある◯と言《(いふ)》は嘘《うそ》。ありよふはそもじのよふな可愛《かわゆ》らしい、どうやら七物《もの》に機転《きてん》の利《き》

霊験譚では「殊に当尊は聖観光明の全体をわけて賤き婦女身を現して罪障の凡夫と体を同ふし現世安楽大悲のあみを張て人天の魚をすくひ此界□を発し一声念仏すれば西方に必らず一蓮を生じ其花臨終に来り迎へて十方一切の衆生を三尊来迎して極楽に往生せしめ玉ふ」とする。本作で「めろうふ」を「ばろうふ」と呼ぶのは仏教と道教の習合した女仙の名で海録砕事に「昔有二賢女馬郎婦(ばろうふ)一、於二金沙灘上一、施二一切人淫一、凡与交者、永絶二其淫一」とあるに拠る。常盤御前の境遇に重ね合せたもの。なお魚籃観世音は、本作上演の翌年、安永三年三月十八日より、再び開帳された。

四 江戸初期の男伊達の風俗。旗本奴の三浦小次郎義也を頭目とする。俗に白柄組と呼ばれた一派の風俗をいう。

五 初代市松の屋号「芳屋」に掛ける。「芳やの盛府」(役者段階子)と呼ばれた。その先代の名に通じるので、ということ。

六 おまえさま。吉屋風の伊達な言い方。

七 気のつく。痒いところに手のとどく。

いた女があらば、老《おい》[一]の寝覚《ねざめ》に手なづけたい。年《とし》が寄《よ》ると二度[二]おぼこ、若い者《もの》に負《ま》けまいと、我慢《がまん》[三]が高《こう》じた寛闊出立《くわんくわつでたち》。早速、そちに用がある。

市松　その、御用は。

勘左衛門　其用は。

ト抜《ぬ》[四]き掛《か》ける。市松、手ばしかく、立《た》ち廻りありて、勘左衛門が懐《ふところ》の厨子《ずし》を取て、行《ゆ》かふとする。奴、ばら〳〵と取まく。此内に市松、白[五]い手拭《ぬぐい》、襟《へり》に巻《ま》くと、奴の形《かたち》になる

皆〻　どつこい。

勘左衛門　詮議《せんぎ》のある、その女《あま》め、縄《なわ》ぶつて、屋敷へ引《ひ》け。

皆〻　動《うご》くな。

市松　其厨子《ずし》こそは、観音《くわんおん》。げにや大[六]悲《ひ》の誓《ちか》いには、枯《か》[七]れたる木にも花の雪、[八]ひとふり振《ふ》り出《だ》す八[九]文字。供《とも》[一〇]の奴と思惑《おもわく》の、其中《(その)なか》[一一]の町《(ちやう)》。

ト勘左衛門へ掛《か》ゝる

勘左衛門　どつこい。

市松　下《(しも)》の町《(ちやう)》。

皆〻　どつこい。

一　老人になると夜中に目が覚めることをいう。
二　子供にかえること。
三　強情。
四　腰の刀を抜こうとする。
五　黒装束の衣裳の襟に、白い手拭を当てて奴の黒の看板姿に見立てる。「若衆女をかねられし家筋」(役者有難)とされた市松の特色を活かした演出。常陸坊海尊の鯰の毛をうしろに結って奴鬢に見立てる場面とともに、桜田治助の見立ての冴えを見せるところ。桜田の見立ては、その魅力の一つであった。
六　観音のこと。大きな慈悲で人を救うことをいう。
七　冬になって枯れた枝にも、雪という名の花が咲きます。
八　雪が降るに、六法を振るをかける。
九　六法の歩き方。足を外に振り出して歩く寛闊なもの。傾城の揚屋入りの道中にも使う。
一〇　廓通いの大尽の供をする伊達奴。供奴。
一一　ここは京の島原の遊廓の中の町。以下、島原の遊廓を練り歩く奴丹前の振りになる。「上《(かみ)》の町、どつこい下の町、どつこい、中の〳〵中の町」(常磐津「戻り駕」)。

ト立廻り有て

市松　[一二]よんやサア。

ト是より下座の[一三]下事に取、[一四]丹前の所作、面白《おもしろ》き事、度〻ありて、勘左衛門、市松を引寄る。と又太郎、[一五]奥より出て、大勢を取《と》つて[一六]投《な》げ、きつと見得《へ》する

又太郎　どつこい。

市松　ヤア、こなさんは、[一七]こちの人。

又太郎　コリヤ〳〵なんにも言《い》ふまい、他人だぞ。[一八]真《ま》つ赤《か》いな他人の[一九]歩中間《ぶちうげん》、滅《めつ》多《た》な事を言まいぞ。

勘左衛門　面白《おもしろ》い、丹前の奴に、加担人《かたふど》が身の上《うへ》の詮議《せんぎ》に歯《は》ごたへがする。それ程、此観音《くわんおん》を欲《ほ》しがつて、心を懸《か》けるは、義経《よしつね》の縁《ゆか》りか。

又太郎　サア、それは。

勘左衛門　なんと。

又太郎　サ、これは。

ト又太郎、思案《しあん》して、市松を突《つ》き倒《たを》し、[二〇]刀背打《むねう》ちにする

市松　コリヤ、わたしをなんとさしやんすぞ。

一二 囃子詞。下座の歌のきっかけになる。
一三 未詳。誤写か。白藤本は二字分空白。大物本では「下座へ取」と省略。唄入り、奴丹前の鳴物になる。
一四 所作ダテ。舞踊風の立廻りのこと。
一五 上手奥の出入り口より出る。
一六 底本「投げかけ」。白藤本で訂正。
一七 自分の夫のことをいう。うちの人。
一八 赤の他人。
一九 使い走りをする中間のこと。
二〇 刀の刃の側ではなく、峰の方で打つこと。殺すのではなく、折檻して白状させようとするもの。

又太郎　女の際《ざい》に、大[一]それた、斎藤次祐家さまが御所持《しよじ》被成《（なされ）》た尊像《そんぞう》へ、心を懸《か》けるは合点《がつてん》がゆかぬ。サア、身の上《うへ》を吐《ぬ》かすまいか。

市松　もし〳〵こち[二]に思《おも》わぬ、お疑《うたが》ひ。観音《くわんおん》に心を懸《か》けるとは、しやア[三]、ほんにおかしいわいナ。

又太郎　盗人《（ぬすつと）》[四]たけ〴〵しいと、あり様《よふ》に吐《ぬ》かさにやあ、刃物《はもの》[五]ついでにくたばつてしまへ。

ト市松を引のけ、勘左衛門に切つける立廻りありて、勘左衛門が懐中の、厨子《ずし》[六]に手をかける

勘左衛門　それ、やるな。

皆〻　やらぬは。

ト掛《かゝ》かる。是より、又太郎、殴《なぐ》りはらして、市松を連《つ》れ、花道[七]へ入《はい》る。と歌[八]に成り、崎[九]之助、出《でゝ》来《く》る。友[一〇]右衛門、以前《いぜん》の形《かたち》にて、出て来《く》る

友右衛門　井上次郎となつて入込《こ》みし、備前守行家。何卒、富樫の左衛門が秘蔵《ひぞう》なす処の、八[一一]竜の鎧《よろひ》。奪《うば》ひ取て立帰らば、一戦《いつせん》に及《およ》ぶ時、それがしが肩《かた》[一二]に掛け、花〴〵しき合戦《かつせん》と思《おも》ひ詰《つ》めたる、今の願《ねが》ひ。何卒、折《おり》を窺《うかゞ》ひ、八

一　底本「おふそれた」。白藤本による。
二　わたし。
三　しや。人をあざけるときに発する語。
四　底本「盗人と」。
五　刀を抜いたついでに。
六　以下、底本脱文。白藤本で補う。
七　勘左衛門の斎藤次や、奴らを花道へ追いちらして入る。
八　下座の唄。館に忍びこんだ古金買い長兵衛夫婦の出の歌。賑やかな立廻りの鳴物から、静かな唄にかわる。
九　芳沢崎之助。長兵衛女房およしの役。黒の着物の着流し姿で、上手奥の出入り口より出る。
一〇　大谷友右衛門。古金買い長兵衛実は源行家の役。井上次郎忠永という公家侍に化けて館に乗り込んでいる。烏帽子素袍の大名姿で、二重舞台の上、廊下伝いに出る。
一一　源氏八領の鎧の一つ。八領は保元物語「新院召ニ為義一条」に「重代相伝仕て候、月数・日数・源太が生衣・八竜・沢瀉・薄金・楯無・膝丸と申て、八領の鎧候」とある。八幡太郎義家より嫡孫の六条判官為義に伝わる。友右衛門の扮する行家は、その為義の十男。保元の乱で、行家の兄鎮西八郎為朝が八竜を模した大鎧を着た。保元物語には「八竜といふ鎧を似せて白き唐綾を以て縅したる大荒目の鎧」とするが、新井白石は諸書の記述を検討したうえで「世ニ行ハル、保元物語ニ白キ綾トシルシタレド諸ノ異本ニハ黒キ綾トシルス此ノ鎧八竜ヲ似セタランニハ黒キ綾トシルシタルヲヨシトヤセム」（本

長屋の夫婦喧嘩

竜の鎧を手に入れたいものぢやナア。

ト上の方に居る友右衛門を知《し》らずに

崎之助　まんまと入込し敷妙《たへ》。富樫の左衛門家直に恋慕《れんぼ》の体《てい》にもてなして、来《き》ごとは来《き》ても、館《やかた》の案内、それと知《し》れねば、我子の行衛《ゆくへ》。どこに居《い》るやら、覚束《おぼつか》なく。たゞその内も此身の上《うへ》、もしや、それぞと知《し》りしかと、恐《こわ》いものじやわいナア。

ト言ながら、友右衛門を見つけて

崎之助　ヤア〳〵、こなさんは、こちの人、長兵衛殿かいナア。

友右衛門　女房。

崎之助　アイ。

友右衛門　おのれは〳〵、内を空《あ》けて、なんでこゝへ失《う》せたのだ。一三

崎之助　サア、是はな。

友右衛門　是はどころか、やい、掛《か》け向《む》ひの一四裏店住《ず》まひ、一五内を留守《るす》にして、なぜ失《う》せた。第一、火の用心《ようじん》一六が悪《わる》い。そうして、小とみはどふしたぞ。

崎之助　サア、その小とみが事について、それでこゝへ来《き》たわいナア。

友右衛門　気にかゝる事を吐《ぬ》かしをる。小とみは、どうした〳〵。

朝軍器考)とした。そのため徳川家が八竜の甲を復元し静岡の久能山東照宮に奉納した際には黒糸縅の鎧が添えられることになった。なお、八竜の鎧を富樫が秘蔵する設定は本作の仮構である。

一二 鎧を着ること。肩上(かたがみ)の部分を肩にかけて着るのでいう。

一三 来やあがったのだ。

一四 夫婦だけの生活。大名と違い、留守をする居候すらいないことをさす。

一五 裏長屋。棟割の共同住宅。俗に九尺二間と呼ばれる間口九尺(約二・七メートル)奥行二間(約三・六メートル)の三坪で土間と四畳半ひと間というのが典型。職人や行商人などが住んだ。

一六 江戸は火災の多い町だった。ことに裏店は人口密集地域で、放火も多かった。前年明和九年二月二十九日には、江戸の三大火事のひとつに数えられる目黒行人坂の火事があったばかり。そのためのセリフ。食事などで使う火を起こすのが大変なので、各家では火種を残していた。文政十三年(一八三〇)に町奉行所から通達された「火の元掟ケ条書」の第一条には、そのような火の元の始末に不注意の者は「地立・店立」にすることとされている。

崎之助　聞《き》いてくださんせ、こちの人、お前《まえ》から預た、あの。

友右衛門　小とみを。

崎之助　あの小とみを、富樫の左衛門が家来、加賀の次郎に奪《うば》ひ取《と》られたわいなあ。

友右衛門　ヤア〳〵〳〵。あの、小とみを、加賀の次郎に奪《うば》ひ取《と》られたとは。

崎之助　気比《きひ》明神の境内《けいだい》において。

友右衛門　ヱヽ、おのれ〳〵憎《にっく》い奴《やつ》の、よう聞《き》けよ。今でこそ古金買《ふるかねか》い、弁慶橋《べんけいばし》の一おれは長兵衛、われは、およし。その昔《むかし》は、何者《もの》じゃ。此長兵衛は備前守行家、おのれは土佐坊昌俊が娘の敷妙《しきたへ》、氏も系図もれつきとした侍ではないか。その侍の娘が、預《あづ》け置《お》いたあの小とみ、取られたといふて、言訳があるか。ヱヽ、おのれは、どふしてくれう。

ト腹《はら》を立《た》つて、二立《た》つたり居《い》たりする

崎之助　尤でござんす。つね〴〵、かわゆがらしやんす、あの小とみ。奪《うば》い取《と》られては、わしも言訳がないと思ふて、それでこゝまで来《き》たわいなあ。

友右衛門　わいなどころか。是、やい、あの娘があればこそ、いく度《たび》か腹切《はらき》つて、くたばろうと思つている命を、こうして居《い》るではないかいやい。あの小

一　底本「たれ」。誤写。白藤本で訂正。

二　立ち上がったり、坐ったり、落ちつかない動きを見せる。大名姿の立派な侍が、裏店の住人のように感情を顕わにあわてるおかしさをねらう演出。

三　離縁すること。以下、「去らしやんす」「去りこくる」「去らしやんせ」「去らいで」「去らりよふ」と売り言葉に買い言葉で、い

とみを奪《うば》ひ取《と》られては、もふ〳〵、なんにも要《い》らぬ。侍《さむらひ》も要《い》らぬ。古金買《ふるかねか》いも要《い》らぬ。その代《かわ》りには、おのれにも添《そ》わぬ。サア、出て失《う》せう。

崎之助　サア、その腹立《はらだ》ちは、尤じやの。命に換《か》へて、取《と》り返《かへ》す程に、どふぞ、堪忍《かんにん》してくださんせ。

友右衛門　イヤ〳〵堪忍《かんにん》せぬ。去《さ》[三]つた程に、出て失《う》せう。

崎之助　そりや、またお前《まへ》、聞《き》き《ゝ》わけがないわいナ。

友右衛門　聞《き》き《ゝ》わけがあろふがあるまいが、おのれが様《よふ》な奴《やつ》は、女房には持《も》たぬ。

崎之助　そんならお前《まへ》、去《さ》らしやんすか。

友右衛門　去《さ》つて〳〵、去《さ》りこくる。

崎之助　そんなら、去《さ》らしやんせ。

友右衛門　去《さ》らいで〳〵。

崎之助　去《さ》らりよふわいナア。

友右衛門　おのれは〳〵。

崎之助　こなさんは〳〵。

ト友右衛門は素袍《すはふ》きたる形にて、崎之助は忍《(し)》のびの成り、世《せ》話《わ》狂《きよふ》

ろいろに変化してゆくところ。亭主の方の「去つた」にはじまり、ついには女房が「去らりよふわいナア」と受けてしまう、おかしみ。

※烏帽子素袍の大名姿の男と、忍びの者の黒装束姿の女が、大名の立派な館で、裏店の夫婦喧嘩を見せる。江戸の裏店には地方から流入して来た人たちが多く集まった。そこには家を中心とする地縁・血縁にしばられた、それまでの男女とは違う自由で対等な関係が生れた。江戸の社会では離縁は男の側の一方的な権利であった。女訓書などで「七去（しちきよ）」とされる離縁の原因となる行動をつつしむよう教育されてきた古い女性とは違う、離縁しようとする夫に、まっこうから対立する新しいタイプの女性像が裏店の夫婦喧嘩の趣向に拠って生れることになった。古金買いの行商人として、その日暮らしの生計をたてる亭主に対し、女房の方も、のちに明らかになるように熊野比丘尼としての生活能力を持つ。そのような強い女が、男にかわって黒装束に身をつつみ、大胆にも大名の館に忍び込む。文化文政期に確立する「悪婆（あくば）」と呼ばれる役柄の先駆的な性格を持つことになる夫婦喧嘩の趣向は、桜田治助によって大成された。桜田治助は、二番目の雪降りの世話場で裏長屋の夫婦喧嘩をたびたび描き、天明五年（一七八五）刊「役者年始状」では、「夫婦喧嘩の魂胆（こんたん）は桜田が家の芸」とされた。曾我狂言の鬼王貧家における借銭乞いとともに、顔見世の裏店の夫婦喧嘩は、江戸の大芝居を代表する世話狂言に成長することになる。

言《げん》の夫婦《ふうふ》喧嘩《げんくわ》のやうになる処へ、広次[一]、以前《いぜん》の形《なり》にて、出て来て、
両方へ分《わ》ける

広次　まあ〳〵待《ま》たつしやい〳〵。

崎之助　いへ〳〵止《と》めてくださんすな。

友右衛門　退《の》いたり〳〵、総体《そうたい》おのれは長屋《ながや》[二]づきあいが悪《わる》い。路地《ろじ》[三]の鍵《かぎ》も借《か》りておかず、計《はか》り炭《ずみ》[四]の小すみもいわず[五]。気《き》に入《い》らぬ事ばかりじや、出で失《う》せう〳〵。

広次　さあ〳〵、尤じや〳〵、お内儀《ないぎ》[六]も、黙《だま》らつしやい。

ト始て、崎之助・友右衛門・広次、顔を見合て、思ひ入りする。
と相方[七]になり

崎之助　やあ、お前《まへ》は。

広次　直井の左衛門秀国、そなたは最前《さいぜん》の女中。

崎之助　アイ。

広次　そのもと様《さま》は。

友右衛門　井上次郎忠永。

広次　見《み》ますれば、烏帽子素袍《ゑぼしすほふ》で、只今の御口論《こうろん》。長屋づきあいも悪《わる》い、路地《ろじ》

一　大谷広次。直井左衛門の役。赤っ面の生締で織物の裃という派手な大名の姿。裏店の夫婦喧嘩の仲裁をする家主(いえぬし)の役どころを演じることになる。

二　裏長屋には、井戸や芥溜(ごみため)は一つ、雪隠(便所)も数ヶ所で、すべて共同利用であった。隣近所との付きあいが悪いと生活に不便が生じることになる。

三　長屋の入口の狭い通路(図・浮世床)。夜四つ(午後十時ごろ)に路地の木戸が締まる。夜遊びをして遅くなるときは、気をきかして木戸の鍵を貸りておけ、ということ。

四　炭を炭屋で俵ごと買うのではなく、行商の炭売りから量り売りで買うこと。「今世三都トモ貧民小戸ノ俵炭ヲ買得ザル者、一

友右衛門　の鍵《かぎ》を借《か》りておかずとは、[八]変《か》わつたことの。
広次　さあ、今言《い》つたのは。
友右衛門　あれは。
[九]物《もの》で御ざる。町人風情《ふぜい》の[一〇]女夫喧嘩《めうとげんくわ》、[一一]裏店小店《うらだなこだな》に居《お》る、[一二]その日暮《ぐら》しの者《ものゝ》の申《(まうす)》を、つい戯《たわむ》れに申たでござる。
広次　いかさま、井上次郎忠永殿の戯《たはむ》れには、[一三]琴棋書画《きんぎしよぐわ》等の楽《たの》しみの外、裏店小店の女夫喧嘩《ふふげんくわ》を只今の[一四]戯《たわむ》れとは、コリヤ流行《はや》りませう。
友右衛門　わしも其心さ。
広次　それにまた、こちらの女中、最前《さいぜん》、富樫《とがし》の左衛門に深《ふか》く心をかけ、帯の解《と》けぬ思《おも》ひのなんのかのと、口へ出まかせ、出しだいに、[一五]悪《あく》言《(いふ)》たのは[一六]思《おも》ひつきか。コリヤ流行《はや》りませうわい[一七]。
崎之助　わたしも其心さ。
広次　取《も》り持つてやるべい。
崎之助　ヱ。
広次　富樫《とがし》の左衛門を、此直井の左衛門が、命にかへて、取《も》り持つてやるべい。[一八]たがひに女《め》なし、夫《おつと》なし、仲人《なかふどゝ》となつて世話をして焼《や》くべい。サア、お

升二升ト炭ヲ量リ売ルノミ。是ヲハカリズミト云。俵炭ハ店ニテ売レ之ノミ」(守貞漫稿)。五不詳。「小みず」の誤りか。小みずをいうは、文句をいう。値切る。大名の娘で、自分でも稼ぐので金銭感覚が甘い、という非難。
六 町人の女房のこと。
七 下座の三味線の合方。これまでの夫婦喧嘩は、合方の入らない能の狂言風のセリフ廻し。
八 変わったことをしますね。
※裏店の夫婦喧嘩の仲裁は家主《(いえぬし)》の役になる。俗に大屋といい、長屋の差配をする管理人。大屋といえば親も同然といい、店子《(たなこ)》にとって唯一頭のあがらない存在になる。
九 返答に困ったときにいう言葉。狂言などで使う。空惚けたもの。
一〇 夫婦喧嘩を堅く表現したもの。女夫いさかい。
一一 裏長屋の小さい借家。
一二 職人の手間取りや、棒手振《(ぼてふり)》と呼ばれる行商人など、その日の収入で一日をやっと暮らす生活のことをいう。
一三 雅人のたしなみ。風流韻事。琴と碁と書と画。中国の士君子の余技の代表的なもので四芸という。
一四 現在の遊び。
一五 女にふさわしくない大胆な言葉。男を盗みに来たこと。
一六 あなたの工夫ですか。
一七 底本「〇」あり。誤写。
一八 富樫には妻がなく、あなたには夫がいない。独身同士なので。

れと一緒《いつしよ》に奥《おく》へお来《き》やれ。

ト手を取《と》る

崎之助　もし〳〵滅相《めつそう》な。どうして、マア、わたしが。

広次　なぜさ、せつかくおぬしが武士と見《み》かけて、おれを頼んだに依て、取《と》り持《も》つてやるのだ。

崎之助　サア、それは。

広次　一変改《へんがい》か。

崎之助　サア、それは。

広次　二嫌気《いやき》になつたか。

崎之助　サア。

広次　そんなら歩《あい》びやれ。

崎之助　わたしも、行《ゆ》きたさは行《ゆ》きたいが。

広次　なぜ。

崎之助　今日は三日が悪《わる》いわいな。

広次　成程、四今日は日が悪《わる》い。第一、五天一天上、大天上を見ぬ内に、おいらが方《ほう》の色事は、止《や》めにするが良《よ》かんべい。止《や》めにするなら止《や》めにして、聞《き》

一　取り消すこと。

二　嫌になったのか。

三　暦による吉凶。婚姻にはふさわしくない凶の日だということ。口から出まかせにいう。

四　底本「今は」。大惣本で訂正。

五　暦法。天一天上(てんいちてんじょう)は吉日。大天上は、天井を見るという俗語を暦法めかしていったもの。天井を見るは、ひどい目にあうこと。崎之助が口から出まかせに日が悪いといったのに対し、天一天上で吉日だが、これ以上嘘をつきつづけると大変なことになるぞという。天一神(なかがみ)は、東西南北とその四隅の八方をつねに運行し人間の吉凶禍福をつかさどる暦神で、癸巳(みずのとみ)の日から戊申(つちのえさる)の日までの十六日間天上に

きかゝつたる、おぬしが身の上《うへ》、町人の娘でないといふ、其話《はなし》を聞《き》くべいか。

崎之助　さあ、それは。

広次　何《(な)》に者《ものゝ》の娘で、名はなんといふ、夫《(それ)》を聞《き》かふか。

崎之助　さあ。

広次　さあ〱〱〱、なんと。

友右衛門　直井の左衛門、観念《くわんねん》。

ト友右衛門、後《うし》ろから切付る。広次、すぐに立廻りにて、其刀を引《ひ》つたくり、友右衛門を畳《たゝ》み[六]かけて打《ぶ》つ。[七]その内に烏帽子素袍《へぼしすほふ》も取《と》れて、古金買《ふるかねか》ひの形《なり》になる。広次、びつくりすると、崎之助、寄《よ》ろうとする。広次、崎之助が前《まへ》へ刀を突《つ》き出し

広次　滅多《めつた》に寄ると、秀国が刀背打《むねう》ちの相伴《しやうばん》を、[八]主《ぬし》の傍杖《そばづへ》が喰《く》ひたいか。

崎之助　さあ、それは。

広次　見ていやれさ、こいつが様《ざま》はなんだ。烏帽子素袍《あぼしすほふ》で、真《ま》[九]の振《ふ》りをしやあがつて。それとも、[一〇]井上次郎忠永が詮議《せんぎ》したなら、どのやうな事が知《し》れまいものでもない、おのれを。

いる。その間を天一天上といい吉日となる。そのあと八方をめぐる二十八日間が方角によって障りとなり、方違(かたたが)えの風習がうまれた。

※夫婦喧嘩の場面は、能狂言の女狂言の系譜を引く。「わわしい女」という強い女房が出てきて、気の弱い聟を圧倒する。「右近左近」にいたっては、左近との密通をほのめかした右近という夫が、怒った女房に打ち倒される場面で終る。セリフの中に狂言風の言い廻しが使われるのは、そのためである。ただし、狂言と違い、歌舞伎の女房は亭主に惚れており、喧嘩はあくまでも痴話喧嘩になる。それ故、直井に取り持ってやろうと言われた崎之助の女房およしが、あれこれと口から出まかせに断りをいう滑稽な場面になる。

六　刀の刀背打ちにする。

七　立廻りのうちに、友右衛門の着ている素袍と烏帽子が取れる演出。袖なし羽織、股引、紺足袋の古金買いの姿になる。

八　あなたも打たれたいのか。

九　本物の振り。

一〇　井上次郎忠永のことを詮議すればわかるだろう。

崎之助　これ、申し。

広次　富樫《とがし》の左衛門へ取り持《も》つてやるを腹癒《はらい》せに、その[一]分《ぶん》にして命は助けた。[二]きり〳〵立《た》つて失《う》せう。

ト[三]歌になり、崎之助を連《つ》れ、広次、は入る。友右衛門、残りて

友右衛門　ヱ、、いま〳〵しい。[四]鳶《とび》の子は鷹にならずと、よう言たものじやナア。せつかく、井上次郎に成り、入《(いり)》こんだる古《ふる》金買長兵衛。直井の左衛門に出会《であふ》て、又、此ざま。[五]今年《ことし》はまた、いま〳〵しい奴《やつ》が[六]隣り町から失《う》せて、来年いつぱい、このやうな目に合《あわ》せるであろふ。あた、[七]卦体《けたい》の悪《わる》い。それにつけても、娘の小とみ。どこにどふして居《(ゐ)》をるやら、どふぞ会《あ》いたいものじやナア。

ト ほろりとする。と、また[八]歌に成り、友右衛門、叩《たゝ》かれた腰《こし》の痛《いた》む思ひ入にて、素袍《すほふ》を畳《たゝ》み、風呂敷《ふろしき》に包《つゝ》み、腰《こし》に巻《まい》て形《かたち》を作つて

友右衛門　所詮《しよせん》、知《し》れたる我身の上《うへ》。生《い》きるとも死《し》ぬるとも、奥《おく》へ踏《ふ》ん込《ご》み、富樫《とがし》の左衛門が秘蔵《ひぞう》なす、八竜の鎧《よろい》、奪《うば》い取て立帰らん。目指《めざ》す敵《かたき》は、富樫《とがし》の左衛門、ヱイ。

ト[九]亭《ちん》を目掛《めが》け、手裏剣《しゆりけん》を打《う》つ。ト[一〇]障子《せうじ》を引上る。此内に団十郎、

一 打ち叩いただけで。このままで。
二 友右衛門へ言う。とっとと立ち去れ。
三 下座の長唄。直井左衛門がおよしを連れて奥へ入るためのもの。およしが亭主を案じる思い入れが入る。只唄の〽心残して」などを使う。甲高い声で歌い出し、歌詞をゆっくりと引きのばして歌う。その間におよしの思い入れが入り、それを立ち切るように、早間の唄になって入る。騒がしい夫婦喧嘩の場面から、みすぼらしい古金買いの姿となった友右衛門がたった一人になる演出。
四 諺。平凡な親からは平凡な子供しか生れないというもの。友右衛門の扮する源行家の親は六条判官為義で、鳶ではなく鷹。ここでは大坂の浜芝居出身の友右衛門のことをいう。同じ大谷姓を名乗っても、名門の広次と違う、自分の出自を歎いたもの。以下、役の上で打たれたり、男として辱しめられた役者が、観客に向かって照れ隠しにいう楽屋落ちのセリフ。
五 御摂勧進帳が顔見世狂言として上演される安永三年度のこと。江戸の大芝居は、十一月の顔見世で一年ごとに座組を新たにした。一座の顔ぶれによって、それぞれの役者の役どころが決まり、四季折々の趣向で、繰り返されることになるのでいう。
六 葺屋町の市村座。堺町の中村座の隣で軒を並べて興行した。その市村座から中村座へ大谷広次が初お目見得をしたことをいう。
七 占いの卦の様子。縁起が悪い。腹が立つ。
八 下座の唄。娘のことを案じながら、男が自分で素袍をたたみ、身ごしらえをするまでの悲しさを演出するためのもの。独吟の

一一上下衣装にて、一二刀《かたな》を杖《つへ》に、煙草盆《たばこぼん》へ一三手裏剣《しゆりけん》を受《う》け、一四きつと思ひ入していゐる。友右衛門、此体《てい》を見《み》て、ぎよつとして、花道へ駆《か》け出す

団十郎　一五備前守行家、待《ま》つた。

友右衛門　なにが、なんと。

　　　ト一六立かへる。一七管弦《くわげん》になる

団十郎　今打《う》つたるところの此小柄、これこそ一八六条の判官為義公《はんぐわんためよし》、御所持《しよじ》あつたる一九笹竜胆《さゝりんどう》の此小柄《こづか》。隠《かく》すに隠《かく》されぬ源の行家と、あり様《よう》に本名を名乗《なの》れ。

　　　トきつと言《い》ふ。友右衛門、立帰り、団十郎に詰《つ》め寄せて

友右衛門　声かけられて、思《おも》はずも立《た》ち止《どま》つたる二〇昔《むかし》の気質《かたぎ》。町人とはなつたれども、二一魂《たましゐ》はやつさぬ備前の守《かみ》。

団十郎　行家どので御ざろうがな。

友右衛門　二二おんでもない事。

団十郎　二三行家どの。

友右衛門　富樫の左衛門。

団十郎　変《かわ》つた折《おり》の。

メリヤス風の曲。
九 上手の亭屋体。友右衛門は、刀の小柄を抜いて、亭屋体の横から手裏剣を打つ。
一〇 亭屋体の正面の障子。揚げ障子を上にあげる。以下、団十郎の富樫は、景清物の畠山重忠の格になる。

備前守行家の見顕し

一一 絵づくしでは羽織着流しの衣装に変わる。その方が、次に続く色模様の場面にふさわしい。
一二 朱塗りの鞘の長い大刀。団十郎は鬘桶に腰を掛け、左手の刀を杖がわりに立て、右手に柄の付いた煙草盆を持つ。
一三 手裏剣に打った小柄が刺さった小道具(図)。
一四 きびしい表情で睨む見得。
一五 友右衛門扮する古金買い長兵衛の実名。隠していた本名を呼ばれて思わず振りかえる場面。一谷嫩軍記「熊谷陣屋」で石屋弥陀六実は平宗清を源義経が見顕す場面を踏まえたもの。友右衛門は江戸初下りの年、市村座で弥陀六を演じている。
一六 花道で本舞台に向かって振り返る。
一七 下座の鳴物。大太鼓に能管を吹きあわせ、管弦の合方を弾く。時代物の御殿の場

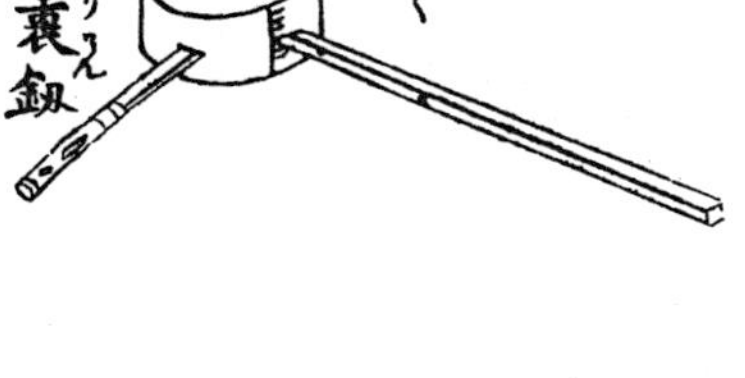

両人[一]　参会《くわい》じやナア。

友右衛門　サア、かく名乗《の》りあふからは、行家が願《ねが》ひ、言て聞《き》かさん。富樫の左衛門、[二]御事《おこと》が秘蔵《ひぞう》なす所の、八竜の鎧《よろい》。[三]元源氏の重宝《てうほう》たりしを、[四]待賢門《たいけん》の軍《いくさ》のおりから、[五]藤原家の手に入て、汝が家の[六]交割物《くわうくわつもの》。それがし、すでに一戦におよばんと思《おも》へども、時節《じせつ》きたらず。今にも[七]天運循環《うんじゆんくわん》して、籠城して鎌倉方《かまくらがた》の討手を引請、その期に臨《のぞ》むおりからは、何とぞ、父の形見《かたみ》たる八竜の鎧《よろい》、此行家が肩《かた》にかけ、目覚《めざ》ましく働《はたら》かんと思《おも》ひつめたる武士の一念《ねん》。サア、聞とゞけて、その鎧を此行家に、おくりやるまいか。返答、聞《き》かん、なんと〳〵。

団十郎　[八]沛公《はいこう》は楚を討《う》つて、政《まつりごと》に仁なく。[九]韓信《かんしん》は斎《さい》を保《たも》つて、忠欠《か》けたり。御身、源氏の正統《せうとう》として、[一〇]一心の治《おさ》め悪《あ》しく、まさしく[一一]鎌倉殿の伯父君、[一二]天下の伯父《はくふ》にありながら、[一三]国〻所〻を経歴《けいれき》して、膝《ひざ》を入《い》るゝのところもなく、一挙《いつきよ》に[一四]義兵を挙《あ》げんとは、[一五]ヘヽヽ、ハヽヽヽヽ、愚《おろ》か〳〵。あまつさへ、富樫の左衛門家直が家に伝《つた》わる、八竜の鎧、乞《こ》ひ請《う》けんなぞとは、およばぬ望み、叶《かな》はぬ事〳〵。サア、[一六]尋常《ちんじやう》に立かへらば、此所は見のがさん。たゞし、[一七]心を翻《ひるがへ》さず、頼朝《よりとも》公を亡《な》き者《もの》にせんと企《くわだ》てあらば、

に使うもの。奥で雅楽が演奏されている様子を表わしたもの。
一八 行家の父。義経の祖父。源為義。京六条堀川に館があったので六条判官と呼ばれた。判官は京都の警備にあたる検非違使の称。
一九 清和源氏の紋所(図)。為義はその正嫡。小柄は、小柄の柄にその模様を細工したもの。小柄は、笄(こうがい)・目貫とともに、江戸時代の装剣金具の三所物とされたもの。金工の後藤家などによる凝った細工がなされるようになった。
二〇 昔風で頑固な性質をいう。ここでは本名を隠して逃げることを卑怯なことだと恥じる侍気質をいう。
二一 武士の魂を変えることはない。
二二 言うまでもない。もちろんだ。
二三 以下、見顕しの際の名乗りのパターン。「参会じやナア」は両人でいうセリフ。

一 底本「友右衛門」。白藤本で訂正。
二 やや目下の者にいう語。そなた。
三 底本「よつく」。大惣本で訂正。
四 京の大内裏東面の門。平治の乱で、平治元年(一一五九)十二月二十六日、平清盛の嫡男左衛門佐重盛の五百余騎を、源義朝の嫡男悪源太義平ら十七騎が迎え討ったところ。金刀比羅本「平治物語」によると義平が「八竜といふ鎧を着る、胸板に竜を八打て付たりければ八竜とは名づけたり」とある。
五 北国の藤原氏のこと。鎮守府将軍藤原利仁より出る。富樫の加賀斎藤氏もその一族。八竜の鎧が富樫に伝わったとする設定は仮

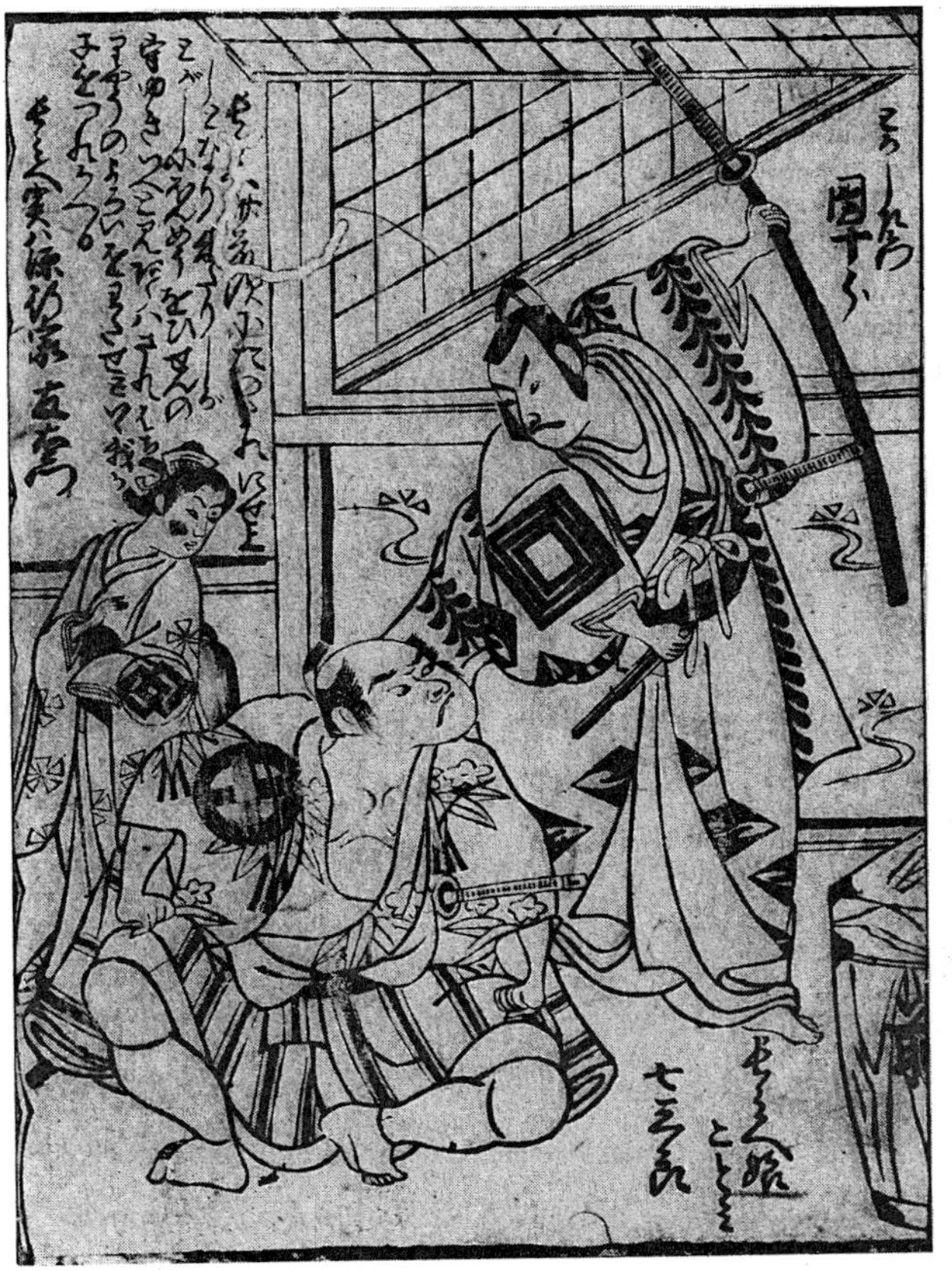

長兵へ、斎藤次に頼《たの》まれ、贋《にせ》上使《し》となり来たりしが、富樫《とがし》に本名《ほんめい》を備前《びぜん》の守行家《ゆきいへ》と見顕《あら》はされ、八竜《はちりやう》の鎧《よろい》を渡《わた》せといゝ、我が子を連《つ》れかへる

長兵へ実は源行家　友右衛門、長兵へ娘小《こ》とみ　七三郎、富樫《とがし》左衛門　団十郎

構。平治物語・義朝敗北の事に斎藤別当実盛が、落武者狩りの法師武者たちに、鎧兜を餌にして義朝を助ける件がある。実盛も北国の藤原氏の一族で越前斎藤氏に属した。それらを踏まえた趣向か。

六 寺の宝物。転じて家宝のことをいう。

七 天の定めた運命が再びめぐりきたときには。

八 以下、中国の故事を引いて、仁・忠に欠ける行家の行動を諫めるもの。沛公は漢の高祖のこと。出身地沛県で兵を起こし沛公と称された。

九 漢の高祖の臣で三傑の一人。斉王から楚王に封じられ淮陰侯となるが謀反の嫌疑で誅殺される。

一〇 心を平静に保つことができないこと。我慢ができずに。

一一 頼朝の父義朝の弟。正しくは叔父(しゆく)。伯父は父の兄のことをいう。元禄以降、叔父がお家乗っ取りを画策するお家騒動物が歌舞伎狂言の骨格をなす。その役柄を叔父敵という。

一二 江戸時代の将軍のこと。その伯父。

一三 行家が平家追討のため諸国の源氏を歴説したことをさす。

一四 後白河法皇の院宣を得て頼朝追討の兵を挙げようとしたことをいう。

一五 笑う演技術。軽く嘲笑したあと豪快に笑いとばすなど変化をつけて笑う聞かせどころとなる。

一六 おとなしく。

一七 謀反を翻意することなく。

友右衛門　搦《から》め取て注進《ちうしん》[一]なす。サア〱、行家、答《こたへ》は、いかに〱。小癪《こしやく》なる諫言《かんげん》[二]だて。それがし、一年《ひとゝせ》、義経《よしつね》を語《かた》らひ、大蔵卿[三]に執奏《しつそふ》して、所持なすところの頼朝追討《ついとふ》の此墨付《つき》[四]。後鳥羽の院の綸言《りんげん》を戴《いたゞ》けば、謀反《むほん》でない。逆意《ぎやく》でない。さあ、家直も味方《かた》になれ。違背《いはい》におよぶと命がないぞ。

団十郎　左程に言《い》わるゝ八竜の鎧、富樫の左衛門、進上いたそう。

友右衛門　何が、なんと。

団十郎　加賀の次郎、参れ。

染五郎　ハアヽ。

ト奥《おく》より、鎧櫃《びつ》[五]を持出る

団十郎　中付たる、最前《さいぜん》の一領《いちりやう》[六]、いざ、行家へ渡《わた》し召《め》されい。

染五郎　どれ。

ト鎧櫃《びつ》の中より七三郎[七]を出して、友右衛門に渡す。友右衛門、びつくりする

七三郎　父様《とゝさま》いのう。

友右衛門　ヤア〱、是こそ我娘、可愛《かわい》や〱。

一　鎌倉へ報告をすること。
二　諫言すること。意見すること。
三　後白河法皇の側近、高階泰経。法皇の院宣を義経に仲介した人物。
四　幕府または大名が臣下にあたえる文書。江戸時代の用語。
五　鎧を入れる蓋つきの箱。正面に「前」と書かれたもの。上手奥の出入り口より染五郎扮する加賀次郎が持って出る。
六　領は、鎧をかぞえる単位。
七　行家の娘小とみ。
※鎧櫃のなかから娘がでる趣向は一谷嫩軍記「熊谷陣屋」による。熊谷陣屋では義経が後白河院の落胤敦盛卿を鎧櫃に入れて宗清にわたす。宗清は友右衛門の持ち役の一つ。熊谷陣屋では、幼きころの頼朝・義経の命を助けた宗清が、その二人に平家を滅ぼさ

団十郎　滅多《めった》な事をお言《い》やるな。腰《こし》に付《つ》けたる此札に、弁慶橋《けいばし》、常陸《ひたち》長屋、古金《ふるかね》買《か》ひ長兵衛娘。

友右衛門　なんと。

団十郎　そのもと様《さま》は、源の行家、町人に娘はない筈《はづ》。それがしが家の重宝[八]、八竜の、その鎧《よろい》、行家の所望《しよもう》ならば、それにも等《ひと》しき、その鎧《よろい》を、此町人の古金買《ふるかねか》ひの長兵衛に言《い》ひ付《つ》けめされい。

友右衛門　すりや、此娘の父は、古金買《ふるかねか》ひの長兵衛ゆへ。

団十郎　鎧《よろい》[九]の手筋をお聞なされい。

染五郎　まだ、此上《うへ》に、八竜の鎧《よろい》、押《お》[一〇]して御所望《しよもう》おしやれば、目前《もくぜん》に此加賀の次郎が、此おさな子を、[一一]まつこの通り。

ト染五郎、七三郎を引寄て、手込にして、刀《かたな》を突《つ》き付る。友右衛門、びつくりして

友右衛門　ヤア、夫は。

七三郎　恐《こわ》いわゐのう〳〵。

染五郎　サア、行家どの、此通り。

団十郎　是でも、鎧《よろい》がお望《のぞ》みか。

れた鬱憤を、敦盛卿の助命により晴らす。一方、本作の行家は、あくまでも家の重宝八竜の鎧をかけて戦うか、それとも可愛い娘の命を引き取るかという厳しい選択が残される。

八　底本「しいほう」。白藤本で訂正。

九　入手方法。古金買いは、古道具を扱うのでいう。

一〇　無理に。

一一　この通りを強調したもの。

※江戸の顔見世狂言では、お家の重宝が軸になって筋が展開する。本作では、八竜の鎧をはじめとして、義経の祖父六条判官為義の七つ付いたる笹竜胆の小柄、義経の父義朝の軍勢催促の玉鶏の印、それに義経の母常盤御前の守り本尊、馬郎婦の観音が重宝な小道具になる。馬郎婦の観音は大詰で義経方の伊勢三郎夫婦の手に渡り、笹竜胆の小柄は為義の嫁にあたる敷妙に、玉鶏の印は契りを交わした雌雄の鶏の精の手に渡る。宝物を持つべき由緒正しい人の手に戻して波瀾万丈のドラマが結末を迎える。

友右衛門　サア、それは。

両人　サア〳〵〳〵、なんと。

ト言内、詰寄られ、友右衛門、染五郎と立廻り有て、七三を囲《かこ》ひ

友右衛門　思ひ立《た》つたる大望《だいもふ》も、可愛《かわい》と思ふ我子の為、我子にあらぬ、町人の娘、鎧の手筋に、請《う》け取た。

団十郎　しからば、所望《しよもふ》の源氏の重宝《ちやうほう》[一]、ならぬ此寵愛《てうあい》。娘を指《さ》して御寮《ごりやう》といふ。鎧を指《さ》して御領《ごりやう》といふ。名に比《よそ》へたる、八竜の鎧《よろい》。是を此場の思ひ出に、立《た》ち帰《かへ》られよ、行家どの。

友右衛門　[二]手だてに乗《の》つて、本意《ほい》[三]なけれど、ひとまづ此場は立(たち)わかれん。折《おり》を窺《うかゞ》ひ。

染五郎　何が、なんと。

友右衛門　[四]後の参会《さんくわい》。

団十郎　行家殿。

友右衛門　家直。

三人　さらば。

ト見《へ》得[五]になり、染五郎、奥《おく》へ入る。友右衛門、七三郎を連《つ》れて、花道へ入《はい》る。と歌[六]になり、左右[七]より、崎之助、里好、出てきて、

一 重宝に寵愛、御寮を御領にかけて、重宝の八竜の鎧のかわりに寵愛の娘を連れて帰ることを暗示する。

二 富樫の計略。 三 本意ではない。

四 正邪双方の対立する同士が再会を約束して立ち別れるのが江戸歌舞伎の手法。勧善懲悪でも、舞台の上で殺されるのは敵役だけ。実悪は再会を約束して立ち去ることになる。

五 団十郎が上手の亭屋体の二重舞台の上、染五郎が平舞台上手、友右衛門が娘小とみを連れて平舞台の下手に絵面にきまる。下座の鳴物で三味線の三重を弾いて、友右衛門は花道で思い入れをして入る。

※団十郎の富樫が友右衛門の行家を見顕し、娘小とみを渡して別れる場面には、一谷嫩軍記の熊谷陣屋の場の主題が裏返しに投影される。熊谷陣屋では、主人公の熊谷次郎直実が平家の公達敦盛卿を討って無常を感じ出家したとする平家物語以来の話に近世的な解釈をほどこし、それを作品のテーマとした。すなわち命の恩人藤の方の子敦盛卿を救うため、みずからの一子小次郎を身代りとしたとする仮構を設定し、家を継ぐべき子を失って出家する近世的な人間像を創り出した。友右衛門扮する行家は、家を継ぐべき子を捨ててでも忠義をまっとうした熊谷とは逆に、子供のために大望を捨てる。熊谷と行家と対照的な決断をすることになるが、その背景には、ともに家の相続を必須の課題とした江戸の封建制の持つ悲劇があった。友右衛門扮する行家には、熊谷陣屋の宗清の仕どころと、熊谷の人間像の二つが取り込まれている。桜田治助が義

団十郎が傍《そば》へ寄り兼る思入あるべし。とゞ、傍《そば》へ寄て

二人　富樫の左衛門家直さま。

団十郎　そなたは。

里好　若松じやわいナア。

団十郎　そなたは。

崎之助　[八]敷妙《たへ》と申まする。

団十郎　ついに見なれぬ女中じやが、家直に御用かな。若松、用ありそふに、そなたも富樫《とがし》の左衛門に。

里好　アイ、言たい事があるわいナ。

団十郎　両人ながら、家直に。

両人　ハイ。

団十郎　若松、そなたの用といふは。

里好　サア、行《い》て、寝《ね》よふ。歩《あゆ》ばんせいナア。

崎之助　いや、待て下さんせ。こつちにも用があるわいナア。

団十郎　して、そのもとの御用はな。

崎之助　女房に持《も》つて下さんせ。

太夫狂言を利用する方法がよく現われているところ。

花魁と熊野比丘尼の恋あらそい

六 下座の長唄。崎之助と里好、二人の女形の出のための唄。

七 富樫館の奥。二重舞台の廊下の上手と下手から出る。

※一座の立女形芳沢崎之助(三十七歳)と、立女形格の客分中村里好(三十二歳)が、二重舞台から平舞台におりてきて、団十郎(三十三歳)扮する富樫を中心に左右より口説く恋争いの場面になる。里好扮する傾城若松は、花魁の座敷の正装から夜着に変わる。白の精好(せいごう)の裲襠に胴ぬきの着物、帯はしごき帯などやわらかなものに変わる。一方、芳沢崎之助の黒装束の黒の頭巾姿は熊野比丘尼のものとなり、その象徴である牛王の箱を持って出る。最高位の遊女である吉原の花魁と、下級の売女熊野比丘尼との立引きを描く趣向は、洒落本の古典、寛延二年(一七四九)刊「跖婦人伝」で、吉原の全盛の太夫と夜鷹との組み合せを描いて以来の常套。黒の着流しは、その夜鷹姿を暗示するものでもある。桜田治助は、熊野比丘尼に、裏長屋の世話女房の側面をあわせて描き、洒落本にはない江戸の時代世話特有のリアリティを創りだしている。へ長兵衛女房およしという、裏長屋の女房に身をやつした名前ではなく、土佐坊昌俊という大名の子としての名を名乗る。吉原の傾城に対抗するところ。女の張りと意気地をあらわす。以下、傾城若松との恋の立引きになる。

団十郎　思ひがけない御相談。富樫の左衛門家直には、ちと此方に先約《せんやく》がござって、その御返事は。

崎之助　ならぬかへ。

里好　アイ、此若松が、ならぬわいナア。

崎之助　こりや、面白《おもしろ》いわいナア。こなさんがならんと言《い》わしやんすれば、よふござんす。[一]主《ぬし》をわたしが、貰《もら》ふたぞへ。

里好　そんなら、こなさんが、富樫の左衛門家直さまを。

崎之助　アイ。

里好　貰《もら》はしやんすか。

崎之助　女子だてらに、こう[二]振《ふ》り込《こ》んで来《き》たからは、[三]お嫌《いや》であらうと好《す》かしやんせずとも、女房に持《も》つてもらはねば、どふも[四]一分が立た《たゝ》ぬわいなあ。女房に持《も》つて下さんせ。

里好　そのやうに言《い》わしやんすが、お前《まへ》は、マア、どこからござんして、お名は、なんと言やんすへ。

崎之助　わたしや、[五]どこからも来《と》ぬわいなあ。あつちの方《はう》から、来《き》たわいなあ。わざ〳〵来《き》たのは、富樫の左衛門さまと女夫《めうと》になろふと思ふて来たわい

一　富樫のこと。遊女語で客をいう。
二　乗り込む。決意して勢いよく押しかけてきたことをいう。
三　嫌いであろうと、好きでなかろうと。同じ意味の言葉を繰り返して強調したもの。
四　面目。
五　何屋の某と立派な名のある傾城に対して、どこの誰かも知れない自分の立場をいう。田舎を出奔し、江戸へ出て裏店で体を張って生きてゆく女の強さが出るところ。既成の価値観をさらりと捨て去ったところに、爽やかな魅力が生れる。のちの悪婆(あくば)の役柄につながる。
六　底本「は」なし。白藤本で補う。
七　否か応かと返答をしてほしい。
八　とるにたらない。謙遜していう。
九　男伊達風の言い方。市川流の立髪(たてがみ)丹前の濡れ事で使う。

※芳沢崎之助が演じる敷妙は、京堀川の義経館を夜討し、弁慶に生捕にされ斬られた土佐坊昌俊の娘である。土佐坊は、義経に対し熊野の牛王の誓紙に起請文を書いた。義経記には「熊野の牛王に書かせ、三枚は八幡宮に納め、一枚は熊野に納め、今三枚は土佐が六根に納めよとて、焼いて飲ませ」たとある。その誓いを破って殺された男の娘が零落して熊野比丘尼になっているというのが本作の設定である。江戸真砂六十帖には「熊野比丘尼勧に出る事、如何の謂れや、勧進して牛王を売しよし、何れとなく売女となる、先づ神田より出るを上として、わせ田、下谷竹町、本所、あたけ下として、宿は新和泉町上とし、八官町を中

ナア。

里好　押《お》し付《つ》けがましい女夫ざた。なんぼ、こなさんがその様《やう》に言《い》わしやんしても、そりや、ならぬわいナア。

崎之助　ならぬと言《い》わしやんしても、わたしが、まあ、こう言《い》ひか〻つては、[六]女夫になつてみせうわいナア。

里好　そりやまた、どふして。

崎之助　富樫《とがし》の左衛門家直さま、サア、お前《まへ》のお心ひとつにて、わたしが女子の一分が立《た》つやうにも、立《た》〻ぬやうにも成ますほどに、[七]御挨拶なされて下されませい。

団十郎　いかなる人の縁《ゆか》りかは存《ぞん》ぜぬが、某へ御執心《しふしん》とて、是までの御出《おい》で。[八]数《かず》ならぬ身に、近ごろもつて、[九]ありがたいでゑす。お返事いたそう、御挨拶仕《つかまつ》ろう。

崎之助　ありがたふ御ざりまする。どふいふ御返事《へんじ》かは存《ぞん》じませねども、御挨拶なされうとの御事、有がたふござりまする。

ト団十郎が傍《そば》へ寄る。里好、此中へは入《い》り、むつとして

里好　なんじやいナア、富樫《とがし》の左衛門さま、此若松を側へおいて、あの女中さ

とし、其外浅草門跡前、京橋太田屋敷、同心町所々へ出ぬ、下も船へ出る、元頭巾は、黒ちりめん、加賀笠なり、正徳二年、俄に、頭巾、浅黄木綿に成る、当座殊の外見苦しく、後は上比丘尼は子比丘尼二人連れる、但、吉原の太夫のまねにして、衣類を着飾る、大鶴、小鶴などとてはやり、歴々の遊びにして、全盛目を驚かしける、元文六年、八官町にて、桜田辺の武士と心中して、其跡より、一切比丘尼町屋へ出間敷旨御停止なり、此頃比丘尼の商ひ夥し、衣類、頭巾の仕立各別違ひ、着たる姿よきやうにして遣しける、去によつて、姿よろしき也」とある。また、我衣には「元禄頃より、黒桟留頭巾を著す、是より外の色の布子を著す、されども無地也、すげ笠、手覆、文庫を持、○宝永より、小比丘尼に柄杓をさ〻せ、文庫を持せたり、元禄より、中宿ありて是へ行、朝の五ッ過或は四ッを限りに出、夕七ッ限りに宿へ帰る、昼の間彼中宿にありて、他へ修行に出る事なし」とある。中宿《なかやど》が吉原の揚屋にあたる。深川をはじめとする岡場所や、品川など四宿の飯盛り女などとともに現われた新しいかたちの売女のひとつで、宝暦七年(一七五七)刊の洒落本「風俗七遊談」では、妾・踊子・陰間・夜発《よたか》とともに吉原の遊女と比較して論じられた。風俗七遊談は、明和末年に跖婦伝返答遊君伝と改題再板される。洒落本の古典「跖婦人伝」の影響下に成立した本である。明和八年刊の岡場所評判記「遊里の花」では道外形に位置され過去のものとされるが、風俗七遊談では小比丘尼を吉原の禿のように連れ歩く全盛時の張りを描く。

んへ挨拶しやうとは、何と挨拶《あいさつ》さしやんす。それ、聞《き》き《ゝ》やんしやう〳〵。

ト急《せ》く里好を、[一]下《(しも)》の方《(かた)》へ退《の》ける

団十郎　[二]ても、はしたない。さすがは、傾城《けいせい》。たとへ[三]おのれが制《せい》せばとて、それがしが[四]了簡《れうけん》にさへ落《お》ちれば、返事《へんじ》せいで、なんとしやう。[五]すつこんで居やうぞ。

里好　[六]あの顔わいの。

団十郎　さあ〳〵是へ〳〵。

ト手を取《と》る。崎之助、[七]いつそ嬉《うれ》しがり、傍《そば》へ寄《よ》る。里好、腹《はら》を立る

崎之助　ハイ〳〵。

団十郎　時に、[八]そもじのお身の上《うへ》、いづくいかなるお住《す》まいにて、お名はなんと言《い》ひやすへ。

崎之助　[九]ハイ、わたしは、[一〇]ずんど田舎在所《いなかざいしよ》の奥《おく》の、[一一]ひようたくれの野暮《やぼ》助。なんにも存《ぞん》じませぬ者《もの》でござりまするが、いつぞやの[一二]白《しら》山の祭《まつり》の宵宮《よみや》に、[一三]お出《い》で入りの町人衆《しゆ》のところじやといふて、[一四]金屛風《べうぶ》やら掛盤《かけばん》やら、[一五]芸子舞子の[一六]打《う》ち群《む》れて、[一七]歌、三味線のその中に、あなたが御出《おい》で遊ばしたを、

一下手の方。二さても。三若松のこと。おまえ。四納得する。五引っ込む。六真面目な顔をして、こんなことを言うなんて、なんて嫌な人なのでしょう。七大変。八そなた。九以下、崎之助のシャベリの芸。聞かせどころ、見どころになる。シャベリは元禄期の京の坂田藤十郎が完成。荻野八重桐が女形の芸に取り込む。口から出まかせに、当世の流行語を交じえながら、作り話を滑稽にシャベル。ここでは、初代芳沢あやめが江戸初下りに演じた楠正成の女房菊水が下女お竹に身をやつす「大根漬けの狂言」の系譜を引くお家の芸。正徳四年二月刊「役者色景図」に「下女奉公おたけのやつし。こしもと相手ニ菜大根をつけらるゝおかしさ。つけ物はおなごのはぢかきじや。くきは久幾と書て。いくひさしといふ事。大こんは男。かぶなは女。上から夜着をはつ〳〵はと。塩をふらるゝおどけ口上。其上大こん手に持。汝ぐわんらい土大根(つちおおね)。にんじんにもあらず。九夏のあつき日はひやし物のすあへと成。寒天のさむき夜は。とうがらしみそ相手にふろふきと成。あさづけと成てはすゝはき。又あもつきのしるこ餅の相手と成よきかな〳〵かつと。大こんなげこみ給ふ所大々当り」とある。一〇大層。在所も田舎のこと。田舎も田舎、そのまた田舎に住んでいます。一一明和期の流行語。深川の岡場所で流行った。不粋な客のこと。野暮助とともに、洗練された江戸の花街の色恋のことをなんにも知らない田舎者を示す擬人名。一二加賀の国の神社。宵宮で契る、または見初める設定は歌舞伎の常套。一三富樫家

[一八]これはしたり、此召物《めしもの》[一九]に綻《ほころ》びが切れておりまするわいな。ちよつとわたくしが縫《ぬ》ふてあげふ。

ト崎之助、手ばしかく[二〇]、頭巾《づきん》[二一]の針を取て、帯の糸を抜《ぬ》いて、話《はな》[二二]しながら縫《ぬ》ふ

崎之助　殿《との》[二三]たちの召物《めしもの》は、綻《ほころ》びが切《き》れるものじやわいな。

団十郎　したり、続飯《そくい》[二四]で付《つ》けても、から早《はや》うは縫《ぬ》われぬものじや。さらば、一服《ぷく》[二五]。

崎之助　ハア、お煙草《たばこ》。

ト煙草盆《たばこぼん》[二六]を出す

団十郎　南無三《なむさん》[二七]、袂《たもと》[二八]に。

ト言内、崎之助、煙草入《たばこ》を出す

団十郎　合点《がてん》[二九]のゆかぬ。

ト言内

崎之助　此箱かへ。

ト牛王《ごわう》[三〇]箱を出《だ》す

団十郎　時にもふ[三一]。

崎之助　[三二]八つでござりませう。

御用達の商人。富樫を茶屋、または料理屋に招いての接待の宴席。一四 正客である富樫の席のうしろに金屏風、前に掛盤と呼ばれる立派な塗りのお膳が出されていたことをいう。一五 女芸者。踊子。舞子。一六 たくさんで踊っているさまをいう。一七 長唄と、その三味線。一八 富樫の着物の綻びに気が付いて驚く言葉。これはまあ。一九 着物のこと。二〇 手早く。二一 熊野比丘尼の頭巾を留める針。熊野比丘尼は、もと丸坊主に加賀笠をかぶったが、のちには髪を少しのばし、黒の頭巾と鉢巻を独特の形に結んで女性の黒髪に見立てた。その頭巾や鉢巻を留めるための針。我衣に「頭巾、古来は浅黄のつねていの頭巾也、老比丘尼は冬しころなどもつけたり、元禄のころより長くする、浅ぎ頭巾、そのころより、もみあげはやるゆへ、下へ細き物にて鉢巻をし、頭巾を針にてとめたり、享保の頃より、頭巾黒く、如レ此折てかむる、女の髱(ぶた)を学ぶ、月代をそらず、長くなれば、はさみてもみ上げの所を頭巾の表へさげて、もみ上を学ぶ、尤、宝永、正徳の頃より、そろ〳〵黒頭巾にかはるといへども、是ほど長くはなし、中宿にては黒ちりめん」(図)とある。頭巾

団十郎　扨〳〵機転《きてん》のきいたる女子《おなご》。煙草盆《たばこぼん》、煙草《たばこ》入れ、此器《うつわ》[一]、それがしが聞たひと思ふ刻限《こくげん》までを、八つで御ざるとの、今の早速《さそく》。コリヤ、女房に持《も》たざなるまいわいの。

崎之助　アイ〳〵ありがたふござりまする。

里好　なんじやいな。わたしじやといふて、お前《まへ》の心を知《し》らぬではなし、朝夕お傍《そば》にいる若松。サア、なんなりと言《(いふ)》たがようござんすわいナア。

団十郎　若松。

里好　アイ〳〵。

団十郎　今日《けふ》はいかふ寒いじやないか。

里好　アイ、法螺貝《ほらがい》[二]。

　ト傍《そば》へ持《も》ち行《ゆ》く

団十郎　妹松風が身の上の事につき。

里好　サア、酒《さゝ》ひとつ。

　ト銚子《てうし》・盃を持行《(もちゆく)》

団十郎　時に、今は。

　ト言内、里好、小柄[三]を持《も》つて行

の針と帯の糸で、咄嗟の気転をみせるところ。裏店の働き者の女房の日常の姿になる。なお、宝暦十三年の川柳に「吉原(とき)よりも神田の方に実(まこと)有り」(江戸岡場所遊女百姿)とある。神田が比丘尼。二二 口八丁、手八丁の女を示す。縫い物は、女形のたしなみの一つでもあった。二三 男たち。動きが荒いので綻びやすい。二四 御飯粒を練った糊。二五 煙草を一服。二六 喫煙用の道具を入れた箱。火入れと呼ばれる火種と、吸い殻を入れる灰吹きなどを入れる。持ち運びのため柄のついたもの。二七 南無三宝の略。しまった。二八 煙草入れを忘れた、という前に崎之助の扮する敷妙が自分の煙草入れを差し出す。二九 敷妙の持つ牛王の箱を見ていう。その動きを見て、富樫が言う前に、敷妙がこの箱ですかという気転。三〇 熊野神社で発行する牛王宝印を入れる黒ぬりの箱。熊野比丘尼が持って牛王宝印を売り歩いた。三一 なん時であろうか、という前に敷妙が答える。三二 八つ時。昼八つと、夜八つがあり、ここは夜。日没から夜明けまでの時間を六等分にした四つ目。夜が一番長い冬至の季節なので、午前二時二十分ごろになる。深夜。

一 牛王の箱のこと。
二 常陸坊海尊が置き忘れていったもの。傾城若松が遣り手殺しの場面で使った小道具。手焙りの、小さな火鉢と取り違えたもの。
三 源行家が富樫に打ちつけた六条の判官為義公の小柄。四 取り得。長所。
五 出ていけ、ということ。
六 奉公人を解雇することをいう。妻を離縁

団十郎　扨〳〵不機転千万《ふきてんせんばん》な。寒いと言へば、法螺《ほら》の貝。松風が事を申せば、小柄を出《だ》す。[四]取り所もなき、不機転者《ふきてんもの》。今日より、それがし目通りへは叶はぬぞ。[五]立て失《う》せう。

里好　そんなら、わたしを。

団十郎　[六]暇遣《ひま》はした。

里好　[七]ハイ。

ト泣《な》きだす

団十郎　[八]きり〳〵立《た》つて失《う》せう。

ト言内、崎之助、小柄を取上て

崎之助　此小柄《こづか》の模様は、[九]七つ付《つ》いたる笹竜胆《さゝりんどう》。

団十郎　六条の判官《はんぐわん》為義所持《しょじ》の此小柄。

崎之助　ヱ。

団十郎　夫《それ》を見覚たる女、扨は。

崎之助　わたしが、どうしたぞいナア。

団十郎　扨〳〵機転《きてん》の利《き》いたる女子もあればあるものじやナア。サア、是からがそなたが真実《しんじつ》の女房。去ながら、あまり[一〇]只今では、[一一]見一無上早急《けんいちむせうさつきふ》に存《ぞん》ず

するときにも用いる。傾城若松は、富樫に雇われて館にいる。妾奉公の一種なのでいう。七 ホイ。びっくりしていう語。
※吉原の花魁は、小さな禿のころから、遊芸・文芸などを教養として身につける。おっとりとしたところが身上。それを、縫い物をはじめ家事全般を取りしきる、男まさりの長屋の女房と対比して、滑稽に戯画化した場面。
八 さっさと。すぐに。
九 小さな小柄に、家紋の笹竜胆を七つ彫った精巧な細工の施されたもの。六条の判官為義より、敷妙の夫、源行家が受け継ぎ所持した小柄。行家は、姉丹鶴姫の縁で熊野の新宮に隠れ、新宮の十郎と呼ばれた。その女房が熊野比丘尼になっているという設定。熊野比丘尼の夫が熊野の山伏であることが多い現実も踏まえる。
一〇 すぐさま。 一一 算盤(そろばん)で割算のときかける九九の割り声、見一無頭(むとう)作九一(きつくいち)に、無上早急を掛けて洒落たもの。見一は二桁以上の数で割るときの九九の最初の割り声。割る数と、割られる数の最初がともに一で、割る数の方が大きい場合は、一の位が零で、小数点以下を九、その次の位は割られる数に一を加えなさいという意。なお、割る数が一桁のときは八算(はっさん)という別の九九を使う。籌算(ちゅうさん)指南に「珠算には、帰(はっさん)、帰除(けんいち)ありて、一々学ばざれば、わることかたし、見一になりては、割りごゑや九九や、たがひに見合はしよび合はして、是れを学ぶ」とある。無上早急は、やたらと早くの意。

れば、[一]御心底《しんてい》の程も覚束《おぼつか》ない。誠に我らが女房にならるゝならば、そのもとの[二]心中《しんちう》。

　　ト言ながら、前の箱の[三]上《(う)》は書を見付て

団十郎　此書付は、なんじや。[四]牛王入り、[五]筑前坊長寛《くわん》。牛王《ごわう》入とは、面白《おもしろ》い。どれ〱。

　　ト箱より、[六]牛王《ごわう》一枚、取《と》り出し

団十郎　幸《さいわ》い〱。折もおりとて熊野の牛王《ごわう》、此小柄《こづか》。刃物《はもの》まで揃《そろ》ふたる、[七]起請《きせう》の調度。さあ〱二世も三世も変《かわ》らぬといふ、誓紙《せいし》が早ふ、見たい〱。

崎之助　サア、それは。

団十郎　サア、変《かわ》らぬといふその誓紙《せいし》が。

崎之助　サア、その誓紙《せいし》は。

団十郎　書《かゝ》かれぬか。

崎之助　サア。

団十郎　サア〱〱〱、なんと。

崎之助　ハイ。

　　ト当惑《とうわく》する

一　心の奥そこ。
二　主として遊女が客に、指や髪を切ったり、爪をはがしたり、入れぼくろをしたり、起請文を取り交わして恋を誓うこと。心中だてという。
三　牛王の箱。文台(ぶんだい)ともいう。一話一言に「今の比丘尼の惣頭といふは本江州水口甲賀郡大峰の大先達飯導寺御朱印二百石の寺にて天台宗梅元院岩本院なり、ゆへに文台といへるものに元は牛王をいれたりといふ、此事人の知れる事まれなり」とある。飯導寺は、正しくは飯道(いいみち)神社の岩本坊・梅本坊。熊野三山の権現で女人の高野山に准すとされた。また岡場遊廓考に「文台　台ニアラズ箱ナリ、米ト銭トヲ入レテ上下ノロヲヤシナウ」とある。
四　熊野の牛王入りの箱の意。
五　熊野十二所権現の中核となる慈悲大顕王の妻慈悲母女の叔父にあたる長寛長者のことか。釈尊の弟子迦葉の子孫で、日本では伏見稲荷の稲荷大明神にまつられた。なお、義経記七では、義経一行の都落ちに際し「常陸坊を小先達として筑前坊とぞ申ける」とあり、義経勲功記では、それを「常陸坊海存ヲ。筑前坊長寛ト号シテ小先達ト定メラル」とある。大惣本では筑州坊長寛。また、「熊野年代記」応永三十四年の項に大願主比丘長寛法印の名がみえる。
六　熊野三社が発行する護符。牛王宝印。熊野の神使とされる烏七十五羽で梵字形の「熊野牛王宝印」を描いたもの(図)。起請文に用いられ、江戸神田豊島町の熊野役所覚泉院で発行。幕府で使用する分は上納された。豊島町は、古金買い長兵衛夫婦が住む

団十郎　扨は起請《きせう》は書《か》かれぬな。左様《やう》ならば女房には持《も》たぬ。サア、そんなら若松、奥へおじや。

　　ト手を取《と》る

団十郎　最前《さいぜん》のは、それがしが悪《わる》かつた。機嫌直して、奥《おく》へおじや。

　　ト又、里好が手を取る。里好、また振《ふ》り放《はな》さうとする。此張合《はり》に、団十郎、わざと袂より、[八]里好が片袖を落す。里好、これを見て

里好　ヤア、此片《かた》袖の紋所は。

団十郎　[九]陰《かげ》に縫《ぬ》ふたる抱《だ》き若松。

里好　[一〇]それ。

　　ト花道へ逃やうとする

団十郎　[一一]関破りの女に越《こ》され武士の一分たちがたく、富樫《とがし》の左衛門家直が止《と》めた。女、おのれ待まいか。

里好　すりや関《せき》やぶりと。

団十郎　睨《にら》んでおゐて。

里好　そうじや。

　　ト里好、[一二]つか／＼と来《き》て、[一三]肌《はだ》を脱《ぬ》ぐと片袖のなき脱《ぬ》ぎかけとなり、

弁慶橋の裏手にあたり、一丁目の横町を俗に比丘尼横町と呼んだ。その辺りの裏長屋から敷妙が熊野比丘尼になって登場するという設定。

七 遊女の血起請に使う道具がそろったということ。剃刀のかわりに小柄で指を切り、その血で起請誓紙を書きなさい、ということ。遊女が牛王に誓紙を書くときは、裏に墨で書きあげたあと、名ところと、烏の目のところに血を付けることになっていた(江戸吉原図聚)。

若松・敷妙の見顕し
牛王が池・鶏籠山の伝説

八 安宅の関の関抜けをした女が残した証拠の片袖。里好の抱き若松の紋の付いたもの。斎藤次から富樫の手に渡された設定。関抜けの詮議のため、富樫が遊興に耽るふりをするというのがこの幕の基本的な設定である。以下は、その詮議の見顕し。このように、証拠の品や宝物などを懐や袂から落とすことで局面が急変する、江戸の顔見世の常套の趣向。

九 陰縫い。模様の輪郭だけ刺繍したもの。

一〇 逃げるときに掛ける声。

一一 花道にかかる里好を呼び止めるセリフ。関所を女に破られ、関守としての一分が立たないということ。一分は面目。

きつと見得《へ》になる

団十郎　おのれゆへに、家直は恥辱《ちぢよく》を取て人前[一]ンの交《まじわ》りならず、武士[二]の道を捨《す》てしも、おのれゆへ。サア、何故《ゆへ》、関を越へしぞ、夫吐《(それ)ぬ》かせ、聞《き》かう。

里好　サア、それは。

団十郎　[三]サア〳〵〳〵、[四]なんと。

里好　ハイ。

団十郎　関破りの若松、富樫の左衛門が成敗《せいばい》[五]の仕様《しよふ》は、まつ此ごとく。

ト団十郎[六]、崎之助を引廻[七]して、牛王《ごわう》の上にて、指を切ると、どろ[八]〳〵になり、崎之助、震《ふる》[九]へる。団十郎、起請《きせう》を取て

団十郎　扨こそ、熊野の牛王へ、血汐《しほ》を注《そゝ》ぐやいなや、にわかに震《ふる》いわなゝくありさま。ヲヽ、それよ。心に浮《うか》む事こそあれ。近《ちか》ごろ候《そうろう》や、土佐坊昌俊、鎌倉殿の討手《うつて》をかふむり、[一〇]堀川御所《しよ》におゐて、義経《よしつね》公を欺《あざむ》かん為に書《か》いたる誓紙《せいし》の御罰《ばつ》にて、不思議《ふしぎ》や、土佐が血筋《すじ》たる者、熊野の[一一]牛王へ血を注《そゝ》げは、目前《もくぜん》に戦慄《せんりつ》なすと聞しは、都《みやこ》の噂《うわさ》なりしに、いま、目《ま》のあたりに女が有様《ありさま》。アレ〳〵〳〵、牛王を恐《おそ》れ、苦《くる》しむありさま。昌俊が身よりなりと、とく〳〵[一二]懺悔《さんげ》をなすまじきや。

一二 花道から本舞台へ、ためらわずに勢いよく戻る。
一三 もろ肌を脱ぐと、片袖のない下着があらわれる。脱ぎかけは、もろ肌を脱いだ姿をいう。

一 ひとまえ。堅く音で言ったもの。館に籠って遊蕩に耽るふりをしていたことをいう。
二 女に関抜けされ恥をかいたことをいう。
三 歌舞伎のセリフ術。繰りあげ、という。相手を追いつめて返答を迫るときに使う。
四 返事はどうだ。
五 処罰の仕方。
※金鶏の長者伝説を描いたものに、宝暦四年(一七五四)八月、中村座の「由良千軒蟾兎湊《(ゆらせんげんつきのみなと)》」(堀越二三次作)がある。松本幸四郎時代の海老蔵が山桝太夫に扮し大当りを取った。山桝太夫の因果物に鶏娘(由良湊千軒長者)があり、本作は、それら先行作を踏まえた。
六 団十郎の富樫は、里好の傾城若松を成敗するとみせて、崎之助扮する敷妙の指を切る。敷妙・若松と、二人いっぺんに見顕すための段取り。複数の難問を、幕切れで、いっぺんに解決するのが桜田風の特色になる。
七 逃げようとするのを、引っぱって捕まえること。
八 下座の鳴物。薄ドロ。大太鼓を長撥の先で、ドロ〳〵〳〵と薄く掠めて打つ。幽霊の出など不思議な現象がおきたときに使う。

富樫《とがし》、およしを女房《ぼう》にせんといゝ、熊野《くまの》の牛王《ごわう》へ血汐《ちしを》をかけさせ、土佐坊《とさぼう》が娘と名《な》のらする
富樫《とがし》左衛門　団十郎、長兵衛女房実は土佐《とさ》が娘敷妙《しきたへ》　崎之助
若松、鶏すがたにあらはるゝ。にわ鶏の精霊《せいれい》　里江《りかう》

九 片袖を震わして、顔を隠すようにする。
一〇 土佐坊が堀川夜討ちの前に熊野の牛王に起請文を書いたことをいう。
一一 以下、戦慄して震える趣向は、本作の仮構。歌舞伎で用いる「長田(おさだ)ぶるい」の趣向を用いたもの。野間の内海で主君源義朝を殺した長田忠致に由縁の者を見顕す際に使う。
一二 罪を告白すること。

以下二九〇頁

一 土佐坊が起請文で誓った天上界の神々。謡曲「正尊」に「敬って白(もお)す起請文の事。上(かみ)は梵天帝釈、四大天王閻魔法王五道の冥官泰山府君、下界の地には、伊勢天照大神を始め…」に拠る。
二 仏法の守護神。梵天と帝釈天の二神。四大天王は帝釈天に仕える持国天、増長天、広目天、多聞天の四神。
三 閻魔の庁の役人。地獄・餓鬼・畜生・人間・天上の五道で衆生の善悪を裁く。
四 嘘をついたこと。

　　　　ト詰よる。どろ〳〵にて、崎之助、苦《くる》しむ

崎之助　もつたいなや、恐《おそ》ろしや。[一]上ミは[二]梵天帝釈《たいしやく》、四大天王《てんわう》、[三]五道《どう》の冥官《めうくわん》、[四]空《そら》誓文《せいもん》の報《むく》いにて、[五]牛王の鳥《からす》の、アレ〳〵、我を目《め》がけて飛《と》びかゝるは、ても恐《おそ》ろしき物じやなア。

団十郎　土佐坊昌俊が娘と、名乗《の》れ〳〵。

　　　　ト刀背《むね》打《う》ちに打《う》つ。どろ〳〵にて苦《くる》しみながら、[六]玉鶏の印を牛王の上《うへ》え取り落《お》とす。と[七]焼酎火《せうちう》、燃《も》ゆる。とたんに[八]庭鳥《にはとり》の声を発《はつ》する。と[九]大どろ〳〵になり、里好は鶏《とり》の声を聞て、[一〇]鶏の見得《へ》になる。崎之助は、焼酎火《せうちう》を見て、[一一]鳥《からす》の脱《ぬ》ぎかけになる。団十郎、両方をきつと見て

団十郎　扨こそ形《かたち》を顕《あら》はしたる、両人が此体《てい》は。

里好　あら恥《はつ》かしや、我ながら、鶏《とり》の姿《すがた》を顕《あら》わせしは、その義朝の玉鶏の印。我《われ》と雌雄の因《ちな》みあり、恋《こひ》し〳〵と[一二]言《い》ふつげ鳥。かりに姿を人と化《け》し、是まで参り候ぞや。

　　　　トたび〳〵泣《な》く

団十郎　扨は御事《おこと》は、玉鶏の印に雌雄《しゆう》を因《ちな》みし鶏《にわとり》とや。かりに形《かたち》を傾城《けいせい》若松。傾《けい》

五　熊野神社の神使の鳥。起請を書くたびに三羽が死ぬとされる。そのため、誓いを破ると牛王の鳥に攻められるというもの。
六　源義朝の軍勢催促の金印。四建目で古金買いの長兵衛が手に入れたもの。この幕では直井左衛門が懐中していた。
七　小道具。綿に焼酎をひたし青く燃やしたもの。差金(さしがね)で使う。幽霊や狐などが出る場面に用いる。ここでは、玉鶏の印の雄鶏の精霊が出現したことを示す。
八　玉鶏の印となった雄鶏の精霊が夜明けを告げる時をつくる声。鶏笛を吹いて出す。
九　下座の鳴物。大太鼓でドロン〳〵〳〵と打つ。若松が鶏の姿を現わし、敷妙が烏に攻められる姿を示す不思議な現象を強調するもの。
一〇　両袖を鶏の羽根に見立て、羽搏く。着物を、もう一枚肌ぬぎにして、鶏の羽根を描いた衣装にかわる。
一一　衣装を肌ぬぎにすると、烏の模様をちりばめた下着になる。両袖を震わせて、烏の羽搏く振りに見立てる。里好と一対の鳥の表現になる演出。
一二　夕告げ鳥(鶏の異名)に掛ける。
一三　傾城と鶏声を掛ける趣向。鶏の鳴き真似をして深夜に函谷関(かんこくかん)の関所を通った中国の孟嘗君の故事(史記・孟嘗君伝)を踏まえ、傾城若松が深夜に安宅の関破りをしたことを掛ける。
一四　清少納言の歌。「夜をこめて鳥のそらねははかるとも世にあふさかの関はゆるさじ」。清少納言が藤原行成に対し「孟嘗君の庭鳥は、函谷関をひらきて三千の客、わづかにされりとあれども、これは逢坂の関

城《せい》といふ文字は、[一三]鶏《にはとり》の声と書《か》く。[一四]夜をこめて、鳥の空音《そらね》は計《はか》るとも、世《よ》に逢《あふ》坂の関破り、はてさて、怪《くわい》なる事を見るものじやナア　○　サア、御《お》事《こと》も、身の上《うへ》を明《あ》かすまじきや。

崎之助　今は何をか、包《つゝ》みませうぞ。我こそは、土佐坊昌俊が娘の敷妙《たへ》と申者《もの》。父の報《むく》いを身に受《う》けて、今も今とて此通り、不憫《ふびん》と思ふて下さりませ。

ト[一五]どろ〳〵

団十郎　察《さつ》するに違《たが》わず、昌俊《せうしゆん》が娘よな。[一六]牛王の不思議《ふしぎ》、玉鶏の印の[一七]奇瑞《きずい》。

崎之助　今より後《のち》に土佐坊が、古跡ｷに残《のこ》す[一八]牛王が池《いけ》。

里好　此傾城《けいせい》の若松が、形見《かたみ》に残《のこ》す[一九]鶏籠山《けいろうざん》。

団十郎　[二〇]此玉鶏と此小柄。此家直が[二一]寸志の心ざし、いざ。

両人　ヱヽ、ありがたい。

団十郎　早《はや》ふ行《ゆ》け。

ト[二二]大どろ〳〵にて、[二三]幕引。[二四]かち〳〵〳〵

桜田作

也」(枕草子)として詠んだもの。鶏が鳴いても関は通しませんよ。返歌に行成が「あふさかは人こえやすき関なれば鳥なかぬにもあけて待とか」と詠んだ歌を踏まえ、鶏の声もなく通過した若松のことを示す。

一五 下座の鳴物。薄ドロ。セリフの背後に薄く打つ。

一六 敷妙が牛王の烏に攻められることをいう。

一七 金鶏伝説の雌鶏が人間の姿になって現われたこと。

一八 不詳。土佐坊にまつわる古跡の地名として創作したもの。明和八年正月中村座「堺町曾我年代記」のカタリに「虎御前が牛王が池」の先例がある。

一九 美濃の国。野上の宿の南の山。このような古跡を題材にし、その縁起を語る構成を取るのが江戸の顔見世の特色になる。

二〇 玉鶏の印を雌鶏の若松に、六条判官為義の小柄を嫁にあたる敷妙に渡す。

二一 寸志、こころざし、と同じ意味の言葉をつらねて強調する。

二二 下座の鳴物。不思議な現象を聴覚的に示すもの。大太鼓でドロン〳〵と打つ。それにあわせて幕を下手から上手へ閉めてゆく。

二三 幕を閉めること。

二四 拍子柝の音。明和安永期に拍子幕と呼ばれる演出が確立する。チョン〳〵〳〵と拍子柝を刻んで打つ印象的で派手な演出。幕を閉めたあと下座の鳴物で繋ぎ大道具ができ次第幕をあける。シャギリを打って幕間(まくあい)を取る「本幕」に対し「かえし幕」という演出。

第一番目七建目《ななたてめ》大詰

役人替名次第

一、伊勢三郎義盛女房お市《いち》　佐野川市松
一、金伽羅童子《こんがらどうじ》の霊像　瀬川雄次郎
一、松風姫　二役瀬川雄次郎
一、制吒迦童子《せいたかどうじ》の霊像　市川門之助
一、行平　二役市川門之助
一、村雨姫　瀬川　吉次
一、馬方《かた》門出吉松　実ハ富樫の左衛門
　家直一子直石丸　市川高麗蔵
一、籬《まがき》　沢村　歌川
一、いく代《よ》　三条亀之助
一、早《さ》枝《へだ》　岩井　重八
一、山城国岩倉山不動明王霊像　市川団十郎
一、富樫の左衛門家直　二役市川団十郎
一、中間時介　実ハ伊勢三郎　坂東又太郎
一、坂東太郎照早　二役坂東又太郎
一、斎藤次祐家　中島勘左衛門
一、常陸坊海《かい》尊　嵐　音八
一、鷲の尾三郎吉久　市川　雷蔵
一、麻生《あそう》の段八　中島国四郎
一、若《わか》い者《もの》喜介　沢村　沢蔵
一、蹄《ひづめ》の太郎　佐野川仲五郎

時　**文治元年（一一八五）十一月**
所　**加賀の国、富樫の館**

一番目の大詰は、団十郎の不動明王が示現する神霊事の場面になる。この顔見世の花、二年ぶり帰り新参の団十郎は、暫の荒事、鹿島の事触れのやつし事、富樫左衛門の立髪の捌き役と市川流の家の芸を披露したあと、不動明王の神霊事で一番目の最後を締めくくる。富樫の捌きによって当面の問題が解決したとはいえ、義経方の立役と、敵役との対立が解消したわけではない。立役と敵役が対立するなかに、「やみなん〳〵」といって団十郎の不動明王が現われ、「なを〳〵行末守るべし」と義経の前途を守護することを誓う。

団十郎は、この幕の前半にも富樫に扮して登場し、馬郎婦の観音をめぐる伊勢三郎夫婦の問題や、松風姫・村雨姫の不義の難題を捌くが、前幕のように、ゆったりと洒落ていることはなく、不動明王が出現する雰囲気を盛りあげるため、強引なほど素早く、てきぱきと捌いてゆく。その前後には、村雨姫と雪洞（ぼんぼり）を持った腰元の夜の闇の立廻りをはじめ、凝った趣向の立廻りが次から次へと展開される。その最後が市村座から来た大谷広次と坂東又太郎の二人が、大きな石の牓示を引き合う荒事の場面になる。赤っ面で、姿かたちの良く似た二人の力くらべの引き事は、十町魚楽と謳われた市村座看板の人気コンビの再来となって、団十郎の不動明王が示現する露払いの役目を果す。

一、川越太郎重頼　　　中村　少長

一、直井の左衛門秀国　　　大谷　広次

若衆《(わかいしゅ)》　　　大勢

[一]本舞台三間之内、大翠簾《(おほみす)》。[二]幕の内より[三]一声《(いっせい)》を[四]打《う》ちかけ、幕あく。

[五]謡《うたい》〽塩汲ぐるま、わづかなる、浮世に廻《めぐ》る、儚《はかな》さよ

ト此《(この)》謡《うたい》にて、[六]吉次、花道より、着流《きなが》しの上へ[七]紋紗《もんしゃ》の狩衣《かりぎぬ》にて、[八]静烏帽子《しづかゑぼし》を着《き》て、[九]中啓《ちうけい》を持《も》ち、[一〇]塩汲桶を担《かつ》ぎて、花道の中程に止《と》まる

吉次　[一一]立《(たち)》わかれ、[一二]稲《いな》葉の山の峰に生《お》ふる、松《まつ》とし聞《き》かば[一三]帰りこんの、仰《(おほせ)》も重《おも》き御《(おん)》あとを、忘《わす》れもやらぬ村雨《むらさめ》が、今の憂《う》き身を[一四]賤《しづ》の業《わざ》、行平《ひら》さまにお逢《あ》ひ申さん、それ。

ト又一声にて、吉次、[一五]舞台へ来《く》ると、[一六]奥《おく》より[一七]歌川・亀之助、雪洞《ぼんぼり》を持《も》つて出、吉次を止《と》める

亀之助　待《ま》つた。

吉次　コリヤ村雨を、なんで止《と》めさんす。

亀之助　[一八]止《と》めいでわいナア。此お館《やかた》は松風さまのお館《やかた》。直井の左衛門秀国さまの

一　大臣柱と大臣柱のあいだの三間(約五・四メートル)に一面の御簾を下げる。富樫館の奥殿の場面になる。
二　幕が閉まっているうちから、下座の鳴物の一声を演奏し、その音に合わせて幕をあける。
三　能「松風」でシテの出に演奏される囃子。能管でヒーヤーヒィーと甲高く吹いたあと、大小の鼓で打ち囃す。
四　演奏を始めること。

謡曲「松風」の立廻り

五　能「松風」でシテ松風、ワキ村雨の出に謡う一セイの謡。海士の姉妹、松風・村雨の二人は、塩汲み桶を載せた車を引いて出る。その車が廻るように、はかなく流転してゆく二人の海士の境遇を謡ったもの。下座で長唄の唄方が謡曲のフシで謡う。
六　瀬川吉次。村雨姫の役。能「松風」のシテ松風の扮装で出る。一声の出端の白の水衣の扮装ではなく、物着のあと行平の形見の立烏帽子狩衣を身につけた派手な舞姿。
七　紋の模様を浮織にした狩衣。能の長絹(ちょうけん)にあたる。行平の形見の舞装束。
八　白拍子が冠る金の立烏帽子。静御前が白拍子の舞を舞うときに冠るのでいう。
九　能で使う扇の一種。先端のみ開いた様式的なもの。
一〇　天秤棒で水桶(たご)を担いで出る。塩汲車を引いて出る能の静かな演出に対し、女形の活発さを引き出す歌舞伎風の演出。
一一　中納言行平の歌。百人一首の一つ。謡曲「松風」では、行平が海士の姉妹に残した歌とされる。いったんは別れても、あなた

御妹子、村雨さまを奥《おく》へやる事はなりませぬ。

歌川　それのみならず恋の敵《かたき》、妬《ねた》みやすいは女の常《ぜう》。行平さまのお身の上《うへ》に、もしもの事も有ふかと、止《と》めねばならぬ村雨さま。

吉次　コリヤ聞《き》[一]こへぬわいナア。女子《おなご》は互《たが》ひ、恋しと想《おも》ふ行平さまに、どふぞ逢《あ》わせてくださんせ。

両人　ならぬわいナア。

吉次　通《とふ》さんせ。

両人　ならぬ。

三人　どつこひ。

ト是より、[二]松に吹《(ふき)》くる風も狂じてと、松風の謡《うたい》の切にて、三人見事なる立廻り有て、とゞ吉次、両人を当《あてゝ》[三]て、[四]は入《(い)》る。つゞいて歌川・亀之助入《はい》ると、[五]ばた〳〵にて奥《おく》より[六]勘左衛門、[七]雄次郎を引立《た》て来《き》て、引《ひ》きすへ

勘左衛門　これやい松風、おのれを産《う》ました親《おや》だぞよ。よふも〳〵親《おや》の目を抜《ぬ》いて、行平に[八]どれあつて、親王《しんわう》の御殿《てん》を[九]けち部屋《べや》同然《どうぜん》にしやアがつたな。由《よし》ない汝《うぬ》らゆへに、此《(この)》祐家まで戯《たわ》け者《もの》の巻《ま》きぞへになる。うぬらが様《やう》な奴《やつ》は、

が待っていると聞いたなら、すぐにも帰って来ましょうというもの。

一三　行平が赴任した因幡の国の山の名。

一四　本歌は「いま帰りこむ」。

一五　海士の塩汲みの作業のこと。

一六　本舞台。

一七　上手奥の出入り口。

一八　沢村歌川と三条亀之助。松風の腰元雛といく代の役。手に雪洞を持って出てくる。雪洞は、紙または絹ばりの手燭。腰元二人は袖で雪洞の明りを隠して出て、うしろより村雨姫の前後に出て雪洞を差し付けて止める。

一九　止めないではおかない。

一　納得できない。

二　謡曲「松風」のキリの謡。シテの松風が狂乱の舞を舞ったあと夜明けとともに消え失せるまでを謡った部分。それを所作ダテの地に使ったもの。

三　拳(こぶし)で相手の急所を突くこと。当て身。

四　花道の引っ込み。腰元二人も跡を追って入る。村雨姫は、行平に逢うために館に忍んで来たので、理屈をいえば舞台の奥に入ることになる。ここでは、その後の役者の出入りなどから花道を派手に引っ込むことになる。

松風・行平不義の詮議

※能「松風」の舞姿となった村雨姫と、雪洞を持った腰元二人による女形三人の所作ダテは、雪洞を使うことで、この場面が夜であることを示す。華ばなしい立廻りが繰り

[一〇]赤《あか》つ恥《ぱじ》をかゝせてくれべへ。

　　ト帯を解《と》きにかゝる。門之助[一一]、出て

門之助　祐家《すけいへ》さま、マア／＼お待なされませい。

勘左衛門　[一二]うぬあ、下河部の庄司行平《ひら》だな。よい所へうしアがつた。うぬも松風同《どう》罪《ざい》だ。おれがこふする。

　　ト足[一三]にて蹴《け》る

門之助　コリヤまた、あんまり。

　　ト急《せ》く

雄次郎　是いなア、父《とゝ》さん、お前《まへ》は／＼胴欲《どうよく》な。いかにお前《まへ》の娘じやとて、あんまりじやわいな／＼。娘かわいと思《おも》わしやんせぬか、ヱヽ、情《なさ》けない。

　　ト言ながら、門之助へ恥《はづ》かしきこなしあるべし

雄次郎　是いナア、行平さん、お前《まへ》の難儀《なんぎ》もみづからゆへ、堪忍《かんにん》して下さんせ。顔あわせるも面目《めんぼく》ないわいナア。

門之助　富樫《とがし》の左衛門家直殿へたいし、申訳《わけ》なき此《(この)》行平。頼朝公の厳命により義《よし》経《つね》公の御行方《かた》、富樫《とがし》の関を見逃《のが》せしは家直どのゝ二心《ふた》と、実否《じつぷ》を糾《たゞ》さんその為に、密《ひそ》かに来りし此《(この)》行平。松風殿と不《ふ》義の悪名《あくめう》。身の徒《いたづら》に申訳《わけ》な

広げられて、最後に団十郎の不動明王の示現で夜明けを迎える仕組み。

五　足音の擬音。拍子柝を舞台に打ちつけて音を出す。ツケ打ち。

六　中島勘左衛門。斎藤次の役。白髪親爺の赤っ面の丹前姿。

七　瀬川雄次郎。松風姫の役。振り袖の打掛衣装。

八　男女が私通することを、口穢く罵ったもの。

九　吉原の局女郎の部屋のこと。河岸の切見世。短時間で切り売りする最下級の遊女の部屋。ひと切、銭五十文、または百文といわれた。

一〇　着物を脱がせ、下着姿にして晒すことをさす。

一一　市川門之助。下河部行平に扮する。色裃姿の若衆役。

一二　お前は。

一三　侍を足蹴にして辱めたもの。お姫さまを下着姿の裸にして恥をかかせるとともに、敵役の憎らしさと手強さを見せるところ。敵役は憎い演技を見せるのが、ご贔屓への愛敬といわれた。

く、只今腹《はら》切て相果《あいは》て、せめても是を一武士の真似《まね》と思（おぼ）し召れて下されい。
それ〳〵。

ト門之助、切腹《せつぷく》二しやうとする。勘左衛門、是を止《と》める

勘左衛門　三どこへ〳〵、殺《ころ》さぬ〳〵。娘をひとり棒に振《ふ》れば、滅多《めつた》に殺《ころ》してよいものか。まだ〳〵是（これ）じやア腹《はら》が癒《い》ぬ。松風も行平も、それがしが館《やかた》へ四そびいて、思《おも》ひのまゝにせにやア置《お》かぬ。サア両人ともに失《う》しやアがれ。

ト引《ひ》つ立《た》てようとする。五団十郎、出て、六両人を囲《かこ》い

団十郎　斎藤次祐家、お待《ま》ちやれ。妹松風を貴殿《きでん》の館《やかた》へ連《つ》れ召《め》さるれば、先達（さきだつ）て取《と》り交《かわ》したる馬郎婦《ばろうふ》の観世音《くわんぜおん》、富樫の左衛門へ渡《わた》しめされい。

勘左衛門　サア、それは。

団十郎　此方（このはう）へ申請た貴殿《きでん》の娘、貴殿《きでん》へ返しまする上《うへ》は、此方（このはう）から遣《つか》わしたる観《くわん》音《おん》、富樫《とがし》の左衛門が請とり申《もう》そう。観世音《くわんぜおん》うけ取《と》らぬうちは、松風は身が妹《いもふと》、指《ゆび》でもつけると、許《ゆる》さぬぞ。

勘左衛門　成るほど、請とり置《お》いたる観世音、そこもとへお返し申そふ。なに、奴ども、ヱヽ、最前《さいぜん》の下部《しもべ》を、是へ。

一　武士の真似事。謙遜していう。
二　底本「しやとする」。白藤本「せう」を参照して補う。
三　どうして〳〵。
四　引きずって行って。
五　市川団十郎。館の内、奥の出入り口より出る。立髪姿だが、扮装は、羽織・着流しの遊興姿から、織物の裃姿に戻る。
六　松風姫・行平の二人を助けることをいう。

馬郎婦の観音の詮議

皆々　[七]ハア。

ト[八]管弦《くわげん》になり、花道より[九]又太郎を縛《しば》り、[一〇]奴の形《なり》にて若衆《（わかいしゆ）》、舞台へ連《つ》れて来《く》る

団十郎　ヤア、その方《ほう》は、身が家来《けらい》、時助ではないか。

勘左衛門　貴殿《きでん》の家来《けらい》のうちにも、とんだ奴《やつ》があるて。取《と》り交《かわ》したる馬郎婦《ばろうふ》の観世音を奪《うば》い取て立のいたる盗人《ぬすびと》。富樫の左衛門がお見やる前《まへ》で、身の上《うへ》を詮議《せんぎ》なし、奪《うば》いとられた観世音《くわんぜおん》、身が方へ取《と》りもどし、貴殿《きでん》へ渡してその上《うへ》にて、娘松風を連《つ》れ帰らん。コリヤ、時助とやら、[一一]歩中間《ぶちうげん》の分際《ぶんざい》で、常盤御前《ときはごぜん》の守り[一二]本尊《ほぞん》、馬郎婦《ばろうふ》の観世音《くわんぜおん》を、[一三]かつ浚《さら》って、掻《か》ん出《だ》した、[一四]あり様《やう》に白状《はくじやう》しろ。

又太郎　命《いのち》に替《か》へても盗《ぬす》み取《と》らんと、入込《こ》んだる中間《ちうげん》の時助。此身《（この）》はたとへ、づた〳〵になろうとも、思《おも》ひ込《こ》んだ馬郎婦《ばろうふ》の観世音、[一五]こかした所は、言《い》わない〳〵。

勘左衛門　ヤア、しぶとい[一六]下司下郎《げすげろう》め。身が方《ほう》へ受《う》け取《と》らひでは、斎藤次が[一七]一分《（いちぶん）》が立《た》ゝぬ。[一八]肉醤《しゝびしほ》にしてなりとも受《う》け取て見せう。是でも観世音を出《だ》さないか、是でも〳〵。

七　花道の揚幕の内で、斎藤次の奴に扮した若い衆たちが掛ける声。
八　下座の鳴物。時代物の御殿の場面に使う。奥で雅楽が演奏されているところを鳴物にしたもの。大太鼓・能管に、三味線の管弦の合方を弾く。
九　坂東又太郎。義経の四天王の一人伊勢三郎の役。馬郎婦の観音を盗みだすため、富樫の奴時助となって館に入り込んだもの。ただし、実悪の若手人気役者なので、斎藤次の奴たちに捕まるシーンは省略されている。
一〇　斎藤次の家来の奴たち。
一一　中間、奴のこと。
一二　ほんぞんの約。小さな仏像などをいう。
一三　浚うを強調した言い方。かっ浚う、かん出すと同じ意味の言葉を並べて、リズムよく追及するもの。
一四　ありのままに。本当のことを言いなさい。
一五　隠した所。
一六　下司・下郎ともに身分の賤しい人のことをいう。
一七　面目。
一八　肉醤の刑。中国でおこなわれた極刑で、人体を塩づけにするもの。

ト又太郎を勘左衛門、刀背《むね》打にする

又太郎　叩《たゝ》かりようが切《き》らりやうが、言《い》わない〱、言《い》わないぞ。

勘左衛門　[一]ヱ、おきやアがれ。

ト詰寄る所へ、[二]ばた〱にて[三]市松、以前《いぜん》の形《なり》にて[四]取てかへし、勘左衛門に縋《すが》り付

市松　まあ〱待《ま》つて下さんせ　◯[五]　コレ、[六]こちの人。

又太郎　是〱、他人だぞ。

市松　でも。

又太郎　是〱、ハテ、此《（この）》時助は盗人。ナ、盗人に親《した》しければ、盗人の同類《どうるい》。他人だぞ、〱。

市松　イヱ、他人じやござんせぬ。わたしやお前《まへ》の女房。アイ、女房でござんする。たとへお前《まへ》が盗人にせい泥棒《どろぼう》にもせい、女房は女房。此《（この）》場になつて此《（この）》お市は、盗人の女房じやないと言《（いふ）》やうな、[七]水くさい女子《おなご》でもござんせぬ。女房で御《ご》ざんす。[八]夫《おつと》につるゝは女房の習《なら》ひ、御詮議《せんぎ》なさるゝその観世音は、わたしが盗《ぬす》んだわいナア。

又太郎　何を。

一　置いておけ。言いたいことを言いやがって。
二　走ってくる足音。拍子柝で舞台の板を打ちつけ、バタ〱という音を出す。大道具方の仕事。
三　佐野川市松。伊勢三郎女房お市の役。黒の着物の忍びの者の姿に、白い手拭を襟に当てて奴姿に見立てた扮装で花道より走り出て来る。時助とともに対の夫婦奴の見立てになる。
四　引き返す。前の幕で逃げて入った花道から戻って来ることをいう。

伊勢三郎夫婦盗人の詮議

五　台本に用いる記号。間を取って、気を変えること。思い入れ。この場合は、市松扮するお市が、斎藤次から亭主の時助へ視線を変える間を示す。
六　亭主のこと。奴時助に対していう。
七　情愛の薄い女ではない。
八　夫に従う。
九　亭主。
※亭主の主君のために女房が盗人となる設定は、ひとつのパターンで、代表的なものに秋葉権現廻船語の牙のお才の役がある。佐野川市松扮するお市は、夫である伊勢三郎義盛が盗み出した馬郎婦の観音の罪を引き受けようとする勝気な性格で、きびきびとした男まさりの啖呵を切る。なお、役名

市松　九ぬしの知つた事《し》じやござんせぬ。時助は存《ぞん》じませぬ。サア、わたしを御《ご》詮議《せんぎ》なされませい。

勘左衛門　こいつ〳〵、男に惚《ほ》れたもの丶言《い》ひ様《やう》。どふで、こいつら斗《ばか》りじやあ済《す》まぬ。同類《どうるい》いち〳〵引《ひ》つくゝして詮議《せんぎ》をする。此野郎《やろう》より、まづ富樫の左衛門、盗人を抱《かゝ》へておけば、御手前《おてまへ》にも詮議《せんぎ》がある。逃《のが》れぬ所だ、観念《くわんねん》おしやれ。

団十郎　御尤《ごもつとも》なるお疑《うたが》ひ。此《この》時助、身が家来ではござれども、一〇生国《せうとく》ぞんぜぬあぶれ者《もの》。常盤《ときわ》御前の守《まも》り本尊《ほぞん》、馬郎婦《ばろうふ》の観世音へ心をかくれば、まさしくこいつ義経《ぎけい》の余類《よるい》。富樫《とがし》の左衛門が詮議《せんぎ》がござる。まあ〳〵、お年寄《とし》のお世話《せは》やかれずと、ちつとそれにて見物《けんぶつ》おしやれ。一一蛇《じや》の目《め》を灰汁《あく》で洗《あら》ひ流《なが》したやうに、松風が身の上《うへ》も、行平が身の上《うへ》も、一二そこもとの身《み》の上《うへ》も、是《これ》は善《ぜん》、是《これ》は悪《あく》と、さつぱりと一三顔見世小袖、仕《し》立《たて》て丶進《しん》上つかまつろふ。

勘左衛門　すりや、そこもとは、盗人の身の上。

団十郎　一四刀《かたな》にかけて。

勘左衛門　面白《おもしろ》い。

のお市は、市松に因んだもの。

富樫の左衛門の捌き

一〇　生れ故郷も知らない流浪人ということ。江戸の大名や旗本に仕えた、足軽・中間・小者などの軽い身分の武家奉公人の実態を写したもの。大名や旗本は格式により、供侍の数などが定められており、それらの需要を充たすため、武家奉公人を斡旋する人宿《ひとやど》と呼ばれる口入屋が、地方から流入して来た奉公人の身許保証人となった。そのような奉公人を寄子《より》といった。その多くは出替り奉公といって、一年、半季、臨時雇いをふくめて、そのとき限りの主従関係となった。江戸初期の町奴、幡随院長兵衛も、武家の口入れを稼業とし、主従関係とは別に、かれらの仲間同士の強い信頼関係を生み出すことになった。

一一　眼光がきわめて鋭いことをいう。富樫の鋭い眼力で詮議をしてみせようということ。なお、底本は「蛇の目をあらつて、あらひながした」。大惣本で正す。

一二　斎藤次のこと。

一三　顔見世で着る、さっぱりとした新しい衣装。江戸の役者は、衣装見せといって、その年の顔見世で着る衣装をすべて座敷に飾り、客人を酒肴でもてなして初日を迎えた。そのような顔見世の小袖をひとつ仕立てて、勘左衛門、あなたにあげましょうということ。そのような立者《たても》の役者の着る衣装は、座元からの仕着せではなく、自前の財産であった。

一四　刀は武士の魂。その魂に誓って。

ト是より団十郎、股立《もゝだ》[一]取て、肩衣《かたぎぬ》[二]を脱《ぬ》ぎ、身ごしらへして

団十郎　この盗人が同類《どうるい》を詮議《せんぎ》なすは、火[三]より水より、ぶり／＼より、中納言[四]義明公、ちよつと是《(これ)》へ、入《い》[五]らせられませう。

国四郎　心得《こゝろへ》た。

ト奥《おく》[六]より国[七]四郎、以前《いぜん》の公家にて、出てくる。団十郎、すぐに国四郎が首筋を取て、こづきまわす

国四郎　コリヤ、まあ／＼、どうする／＼、中納言義明をどうするのだ。

団十郎　どうするものだ、いけ盗人[八]め。うぬにやあ、だいぶ詮議《せんぎ》がある。サア、同類《どうるい》を白状《はくじやう》[九]ひろごう。

ト冠装束《かむりしやうぞく》[一〇]も叩《たゝ》き落《お》として、突《つ》き出す。国四郎、起《お》きあがつて、又太郎を見つけ

国四郎　ヤア、貴様はおらが親方《おやかた》、勢州鈴鹿《せいしうすゞか》[一一]の泥棒頭《どろぼうがしら》、伊勢の三郎義盛どの。

又太郎　そふ吐《ぬ》かすは、麻生《あそう》の段八。

団十郎　覚《おぼ》へが有か。

又太郎　サア、それは。

団十郎　もうよい／＼。麻生《あそう》の段八、サア盗人め、何ものに頼《たの》まれて、冠《かむり》装束を

一 袴の左右を少したくしあげて腰の紐に挟み動きやすくすること。
二 裃の上を刎ねあげて取り、上半身の動きを自由にする。
三 白状させるための拷問。火責め、水責め、ぶりぶり責め。江戸の町奉行所では、享保以降、拷問は笞打ち、石抱き、海老責め、釣責めの四種に限り、火責め・水責めはなくなる。ぶりぶり責めは、釣責めの一種で、両手をうしろ手に縛って梁より吊して、回しながら笞打ちにして責めるもの。縛られた形が子供の玩具のぶりぶり(図)に似ているのでいう。

四 勅使。
五 おいで下さい。
六 上手奥の出入り口。富樫館の奥より出る。
七 中島国四郎。冠装束姿の贋勅使の役。
八 盗人を、さらに卑しめていう語。
九 白状しやあがれ。
一〇 装束を剝ぎ取ると、四建目の雲助の扮装になる。冠を打ち落とすと、月代が無精にのびた頭が顕われる。本物の公家なら、きれいな総髪。
一一 伊勢三郎義盛を鈴鹿山の盗賊とする伝説を踏まえたもの。麻生の段八を、その配下の盗人としたのは仮構。紀海音作の浄るり「末広十二段」で伊勢三郎を熊坂長範の甥とする設定を踏まえ、熊坂の手下の一人、「越前の麻生の松若」(謡曲「熊坂」)がいるところからの連想。

[一二]引《ひ》つ張《ば》つて、富樫の左衛門屋敷へは何しに来《き》た。まつすぐに白状《はくじやう》せぬと[一三]脳頭《のうとう》から爪先《つまさき》まで、[一四]幹竹《から》わりだぞ、なんと。

ト詰寄る

国四郎　アヽ、申ませう〳〵。

勘左衛門　それを言《い》われちやア。

ト勘左衛門、国四郎へかゝる。団十郎、隔《へだ》てゝ

団十郎　斎藤次どの、ちつと[一五]算用《さんよう》が違《ちが》ひますべい。サア、松風も村雨も行平も、須磨《すま》の浦《うら》へ流《なが》そうと言《い》つたのは、偽《いつわ》りで有ふがな。

国四郎　左様《さやう》〳〵。

団十郎　誰《だれ》に頼《たの》まれた。それ、吐《ぬ》かせ。

国四郎　誰《だれ》と申て、外に誰《だれ》がござりませう。あれにお居《い》やる斎藤次祐家殿に。

勘左衛門　[一六]なめら三宝《さんぼう》。

団十郎　斎藤次祐家どのに頼《たの》まれたに、相違《そうい》はないか。

国四郎　左様《さやう》〳〵。

勘左衛門　それを聞《き》かれちやア、[一七]一世《いつせ》の浮沈《ふちん》。富樫の左衛門、観念《くわんねん》。

ト切つける。団十郎、すぐにその刀を引《ひ》つたくり、又太郎が縄《なわ》を

一二　着る。かぶる。
一三　脳天。底本「もうとう」。大惣本で訂正。
一四　竹を割るように、縦に真二つに切ること。
一五　計算。心づもり。
一六　しまった、どうしよう、という時に発する言葉。南無三宝。
一七　一生の一大事だ。

　切《き》り、突《つ》きやる

国四郎　それは。

　ト国四郎、又太郎にかゝる。見[一]事に首を切《き》る

皆々　是《(これ)》は。

団十郎　観世音の盗賊《とうぞく》。

又太郎 市松　忝《かたじけ》ない。

団十郎　松風は、行平をともない奥《おく》へ。

門之助 雄次郎　忝《かたじけ》ない。

団十郎　行《ゆ》け。

　ト早[二]《はや》三重にて、雄次郎・門之助、奥《おく》へ行

勘左衛門　それ[三]。

　ト切付る

団十郎　どつこい。

　ト立廻りに成り、とゞ当[四]《あ》てゝ入《はい》る。勘左衛門、立上り

一 団十郎の富樫が、麻生の段八の首を切る。馬郎婦の観音の盗人の身代りにして、義経の家来伊勢三郎を助けるための行動。
二 下座で弾く三味線の合方の一種。三重を早めに演奏する。「三重　別れの場につかふ」(絵本戯場年中鑑)。
三 底本「それと」。衍字。訂正。
四 団十郎の富樫が斎藤次に当て身をくらわせ、舞台の奥へ入る。以下は、団十郎が不動明王へ雄次郎・門之助が金伽羅童子・制咤迦童子へ早替りをするための時間繋ぎでもある。
五 伊勢三郎夫婦が立廻りで、斎藤次とその奴を下座に追い込む。この場合の下座は、舞台下手の出入り口。ここで舞台の上に役者がいなくなり、いったん空(から)舞台になる演出。
六 下座の鳴物。大太鼓をドン〳〵と打つ。絵本戯場年中鑑に「ドン〳〵　右(遠よせ)の太鼓をけわしく打」、また「遠よせ　むほんの張本人取まく責(せめ)太鼓也」とある。
七 下座の鳴物。能楽技法。鬼神や竜神、または戦場に向かう人が走り出てくるときに使う。太鼓をテンテレックテンと打ち、大小の鼓に笛を吹き合わせる。岩井しげ八の腰元の出に付けたもの。
八 上手の奥。
九 岩井しげ八。松風姫の腰元早枝の役。振り袖を襷がけにして動きやすくした、凛々しい姿で、八竜の兜を抱え、走り出てくる。八竜の兜は、三建目で水中に忍ぶ忍びの者から鷲の尾三郎が奪い取ったもの。市川雷蔵扮する鷲の尾三郎は、義経の供をして安宅の関を越えたあと、富樫館に忍び込んでいるという設定。腰元の早枝が、八竜の兜をどのように手に入れたか、その経緯を省

勘左衛門　それ、伊勢の三郎をやるな。

皆〻　やらぬは。

又太郎　どつこい。

ト是より、又太郎、立廻りありて、[五]又太郎・市松、下座へ入《はい》る。[六]どん〳〵にて、是より早笛《はやふへ》[七]、奥《おく》[八]より重八[九]、襷《たすき》がけ、かい〴〵しき形《なり》にて、兜《かぶと》を持《も》つて出る。是に続《つゞ》いて若衆(わかいしゆ)二人、真黒出立(でたち)[一〇]にて、出て、後《うし》ろに屈《かゞ》んでいる

重八　大切《たいせつ》なる此(この)兜《かぶと》、兄さん源八兵衛《びやうへ》[一一]どのへ、それ。

ト行《ゆ》かふとする所へ、両人若衆(わかいしゆ)、立ふさがつて

若い衆　動《うご》くな。

重八　[一二]そもや、みづからを、なんとするのじや。

[一三]若い衆　なんとするとは、久《ひさ》[一四]しい奴《やつ》。疑《うたが》わしいは、その兜《かぶと》。こつちへしよしめて[一五]、われ〳〵が褒美《ほうび》の金《かね》に暖《あた》ゝまる。女だてらに八竜の兜《かぶと》とは、ほんにいらぬ物《もの》。こつちの流義は、一風流《いつぷうりう》[一六]。

若い衆　[一七]いちゑん流や無敵流《むてきりう》[一八]、流儀〳〵の手の内《うち》で、りう〳〵[一九]はつしとひどい目《め》に、[二〇]あわぬ昔《むかし》を元値《もとね》にして、とつとゝ兜《かぶと》を渡せやい。

腰元と忍びの者の八竜の兜の立廻り

略して、スピーディに展開するのが桜田風の特色になる。一〇 忍びの者の黒装束姿。義経に敵対する人物の配下だが、具体的に特定されてはいない。ここは、主人義経のために娘ながら命がけで戦う岩井しげ八の演技を見せるところで、若い衆の人生を描くところではない。それ故に説明が省略される。一一 義経の供をして安宅の関を越えた忠臣の一人。早枝は、その妹という設定。ただ普通の腰元ではなく、義経記の世界に由縁の人物として設定されることで役が良くなる。兄源八兵衛のイメージを重ねて、はなばなしい立廻りを演じる。
一二 いったい全体。そもそも。
一三 二人の若い衆のうち一人がいうセリフ。台本の段階では、まだどちらがいうか決めていない。次のセリフは、もう一人の若い衆がいう。一四 きまりきった言い草だ。
一五 せしめる。よこ取りする。
一六 普通の人とは異なるやり方をいう。一風かわった流儀のこと。我流。白藤本では「一刀流」。一刀流は剣術の流派の一つ。
一七 不詳。少しもできない。まったく知らない、という意の「いちえん」を剣術の流派のように言ったものか。きちんとした剣術を習っているわけではないが、誰にも負けないぞ、ということ。一八 剣術の流派の一つ。戸田綱義が始めた。一九 刀などで勢いよく風を切る音。「はつしと」は、刀などが激しく打ち当るさま。二〇 なかったことと思っての意。元値は仕入値段のことをいう。

重八　ホヽヽ、コリヤ、おかしいわいな。女子《おなご》じやと思ふて侮《あなど》らしやんしたら、ちつと当《あ》てが違《ちが》わふぞへ。憎《にく》[一]い奴《やつ》じやと思はんしやうが、わたしも、よう〳〵と、向《むか》[二]ひ丁から此《(この)》屋敷《しき》へは、初舞《はつ》台。少《すこ》しなりとも殿《との》[三]さまへ、忠義が立《た》てたい〳〵と思ふ所へ幸《さいわ》いな、二人《ふたり》の御様《おさん》[四]を相手とは、願《ねが》ふてもない此《(この)》場の仕儀《しぎ》。お望《のぞ》みならば、お二人《ふたり》さん。サア〳〵、相手になろふぞへ。

若い衆　なんだ、こいつは、なま長い事[五]を吐《ぬ》かしたな。そんな事には頓着《とんちゃく》ない、早《はや》くそれをこつちへ渡《わた》せ。

重八　そこ退《の》いて、通《とほ》しや。

若い衆　渡《わた》せ。

重八　通《とほ》しや。

三人　どつこい。

ト是より早笛《はやふへ》になり、三人いろ〳〵の立有《(たて)》て、とゞ[六]二人を向《むか》ふへ追《お》ひこむと、どん〳〵[七]にて、仲五郎[八]、鉞《まさかり》を持て、出て来て

仲五郎　やれ〳〵、思《おも》[九]ひがけもない、どん〳〵で、おふきに肝《きも》を潰《つぶ》したわへ。[一〇]こういふ姿《すがた》に出《(いで)》たちて、手柄をする此《(この)》時節、なんでも手ごろな奴《やつ》を打《ぶ》つち

一　女だてらに男に歯向かうとは、けしからんやつだと思うでしょうが、の意。
二　木挽町の森田座のこと。堺町の中村座から少し離れたところにあるのでいう。岩井しげ八は、森田座の色子出身で、この年、中村座初舞台なのでいう。
三　中村座の御贔屓にかけていう。楽屋落ち。
四　お人。
五　いやに長いセリフをいったな。
※岩井しげ八による武道事の見せ場。鵜森一陽的(明和八年十一月)で、芳沢崎之助が、黒装束の男二人を相手にした立廻りの格。この年の森田座の顔見世では中村富十郎が両肌ぬぎの襷がけで四人の男を相手に薙刀のタテを見せた。女武道という元禄以来の女形の見せ場の一つ。相手になる男を「からみ」といい、ここでは刀、または縫いぐるみの棒を持って、兜をあらそうタテを演じる。
六　腰元早枝が、二人の男を花道へ追い込む。ふたたび、役者のいない空舞台になる。
七　下座の鳴物。腰元早枝の出に用いた鳴物をふたたび演奏する。ただし、ゆったりとした出なので早笛は吹かない。
八　佐野川仲五郎。軍兵の役。小手・脛当てを付け、鉞《まさかり》を担いで上手奥の出入り口より出る。底本の役人替名には「ひづめの

子役と鉞のタテ
金太郎の見立て

めべい。どりや。

ト花道へかゝると、向[一一]から高麗蔵[一二]、以前《いぜん》の形《なり》にて、鞭《むち》を持《も》つて、出て来る。仲五郎を押《お》[一三]し戻《もど》し、舞台へ来《き》て、どつこいと止《と》まる

仲五郎　こいつは、なんだ。小《ち》さな奴《やつ》だが、おれをこゝまで押《お》し戻《もど》して、どうせうと思ふ。

高麗蔵　是、お爺《ぢい》。今、あそこで聞《き》いていれば、手ごろな奴《やつ》があるならば、打《ぶ》つちめようと言《い》つたによつて、おれが相手に相応《そふおふ》な持遊《もちあそ》[一四]びだから、是からわれを馬にして、遊《あそ》ぼうと思つて、それでわれを止《と》めるのだ。

仲五郎　こいつわ〳〵、太《ふと》い奴《やつ》じやあないか。うぬが形《なり》を見れば、馬士だな。おれを馬にしやうとは、コリヤ[一五]、流行《はや》りませうわへ。

ト是を、広次が声色《こはいろ》にて言《い》ふ

仲五郎　大人《おとな》[一六]そばへをすると、大旦那[一七]へ言《い》つゝけるによ。

高麗蔵　いんにや[一八]、おらあ、馬士じやあない。義経《よしつね》公詮議《せんぎ》の為、馬士と姿《すがた》をやつす、それがしこそ、富樫の左衛門家直が一子、直石丸[一九]とは、おれが事だ。われが首を引《ひ》つこ抜《ぬ》いて、お父《とゝ》さまへみやげにする。尋常《ちんじやう》に首をくれろ。

太郎」とある。役人替名は貸本用に補われたもので、本来、江戸の台本にはない。ひづめの太郎は、安宅の関で弁慶に首を抜かれたものと思われる役。絵づくしでは仲五郎にのみ役名が記されていない。別の人物の役と考えるべきところ。

九　以下、楽屋落ち。「どん〳〵」は、下座の大太鼓の音。

一〇　鉞を担いだ軍兵姿をいう。

一一　花道より。

一二　市川高麗蔵。十歳の子役。馬方、門出(かどいで)吉松(よしまつ)の役。

一三　花道から舞台へ押し戻す。市川流の荒事のパターン。

一四　子供の玩具。おもちゃ。

一五　前の幕で大谷広次扮する直井左衛門が夫婦喧嘩の仲裁に入り、源行家夫婦に言ったセリフ。広次の声色でいう楽屋落ち。

一六　大人をからかうこと。

一七　市川海老蔵のこと。高麗蔵の父幸四郎の師匠なのでいう。楽屋落ち。高麗蔵は安永五年に五代目団十郎の子桃太郎が死んだあと市川家の養子となる。市川流の正統な後継者の一人。

一八　いいや、違うよ。

一九　富樫家直の直の字をとってつけた名。工藤祐経の幼名金石丸の連想。工藤は市川流の大役で、本作の富樫も、そのバリエーションの一つ。

仲五郎　こいつは、飴棒《あめんぼう》[一]でもらうやうに、首をたやすく、遣《や》られるものか。悪《わる》洒落《じゃれ》せずと、そこを退《の》け。退《の》きやうが遅《おそ》いと、捻《ひね》り殺《ころ》すぞ。

高麗蔵　面倒《めんどう》な、首をくれろ。

仲五郎　そこを退《の》け。

両人　どつこい。

ト是より早笛《はやふへ》[二]になり、高麗蔵《こま》・仲五郎、いろ〳〵の立有て、とゞ[三]仲五郎を馬にして、向《むか》[四]ふへ入《はい》る。と早笛《はやふへ》[五]の内、向《むか》ふより音八[六]、以《い》前《ぜん》の形《なり》にて、四つ手駕籠《かご》に乗《の》り、やつさ[七]、コリヤサと声をかけて、出《(でて)》くる。跡より沢蔵[八]、若い者にて、是に付《つ》いて出て、本舞台へ来《き》て

沢蔵　申《(まうし)》〳〵、旦那、お約束《やくそく》の所へ参りました。

ト云。音八、だまつている[九]

沢蔵　申〳〵、旦那。

ト大きく言。音八、びつくりして

音八　アヽ、喧《やかま》しい奴《やつ》だ。

ト言ながら、駕籠から出て

一　棒状の飴菓子。
二　下座の鳴物。腰元早枝の立廻りで使ったものを繰り返す。
三　子役の高麗蔵が鉞を奪って担ぎ、軍兵の仲五郎を四つん這いの馬にして乗って入る。鉞を担ぎ、熊の背に乗る金太郎の見立て。金太郎こと坂田金時は市川流の荒事の原点。延宝元年(一六七三)、初代団十郎十四歳の初舞台「四天王稚立(おさなだち)」で坂田金時に扮し、斧(鉞)の立廻りを演じたものに因む。役名の門出吉松は、それを祝したもの。
四　早笛の鳴物で花道の揚幕に入る。
五　高麗蔵が金太郎の見得で花道を引っ込むときに演奏された早笛の鳴物で、四つ手駕籠が出る指定。同じ花道から出る場合は、一度演奏を止め、「付き直し」で再び演奏し直すことになる。早笛を演奏し続ける場合は、同じ「向う」でも花道の揚幕ではなく、上手寄りの東の歩み(仮花道)より四つ手駕籠が出て、高麗蔵の引っ込みと連続して展開される。
六　嵐音八。常陸坊海尊の役。前の幕で着替えた羽団扇の模様の伊達な羽織衣装。鯰坊主の頭を奴風に結い直した姿で、吉原帰りの四つ手駕籠に乗り出る。

廓帰りの常陸坊
おかしみの立廻り

七　駕籠舁きに扮した若い衆の掛け声。着物を尻っぱしょりに着て、息杖を突きながら、前棒と後棒で声を掛けながら担いで出る。
八　沢村沢蔵。前幕の廓の若い者喜助の役。
九　吉原でいう付け馬。付き馬とも。勘定の未払い分を取りたてるために付いてきたもの。

音八　何をそのやうに、姦《かしま》しふ言《い》ふぞやい。

沢蔵　喧《やかま》しい事はござりませぬ。お約束《やくそく》の通り、こゝまで参りました。さあ、此《(この)》間の下《さが》り[一〇]と駕籠賃《かごちん》を、遣《つか》はされませい。

音八　なと[一一]言《い》ふ。いつぞやの勤め[一二]と駕籠賃《ちん》をよこせ。

沢蔵　左様《さやう》〳〵。

音八　こいつは〳〵、太《ふと》[一三]ひ奴《やつ》じやあないか。おらあ女郎を買《か》おふが、居酒《ゐざけ》[一四]を呑ふが、博打《ばくち》を打《う》たふが、ついぞ、地切《ぢぎり》[一五]を出した事はない。こゝらまで歩《ある》いて来たならば、ひよつと道で金を拾《ひら》ふまいものでもない。またその上に駕籠に乗てやつて、一汗《ひとあせ》[一六]かゝしやうと思《おも》つて、坊主なればこそ後生《ごせう》[一七]心《(こころ)》。そこで乗て来《き》たものだ。この館《やかた》へ来《き》たればとて、どふして一文《もん》も出来るものだ。悪《わる》い了見《りやうけん》な男でござるわへ。

沢蔵　これな、坊さま、こなたは立派《りつぱ》な形《なり》をして、太《ふと》い事を言《い》ふ人だ。銭金を使《つか》わずに、女郎が買《か》われるものかな。

若い衆[一八]　そふしておいらを、寒《さむ》いによつて汗《あせ》をかゝせう為に、乗《(のつ)》て来《き》たとは、あんまり人を茶にする[一九]奴《やつ》だ。コリヤア、此《(この)》[二〇]ぶんでは済《す》まぬわへ。

若い衆　なんと喜介さん、いつそ此《(この)》坊主を引《ひ》[二一]つぱぐが、よふござりませう。

九　いわゆる狸寝入り。都合の悪いときに寝たふりをすること。
一〇　未払い分の勘定。音八の常陸坊が廓で遊んだ代金。
一一　なんと言う。
一二　遊女の揚げ代。
一三　図々しい奴だ。
一四　居酒屋で飲む安い酒。
一五　自切り金。自分の金。
一六　寒いので暖かくなるようにしてやろうと思って。
一七　死んだあとに極楽往生ができるよう、生きているうちに人に施しをすること。
一八　駕籠舁きに扮した若い衆の一人。次のセリフは、もう一人の若い衆がいう。
一九　馬鹿にする。
二〇　このままでは済まさないぞ。
二一　身ぐるみを剝ぎ取る。

沢蔵　それがよい〳〵、いつそ引《ひ》つぱげ〳〵。

ト三人、音八を踏《ふ》みのめし、剝《は》ぎにかゝると、どろ〳〵[一]になり、上より団扇《うちわ》[二]、舞下《さ》がる。是にて三人[三]、悶絶《もんぜつ》する

音八　サア、これからは力《ちから》が強《つよ》くなつた。これやい、どいつも、起《お》きろやい〳〵。

ト起《お》[四]こす。三人ともに肝《きも》[五]を潰《つぶ》し

三人　コリヤ、どふだ。

音八　なんと、肝《きも》が潰《つぶ》れるか。是《(これ)》だから、勤《つと》[六]めを取《と》らずに、早《はや》く帰《かへ》れ。

沢蔵　たとへ命を捨《す》つるとも、下《さが》[七]りを取《と》らずに帰へらりやうか。尋常《ぢんじやう》[八]に勤《つと》めをよこせ。

音八　ヱヽ、是非《ぜひ》もない殺生《せつせう》せまいと思へども、もふ了見《れうけん》がならぬわへ。

沢蔵　やれ面倒《めんどふ》な。引《ひ》つぱげやい。

若い衆　やらぬは。

音八　羽団扇《うちわ》がこつちへ飛《(とび)》くるからは、いでもの見せんと言《い》[九]ふまゝに。

ト是よりおかしみの立《たて》[一〇]、いろ〳〵有て、とゞ沢蔵・若衆《(わかいしゆ)》、三人にて音八を引《ひ》つぱぎにかゝる。若衆二人《(ふた)》りを当《あ》[一一]てゝおき、沢蔵と音

一 下座の鳴物。大太鼓を長撥でドロ〳〵と打つ。不思議な現象がおこつたときに使ふ。この場合は、舞台の天井から天狗の羽団扇がおりてくるためのもの。
二 前の幕で音八の常陸坊が持って出た天狗の羽団扇。舞台の天井の簀の子から大道具方がジャリ糸で吊りおろす。ジャリ糸は、濃紺に染めた強い絹糸。羽団扇の左右に二本つけて吊りおろす。
三 若い者喜助と、駕籠舁きの二人。羽団扇の力で、ぐにゃぐにゃとなって気絶する。
四 一人ひとりに活を入れて起こす。
五 不思議な目にあったので放心しているさまをいう。
六 遊びの代金。
七 未払い分の勘定。
八 おとなしく。
九 浄るりの語りを真似ておどけたもの。「いでもの見せん」までが常陸坊のセリフにあたる部分で、「と言ふまゝに」は語り手の説明。それを自分で言ってしまう演出。
一〇 天狗の羽団扇を使ったタテ。相手の力が抜けて体がぐにゃぐにゃになったり、煽いで吹き飛ばしたりする。
一一 若い衆二人を当て身で気絶させる。
一二 夏祭浪花鑑のパロディ。音八を主人公の団七に見立て、沢蔵を舅義平次にして、長町裏の泥仕合いの立廻りのパロディを見せる。役者位弥満には「此度は常陸坊海尊にて沢蔵団七のしうところしの場少計」とある。
一三 手拭を使って、うしろから絞め殺す。
一四 死体に駕籠の先棒を担がせる趣向。常陸坊が後棒で全体を持ちあげるようにして、

八、[一二]立《たて》あつて、沢蔵を[一三]絞《し》め殺《ころ》し、[一四]駕籠《かご》の先き棒《ぼう》に沢蔵をして、跡
肩《かた》を音八かつぎ、[一五]ヤッサ、コリヤサにて、[一六]捨《す》てぜりふ言ながら、
花道へ入《はい》る。すぐに[一七]大太鼓流《だいこなが》しになり、[一八]広次・又太郎、赤《あか》つ面《つら》、
大広袖の衣装にて、八竜の鎧《よろい》を持て、[一九]岩の上《うへ》に乗《の》り、是を押《お》し出
す。後《うし》ろ、[二〇]山幕になる。両方へ[二一]石碑《せきひ》を出す。[二二]太鼓《たいこ》打《う》ち上《あ》げる

広次　[二三]八竜錦綺《きんき》の甲冑《かつちう》こそ、誂《あつら》へ付《つ》けたる[二四]わが土産。仁王のやうな腕節《ほでぶし》を、なぜ此鎧《よろい》へ、差《さ》つ掛《か》けた。

又太郎　[二五]おやつかな、坂東太郎照早《てるはや》が、[二六]しよしめべいと思ふ此鎧《よろい》を、ぬしに渡してつまるものか。尋常《ぢんじやう》におれに渡《わた》せ。やだあと言《い》ふと、[二七]久《ひさ》しぶりとは言《い》わさない。早《はや》くこつちへ、くれまいか。

広次　[二八]へゝゝゝゝ、おしやつたりな、坂東太郎。[二九]昔馴染《むかしなじ》みのよしみだけ、遣《や》るまいものじやあないが、此《(この)》鎧《よろい》に限《かぎ》つちやあ、ちつとの内《うち》も渡《わた》されない。是《(これ)》こそ、[三〇]主君義経《しゆくんよしつね》公、[三一]御秘蔵《ごひぞう》ありし八竜の[三二]沢瀉《おもだか》。此鎧《よろい》を人手に渡してなるものか。邪魔《じやま》せずと、そこ放《はな》せ。やだあと言《い》ふと、[三三]脳頭《のうとう》から爪先《つまさき》まで、ばり〳〵〳〵と引《ひ》つ裂《さ》くぞ。痛《いた》い目《め》せぬその先《さき》に、きり〳〵そこを、放《はな》せ〳〵。

先棒の死体が、ぶらぶらと左右に揺れながら花道を入るもの。糸操りの人形の見立て。死体がふらふらするタテは、現行「逆櫓」(ひらかな盛衰記)の樋口次郎の立廻りに残る。

一五 駕籠舁きの掛け声。音八ひとりで二人分の掛け声を掛けるおかしみの演技。

一六 道外形が花道の引っ込みでいう楽屋落ちなど。

一七 下座の鳴物。大流し。大太鼓・太鼓でデン、デン、デン、デンと打つ。絵本戯場年中鑑に「ながし 化身の出、又は押出しの時つかふ。賑やかなるもの」とある。大道具を押し出すための鳴物。底本「ながじ」。誤写。白藤本で訂正。

赤っ面の奴二人
鎧引きの荒事

一八 大谷広次は前幕の直井左衛門、坂東又太郎は三建目の坂東太郎の役。赤っ面に、朱の肉襦袢を着た腹出しの奴姿。広袖の縕袍《(わんぼう)》に、バレン付きの下《(さが)》りを付けた一対の荒事師の扮装で出る。

一九 大道具の岩組。本舞台正面の大御簾を巻きあげて、そのなかから岩組を飾った二畳台の下に木の小車を付け、大道具方がうしろから押して前舞台に出す。

二〇 道具幕の一種。山の中を描いたもの。岩組を押し出したあと、天井の振り竹の仕掛けを使って、大御簾の前に振りかぶす。富樫館の場面が不動明王が出現する山中に変わる演出。

二一 上手と下手に石の牓示を出す。勝川春章の役者絵では二人がこの石の牓示を引き

又太郎　面倒《めんどう》な、おれに渡《わた》せ。
広次　そこ放《はな》せ。
又太郎　渡《わた》せ。
広次　一忠義に凝《こ》つたる左《さ》右《ゆふ》二の力《りき》。
又太郎　三真《しん》に凝《こ》つたる左《さ》右《ゆふ》の力《りき》。
広次　力《りき》と。
又太郎　力《りき》との。
両人　力《ちから》くらべだ。

ト是より、四大太鼓《だいこ》入りの合方《あいかた》になり、両人、いろ〳〵立《たて》あるべし。とゞ花道より、五引台に乗り、舞台へ引《(ひき)》もどし、しやんと見得《へ》になる。どん〳〵にて、向《むか》ふより六勘左衛門、馬に乗り、出て来《く》る。跡より仲五郎、七以前《いぜん》の形《なり》にて、出て来《く》る。是に続《つゞ》いて八軍《ぐん》兵にて、大勢若衆《ぜい(わかいしゆ)》、出て来《く》る

勘左衛門　やれ、直井の左衛門をやるな、ヱヽ。
皆〻　やらぬは。
少長　待《ま》つた。

合う(図)。
二二 押し出しのために演奏された太鼓・大太鼓を止める。
二三 鎧の華麗なことをいう。
二四 中村座初舞台の土産の意。楽屋落ちのセリフ。
二五 えらそうなことを言い出したな、という意。おやっかない、ともいう。
二六 せしめる。手に入れる。
二七 明和九年二月、目黒行人坂の大火以来の顔合せをいう。それまで広次と又太郎は市村座で同座していた。一年九ヶ月ぶりの出逢いになる。
二八 笑う演技。
二九 宝暦年間から市村座で共演してきたことをいう。楽屋落ち。三〇 大谷広次扮する直井左衛門は役割番付に「義経めのと」とある。傅(めのと)は、守(もり)役。
三一 平治の乱以後の八竜の鎧の行方について、前の幕で源行家のセリフに「待賢門の軍のおりから、藤原家の手に入て、汝が家の交割物」とある。富樫の秘蔵という設定

ト[九]少長、奥《おく》より、長上下にて、出て

少長　いかに、直井の左衛門。敵《かたき》は大勢、味方《かた》は小勢《(こぜい)》、必ずともに誤《あやま》るまいぞ。

勘左衛門　重頼《より》ともに、討《う》つてとれ、ヱヽ。

皆〻　やらぬは。

ト立廻りあると、向《むか》ふより[一〇]雷蔵、大広袖の衣装《いせう》にて、出て来て

雷蔵　川越太郎の御難儀《なんぎ》と聞《き》いて参りし鷲《わし》の尾の三郎、[一一]いでもの見《み》せんと言《い》ふまゝに。

ト立廻りあつて、しやんと見得《へ》になる

勘左衛門　やれ、討《う》つて取《と》れ。

[一二]皆〻　やらぬは。

団十郎
雄次郎
門之助　[一三]やみなん〳〵。

ト是より流《なが》し[一四]になり、正面《めん》の山幕を引《ひ》[一五]き上ると真《ま》ん中に、団十郎、[一六]石の不動《ふどう》の見得《へ》。左右に[一七]雄次郎・[一八]門之助、金伽羅《こんがら》・制吒迦《せいたか》の見得《へ》にて、押《お》し出し、太鼓《たいこ》打上る

で、これまで展開してきた。このように前後の関係に、しばしば矛盾をきたすのが桜田治助の欠点だが、作者部屋が制度化される以前の、おおどかな文人気質のあらわれでもある。 三二 沢瀉縅《(おどし)》。鎧の模様。三角形の沢瀉の葉の形に縅したもの。 三三 底本「もうとう」。大物本で訂正。この幕で、団十郎の富樫は「脳頭から爪先まで、幹竹わりだぞ」という。立髪の捌き役と赤っ面の荒事の表現の違い。

以上三〇九頁

一 義経への忠義。 二 左右の腕の力。 三 側近。近臣のこともいう。 三 真剣になって。 四 下座の鳴物。時代物のゆったりとした立廻りに使う。大太鼓、大鼓、能管に三味線の合方を弾く。 五 平台の下に木の小車を付けて、大

不動明王の神霊事

道具方が縄で引くもの(図)。花道で引台に乗り、八竜の鎧をあらそう形で決まる。

※大谷広次は市村座の秘蔵っ子。坂東又太郎も市村座

斎藤次　勘左衛門、川越太郎　少長
直井左衛門　広次、坂東太郎　又太郎、仲五郎、鷲《わし》の尾《を》の三郎　雷蔵、富樫《とがし》一子よし
松　高麗蔵、しげ八、歌川、亀之介

の座元羽左衛門の門下。長いあいだ市村座で人気を博したコンビが隣町の中村座に現われたのが、この顔見世の大きな話題となった。ことに、二人の力くらべの場面は、「古十町と魚楽のちいさいを見るようでござる」（宝暦十一年三月「役者一向一心」）といわれて以来、先代大谷広次（十町）と中村助五郎（魚楽）の二人、十町魚楽の相撲に始まる力くらべの再現とされてきた。春章の役者絵の下絵には「此目方七千貫目」とある。この場面は、寛延元年七月市村座「佐々木三郎藤戸日記」で二代目団十郎の鳴神不動出現の前に十町魚楽の二人が鳴神不動に祈誓する対の奴に扮し、石の鳥居を引き合う「鳥居引き」の荒事の再現になる。

六 斎藤次の役。烏帽子素袍の竜神巻の姿で馬に乗って、不動明王の山腹まで駆け付けて来たというもの。馬上の武者の登場も一番目大詰の常套。大名の館など屋内の詮議から解放された、屋外のひろびろとした爽快感をもたらすもの。

七 小手・脛当て姿のリアルな軍兵。

八 様式的な軍兵。「軍兵」と呼ばれる派手な蔵衣装を着て出る。絵本戯場年中鑑に「木綿にてこしらへたる半切也。うら茜木綿。若い衆の蔵衣装、大詰に取りまきの軍兵の着るもの。よつて名とす」（図）とある。

九 中村少長。三建目の川越太郎の役。奥生締の長裃姿。奥の出入り口より出る。

一〇 市川雷蔵。鷲の尾三郎の役。油込みの前髪に隈取りを取

岩くら山不動《ふどう》　団十郎、こんがら童子《どうじ》　雄二郎、せいたか童子《どうじ》　門之介

是より第二ばんめ始り

り、広袖の縕袍を両肌ぬぎにし、太い襷に、胴丸の鎧に小手・脛当て、大太刀を差した市川流の荒若衆姿で出る。

一一 浄るりの語り風に言って、敵役の軍兵と入れ替って川越太郎の側に行く。

一二 敵役皆々。

一三 不動など神霊が出現するときの決まり文句。きっと争いを止めさせましょう。

一四 下座の鳴物(三〇九頁注一七)。底本「ながじ」。白藤本で訂正。

一五 天井に引きあげる。

一六 団十郎扮する岩倉山の不動明王の石像。顔・体を青黒く石のように塗り、右手に利剣、左手に金剛索《さく》という衆生を済度するための縛り縄を持ち、正面を向いて両眼をかっと見開き、額に水波《すいは》という皺を つくり、口をへの字に閉じた忿怒《ふんぬ》の相で睨む見得。髪は癖毛の弁髪を七つに結び、頭上に宝珠をいただく。背後には火炎。

一七 女形の瀬川雄次郎が金伽羅童子の役で不動明王の左側に控える。十五歳の童子のような姿で、顔・体は白塗り、天衣・袈裟を着る。黒い髪を長く伸ばし、蓮華冠をいただく。両手は合掌して、親指と人差し指の間に独鈷杵《とっこしょ》という金属性の仏具を持つのが本来だが、歌舞伎では女形らしく蓮の花を持つ。

一八 若衆形の市川門之助が扮する制吒迦童子は、不動明王の右側に控える。金伽羅と同じく童子の姿だが顔・体は紅蓮《ぐれん》に赤く塗り、天衣・袈裟を着る。髪は癖毛で五髻に結う。右手に金剛棒、左手に金剛杵《しょ》を持つのが本来だが、歌舞伎では金剛棒だけ。両手に剣と索を持つ不動の見得

勘左衛門　待《ま》て〳〵、今、川越太郎、直井の左衛門を打《ぶ》つちめべいとする所へ、異《い》形《ぎょう》の姿《すがた》を現《あら》わしたが、そもまず、うなあ。

皆〻　何奴《やつ》だ、ヱヽ。

勘左衛門
又太郎　いやさ。

皆〻　なに奴《やつ》だ、ヱヽ。

団十郎　やみなん〳〵、われは是、義経《よしつね》日ごろ信心《しんぐ》なす、岩倉山《いわくら》[一]に安置《あんち》なす所の不動明王の霊像《ぞう》なり。

トどろ〳〵〳〵[二]

雄次郎　われも義経《ぎけい》を守護《しゅご》のため、現《あら》はれ出《いで》たる金伽羅童子《こんがらどうじ》。

門之助　我こそ武《ぶ》[三]運《うん》長久を祈《いの》らんための制咤迦童子《せいたかどうじ》。

団十郎　たとへ義経《よしつね》いつたん災難《さいなん》に遭《あ》ふとても、ふたゝび武運の開《ひら》かすべし。

三人　ゆめ〳〵疑《うたが》ふ事なかれ。

トどろ〳〵〳〵

少長　アヽラ、有難《ありがた》やなア。

勘左衛門　ヱヽ、いま〳〵しい。義経《ぎけい》を滅《ほろ》ぼす血祭《まつ》りに、川越太郎も秀国も、打《ぶ》つ

を際だたせる工夫になっている。

※不動は、市川家の家の芸で、のちに十八番の一つにかぞえられる。初代団十郎は成田不動尊の信者で、二代目は成田の不動の申し子とされる。その二代目が初舞台のとき、元禄十年五月中村座の兵根元曾我で成田の不動に扮したのが始まり。のち胎蔵界の不動と金剛界の不動の二人不動(成田山分身不動)、目黒不動・目赤不動・目青不動・目白不動の四人不動、江戸の波切不動(惶弓勢源氏)などいろいろな不動が現われた。ここでは、京の北山の岩倉山の不動という設定。これは二代目団十郎が享保十八年に初演した鳴神不動が原型。鳴神上人が京の北山の大日不動に祈誓し、不動明王が出現するというもの。五代目はこの顔見世の前に森田座の名残り狂言で鳴神を演じ、この不動は、その続編となる。これも二代目の先例にならったもの。金伽羅・制咤迦の二童子が脇侍(きょうじ)として出るのも鳴神不動からで、本作により、女形の金伽羅、荒若衆の制咤迦という原型ができる。また、従来の立像の不動に対し、坐像の不動も本作によって確立される。たんに荒々しいだけではない、どっしりと動かない不動像が生れた。不動は暫とともに五代目団十郎を代表する当り役となった。なお、不動の見得では、目玉を両方とも寄り目にする場合と左目のみ寄せる型とがある。後者は、左閉右開とされる不動像の歌舞伎的表現になる。

以上三一一頁

一　京の北山。岩屋山志明院。日本最古の不動とされる。義経と直接の関係はない。鞍馬山の近くなので結び付けたものか。

ちめべいと思ひしに、いらざる所へ不動が突《つ》ん出て、討《う》ち漏《も》らすか、残《ざん》念《ねん》な。よし〳〵、此《(この)》場はいつたん別《わか》るゝとも、かさねての見参《げんざん》には、うぬらが首は、おれが取《と》る、そふ思《おも》つてけつかれ。

広次　おろか〳〵、うぬがやうなる白髪《しらが》首、討《う》ち落《お》とすは易《やす》けれども、不動明王の利剣《けん》によつて、此《(この)》場は、命助け帰《かへ》す。どつちへなりとも失《う》しやアがれ。

勘左衛門　何を。

少長　やれ、かた〴〵、控《ひか》へめされい。二ばん目も残つていれば、一ばん目はめでたく納《おさ》めて、此《(この)》場は此《(この)》まゝ、別《わか》れめされい。

広次　しからば舅《しうと》君の命《めい》に任《まか》せ、此《(この)》場は此《(この)》まゝ、別《わか》れべいか。まづ夫《(それ)》までは、

坂東太郎。

又太郎
雷蔵　直井の左衛門。

勘左衛門　川越太郎重頼《しげより》。

少長　かた〴〵。

皆々　さらば。

二 下座の鳴物。ドロ〳〵。
三 荒若衆らしい設定。
※立役も敵役も滅びることなく再会を誓って別れるのが、一陽来復をテーマとする江戸歌舞伎の構造。

以下三一六頁

一 下座の鳴物。太鼓入りの「寄せ」。大小の鼓に、太鼓と能管を吹き合わせる。広次と又太郎が鎧を引き合う荒事の演技に付けたもの。
二 雷蔵扮する鷲の尾三郎は、舞台の下手で軍兵数人を腹這いにして積み重ね、その上に跨り、右手で扇を差し上げ、見得を切る。背中を丸くする「こごみ」と呼ばれる姿勢と、小さな扇が市川流。扇を、わざと小さくして、体を大きく見せる工夫。「惣切あら事大勢取手を積かさねて其上にまたがり市川流のちいさき扇をひらいて先今日是ぎり」(寛政五年正月刊「役者当振舞」)。
三 絵面の見得。平台の中央に団十郎の不動と金伽羅・制吒迦。その前、平舞台中央に広次と又太郎が鎧を争う。上手に長裃姿の少長が立ち、下手に馬上の竜神巻姿の斎藤次、その脇に仲五郎の軍兵が控え、その上手、舞台中央の広次・又太郎との間に、雷蔵の鷲の尾が市川流の扇を揚げる。現在の

ト是より太鼓[一]、寄せにて、広次・又太郎、鎧《よろい》を引合て、まん中に立《た》つ。雷蔵[二]、若衆《(わかいしゅ)》を積《つ》み重《かさ》ねて、下《しも》の方に、その上《うへ》に乗《の》り、小《ちい》さき三升の紋の扇《あふぎ》を開《ひら》き、煽《あを》ぐ。少長、上《かみ》の方《かた》へ直る。[三]いづれも見得《へ》よく並《なら》ぶ

団十郎
雄次郎
門之助　なを／＼、行末《ゆくすへ》、守るべし。

ト是より唐楽《とうがく》[四]になり、上より三升[五]の付《つ》いたる大提灯《てうちん》、両方へ下る。花[六]降《ふ》る。唐楽《とうがく》、打《う》ち上《あ》げる

少長　是《(これ)》[七]より、二番目の始《はじ》まり。左様《やう》に御覧《らん》下さりませう。

幕引。かち[八]／＼／＼

千鶴万亀《(せんかくばんき)》[九]　大〻叶《(だいだいかなふ)》

桜田左交作

舞台と違い、本舞台の三間が上手に寄っているので、中央より下手よりに役者が多く並ぶことになる。

四 下座の鳴物。大詰の神霊事に使うもの。不動では双盤入りの唐楽を使う。太鼓・大小鼓・能管。望月太意之助「歌舞伎下座音楽」に「不動が押出しで出てせりふになり「かたがたさらば」で和歌謡〽ふしぎや虚空に音楽響き、実にも妙なる奇特かなで、不動「なほなほ行末守るべし」のせりふがあって、唐楽双盤入りになる。これにて「つみかさねの見得」あり、唐楽打上げる。茲にて「是より二番目始まり左様」というと打込みになる。不動は最初の打込みで東の方へ見得、二度目の打込みで西の方へ見得。三度目の打込みで剣を振り上げる見得があって幕になる」とある。

五 不動に奉納の大提灯。団十郎の三升の紋を付け、舞台の上手と、下手に吊り下す。

六 法会でおこなう散華(げさん)。舞台に、紙の蓮華の花びらを降らす。仏や菩薩の来迎のとき、天より花が降るさまを示したもの。

七 二番目の口上。座頭がいう。ここでは、長老の少長が代理でいう。

八 拍子幕の音。拍子柝で音を刻みながら幕を閉める演出。閉めおわると、表方が「二番目じゃあ」と声を掛け、下座で二番目シャギリを打つ。

九 千秋万歳のこと。芝居では秋の火の字を忌み嫌い、鶴は千年、亀は万年にかけていう。千客万来の意もかけたもの。大々叶は大いに叶う、意のままになるの意。商家の大福帳の裏に書く祝言。歌舞伎では台本などの裏に記す。

第二番目

役人替名の次第

一、忍の前《まへ》　岩井半四郎
一、元吉四郎女房お冬　二役岩井半四郎
一、岩手姫　佐野川市松
一、腰元　袖路《じ》　小佐川幾世
一、同　梅路《じ》　滝中金太郎
一、同　錦《にしき》木　山下松之丞
一、伊予守義《よし》経　松本幸四郎
一、和泉の三郎忠衡《ひら》　二役松本幸四郎

陸奥高館（たかだち）の段

一、姉輪の平次景宗　実ハ畠山庄司次郎重忠　市川海老蔵
一、元吉四郎高衡《ひら》　大谷　広次
一、伊達次郎安衡《ひら》　中村　仲蔵
一、家主佐七　実ハ本多次郎近常　市川純右衛門
一、下部島助　実ハ榛沢六郎成清　市川　雷蔵
一、奴綱助　市川　綱蔵
一、錦木戸太郎国衡《ひら》　富沢半三郎
一、藤原の秀衡　中村伝九郎
若い衆　大勢

時　文治二年（一一八六）十一月
所　陸奥平泉、藤原秀衡の館

一番目が、団十郎の富樫を芯に北国の義経伝説を描いたのに対し、二番目は幸四郎（三十七歳）と半四郎（二十七歳）の二人を中心に、藤原秀衡と五人の子供たちによる、義経をめぐる陸奥の物語が展開される。その間、時は文治元年から二年へと移り変わるが、季節は同じ冬、顔見世の十一月の雪景色のなかでドラマは始まる。

幸四郎は義経とともに、早替りで秀衡の三男、和泉三郎忠衡に扮し、義経の身代りに切腹する。その心底を隠し、大酒に耽り、鼓を打って謡を謳い、三味線を弾き、浄るりを語り戯れる。酒に乱れる姿を見せるのは、傾城に迷うふりをする団十郎の富樫とともに、顔見世で座頭役の立役が演じる二つのパターンになっている。

一方、女形の半四郎は、秀衡の娘、忍ぶの前に扮し、義経への恋ごころを掻きクドク嫉妬事を演じる。背景に歌われる湖出市十郎の独吟のメリヤスは、宝暦・明和・安永・天明が生んだ、時代の歌であった。

半四郎も、忍ぶの前とともに、秀衡の四男元吉四郎の女房お冬に扮し、お姫さまと裏店の女房とを、二役早替りで演じる。元吉四郎には大谷広次（三十四歳）が扮し、過酷な情況に、じっと耐える、大坂風の辛抱狂言を見せる。これら働き盛りの役者たちが大車輪で活躍するなか、海老蔵（六十三歳）が鎌倉の上使姉輪平次となって、悠然と登場する場面が座頭役者の貫禄を示すところになる。

本舞台三間の間、一面[一]の障子屋体《やたい》。西[二]の方に枝折門。東[三]の方に九尺の亭《(ちん)》、上げ障子。見付け柱[四]に紅梅[五]の身木《(みき)》を取付け、一面に雪[六]の降り積りたる見得《みへ》。幕の内より半三[七]、上下衣装にて、三方[八]に高さ[九]二尺斗《(ばかり)》の幅一尺位の板に、結構に釣鐘を絵に書《(かか)》せ、是に、撞鐘再興願主藤原秀衡と書付、三方に載せて有。雷蔵[一〇]・綱蔵[一一]、奴の形にて廂《ひさし》の雪を掻《か》いて居る見得《へ》。ちよん〳〵[一二]にて幕明く

綱蔵　錦木戸太郎国衡《ひら》さまへ申上まする。見ますれば、江州[一三]三井寺撞《つき》鐘再興、願主藤原の秀衡と、大殿のお名をお記《しる》しなされたる、その絵図。

雷蔵　それにお据《す》へなされましたは、いかゞの思《おぼ》し召付でござりまする。仰せ聞《き》けられませうならば。

両人　ありがとふ存《ぞん》じ奉りまする。

半三郎　様子《ようす》知《し》らねば尋《たづ》ぬるはもつとも。江州三井寺の撞鐘《つきがね》こそ、父秀衡《ひでひら》が先祖、下野[一四]の国の住人、田原藤太[一五]藤原の秀郷《ひでさと》、百足《むかで》を退治《たひぢ》し、その功によつて竜宮城より送りたる所の赤銅の撞《つき》鐘は、梵声《(ぼんぜい)》[一六]のものなればとて三井寺へ是を奉る。此度、父秀衡《ひら》いかなる願《ねが》ひにや、砕《くだ》[一七]けし所を再興《さいこう》せんと、かくの通り絵図をば認《(したた)》め、近〳〵に鋳させせんとの事。国衡《ひら》是を承り、今日

一　平泉の藤原秀衡館。前面に縁側の付いた本縁付きの二重屋体。正面、奥の背景に黒の塗り骨の障子。二　本舞台の下手。館の庭と外との境になる庭木戸。木の枝や竹でつくった簡単な開き戸。枝折戸ともいう。三　本舞台の上手。間口九尺の亭屋体。風雅な離れ座敷で、前面に揚げ障子がおろしてある。四　本舞台下手前方の柱。能で面をかけたシテが目印とするのでいう。目付け柱とも。五　冬に咲く梅。寒梅。冬至梅など。身木は実木。見付け柱を書き割りの板で囲い、梅の枝を付ける。六　白い雪布や綿をつかう。七　富沢半三郎。敵役。一番目では稲毛入道の鯰坊主と傾城若松の遣り手お辰に扮した。二番目では秀衡の長男錦木戸太郎国衡の役。鬘の鬢に「ぼっと」と呼ばれる乱れ髪がつく魯鈍な男に描かれる。大名の子らしく長袴の裃の礼装で上使を迎える弟らに対し、切袴の裃。これは出仕の際の通常の服装。幕があいたとき、正面の二重舞台の上に坐っている。八　儀式などに使う白木の台。九　タテ約六十《センチメートル》、ヨコ約三十《センチメートル》の額。三井寺に奉納するもの。一〇　市川雷蔵。一番目では鷲の尾三郎に扮し市川流の荒事を演じた。二番目では畠山重忠の家臣榛沢六郎の役。秀衡の奴島助に身をやつして館に入り込んでいる。一一　市川綱蔵。一番目では市川揃えの山伏の一人備前平四郎の役。二番目では秀衡の奴綱助を演じる。綱蔵に因んだ役名。一二　拍子柝の音。幕を明けるときに打つ。底本「ちやん〳〵」。白藤本で訂正。

三井寺の撞鐘再興

綱蔵　最《さい》上吉日なれば、父秀衡《ひら》へ伺《うかゞ》わんと、是まで推参いたしたはやい。
いかさま、是はありがたい思し召立、御先祖藤原の秀郷公より、お家めでたき藤原の秀衡公、三井寺の鐘《かね》御再興とは何よりの御孝行でござりまする。

雷蔵　夫《それ》につきまして伺《うかゞ》ひまするは今日の御上使一八、一九鎌倉表《かまくらおもて》より姉輪二〇の平次景宗さま御入なさるゝとの儀、いよ〳〵左様《さやう》でござりまするかな。

半三郎　なるほど、此度義経公、都《みやこ》をついに開《ひら》かせたまひ、御行衛知《し》れねば、父秀衡に御疑《うたが》ひかゝり、もしや匿《かくま》ひおきしかと、それゆへの上使。大切の折《おり》からなれば、粗忽《そこつ》のなひやうに心を付《つ》けひ。

両人　畏《かしこ》まりましてござりまする。

半三郎　時に中付るは此庭まわりの掃除《そうじ》。上使の御入《お》りに見苦《ぐる》しゆふなひよふに、爰かしこに降り積りたる雪を搔《か》け。

両人　ねヱイ。

ト歌二一になり、半三郎、煙草《たばこ》を呑《の》み居る。雷蔵、また橋懸《はしがゝ》二二りの雪を搔《か》きにかゝる。此歌《うた》のうち、雪二三いよ〳〵強《つよ》く降り、花道より市松二四、衣装打掛《かけ》、肌《はだ》に子を抱《だ》き、市女笠に銀の杖を突《つ》き、花道の中ほど

一三　近江(滋賀)の園城(おんじょう)寺の通称。

一四　栃木県。

一五　俵藤太。秀衡の先祖。以下は太平記十五「三井寺合戦并当寺撞鐘の事付俵藤太事」や、お伽草子「俵藤太物語」などに伝わる伝説。俵藤太が竜神に頼まれ三上山の百足を退治し、竜宮に招かれて与えられた赤銅の釣鐘を三井寺に寄進したとするもの。俵藤太は、のちに竜神の助けで平将門を討ち取り、出世することになる。

一六　梵砌(ぼんぜい)。寺院の境内。太平記に「鐘は梵砌の物なればとて、三井寺へこれをたてまつる」とあるによる。

一七　比叡山延暦寺に奪われた三井寺の鐘が、撞けども鳴らず、強いて撞くと「三井寺へゆかう」と鳴いたので、衆徒が怒り無動寺の上より落し、こなごなに砕いたとする太平記の記述にもとづく設定。ただし太平記では小蛇が来りて尾で叩くと、一夜のうちに鐘の疵がなくなり、もとの通りになったとある。

一八　江戸幕府の将軍の使者。ここでは鎌倉の頼朝の使いをいう。

一九　幕府のある江戸を江戸表という言い方にならったもの。

二〇　義経記七にある陸前(宮城県)の名所姉歯の松に因む名。松の南に藤原泰衡の家臣姉歯平次光景の館跡があった(大日本地名辞書)。姉歯平次光景は能「正尊」の切組で弁慶に殺される役。幸若舞曲「堀川夜討」では「陸奥(むつ)の国の住人に姉歯の平次光景、年積つて二十六、八十五人が力なり」と名乗る。人形浄るり「須磨都源平躑躅」(享保十五年)では「阿根輪」と書き京北面の武士の弟で半道敵・平敵の役どころとなる。江

に立留る。雷蔵・綱蔵、[一]内へは入る

市松　折悪《おりわる》ふ此雪の降《ふ》る事わいの。我君義経《よしつね》公に[二]亀割坂にて御別《おわか》れ中、人目を忍《しの》ぶ身の上《うへ》は、それぞと心のつかぬやうに、此[三]高館まで尋《たづ》ねて来《こ》よと、重《おも》き仰《（おほせ）》と、わが子のこと、[四]経《つね》若が此顔をちよとなりとも早《はや》う御目《め》にかけたさ、我こそ急ぐ此道の辺《べ》、果《は》てしの尽《つ》かぬものじやのふ。

ト又歌になり、市松、本舞台へ来て、辺《あた》りを窺《うかゞ》ひ

市松　嬉《うれ》しや〳〵、爰じや〳〵。マア[五]案内《あない》を乞《こ》ふてみるがよひ。コレちよと問《と》ひたい事があるわいの、誰《たれ》ぞそふ言《い》ふてたも、頼《たの》みたひ、それ〳〵。

綱蔵　はて、ぞんざひな案内の乞《（こひ）》やう、誰《だれ》だ〳〵。

雷蔵　是、おぬしやアそんなに軽《かる》はづみにものを言《い》つて、跡で目でも廻《まわ》さないがよひ。この[六]雪の降《ふ》るのに女の声、[七]大方《かた》雪女であるもしれぬ。

綱蔵　いやア。

雷蔵　それだによつて、滅多《めつた》に挨拶せぬがよい。

綱蔵　いかさま、そこ[八]もあり、蓋《ふた》もあり。

雷蔵　止《よ》しやれ〳〵。

綱蔵　何《なん》の事があるもんだ、[九]奥州六郡の主《あるじ》、秀衡さまのお屋敷に奉公する程も

戸の歌舞伎でも明和五年正月中村座「筆初曾我章」で半道敵の宮崎十四郎が役名に「あねハの平次」とある。平敵の役どころを座頭の海老蔵が名乗る設定。ただし、ここでは堀川夜討で殺された光景の一族らしい景宗を名乗る素性のはっきりしない人物となって登場する。

二一 下座の長唄。岩手姫の出端のための唄。

二二 下手の出入り口と本舞台の間。枝折門の外。

二三 三角形の紙の雪。天井の簀子に雪籠をつり、綱を揺すって降らせる。

二四 佐野川市松。義経の北の方、岩手姫の役。一番目では他に伊勢三郎女房お市に扮した。岩手姫の出端は、雪の中、幼い牛若丸を懐に入れ、二人の幼子の手を引いて都落ちをした常盤御前の見立てになる。抱き子と呼ばれる小道具の人形を懐に入れ、黒塗りの市女笠(図)で顔を隠し、銀棒の杖を突いて出る。

岩手姫雪中に抱き子の出端

一 橋懸りから枝折門をあけて庭の中へ入る。

二 越後の地名。義経の北の方が若君を出産したところ。和漢三才図会六十八に「伝えによれば源義経が北国落ちのとき、妾がここで子を産んだと云々」とある。義経記では出羽の亀割山で、若君出産ののち、北の方は義経とともに平泉に入る。

三 秀衡館の西、衣川に新たに設えられることになる義経の館。衣川の館《たて》ともいう。

雷蔵　ない、雪女でも[一〇]大蛇《じゃ》でも恐《こわ》がつてつまる物か。おれがどこ迄も行《い》つてみてこよふ、とは言《い》ふものゝ、やつぱりをれも気味《きみ》が悪《わる》ひ。

綱蔵　それ見やれ、どふして一人《ひとり》ゆかれるものか、おぬしとおれと連《つ》れだつてはどふだ。

雷蔵　こいつはよい〳〵、そんなら行《い》きやれ〳〵。

雷蔵　サア行《い》かふ。

ト雷蔵・綱蔵、気味悪《きみわる》そふに、[一一]門口へ寄《よ》り

綱蔵　いやア、なんと見たか。

雷蔵　美《うつく》しいものじやアなひか。

綱蔵　申《（まうし）》、いま頼《たの》みたひと仰《おつしや》つたは。

両人　お前《まへ》かへ。

市松　さいな、みづからは[一二]遥《はる》か田舎の者《もの》なるが、秀衡親子《ひらおやこ》の人〴〵に逢《あ》わねばならぬ用あつて、雪をも厭《いと》はず来たほどに、主《あるじ》へかくと伝《つた》へてたも。

綱蔵　なんだか知《し》らなひが、[一三]ぞんざいな物《もの》の言《い》ゝやう。主《あるじ》へかくと伝《つた》へいとは、こいつ[一四]将棋《せうぎ》を指《さ》しに来たな。

雷蔵　時にお前はどつちから此所へござりました。

秀衡館を舞台とする二番目を「陸奥高館の段」とすることで、この幕は、義経が秀衡を頼り平泉に入る前後の物語だけではなく、高館に移ったのちの鎌倉との攻防をもふくめて描かれる。

四　義経記では亀鶴御前。より男の子らしい名とし、世嗣を生んだ岩手姫に対する忍ぶの前の嫉妬心を強調するもの。経若丸の役名には、五代目団十郎が初舞台で「義経嫡男経若丸」に扮し虚無僧の浄るりに出たことなど先例がある（宝暦四年春中村座「百千鳥艶郷(くるわ)曾我」）。

※枝折門を境に、館の内と外で交される岩手姫と二人の奴の問答は、「道成寺」や「鳴神」を踏まえたもの。「道成寺」の坊主は、現行では大勢出るが、江戸時代は二人。主人公の白拍子の道行のあとで、木戸を挟んで洒脱な問答をかわす。

五　取りつぎを頼むことをいう。

六　「雷神不動北山桜」では、鳥も通わぬ山岳に鉦の音がするので、妖怪の類か、幽霊の所為かと疑い、雲の絶間姫と二人の坊主の問答が始まる。それを雪中なので雪女としたもの。常盤御前の都落ちを描いた舞の本「伏見常盤」で、伏見の木幡山の雪道に迷った常盤御前が「今夜は、雪けしからず降り積みたれば、雪女といふ物か。あら恐ろしや」とされた場面の応用。

七　「宗祇諸国物語」に「夫れは雪の精霊、俗に雪女といふものなるべし、かゝる大雪の年は稀にあらはるといひ伝へ侍れど」とある。安永五年刊・鳥山石燕画「画図百鬼夜

市松　サア、それは。

綱蔵　島助、油断《ゆだん》するな。此女は合点《がてん》のゆかぬやつだわへ。此雪の降《ふ》るのに供をも連れず、懐《ふところ》へ子を抱《だ》いて、産女《うぶめ》[一]かと思《おも》へば足があるし、頭《あたま》を見れば[二]田町の祭《まつり》を見《み》るよふな笠を着て、[三]コリヤ化《ば》けたな。いかにおいらが女に餓《かつ》へていればとて、[四]つまみに来《き》たな。油断《ゆだん》をするな〳〵。

雷蔵　合点《がてん》だ〳〵。

市松　そりやまあ何《なん》の事じやぞいの、みづからは秀衡《ひら》どのとは誼《よしみ》ある者《もの》、詳《くわ》しゆふ話《はな》すは逢《あ》ふての事、何《なん》であろふと、早《はよ》ふ此よし言ふてたもれ。

綱蔵　言《い》ふてたもれ、ぴい〳〵[五]たもれが呆《あき》れるは、サア、正体を顕《あら》わすまいか、どふだ〳〵。

半三郎　滅多《めった》な事をするな、早《はや》まるな、待《ま》て。

ト半三、[六]立《たち》かわり

半三郎　あなた様《さま》は伊予の守義経《よしつね》公の北の方、川越太郎重頼どの ゝ御息女、岩手姫さまでござりませぬか。

市松　みづからが身の上《うへ》を詳《くわ》しふ知つていやしやんす、そのもと様《さま》は。

半三郎　藤原の秀衡《ひら》が総領、[七]錦戸太郎国衡《ひら》めでござりまする。

行」に描かれる(図)。

八 その通りだ。「そこ」に、「底」を掛けて、底があるなら蓋もあると洒落たもの。

九 「奥六郡」という、安倍氏以来の歴史的呼称を踏まえたもの。鎌倉幕府成立後は奥州五十四郡と呼ばれる。江戸の芝居では、秀衡は普通奥州五十四郡の主(あるじ)として描かれる。ここでは羽州六郡の領主佐竹公を見立てる。

一〇 俵藤太の連想。瀬田橋の大蛇をおくせず跨いで通ったというもの。そのような豪傑の家筋の者が恐がって済むものか、という意。

一一 枝折門。

一二 都から落ちのびてきたことを隠すための嘘。「雷神不動北山桜」では「みづからは、はるか北山の麓の者でござんする」。「娘道成寺」では「この辺りに住む白拍子にて候」と名乗る。　一三 偉そうに。尊大な。

一四 「かくと伝へて」の「かく」を将棋の駒の角(かく)かと茶化したもの。

一 産褥で死んだ女の幽霊。子供を抱いて出るのでいう(図)。

市松　あの、そこもとが。

半三郎　まづ〳〵是へ。

ト市松を上座[八]へ直し、辺《あた》りを伺ひて

半三郎　まづもつて、さいつ頃《ころ》、亀割坂の辺に御忍《しの》びましますとは承りしが、経若丸さま御誕生より御安泰の体を拝《はい》し奉り、かよふな喜《よろ》こばしひ義はござりませぬ。父秀衡《ひら》義も、義経《つね》公あなた様《さま》、おふたり様《さま》の御入りを朝暮御待申ておりました。

市松　そんなら、我が君義経《よしつね》公、みづからが事までも、朝夕《あさゆふ》待ておわせしとや。

半三郎　我〳〵五人の兄弟ともに、お待《ま》ち申ておりました。

市松　世になき君やわらはまで、待《ま》つて居たとは嬉しや〳〵。

ト言《（いふ）》うち、半三、立て、雷蔵を見て反《そ》り[九]をうつ

半三郎　さあ、あなた様《さま》は義経公の北の方《かた》岩手姫。鎌倉殿より詮議《せんぎ》きびしく、梶[一〇]原平三景時が名代として、姉輪の平次景《かげ》宗、此処へ来る由《よし》、先達て飛脚[一一]到来。中《もふ》さば大切《たいせつ》なる折《をり》から、下郎は口[一二]のさがなき者、サア他言ンひろぐとたつた一ト打、並《なら》べておいて芋《いも》[一三]ざしだぞ。

綱蔵　アヽ是〳〵、滅多《めつた》な事をなされますな、何事も命《いのち》あつての物種、急度《（きつと）》他《た》

二 芝の田町の三田八幡宮。祭礼は八月十五日。練物でかぶる笠のことか。不詳。 三 狐が化けてきたな。 四 化かしにきたな。 五 炉辺の子供の遊戯の言葉「火い火いたもれ、火は無い火は無い」に掛ける。岩手姫の悠長な物いいを揶揄したもの。 六 二重の屋体より平舞台におりて、二人の奴と入れ替わる。 七 嫡子。義経記では「嫡子西木戸太郎頼衡とて、極めて丈高く、ゆゝしく芸能も勝れ、大の男剛の者、強弓精兵にて謀賢くあるを、嫡子に立てたりせばよかるべきに、男の十五より内に儲けたる子をば、嫡子には立てぬ事なりとて、当腹の二男を嫡子に立てける」とある。本作では、その長男を総領の嫡子とし、魯鈍な性質にした。 八 舞台の上手。 九 刀を抜こうとすること。 一〇 鎌倉の大名。義経を頼朝に讒訴し、兄弟不和となした悪者。 一一 早馬での使者。 一二 口が軽い。おしゃべりなので、秘密を守るため殺そうとするもの。歌舞伎の常套。 一三 芋を竹串で突き刺すように、二人いっぺんに突き殺すぞ、ということ。大袈裟な威し文句。

雷蔵[一]　言《ごん》は。

半三郎　仕りませぬ。

両人　しかと左様《さやう》な。

半三郎　そつとも[二]お気遣ひなされまするな。

市松　爰は端近《はしちか》[三]。

皆々　そんなら案内《あない》。

まづ御入《(おいり)》なされませふ。

ト歌[四]になり、市松・半三・雷蔵・綱蔵、入《はい》ると、奥《おく》[五]より幾世[六]・金[七]太郎・松之丞[八]、春右衛門[九]、衣装打掛《かけ》、下《さ》げ髪にて、花筒[一〇]へ梅の花を入れて持て出る。歌の中にて[一一]障子[一二]を上《あ》ぐると、此内に伝九郎[一三]、羽織衣装にて、鏡[一四]に向《む》かい香[一五]を炷《た》いて居る。此うしろに半四郎[一六]、衣装打懸《うち(かけ)》、病鉢巻《やまいはちまき》にて、伝九郎が髪[一七]を撫《な》で付て居る

幾世　忍《(しのぶ)》の前さまへ申上ます。今文字《こんもじ》[一八]は珍らしき雪の景色《けしき》、おしつらい[一九]に障《さわ》りませふかと思ひの外、常にない御機嫌《きげん》。

金太郎　ことに、大殿さまのお髪《ぐし》をお上《あ》げ遊ばして、お睦《むつ》まじきおふた方の御《(おん)》中《(なか)》、此上の事はござりませぬわいなア。

一 底本「綱」。綱蔵のセリフの意。白藤本により訂正。　二 ちっとも。　三 家の外に近いところ。人目に立つところなので。

四 下座の長唄。岩手姫の出端に歌ったものを、頭から繰り返して弾く。そのことを「付き直し」という。　五 上手奥の出入り口。

六 小佐川幾世。娘形で色子を兼ねる。色子は、舞台のほか芳町の陰間茶屋で勤めをする。役者全書に「米ヤ内」とある。米屋久八の抱え。ここでは忍ぶの前の腰元袖路の役。打掛衣装。下げ髪の姿。下げ髪は、髷を結いあげずに、うしろに垂らしたもの。官女などが使う。　七 滝中金太郎。娘役で芳町の滝田屋藤吉の内の色子。腰元梅路の役。打掛衣装。下げ髪。　八 山下松之丞。女形山下金作の弟子。娘形で色子を兼ねる。一番目では傾城若松の禿の役。ここでは忍ぶの前の腰元錦木に扮する。

九 京屋春右衛門。下立役の役者。若い衆の一人。下立役の頭篠塚浦右衛門に次ぐ頭脇(二番手)の役者。下立役なので番付等にも役名などはなく、男の役か女の役かも不明。打掛衣装に下げ髪の姿なら、腰元たちの差配をする年嵩の女中。大惣本では「上下いせう」の侍。この場合も老人。

一〇 花を活ける竹筒。

秀衡・忍ぶの前親子の髪梳き

一一 下座の長唄の途中で。

一二 上手の亭屋体の正面の揚げ障子。

一三 中村伝九郎。二代目。中村座の若太夫で、二年後、安永四年に八代目勘三郎を襲名して座元となる。初代伝九郎以来の朝比奈や奴丹前の上手で五十五歳のベテラン。

松之丞　今日《けふ》は鎌倉表《おもて》より、姉輪の平次景《かげ》宗さまのお入《（いり）》、御上使との、兼《かね》〴〵の御噂《（おんうは）》さ。

春右衛門　いかなる事か存《ぞん》じませねども、大切なる事、ずいぶん腰元衆も麁相《そふ》のないよふにしませふぞや。

二〇幾世　是は又、お庭に咲し梅の花、大殿さまへ進《しん》ぜられもの、忍《しの》ぶの前さまよりの仰《おゝ》せ付られで、ござりまするはいなア。

伝九郎　二一雪ふれば、木毎《ごと》に花ぞ咲にけり。

半四郎　二二いづれを梅と分《（わき）》て折《お》らまし。

伝九郎　二三時知《し》り顔に咲たる梅、てもしほらしひ物《もの》じやなあ。

半四郎　父上さまへ申上まする。今日は鎌倉表よりの御上使のお入り、いかなる事か存《ぞん》じませねども、わたしやいかふ案《あん》じられまするわひなア。

伝九郎　さして案じる事はない。此間より飛脚を以て、梶原平三景時方より案内《あんなひ》、それがしが主人と仰《あを》ぎ奉る伊予守義経公、まつた北の方《かた》岩手姫の御行方《おんゆくへ》、それがしが館《やかた》にまたぞろ匿《かくま》へおき、秀衡《ひら》逆意を企《くわだ》つるなどゝ、もつての外の噂《（うは）》さとり〴〵。思ひもよらぬ事なれば、上使へ対《たい》しそれがしが申訳は、いづれともに相分る義。少しも気遣ひないほどに、そちもそふ思《おも》ふ

一番目には出ず、二番目のみの出勤。館の主人、藤原秀衡の役。吾妻鏡・文治二年四月二十四日の条に「陸奥守秀衡入道」とあり、すでに出家法体となっている。「藤原三代画像」では丸坊主姿だが、ここでは山伏・修験者などに用いる「撫で付け」の鬘で有髪の僧となる。「撫で付け」の鬘は、義経の庇護者で六韜三略の巻を授けたとされる陰陽師鬼一法眼や、「義経千本桜」の川連法眼の連想。羽織着流しの略装で出る。

一四 黒塗りの鏡台。大惣本では「鏡立」。

一五 秋田藩の初代藩主佐竹義宣公の見立か。香を好み、替紋を源氏香の「花散る里」の図に定めた。

一六 岩井半四郎。若女形。二十七歳。秀衡の娘、忍ぶの前の役。女馬子の姿に身をやつした四建目の浄るり所作事に対し、二番目では下げ髪に振り袖の打掛衣装姿の時代物の姫君の扮装になる。越前の秋篠で義経と別れてより一年が経過。恋慕ゆえの恋病となっている。紫縮緬の病鉢巻をする。結び目は左。

一七 油で髪を梳きあげること。

一八 女房言葉。今日のこと。

一九 病気。義経への恋煩い。

二〇 底本では春右衛門のセリフ。大惣本により訂正。

二一 古今集六・冬歌、紀友則の歌の引用。漢字の梅を木毎とし、どの木にも白い梅の花が咲いたようだ、の意。

二二 秀衡のうしろから立身で髪を梳きながら下の句を詠みあげる。

二三 一陽来復の季節にふさわしく、白い雪のなかで紅い寒梅、冬至梅が咲いているさまをいう。白一色の紀友則の歌との対称。

て居たがよひ。
半四郎　あの、義経《つね》さまに奥さまがあるかへ。
伝九郎　はて仰山《ぎやうさん》な尋《たづ》ねよふ。義経《つね》公に北の方《かた》があれば何《なん》とする。
半四郎　サア、それは。
伝九郎　忍《(しの)》ぶ、是、あの江州三井寺の撞《つき》鐘再興の絵図を見い。先祖藤原の秀郷、[一]竜《たつ》の都《みやこ》より授《さづ》かり得たる所の梵声の器《うつは》。誠や[二]寿量品の功力《(くりき)》には、[三]竜女も[四]仏果を得たるとの不思議《ふしぎ》。たゞさへ[五]女は罪《つみ》深ひ、よふ[六]明きらめて嗜《たしな》みや〳〵。
半四郎　ハイ、ありがとふござりまする。悪《わる》ひ事とは思へども、義経公に奥方が有ては嫉《ねた》ましゆふ、[七]うたてし。
伝九郎　又かいやい。嫉《ねた》めば去るの[八]七去《(しちきよ)》の一《ひと》つ、女の疵じや、嗜《たしな》もふ。
半四郎　ハイ。
伝九郎　早《はや》ふ[九]髪をしまふてたも。
半四郎　かしこまりました。

ト又歌になり、[一〇]雪つよく降《ふ》る。と花道より[一一]幸四郎、一番目の山伏の形《(なり)》にて、笈《(おひ)》の上《うへ》にも笠の上《うへ》にも[一二]雪の積《つも》りたる体《てい》にて出て来て、

一　竜宮城。
二　法華経十六「如来寿量品」。大日本法華経験記など「娘道成寺」の原型となる説話を踏まえたもの。嫉妬のため蛇となり、道成寺の撞鐘のなかに隠れた熊野詣の僧を焼き殺した女が、法華経の寿量品を書写することで救われたとするもの。
三　謡曲「三井寺」に拠る。「まことやこの鐘は秀郷とやらんの竜宮より取りて帰りし鐘なれば、竜女が成仏の縁にまかせて、わらはも鐘を撞くなり」とある。法華経十二「提婆達多品」に、海竜王の八歳になる娘が男性に変身して成仏したとする説話を踏まえる。　四　成仏すること。
五　執着心が強いのでいう。煩悩の罪。女性には五障三従というさわりがあって成仏しえないとされた。
六　見極める。悟る。
七　いやだ。情けない。
八　「されば婦人に七去とて、悪きこと七あり。一には、嫜(しうとしうとめ)に順ざる女は去べし。二には、子なき女は去べし。是妻を娶は、子孫相続の為なれば也…三には淫乱なればさる。四には悋気ふかければさる。五に、癩病などの悪き疾有ばさる。六に、多言(ちくめま)にて慎なく、物いひ過は、親類とも中悪くなり、家みだるるものなれば去べし。七には、物を盗む心あるはさる。此七去は皆聖人の教なり」(女大学宝箱)。
九　髪梳きを終りにする。
※「髪梳き」は、江戸時代になって、うしろから髪を結うようになる新しい風俗によって生れ、元禄期に曾我狂言のなかで育成された。曾我十郎の髪を大磯の虎が梳く、恋

直に舞台へ来り、門の外に立て

幸四郎　行暮《くら》したる旅の修行者《しゆぎやうじや》[一三]。殊にかよふに降り積《つも》り、案内《あない》もとくと知《し》れざれば、一チ夜の宿を御奉事《ほふじ》[一四]あれ。卒爾《そつじ》[一五]ながら御挨拶、頼み存《ぞん》ずる。

伝九郎　珍《めづら》しき修《しゆ》行者の訪《おとづ》れ。[一六]日こそ大雪なれ、今日は鎌倉より上使のお入り、大切なる屋形の用、止宿《(ししゆく)》の願ひ叶《かな》ひ申さぬ。

半四郎　申、父上さま、仰《おつ》しやる事は御尤には存《ぞん》じますれども、みづからが病気の内《うち》、[一七]人の難儀《なんぎ》を救《すく》はゞ、わらはが身にも加持祈禱《きとふ》。忍ぶが願ひでござりまする、どふぞ今宵《こよひ》はお泊《と》めなされて下さりませい。

伝九郎　そなたの言《い》やる事ならば、強《し》ゐては言《い》わぬ、ともかくも。

半四郎　ありがたふござりまする。つね〴〵お前《まへ》のお話《はなし》に、あの光明皇后《こうぐう》[一八]さまは千人の垢《あか》をお洗《あら》ひなされしも、お身のお願《ねが》ひにてなされしとや。もつたいなひ事ながら、それに習《なろ》ふてみづからも、[一九]心の願ひも叶ふやうに、どれ〳〵忍ぶがお泊《と》め申ませう。

ト半四郎、亭《ちん》より下へをりて、門の口をあけ

半四郎　降り積《つ》む雪に御難儀《なんぎ》との御事、今宵《こよひ》のお宿をいたしませうわいな。

幸四郎　是は〳〵、早速《さつそく》[二〇]お心ざし、忝《(かたじ)》けなひ。

人同士の悲しい別離の場面に用いられた演出（郡司正勝「髪梳の系譜」）。ここでは、鏡台の鏡を介して、面と向かってはいいにくい、娘の嫉妬を諫める父親の情愛と、娘の哀れさを表現する。

義経の出端

一〇 紙の雪を強く降らせる。義経の出端を際立たせるための演出。歌舞伎の雪について、戯場訓蒙図彙では「いたつて大粒にて、ふりやうに殊の外むらあり。人のいるところへばかり一トむらにかたまりてふる。其人袖をはらひて内へ入れば、たちまちふり止む」と穿つ。

一一 松本幸四郎。三十七歳。五建目安宅の関の場の義経の扮装。兜巾・篠懸の山伏の姿。笈を背負い、笠を被り、金剛杖を持つ。鬘は撫で付けで、月代を剃ったもの。

一二 白い綿を付ける。

一三 仏道を修行する人。山伏。

一四 奉仕すること。白藤本「ほうしや（報謝）」。山伏に施しを与えることをいう。

一五 突然ですが。

一六 大惣本「折悪敷大雪なれど」。

一七 人の難儀を救い、功徳を積むならば、病い平癒のための加持祈禱を受けたのと同じことです、ということ。

一八 聖武天皇の皇后。仏道に深く帰依したことで有名。千人の垢を洗った話は元亨釈書などに伝わるもので、千人目の男の癩の膿を吸ったところ、男の体より大光明が出て、阿閦《(あしゆく)》仏であると告げたというもの。

一九 義経に逢いたい、という願い。

二〇 志し。僧侶に対する施し。布施。

半四郎　サア〳〵、こちへ。

　　ト半四郎、幸四郎が顔を見合、びつくりして

幸四郎　ヤア、そなたは。

半四郎　お前《まへ》さまは義経さま。

伝九郎　何、義経《よしつね》さまとは。

半四郎　サア、義経《よし》さま ◯[一] よし常《つね》ならぬ修《しゆ》行者さま、お宿申ませふ。

幸四郎　思《おも》ひもよらぬ忍ぶの前 ◯ 世を忍ぶ身のお宿の[二]御無心、しからばそれへ[三]通りませふか。

半四郎　サア〳〵こちへ、お通りなされませひ。

　　ト半四郎、無性《むしやう》に嬉しがるこなしにて、伝九郎が前《まへ》へ行き、笑《わら》ひかけ

半四郎　申、父上さま、御難儀《なんぎ》とあるお方を、お宿いたさいでよひものかいな。今《いま》も今とてお噂申た、伊予の守義経《つね》さまでござりますわひナア。

伝九郎　ヤイ〳〵〳〵〳〵、ヤイたわけ者め。今日此所へ鎌倉より上使のお入りは、その義経《よしつね》公詮議《せんぎ》の為。かゝる[四]怪《あや》しきその中へ、義経《よしつね》公をお泊《と》め申てよひものか。

一 思い入れ。気を変えるための間。思わず「義経さま」といい、はっとして「よし常ならぬ」といいまぎらすまでの間あい。
二 遠慮なく要求すること。ねだること。
三 館の内へ入ること。
四 いぶかしい。疑わしい。
五 どこからどこまでも。あくまでも。
六 義経を平舞台の上手に坐らせ、秀衡が下手に坐って敬うもの。館の入口に近い方が下座(しも)で、上手の方が上座(かみ)になる。この時、腰元たちも下におりて秀衡の下手うしろに控える。
※一年ぶりに、恋い慕う義経に再会した忍ぶの前が、義経に煙草盆を差し出したり、お茶を出したりする。娘形の、恋する気持ちを表わす演技のパターン。言葉にしきれない思いを行動で示すもの。
七 お構いなく。
八 義経記七「判官北国落の事」に「越後国直

半四郎　じやと言《い》ふても義経《よし》さま。

伝九郎　まだ吐《ぬ》かすか、世の中に義経公に似たるお方もあらいでは、サ、粗忽《そこつ》な事を申《(まうす)》。[五]どこがどこまでも、義経《よし》ではないぞ。

半四郎　ハイ。

伝九郎　御修《しゅ》行者、心おきのふ、是へ〳〵。

幸四郎　是は〳〵、然らば参《まへ》りませふ。

伝九郎　先《(まづ)》〳〵。

ト伝九郎、亭《ちん》より下へおりて、幸四郎を上座[六]へ直す。半四郎、煙草盆《たばこぼん》を出し、茶《ちゃ》を汲《く》んでゆく

幸四郎　[七]やはり差《さ》し置《お》かれて下されい。

伝九郎　ハテ扨、目《め》まぐろしひ、その方がせいでもよい事を。女共に言《い》ひ付《つ》けひ。して御修《しゅ》行者には、どれからどれへ通らるゝぞ。

幸四郎　手前義な、紀州[八]熊野山より出羽の国の羽黒山へ、年籠《[九]とし》りに参詣《けひ》仕る者《もの》でござる。寔《(まこと)》に今は不惜身命《[一〇]ふしやくしんめう》、頼《(たより)》まするは人の御助力、文字にも則《(すなはち)》、合せる力と、人の力をかりの世[一一]に、命一つを是迄やう〳〵、難[一二]行苦行いたして参る山伏でござるてさ。

江の津は、北陸道の中途にて候へば、それより此方にては、羽黒山伏の熊野へ参り下向するぞと申すべき。それより彼方にては、熊野山伏の羽黒に参ると申すべき」とある に拠る。熊野山、羽黒山ともに山伏の修験道のメッカ。

九 山伏の修行の一つ。年の暮に霊山に籠って修行し、新年を迎えること。京の都を落ちのびた義経一行は、大津の宿で、大津次郎に「羽黒山伏の熊野に年籠りして下向し候。宿を賜び候へ」（義経記七）と宿をこうた。浄るり「日高川入相花王」の安珍など、「道成寺」の山伏も熊野に年籠りをする僧という設定。それらを踏まえたもの。

一〇 仏教語。仏道を修めるためには身命をもいとわぬことをいう。今は、そのような僧の身となったので、人々の御助力によって生きていくしかない。その御助力のことを合力《(どうりき)》といい、文字に書くと合わせる力となる。

一一 人の力を借りるに、仮の世を掛ける。仏教で現世は仮の世とする考えにもとづく。仮の世は、仏教でいう現世。この世のこと。

一二 北国落ちの、辛い悲しい思いを、山伏の難行苦行の苦しさに掛けていう。

※二番目の底本国立音大本は、一番目の底本国会本を丁寧に臨写したもので、字配り、字体の崩し方、難読箇所の処理などをほぼそのままに写している。ただし、底本とした二番目には虫喰いによる損傷が多くみられる。本書では、それらを主に白藤本で補って翻刻した。

伝九郎　[一]御身《(おんみ)》在俗にてましませし時は、おごる平家を討《う》ち滅《ほろ》ぼし、源家の武運を開《ひら》き、[二]勅宣《ちよくせん》の一に撰まれ、[三]ある時は野に伏《ふ》し山に伏《ふ》し、山伏とまで成《(なり)》果《(はて)》給ふ御《おん》身の上《うへ》。いかに[四]讒言《ざんげん》の舌の根するどければとて、[五]鎌倉殿の御心底、思へば〳〵何事も[六]前世《ぜんせ》の約《やく》束。[七]藤原《わら》の清衡は義《よし》家公の恩顧《おんこ》の武士、それがしとても[八]左の通り、義経公に似たる山伏、どこがどこまでもお宿《(やど)》いたそふ。

幸四郎　スリヤ、[九]世に捨《す》てられて世を捨し此山伏を、昔《むかし》に変《かわ》らず御宿なさるゝ御所存か。

伝九郎　武士の魂《たましゐ》、[一〇]大磐石《ばんじやく》。

幸四郎　忝ない。

伝九郎　娘、義経《よしつね》公に似たる大切なる御修《しゆ》行者《じや》。もしもの事のなひように、其方御側に居て[一一]御馳走申しや。

半四郎　あの、みづからをあなたのお側《そば》に。

伝九郎　いかにも。皆の者《もの》、参れ。

ト歌[一二]になり、伝九郎、幾世・金太郎・松之丞・春右衛門、続《つゞ》いて奥へ入《はい》る。相方《かた》になり、半四郎、幸四郎が側《そば》へ行、振《ふ》り袖にて背

一　あなた。義経のこと。出家した山伏だとおっしゃいますが、まだ出家する前、俗人でおられたときには、の意。
二　天皇のみことのり。その公文書。
三　平家との合戦で、義経が「山野海岸に起き臥し明か」したことを振りかえる謡曲「安宅」のクセを踏まえる。「ある時は舟に浮かみ…ある時は山背の」。
四　梶原の讒言。
五　頼朝。
六　この世に生れる前からの因縁。運命。
七　後三年の役で、秀衡の祖父清衡が、義経の曾祖父にあたる八幡太郎義家に従って戦い、出羽の押領使として奥六郡の領主となったことをいう。
八　その通り。先祖の例にならって。
九　世間から見捨てられ、俗世を捨てて出家したことをいう。
一〇　けっして動揺しない。少しも動かない。
一一　お世話をすること。
一二　下座の長唄。
一三　移動式の炬燵。櫓の上に布団を掛け、なかに炉を入れて暖めるもの。二重舞台の

中の雪を払《はら》ひ、一三置炬燵《こたつ》をおろし、幸四郎が側《そば》へ置《お》き

半四郎　此やうな、お嬉しひ事がござりませうかいな。焦《こ》がれ〳〵ておりました、あなたに御目《め》にかゝるといひ、あの物堅《ものがた》ひ父上さままで、あなたのお側《そば》に付《つ》いてい一四ゝてゝ、何から何《なに》までこうした一五首尾《しゆび》もあればこそ、惜《お》しからぬ命を存《なが》へおりました。よふお顔をお見せなされて下さりませひ。

幸四郎　一六それがしとても懐《なつ》かしさは同じ事。一七いつぞや越前の国、秋篠の里にて、不思議《ふしぎ》に逢《あ》ふて、それより後は便りも聞《き》かず、どふかこふかと案《あん》じて居たが、やれ〳〵、よふそなたにも、一八まめで居てたもつたのふ。

半四郎　ハイ、あなたにお目にかゝろふ〳〵と、思《おも》ふ一念ばつかりで、まあこふいたしておりまする。時に、申上ねばならぬ事、今日《けふ》、此館《やかた》へ鎌倉より、あなたのお身のうへ詮議《せんぎ》せんとて、梶原が名代、姉輪の平次が参りますわいな。

幸四郎　何、それがしを詮議《せんぎ》のため、兄頼《より》朝公より此家のあるじ秀衡《ひら》へ、姉輪の平次が上使とや。

半四郎　ハイ、お身の為に大切なる今日の上使。何やかにお心をお付《つ》けなされませふ。

置炬燵での再会

上、館の内より下ろし、前舞台に置く。前舞台は、あるときには前庭ともなり、座敷ともなる。「勝手の悪い時は座敷も庭もわからぬ様な世話場も有。舞台に人がせる時はいつの間にやら門口がないよふになる事もござる」(文政十二年刊「役者内百番」)とされる歌舞伎の空間処理の方法。ことに江戸では、前舞台が客席の土間に張り出しているので炬燵の場面にクローズ・アップの効果がでる。

※置炬燵は、雪中の相合傘の出端とともに、顔見世の和事師と若女形の色模様に使われる代表的な道具だての一つ。元禄期、京の坂田藤十郎の「夕霧伊左衛門」の和事、江戸の中村七三郎の濡れ事などで演出が確立されたもの。義経に扮する四代目松本幸四郎は、京生れの江戸役者で、坂田藤十郎・沢村宗十郎の京風とともに、中村七三郎の江戸風と、二つの和事を継承する役者。七三郎の江戸風は、武道事になると「きかぬきになるやいなや、左右のもゝ立一度にとり、すぐに刀に手をかくる身のひねり、中村一流外の役者につんとない事」(三国役者舞台鏡)とあるのが特色。

一四　いいと言うて。いいとて。
一五　事のなりゆき。
一六　底本「それがしまでも」。白藤本で訂正。
一七　四建目の浄るり所作事の場面をいう。ちょうど一年ぶりの再会になる。
一八　無事で。

幸四郎　ヱヽ、情《なさ》けなき頼朝《らいてう》の計らひ。連《つら》[一]なる枝葉のそれがしを、何《なん》ぞや反逆《ほんぎやく》蜜[二]謀の輩《やから》と等《ひと》しく、根[三]を立《(たつ)》て葉を枯《か》らさんとの今日の上使か。よし〱、此まゝに死《し》なんより、おのれ姉輪の平次、陪臣《ばひしん》[四]ながらも当《とう》の敵《かたき》、主《(しゆう)》[五]に刃《は》向《む》かふ人非人《(にんぴにん)》[六]、それがし[七]が一刀の下《(もと)》に討て捨《す》てん、それ。

半四郎　もし〱、[八]お情なひ事、仰《おつしや》りますな。[九]その様《よふ》な気な御心から、[一〇]よしない梶原が讒言《ざんげん》。あなたのお腹は立ふとも、お待《ま》ちなされて下さりませい。

幸四郎　忍ぶの前、支《さゝ》ゆるな。猪《いのしゝ》[一一]武者とも言《い》わば言《い》へ、おのれ姉輪の平次、義《よし》経《つね》が刀《かたな》の切味《あぢ》見せん、それ。

半四郎　まあ〱、お待なされませい。

ト幸四郎、行ふとするを、半四郎、いろ〱留る。此内に、舞台にありし櫛箱[一二]をひつくり返へす。夫《(それ)》にも構《かま》わず、幸四郎、振《ふ》り切て行ふとする

半四郎　まづ〱、お待《ま》ちなされませひ。

幸四郎　放《はな》したく〱。

仲蔵　[一三]伊予守義経公、伊達の次郎がお留《とゞ》め申《(まうし)》まする。先《(まづ)》〱、お待《ま》ちなされて下されい。

一 兄弟。二 正しくは密謀。三 根絶することをいう。四 将軍頼朝にとって家来の家来。梶原の家臣なのでいう。本来なら、頼朝の兄弟である義経とは立場が違うので、直接相手にする者ではないが、当面の敵なので、という意。五 主君。頼朝の弟なのでいう。六 人の道にはずれた者。ここでは武士道。七 手討ちにする。主君が、みずから家臣を斬ること。江戸初期には「慮外したる者は、侍仲間共、主人手討多し」とされたが、享保には「近年は、左様の咎、仕る者もなきか。又は主人慈悲にてか。透(すき)と止む」(八十翁疇昔話)とされた。ここでは、純粋で血気盛んな義経の性格を現わす。八 情け容赦のないこと。慈悲の心に欠けること。九 そのように激しいお心から。梶原の讒言の原因とされる、屋島の合戦での「逆櫓」の論争のことをいう。一〇 根拠のない。理由のない。一一 思慮なく突進する武者のこと。一二 櫛笥(くしげ)。櫛など髪を結う道具を入れた箱。忍ぶの前の道具で、父秀衡の髪を梳くのに用いたもの。※忍ぶの前の櫛箱と鏡台は、亭屋体の内、二重舞台の上にあった。それを、どこかで平舞台におろさなければならないが、台本に指定はない。金井三笑によって、小道具などの付帳と呼ばれるノートが作成されるようになり、鶴屋南北を経て河竹黙阿弥の時代へと、台本における小道具の指定は緻密になる。その反面、桜田治助のような、場面の思い切った展開がみられなくなる傾向にある。

秀衡の次男安衡の出

ト歌[一四]になり、障子[一五]を引上る。内に仲蔵[一六]、長上下、小《ちい》さ刀にて居《い》る。
[一七]上《うへ》の方《かた》に市松[一八]、以前《いぜん》の形《なり》にて、経《つね》若丸を抱《だ》き、立て居《い》る。幸四郎、市松を見て

幸四郎　ヤア、そなたは岩手姫ではないか。

市松　我君さま、まづ〳〵、お待《ま》ち下されませい。

ト市松、下へおりて、幸四郎を留《と》める。半四郎、無性《むしやう》に腹《はら》立てあた[一九]阿房《あほう》らしい、何《なん》のこつちやいの。あなた様《さま》は、どなた様《さま》でござりまするへ。

半四郎

仲蔵　義経公の北の方《かた》、岩手姫さま。さいつ頃、亀割坂にて御誕生《たんぜう》ましましたる、若君経若丸さまもろとも、先達《さきだつ》て此屋形へお越《こ》しなされた。随分《ずいぶん》御大切にいたせ。

半四郎　何《なん》の兄《あに》さんとした事が、まあ、あなた方《がた》のお世話《せは》がどふして、こちとらがなるものでござんすぞへな。世間《せけん》の譬《たと》へにも、女子《おなご》[二〇]は男同士《どふし》、お前《まへ》よりひよふにお世話《せわ》なされてあげましたが、よふござんすわいナア。

仲蔵　こいつ、色〳〵な事を言《い》ふやつじや。憚《はばかり》ながら、義経公へ申上まする。御初冠《ごしよくわん》[二一]のおりから、お目《め》見得《へ》仕りましたる、秀衡《ひら》が次男、伊達の次郎安

一三 亭屋体の内側で言うセリフ。秀衡らが亭屋体より下りて平舞台に来たあと、適当なところで揚げ障子をおろしておくことになる。 一四 下座の長唄。 一五 上手の亭屋体の揚げ障子。 一六 中村仲蔵。実悪。三十八歳。一番目では三建目の暫のウケ、色悪の是明親王に扮した。二番目では、秀衡の次男、伊達次郎安衡の役。史実では、普通泰衡と書かれ、父秀衡の没後、その遺跡をつぎ陸奥出羽押領使として奥六郡の主となる。頼朝の圧迫を受け、文治五年に義経を衣川の館に討つが、同年、頼朝に滅ぼされる。江戸歌舞伎では実悪の役どころとなっている。立髪に生締の鬘。熨斗目長裃は、殿中と呼ばれる将軍の御殿で諸大名が用いる礼装。熨斗目(のし)の長裃の衣装。小刀(ちいさがたな)という殿中差しの短刀を差す。将軍よりの上使を迎えるための礼装。佐竹藩の記録を集めた国典類抄をみると上使の出迎えには熨斗目長袴の場合と半袴の場合とがある。ここでは、見た目の好い長袴の方で出る。

一七 亭屋体の内で坐っている仲蔵の安衡に対し、立身の岩手姫の位置をいう。安衡が軽く岩手姫を止めているかたちになる。

一八 佐野川市松。岩手姫の役。下げ髪。打掛衣装。小道具の抱き子を抱く。 一九 なんと馬鹿馬鹿しい、どうしたことだ。義経に別な女性が近づいたので腹を立てていうセリフ。 二〇 諺「女は女同士」のもじり。女性は同性で助けあう、の意を逆に言ったもの。 二一 元服。「ういこうぶり」の音読み。義経の元服は、普通、奥州下りの途中、熱田のこととされる。白藤本・大惣本では「御若冠」。

幸四郎　衡《ひら》めでござりまする。まづ〳〵、御機嫌《きげん》よい体《てひ》を拝し、恐悦至極《きやうゑつしごく》[一]に存《ぞん》じ奉りまする。

仲蔵　寔《(まこと)》に承安《しやうあん》[二]四年より、今文治二年まで十四年が間《あいだ》、文通[三]のみにて中絶《ちうぜつ》したる伊達の次郎であつたか。汝も[四]堅固《けんご》で重畳《てうぢやう》〳〵。

幸四郎　ありがたひ御意を蒙《かうむ》りましてござりまする。経若丸さまへも御挨拶《さつ》を遊《あそ》ばされませひ。

仲蔵　どれ〳〵、経若丸かやい。そなたの父じや。どれ、顔見せてたも。

　　ト抱《だ》き子《ご》を受《う》け取《と》る

市松　ハイ、あなたによふ似《に》た額《ひたひ》[五]のかゝり、よふ御覧《らん》あそばしませひ。二人《ふたり》[六]になりしその日より、今の今までそもやそも、大かたならぬ艱難辛苦《かんなんしんく》。此《(この)》お子《こ》まで何かの不自由《ふじゆう》をさせましたわひナア。

幸四郎　広《ひろ》き世界に生《う》まれながら、現在[七]の兄は日本の武将[八]。弟に生れし義経親子は、かくまで此身《(このみ)》[九]を狭《せば》められしか。思へば〳〵、口惜《を》しいナア。

　　ト思入すると、抱《だ》き子《ご》が泣《な》[一〇]き出す。市松、取《と》つて抱《いだ》きかゝへ

市松　可愛《かわい》や〳〵。

仲蔵　憚《はゞか》りながら伊達の次郎が、ちと若君をお抱《だ》き申《(まうし)》ませう。近《ちか》ごろ憚《はゞか》りなが

一　たいそう喜ばしく思います。目上の人にいう言葉。
二　義経が奥州入りした年。このとき義経十六歳。承安四年(一一七四)から文治二年(一一八六)までは足かけでも十三年間しかない。四建目の義経と忍ぶの前の出逢いを十三年ぶりにするための設定。
三　義経は、治承四年(一一八〇)に、黄瀬川で兄頼朝と対面する。そのとき「秀衡ノ猛勢ヲ恃ミ、奥州ニ下向シ、多年ヲ歴タルナリ」(吾妻鏡)と述べたという。それを奥州入りの翌年から姿をくらまし、秀衡のもとに帰ることはなかったという設定にしたもの。忍ぶの前の、義経への見ぬ恋の趣向が強調されることになる。
四　安衡も達者で満足である。
五　額のあたりの様子。父親である義経に良く似ているということ。義経の容貌の特色として、向う歯、反っ歯、猿眼《さるまなこ》などの指摘はあるが、額についてはない。あるいは「相書にかくの如き眉を判官眉と号けて短気の相とす」(理斎随筆・図)とされる額から眉にかけての特色をいうか。または、義経に扮した松本幸四郎の額の広い当世風の特色を指すか。
六　出産をすることをいう。
七　正真正銘の。まぎれもない。頼朝のこと。
八　武家の棟梁。将軍のこと。ただし、頼朝が征夷大将軍となるのは六年後の建久三年。
九　逃亡の身をいう。
一〇　囃子方が赤子笛を「おぎゃあ〳〵」と吹く。「堺町(中村座)では笛の役也」(安永五年「鵜の真似」)とある。のち小道具方の担

ら、どれ〳〵。

　ト市松が方より抱《だ》き子《ご》を取《と》つて、半四郎が方《かた》へ連《つ》れ行《ゆく》。幸四郎、[一一]気《き》の毒《どく》なる思入《おもいれ》。半四郎、其子《そのこ》を見て、無性《むしやう》に腹《はら》を立《た》つ

市松　みづからに[一二]乳《ちゝ》が無《の》ふて、たいていや大かた、難儀《なんぎ》な事ではなかつたわいのふ。

仲蔵　左様《さやう》でござりませうとも。去ながら義経《よし》公に似させたまひ、気高《けだか》いお生れ。是《これ》〳〵妹、お側《そば》へ寄《よ》つて、お見あげ申《もう》せ。

半四郎　[一三]知《し》らぬわへナア。

仲蔵　こいつが〳〵。いかにおのれが年がゆかぬ迚《とて》、若君をお抱《だ》き申《まうす》を知《し》らぬとは、物《もの》の言《い》ひやうを知《し》らぬ。是やひ、此若君は義経《よし》公と北の御方、御中睦《むつ》まじゆふて御平産なされた若君経若君さま。その方《ほう》もおあやかり申《まうす》やうに、サア〳〵お抱《だ》き申せ〳〵。

半四郎　無理《むり》な事ばつかり言《い》わしやんすわひナア。どふして義経公と岩手姫さまと、お中が睦《むつ》まじうてお出来《でき》なされた若君さま、何が面白《おもしろ》ふて抱《だ》かるゝものじやぞひなあ。あた阿房《あほう》らしひ、人の心も知《し》らしやんせいで。

仲蔵　色〳〵の事を吐《ぬ》かしおる。かゝる目出たひ若君さま、[一四]おむつかる程《ほど》に、

当になる。
一一　心苦しい、困った様子を見せる。半四郎扮する忍ぶの前に対する感情。
一二　母乳が出ないことをいう。
一三　わたしには関係がないことです。放っておいてください、という意。
一四　赤ん坊が泣きだすこと。

※仲蔵の扮する伊達次郎は、妹忍ぶの前が義経に惚れていることを承知の上で、わざといやがらせをして苛める。表向きは義経の味方のふりをしているが、このような情愛に欠ける行為をみせるところが敵役の性根。実と悪とを使いわける実悪の役どころになる。

以下三三六頁

一　無愛想。　二　千年も万年も。いついつまでも栄えますように。　三　お祝いの挨拶。　四　忍ぶの前に対し、うまいことを言って口説いた義経にいう。　五　自分にとって好ましくない語句に付けて、その感情を強調するもの。素直に祝うことのできない忍ぶの

半四郎　お側《そば》へ寄《よ》つて、笑《わろ》ふてお目《め》にかけい。

仲蔵　何《なん》の可笑《おか》しゆふもないに。

半四郎　兄が詞《ことば》を背《そむ》くか。

仲蔵　そんなら、笑《わら》ひまするわいナア。

半四郎　サア、早《はや》ふ笑ふてお目《め》にかけい。

仲蔵　笑《わら》はひでは、ヲヽ可笑《おか》し、ヘヽヽヽ。

半四郎　もつとお側へ寄《よ》つて、お抱《だ》き申て御機嫌《きげん》を伺《うかゞ》へ。

仲蔵　何《なん》の、それには及《およ》ばぬわいな。

半四郎　ハテ、お抱《だ》き申《もう》せ。

仲蔵　アイ。

半四郎　何をそのやうに不人相《ぶーにんさう》な顔をする。笑《わろ》ふて御目《め》にかけい、笑《わら》ひおらぬか。

仲蔵　アイ、ヘヽヽヽ。

　　ト泣《な》きながら笑《わろ》ふ

半四郎　若君御誕生で千秋万歳[二]と、御祝義[三]を申せ。

仲蔵　ヲヽ、お目出《めで》たひ事でござりまする。人[四]には何《なん》にもないと言《い》ふて、よふ此やうな目出《めで》たい事。若君御誕生とは、ほんに、あた[五]目出《めで》たふ、あた嬉

前の気持ちを表わす。悲しい気持ちを表わす。六 めでたくて涙が出る。悲しい気持ちを表わす反語。
※この場面の忍ぶの前は、近松半二作の人形浄るり「妹背山婦女庭訓」御殿の場のお三輪の格。「妹背山」の初演は二年前、明和八年のことで、大坂ではすぐに歌舞伎化された。江戸の初演は人形浄るり・歌舞伎ともに安永七年のことになる。恋する男烏帽子売り其原求馬の聟入りを聞かされ、官女になぶられたお三輪が殺される。「疑着の相」と呼ばれる嫉妬に狂ったお三輪の生血によって、悪人の入鹿を滅ぼすことになる物語。七 仲蔵の扮する安衡の意地の悪いところを見せる演出。義経たちの見ていないところでする嫌がらせ。八 赤子笛を激しく吹く。九 半四郎の忍ぶの前が抱き子を兄に渡してから、その抱き子が取りおとされて激しく泣き出すまでの幸四郎の動きに対する指定。半四郎の動きと同時に進行することをいう。一〇 はずみで。一一 渋や漆を塗って丈夫にした厚紙。四つに折りたたむのでいう。髪を梳くときに下に敷く。一二 落ち髪。髪を梳いたときに落ちた毛のこと。焼いて灰にすると薬になるとされた。和漢三才図会十二に「欬嗽(せき)、五淋、大小便不通、小児の驚癇、吐血、衄血(じくけつ)および諸血病を治す」とあり、子供の舌下の血脈が脹れあがる重舌や、鼻血にも効くとある。一三 毛がたくさん落ちるさまを表わす。一四 白藤本で補う。一五 血が盛んに流れ出るさまをいう。一六 落ち毛に仕込んだ血のりを絞り出す小道具の仕掛け。血のりは、紅に生麩を混ぜて煮てつくる。血のりを、義経の白の大口の膝にたらす。視覚的効果をねらった

しひ事でございまする。あんまり目出《めで》とうて〳〵、[六]目出た涙がこぼれまするわひなア。

ト半四郎、抱《だ》き子を仲蔵に突《つ》き付る。仲蔵、[七]わざと取落《おと》して、[八]抱《だ》き子《ご》を泣《な》かせる。[九]此うち、幸四郎、半四郎が言《い》ふ事を咳払《せきばら》いして、市松に聞《き》かせぬやうにする。市松は、幸四郎と半四郎が体《(てい)》を見て、いろ〳〵気《き》を揉《も》む事あるべし。とゞ市松、下に泣《な》いて居る抱《だ》き子《ご》を取《と》り上《あ》げる[一〇]張《は》り合に、櫛《くし》箱より落たる[一一]畳紙《たとふ》を引上て、半四郎が髪の[一二]落《お》ちを[一三]ばら〳〵と取《と》り落《おと》す。それを知《し》らず市松は、抱《だ》き子《ご》を[一四]寝《ね》せつける。幸四郎、何心なく其《(その)》髪の落《お》ちを取《と》り上ると、幸四郎が膝《ひざ》の上《うへ》へ、[一五]だく〳〵と[一六]血《ち》潮《しほ》したたるゝ。と、幸四郎、びつくりして、鼻《はな》紙にて、拭《ふ》いて見て

幸四郎　かふゆう事もあるものか。畳紙《たとふ》より落《を》ちたる此《(この)》黒髪、何とのふ取《と》り上《あ》げ見れば、是《(これ)》、此よふに血《ち》潮《しほ》のしたゝり。誠や、[一七]髪は血に属《ぞく》して、[一八]女の全《ぜん》体《たひ》とす。自《し》然《ぜん》と[一九]愛着《あいちやく》を生《せう》ずるゆへ、至《(いたつ)》て嫉妬《しつと》の深き者の、かゝる不思議《ふしぎ》の有《(ある)》といふ、[二〇]異説を思ひ合《あ》わすれば、[二一]ても恐《おそ》ろしや女の心《こゝろ》。うわべに見へぬ黒髪の血潮《しほ》に成りしは、ハテナア。

演出。「忠臣蔵」の定九郎が血へどを吐いて、白塗りの素足に血をたらす演出も、この時代に確立される。

※女の髪の毛より血のしたたりおちる趣向は、女鉢木三鱗(元禄十五年)など先行作がある。のちに「四谷怪談」のお岩の髪梳きの場面に応用され、今日まで残った。「四谷怪談」では、海綿に小麦粉と食塩に少し墨を加えたものを吸わせた「血玉」を使う。白地の衝立を半分倒して、その上から血玉を絞り、視覚的効果を強調する。

一七 髪の毛は血の余りだとする考えを踏まえたもの。本草綱目に「時珍曰、髪者血之餘、血者水之類也、今方家呼㆑髪為㆓血餘㆒、蓋本㆓此義㆒也」とある。ことに抜け毛のことを乱髪、または血餘(よけつ)という。市川家の家の芸「毛抜」では、姫の髪が逆立つのを見て粂寺弾正が「髪の毛は血分の余り、心肝腎をかねて四体ゑ及ぶ。血分の足り不足によっては色々と髪筋の格段は有もの」(雷神不動北山桜)という。一八「女に美人の徳あまたあれど、髪のうるはしきが第一の徳なり」(徒然草参考)など、長い髪を美人の第一の条件とする考えを踏まえたもの。忍ぶの前が触れた光明皇后は一丈あまり、義経の愛妾静御前は八尺ばかりの長髪とされた。一九 愛情に執着すること。どうしても思い切ることができないこと。

二〇 不詳。嫉妬ゆえではないが、「髪、血となる」例として、広文庫では、中国唐の小説「志佐録」の三を引く。「梁鄴上元後、忽髪変如㆑血、卜曰、元夜食㆓牛肺㆒、犯㆓天枢巡使夜行㆒、禱可㆑免」とある。二一 さても。不思議な現象に出逢ったときに使う常套語。

仲蔵　すりや、其畳紙《たとふ》より落たる黒髪の血潮《しほ》のしたゞり、いたつて嫉妬《しつと》の深《ふか》きゆへと、義経公の仰らるゝにて、心当りの事こそあれ。妹忍《しの》ぶ、それへ出い。

ト仲蔵、半四郎を引寄て、畳紙《たとふ》と黒髪とを取て、半四郎に見せる。半四郎、[一]幸四郎が方へ顔を隠《かく》し

半四郎　兄さん、わたしや恥《はづ》かしいわいナア。

ト泣《な》き出す

幸四郎　そんなら今の[二]黒髪は、忍ぶの前の黒髪。

市松　ハテなあ。

[三]ト顔を見合て、思入《おもいれ》あるべし。其内《(そのうち)》に、[四]ばた／＼にて、花道より[五]広次、随《ずい》分汚《きたな》き中間の形《(なり)》にて、走り出《(いで)》、花道の[六]中にて手を突《つ》き

広次　[七]中上まする。鎌倉殿より御上使、梶原さまの御名代として、姉輪の平次景《かげ》宗さま、只今是《(これ)》へ御入りでござりまする。

仲蔵　何《(なに)》、御上使とや。

幸四郎　ヤア、[八]そなたは秀衡《ひら》が悴。

広次　[九]和泉の三郎が弟、[一〇]元吉四郎高衡《ひら》にてござりまする。義《よし》経公には御安泰《あんたい》に

一 義経に顔を見られると恥かしいので隠す。
二 底本「黒紙」。白藤本で訂正。
三 幸四郎の義経と、仲蔵の安衡が顔を見合せ、忍ぶの前の黒髪であることを確認したあと、幸四郎の義経と、市松の岩手姫が顔を見合せる。 四 足音の擬音。両手に柝を持って、舞台の床に打って、バタ／＼という音を出す。ツケ打ち。現行では、舞台ではなく、ツケ板を打つ。
五 大谷広次。三十四歳。一番目は、直井左衛門の役。二番目では、秀衡の四男、元吉四郎高衡の役だが、勘当同然の身分で長屋に住んでいる。木綿布子の着流しという世話の姿。髷も、きれいに梳きあげたものではなく、鬢の毛が乱れたもの。刀を一本差す。 六 花道の中ほど。七三の位置。
七 俗に「中上げます」と呼ばれる役どころ。来客の報告をするだけの軽い役で、普通、若い衆の役者が勤める。そのような端役の役どころを人気役者の広次が演じる、やつしの趣向。
八 義経は、中間姿に身をやつした男を、秀衡の悴だと見ぬく。十四年前に別れたときの幼な顔を記憶していたという設定。実悪の仲蔵扮する伊達次郎との再会の場面と対照的。広次の元吉四郎は義経に対し忠義一途の男として描かれる。 九 秀衡の三男、和泉三郎忠衡の弟。勘当同然の身であるが、秀衡の四男であることを名乗るもの。
一〇 秀衡の四男。元吉冠者高衡ともいう。
一一 奥州入り。 一二 勘当同然の身分なので、晴の席には出られない、ということ。
一三 立ち去れ。
一四 花道の揚幕のなかでいう「呼び」。上使

てお入[一二]りなされましたか。

ト広次、つか〳〵と枝折戸の側《そば》へ行。仲蔵、門の戸をさして

仲蔵　同席《どうせき》[一二]かなわぬぞ、下《さ》[一三]がれ。

広次　なんと。

ト詰よる。花道[一四]にて、上使と呼《よ》ぶ。是より幸四郎・市松、驚《おどろ》き、半四郎ともに三人を、仲蔵、奥[一五]へ忍ばせる。と広次、橋懸《はしがゝ》[一六]りに控《ひか》へる。と奥《おく》[一七]より、伝九郎・半三郎・雷蔵・綱蔵、出、居並《なら》ぶ。又上使と呼《(よぶ)》と、大太鼓《だいこ》[一八]、楽《がく》になる。と海老蔵[一九]、上下衣装にて、三方に墨付《(すみつき)》[二〇]を載《の》せて持出る。是に、侍[二一]大勢、付《つ》き出る。花道の中ほどにて、立留る

伝九郎　此度の御上使、梶原平三景時どのゝ御名代として姉輪の平次景宗《かげ》どの、鎌倉表よりはる〴〵との長途の疲《つか》れ。まづ〳〵御休足ながら、あれへ。

海老蔵　上使で御座る。上座いたす。

皆々　いざ〳〵是へ。

海老蔵　許《ゆる》さつしやい。

ト管弦《くわげん》[二二]になり、海老蔵、上座[二三]へ居《(す)》わる。仲蔵・半三郎・雷蔵・綱

の到着を知らせるもので、若い衆の役。　一五 館の裏側。または館の内へ入る。　一六 本舞台の外、下手の出入り口との間。館の枝折戸の外になる。　一七 館の奥より、伝九郎の秀衡と半三郎の長男錦木戸太郎が出て、仲蔵の次男安衡とともに平舞台に並んで坐る。二人の奴は、うしろに控える。　一八 下座の鳴物。海老蔵の出に付けたもの。館のうちで管弦の楽が奏されているところ。大太鼓と能笛に、三味線で楽の合方を弾く。大惣本では「太鼓謡」。太鼓謡は、上使の出に使う一般的な鳴物だが、その場合は、このあと上座に移るときにも太鼓謡を用いる。ここでは管弦になるので底本通り楽の指定が正しい。太鼓謡より格調が高くなる。　一九 市川海老蔵。六十三歳。一番目の弁慶に続き、二番目では姉輪平次、実は畠山重忠に扮する。上使の役だが、大名自身ではないので長裃ではなく切袴。立髪の生締の鬘に、派手な模様の裃、大小の刀を差して出る姿は、市川家の家の芸「毛抜」の粂寺弾正の格。　二〇 将軍よりの文書。

鎌倉よりの上使姉輪の難題

二一 若い衆が扮する供侍。　二二 上使が花道より本舞台に移るための鳴物。大太鼓と能管に、三味線で管弦の合方を弾く。「楽　くわげん、三味せんニ引方有。打方ニ別儀なし」（鶏の真似）とある。出と同じ鳴物の手を打ち、三味線の合方のみ楽から管弦に変えて変化をつけたもの。　二三 海老蔵は、本舞台に来て伝九郎らと入れ替り、平舞台の上手に来て高合引に腰をかける。仲蔵以下は、平舞台の下手に坐る。

蔵・伝九郎、舞台に居並《なら》ぶ

伝九郎　早速《さつそく》ながら、鎌倉表より御[一]上意の趣、秀衡《ひら》親子に仰《(おほせ)》きけられ下さりやふならば、千万忝《(かたじけな)》ふ存《ぞん》じまする。

海老蔵　頼朝公より仰《おふ》せ出《いだ》され、秀衡《ひでひら》どのへ申達すべくと承るは、姉輪の平次が役目、聞《(きく)》まいとお言《い》やつても、此方から聞《き》かすべき筈《はづ》。各方《(おのおのがた)》の身の上《うへ》に、目出たひ事やら、いま〳〵しい事やら、まだ知《し》れもせぬ事を忝とは、さしあたつて粗忽《そこつ》の挨拶。[二]上使の趣、余の義にあらず、此一通に認《(したた)》めたる通り、とくと拝見おしやれ。

伝九郎　ハア。

ト伝九郎、[三]墨附を取上、戴《いたゞ》き、見る

伝九郎　何〳〵、[四]承安四年のころ、秀衡《ひら》が先祖[五]清衡より主従《しゆうじう》の誼《よしみ》によつて、判官義経を誘引《いふひん》して、年を経《へ》て都へ送る。又候《(またぞろ)》、此たび、頼朝義経《よしつね》、[六]呉《ご》越《あつ》と別《わか》れし折を窺《うかゞ》ひ、ふたゝび義《よし》経を匿《かくま》い置き、[七]逆心の企《(くはだて)》あるよし、鎌倉表へ訴《うつた》へしきりによつて、秀衡《ひら》親子の心底あかされべく候。[八]文治二年十一月三日。秀衡《ひら》どのへ、[九]平三《(へいざう)》景時。すりや、義経公を秀衡誘引《ひらゆういん》して、逆心《しん》を企《くわだ》つると、鎌倉殿へ訴《うつた》へしとかや、ハイ。

一将軍の命令。二上意を告げるときの決まり文句。使者の用件は、他のことではない。三幕府などの公文書のこと。もと責任者が書判で墨書したことからいう。墨付きを両手で持ち、前方に高くかかげて一礼する。それから墨付きを開いて読みあげる。伝九郎の秀衡が一通を読み上げるあいだ、海老蔵の姉輪は「此時秀ひらの御きやう書をよむうち手をつきうやまひゐらるゝ所さすが〳〵」(役者位弥満)と評された。御教書は、将軍の直状(じきじよう)。四義経が鞍馬山を出て、奥州に下ったとされる年。五秀衡の祖父。後三年の役で、義経の曾祖父八幡太郎義家に従って戦い、陸奥出羽押領使に任ぜられたことをいう。六呉の国と越の国。中国の春秋時代、長く敵対したことから、仲がきわめて悪いことのたとえに用いる。七鎌倉の頼朝に対する謀反。八秀衡への使者は、史実では翌文治三年のことになる。吾妻鏡七・文治三年九月四日の条に「秀衡入道、前伊予守(義経)を扶持し、反逆を発すの由、二品(頼朝)訴申さしめ給ふの間、去る比廳の御下文を陸奥国に下され畢んぬ、其時、関東より同じく雑色を遣はさるる処、今日帰参す、秀衡に於ては異心无きの由を謝し申す、而るに雑色の申す如くば、既に用意の事有るか云々、仍つて彼の雑色、重ねて京都に差進ぜらる、奥州の形勢を言上せしめんが為なり」とある。義経勲功記十八では院の廳の御下文が指下されたのが七月中旬とし、鎌倉よりの雑色の名を浜四郎とする。本作では、それを文治二年のこととし、顔見世なので十一月に設定したもの。雑色浜四郎が海老蔵扮

ト伝九郎、驚《おどろ》く

仲蔵　何《(なに)》、又候《(またぞろ)》、義《よし》経公を匿《かくま》ひ、父秀《ひで》衡、逆《ぎやく》意を企るとの風聞とや、ハイ。

半三郎　[一〇]よからじない取沙汰《とりざた》。是はこの[一一]分《ぶん》では済《(すみ)》ますまい。弟安衡《ひら》、コリヤ何《なん》としたらよかろふ。

仲蔵　左様《さやう》〳〵、秀衡《ひでひら》一族の為には、身には覚へぬ御疑《うたが》ひ懸り、早速《さつそく》、[一二]御請《おんう》けなされませひ。

雷蔵　何につけても、義《よし》経公は大きな□[一三]、誘引《ゆふいん》したを逆心《ぎやくしん》とは、ヲヽ、ヲヽ。

半三郎　此上は、父秀衡《ひでひら》の御請次第で家の大事と。

皆〻　罷成《(まかりなり)》ますするぞ。

伝九郎　それがし、先祖藤原の清[一四]衡《ひら》より此かた、[一五]三代があいだ、[一六]六郡を管《くわん》領し、繁栄を極《きわ》むる事、全く源家の御高恩、いかでか是を謝《しや》すべきや。逆意などゝは穢《(けが)》らはしき秀衡《ひら》が家の瑕瑾《かきん》、是のみならず、義《よし》経公をまた匿《かくま》い置《を》きしなどゝは、思ひもよらぬ[一七]世の人口《じんかふ》。申訳は追《お》つての事、さしあたつて御上使の趣、委細承知いたして御座る。

海老蔵　承知の上は、鎌倉殿へ速《すみ》やかに其《(その)》言訳を立らるゝとも、又、籠城に及《およ》ば

する姉輪にあたる。 九 梶原平三景時。鎌倉の侍所所司として、頼朝の上意を告げたもの。ここでは梶原を江戸幕府の老中に見立て老中奉書の形式を写す。奉書は将軍にかわり老中がその命を伝えるもの。鎌倉幕府の関東御教書や室町幕府の管領奉書などが漢文体であるのに対し、候文を用いるのが特色。ただし、老中奉書では一般の書状風に年号を略し、月日のみを記す。また、文末に「恐々謹言」の四字を添えることも決まりになっていた。「折紙」と呼ぶ、奉書を横長二つ折りにした独特の形式を持つが、芝居では料紙全面に書く「竪紙」の形式で書かれたものを使う。梶原・秀衡双方の姓を略すのも一般書状風。老中奉書に対する大名より老中への返事を「請書(うけしよ)」という。

一〇 よさそうもない。とんでもない。

一一 このままでは。

一二 上意を受諾すること。

一三 底本傍注「本のまゝ」。底本がもとにした本の文字が不明ゆえ、そのまま模写したもの。白藤本では、この部分、約三字分空白。やはり親本の文字を読み取ることができなかったものとみえる。なお、大惣本では、このセリフを省略。その前の仲蔵のセリフの最後の部分「懸り、早速、御請けなされませひ」を取って、次の半三郎のセリフにつなぐ。

一三 上意を受諾すること。ここでは、義経をかくまうことと、謀反を企てているという二つの疑いについて釈明することをさす。

一四 以下、次の行の「御高恩」まで義経勲功記二で義経に始めて逢ったときの秀衡の言葉を踏まえたもの。 一五 清衡・基衡・秀衡の三代。 一六 奥六郡のこと。 一七 世間の噂。

れて、討手の勢を待たるゝとも、二つに一つの御挨拶を[一]、姉輪の平次がうけ給《たまは》ろふ。

伝九郎　御請《おうけ》いたすまでは、長途の疲《つか》れを晴《は》らさるゝ様に休息《きゆうそく》なされい。かた[二]ぐ〳〵、申[三]付たる用意《ようい》をいたせ。

雷蔵　ハツ。

ト雷蔵・綱蔵、結構《けつかう》[四]なる煙草盆《たばこぼん》を海老蔵が前へ直す。雷蔵、茶台に[五]銀の茶碗《わん》に茶を汲《く》み出す。結構《けつかう》なる高坏《つき》[六]へ菓子《くわし》を盛《も》り、海老蔵が前へ直《なを》す

海老蔵　御心遣ひ御無用でござる。五十[七]四郡に上使は一人《ひとり》。ひよつと毒[八]でも飼《か》われては、平次が馬鹿〳〵しい。給《たべ》たも同然《どうぜん》、御馳走御無用。何はともあれ秀衡《ひら》どのには、御子息あまたと承まわつたが、器量骨柄《こつがら》[九]、いち〳〵鎌倉殿へ申上る為、お近づきに[一〇]成ませう。お引合《ひきあはせ》[一一]、頼《たの》み存《ぞんず》る。

伝九郎　是は〳〵、御尤《ごもつとも》なるお尋《たづ》ね。御上使へ御引合せ仕ろふ。

海老蔵　早《はよ》ふ〳〵。

伝九郎　家の総領、家督[一二]にも立べきは錦戸太郎、夫《それ》へ。

半三郎　畏《かしこ》まりました◯[一三]拙者がすなわち秀衡《ひら》が総領、錦戸太郎国衡《ひら》、御知《おし》[一四]る人

一 返答。
二 人々。皆々。家来にいう。
三 上使饗応の品々。

上使の饗応

※上使の難題を、主人公の立役が捌いてみせるのが、江戸の顔見世狂言の眼目の趣向になる。その際、上使の休息のため、暫時休息をするのがパターンで、その間に立役方の忠臣と、敵役とが、さまざまな駆け引きをみせる。このパターンは、上使などの使者に対して、口上を聞いたあと、いったん酒食でもてなし、改めて返答をするという武家の式法を踏まえたもの。武家の作法を示した小笠原流諸礼大全に「貴人より御使下さる時の事」として「使者口上をいはんとせば御座をなされよといひて上座へ請ずべし。使者も辞退なく上座へ直るべし。其時亭主末座に下り敬ひてきくべし。口上すみ使者本座へ帰り座す。茶など出て使者帰んといへば又御座といふて上座へ請じ御受を申すなり」とある。身分の低い姉輪が上座するのもそのため。

四 蒔絵などの細工をほどこしたもの。
五 銀は毒に反応するので、上使に対し安全を保証するもの。にもかかわらず海老蔵の上使は馳走を断わるというもの。
六 食物を載せる器。中央に細くて長い脚の付いた盃形の台。
七 奥州五十四郡のこと。秀衡を奥州五十四郡の主とするのが江戸時代の通念。宝暦十三年十一月中村座「大丈夫高館実記」で大江広元に扮した四代目団十郎の評に「秀平に五十四郡のせいむを頼まれ」(役者初庚申)

に成《なり》ませう。御上使、御苦労《くろふ》に存《ぞん》じまする。

海老蔵　是は〳〵、御挨拶で御座る。其元が秀衡《ひら》どのゝ御総領国衡《ひら》どの。定めて[一五]武辺の義は中《まうす》までもなし、[一六]諸芸等《とう》の心懸、とりわけ[一七]打物取り手の[一八]早業《はやわざ》早《さ》速《そく》。其御心懸《こゝろがけ》を見まする為、姉輪の平次が、こう。

ト海老蔵、[一九]扇にて半三に打付る。[二〇]刀を取上る内に、平打《ひら》に叩《たゝ》き落《お》とす。半三、赤面《せきめん》して辺《あた》りを見廻し

半三郎　面目次第《しだい》もござらぬ。

海老蔵　して、御次男はいづれでござる。

仲蔵　拙者が則《すなはち》、秀衡《ひら》が次男、伊達の次郎安衡《ひら》でござる。

海老蔵　御舎兄とはこと変《かは》りて、中〳〵[二一]健《すこ》やかなる生立《おひた》ち。定めて御手跡《ごしゆせき》など、よふござろふ。

仲蔵　少しばかりは[二二]唐用《からやう》のにじり書き。

海老蔵　左様《さやう》ならば歌なども。

仲蔵　読むと中《まうす》はいかゞでござる、少《すこ》し斗《ばか》りは其道も。

海老蔵　軍学は。

仲蔵　[二三]七才の時より。

とあるのをはじめ、天明八年刊黄表紙「悦贔屓蝦夷押領」に「秀衡が奥州五十四郡ともにしてやろう」とあるのがその例。秀衡を奥州五十四郡の内の六郡の領主とするのが本作の設定。

※四建目浄るり所作事の芝居絵本で、義経の裾模様に、源氏香の「花散る里」とおぼしき模様が描かれている。これは秋田藩出羽六郡の領主佐竹公の替紋で、義経には若き藩主義敦(よしあつ)公のイメージが重ね合わされていたものと思われる。義経が佐竹公に見立てられたため、それを庇護する秀衡に「奥六郡」という呼称を用いて、佐竹藩の出羽六郡を暗示することになる。

八 毒を入れられては。

九 力量と人となり。

一〇 おたがいに知りあいとなること。

一一 紹介。

一二 跡とり。史実では別腹の弟泰衡が家督を継いでいる。

一三 上使の前に出る間あい。

一四 知りあい。

一五 武道全般。

一六 大名の教養である芸道。

一七 刀、槍の類。

一八 早速の早業。素早い動きのことをいう。

一九 底本「扇子」。白藤本で訂正。大惣本は「扇を半三へ打付る」。

二〇 錦木戸太郎が右脇に置いた刀を取りあげようとするのを、海老蔵の姉輪が平手で叩きおとす。

二一 姿かたちが立派なことをいう。

二二 中国風の書体。公文書などで使う御家流と違い、文人風の洒落た書体をいう。

海老蔵　馬[一]は。

仲蔵　生得《せうとく》[二]、好《す》きでござる。

海老蔵　定《さだ》めて剣術鎗術ともに。

仲蔵　お相手になりませう。

海老蔵　さ、そのお相手には。

　ト海老蔵、仲蔵に手裏剣《しゆりけん》[三]を打《う》つ。仲蔵、中《(ちう)》[四]にて請とめ

仲蔵　この様《やう》なものでござる。

海老蔵　中〳〵味《あじ》[五]をやらるゝ。して、三男の和泉の三郎忠衡《ひら》どのとやらは、いかがでござる。

伝九郎　その三男の三郎義は、今朝《(こんてう)》より申付おいたるに、いまだ此処《(このところ)》へ参らぬとは不届き千万《せんばん》。ナニ、島助、同道いたせ。

雷蔵　畏《かしこ》まつてござりまする。

伝九郎　早《はよ》ふ〳〵。

　ト言《い》ふうち、雷蔵、花道へ駆《か》けて入《はい》る。直《(すぐ)》にとつて返し、花道の[六]中ほどにて

雷蔵　秀《ひで》衡公へ申《もふ》し上ます。和泉の三郎さまには、いつものごとく、大酒の上《うへ》、

「にじり書き」は、少しは書きますということを示す嫌みな謙遜。

三二 早熟なことをいう。和俗童子訓に「七歳の教育」として「七歳、是より男女、席を同じくしてならび坐せず…礼法をおしゆべし」とあり、「十歳の教育」に「小学、四書、五経をよむべし。又、其ひまに、文武の芸術をもならはしむべし」とある。芸術は技術のこと。

一 馬術。

二 生れつき。

三 刀の小柄を抜いて投げる。

四 空中で。実際に手裏剣を受け止めるのではなく、海老蔵が投げる真似をし、仲蔵が隠し持っていた小柄を、空中で受け止めたように演じる。

五 手際がよい。こざかしいことをする。

六 花道の七三。舞台から七分、揚幕から三分のところ。現行の七三は、逆に舞台より。

伝九郎　お次《つぎ》七に大いびきにて、御寝《ぎよしん》なつてござりますれば、何を申上ましても、一向《いつかう》八たわひはござりませぬ。

網蔵　憎《につく》いやつの。其ぶんに差《さ》しおかれぬ。たとへ酒に性根《しやうね》を奪《うば》われても苦《くる》しからぬ、上使の御前が相済《（あひすま）》ぬ。綱助も次へ参り、三郎を此所へ連《つ》れ参れ。

伝九郎　畏《かしこ》まりました。

両人ともに、早《はよ》ふ／＼。

ト伝九郎、急《せ》いて言《い》ふ。雷蔵・網蔵、立《た》つて入《はい》る。と花道より幸九四郎、二役にて、長上下にて、鼓一〇を枕《まくら》にして、たわいもなく寝て、そのまゝ畳ともに、雷蔵・網蔵、釣《つ》一一り上《あ》げて出《（でて）》来《く》る。すぐ一二に舞台へ幸四郎を下《お》ろして

雷蔵　和泉の三郎さまへ申上まする。御上使の御前《ぜん》、秀衡《ひら》公のお側《そば》、御本性《ほんしやう》におなりなされませひ。

幸四郎　やかましいわへ、捨ておいてたも／＼。

網蔵　それでは御前が済ませぬぞ。

雷蔵　忠衡《ひら》さま、お心をお付《つ》けなされませひ。鎌倉表より、義経公の儀《ぎ》につき、姉輪の平次景宗《かげ》どの、御上使にお立《（たち）》なされて、此所にござりまするぞ。

七　次の間、控えの間。
八　とりとめがない。正体がない。
九　松本幸四郎。義経の役で館の奥へ入ったあと、早替りで秀衡の三男和泉三郎忠衡の役になり花道よりの出端になる。義経の山伏姿から、熨斗目《（のし）》長裃に小さ刀の礼装になる。鬘は生締。仲蔵の伊達次郎と一対の扮装だが、仲蔵の立髪に対し、幸四郎の和泉三郎は月代を綺麗に剃って額を広くとる八枚鬢の美しい姿になる。ただし、長裃と小さ刀は、きちんと身に付けておらず、抱えて出る。

幸四郎二役早替り　和泉三郎の酔態

一〇　小鼓。その脇に三味線を置く。
一一　畳を担いで出る。
一二　花道で止まることなしに、すぐに本舞台に来ることをいう。花道の七三で一度止まるのが普通。スピーディな展開になる。
※和泉三郎が小鼓を持って出る姿は、明和六年十一月市村座「雪梅顔見勢」で初代尾上菊五郎が演じた。この時の菊五郎の和泉三郎を描いた文朝の役者絵を見ると、羽織着流しの略装で、片手に小鼓を携えている。一方、本作の幸四郎扮する和泉三郎は、長裃に小さ刀という大名の礼装で酔態となって小鼓を枕に寝たまま舞台に運ばれる。上使の御前に、二人の奴に担がれて畳ごと運ばれる趣向は、いかにも江戸歌舞伎らしい、おおどかな場面になっている。明和安永期の田沼時代の大名たちの奇をてらった遊興三昧の生活に通じる雰囲気が感じられる場面でもある。

綱蔵　梶原殿の御名代として、姉輪の平次どの、御意[一]でござりまする。

幸四郎　なんと言《ゆ》ふ、アノ梶原が。

皆〻　お心を付《つ》けられひ。

　　ト言うち、幸四郎、鼓《つゞみ》を打《う》ちながら

幸四郎　抑《(そも)》[二]〳〵景時[三]がその讒言《ざんげん》の水上《みなかみ》を思《おも》へば、渡辺[四]や数《かず》[五]かく水に満潮《みちじほ》の、逆艪《さかろ》を立《(たて)》んと浮舟《うき》の、梶原が申事《(まうしごと)》、よも順義《じゆんぎ》[六]にや候はじ。

　　ト幸四郎、此謡《うたひ》を謡《うた》いながら鼓《つゞみ》を打《う》ち、起《お》き上り、生酔《なまゑ》[七]いのこなし色〳〵有べし

幸四郎　又酒〳〵、誰ぞ、銚子を持ておじや〳〵。

伝九郎　和泉の三郎忠衡《ひら》。

幸四郎　忠衡《ひら》とは横柄《おふへい》でゐすの。そう言《ゆ》ふは誰《たれ》じや。

伝九郎　その方が父秀衡《ひら》、忰、気を付《つ》けまいか。

幸四郎　ヤ丶、丶、丶、丶、和泉の三郎が父《ちゝ》とは、鼓《つゞみ》[八]のチ丶ツプポ、是からわれら、鼓の習《なら》[九]ひを打《う》つてお聞《き》かせ申そふ。

伝九郎　情《なさ》けなひ乱酒。姉輪どのは鎌倉表よりの御上使。かゝるみだらな有様《ありさま》、失礼とや言《い》わん、無礼とや言《い》わん。サ、心をつけて行義を正し、御挨拶

一　上使のお呼びです。白藤本「お出でござりまする」。大惣本「御上使にお立被成てござります」。
二　以下、謡曲「吉野静」のクセの部分を、小鼓で拍子をとりつつ謡う。吉野山における静御前の謡。
三　梶原平三景時。
四　八島の合戦で、義経らが出陣した港。現大阪市。梶原の讒言のもととなったとされる「逆艪」の争いがあったことをいう。
五　謡曲「流るる水に満潮の」。大惣本「長柄《(ながら)》の水に」。
六　謡曲「順義にて候はじ」。大惣本「順義には候わじ」。道理にかなったことではない、ということ。
七　酔っぱらいのこと。
※松本幸四郎は当代一の洒落男とされた。十八大通の頭目文魚の庇護を受け、諸芸に通じ役者穿鑿論に「此人茶の湯、まりが好。俳諧もいたされます」とある。小鼓もその一つで、明和四年の長唄所作事「春調娘七種」では曾我の十郎の役で大黒舞の役人に身をやつし、静御前の舞の囃子で小鼓を打つところを見せた。このような諸芸は、近松の堀川波鼓にみられるように、太平の世の武士の出世の糸口ともなった。ここでは、酔ったふりをして、わざと拍子をはずすなど、役者の芸を面白く見せるところ。
八　小鼓の音を口でいうもの。唱歌という。チは高くて小さい音。ツは低くてやや弱い音。プは低くてやや弱い音。ポは低くて強い音。父に掛けていう。白藤本「チ丶ツポ」。大惣本「チ丶ツポ丶」。
九　伝授を受けなければ演奏できないもの。

申せ。

幸四郎　[一〇]いこう親父《やぢ》も酔はれたそふな。我等、微塵《みぢん》も酔《ゑ》いはいたさぬ。さるによつて[一一]舌の回《まは》る事、銭独楽《ごま》も裸足《はだし》。御上使お入りとあらば、さらば上下《（かみしも）》も着仕らん。和泉《いづみ》の三郎忠衡《ひら》、酔《（よは）》ぬでえす。[一二]さらば上下《（かみしも）》、お目《め》にかけよふ。

トよろ〳〵立あがり、生酔《なまゑ》いのこなし有て、[一三]肩衣《かたぎぬ》を前後《まへうしろ》に着る。雷蔵・綱蔵、[一四]気の毒がるこなし。[一五]脇差《ざし》を差《さ》し、[一六]刀と三味線《せん》を取《と》り違《ちが》へ、よろ〳〵して、伝九郎が前を通《とほ》り、海老蔵が前《まへ》へ手を突《つ》いて

幸四郎　われら、秀衡《ひら》が三番息子《むすこ》、和泉の三郎忠衡《ひら》、和泉《いづみ》の三郎忠ひら、忠ひ○[一七]忠ひら、参上仕てござる。其もとが梶原平三どのゝ御家来、姉輪の平次。承知いたした、急度《（きつと）》、承知《せうち》致したでえす。サア、御一所に参らふ、[一八]上下で女郎買に、こりや面白ひ。誰《たれ》ぞ[一九]駕籠を二丁拵《こしら》へさせひ〳〵。

トよろ〳〵立あがる。仲蔵、ずつと立て、幸四郎が襟《ゑり》を引すへ

仲蔵　すでに三百六十日、日《にち》〳〵酔て泥《どろ》のごとし。和殿《わどの》のやうなる酔《ゑ》いどれは、武士の家には[二〇]捨礫《（すて）ばつつけ》。三国《（さんごく）》の英雄《ゑひゆう》と呼れし[二一]関羽、詩文に聖《ひぢり》と呼《よ》ばれたる[二二]李白、大酒に性根《しやうね》を奪《うば》われ、[二三]まんご末代、噂にかゝるくたばりざま。そ[二四]

小鼓の習事。小鼓のみで謡う「一調」の曲などをさす。
一〇　たいそう。だいぶ。
一一　早口のこと。市川家の芸「外郎（ういろう）売のせりふ」の一節。銭独楽は、銭の穴に軸を通して心棒とした独楽の一種。ぐるぐる回る独楽も裸足で逃げだすほど口が早く回りますということ。
一二　上使の目の前で裃を付けるさまを見せる。酔っているので、武家の作法を忘れて、無礼な振るまいをする。小笠原流百箇条に、武家の「嗜む（慎む）べき次第」の一つとして「人のそばにて袴着ぬぐ事」とある。
一三　裃の上の部分。前後を誤って付けると、首が押し上げられ、間の抜けた姿になる。
一四　当惑する。
一五　小さ刀。
一六　大刀と間違えて三味線を手に取る。
※武士は二本差しと呼ばれ、普通、大小二本の刀を差す。ただし、将軍の住いである殿中では、大名は熨斗目長裃の礼装に、小さ刀と呼ばれる脇差のみを差した。和泉三郎は、長裃姿にもかかわらず酔っぱらって、通例の通り大刀を手にしようとし、かたわらにある三味線を取ってしまう演出。「忠臣蔵」の判官切腹の場面で、塩冶判官が左足と誤って右足を出し、ハッとする演出と同じ発想のもので、こまかく定められた武家の作法を応用した演出になる。なお、明和六年十一月市村座「雪梅顔見勢」で尾上菊五郎が和泉三郎に扮した際、「長上下大小にての出端…此衣装付キは上方の風義じやが、御当地にては裏付の長上下を着る事は、前々より致さず殊に長上下に大小は、有そ

鎌倉《かまくら》よりの上使《し》とて姉輪《あねは》の平次、秀平が方ゑ来たりし。義経《よしつね》、岩手姫かくまいあるよし、首《くび》打てわたせといふ。姉輪《あねは》の平次、秀平の子息やす平をほめ、三男《なん》和泉《いづみ》の三郎、大酒にをぼれしを見てあざけり

安平　仲蔵、姉輪《あねわ》の平次　ゑび蔵、秀平　伝九郎、泉の三郎　幸四郎

ふもない様に思ふ」(役者不老紋)とされた。長裃など麻裃は、冬でも単(ひとえ)で裏付きは用いない。参勤交代で大名に親しい江戸の歌舞伎では、麻裃を華麗な色裃にするなど演出にアクセントを付けはするものの、その一方で大名風俗の有職故実は正しく描く。江戸の歌舞伎では工藤・重忠・頼兼・勝元ら歴史上の人物に託して寛闊な江戸の大名姿を見せるのが魅力の一つになっている。

一七「ただ今参上仕てござる」のシャレ。幸四郎は安永二年刊の洒落本「当世気とり草」で「しゃれの先生」と呼ばれた、シャレの名人。「何ノ役ニテモシヤレタガル」(劇神僊話)とされるだけでなく、舞台を離れた日常でも「何に対ても一トロづつ思付をいふてみたがるゝが癖」(役者穿鑿論)といわれた。

一八 武士が正装のままで吉原に行く。寛政の改革で綱紀が粛正されるまで、明和安永の田沼時代には、大名や旗本がお忍びで吉原通いをしたが、その姿は公務から解放された自由な羽織着流し姿であった。それを堂々と裃のままで吉原に行こうかと豪気なところを見せたもの。一番目狂言場の富樫・直井の二人左衛門と傾城若松のくだりに相当する。

一九 吉原に行く廓通いの駕籠。二人分を用意させろ、ということ。

二〇 磔にでもなったらよい。磔刑は武士の恥。養父を殺したもの、公儀の大逆など、ごく限られた場合のみ執行された。そのような不名誉な磔になればよい、ということ。

二一 三国史に描かれる中国の三国時代の蜀の武将。ただし、ここでは弟分の張飛との

でなひ死を見当《けんとう》に、酒を喰らふか、たわけ者《もの》め。大切なる上使の前《まへ》、酔を醒《さ》まして本性《ほん》になれ。伊達の次郎安衡《ひら》が、折檻《せつかん》の為のだんぴら物《もの》[一]、正気がつかねば、氷《（こほ）》[二]りの刃《（やいば）》をたつた今、それ。

　ト幸四郎が前《まへ》、刀を抜《ぬ》いて突《つ》きつけて、試《ため》す思入《おもいれ》有べし

仲蔵　いつそ、ひと思ひに、それ。

海老蔵　やれ、早《はや》まりめさるな伊達の次郎。

仲蔵　でも、兄弟の誼《よしみ》を思ひ、陸奥《みちのく》武士の魂《たましい》を、貴殿へお目《め》にかけん為。

海老蔵　秀衡《ひら》殿の血筋《すじ》にも、其許のやうなる、万事に聡《さと》き勇士もあり。又、酔《よ》いどれの和泉《いづみ》の三郎、姉輪の平次が目《ま》のあたりに、正気を付てお目にかけふ。一刀に討て捨《す》てんは、流石《（さすが）》に惜《お》しき人表骨柄《じんぺうがら》[三]。姉輪の平次が、よきに労《いた》わり、大酒の酔を醒《さ》ます妙薬、志《こゝろざし》の薬を進上《しん》仕ろふ。

仲蔵　そりや、其元のお薬で、三郎が酔を醒《さ》まし召《め》さりやふとや。

海老蔵　いかにも。

仲蔵　しからばよろしゆふ、頼《たの》み存《ぞん》ずる。

　ト仲蔵控《ひか》へる。と海老蔵、立《（たつ）》て、大飯銅《はんど》[四]の火鉢を持《も》つて、幸四郎が前《まへ》に寄《よ》り

混同かと思われる。張飛は泥酔して、部下に寝首を掻かれた。そのことをいう。

二二　中国唐の詩人。酒仙として有名。没落し数奇な運命をたどった。ここでは、酒に酔って水中の月を取ろうとし、溺死したことを指す。なお詩聖と称されたのは杜甫で、李白は詩仙。関羽と張飛の混同とともに、利発にみえて、粗雑な敵役の教養を示す。

二三　万劫。のちの世までも。

二四　悪い死にざまを見込んで。

以上三四七頁

一　刀のこと。小さ刀を抜く。

二　研ぎ澄まして、よく切れる刀をいう。

三　人にぬきんでた顔つき。大惣本「人品ゝ骨柄」。

四　飯銅のかたちをした火鉢の大きいもの。飯銅は口の広い、丸い器で、茶の湯などで洗いすすいだ水を捨てるのに使う。

海老蔵　和泉の三郎忠衡《ひら》、聞《(きき)》しに増る天晴《あつぱれ》の武士。姉輪の平次、とくとお近《ちか》づきになり申《もふ》さふ。

幸四郎　コリヤありがたひ。拙者、生《うま》れつゐて未熟《みじゆく》[一]な事がきつひ嫌《きら》い。石部金吉《(いしべきんきち)》[二]金兜《かなかぶと》、酒など食《た》べる者《もの》を見ますと、七里《り》[三]けつぱい、中〱風上《かみ》[四]にも置《お》く事、我等生得嫌《せうとくきら》[五]ひでゐす。急度、嫌《きら》いでへす。憚《(はばかり)》[六]ながら嫌《きら》いでゐす。

海老蔵　お頼《たの》もしうござる。左様《さやう》なら武士の心がけ、兵法の御稽古、御手練のほどが、ちと拝見いたしたひ。

幸四郎　拙者が手練《しゆれん》、御所望とな。何よりもつて易《やす》ふ候《そうろう》。是〱、武士の嗜《たしな》み、此三味線《せん》。まさか[七]の時は、是がなければ役《やく》に立《た》たぬぞや。

海老蔵　三味線で人が切られるか。

幸四郎　切《き》らるればこそ砧《きぬた》[八]の手。

ト幸四郎、三味線《せん》を取て、砧《きぬた》の手を弾《ひ》く。下座にて地[九]を弾《ひ》く。幸四郎が顔を、海老蔵きつと見て、飯銅《はんど》の火[一〇]を挟《はさ》み、幸四郎が膝《ひざ》へ載《の》せる。夫《(それ)》にも構《かま》わず、三味線《せん》を弾《ひ》き、酔たるこなし、いろ〱あるべし。仕掛《しか》[一一]けにて、膝《ひざ》の上《うへ》にて火もへる

海老蔵　和泉の三郎、是でも正気が付《つ》かないか。

三味線の砧の手

一 学問や技術の修行をおこたること。酒色にふけること。

二 堅い人。融通のきかない人、の擬人名。石部金吉が金兜をかぶったように堅い、の意。

三 七里結界の訛り。近くに寄せつけない、というときに使う語。

四 酒呑みが風上にいると、酒の臭いがする。それすら嫌いです。

五 生れつき。以下、「嫌いでえす」を三度くり返していう。同じことをくり返していう酔っぱらいの習性を写したもの。

六 恐縮ですが。

七 いざというとき。万一のとき。「忠臣蔵」六段目では「まさかの時は切り取りするも侍のならひ」とある。諺「切り取り強盗武士の習い」を踏まえ、乱世ならともかく、太平の世では、切り取り強盗などではなく、三味線の方が役に立つ、というもの。下谷三味線堀の佐竹藩江戸上屋敷を当て込む。不忍池から隅田川に流れる忍ぶ川の堀で、三味線の形をしていたのでいう。佐竹藩と三味線の連想は、川柳などの常套。

八 砧を打つ音を三味線で表わしたもの。

九 基本の旋律。本手。下座で三味線弾きが弾く。その地の音に、幸四郎の弾く砧の音が重ね合されることになる。

※砧の手は、長唄の三味線の秘曲の一つ。幕臣で三味線の名手原武太夫が安永元年十二月に「右碪(きぬた)弾方幷七段獅子秘曲伝授せし名曲」として八人に伝授している(俗耳鼓吹)。もと地唄の佐山検校が作調したもの。「碪は秋気にして…律はかなしむ声に坐す、さすれば其心をもつて弾ずべきを、はなやかな手をひく事になりゆき、きく人

幸四郎　[一二]どふも言《い》ゑぬ〳〵。
　　ト[一三]余念《よねん》なく寝《ね》てしまふ

海老蔵　いかなる酒乱も聞及びしが、焼《や》き爛《たゞ》れよと景《かげ》宗が、膝《ひざ》に置《お》きしは烈火。
(それ)夫をも堪《こた》へる和泉《いづみ》の三郎。すりや、本性《ほんしやう》は酒に奪《うば》はれ、たわいないか。
所詮《しよせん》、此よふなる腰《こし》の抜《ぬ》けた侍を、姉輪の平次が、[一四]こう〳〵。
　　ト海老蔵、刀を抜《ぬ》いて、幸四郎を刀背《むね》打《う》ちに打《う》ち据《す》へる。ト[一五]広次、
　　木陰《こかげ》より飛《と》んで出、海老蔵が[一六]利《き》き腕《うで》を取《と》つて

広次　待《ま》つた。

海老蔵　こな[一七]二才野郎《やろう》めは、[一八]変《かわ》つた所へうしやあがつて、姉輪の平次が利《き》き腕《うで》へ
取《と》つ付《つ》いたが、どこから飛《と》んでうしやアがつた[一九]藪蚊《(やぶつか)》めだ。

広次　此屋の主《あるじ》、藤原の秀衡《ひら》が心に違《たが》ひ、とても武士にはなるまいと、子を見
ぬいたる親の目鏡《がね》。今は[二〇]長屋の奥ずまひ、身を顧《かへり》みず此所へ、和泉の三
郎が弟に、元吉四郎高衡《ひら》と申、兄弟五人の其ひとり。[二一]役にも立《た》ゝぬ[二二]藪枯《やぶがらし》、
野暮《やぼ》な藪蚊でござりまする。

海老蔵　扨は、五人の兄弟の内《うち》、元吉四郎とはわが事か。なんだ、われは[二三]吹抜《ふきぬ》き
の[二四]布子ひとつ。[二五]むさい汚《きたな》ひその形《なり》で、姉輪の平次景宗が前《まへ》とも憚らず、

もさま〴〵手のある事とのみ覚へしは、大なるあやまりなり」(俗耳鼓吹)とある。そのような難曲を、酔態で軽く弾いてみせるところが、幸四郎の芸の見せどころになる。 一〇 炭火。火箸で挟む。 一一 幸四郎扮する和泉三郎の長袴の膝の上にのせた炭火がぼっと燃える小道具の仕掛け。火を出すのは、火薬などで簡単にできるが、長袴に火が移らないようにするのが難しい。明和元年に平賀源内が創製した火浣布のようなものを用いたものか。火浣布については、明和七年十一月中村座「鵺森一陽的」で、「火鉢の内よりにしきのはたを取出シ焼ケざるを見て、本艸綱目の火くわん布のためしを引」(役者歳旦帳)とある。 一二 なんともいえぬほど気持ちが良い。眠くてたまらない。 一三 他の人をきにすることとなく寝入る。 一四 叩くときの掛け声。 一五 大谷広次。秀衡の四男、元吉四郎の役。館の枝折戸の外、橋懸りに控えていたもの。見るに見かねて枝折戸から館の内へ入り、兄を打つ姉輪を止める。「木陰より」とあるのは、下手の見付け柱の紅梅のこと。 一六 刀で打ちすえている手。右手。立っている海老蔵の下から、すがるように取り付く。 一七 若蔵。小僧っ子。青二才。 一八 場違いなところ。 一九 藪にすむ蚊。さげすんでいう。 二〇 長屋の奥にひきこもって生活しているということ。長屋は、武家屋敷で中間など身分の低い者たちが住むところ。そのような身分をもかえりみず、という意。元吉四郎は女房お冬と別れて館の内に一人

姉輪平次と元吉四郎

広次　[一]いけ厚《あつ》かましひ、[二]うしやあがつて、それのみならず、武士の利《き》き腕《うで》に取《と》り付《つ》いて何《なん》とひろぐ。うぬらがよふな二才野郎《やろう》めに、けちを付《つ》けられて[三]間尺《ましやく》におふものか、[四]馬鹿《ばか》な面《つら》だ。

ト海老蔵、広次を突《つ》きのける[五]張《は》り合《あ》いに、海老蔵が懐より[六]一通を落《お》とす。広次、取《と》つて

ナニ、姉輪の平次景宗どのへ、安衡《ひら》より。

ト読《よ》む。海老蔵、ひつたくり、ずた〳〵に引《ひ》き裂《さ》き、広次を足蹴《げ》にして、其一通を丸《まる》めてうつちやる

海老蔵　なんだ、此《(この)》[七]反古《ほぐ》がどふした。某《(それがし)》し方《かた》へ安衡《ひら》より、旅行の挨拶を書ひたる此一通。[八]あた不作法《ぶさほふ》な、[九]わが方《はう》へひつたくつて、どふせうと思《おも》ふ。

広次　サア、それは。

海老蔵　誰《だれ》だと思ふ姉輪の平次、[一〇]関東育《そだ》ちの武士の生粋《きつすひ》、まだ[一一]顋門《ひよめき》も固《かた》まらぬざまをして、[一二]よひかと思《おも》つてそれがしを、疑《うたが》いらしい面魂《つらだましひ》。[一三]赤鰯《いわし》へ反《そ》りを打《ぶ》つて、[一四]どふせうと思《おも》ふ、ヱヽ。

ト広次をかる〴〵と引《ひ》き寄《よ》せて、[一五]こづき廻す。広次、無念のこなし、いろ〳〵有り

住み込み、忠義の手柄を立てて、元の身分に立ちかえる機会を狙っている。
二一 以下、やの字の音を重ねる。
二二 藪などに繁茂する蔓草。貧乏かずらともいう。二三 肌着を着ていないことをいう。
二四 木綿の綿入れ。
二五 むさい、汚いと、同じ意味の言葉を並べて強調する言い方。

一 卑しめて言うときに付ける接頭語。
二 来やあがって。
三 間尺にあわない。損をする。
四 元吉四郎を罵っていう。
五 はずみに。
六 密書。仲蔵の伊達次郎より海老蔵の姉輪に宛てたもの。
七 使い古した不用の紙。反古同然の手紙の意。
八 はなはだしく不作法なことだ。
九 元吉四郎の方。
一〇 関東武士。鎌倉武士のこと。
一一 幼児の頭が呼吸のたびに動くこと。若輩者であることを罵っていう。
一二 許されることかと思って。
一三 赤く錆ついた刀をいう。お前の刀は、どうせ赤鰯だろうという悪口。反りを打つは、刀を抜こうとすること。
一四 上使に向かって刀を抜く気か、ということ。刀を抜けば、鎌倉に対して謀反になるぞ、それでも良いのか、ということ。
一五 海老蔵の姉輪は、刀を抜けるものなら抜いてみろ、とこづきまわして広次の元吉四郎を挑発する。広次の元吉四郎は、抜けばお家の大事となるので、じっと我慢をす

広次　推参《すいさん》な。
海老蔵　一六その面《つら》はなんだ。
　　　ト広次を足に一七かける
広次　最前《さいぜん》から事を控《ひか》へて、じつと心《こゝろ》で堪《こら》へていれば、姉輪の平次、一八陪臣の分《ぶん》として、元吉四郎高衡《ひら》を、一九土足《どそく》によふかけたぞよ。
海老蔵　足《あし》にかけたが、なんとした。
　　　ト二〇蹴《け》る。広次、すぐに反《そ》りを打(うつ)て、詰よる。海老蔵、ばつたり二一下に居る
広次　土足《どそく》にかければ、二二手は見せぬぞ。
海老蔵　姉輪の平次は上使だぞ。
広次　二三何がなんと。
海老蔵　伊予守義経《よしつね》、北の方《かた》岩手姫、秀衡館《ひらやかた》に隠れいる由《よし》見届けて、二四首引《ひ》つさげて立帰《かへ》れと、重き役目を蒙《かふむ》りたる、姉輪の平次は上使だぞ。
広次　なんと。
　　　ト詰《つ》め寄《よ》る
海老蔵　ヱヽ、此野郎《やろう》は二五畳ざはりの悪《わる》ひ、じたばたひろぐな、二六埃《ほこり》が立わへ。ヱヽ、

る。
※大谷広次が、じっと我慢をする場面は辛抱事という。男達や相撲取りなど、色白でぼってりとした恰幅のいい男が、義理につまされて辛抱する場面をみせるもので、大坂の歌舞伎で流行したもの。辛抱狂言を大成した中山文七は、みじめな立場とは反対に、地髪・地顔で出ても美しい美丈夫であった。大谷広次は、顔見世番付にかかげた四つの役柄のうちの一つに「男達」がある。

一六 不服なのか。文句があるのか、ということ。不満そうな顔つきだ。
一七 海老蔵の姉輪は、高合引に腰をかけ、右足を広次の体にかける。
一八 また者。上使とはいえ大名の家来の身分ではないか。元吉四郎は大名の子。
一九 履物をはいたままの足。
二〇 広次の顔を蹴る。広次は、立ちあがって、刀の柄に手をかけ、海老蔵を切ろうとする。
二一 平舞台に坐る。足をあぐらに組んで、正面を見すえ、微動だにしない磐石な姿を見せるところ。刀を抜こうとする広次を歯牙にもかけず、切れるものなら切ってみろという大丈夫の姿勢をとる。
二二 抜く手も見せずに、素早く斬ってしまうぞ。
二三 それが、どうした。
二四 義経と岩手姫の首。
二五 動きが荒っぽい。不作法だ。
二六 静かにしろ、というときに使う咳呵。

馬鹿《ばか》な面《つら》だ。

ト扇にて、広次が眉間《みけん》を喰《く》らわせる。すぐに、広次、詰《つ》め寄る。

襟《えり》を、海老蔵、引つかみ、立あがつて

海老蔵　またしても〳〵、切刃《きつば》[二]を廻《まは》す元吉四郎、姉輪の平次が言[三]ぶん有る、動《うご》きアがるな。サア秀衡《ひでひら》、義《よし》経岩手姫、隠《かく》れ居るに相違はなひ、首討《う》つて出《だ》せ、返答《へんとふ》はなんとだ。

仲蔵　サア、その儀は。

海老蔵　なんと。

伝九郎　上使のお請《う》け、暮[四]六つ時の鐘《かね》を相図《（あひづ）》に。

海老蔵　すりや、暮六つの鐘《かね》を合図《あいづ》に。

伝九郎　きつと返答《へんとう》仕ろう。

海老蔵　まづ、それまでは、元吉四郎を預《あづ》けた。

ト突《つ》き放《はな》す。寄《よ》ろふとするを伝九郎、急度《（きつと）》とめて

伝九郎　コリヤ、御上使へ対《たへ》して慮外者《りよぐわいもの》め。

広次　ヱ、、口惜《お》しい。

海老蔵　安衡《ひら》、案内《あんない》。

一　額の中央。眉と眉の間。

二　刀の柄に手をかけて抜こうとすること。

三　言うべきこと。

四　時の鐘。日没のときに打つ。冬至の季節だと午後五時半ごろになる。

※一番目の狂言場である富樫館が鶏鳴までの夜のドラマであるのに対し、二番目の秀衡館は日没までの昼のドラマになる。前者が時代物の格調が重んじられるのに対し、後者は世話物の色彩が強くなる。

五　下座の長唄。海老蔵らが館の内に入るための鳴物。おたがいの思わくを胸の内に秘めながら入る場面。舞台には、酔いつぶれた幸四郎の和泉三郎ひとりが残る。

六　舞台の天井の簀子から雪籠で紙の雪を降らせる。賑やかな上使の場面が、一転して、しんみりとした雪の場面にかわる演出。

七　一中節「道行涙朝霜」の三勝のクドキ。「音頭ブシ」の聞かせどころ。茜屋半七とのあいだに子供までいる美濃屋三勝が、借金ゆえに他の男の女房になれといわれたことを述べる部分。元文五年四月大坂大西の芝居「三勝二世谥」で初演された曲。

仲蔵　まづ、お入《(いり)》なされませふ。

ト歌[五]になり、海老蔵・半三・仲蔵・伝九郎・広次・雷蔵・綱蔵、入《はい》る。雪[六]だん〳〵降《ふ》り積《つ》もり、此歌のうち、幸四郎、そろ〳〵と起《お》きあがり、辺《あた》りを窺《うかゞ》い

幸四郎　金の代《かわ》りに女房になれと、せがみたてられ返事もならず。

ト三勝《さんかつ》[七]を歌《うた》いながら、よろ〳〵して、海老蔵が捨《す》てたる反古《ほぐ》を拾《ひろ》ひ、辺《あた》りを見ながら、銚子《てうし》[八]の酒を手水鉢へ空《あ》けて、引裂《さ》いたる手紙をだん〳〵手水鉢の中へ並《なら》べ、上《うへ》[九]より鼻《はな》紙をかけて引《ひ》き上《あ》げる。是にてことぐ〳〵く工み現《あら》わるゝ

幸四郎　なに〳〵、兼ぐ〳〵申合せ候、義経《よしつね》岩手姫、高館《(たかだち)》へ入来り候はゞ、早速[一〇]申達《(まうしたつす)》べし。その折から、両人首御持参なされ候はゞ、貴公の御手がらにも相成り申べく候。右の段、梶原どのへも宜《よろ》しく頼入《(たのみいりそろ)》候。月日[一一]《(ぐわつぴ)》、姉輪の平次殿へ、安衡《ひら》。

ト読《よ》んで、びつくりして

幸四郎　[一二]すりや、先達てより鎌倉表《おもて》へかくのごとく内通せしは、我〳〵が兄、伊達の次郎安衡《ひら》どのか。よもや〳〵と思《おも》ひしに、我が身の内《うち》に敵《かたき》あり。恐《おそ》

※三勝・半七の心中は、地唄・義太夫・新内・長唄・常磐津などで歌われたが、ここでは一中節の浄るりの三勝を歌う。一中節の上品で古風な情趣は、吉原などの座敷歌として江戸の通客に愛好されたもの。酔ったふりをして、粋な歌を歌いながら密書を拾う演出は、「忠臣蔵」七段目の大星由良助が力弥に逢う演出と同工。和事と実事をかねあわせた和実の役どころとなる。

一中節の浄るり

八 寒中ゆえ、手水鉢に氷が張っているのを利用した工夫。氷の上に酒を少し流し入れ、紙が氷に張り付かないようにしたもの。

九 鼻紙で氷の上の酒を吸わせながら、手紙の反古を引きあげる工夫。和泉三郎の智略に富んだところを見せる場面。

一〇 知らせましょう。

一一 何月何日を省略した言い方。小笠原諸礼大全の式礼用文章目録に「年号月日を書事」に「手形証文に必ず書なり…後の証文に成べき事には年号月日書べしといへり」。私信には年号、または月日などを省略することもある。梶原から秀衡への公文書は年月日をきちんと示し、安衡から姉輪への密書は月日を省略する。前者が、上使をはじめ大勢のいる前で、はっきりと読み上げられるのに対し、後者は幸四郎の和泉三郎がひとりで読む。表向きの建前と裏の本音とを描きわける、対照的な演出になる。

一二 酔態を忘れて、おもわず本心になっていうセリフ。

ろしとも危《あや》うしとも、義《よし》経公の御身の大事。ヲ、、、、、ホイ[一]。

ト思《おも》入れするうち、後《うし》ろへ仲蔵出て、無二[二]無三《むにむざん》に切つくる。幸四郎、[三]あり合たる鼓《つゞみ》を持て、しやんと留て

幸四郎　コリヤ安衡《ひら》どのには、拙者を何となさるゝな。

仲蔵　後《うし》ろに聞人《(きくひと)》ありぞとも、知《し》らぬは[四]おことが絶体[五]絶命《ぜつめい》の運。大酒に性根乱《みだ》せしも、裏《うら》から裏《うら》へ廻[六]《まわ》らん為の、手だても知《し》らぬ我〳〵がうつそり[七]。姉輪の平次が引《ひ》つ裂《さ》いたる今の一通を見られちやア、たとへ汝《なんじ》が親《おや》にもせよ、助《たす》けておいちやアそれがしが、梶原どのへ言かわしたる一[八]ぶん立《た》たゝず。サア、すみやかにくたばつて。

ト立廻《まは》りあつて

仲蔵　しまへ。

ト切付る。幸四郎、見事に請止《と》めて、又、生酔《なまよ》ひのこなしあつて

幸四郎　お急《せ》きなさるな兄者《じや》人。われら酔ふでゐす。憚ながら、急度《(きつと)》酔ふでゐす。

仲蔵　何がなんと。

幸四郎　[九]さなきだに人ごゝろ、乱《みだ》るゝ節《ふし》は竹の葉の、露斗《(ばか)》りだに受《う》けじとは、思ひしかども盃に、向《む》かへば違《たが》[一〇]ふ心かな。

一　意外なことに驚いたときに発する声。
二　脇目もふらずに。
三　枕にした小鼓。
四　そなた。やや目下の人に親んでいう語。
五　のがれることのできない。
六　底本「廻らぬ」。白藤本で正す。
七　ぼんやりした人。うつけ者。
八　面目が立たない。
九　以下、能「紅葉狩」のクセ。シテの上臈、実は鬼女が、ワキの平維茂を酒宴に誘い、舞う場面。幸四郎の和泉三郎は、酔ったふりで謡を謡い、仲蔵の伊達次郎との間合いをはかりながら、雪の降る橋懸りの方に移動する演出。仲蔵は中村座の振付志賀山の家の出で、舞踊の名手。能「紅葉狩」では、「曲舞之応答《(くせまいのあしらい)》」という小書《(こがき)》が付くと、観世流では、クセの上臈から盃を受けたワキの維茂が立ちあがって一緒に舞う。

紅葉狩・自然居士を謡い、舞いながらの立廻り

紙の雪が降りしきるなか、謡を謡い、長袴を美しくあつかいながら、舞を舞うように動く華麗な立廻りになるところ。

一〇　謡曲「変る」。底本は訛って記したもの。大惣本は謡曲の通り。

ト此紅葉《もみぢ》狩の謡《うたい》を謡《うた》いながら、生酔《なまゑ》いのこなしにて、段〳〵に西[二]の方へ行。仲蔵、是をぢり〳〵[三]つけて

仲蔵　心の知《し》れぬ和泉の三郎、生酔《なま》の化《ば》けを顕《あら》わして、本性を明《あ》かせ。

幸四郎　[一三]サア、それは。

仲蔵　サア。

幸四郎　サア。

仲蔵　サア〳〵〳〵、なんと。

幸四郎　[一四]小波《さゝなみ》や〳〵、志賀《しが》唐崎《からさき》の、松の上葉《うわ》を、さらり〳〵と、簓《さゝら》の真似《まね》を、数珠《じゆず》にて摺《す》れば、簓《さゝら》より猶、手をも摺《す》るもの、今《いま》は助《(たすけ)》て、たび給へ。

ト此うち、色〳〵鼓《つゞみ》をかせに立廻りあるべし。ほどよき程《ほど》に、広次、奥より出て、此中を隔る。立廻《まは》りにて、三人、きつと見得《へ》になる

広次　まづ〳〵、待て貰《もら》いませう。

両人　その方は。

広次　元吉四郎高衡《ひら》でござります。兄者人《じや》[一五]〇兄者人《じや》、両方ともに、かならずお急《せ》きなさるゝな。

二　舞台の下手。館の枝折戸の外、橋懸りの方。中村座は南向きに建てられているので、舞台の上手が東、下手が西になる。

三　間合いをとりながらの動きをいう。

一三　二人がせりあう演出。繰りあげ、という。

一四　以下、能「自然居士」の簓(ささら)の舞になる。シテの自然居士が簓をする真似をして、人買いの男に、子供を戻してくれと頼む場面。幸四郎の和泉三郎は、小鼓を打ちながら謡い、数拍子を踏んで舞いながら立廻りになる場面。途中から、大谷広次の元吉四郎が加わり、仲蔵の伊達次郎の立役三人の華やかな立廻りになる。

※一番目の狂言場、富樫館では、団十郎を中心に狂歌・俳諧など文芸面の素養を見せるのに対し、二番目では、幸四郎を軸に、三味線・小鼓、一中節に謡と諸芸づくしになる。幸四郎は、このような諸芸を教える芸指南の稽古所の師匠に扮し、中通りの立役や若手の女形に、いろいろの芸道を指南する場面を得意とした。幸四郎は、明和年間の中村座の市川揃への一座の顔見世で、主に二番目を担当し、このような柔らかな

兄弟三人の心底

諸芸づくしを演じた。晩年には「顔見世の二番目に高麗屋(幸四郎の屋号)のなきは正月は来ても雑煮喰はぬ様な気持」(寛政七年正月「役者人相鏡」)とまでいわれた。

一五　二人の兄を交互に見て止める。

仲蔵　元吉四郎、伊達の次郎安衡《ひら》は、我[一]に挨拶《あいさつ》はないわへ。
広次　拙者に御挨拶ないとは。
仲蔵　伊予守義経公、岩手姫も、わりやア助ける心だろふがな。
広次　サ、それは。
仲蔵　たゞし、義経も岩手姫も首うち落《おと》して、姉輪の平次へ渡《わた》す気か。
広次　サ、それは。
仲蔵　どふだ。
広次　元吉四郎高衡《ひら》は、親にも兄にも見かぎられ、世に捨られし一本[二]だち。誰《だれ》にもかれにも頓着《とんじやく》[三]ない。兄頼朝の命に違《ちが》ひ、かゝろふ[四]島《しま》ない義経を、主君と頼《たの》むはたわけの至り。窺《うかゞ》ひ寄《よ》つて高衡《ひら》が、御首ぶつて[五]打《ぶ》ち落《お》とし、姉輪の平次へ手渡《わた》しせば、お竈《かま》[六]をおこす一元手《ひともとで》、あくまで敵《かたき》[七]になる心。して又、兄貴《き》[八]の心底は。
仲蔵　伊達の次郎安衡《ひら》は、道[九]を守《まも》つて信義を立《た》て、[一〇]どこがどこまでも、義経公《よしつね》も岩手姫おも、お助《たす》け申(まうす)[一一]心底だ。
広次　スリヤ、義経《よし》公を。
仲蔵　安衡《ひら》がお助け申は。

一 お前とかわす言葉はない。
二 孤立していることをいう。
三 遠慮することはない。
四 頼りにするもの。よすが。
五 打つを強調する、勇みたった言い方。
六 身代をおこす元手となる。
七 敵役。憎まれ役。
八 あにぎみ、の略。町人や男達風の言い方。
九 武士道。臣下の道。
一〇 なにがなんでも。どのようなことがあっても。
一一 本心。うわべではなく、心の底に秘めたもの。

広次 一二ハテナア。

ト思入《おもいれ》して、幸四郎が側《そば》へ行

広次 一三兄者《じゃ》人、和泉の三郎忠衡《ひら》どの、其元さまの御心底は、義経《よしつね》公をお助けなさるゝお心か。

幸四郎 いかにも、義経公をお助《たす》け申心底じゃ。

広次 いや〳〵、お隠《かく》しなさるゝな。左様に仰られても、義経公を貴殿打《(うた)》るゝ御心で、三郎殿にはござりませうがな。

幸四郎 いかにも、義経公を討《う》つ心《こゝろ》じゃ。

広次 いや〳〵、左様《さやう》には仰らるゝが、義経公をお助けなさるゝお心で、ござりませふがな。

幸四郎 いかにも、お助け申心底じゃ。

広次 一四置《お》かつせい。義経公をお助申《(たすけまうす)》かと言《い》へば、いかにも。御首を打たるゝ御心かと言《い》へば、いかにも。あちらを聞《き》いても、こちらを聞《き》いても、いかにも〳〵。それじやア兄貴《き》、貴様の胸中が、どちらがどふだか分《わ》からぬが、それでも武士の本意が立《(たつ)》か。

幸四郎 一五立《たゝ》たぬでえす。

一二 疑わしいときに発する語。安衡が日ごろの言動に似つかわしくないことをいうのでいう。

一三 兄を敬っていう語。広次の元吉四郎は、安衡に対しては兄貴と男達風に強くいい、和泉三郎には丁寧に親しみをこめて兄者人、其元さまという。三人の兄弟の関係を示すもの。本作の元吉四郎は、つねに和泉三郎の弟と名乗る。大惣本では「兄者人」を省略。

一四 置かっしゃい、の訛り。置きなさい。よしにしろ。いいかげんにしなさい。

一五 武士にとって命より大切な本意、面目が立たないだろうといわれ、立ちませんと居直るセリフ。市川流の男達風に「でえす」と強く、きっぱりという。それまでの局面が一変し緊迫するところ。

広次　なんと。

幸四郎　和泉の三郎忠衡《ひら》が心底、どふして其方たちに言《い》わふぞ。義経公の御首打《う》つかと問《（とは）》れて、打事《（うつこと）》ならぬとな、言《い》ふたら、鎌倉殿の鎌倉《くら》風吹《ふ》かせて、[一]二心《ふたごゝろ》じや弓引《ひ》く心じやのと、思《おも》わぬ事を目《め》[二]くじら立て、耳やかましゆふ言《（いふ）》であろふ。又、打《う》つ気じやと言《い》ふたら、先祖清衡《ひら》どのよりの大恩請《う》けし秀衡《ひら》親子、義経公の首打たは、主殺しじやの不忠じやのと、箸《はし》[三]の上げおろしに言《い》はるゝ事なら、是もうるさい事じやによつて、打《（うつ）》かと言《い》えば打《う》つ、打《う》たぬと言《い》へば打《う》たぬ、[四]御身代《がわ》りを立てうと言《い》へば、そりやよかろう、[五]蝦《ゑ》夷《ぞ》三界《さんがい》へ落《お》とし参らせふと言《い》やれば、よかろふ。人が何言ても、和泉の三郎は背《そむ》かぬ。高が[六]裸《はだか》で物落《おと》さぬよふなもので、[七]身上《しんせう》のかんが立《た》た《ゝ》ず、体《からだ》に疵がつかず、悪《わる》ふ言《い》わりやふが、誹《そし》られうが、叩《たゝ》かれうが、踏れうが、なんでも貴様の仰次第、[八]候《そろ》べく候にやつて捨《す》てるじや。

広次　[九]取どもなひ三郎どのゝ挨拶、それにも[一〇]一チ物《もつ》有ての事か。

幸四郎　ないじやわいの。

広次　置《お》かつせひ。

幸四郎　置《お》けと言《い》へば、置《お》くじや。

一　主君にそむくことをいう。弓引く心も、同じ意。

二　底本「めくらじら立て」。白藤本で訂正。大惣本「めくじ立」。

三　こまかいことについて、口やかましくいわれること。ことあるごとに言われては、ということ。

四　義経と岩手姫の身代り。

五　義経が生きのびて蝦夷に渡ったとする伝説に拠る。義経勲功記十九では、秀衡の遺書に義経を蝦夷に落とせとあり、義経が蝦夷の地に渡って主《（あるじ）》となり、子孫が長く蝦夷の棟梁として栄えたというくだりで終りとなっている。

六　諺。なにも持っていなければ落とす心配もない。忠義をたてようとか、出世しようとか思うから疵つくのだ。

七　地位や財産も殖えないが、体に疵もつかない。「かんが立つ」は量が減ることをいう。

八　女性の手紙の最後に添える語。決まり文句などで、草体をいいかげんにくずしても読めることから、なりゆき次第で、いいかげんにすることをいう。

※秀衡の三人の兄弟が、自分の本心を隠しつつ、相手の心底を探る場面。忠義一途で直情径行型の四男高衡が敵役を装えば、奸佞な次男安衡は義経への忠誠を誓う。対称的な兄弟に対し、三男の忠衡は、のらりくらりと返答をはぐらかし、善悪いずれかの心底を隠し通すことになる。幸四郎の扮する和泉三郎の長ゼリフは、初代沢村宗十郎の芸を継ぐもので、その語り口を移したとされる「忠臣蔵」七段目の由良助の平右衛門

仲蔵　面白《おもしろ》い。和泉の三郎忠衡《ひら》は、善とも悪とも片《かた》づかず。四郎高衡は、義経公の首打《う》ち落《を》とす心よな。

広次　一一おんでもない事。

仲蔵　一二しかと左様《さやう》な。

広次　して、そこもとは。

仲蔵　助ける胸中《けうちう》。

広次　しかと左様《さやう》な。

仲蔵　おんでもない事。

幸四郎　一三助ける心、打《う》つ心。

広次　言《ゆ》うが寔《(まこと)》か。

仲蔵　一四言《い》わぬの嘘《うそ》か。

幸四郎　親にも。

広次　子にも。

仲蔵　兄弟にも。

幸四郎　それとも明《あ》かさぬ、心と。

仲蔵　心《こゝろ》。

に対する「青海苔もらうた礼に、太々神楽を打つやうなもの」の格。警句や世間の常識を巧みに取り入れながら、みずからの心底を韜晦するもの。このような洒脱な長ゼリフが幸四郎の持ち味。

九　とらえどころのない。大惣本「取りどころ」。

一〇　たくらみ。

一一　言うまでもないことだ。

一二　間違いなく、その通りだな。

※広次と仲蔵が、お互いの胸中を、「しかと左様な」「おんでもない事」とセリフを変えて確認しあう場面。セリフのやりとりの自然な流れのなかで、同じセリフを、それぞれの役柄に応じて面白く表現することになる。

一三　以下、立役三人の割りゼリフ。助けるという兄。打つという弟。和泉三郎は、兄の密書を読んでいる。三人三様の思い入れをしながらセリフを回してゆく渡りゼリフ。

一四　白藤本「言わぬが嘘か」。

広次　心〳〵の二人《ふたり》の兄貴《き》。

仲蔵　元吉四郎。

幸四郎　のちに逢《あ》わふ。

ト歌一になり、幸四郎・仲蔵、思入《おもいれ》して奥《おく》へ入《はい》る。広次、跡《あと》を見送りて

広次　兄弟五人のその内《うち》に、錦戸二太郎国衡《ひら》殿は、惰弱《だぢやく》不才の生れ付。次の伊達次郎安衡《ひら》どのは邪智佞人《ねいじん》。和泉の三郎忠衡《ひら》殿は柔弱にして胸中知れず。かく言《い》ふ四郎高衡《ひら》は、武骨《ぶこつ》短慮の生れ付《つ》き。兄弟中、是程に整《とゝの》わずしてそもやそも、是で主君へ忠義が立《(たて)》らりやうか。時も時《とき》とて姉輪の平次、御二方《ふたかた》の御首受《う》け取《と》らんと、三のつぴきならぬ手詰《づ》めの難義。四命にも力にも、頼みに思ふ親玉《(おやだま)》五は、此場の敵《かたき》に廻《まわ》られちやア、たとへ弥猛《やたけ》に逸《はや》つても、心ばかりで歯も立ず。とはいへそのまゝさし置ては、義経公の御大事、岩手姫さまの今の御難義。よい料簡《りやうけん》が欲《ほ》しいなア。

ト思入《いれ》して、膝《ひざ》六を打て

広次　よい料簡《れうけん》が出たぞ〳〵。手七もなく義経《よし》公岩手姫さまのお身代《がは》りに、かくいふ四郎が首と、あの女房お冬が首、揃へて出せば御《お》二方《ふたかた》。そふして置

一 下座の長唄。仲蔵と幸四郎の二人が館の奥へ入るためのもの。只唄の〽こころ残して」などを歌う。二 四人の男の兄弟の性格設定は、宝暦四年八月市村座「由良千軒蟾兎湊(ゆらせんげんつきのみなと)」の山桝太夫の四人の兄弟に拠る。このときの山桝太夫は、四代目団十郎の当り役の一つ。三 退くことも引くこともできない。四 唯一のよりどころ。五 海老蔵こと四代目団十郎の愛称。頼み。市村座から親玉を頼って中村座に来たのに、という大谷広次の楽屋落ち。六 良いことを思い付いたときの動作。七 たやすく。

元吉四郎の身代りの思案

※大谷広次の元吉四郎が身代りの思案を、あれこれとする場面は、「忠臣蔵」七段目の足軽平右衛門の格。深い思慮分別に欠けるが、なんとか忠義の手柄を立てようと一生懸命になっているところを見せる場面。

八 下座の三味線の二上りの合方。世話物の人物の出入りに用いられるもので、それまでの時代物の雰囲気が世話にかわる。ワキ三味線が「テンツツ〳〵」と地を繰り返し弾き、タテ三味線がそれに替手を弾き合わせる。九 市川純右衛門。敵役。三建目では粕谷藤太の役。ここでは仙台北目町の家主(いえぬし)佐七の役。木綿の着流しに、革羽織を着る。寒いので頭巾をかぶり、懐手をして出る。一〇 江戸の家主が着る火事装束。革羽織。「是は延享の朝鮮人来朝の時、江戸中一面に家主拵へ用ひしよりはやりし也」(江府風俗志)というもの。江戸の鳶職など町人が防寒用に着た。江戸の風俗。一一 不詳。苧屑(ほくそ)頭巾の一種か(図)。「越

てあなた方《がた》をお供申て立退《の》くが、身に叶《かな》つたる忠義の手立《てだて》、それ〳〵。

ト喜《よろこ》んで、又また思案《しあん》して

広次　いや〳〵、それがしが首を御身代《がわ》りに立《(たて)》ては、あなた方のお供する命が、外《(ほか)》になけりやアならぬ。ヱ丶、いま〳〵しい事だナア。

ト無性《むしやう》に焦《ぢ》れて下に居る。と、[八]てんつゝに成り、花道より[九]純右衛門、[一〇]火事羽織を着《き》たる、やつしの形《(なり)》にて、[一一]越後頭巾をかぶり、懐《ふところ》手して出て来《く》る。跡より[一二]半四郎、二役にて、[一三]木綿給に木綿の帯の形りにて、[一四]風呂敷包を提《(さげ)》て、出て来《く》る。跡より若い衆、障子、畳、下駄と盥《たらい》、[一五]焙烙《ほうろく》と鍋を、[一六]ひとつに両懸にして担《かつ》いで出る。跡《あと》より、今ひとり若い衆、行灯《あんどう》と味噌桶《をけ》と炬燵櫓《こたつやぐら》と蒲団《ふとん》を、一つに両懸にして持て出《い》で、花道の中にて

純右衛門　[一七]日傭《よふ》の衆、やう〳〵と来《き》ました。扨《(さて)》〳〵、[一八]店立《たなだて》といふものは、[一九]家主《(いへぬし)》の世[二〇]話なものでござる。此[二一]お内儀を[二二]引渡した斗《(ばか)》りで済《す》めばよけれども、まだ〳〵[二三]店賃《ちん》の勘定、近所の[二四]買ひ掛《がゝ》り、わしが方《ほう》へ引請て来たによつて、此方のかたが付《つ》かねば、此人を渡して、[二五]引取りを御亭主《ていしゅ》の前から取てしまつた跡がまた銭づく。貴様たちの[二六]日雇代も、[二七]先《(さき)》で取《と》つてやりませふ程《ほど》に、

後にては薹(ゲス)を以て作る軽きを便とす、是をいつぱいと云ふ、ちよつぺいもいつぱいも共に冑の頭盛(とつぱい)になずらへて名づけたるを訛れるなり」(嬉遊笑覧)。

一二　岩井半四郎。元吉四郎女房お冬。忍ぶの前との二役。お姫さまの扮装から木綿の世話女房姿にかわる。

一三　裏地の付いた木綿の着物のこと。

一四　着替えなどを入れたもの。

半四郎二役、女房お冬
裏店の引越しの出端

一五　素焼きの土鍋。　一六　天秤棒の両端にまとめてつるし、肩で担ぐ。

※盥や鍋から炬燵や蒲団まで所帯道具一式に障子や畳の建具までを天秤棒にぶらさげて登場する花道のユーモラスな姿は、江戸の顔見世の二番目の雪降りの世話場の代表的なシーン。地方から江戸に流入する人口が増え、定住することが出来ずに、裏店から裏店へと移り住む人たちのバイタリティーが生みだした趣向である。やがてこれらの人たちが、幕末の落語の八さん熊さんに代表される新しい江戸っ子へと成長することになる。

一七　日雇いでやとわれること。　一八　家主に借屋人が借屋から追い出されること。

一九　長屋の差配人。地主や家持にかわって長屋を管理する人。大屋・家守(やもり)ともいう。家主は五人組を結成し、月番で町内の

大儀《たいぎ》ながら、その[一]がらくたを持《も》ち込《こ》んで下《くだ》さい。

若い衆　どふで爰まで来《き》たものだに依て、さき迄行《(ゆく)》でござりませう。わしらは同じ日傭《ひよふ》でも、此お内義とは[二]隣同《ど》士《し》、せつかく馴染《なじ》みましたに、気の毒な事でござります。

若い衆　夫《(それ)》〳〵、付《つ》き合《や》つてみれば、心立《だ》てもよい人だが、どのやうな事があつて[三]店立《(たなだて)》を喰《く》わつしやるか、気の毒な、[四]にが〳〵しひ事でござる。

純右衛門　聞《き》いて下さい。わしも[五]門前《まへ》じやア言《い》ひにくひ事だが、是《(これ)》、此人は秀衡《ひら》さまの若殿《との》うちに元吉四郎。

半四郎　[六]ア丶中〳〵大屋さん、其よふな事は、人も聞《(きく)》わいな。隠《(かげ)》の事なら、しやうこともございんせぬ。現在《げんざい》目の前で能《(よく)》〳〵言《い》われては、わしもお前《まへ》も[七]立《た》たぬわいナア。

純右衛門　なんの立ぬ事があるものでござる。たかゞ一人《ひとり》身で、喰《く》ふや喰はずに居《い》よふより、大屋《や》が勧《すゝ》めて[八]地獄に出ろといふ事を聞ぬゆへ、そこで店《(たな)》に置《お》かぬのだ。何もかも言《い》ふ事はない、貴様の[九]店請《(たなうけ)》へ引渡してやれば事が済《す》む。二人《ふたり》の衆、大儀ながら、そのがらくた、こつちへ持て来て下さい。

若い衆　合点《がつてん》でござんす。

差配をした。借屋人である店子の身元保証人ともなり、「大屋といえば親も同然」といわれた。家主の株は金銭で売買された。守貞漫稿に「大略百両ノ株ノ年給二十両、余得十両、糞代十両、大概凡三四十両ヲ得ル」とある。二〇 面倒なこと。二一 町人の妻を敬っていう語。二二 保証人である請人に渡すこと。ここでは夫の元吉四郎。二三 家賃。二四 節季払いの借金。二五 受け取りの証文。二六 日当。二七 ゆくさき。請人である元吉四郎のところ。

一 がらくた道具。お冬の引越しの世帯道具のこと。二 同じ長屋の住人。元吉四郎の住む武家の長屋に対し、女房のお冬の住む長屋は町家の借屋。三 長屋を追い出されることをいう。江戸の家主は、町名主のもとで町の警備も担当。火の元の始末の悪い人、トラブルを起こす人などが店立てを喰った。半四郎のお冬の場合は、店賃などの立替えの借金がたまり店立てを喰う。四 面白くないことだ。不愉快だ。五 秀衡公の館の門前。六 大屋の言葉をさえぎっていう。大屋は家主のこと。七 済まない。義理が立たない。八 江戸の隠し売女のこと。「地獄、京坂ニテ白湯文字ト云。尾名古屋ニテ百花ト云、モカト訓ズ。彦根ニテ亀物ト云。皆密売女也」(守貞漫稿)。隅田川の中洲(なかず)、浅草の馬道など安永年中に流行したもの。九 お冬が店を借りたときの保証人。請人(うけにん)。一〇 半四郎のお冬のこと。一一 伊達六十二万石の城下町。北目町は仙台二十四町の一つ。仙台開府以来の古町。奥州街道の通町通に面した伝馬宿で、

純右衛門　是、貴一〇様、先へ行《い》つて、仙一一台の北目《きため》町、家主の佐七が来たと言《い》つて下《くだ》さい。

半四郎　あい／＼。

　ト舞一二台へ来て、広次を見付《みつけ》

半四郎　申／＼四郎さま、わたくしはお前に会《あ》わねばならぬ用があつて、爰迄わざ／＼来たわいなア。

広次　どのやうな用か知《し》らぬが、女の身で、此雪の降《ふ》るのに、何しに来た。

　ト言《い》ふうちも、奥を気遣ふ心持《も》ちあるべし

半四郎　外《ほか》の事でもないが、お前《まへ》の知《し》つていやしやんす通り、北目《きため》町の裏《うら》店を借《か》りたは、畢竟《ひつけふ》一三お前《まへ》と一《ひと》つに居る事がならぬによつて、わたしをお前の妹一四分《ぶん》にして、まあ当分いたやうなものなれども、何かにつけて自一五由にならぬお前《まへ》の身の上《うへ》、大屋《や》さんが喧《やかま》しう言《い》ふて、たつた今、店《たな》を明けいと言《い》わしやんして、わたしを連《つ》れてござんしたわいナア。

広次　そんなら何と言《い》ふぞ、此元吉四郎は勘当同前な、こんなざまの身の上《うへ》、銭一文も才覚も出来ぬに依て、北目《きため》町の店《たな》を借《か》りておきは置《おい》たが、あの家主の世話にばつかり成て居るによつて、そこで大方《かた》、大屋《や》もむつとし

明和九年の封内風土記には宅地六十二軒、男四七〇人、女三二三人が記録されている。元禄八年の仙台鹿の子には町役人として「検断二人、肝入一人」とある。

※江戸の芸能・文芸では、仙台藩伊達公は、奥州五十四郡の主として、藤原秀衡に仮託

家主佐七の借金の取り立て

された。有名な「伊達騒動」物の諸作も、五十四郡の大守の跡目争いとして描かれることになっていた。本作では、史実通り陸中平泉の秀衡館で時代の物語が進行してゆくが、そこに町家から世話の人物が登場すると、平泉から遠く離れた仙台の北目町に変わる。同じ陸奥の地名でも、歴史上の平泉は時代の世界に、現実の北目町は世話の場面に使いわけることで場面にリアリティをつくることになる。しかも、描かれる風俗は、家主をはじめ地獄など、すべて江戸の町家のものになる。一番目では、北国を場面に、江戸の弁慶橋の裏店に住む古金買いの夫と、熊野比丘尼の女房が登場し、二番目では仙台の北目町という設定で、日本橋の大伝馬町・小伝馬町辺りの裏店から店立てにあい引越しをする女房の姿が描かれることになる。

一二　花道から本舞台に来る。
一三　つまるところ。結局。親の許しを得た夫婦ではないので。また、広次の元吉四郎は中間となって館の長屋に住み込むため、夫婦一所に暮らすことはできない、ということ。　一四　店請の証文を書くときに、妹ということにしたことをいう。
一五　金も仕事も思うようにならない。

て店を立たといふ事か。

ト此うち、御身替りの事を案《あん》ずる思入《おもいれ》あるべし

半四郎　アイ、そうじやわいナア。

広次　いかにそふだと言て、此雪の降《ふ》るのに、店を立てるといふやうな。

ト むつとする。此うち、後《うし》ろへ純右衛門、来《き》て

純右衛門　邪険《じゃけん》[一]な男。さぞ貴様、業腹《ごふはら》[二]だんべい。

広次　是〳〵お家主さま、そこもと様に対《たい》して、一言《(いちごん)》も言訳《いひわけ》はござりませぬ。やれ〳〵此寒《さむ》いのに、よふござりましたの。

ト大笑《おふわら》[三]い

純右衛門　是さ〳〵、追従《ついしやう》らしひ軽薄笑《けいはくわら》[四]い、置《お》[五]いて貰《もら》おふ。サア、家賃《やちん》の勘定どふするのだ。その外に掛《かゝ》[六]りあい、おれが引請[七]てやらにやアならない。

広次　左様《さやう》〳〵、わたくし方から致し[八]かたが悪《わる》さに、そこもとにお腹を立《たゝ》せまするだん〳〵御無沙汰になりましたが、拙者儀も。

純右衛門　是〳〵久《ひさ》[九]しいもんだ。貴様の妹を店に置《(おい)》たで、[一〇]世間迄ふさげたこの家主、サア、何はともあれ妹を渡すからは、引取《(ひきとり)》[一一]を書て貰《もら》ひませう。

広次　ヲヽ、書《か》きませいでは。一寸《(ちよつ)》と書ひて進《しん》ぜませう。

※大谷広次の扮する元吉四郎は、義経・岩手姫の身代りのことが気にかかり、女房お冬らの言い分を上の空で聞いているという設定になる。

一 広次のセリフを受けて、邪険な男だといいたいのか、の意。

二 腹が立つであろう。「だんべい」は関東の田舎訛り。

三 愛想笑い。

四 お世辞で笑うこと。 五 やめてくれ。

六 未払い金。 七 責任を持つ。

八 やり方。店賃も払わずに、ほっておいたこと。

九 古くさいことをいうな。また、お決まりの言訳か。 一〇 人の信用をなくしたこと。

一一 受け取り証文。店立てされた人は人別帳から削られる。そのための証文。

一二 元吉四郎の町人としての名前。

一三 事件などにまきこまれる心配がない。家主は店子の取調べなどにも同行しなければならなかった。

一四 店賃のこと。「月収ヲ店賃ト号ケ毎晦家主ニ収之」(守貞漫稿)。九尺二間の裏店でも日本橋辺りの店賃は江戸の郊外の倍。銭で六〇〇文。

一五 地主・家持に隠しておく。家主は「地主ノ意ニ応ゼズ、或ハ奸曲、及ビ地代店賃等ヲ多ク債スル時ハ地主ヨリ追放スルコトアリ」(守貞漫稿)とされた。大惣本「貸して」。

一六 一貫は銭一〇〇〇文。十六ヶ月分の店賃九六〇〇文が金に換算して一両二分と銭六〇〇文になるというもの。二分は一両の半分。江戸時代の通貨は金・銀・銅の三種で変動相場制を取った。銭の相場は、寛文以

ト硯箱を出して書《か》くうちも、身代りの事を案《あん》じる思入《おもひれ》あるべし

広次　ひとつ、われら妹、借屋《(かしや)》を借《か》り置申候所、われら方《かた》へ慥《(たしか)》に引取申候、以上。月日、佐七殿へ、[一二]四郎兵衛。

ト書《か》いて渡す。純右衛門、請取て改《あらた》め

純右衛門　よしく、是でよし。貴様の方へ妹子を渡してしまへば、まあこつちに[一三]掛《かゝ》り合はないといふものだ。是からがまた金ずく。家賃《やちん》を借す大屋《や》こそ多《おゝ》けれ、[一四]月に六百づゝの家賃《やちん》を拾六ケ月、やがて一年半といふもの[一五]隠《かく》しておいた勘定が[一六]九貫六百、是がまづ一両二分六百よ。其外に、米、[一七]味噌、炭、薪、小遣ひ、いつさい立替《たてか》へておいたその勘定、[一八]拾三両に、[一九]一両二分六百。二口締めて拾四両二分六百。サア、たつた今払《いまはら》つて貰ふ。

広次　大屋さま、是は又、お前《まへ》[二〇]どふでござりまする。御存《ぞん》じの通りの拙者が身の上、[二一]勘当受てしまつたくらひならば、今まで何しにじつとしておりませう。[二二]稼《かせ》ぎ次第《しだい》のうぬが三昧《ざんまい》、[二三]親といふ字に繋《つな》がれまして、かふ致《いた》して居る此胸は、どのよふにござりませう、御推量《すいりやう》なされて下さりませ。今少しの所、お家主さま、どふぞお待《ま》ちなされて下さりませい。

純右衛門　是、[二四]それを聞まいと思《おも》つて、とふから[二五]提《さげ》重《(ぢう)》に出《で》ろくと家主のおれが

降、明和二年ごろまで金一両四貫文ほどであった。明和五年に、新たに四文銭が発行され、その前後から急に銭の相場が下落し、明和九年には金一両五貫四七〇文にまで下がり、安永八年には、ついに六貫文を突破することになる(日本の貨幣)。安永二年の相場は銭五貫九十文から五貫五五〇文のあいだ(両替年代記)。その変化を踏まえ金一両銭六貫文で換算したもの。

一七 俗に「塩噌《(えんそ)》」という。最低の必需品。

一八 十六ヶ月で十三両。一月平均三分一朱。店賃をいれて約一両弱の生活費になる。日雇いの日当が二〇〇文弱なので、ほぼ、その月額にあたる。このような裏店の収支を俗に「その日暮らし」という。

一九 店賃の分。　二〇 どうかしましたか。

二一 正式に勘当されているならば、自由に働くことができるのだが、という意。

二二 自分の稼ぎ次第で気ままな生活ができる。　二三 親子の縁が切れていないので。

二四 そのような言訳を聞かないで済むようにと思って。

二五 物売りの商人をよそおった素人の私娼。安永八年刊黄表紙「米饅頭始」に「此時分は提重といふもの殊の外はやりて、多く類が出で来けり。これ今はやる地獄の類ひなるべし」とある。また宝暦現来集五に「又、其頃も提重とて油元結、或は菓子など持歩て、是も比丘尼同様売歩行しも有けるが、其頃より厳敷停止店内へ右類の者おきまじきとて名主家主共に被仰付る」とある。明和安永期の江戸の新風俗の一つ。家主の佐七はお冬に禁止されている提重となって地獄宿に出ろという。

勧《すゝ》めるを聞ずに、外聞《ぐわいぶん》が悪《わる》ひの、恥《は》づかしいのと、力《りき》[一]んだ事ばかり言ふて、さあ金の段になつて三[二]文も出来るか。是（これ）なあ、地獄〳〵と、いま〳〵しいやうなれども、地[三]獄の沙汰も金次第。一[四]ッ時転《ころ》びやア猿[五]が餅、一[六]分づゝ取る旨《うま》い商売。世[七]話して貰ふて金貰《もろ》ふて、よい事と思《おも》へばこそ、此家主の佐七が勧《すゝ》めたじやアないか。それをも聞かないで借た方《ほう》を待（まつ）てくれろとは、あんまり太《ふと》[八]ひ挨拶ばかり。料簡《れうけん》はならない。十四両二分六百、たつた今よこして貰《もら》をふ。半[九]銭《きなか》かけても請取らなひ、寄越《よこ》して貰ふ〳〵。

広次　サア、夫（それ）は段〳〵の御親切《しんせつ》でござりますれども、そのよふな義は。

純右衛門　ならざあ金を返して貰《もら》おふ。

広次　サア、その金子（きんす）の義は。

純右衛門　出来ないか　◯　出来《でき》ざあよひ。できなひ物を無理矢理《むりやり》に、家主をして居る佐七、そのくらいの事を聞わけないでもない。

広次　左様《さやう》ならば、お聞き届《きゝとゞ》け下されましたか。是は〳〵。

半四郎　マア〳〵そこは雪[一〇]風、寒[一一]ふござりまする。どなたもこちらへ、お入《はい》りなされませひナア。

一 強いことをいう。ぴんしゃんとした、お転婆な態度をいう。
二 安価なことをいう。少しもできまい。
三 諺。金さえあれば地獄でもなんとかなる。ましても、この世は金次第。私娼の地獄にかけていう。
四 ちょっと転べば。ひそかに売春をすることを転ぶという。
五 右から左へ。即座に、という譬え。猿が、餅買うように、とも。片方の手で銭を出し、同時に、もう一方の手で品物を受け取ることをさす。
六 売春の代金が金一分。一両六貫文の相場だと銭一貫五〇〇文に相当。お冬の店賃の二ヶ月半分にあたる。安永三年刊洒落本「婦美車紫鹿」九蓮品定で吉原とともに「上品上生之部」とされた浅草の馬道の地獄が「チョンノマ一分」。そのクラスの売女だということ。なお「中品」になると、銀七匁五分(約金二朱)で半額になり、最下層の夜鷹が二十四文。吉原細見では、太夫が銀九十匁(約金一両二分)、散茶で金三分、部屋持で金二分と一分の揚げ代がある。ただし、吉原の場合は昼夜いづれか片仕舞のときは半額になる。
七 面倒をみること。
八 図々しい返事だ。
九 一文銭の半分。直径が一寸(いっき)なので、その半(なかば)という意。寸半(きなか)とも。少し欠けても。
一〇 雪と風。雪まじりの風のこと。
一一 底本「寒サ」。大惣本で訂正。

広次　ヱヽ気の付《つ》かぬ、なぜお茶でも上げぬ。お煙草《たばこ》盆を持て来《こ》い。

半四郎　あい〳〵。

ト半四郎、茶[一二]を汲《く》んで純右衛門へ出す

純右衛門　構《かま》わつしやるな〳〵。サアお冬、歩《あゆ》[一三]ばつしやい。

ト半四郎が手を取《とり》、連《つ》れて行ふとする。半四郎、びつくりして

半四郎　大屋さん、どこへ行《ゆく》のでござんすへ。

純右衛門　知《し》れた事、拾四両二分の金の替りに、塩釜[一四]へ連《つ》れていつて、そなたに勤《つとめ》[一五]をさせる。

半四郎　ヱヽ。

純右衛門　サア、歩《あゆ》んだ〳〵。

広次　マア〳〵待《ま》つて下さりませ。すりや金の替《かわ》りに妹を、あの塩釜へ。

半四郎　勤奉公に出すといナア。

広次　そりや又、あんまり。

ト広次、半四郎が顔をふつと見《み》る。是より、身替り[一六]に立《たて》よふと思ふ心に、俄《にはか》になる。色〳〵と半四郎を見て

広次　よい所へお冬、よふ戻《もど》つてくれたナア。

一二　半四郎は二役忍ぶの前でも、再会した義経にいそいそとお茶をくみ、煙草盆を出す。お姫さまと世話女房と対称的な二役で、出す相手も恋人の義経と、敵役の家主。おなじこまごまとした動きのなかに、その違いを見せるところ。

一三　歩きなさい。

一四　仙台の東方五里。松島湾の南に位置する。仙台を代表する遊廓の一つ。「南谿東遊記云、塩竈は、家数も千軒に余り、遊女などもありて、仙台人の遊興の場所なり」(大日本地名辞書)とある。

一五　遊女にする。勤奉公をさせる。借金のための身売り。ただし、江戸時代は人身売買が禁止されていたので、年季奉公の契約になる。俗に「苦界十年」といい、遊女は十年契約が建て前。年(ね)が明けたあとお礼奉公をした。

一六　半四郎の女房お冬を、岩手姫の身代りにしようと思いつくところ。セリフでの説明がないので、仕草でそのことが観客に伝わるよう丁寧に演じることになる。捨てゼリフをいいながら、ト書の「色〳〵と半四郎を見て」という動作になる。そのような夫の心を知らない女房お冬とのやりとりは、「忠臣蔵」七段目の平右衛門と妹お軽の格。なお、義経の北の方の身代りの女という設定は、義経勲功記十九に「其ノ比衣川ノ片辺ニ、貧キ女アリテ、三、四歳バカリナル女子ヲ、養育シ居タリケルヲ弁慶ガ計ラヒニテ、近キ比ヨリ、高館ニ召出サレ、北ノ方ノ傍近ク召仕ハレケルガ、此ノトキ彼女ヲ、北ノ方ノ命ニ替玉ヒケルトゾ聞ヘシ」とあるに拠る。

半四郎　何《なん》[一]のこつちやいの、思ひ出したよふに、能《(よ)》く来《き》たの悪《わる》ふ来《き》たのと言《い》ふ事があるものかいな。
純右衛門　さあお冬どの、歩《あゆ》ばつしやひ〳〵。
　ト連《つ》れて行ふとする所を、広次、純右衛門を取《と》つて投《な》げ[二]
広次　ならないぞ、妹お冬をやる事はならぬ。借《か》り受た金は、コリヤ相対《(あひたい)》[三]。身[四]が妹を勤奉公させやうとは、憎《にっく》い奴《やつ》の。サ、きり〳〵[五]と帰りおろう。
純右衛門　力《りき》[六]むは〳〵。金を借して世話をして、雪の中へぶちこまれて、どふやらわしが損《そん》だけれども、せう事がない。金《かね》さへ取《と》れば一分《いちぶん》[七]が立つ。サア、貸《か》した金を、たつた今受《う》け取《と》るべい。
　ト広次が胸《むな》[八]づくしを取《と》る
広次　サア、それは。
純右衛門　金を受《う》け取《と》るべひ。金が出来ざあ、いつその事に、うぬをおれがこふしてくれべい。
　ト広次を突《つ》き倒《たを》す。起《お》[九]き上《あ》がつて、腕《うで》まくりをする
純右衛門　太《ふと》[一〇]ひ奴《やつ》じやアないか。金を返せ〳〵。
　ト広次を踏《ふ》みのめす。半四郎、見かねて側《そば》へ寄《よ》り

一 なにを、とぼけたことをいっているのですか。
二 ほうり投げること。純右衛門は、トンボを切って一回転する。
三 おたがいに納得の上で借りた金だ。
四 武士の自称。町人である家主に対する威嚇。
五 さっさと。
六 いきりたつ。身体に力を入れる。
七 面目が立つ。立役に投げられても、金さえとれば一分が立つ、というのが敵役の常套のセリフ。
八 締めあげる。
九 突き倒された広次の元吉四郎は、反射的に立ちあがって腕まくりをするが、借りた金を返さない自分の立場を考えて、おとなしくするところ。それを見て純右衛門の家主が足蹴にするのを、じっと我慢する。辛抱事の場面になる。
一〇 図々しい奴。
一一 あんまりひどいことだ。
一二 中村仲蔵。秀衡の次男伊達次郎の役。最前の長裃に小さ刀の姿から、切り袴の裃

半四郎　是ナア佐七さん、そりや又お前《まへ》、[一二]あんまりであろふぞへ。

純右衛門　あんまりとは何《なん》だ。あんまりとはこいつが事だ。

ト叩《たゝ》いて居る所へ、奥より仲[一三]蔵、上下衣装にて、最前《さいぜん》より見ていて、つか〳〵と出て、純右衛門を投《な》げ、刀背[一三]打《むねう》ちに打すへる。仲蔵、[一四]最前《さいぜん》より見て居て、懐より金を出《いだ》し包、上書をして懐中して居る

仲蔵　身うごきすると命がないぞ。

純右衛門　何《なん》だ、此お侍は、人を[一五]滅法界《めつぽうかい》に打《ぶ》ちすへたが、どふするのだ〳〵。[一六]相手が面白《おもしろ》い。打《ぶ》たれべい、叩《たゝ》かれべい。

ト[一七]仲蔵が側《そば》へ行《ゆ》く

仲蔵　[一八]素《す》町人の分《ぶん》として、[一九]慮外《りよぐわい》を働《はたら》く不[二〇]届き者《もの》。[二一]切り下《さ》げるは易《やす》けれども、鎌倉よりの[二二]上使のお入り。それ、わずかの金子《きんす》[二三]。

ト[二四]広次へ投《な》げて渡《わた》す。広次、請取《うけとり》、戴《いたゞ》き

広次　サア、先達てより借《か》り請たる金子、返済する。きり〳〵持《も》つて失《う》せう。

純右衛門　失《う》せいでは〳〵、金さへ取《と》れば失《う》せいでは。さらば我らは失《う》せませふ。

ト純右衛門、立《た》つ。広次、仲蔵が側《そば》へ行

姿に変わり、大小を携えて出る。館の奥より出て、うしろでしばらく様子をうかがい、ここで二人の間に割って入る。長袴と違い、裾捌きなど動作が機敏になる。「つか〳〵と出」るのも、その一つ。

伊達次郎、弟四郎の女房お冬を金で奪う

一三 大刀を鞘のままで刀背打ちに、ぽん〳〵〳〵と叩く。

一四 館の奥より出て、うしろで様子をうかがっているあいだに、仲蔵は懐より小判を出し、懐紙でつつみ、矢立ての筆で「帯代」と上書きをして、ふたたび懐中する。そのあとで二人の間に割って入り、家主を投げて刀背打ちにすることになる。

一五 むやみ、やたらに。

一六 立派な姿の侍なら、相手にとって不足はない。ぶつならぶて、叩くなら叩け、打たれてやろうじゃないか、という啖呵。

一七 仲蔵の足元に坐って、体をすりよせる。

一八 たんなる町人の身分でありながら。卑しめていう語。

一九 無礼なことをする。

二〇 道にはずれた男だ。

二一 大刀で、上から下に、一刀のもとに斬り捨てること。

二二 上使が来ているので、血で穢す訳にはいかない。

二三 金銭。

二四 仲蔵の伊達次郎は、純右衛門の家主に直接金子を返済するのではなく、弟の元吉四郎に渡して、弟から返済させる。元吉四郎に金銭の恩を売る計略になる。

広次　どふもお礼の申やうがない。日頃《ひごろ》、親人にも、そこもと様にも、お気に叶わぬ四郎高衡《ひら》。只今の難儀《なんぎ》を見かね、金子をお貸し下されるとは、誠に[一]親《しん》は泣《な》き寄《よ》りぞや。有がたい〳〵。サア、その方が金子、勝手次第に持《も》つて失《う》せひ。

　　ト純右衛門に打《う》ちつける。其金を取《と》つて、にこ〳〵笑《わら》いして

純右衛門　[二]切くずなしに拾五両、家主の佐七が受取た。

仲蔵　その方が金子請取たからは、[三]此方（このはう）に[四]懸（かか）り合（あひ）はないぞ。

純右衛門　左様《さやう》〳〵。

仲蔵　懸《かゝ》り合がなければ、身が女房、サア、安衡《ひら》と一所（いつしよ）に[五]おじや。

　　ト半四郎が手を取《と》る。半四郎・広次、肝《きも》をつぶす

仲蔵　サアお冬、きり〳〵おじや。

半四郎　安衡《ひら》さまとした事が、滅相界《めつそふかい》な。わたしや誰《たれ》じやへ。

仲蔵　知《し》れた事、四郎が妹。[六]身が婦妻（ふさい）に中受ても[七]苦《くる》しふなひ。それがしが奥にする。安衡《ひら》が嗅《かゝあ》に貰つたぞ。

広次　是は[八]どふでえす。[九]兄者人《じや（ひと）》、あの[一〇]お冬儀《ぎ》は、[一一]ちと子細ござつて、[一二]世間憚《はゞか》り、[一三]親父《おやぢ》さま思召しを差《さ》し控《ひか》へてござれども、元吉四郎高衡《ひら》が女房。妹

一　諺。他人と違い、肉親は逆境のときに寄りそって助けあうことをいう。
二　疵や、すり減りのない小判。切くずのある、目方の欠けたものを軽目金という。両替のとき、秤で計量し、欠けた分だけ価値がさがる。
三　一人称。自分たち。目下の者に使う。
四　損徳など利害関係を持つことをいう。苦情を言ったり、言われたりする関係。ここでは、お冬の身の処し方について。
五　来い。
六　自分の妻。「身が婦妻」「それがしが奥」「安衡が嗅」と同じ意味の言葉を三つ並べて強調する。堅い言い方から、下世話に砕けるところ。
七　差しつかえがない。誰はばかることもない。仲蔵の安衡と広次の元吉四郎が別腹の兄弟ということがわかる。母が同じなら安衡と元吉四郎も同腹の兄弟になり、その元吉四郎の妹だと称したお冬も伊達次郎安衡にとって実の兄妹になる。伊達次郎と元吉四郎が別腹の兄弟なので妻に出来るというもの。
八　伊達風の言い方。どうしたことだ、という驚き。
九　兄さま。
一〇　お冬のことは。
一一　少し事情があって。
一二　世の中に遠慮して。
一三　夫婦となることについての父の考え。それを聞くことを差し控えている。

と申たは偽《いつわ》りでござる。

半四郎　まだ、ろく／＼にお目にかゝりませねども、常／＼のお噂《うは》さ、主《ぬし》[一四]の厄介《やっかい》。

仲蔵　ハイ、まあ女房のやうなもの。お見しりなされて下さりませ。そなたが言《い》わひでも、[一五]三年跡から見しつて居る。[一六]無理合点《がってん》で惚《ほ》れた。安衡《ひら》が女房になれ。否《いや》でも応《おふ》でも抱《だ》いて寝《ね》る。サア、それがしへお冬を呉《く》れろ。

広次　いかに邪《よこしま》を好《この》めば迚《とて》、現在の弟、此高衡《ひら》が女房を。

仲蔵　女房とは言《い》わさぬ。後日《ごじつ》の証拠は[一七]堅《かた》い一札、妹を引取たと自筆に書たが、忘《わす》れたか。まだ其上に、家主へ渡した拾五両の金子、上包《うわ》の書付は[一八]帯代。

広次　何《なん》と。

仲蔵　帯代として拾五両、受《う》け取たからは[一九]否応《いやおふ》は言《い》わさない。たゞしは今の金を返すか。妹じやないか。抜《ぬ》し差《さ》しのならぬやうに、[二〇]雁字《がんぢ》がらみの此お冬は、身が女房に貰たぞ。

広次　[二一]サア、それは。

純右衛門　妹と書た此引とり、お主《ぬし》やア忘《わす》れはせまいがな。

広次　サア、夫《それ》は。

一四　亭主のこと。町人の言い方。元吉四郎の世話になっている女です、という意。

一五　三年前。

一六　無理を承知で。

一七　確かな証書。元吉四郎が家主佐七に渡した引取りをいう。

一八　結納金。男より女の方へ贈る。「聟の方より結納をつかはす事を常陸帯の祝儀といへり…尚略したるには帯代とて金銀にて済もあり」(新増女諸礼綾錦)。伊達次郎が包金の表に「帯代」と書いたのを、直情径行な元吉四郎は気づかずにいた。弟のそのような性分をよく承知したうえで奸計におとし入れる伊達次郎の邪悪な性格のでるところ。

一九　是非を言わさない。

二〇　身動きができないことをいう。

二一　広次と仲蔵が競り合う「繰りあげ」の演出になる。

家主《いへぬし》左七、元吉《もとよし》四郎に金をすませ、いゝかへす事ならぬゆへ、さん〴〵打擲《てうちやく》にあひ、疵《きず》をつけられる。安衡《やすひら》、此ていを見て、金を左七かたへ済《す》まし、四郎が女房《ぼう》に恋慕《れんぼ》し、元吉夫婦《もとよしふうふ》、義《よし》経、岩手の身がはりに立《た》たん事をきゝ、お冬《ふゆ》に疵《きず》を付、連《つ》れゆかんとする

家主左七　純右衛門、安衡《やすひら》　仲蔵、元吉《もとよし》四郎、広次、四郎女房お冬《ふゆ》　半四郎

※明和安永当時の女形の鬘は、まだ一本一本植手する羽二重の技術が工夫されていないので通常生え際を隠すために帽子を付けた。江戸では若衆形や立役、または若い娘形が女形を勤めるときには、生え際のみ自分の髪を用いる半鬘、または地髪鬘が使われたようである。半四郎はそのような地髪鬘が良く似合う役者の一人であった。そこには、帽子を付けた女形にはない、リアルで活き活きとした女性像が生れた。なお、芝居絵本では帽子を描くものと省略するものとがあり、挿絵に入れた清長の絵は後者にあたる。

仲蔵　サア。

広次　サア。

両人　サア〳〵〳〵、なんと。

広次　ハイ。

仲蔵　サア、おじや。

半四郎　[一]何《なん》のこつちやいの、手[二]もさへて下さんすな。いかに邪《よこしま》が生れつきで好《す》きじやとて、[三]現在《げんざい》の弟嫁《よめ》、まんざら知《し》れた此お冬を、女房にせうとて金貸《か》して、[四]夫《(それ)》でもそれが武士かいな。侍《さむらい》かひな、男かいな。ヱヽ、さもしい、卑怯《ひきやう》な、[五]腑甲斐《ふがひ》なひ、[六]胴欲《どうよく》な心でござんすのふ。

　ト泣《な》く

仲蔵　是《(これ)》、嚊《かゝあ》。この伊達の次郎安衡《ひら》は、そなたゆへにやア、武士[七]でもない、侍でもない。夫《(それ)》だによつて男でもなひ。所詮惚《しよせんほ》れたを負《ま》けにして、犬[八]とでも猫とでも言《い》へ。否《いや》でも応《おふ》でも抱《だ》ひて寝《ね》る。きり〳〵おれと奥へ来《こ》ひ。

半四郎　嫌《いや》じや〳〵〳〵、嫌《いや》じやわいナア。

仲蔵　嫌《いや》と吐《ぬ》かしやア、かう〳〵〳〵。

　ト半四郎を刀背打《むねう》ちにする。広次、無念《むねん》がるこなしあつて、側《そば》へ

一　どうゆうことになっているのですか、という意。
二　手を取ること。さわらないで下さい。
三　紛れもない。
四　「それ」をくり返して、調子に乗っていう。たたみ込んでゆくセリフ。武士・侍・男、ともに人の道を守るべき立場の者をいう。
五　いくじがない。
六　道にはずれた心。

※半四郎二役の世話女房お冬は、義理の兄に反発し、泣きながらも、武士・侍・男、さもしい・卑怯・腑甲斐ない・胴欲と、絞りだすように言葉を重ねて抗議する。このような勝気な女性が、のちに「おちゃっぴい」と呼ばれる半四郎の家の芸を形成することになる。同じように裏店に住む世話女房でありながら、一番目で芳沢崎之助が演じた古金買いの女房およしは、最後に土佐坊昌俊の娘敷妙と見顕わされるが、半四郎扮するお冬には、帰るべき時代の世界がない。どこの生れで、どのような境遇に育ったか、まったく語ることなく立ち去ってゆく。江戸の顔見世狂言のなかで、このような時代の世界を背景に持たない女が、やがて三ヶ月お仙に代表される「悪婆」に成長することになる。

七　以下、恋のためなら義理も面目もふりすてる江戸の敵役の恋のパターン。仲蔵扮する伊達次郎は、恋にことよせて、お冬が岩手姫の身代りとなることを邪魔する。
八　畜生の恋。弟の妻を奪う邪恋をいう。

寄《よ》ろふとする。純右衛門、広次が襟《えり》を取て、[一]下へ引据《す》へ

純右衛門　動《うご》きやアがるな、野郎《やろう》め。[二]罰《ばち》が当《あ》たるを合点《がってん》で、うぬを[三]存分にせにやアならぬ。よふも〳〵、今迄うぬが女房を妹にして、此家主をよくも[四]しかに掛《か》けやアがつたな。おれを[五]一杯喰《ばいく》わせたが、[六]よいか、是か〳〵。

ト広次を打擲《ちょうちゃく》する時《とき》、広次が[七]額《ひたい》を下駄にてぶち壊《こわ》す。広次、きつとして

広次　[八]コリヤ高衡《ひら》が、生《い》き面《づら》に。

純右衛門　疵がついたわへ。

広次　もふ了簡がならぬわへ。

純右衛門　なにを〳〵。

仲蔵　ハヽヽヽ、よいざま〳〵。元吉四郎が[九]しやつ額《びたい》へ疵がついちやア、ざ[一〇]つと義経が身替りには立《た》たれまひ。

広次　何がなんと。

仲蔵　岩手姫の身替りに、当《あ》てておいた此お冬、伊達の次郎が女房にすれば、是で[一二]思ひ残る事はあるまいが。

広次　なんと。

一 平舞台に引き倒す。 二 人気役者の大谷広次を打擲すると、客席の御贔屓から「罰が当たる」と罵られることになる。それを承知のうえでという楽屋落ちのセリフ。三馬の客者評判記に「打擲の場にいたりて罰があたると罵るはこゝろにもなき悪態なるべし」とある。 三 思い通りにする。 四 ひょっとして、うまくゆくのではないかと、その気にさせることをいう。ここでは、だますこと。 五 だます。 六 思い知ったか、の意。打つときにいう。 七 家主が下駄で叩き、広次が疵口を押さえる。そのとき指で額に赤い血糊を付ける演出。その指の血を見て、広次が額をわられたことに気づき、きっとして「コリヤ高衡が生き面に」というセリフになる段どり。「夏祭浪花鑑」長町裏の場の泥仕合の現行演出の原型。人形浄るり「夏祭」の丸本には額をわる指定はない。「夏祭」のやつしの舅殺しの泥仕合は宝暦二年市村座「櫟《ゆずりは》姿視曾我」で先代広次が演じた当り役。三代目広次も明和五年五月市村座「酒宴曾我鸚鵡返」で演じた。男達の辛抱狂言の常套の趣向。その影響か。 八 「夏祭」現行演出「こりやこれ男の生き面を」の格。丸本にはない歌舞伎の入れごとのセリフ。男を立てる男達の演出を武士に応用したもの。 九 相手を罵っていう語。しゃっ面などという。 一〇 簡単に。 一二 岩手姫の身代りとなる心配はない。 一三 仲蔵が館のうしろ、上手奥の出入り口へ入るための下座の長唄。表向き義経を助けようといった仲蔵の伊達次郎が身代りの邪魔をし、反対に義経の首を討とうといった広次の元吉四郎が身代りの算

ト詰寄《よ》る。広次を抑《おさ》へて

仲蔵　右と左に四郎とお冬、是を肴に一盃呑ふ。何《(なに)》、佐七とやら、身に続《つゞ》ゐて奥へ参れ。

ト歌[一二]になり、半四郎・広次を引立《(ひったて)》、純右衛門を連《つ》れて、仲蔵入《はい》る。奥[一三]より、ばた〳〵[一四]にて、幸四郎[一五]出て来る。跡より市松[一六]、抱《だ》き子を抱《かゝ》へて出て来る

幸四郎　岩手姫、今《いま》も今とて聞《きゝ》きやる通り、はや義《よし》経が身の上《うへ》に、かゝる大事の一世[一七]の浮沈《ふちん》。浅[一八]ましき最期を遂《と》げんより、経若丸を刺《さ》し殺し、潔《いさぎよ》ふ自害して、身に誤《あやま》りのなき由《よし》を、兄頼朝へ告《(つげ)》知《し》らせんと、認《したゝ》め置たる含状[一九]。

ト懐中より出し、市松へ渡《わた》す

幸四郎　そなたも跡より未来《みらい》[二〇]へおじや。半座を分《わ》けて待《ま》つ程に、未練《みれん》残さず、最期〳〵。

市松　あなたの仰までもなく、わらはも兼《(かね)》〴〵亡《な》き身ぞと、認《したゝ》め置たる書置《おき》。さわさりながら経若丸、胤腹貸《たねはらか》[二一]したも名斗《(ばかり)》にて、千代もと祈《いの》る甲斐もなく、たゞひと時の親《おや》子の因《ちな》み、露[二二]より脆《もろ》き命かと、思《おも》へば〳〵、それが悲《かな》しふござんす。

段をする。兄弟が互いの胸のうちを推し量りながら退場する場面の唄。只唄の「〽ところ残して」の格。一三 正面二重舞台、秀衡館の奥より出る。一四 足音の擬音。拍子柝で床をバタ〳〵と打つ。義経が走り出てくる足音。一五 松本幸四郎。和泉三郎の役から、ふたたび義経にもどる。扮装は、山伏姿の変装から着流しの略装に変わる。鬘は生締。小刀を差し、中啓を持って出る。
一六 佐野川市松。岩手姫の役。下げ髪に打掛衣装、抱き子の人形を抱いて出る。
一七 生涯の盛衰を決める大切なとき。
一八 殺されたり、生捕りにされたりすることをいう。吾妻鏡に「予州(義経のこと)ハ持仏堂ニ入リ、先ヅ妻二十二歳、子女子四歳ヲ害シ、次イデ自殺スト云々」とあるのを踏まえる。一九 自害した義経の首にくわえられていた書置。幸若「含状」に拠る。口にふくみ自害する状なのでいう。
二〇 来世。浄土で同じ蓮の葉の上で一緒に坐ろうということ。この世では別れ別れとなっても未来で一つ蓮葉(はちすは)に坐るというのが江戸の男女の理想。
二一 経若丸の胤となった父義経と、腹を貸した母岩手ということ。父母というのも名ばかりで、すぐに命を落とすことになろうとは、の意。夫婦が未来までの二世の契りであるのに対し、親子は、この世限りの一世の縁と考えられていたことを踏まえる母親の嘆きのセリフ。
二二 はかないもののたとえ。朝日とともに消えてしまう露の運命。

義経親子の自害を秀衡がとめる

ト泣《な》き出す

幸四郎　[一]よし、それとても前世[二]の約束。[三]かねて亡《な》き身と思《おも》わずば、此世に心の残るべきに、かくなり果《は》てし此義経《よしつね》。

市松　妻子も同《おな》じ死出の旅。

幸四郎　死《し》ぬ斗《(ばかり)》[四]が誠なりけり。

市松　我君様。

幸四郎　岩手《いわで》姫《ひめ》。

市松　思《おも》へば果《はか》ない。

幸四郎　縁《えにし》じやナア。それ。

ト[五]小《ちい》さ刀へ手をかける所へ、奥より[六]伝九郎、羽織衣装にて出て来て、幸四郎を止《とど》める

伝九郎　まづ／＼、お待《ま》ちなされませう。

幸四郎　そなたは。

伝九郎　藤原の秀衡《ひら》。義経《よしつね》公、[七]御生害には及《およ》びませぬぞ。

幸四郎　何がなんと。

伝九郎　かならずお急《せ》きなされまするな。

一 ままよ。仕方がない。
二 過去の因縁。経若丸との、はかない別れも約束されていたことだ。そう思わなければ、この世に未練が残る、ということ。
三 すでに死ぬことになっていた人。
四 偽りのないところ。
五 脇差し。短刀。
六 中村伝九郎。秀衡の役。撫で付けの鬢に、羽織着流しの姿で、館の奥より出る。
七 自害。切腹。

ト言《い》ひながら市松を引立《ひきたて》、[八]外《そと》へ連《つ》れ出し、門口しやんと閉《し》める

市松　合点《がつてん》のゆかぬ秀衡《ひら》どの、みづからばかり、此体《てい》は。

伝九郎　左様《さやう》なされて御座なされば、義経《よしつね》公の皆お為《ため》。

ト立ながら、幸四郎が側《そば》へ来《き》て

伝九郎　いざ、我君には此所より、お立退《の》きあつて御尤に存《ぞん》じ奉りまする。

幸四郎　すりや、それがしを。

伝九郎　[九]落《お》とし参らする秀衡《ひら》が、かねての所存。委細《いさい》の事は、奥の[一〇]一ト間で申上ん、いざ〱。

ト幸四郎を無理矢理《むりやり》に、伝九郎引立ると、[一一]早拵《はやごしら》へにて半四郎、ばた〱と出て来て、幸四郎を止《と》めて

半四郎　まづ〱、お待《ま》ち下されませひ。

伝九郎　幸ひ〱、忍《しの》ぶの前、それがしは義経《よし》公のお供申て立退《の》けば、跡にまします岩手姫さま、其方御供仕り、[一二]光り堂まで立越《こ》へい、早《はや》ふ〱。

半四郎　はい〱、かやうな時こそ[一三]御奉公。[一四]おなごはおなご同士《どうし》のお供。是からすぐに参りませう。

伝九郎　でかした〱。義《よし》経公には、忍ぶの前へお言葉を下さりませひ。

八　枝折戸の外へ出して、閉める。

九　逃がす。首を討って渡せという上使に対する秀衡の決意。義経勲功記で秀衡が義経を蝦夷へ落とすよう遺書を残したことを踏まえる。

一〇　歌舞伎の常套の趣向。説明などを省略し、場面を展開するときなどに用いる。

一一　早替り。女房お冬から、ふたたび秀衡娘忍ぶの前になって出る。下げ髪の鬘に、打掛を脱いだ振り袖の扮装。

半四郎二役忍ぶの前の嫉妬

一二　平泉の中尊寺の金色堂のこと。奥の細道に「光(ひか)堂は三代の棺を納め、三尊の仏を安置す」とし「五月雨の降のこしてや光堂」の句を載せる。光り堂の設定は、義経親子が高館の持仏堂で自害をしたことを踏まえたもの。

一三　主君に奉仕すること。

一四　半四郎扮する忍ぶの前は、この前の場面では兄伊達次郎に岩手姫とその子経若丸を大切にしろといわれ、わざと諺を間違って「女子は男同士」だから兄さんお世話して下さいといった。ここでは義経の身辺に危険がせまってきたこともあり素直に「女子は女子同士」という。その変化を示すところ。

幸四郎　秀衡親子《ひらおや》の心遣《づか》い、何から何まで忘れはおかぬ、忝い〳〵。

半四郎　そんならあなたには、父秀衡《ひら》も私も、大事〔一〕にかけますると思《おぼ》し召まするかへ。

幸四郎　そりや思《おも》わいで、なんとせう。

半四郎　ありがたふござりまする。

伝九郎　忍《しの》ぶの前《まへ》、早《はよ》ふ御供して立退《の》かぬか。

半四郎　あい〳〵。去ながら、父《とゝ》さんへ、わたしやお願ひがござんすわいな。

伝九郎　此場になつて願ひとは。

半四郎　其御願ひは。

伝九郎　何と〳〵。

半四郎　其御願《ねが》ひは、あ〔二〕のな、あの、岩手姫さまのお供をば、父《とゝ》さんお前《まへ》あそばして、義経公の御供をば、どふぞわたしになされて下さんせぬかへ。

伝九郎　たわけ面《づら》め。義経公のお供《とも》を、なんのおのれが願《ねが》ひ事。きり〳〵岩手姫さまの、お供をいたせ。

半四郎　嫌《いや》じやわひなア。

伝九郎　そりや又、なんで。

一　大切に思う。義経の言葉を聞いて忍ぶの前の気持ちが変化する場面。いったん忘れかけていた恋ごころが、やさしい言葉をかけられて、より強い嫉妬心へと変わる。

二　いいにくいことを、切り出すための躊躇。心の内を述べると、一転して「嫌じやわひなア」と強く一直線に言い切る娘ごころを描いてゆくことになる。

半四郎　なんでとは父様《とゝさん》、[三]野暮《やぼ》な事ばかり言《い》わしやんす。あの義経《よし》公のおいとし[四]らしゐ、お供は、わたしがよい役目。朝《あさ》な夕なのお[五]宮仕《みやづか》へ、又は御[六]寝間《ねま》の[七]お伽《とぎ》役、それが男でなるかひなア。

伝九郎　それはおのれ、何を吐《ぬ》かす。かゝる急《きゅう》なる折《おり》によひ機嫌[八]な。すりや、どふあつても岩手姫さまのお供はせぬか。

半四郎　堪忍《かんにん》して下さんせ。

伝九郎　ヱヽ、おのれ。イザ義経《よしつね》公には、岩手姫さまもろともに、お立退《の》きあつてしかるべく存《ぞん》じ奉ります。

半四郎　イヱ〳〵、そりやならぬぞへ。岩手姫さまと義経公と、一所に置《を》く事は、どこがどこまでも、ならぬ〳〵。

伝九郎　ならぬと吐《ぬ》かせば足手まとひ。おのれめは、秀衡《ひら》がまつ此ごとく。

ト半四郎を[九]高手小手《こて》に縛《しば》り、[一〇]梅の身木《(みき)》へ括《くゝ》りつける

伝九郎　[一一]少しも苦《くる》しゆふござりませぬ。イザ岩手姫さま、義経《よし》公と御一所に、秀《ひで》衡《ひら》がお供仕りませふ。

半四郎　是申、父上さま。よふも〳〵此やうに、情《なさ》けなくも戒《いまし》めて、忍ぶの前は我君を、思ひ焦《こ》がれて死ねよとて、言《い》わぬ斗《(ばかり)》のお心が、酷《むご》ひわいな〳〵。

三　堅いこと。人情の機微をわきまえないこと。
四　心ひかれる姿かたちをいう。
五　義経の身のまわりの世話をすること。
六　添い寝をすること。
七　底本「お伽や」。大惣本で訂正。
八　浮わついた気分。
九　うしろ手に厳重に縛ること。高手は肩から肘、小手は肘から手首までをいう。
一〇　本舞台下手、見付け柱の紅梅の木に、縛り縄の先をくくりつける。
一一　義経・岩手姫にいう。お気になさることはありません。

ト泣《な》き出《だ》す

幸四郎　忍ぶの前、不便《（ふびん）》には思《おも》へども、皆義経《よしつね》を大切に、事を計《はか》ろふ秀衡《ひら》が心ざし。

市松　おなご心は女子が知《し》る。[一]それとは知《し》れど此身にも、任《（まかせ）》ぬものは憂《う》き難義、堪忍《かんにん》して下さんせ。

伝九郎　おのれが、その恋に凝《こ》りし片意地は、親《おや》の秀衡《ひら》ぞんじてをる。是、此三[二]井寺の鐘の絵図。

ト取《と》つて、半四郎が前《まへ》に置《お》き

伝九郎　[三]昔《むかし》、紀州に真名古《まなご》の庄司といふ者《もの》あり。かの者、一人《（いちにん）》の娘を持《も》つ。此秀衡《ひら》も左の通り。その頃《ころ》、[四]奥より熊野へ詣《まふ》ずる山伏ありしが、[五]其山伏も義《よし》経公。それがし、そちを寵愛《てうあひ》のあまり、幼《おさな》ひ時に言《い》ひ聞《き》かせし、夫《おつと》よ妻《つま》よが仇《あだ》となり、嫉妬に沈《しづ》むか情《なさ》けなや。道成寺《どうじやうじ》の諺《ことわざ》を、我が身に引て思《おも》ひ切《き》れ。それが我が子へ父が教へ。お二方《ふたかた》には先づ、御入りなされませふ。

ト是より、[六]誂《あつら》への歌になり、幸四郎・市松・伝九郎、入《はい》る

一 底本「女が知る」。白藤本で正す。
二 幕明けに錦木戸太郎が持参した三井寺の撞鐘再興の奉納の額。二重舞台の上、秀衡館のうちにある。
三 以下、能「道成寺」のワキの道成寺の住僧の語り「昔この所に真砂(まなご)の庄司といふ者あり。かの者一人(いちにん)の息女を持つ。またその頃、奥より熊野へ参詣する山伏のありしが、庄司がもとを宿坊と定め、いつもかの所に来たりぬ。庄司娘を寵愛のあまりに、あの客僧こそ汝が妻よ夫よなんどと戯れしを、幼心にまことと思ひ年月を送る」を踏まえる。この庄司の娘が道成寺の撞鐘とともに山伏の客僧を焼き殺す。三井寺の鐘を描いた額を、道成寺の鐘に見立てた父親の異見になる。 四 奥州。
五 道成寺の山伏が、娘忍ぶよ、お前にとっては義経公だ、ということ。義経公が留守のあいだ、娘忍ぶに夫だ妻だといったことが仇になったという父秀衡の嘆きになる。
※牛若丸が京の鞍馬寺を出て、奥州秀衡のもとを訪れたのが承安四年(一一七四)。義経は、そのころの忍ぶの前を「まだ角髪のいたいけざかり」(四建目)とする。成長して娘となってから見染めた恋ではなく、父に語り聞かされて膨れあがった恋であるところに忍ぶの前の恋の特徴がある。明和三年(一七六六)近松半二作の浄るり「本朝廿四孝」で絵姿の言号を恋い慕う八重垣姫と共通する、この時代に生れた姫の恋の新しい表現である。
六 特別に注文した下座の長唄。義経・岩手姫が忍ぶの前に心を残しながら秀衡とともに奥へ入るまでのもの。 七 長唄のタテ唄。独吟のメリヤスの名手。三建目で今様の所

長唄　湖出市十郎[七]
三味線　杵屋六三郎[八]
　　　　杵屋喜三郎[九]

[一〇]めりやす錦木[一一]

[一二]三下り〽爰[一三]は山かげ森の下、月夜烏はいつも啼《な》く、我[一四]は君ゆへ泣《な》き明す、提《ひさげ》[一五]の水の沸《わ》きかへり、胸に迫《せま》るも女気の、思《おも》ひかへ〳〵、ヲヽさりながら

ト合[一六]の手

半四郎　情《なさ》けなひ我が君さま、我が身の上を思《おも》ひ思ふた義経公は、父上に隔《へだ》てられ、お宮仕《みやづか》へも許《ゆる》されず。あまつさへ此様《よう》に、縄目にかゝる女の恥《はじ》。いかなる因果《いんぐわ》な身の上《うへ》じやナア。思ひ切ふと思《おも》ふても、思《おも》ひ切《き》られぬ忍《しの》ぶが心を思《おも》ひやり、義経公には露ほども、可愛《かわひ》と思《おも》ふて下さんせいなア。

ト泣《な》き出す

めりやす〽我[一七]が身の縁《ゑにし》、薄もみじ、涙《なみだ》[一八]の露の、乱れ髪、乱《みだ》[一九]れ初《(そ)》めにし陸奥《みちのく》の、誰《(た)》が手に触《ふ》れん、賤《しづ》が錦《にしき》木。

ト歌切《き》れる。此うち、雪[二〇]、次第に降《ふ》り積《つも》る。半四郎、苦《くる》しきこなし、色〳〵あるべし。とゞ、釣《つり》鐘の絵図をきつと見て

メリヤス錦木、忍ぶの前の嫉妬

作事「陸花艶」に出演。八 タテ三味線。俳名の天滴で長唄の歌詞を書く。本作もその一つ。九 ワキ三味線。六三郎とともに三建目の今様の所作事に出演。暫など大薩摩の三味線も弾く。一〇 芝居唄。長唄の独吟。宝暦・明和・安永・天明に流行。女形が一人でもの思いに沈んだり、恋人などとの別れの場面に用いる。ほとんどが三味線の三下り曲で、しんみりとした情緒的なものが多い。「気がめいりやす」が語源説の一つ。「まづめりやすといふやつが浮気にするやつさ」(黄表紙「江戸生艶気樺焼」)とある。一一 陸奥の風俗。男が恋する女の家の門口に立てかける五色にいろどった木。女が内に取り入れると、男を受け入れる印になる。道成寺物に錦木の風俗を取り込んだものに、宝暦九年の人形浄るり「日高川入相花王」がある。主人公の清姫を明和七年に半四郎が江戸で初演している。一二 三味線の三の糸を下げた、さみしい調子の曲。一三 狂言記の「花子」の小唄「こゝは山かげ森の下〳〵、月夜がらすはいつも鳴く、しめておよれの夜は夜中」。夜明け鳥が鳴いたので帰ろうとする男を女がひきとめる歌。後半を書きかえて、義経をひきとめることのできなかった忍ぶの前の心境をうたう。一四 忍ぶの前のこと。一五 小鍋型の銚子。女の嫉妬を示す。「胸のほむらをさますにぞ、提の水は湯となれど、まださめやらぬ我思ひ」(「淋敷座之慰」高安通ひ)。正本節付に「カン」。高い甲声(かんごえ)で歌う。一六 三味線のみの演奏。忍ぶの前のセリフの合方になる。

半四郎　此撞《つ》[一]き鐘《がね》を、つく〴〵見るにつけても嫉《ねた》ましや、初[二]夜に殿御《とのご》を待《ま》ちそめて、後夜に逢瀬《あふせ》の睦言《むつごと》を、はや暁《あかつき》も衣《きぬ》〴〵の、鐘にせかるゝ憂《う》き思ひ。嬉しいにつけ、悲《かな》しいにつけ、わらはが殿御《とのご》義《よし》経公、岩手姫とは添《そ》はさぬ〳〵。女の思ひがある物か、なきものか、今に思《おも》ひ知《し》らせふぞ。義経《よしつね》さまに、我が君さまの御側に居たひ、恋し床しと思《おも》ふ身の、積《つも》り〳〵て降《ふ》るならば、今ふる雪ともろともに、消《き》へなん物を此命、真名古《まなご》の庄司が娘にも、やわか劣《おと》らん此忍《しの》ぶ、忍ぶが思ひを、思《おも》ひ知《し》れ。

トいろ〳〵こなしあつて、半四郎、此鐘《かね》の絵図を踏《ふ》むと、どんと[三]鳴《な》る。どろ〳〵にて、此絵図の上《うへ》、焼酎《せうちう》[四]火もへる。半四郎、きつと思入《おもひれ》して

半四郎　今思《おも》わずも此鐘を、踏《ふ》めば不思議《ふしぎ》や鐘《かね》の音《ね》の、それかあらぬか聞へしは、忍《しの》ぶが心の通《つう》ぜしか、ても恐《おそ》ろしのものじやナア。

ト半四郎、又絵図を踏《ふ》む。又どんと鳴《な》る。是をきつかけにて、方〴〵にて遠攻《ぜめ》[五]に鳴物する。半四郎、きつと思《おも》ひ入《いれ》して

半四郎　扨は、思わず響《ひゞ》いたる、鐘を相図に我が君さまを、寄せ来る人の物音《ものおと》か。是につけても義《よし》経公の御身の上《うへ》、此縄切つてお供せん。そふじや。

無間の鐘のやつし

一七 以下、二の句。鏡台に顔を映しての所作になる。謡曲「錦木」を踏まえる。陸奥の名物狭布《きょ》の細布を織る賤の女が、錦木を千夜立てた男と結ばれることなく朽ち果てた姿を忍ぶの前に重ね合せたもの。

一八 底本「涙の露」。長唄の正本で「の」を補う。　一九 陸奥の信夫振摺の乱れ模様のように、恋に心が乱れたさまをいう。

※このように役者が一人で演じる場面を「独り狂言」という。メリヤスの独吟による独り狂言は、享保十六年(一七三一)、初代瀬川菊之丞が江戸初下りで演じた「無間《むけん》の鐘」に始まる。傾城葛城が夫の必要とする三百両のため、死後無間地獄におちることをもいとわず、無間の鐘になぞらえて庭の手水鉢を柄杓で打つというもの。そのとき京から来た坂田兵四郎の唄った「ぬめり」と呼ばれる三下り唄がメリヤスの原型となった。

二〇 菊之丞の「無間の鐘」は、浄るり「ひらかな盛衰記」に取り込まれる。それをふたたび歌舞伎化した台本の一つ、名作歌舞伎全集に収められた松竹大谷図書館蔵本(嘉永四年大坂中の芝居)のト書に「雪降りいだす」とある。ここで雪の降り始める演出は、くり返し上演された「無間の鐘」のバリエーションの一つを踏まえたものと思われる。

一 以下、「無間の鐘」のやつし。具体的には、宝暦九年春市村座「二十山蓬莱曾我」で中村富十郎が演じた工藤祐経妹きぬたの役を踏まえる。曾我の十郎に惚れたきぬたが兄祐

ト身悶《もだ》へする。大どろ〳〵にて、焼酎《せうちう》火もへて、戒《いまし》[六]めの縄を焼切る。思入《おもいれ》して、半四郎、奥へ[七]駆《か》け込《(こま)》ふとする所へ、ばた〳〵にて、[八]伝九郎出て、半四郎を引戻し、取《と》つて抑《おさ》へ、首[九]を切り、袖に包んで入《はい》る。と幸[一〇]四郎、和泉の三郎にて出て来て、寝刃《ねたば》[一一]を合《あ》わせる。奥より広次[一二]、此体を見て、直に舞台へ出て、立廻りにて引止《と》め

広次　コリヤ兄者《じゃ》人、貴様はどれへござるのだ。

幸四郎　義《よし》経の首打に。

広次　何がなんと。

幸四郎　鎌倉表《かまくらおもて》より姉輪の平次景宗が、御二方《おんふたかた》の首受《う》け取らんと、あれ[一三]あのごとくに取《と》り囲《かこ》む。是非に及ばず主人の首、和泉の三郎忠衡《ひら》が打奉る心底《しんてい》じゃ。

広次　すりや、お匿《かくま》ひ中たる、義《よし》経公の御《おん》首を。

幸四郎　物の見事に打《う》ち奉る。

広次　其心底なら忠衡《ひら》殿、兄者《じゃ》人とて容赦《よふしゃ》はせぬ。主人に刃向《はむ》かふ人非人《びにん》、元吉四郎が相手になろふ。

幸四郎　小積《こしゃく》な奴《やつ》の。そこ立《た》ち去《さ》れ。

経に異見され桜の木にくくりつけられ「二かいにて十郎ととらがむつ言を聞無念がり、くゝられながら足にて無間の鐘をふみならし恨いふ仕内」（役者開帳場）というもの。 二 夜八時ごろ。後夜は朝の四時。その桜を梅にし、無間の鐘を三井寺に変えたもの。

三 奉納の額を踏むのを、きっかけに下座で銅羅をゴンと打つ。宝暦九年に中村富十郎が演じた演出を踏襲。そのとき、初日には謡曲「三井寺」の「鐘の段」を踏まえる。

和泉三郎、身代りの切腹

舞台の床下で本釣鐘を打ったが、それが火事を知らせる早鐘と間違えられ大騒ぎとなり、二日目から銅羅に変わったというエピソードが伝わる（歌舞伎下座音楽集成）。

四 火の玉。鐘の絵から立ちあがったもの。差し金で、下からふわっとつり上げて出す。鐘により男との仲をせかれた女の悲しい気持ちが火の玉となって現われたもの。

五 鳴物の一種。遠寄せ、という。大太鼓と銅羅で「ドロン、ジャン〳〵」と打つ。軍勢が攻め寄せてくる音。「方〴〵にて」とあるので、下座の外、花道の揚幕の内や、大道具の裏側等でも打つ。忍ぶの前が踏んだ鐘の音が、上使が刻限とした暮六つの鐘と間違えられ、敵役が館を取り巻いたということを示す。

六 祇園祭礼信仰記の雪姫の格。縛られた雪姫が、恋する男を助けるため、桜の花びらに爪先で鼠の絵を描き、その鼠が抜け出して縄をくいちぎるというもの。桜を雪に、鼠を火の玉に変えたもの。

七 義経の跡を追って館の奥へ行こうとする。

ト立廻《まわ》りある

広次　主君は打《う》たさぬ。

幸四郎　妨《さまた》げするな。

ト立廻りあつて

広次　すりや、どふあつても。

幸四郎　義《よし》経公を。

広次　義《よし》経公を。

ト立廻《まわ》りあつて

幸四郎　[一]まつ此ごとくに。

ト立廻りの内《うち》、幸四郎、[二]諸肌《もろはだ》ぬいで切腹する。広次、驚《おどろ》いて[三]立廻り

広次　ヤヽヽヽ、忠衡《ひら》どの、此体は。

幸四郎　さのみ驚《おどろ》く事なかれ、兼《(かね)》て覚悟の御身代《がわ》り。

広次　何がなんと。

幸四郎　[四]慮外な、下《さ》がれ。

広次　ハヽヽ、ハア。

※宝暦明和期には、歌舞伎の「道成寺」の娘をはじめ、八重垣姫や雪姫など浄るりの三姫という十代の女性の新しい恋の表現が開拓された。それら一途に男を恋い慕う女たちの、さまざまの要素が一つとなって忍ぶの前のキャラクターが形成されている。八中村伝九郎。秀衡の役。上使の刻限がきたので、岩手姫の身代りに娘忍ぶの前の首を討ちに出る。戯場訓蒙図彙に「借金のさいそく、首打て出す歟、なぞを解く歟、何れも暮六ツ時より九ツ、八ツ、七ツ時の鐘を合図に約束をかたむる也」とある。九忍ぶの前を衝立や、垣根の内側などに入れ、エイという掛け声とともに首を討ち落とす。小道具の首を携え出て、忍ぶの前の片袖でつつみ、二重舞台の上、館の内側へ入る。一〇松本幸四郎。ふたたび義経から和泉三郎になって上手奥の出入り口より忍んで出る。ただし、長裃に小さ刀の礼装から、裃大小の姿に替り、首桶をかかえて出る。一一刀の切れ味を鋭くするため刃を研ぐこと。砥石のかわりに、藁や皮の草履などを用いて秘かに研ぐ。一二大谷広次。元吉四郎。一三遠攻の鳴物をさす。

一肌ぬぎになって切腹するときの掛け声。二平舞台に安座し、諸肌を脱いで、刀を腹に突き立てる。そのとき、白無垢の下着の腹の部分を赤く染めて、血の出たように見せる。三「立寄り」の誤写か。四義経公のお身代りだぞ。大惣本は省略。無礼だ、下がれ、の意。五下手にさがって、平舞台に平伏する。六下座で弾く三味線の合方。蜩《(ひぐらし)》の鳴き

ト飛《と》びしさつて敬《うやま》ふ。五 忍び三重になる六

幸四郎 秀衡《ひら》に五人の子あり、心〳〵の忠不忠。兄弟、心《こゝろ》を一致《いつち》にせずんば、まさかの時の妨《さまた》げと、心《こゝろ》づくより大酒に長じ、本性を失《うしな》ひし、酒の名七による和泉の三郎。親《おや》兄弟にも見限《かぎ》られ、かゝる折からお役に立、日頃の不孝の言訳《わけ》せんと、思《おも》ひ詰《つ》めたる武士の一ッ鉄。八 忠義に凝《こ》りしその方まで、今日《けふ》まで隔てし忠衡《ひら》は、皆我が君への忠臣ぞや。今までは此兄を、元吉四郎は恨《（うらみ）》つらん。兄が詫《（わび）》する、堪忍《かんにん》せひ。

ト苦《くる》しきこなし有べし九

広次 もつたひない兄者人《じや》の御一言。それがし、君の御身代りに立《（たた）》んずものと思《おも》ひしに、運尽《うん（つき）》しか情なや。其元さまは此日頃の願ひ叶《かな》ふて、我が君の御身代《がわ》りに立《た》たるゝとは、おうら山《（やま）》しゆう存《（ぞんじ）》まする。此高衡《ひら》は二タ親へ、不孝の罰《ばち》一〇か今日《けふ》の今、お主《（しゆう）》の役《やく》によふ立《た》たず、夫婦《ふうふ》二タ《（ふ）》人《（り）》が赤恥《あかはぢ》かき、永《なが》らへて居る胸《むね》の内《うち》。是《（これ）》、兄者人《じや》、忠衡《ひら》どの、御察しなされて下されひ。

幸四郎 一一いやとよ、左《（さ）》にあらず。又永《なが》らゆるも御主の為。サア、寄《よ》つて介錯《かいしやく》一二おしやれ。

声に似るので「蜩三重」ともいう。享和三年(一八〇三)刊「絵本戯場年中鑑」では、現行の忍び三重と同じ使い方で「忍び三重 一挺にてひく、すごみにつかふ。闇の場、返り打、人を殺す、世話場のしのびの出」とある。このような切腹のあとの述懐の場面には、普通、篠笛入り合方、竹笛入り合方を弾く。それ故、「絵本戯場年中鑑」刊行の前後に写されたと思われる大惣本では、このト書を省略する。底本、および白藤本は古風な演出を残すものかと考えられるが、途中から篠笛入り、あるいは竹笛入りの合方に変わるとみるべきであろう。大惣本は、大坂の狂言作者奈河七五三助が、寛政十二年十一月から文化九年にかけて、江戸滞在中に芝居の種本として写した「七五三助本」の一つ。明和安永期の特殊な言葉など省略がある。七 伊丹の銘酒。綛屋から売り出された泉川のことをいう。また、江戸の新和泉町の銘酒屋四方(よも)久兵衛にかける。四方の酒は川柳に「滝水は呑めどもつきぬ和泉町」とされた。滝水は四方の銘酒の名。大田南畝の狂名四方赤良(あから)も同店に掛けたもの。八 武士の一徹。かたくなに思いを通そうとすること。

九 腹を切っているので、息たえだえに言う演技。人形浄るりの三名作といわれる菅原伝授手習鑑・義経千本桜・仮名手本忠臣蔵で確立された述懐の場面。深く秘した本心を、苦しい息づかいで語るもの。生理的な苦痛と、真実を隠していた苦しさとが重なる表現になる。一〇 底本「はし」。白藤本で訂正。一一 いや、そうではない。一二 切腹の介錯。苦痛をやわらげるため、うしろから首を討ち落とす役。

広次　サ、それは。

幸四郎　苦痛をさするは兄への不孝[一]。気おくれするは卑怯《ひきよふ》であろふ。

広次　さわ去《(さり)》ながら弟の身で、現在兄の介錯は、なんと刃《やへば》が当《あ》てらりよふ。

幸四郎　苦痛さするは不忠[二]で有ふ。

広次　サア、それは。

幸四郎　疾《と》く〳〵介錯〳〵。

広次　サ、夫《(それ)》は。

幸四郎　サア。

広次　サア。

両人　サア〳〵〳〵。

幸四郎　なんと。

広次　是非に及《およ》ばぬ、南無阿弥陀仏。

ト幸四郎が首を切り[三]、直に広次、其首を首桶[四]に入れ、血《ち》刀を拭《ふ》いて居る所へ、奥より伝九郎、以前の半四郎が首を桶へ入《い》れ、持て出て

伝九郎　元吉四郎高衡《ひら》。

一　底本「不忠」。白藤本・大惣本「不孝」。
二　底本「不孝」。大惣本「不忠」。不孝なら兄としての立場。不忠なら義経公のお身代りとしてのセリフになる。ここは後者。兄の不孝と、主君の不忠と、二つの立場から介錯をせまるもの。
※二人の忠臣のうち、三男の和泉三郎は身代りとなって死に、四男元吉四郎は生き残る。史実でも、三男忠衡は義経への忠義をつらぬき滅ぼされ、四男高衡は鎌倉方へ降参し生き残ることになる。表向き歴史通りの結果となるが、その裏には、二人の兄弟に共通する忠義の心があったとする設定。
三　広次の元吉四郎が、幸四郎の和泉三郎のうしろに立ち、刀を振りおろす。幸四郎は、うしろに倒れ、それと同時に後見が小道具の切首を出す。切首は幸四郎の似顔に作ったもの。その首を、幸四郎が持って出た首桶に入れ、着物の裾で刀の血をぬぐい鞘に収める。なお、介錯のとき、喉の皮一枚を残して切るのが作法とされた。江戸町奉行事蹟問答に「もし一刀に首を打落す時は、死体は必ず後ろに立返り倒るる故、添介錯人も自身血を浴びることがある。見苦しき故に、前の皮を少し残して打落す時は、首の重みにて死体も前へ倒るるなり」とある。そのような武家の作法をかえりみる余裕もなく、躊躇するところを振り切るように首を切る。死体がうしろに倒れるので、小道具の首が出しやすくなる。
四　切首を入れる白木の円筒型の桶。首実験に供えるためのもの。「御狂言楽屋本説」（図）。

首桶

広次　親人《(おやびと)》さま。

伝九郎　岩手姫の御首。

広次　義経公の御首。

ト[五]一度《いちど》に首桶の蓋《ふた》を取《と》り、思入《おもいれ》有べし

伝九郎　[六]陸奥《みちのく》の岩手忍ぶはゑぞ知《し》らぬ。

広次　書《か》き尽《つく》してよ壺《つぼ》[七]の碑《いしぶみ》。[八]陸奥の岩手姫さま。

伝九郎　忍《しの》ぶの前《まへ》、岩手忍《しの》ぶは。

広次　[九]ゑぞ知《し》らぬ。

海老蔵　[一〇]書《か》き尽してよ、壺《つぼ》の碑《いしぶみ》。

両人　なんと。

海老蔵　[一一]今ぞ寔《(まこと)》に約束の刻限、サア両人が首、請取るべいは。

ト[一二]障子《しやうじ》を引上る。[一三]海老蔵、以前《いぜん》の形《(なり)》にて出る

伝九郎　契約《けいやく》の通り、義経《よし》公の御首、[一四]姉輪の平次へお渡中そう。

広次　岩手姫の御首、景宗へお渡し申さん。

三人　イザ。

ト[一五]伝九郎・広次、海老蔵へ首を渡《わた》す

上使の首実験

[五]小道具の切首が二つ出る。現行の小道具で上首と呼ばれる似顔のもの。三建目の暫や四建目の芋洗いの駄首と違い、丁寧に作られたもの。

[六]「新古今集」頼朝の歌「陸奥の磐手《(いわで)》信夫《(しのぶ)》はえぞ知らぬ書きつくしてよ壺の石ぶみ」。僧慈円との贈答歌。慈円「思ふこといなみちのくのえぞいはぬ壺のいしぶみ書き尽さねば」に対する返歌。わたしには、言わずに忍んでいることなどできません。どうぞ、なんでも文にして書き送って下さい、というもの。父秀衡は、上の句の信夫の里に、娘忍ぶの前が岩手姫の身代りとなったことを暗示する。それに対し、四男の元吉四郎が下の句を読み、壺の石碑に刻されたように、兄和泉三郎、妹忍ぶの前が身代りとなったことの顚末を、すべて伝え残してほしいという気持ちを表わす。

[七]古代、坂上田村麻呂が陸奥国の壺に建てた碑。江戸時代は陸前国多賀城址に残された藤原恵美朝臣の建てた石碑のことをさす。奥の細道に「つぼの石ぶみは、高サ六尺余、横三尺ばかりか。苔をうがちて文字かすか也」とある。

[八]忍ぶの前のことをいう。

[九]蝦夷の国に掛ける。妹忍ぶの前は、義経が落ちてゆく蝦夷の国を知る由もない、という意をこめたもの。

[一〇]上の方、亭屋体の内でいうセリフ。頼朝の上使が、頼朝の歌の下の句を読みあげることで、頼朝の意志が暗示されることになる。

和泉《いづみ》の三郎、忍《しの》ぶ、両人、義経《よしつね》、岩手《いわ》の身代《がは》りにたつ。姉輪《あねは》の平次、まことは畠山《はたけ》重忠と名のり、両人首《くび》をうけとり、安衡《やすひら》が悪《あく》をあらはす

一一 亭屋体の内でいうセリフ。約束の刻限は暮六つ。昼から夜の時間に移ってドラマが終る構造。義理を重んじる昼の世界から、情が深まる夜の時間への変化を示す。

一二 揚げ障子を引きあげる。

一三 市川海老蔵。頼朝の上使姉輪平次。立髪、裃、大小の形で坐っている。

一四 姉輪平次殿と敬称をつけて呼んでいたのが、呼びすてになるところ。切羽つまった緊張の場面。

一五 首桶を亭屋体の上、海老蔵の前に置く。

※秀衡と元吉四郎が首桶の蓋を取って、上使の姉輪の方に向けて二つの首を二重舞台に置くところ。ここからが姉輪による首実験の場面になる。日月や北斗七星を描いた黒の陣扇を開いて首の方に向け、ゆっくりそれを下げて扇の骨の間から首を見る。一谷嫩軍記「熊谷陣屋」などで定型化した見せ場の一つになる。吾妻鏡九に拠ると、文治五年閏四月三十日に自害した義経の首は、六月十五日に泰衡の使者新田冠者高平によって腰越の浦に届けられた。首実験には和田義盛と梶原景時が遣わされて、義経の首を腐乱しないよう酒に浸し黒漆の櫃に納めている。義経勲功記十九では、そのとき大江広元の助言を得た和田義盛が「此首ノ面ザシ心得ザル処アリテ。眼中ニ光リアリ。是レヲ鎌倉中ニ入レン事。其怖レナキニアラズ。又如何ナル珍事カ出来ラン」として梶原の反対を制して、義経の首を鎌倉には入れず藤沢に葬った。贋首伝説もいろいろと広がり、青本「義経一代記」では、義経の忠臣鈴木三郎が身代りになって、首実験の際、梶原に喰い付いて食い殺す設定にまで

発展する。義経を讒言し死にまでおいやった梶原を憎く思う江戸の判官贔屓が、このような虚構のドラマまで生み出すことになる。本作も、そのような江戸の義経伝説を踏まえた設定になる。

――以上三八九頁

秀平　伝九郎、よし経　幸四郎、平次　海老蔵、にしき太郎　半三、元吉《もとよし》四郎　広次、安平　仲蔵、家《いへ》主左七実は本田　純右衛門、半沢六郎　雷蔵　狂言作者桜田治助　鳥居清長画

海老蔵　一道を守る秀衡《ひら》、清衡《ひら》よりの大恩《おん》を思ひ、打《う》つまじきと思《おも》ひしに、両人の首、見事に打《(うつ)》た、でかし召《(めさ)》れた。

伝九郎　すりや、此首が。

海老蔵　義経《よし》、岩手姫。

広次　二しかと左様《さやう》な。

海老蔵　いかにも。

伝九郎　ヱヽ、忝《かたじけな》ひ。

海老蔵　お暇《いとま》中。

両人　御上使、御苦労《くろふ》。

ト伝九郎・広次、奥へ三入《はい》る。海老蔵、四首桶を抱《かゝ》へ、行ふとする。うしろへ仲蔵・半三、出て来て

仲蔵　待《(まつ)》た。

海老蔵　姉輪の平次を何ンで留る。

仲蔵　鎌倉よりの上意には、義経岩手姫が首打て来れとの厳命でなひか。その首は五真《ま》つ赤《か》いな贋物《にせ》、贋首《にせ》を持て帰つて姉輪の平次、武士が立《た》つか。

半三郎　六五厘ンもすかなひ顔をして、七吹かへを喰《くら》つちやア、姉輪の平次は武士が

一　以下、首実験のセリフ。海老蔵は、軍扇をひらき、目の前にかかげ、ゆっくりと首を見て言う。軍扇を開いて、扇ごしに首を見るのが首実験の作法。

二　たしかに。

三　上手奥の出入り口に入る。舞台には海老蔵ひとりになる。

四　両脇に、首桶をかかえ、花道の方へ行く。このとき揚げ障子をおろす。

贋首の詮議

五　まっか、のこと。

六　まったく隙のない。五厘は約一・五ミリメートル。

七　替玉。歌舞伎で早替りのときなどに使う。

立まひ。

仲蔵　夫《(それ)》、其首は似せものだ。

海老蔵　何《なん》だ、似せものだ。

仲蔵　[八]おつかぶせだ。

海老蔵　おつかぶせとは、何の事だ。[九]おつかぶせは流行《はや》らなひは。贋物《にせもの》を喰《く》つてつまる物か。義経《よしつね》岩手姫の首に相違はない。さらばだ。

ト海老蔵、つか〱と花道の中まで行

仲蔵　姉輪の平次、待《ま》て。

海老蔵　又留《と》めるか。

仲蔵　義経《よしつね》も岩手姫も、伊達の次郎が虜《とりこ》にした。目前たしかな証拠《しやうこ》が有ても、夫《(それ)》でもそれが誠の首か。

海老蔵　サア、夫《(それ)》は。

仲蔵　なんと。

海老蔵　姉輪の平次は、贋《にせ》首を受取に来《き》た。

ト海老蔵、[一〇]花道の中に座《すわ》る

半三郎　置《お》きやアがれ、似せ首を請取に来たとは合点《がつてん》の行《(ゆか)》ぬ。[一一]ヤレ、景宗ともに

八　まがいもの。贋物、のことをいう。

九　楽屋落ちのセリフ。市川流にも、おっかぶせの贋者が出るが、そんなものは流行するはずがない、というもの。翌春に刊行された八文字屋の評判記「役者有難」海老蔵の評に「おつかぶせの悪口耳がいたいぞ」とされた。このとき「暫」は三座競演になったが、中村座の団十郎の「暫」が「正銘しばらくの本店」(役者有難)と好評なのに対し、森田座の市川団三郎改め四代目市川団蔵の初暫は「しばらくのおつかぶせはよしてくれろ」(役者位弥満)、市村座の市川八百蔵には「ついぞないちいさなしばらくだぞ」(同)という悪口が出た。その一方で、辰巳屋清七板の江戸評「役者位弥満」に対し、評判記の老舗八文字屋の「役者有難」が「此万八のおつかぶせやらふめ、皆様近頃此やうなうろたへた評をするやつが出ますぞ、かならず出みせうりは出しませぬぞ」と揶揄した。悪口としての「おつかぶせ」が流行した。

一〇　軽く飛びあがるようにして安座を組み、どすんと坐る。梃子(てこ)でも動かないぞという磐石の構えで居直る。能の切組の安座のテクニックを応用したもの。

一一　奥の出入り口へ向かって掛ける号令。

やるな、ヱヽ。

奥にて　ハア。

ト奥より若い衆大勢《ぜい》、[一]侍の形《なり》にて出て、[二]両方より取まく

若い衆皆〻　やらぬは。

仲蔵　姉輪の平次、似せ首《くび》を受取ても言訳あるか。

海老蔵　[三]両人参れ。

純右衛門 雷蔵　[四]畏《かしこ》まつて候《そうろう》。

ト[五]純右衛門・雷蔵、[六]対《つい》の柿の上下、[七]萌黄《もへぎ》の小袖、股立《もゝだ》ちを取《と》つて、大小を差《さ》し、[八]切幕より出る

両人　御用でござりますかな。

仲蔵　ヤア、その方は[九]身が家来、[一〇]最前《さいぜん》の町人。[一一]こりやどふだ。

純右衛門　主人[一二]畠山庄司次郎重忠、かねて申付られたには、秀衡《ひら》親子、こゝろ〲の五人の兄弟、もしや野心もあらんかと、[一三]隠《かく》し目付の我〲両人。[一四]四相を悟《さと》る重忠の家臣、[一五]本多の次郎近常、何《なん》と肝が潰《つぶ》れるか。

一 諸士の扮装。裃・大小の姿で、右の肩衣を刎ね、袴の股立を取って動きやすくしたもの。弓矢を携えて出る。
二 花道にいる海老蔵に対し、上手よりの本舞台と、下手よりの橋懸りの両方。
三 花道の揚幕に向かっていうセリフ。
四 揚幕のなかでいう。
五 これまで家主と奴の姿であった市川純右衛門と市川雷蔵の二人が、裃・大小姿の武士になって出て、花道に片膝をついて控える。
六 柿色に三升の紋を付けた裃。柿色は市川家の家の色。
七 黄緑色の絹の綿入れの着物。
八 花道の揚幕のこと。
九 雷蔵にいう。奴島助のこと。
一〇 純右衛門の家主佐七。
一一 あきれたときにいう語。
一二 鎌倉の武将。畠山庄司重能の次男ゆえ庄司次郎という。
一三 大名など諸藩の動静を内偵する江戸幕府の隠密。若年寄支配の小人(こびと)目付の役。小人目付は十五俵一人扶持の軽輩だが、組頭は萌黄縮緬の羽織を着る。純右衛門と雷蔵の二人が萌黄の小袖の衣装を着て出るのは、その色を当て込んだもの。
一四 重忠が聡明であることをいう譬え。近松の出世景清に「景清は二相を悟り候へ共、重忠は四相を悟る」とある。

本多次郎、榛沢六郎の名乗り

一五 重忠の郎党。本田次郎親経。幸若舞の「景清」で重忠の先陣を勤めた武士。榛沢六郎とともに重忠の股肱の臣として描かれる

雷蔵　まつたそれがしも窺《うかゞ》ひ寄《よ》り、家来と成て入込しも、友切丸[一六]の行方《ゆくゑ》、まつた義経《よしつね》公逆《ぎやく》意ならざる含《ふくみ》状、天下[一七]《(てんが)》にかゝわる手筋もやと、主人重忠指《さし》図にて、かく入こみし奴の島助、誠は榛沢[一八]六郎成清だ。お見しりなされてくんさりませふ。[一九]

純右衛門　本多の次郎近常。

雷蔵　榛沢《はんざわ》六郎成清《なりきよ》。主人の御用を聞んが為《ため》。

両人　是まで推参《すいさん》仕つた。

半三郎　イヤア。

仲蔵　両人ながら重忠の家来とか。コリヤどふだ。本多の次郎、榛沢六郎、此両人を家来といふ、姉輪の平次が本名は。

海老蔵　当時鎌倉において、三老[二〇]の席に連《つら》なる、畠山の庄司次郎重忠なるは。

仲蔵　何が、なんと。

海老蔵　やつと参[二一]《まい》つたな。頼朝公の耳[二二]をねぶる梶原平三景《かげ》時、もし此度の討手に向《む》かはゞ、義経公の御身の仇となるべきと、御連枝《れんし》の血《ち》筋《すじ》を思ひ、義経《よしつね》公を助《たす》け奉らんと、鎌倉表より出立の砌《(みぎ)》りから、似せ首を受取《(うけとる)》は重忠が兼ての忠臣。それとも知《し》らずそれがしを、姉輪の平次と一杯[二三]《ばい》くつたか。

人物。

一六 江戸の曾我狂言で五郎十郎の兄弟が探し求める宝剣。源為義が所持した獅子の子という剣が、自分より二分ほど長い小烏という剣に嫉妬し、自分と同じ長さに短く切り取ったところから友切丸という名に改められたというもの。曾我兄弟の養父祐信の預りとなっていたものが盗まれ、その行方を五郎十郎の兄弟が追い求める。その宝剣。

※友切丸の宝剣は、翌春の曾我狂言のための仕込みで本作には直接の関係はない。海老蔵は、四代目団十郎の時代に、続き狂言で一日の狂言が連続するだけではなく、顔見世から曾我へと、一年間の狂言が連続する企画をたてた。友切丸紛失の件りも、そのような春狂言の曾我への予告になっている。実際に上演されることのない四番目の小名題にも「まことや曾我の趣向にも友切つたわる正夢に春の廓は」というように春狂言の予告が出る。

一七 江戸の将軍のこと。将軍家にかかわること。

一八 畠山重忠の家臣。文治五年、頼朝の奥州征伐の際に畠山重忠が先陣を勤めた。そのおり、本田次郎らとともに付き随った一人(吾妻鏡九)。

一九 くださりましょう、の訛り。奴詞。

二〇 江戸幕府の役職。大老・老中・若年寄の重職をいう。

※海老蔵扮する畠山重忠は、江戸の歌舞伎の「景清物」の世界で、主人公の景清を見顕わす智仁の武将として描かれる大役。海老蔵は、景清を生涯の当り役とするとともに、ここでは二代目団十郎以来の重忠に扮し、

仲蔵　ヱヽ、口惜《お》しひ。

海老蔵　似せ首を請取はこつちの勝手、似せ首を訴人《そにん》する天命しらずめ。身替りを請取は狂[一]言の趣向《しゆかふ》、それをうぬらア知《し》らないか。

仲蔵
半三郎　サア、そりやア。

海老蔵　アヽ[二]つがもねへ。サア、義経公と岩手姫を虜《とりこ》になしたと吐《ぬ》かしたは、よもや偽《いつわ》りではあるまひ。有《(あり)》やうに白状ひろげ。

仲蔵　畠山の重忠、姉輪の平次となつて義経《よしつね》を助《たす》ければ、伊達の次郎が手立《だ》てを巡《めぐ》らし、虜《とりこ》になしたる両人、義経も岩手姫も、ヤレ、矢[三]衾《ぶすま》にかけろ、[四]ヱヽ。

皆〻　[五]観念《くわんねん》。

ト是をきつかけに、障[六]子《せうじ》を引上ると、[七]幸四郎・市松、打掛《かけ》をもつて防《ふせ》ぎ居る

仲蔵　サア、義経も岩手姫もとり子になした生死の境《さかひ》。是でも重忠、言[八]訳有るか。

半三郎　[九]矢壺《つぼ》を切て放《はな》そふか。

座頭としての貫禄を見せる。姉輪平次で敵役を装うのは実悪の設定だが、緻密で陰険な仲蔵扮する伊達次郎の実悪と対称的に、市川流の荒事で、爽快に演じる。明和六年十一月の顔見世「常花栄鉢木」の二番目で三庄太夫、実は佐野源藤太に扮し、「顔見世狂言におれが悪ですむ物かといはるゝ迄」(役者不老紋)の格。なお、史実では、畠山重忠は文治三年に梶原景時の讒言により、謀反の罪におとされそうになるが、嫌疑を一蹴し、文治五年の奥州征伐では先陣を勤めた。そのことを踏まえて、この場面に登場することになる。

二一　恐れいったか、ということ。

二二　告げ口。密告。

二三　底本「一盃」。白藤本で訂正。

一　予定の行動。

二　市川流の啖呵。ざまあみろ。

三　大勢の射手で矢をいっぺんに放つこと。

四　侍たちに対する号令。

五　侍たちのセリフ。亭屋体に向かって弓矢を構えていう。

六　亭屋体の揚げ障子。

七　底本「半四郎」。白藤本で訂正。義経と岩手姫。幸四郎は和泉三郎からの早替りになる。

※この場面は、弁慶が鎌倉方の矢衾にあっ

畠山重忠の魔利支天の奇瑞

海老蔵　サア、それは。

皆々　サア。

海老蔵　サア。

皆々　サア／＼／＼／＼、どふだ、ヱヽ。

海老蔵　今こそ重忠が、日頃念《ねん》じ奉る、一〇魔利支《まりし》天の奇瑞を見せしめたび給へ。帰《き》一一命頂礼《めうてうらい》／＼。

ト刀を抜《ぬ》いて、此中へ割《わ》つて入り、一二矢先を切《き》つて切り落す。立廻りにて、仲蔵・半三を突《つ》き退《の》け、幸四郎・市松を純右衛門と雷蔵に手渡して

海老蔵　義経公、岩手姫さま、両人お供仕れ。

純右衛門 雷蔵　畏《かしこ》まりました。

仲蔵　それ、やるな。

皆々　やらぬは。

て立往生するくだりや、義経親子が自害するあいだ十郎権の頭兼房が防ぎ矢を射るところなど幸若舞曲の「高館」などで良く知られた場面を踏まえたものである。

八 解決方法があるか。

九 的。義経に矢を射かけるぞ、という意。以下、海老蔵と敵役との繰りあげになる。

一〇 仏教の神。猪に乗り、三面六臂で、いろいろな武具を持つ。武士の守護神として信仰された。

一一 神仏に対する唱え文句。命をかけて帰依します、の意。

一二 矢の飛んでくる前面に立ち塞がって、敵役の侍たちを追い散らす。

海老蔵
純右衛門
雷蔵　どつこひ。

　ト立廻りになり、奥《おく》より[一]伝九郎・広次、最前《さいぜん》の形《なり》にて出て来て

伝九郎　義《よし》経公には御安泰《あんたひ》か。

広次
伝九郎　ありがたひ。

　トよろこぶ

仲蔵　観念《くわんねん》。

　ト仲蔵、広次へ切かける。広次、しやんと止《と》めて

広次　是[二]こそ正《まさ》しく友切丸。

仲蔵　どつこい。

　ト立廻りありて、よい時分《じぶん》に、広次、引たくつて海老蔵に渡《わた》す。
　残《のこ》らず見得[三]《へ》になる

伝九郎　義経公のお立《た》ち。

一 中村伝九郎の秀衡と、大谷広次の元吉四郎。

二 仲蔵の手首を押え、刀の刃を見ていう。

三 絵面の見得。

海・広
伝・純・雷　めでたい〳〵。

海老蔵　四今日は是切り。

五トン〳〵〳〵

六千穐万歳　大叶

七桜田《さくらだ》作

四 切り口上。座頭が観客に向かっていう挨拶。まだ、四番続の物語は完結しておりませんが、本日のところは、これまでで失礼いたします、というもの。絵面の見得のま

座頭の切り口上

までいう場合と、演技を止めて坐り直していう場合とがある。ここは前者。江戸歌舞伎に特有の式法。
五 鳴物の大太鼓の音。「打出し」という。切り口上のあとに打つ。終演のしるし。「鶏の真似」に「晩の打出シ方、最初ふちを不打、直に打掛り、打上げて、ふち打事なり。是は、その日のいわゐごとゆへ、決而麁略なく打べし。ひようし木ニ附キとめる」とある。俗に「出てけ〳〵」と聞こえるように打つという。最後に大太鼓のふちを「カラカラ」と打っておわる。これを「ふち打ち」といい、芝居小屋の出入り口である鼠木戸がカラカラと閉まる音だとされる。そのあとで拍子柝で留め柝を打つ。なお、千秋楽に限り、「ふち打ち」を打たないことになっている。
六 台本の裏表紙に記す祝言。秋の字の火を嫌って「穐」と書く。「千穐」で鶴は千年、亀は万年の意を込める。「大叶」は「大々叶」とも書く。商家の大福帳の裏に書くもので、思いのままになるという意。
七 狂言作者、桜田治助。台本の裏表紙に書く作者署名の写し。

付録

一　参会名護屋・傾城阿佐間曾我　人名解説

1 王莽　前漢末、平帝を毒殺して国を奪い、みずから帝位につい て国号を新としたが、在位十五年で、後漢の光武帝に滅ぼされた。

2 范蠡　春秋時代、越王勾践を助けて、敵の呉王夫差を討って会稽の恥をすすいだ功臣として知られる。官を辞したのちは、斉に行き、姓名を改めて鴟夷子皮(しいしひ)といい、さらに陶に移って陶朱公と自称し、巨万の財を蓄えたという。

3 足利義政　室町幕府八代将軍。在職は一四四九―七三。政治には積極的に携わらず、応仁の乱が勃発するなど混乱の一因となったが、将軍辞職後は東山に山荘を建てて東山殿と称され、いわゆる東山文化の繁栄の中心的存在となった。浄瑠璃や歌舞伎では文芸を愛する名将として描かれることが多い。その最初の脚色と思われる宇治加賀掾正本「東山殿子日遊」(天和元年一月板)では「こゝに足利八代の公方。征夷大将軍准三宮源の義正公と申は。政道にわたくしなく。恩沢扶桑にあふれ武功日域にかくやくとして。東求堂にましませば東山殿とぞ称じける」と描かれる。元禄前後の浄瑠璃で、いわゆる東山物およびその周辺作には、同じ加賀掾に「東山殿追善能」(元禄初年)、土佐少掾に「柏木右衛門古今集」(宝永以前)、薩摩外記に「東山三幅対」(正徳頃)などがある。

4 正親町太宰之丞　架空の人名か。金平浄瑠璃「四天王つくしせめ」(現存本は天和三年板。成立は万治三年以前か)などに「平家の嫡流に、太宰のやすむらとて、筑後筑前肥後肥前、四か国の大将」と、その一族が登場して源氏に反旗を翻す。この太宰をはじめ、大友真鳥など、九州の強大な勢力には謀反人のイメージがある。本作で太宰之丞を勤めた山中平九郎は、『役者万年暦』(元禄十三年三月)に「此人若ざかりには、実方一とをりをつとめられ、さのみ上手共いはれ給はざりしが、巳の年(元禄二年)勘三郎座にて、時平大臣になられ、実悪をでかされしより、打つゞいて平親王ひがみの王子、だん〳〵公家悪大出来、別して丑の年(元禄十年)の初狂言に太宰の大弐になられて、団十郎殿ともみあふてより、いよ〳〵ほまれを取給ひ、実悪の開山といはれ給ふは、大きく成お仕合」とあるように、この役で江戸風の実悪という新たな境地を開拓したとされる。後に「藪入隅田川」(宝永七年二月森田座)でも藤原の太宰之丞の役を勤めている。

5 春王　史実で足利春王の名が知られるのは鎌倉公方持氏の三男。永享・嘉吉の乱で結城方につき、幕府の命で殺された。本作の設定とは合致しない。この役を演じた袖崎田村は若衆方で、元禄五年から十二年まで出勤が知られるが、つねに「中」の位だった。

6 山名左衛門　山名持豊(宗全)は、はじめ左衛門佐に任ぜられたので、これに該当すると思われる。但馬・備後・安芸などを領し、足利義教・義政らのもとで政治的立場を強めた。嘉吉の乱に際しては、赤松満祐らを自害させ、その後も赤松一族と対立した。また細川勝元との不和がもとで応仁の乱を引き起こし、西軍の総帥となった。この役を勤めた大熊宇太右衛門は、「忠臣になづむ実体のさばきは　うつる袖とうつらぬ袖　狂言の模様しこなしの染めつきは　役者のしら地にそなはるところなれば　しぜんと徳にかなふ人はそのほまれたかし　よく〳〵みかぎ給はゞ名人の名をよばれ給ふ事遠かるまじ」(『野郎にぎりこぶし』元禄九年一月)、「いつとても武道一筋の立役」(『役者万年暦』元禄十三年三月)などの評がみられる。元禄十六年より親仁方となり、「実方にて久々つとめ、諸芸功者なれ共、衆生縁なきにや、一代中の上文字にてくらし給ふこと、此人計はさりとは残念なり」(『役者御前歌舞妓』元禄十六年三月)と評された地味な役者。

7 **名護(古)屋三郎左衛門**　名護(古)屋山三郎の父。山本角太夫正本「なごやさんざ六条がよひ」では「なごや三郎ざゑもんのぜうすけひら」、土佐少掾正本「名古屋山三郎」では「なごや三郎左衛門正春」と、名前が異なる。この役を勤めた立役の田村小三郎は主要な役者ではなく、『役者大鑑』(元禄八年一月)に「器量よく、いかさま武道のなりそふな様子に見ゆれども、諸芸何をもつてこれぞと褒美することもなし、しかし初心成ル役者とも見へず」とあり、元禄十四年には親方となり、「親方の役め何になられても味をやらるゝ」(『役者略請状』元禄十四年三月)と評される程度。本作でもほとんど登場しない軽い役で古浄瑠璃の設定とは異なる。

8 **仁木入道**　史実では応仁の乱当時、仁木氏は同族争いをしており、重要な位置にいない。加賀掾正本「東山殿子日遊」(→人名3)では仁木入道郭了が義政に謀反を企てる設定となっており、以後の浄瑠璃・歌舞伎に継承された。本作でこの役を勤めた田村平八は、『役者口三味線』(元禄十二年三月)では敵役「中」の位で、「人相悪人がたにうつてつけた生れ付、悪人がた一とをりのげい大ていにつとめらるゝ也」との評がある。

9 **中島勘左衛門**　元禄後半から享保期に活躍した敵役で、本作上演時はまだかけだしの頃。『役者大鑑』(元禄十年二月)では敵役「上」の位。『野郎にぎりこぶし』(元禄九年一月)には「されば近年のしこなし　とかういはふやうもない上手になられた」等の評がある。本作では盲目は偽りで実は赤松入道との設定だが、とりたててしどころのない軽い敵役。→人名43。

10 **名護(古)屋山三**　表記は名古屋・那古屋とも。安土桃山時代に実在。元亀三年生まれか。幼少時蒲生氏郷に仕え、従軍して一番槍の功名をたてて「槍仕〳〵は多けれど、那古屋山三は一の槍」とうたわれたという。浪人の後、慶長五年信州川中島城主森忠政に仕え、主君の移封にともない美作に移り、慶長八年同僚と刃傷事件を起こして死亡した(室木弥太郎「山三郎小伝」『中世近世日本芸能史の研究』)。歌舞伎の創始者出雲のお国の相手役として「かぶきの草子」類に登場し、お国と夫婦であったとする伝承も生まれた。実際にお国との交流はなかったと考えられているが、風流な伊達男だったらしく、創始期の歌舞伎を語る際には必ず触れられる人物。歌舞伎の踊歌などを集めたと推定される『万葉歌集』(万治頃書写)の「なこやさんさ」では、山三が葛城という白拍子に恋をして世を去ったことが歌われており、出雲のお国とは別系統の伝説もあったらしい。近世演劇の中で大きな位置を占めるようになったのは、古浄瑠璃に取り上げられたことによる。京都では山本角太夫正本と推定される「なごやさんざ六条がよひ」、江戸では土佐少掾正本「名古屋山三郎」が刊行された。角太夫正本は天和三年以前、土佐少掾正本は貞享三年以前の成立であることが知られるのみで、上限は確定していない。土佐少掾正本の先行説(鳥居フミ子『近世芸能の研究』)もあるが、角太夫正本の方が先行するものと考える。角太夫正本「なごやさんざ六条がよひ」は、時代設定が文禄年中で、場所を京都六条の遊女町としており、その描写は一応中世風でありながら、当代の遊里風俗をふんだんに盛り込み、付舞台を使ったかと思われる遊女の道中や南京からくりなどの視覚的効果も工夫されている。こうした作風は京都の宇治加賀掾が先鞭をつけ、延宝天和頃の角太夫もあれこれと試みていた手法であり、やはり中世の遊里に近世風俗を写した「斑女かた見のあふき」(延宝末〜天和)、浮世踊りを取り入れた「弁才天りしやうものがたり」(天和二年)などと軌を一にする。からくりの利用は角太夫座の最も得意とするところであり、「なごやさんざ六条がよひ」はこの時期の角太夫の正本として違和感がない。これに対して土佐少掾正本「名古屋山三郎」は、時代設定が明確でなく、舞台は京都の島原で、江戸時代の遊里でありながら、山三は禁中北面の侍とされている。角太夫正本が中世を前提としているのに対し、いっそうの近世化が進められているともいえるが、時代や場所に無頓着であるともいえよう。貞享三年板段物集所収曲など、元禄初年頃までの土佐少掾正本は、古い語り物の襲用の域を出ておらず、「名古屋山三郎」のみが異例である。その他、『万葉歌集』の「なこやさんさ」との関係を含めて、角太夫正本に基づいて改作したのが土佐少掾正本とみてよいと思われる。上方移入の新傾向の浄瑠璃は江戸で大人気を博し、特殊な絵本『山三情の通路』(貞享二年)が刊行され、同様の絵巻類まで作られた。歌舞伎でも早速取り入れて天和三年頃に「遊女論」が上演されたのであろう。こうした爆発的な人気からみて、土佐少掾の「名古屋山三郎」は天和三年をあまり遡らない時期に初演されたと考えてよいと思われる。角太夫正本でも土佐少掾正本でも、名古屋山三と遊女葛城が馴染みで、葛城に横恋慕する侍として不破伴左衛門が登場し、以後の歌舞伎に踏襲されることになった。「参会名護屋」で山三を勤めた村山四郎次は、『役者口三味線』(元禄十二年三月)では「上」の位の立役で、「丹前流のふり出しのつしりとしてよく、……やつし事かるくもたれげなし、……ぬれ事よし、お江戸になじみ深くもつはら今は此人を賞翫いたす」と評されている。この時期、市川団十郎と一座してしばしば相手役を勤めているが、これといった特色のない役者で、元禄十六年を最後に記録にあらわれなくなる。同様にやつし事を得意とした中村七三郎や生島新五郎に比べると見劣りがする。名古屋山三はたびたび演じて持ち役としていたが、本作でもむしろ団十郎の不破伴左衛門の引き立て役といった感があり、本来名古屋山三中心であるはずのこの狂言が、伴左衛門に重点をおいた脚色になっている。

11 **市河(川)団之丞**　元禄前期に活躍した江戸の若衆方で、『野郎にぎりこぶし』(元禄九年一月)に「昔のおもくより少こしやくに見ゆれ共とかういわれぬ若衆ぶり　しかし少しまりのなき様に見ゆるといふ人もあれども　狂言のしなしせりふのさばき　二とはさがらぬ市川の流すゞしき口跡には誰も我をおりますによ」、『三国役者舞台鏡』(元禄十一年十一月)に「ぼつとりとした生付、武道事衆道事、小山三殿ほどにこそあらずと、又外にめつたになし、いまだ諸げいのこなし、わかとりなればもつ共〳〵」。

12 **藤本門之丞**　元禄五年から十年までの活動が知られ、若衆方から女方に転じたが、芽の出ないままだった。『役者大鑑』(元禄八年一月)では女方の「中」の位で、「諸芸の仕出ししやん〳〵としたばかりで、つやのなき芸ふりにて思わしからず」などと不評。

13 **西国兵介**　元禄後期以降に多くの舞台を勤めた道外方。元禄歌舞伎では道外方の占める役割が大きく、江戸では西国兵五郎、秋田彦四郎の二人が腕利きとして活躍した。兵介は兵五郎の弟子で、右の二人についで第三位に置かれることが多い。

14 **赤松が末流**　赤松氏は中世播磨の国の豪族武士。嘉吉の乱で赤松満祐が将軍足利義教を殺害したため山名・細川氏らによって追討され、一時赤松氏は没落したが、応仁の乱前後にふたたび播磨・備前・美作の守護となった。山名氏とは敵対関係にあり、本作でも仁木と組んで山名・名護屋を排斥しようとしている。

15 **中村伝九郎**　初代。初代中村勘三郎の孫。延宝六年から貞享元年まで座元を勤め、その後役者として活動し、独得な味わいで江戸の人気を集めた。正徳三年没。『役者口三味線』(元禄十二年三月)では団十郎とならんで立役の「上上」に置かれている。拍子にかかった所作事や荒い事、とくに奴風の演技が得意で、今日まで伝わる「曾我の対面」や「草摺引」の朝比奈の演出を創始した。

16 **梅津掃部**　角太夫正本「なごやさんざ六条がよひ」、土佐少掾正本「名古屋山三郎」に北野の社人梅津の掃部として登場する。両正本とも宮主ではない。本作三番目では、「春王様より扶持頂戴し、神職をつとめる身が」とある。梅津は地名で、梅の宮の所在地。北野から場所ははずれるが、天神と梅の縁でその地名を取ったか。声聞師の居住地でもあった。謡曲「老松」のワキは「都の西梅津の某」と名のる。室町物語『梅津長者物語』『梅津かもむ物語』は梅津左近之尉の致富譚。説経「山椒太夫」でも梅津の院が厨子王を救う。

17 **不破伴左衛門**　角太夫正本「なごやさんざ六条がよひ」、土佐少掾正本「名古屋山三郎」では遊女葛城をめぐって名古屋山三と争う敵役として登場し、山三の父を殺して、最後に山三に討たれる。不破伴左衛門のモデルとして、豊臣秀次寵愛の小姓、不破万作(まんさく。満作とも)をあげる説もある。万作は、『太閤さま軍記のうち』では、秀次切腹に先立って自害した小姓の三人目としてその名が記されるのみだが、『川角太閤記』では秀次と別れの盃をかわすとき、「御肴仕るべし」と申し上げて「はや両肌ぬぎに罷り成り、白洲へかけ出だし」、一番腹を朋輩の小姓と争ったと、いさぎよい血気の若武者振りが描かれている。小瀬甫庵『太閤記』には「生国尾州十八歳」とある。仮名草子『聚楽物語』(寛永二年以降成立)では「三番に不破の満作には、しのぎ藤四郎を下され、思ふ子細のあれば、汝も我手にかゝれと仰ければ、いかにも御諚に従ひ奉るべしとて、御脇指を頂戴して、正年十七歳、雪より白く清げなる肌(はだへ)を押開き、左手の乳の上に突立て、右手の細腰まで、引下げたるを御覧じて、いしくも仕たりとて、御太刀を振上げ給ふかと思へば、首は先へぞ飛んだりける」とある。読本浄瑠璃「太閤記」巻七「朝鮮せいばつ記」もこの系統の本文。ただし、名古屋山三と結びつけたり不破伴左衛門のモデルとしたりするのは後年の資料を知るのみ(安永二年刊『煙霞綺談』など)。信憑性が高いとされる『名越家先祖由来書』(享保十六年成)に「其時代那古屋山三・不破伴左衛門トテ無双之若者、殊ニ遊人ト中伝候」とあるのも、歌舞伎・浄瑠璃の流行後の編であるだけに、この条に関しては疑いを残さざるを得ない。

18 **市河(川)団十郎**　初代。元禄期の江戸を代表する役者の一人。祖先は甲州武士で、父堀越重蔵が江戸に出、侠客とも交流があったという。団十郎の名が確実な記録に現れるのは天和期からで、元禄前期には荒武者事・荒事をはじめ、実事・愁嘆・やつし事などを得意とすることで知られるようになった。元禄七年度に上京したが、評判は芳しくなかった。江戸に帰った後は、三升屋兵庫の名で作者としても盛んに活動し、芝居作り・興行の両面で京都風の方法を意識しながら、自らを中心に置いた求心力のある作品を生み出す。元禄十七年二月十九日、舞台で役者の生島半六に刺されて死亡。享年四十五歳。

19 **熊坂と牛若**　熊坂長範は幸若「烏帽子折」をはじめ室町物語『天狗の内裏』、謡曲「烏帽子折」「熊坂」、太夫不明の古浄瑠璃「熊坂長はん」(寛文二年板)、肥前掾正本「源氏十二段」(土佐少掾も同内容)などに登場する、盗人の首領。幸若「烏帽子折」によれば、長範は越後と信濃の境にすむ盗賊で、青墓の宿に逗留していた金売吉次のもとを襲うが、父義朝亡魂の夢中の知らせにより、かねて用意をしていた牛若に討たれる。『天狗の内裏』では、牛若を訪ねてきた常盤御前を討つのも熊坂となっているが、他の文芸ではこの盗賊は別人であることが多い。『義経記』、宇治加賀掾正本「てんぐのだいり」、竹本義太夫正本「十二段」などでは、熊坂にあたる盗賊を由利太郎、藤沢入道としている。なお幸若「烏帽子折」では、青墓の宿で吉次らが遊女と参会し、牛若が酌をとらされること、牛若が笛を吹いて面目を施すこと、青墓の長が牛若に義朝の妻女と名乗ることなどがあり、その後に熊坂の一件となる。本作でも下文に「遊君据へ」とあり、この場合は熊坂が遊女を呼んでいると見られるので、設定は異なるものの、幸若の系統にたつものか。なお、団十郎は、本作の翌年、元禄十一年三月中村座「関東小禄」でも熊坂の亡魂を登場させている。

20 **葛城**　遊女の名。読みは近世ではカヅラキ。「葛城山　カヅラキヤマ」(『書言字考節用集』)。『万葉歌集』の「なごやさんさ」にはじめて名古屋山三の恋人として登場し、角太夫正本「なごやさんざ六条がよひ」、土佐少掾正本「名古屋山三郎」、歌舞伎の「遊女論」(天和三年頃)以下に山三のなじみの遊女として描かれる(→人名10)。

21 **荻野沢之丞**　『役者大鑑』(元禄十年二月)では、若女方の「上上」として水木辰之助に次ぐ第二位におかれた人気の女方。手負事を得意とし、「りん〳〵としてさつ〳〵たるせりふには身ぶりしこなし思ひ入れもふかく」(『野郎にぎりこぶし』元禄九年一月)との評もあるが、本作上演の頃から濡事にも芸域を広げたらしく、「源平雷伝記」(元禄十一年八月中村座)では、鳴神上人を堕落させる雲の絶間を勤めている。

22 **しがさき・まさつね**　遊女の名。袖岡八十郎と藤山花之丞が勤めているが、八十郎は若衆方として『野郎にぎりこぶし』(元禄九年一月)に一度名前がのるのみ、花之丞は評判記にのったこともないような売り出し前の役者。

23 不破伴作　本作以前の名古屋山三物で、伴左衛門に弟があったかどうかは不明。伴左衛門のモデルを不破万作(まんさく)とする説もある(→人名17)。本作で伴作を勤めた座元の中村勘三郎は、『役者大鑑』(元禄八年一月)では立役「中」の位で、「若年なるによつてつめひらきいまだあやうき所おほし」等と評されている。座元なのである程度良い役がつくが、芸の上ではさほど見所のある役者ではなかった。

24 柏木　角太夫正本「なごやさんざ六条がよひ」、土佐少掾正本「名古屋山三郎」に、伴左衛門の馴染みとして登場する遊女の名。本作では伴左衛門とは関係なく、葛城の朋輩として描かれる。

25 袖岡政之介　二代目。元禄期に活躍した中堅の女方。『役者口三味線』(元禄十二年三月)では花車方「上上吉」に置かれているが、「さかりの時は此人もとぶ鳥もおち、屋根を走る猫迄も此君を思ふて、如月比にはさかつたといふた程の若女方、今は年たけられたゆへに色はなけれど、さりとは巧者じやといふに、なぜ花車方の部へは入れた〈吉介こたへ〉御ふしん御尤なれ共、たゞ今は女方と花車方のあいの役を勤めらるゝゆへ」と、やや中年の女役を得意としていたことが知られる。本作のような武道がかった手強い役はうってつけだったのであろう。

26 楠木正成　南朝方の武将。武略に優れ、北朝方をたびたび敗退させたが、湊川の戦いで討死した。『太平記』によると、その後怨霊となって大森彦七らを悩ませたという。

27 大森彦七　南北朝期の実在の武将とされるが、詳細は不明。『太平記』によれば、湊川の戦いで、自害した正成の首を得て恩賞を賜ったが、正成の怨霊に悩まされた。

28 鍾馗　唐代、鍾馗は科挙試験に落第して自殺したが、玄宗皇帝が手厚く弔ったのに感じて、悪鬼を滅ぼし国土を守る守護神となった。この伝説に取材した謡曲に「鍾馗」「皇帝」がある。

29 中村明石清三郎　初代。明石は前名で、明石清三郎と通称された。二代目中村勘三郎の子で、中村座の若太夫だったが、作者としても活動し、本作の他、「百合若大臣」(元禄十年三月中村座)、「兵根元曾我」(同年五月同座)、「竜女三十二相」(同十一年六月同座)の狂言本に名が記されている。

30 化粧坂の少将　歌舞伎・浄瑠璃で、曾我五郎なじみの遊女。『曾我物語』巻五に「化粧坂の下に、遊君あり、時致、情けをかけ、あさからず思ひしに」とあるが、名は記されていない。梶原源太に寵愛されていると誤解した五郎が、「あふと見る夢路にとまる宿もがなつらきことばにまたもかへらん」という歌を書き残して去る。これを見た遊君は感激し、「数ならぬ心の山のたかければ奥のふかきをたづねこそいれ」「すつる身になをおもひ出となるものはとふにとはれぬ情なりけり」の二首を詠み、十六歳で出家した。後には大磯の虎の住家を訪ね、ともに修行して一生を送ったという。また「手越(静岡県静岡市内)に少将、大磯に虎とて、街道一の遊君」がいた(巻六)。十郎・五郎が敵討を遂げ、討たれた後、大磯の虎が出家したのを見て、手越の少将も世の無常を悟って出家する(巻十二)。化粧坂の女とは別人であり、五郎と関係はないが、混同されて五郎の馴染みとされる素地はあった。謡曲や幸若ではまだ化粧坂の少将は登場しない。現存の作品では近松の浄瑠璃「世継曾我」(天和三年)に「化粧坂の少将」とあるのが早いが、すでに周知の名のような書きぶりであり、おそらくそれ以前に歌舞伎などで定着していたのであろう。なお、近松作「団扇曾我」(「百日曾我」)三段目に「ころしも五月廿八日。そらさみだるゝたそかれのとらが涙やせうしやうの。よるの雨さへしきりなるに」とあるように、「少将」と本作小名題にみられる「瀟湘の夜雨」の掛詞は、近世には常套句として用いられた。

31 **土肥弥太郎** 『曾我物語』に登場する相模国の武士。名は遠平。ここでは若衆方「中ノ上」、浜崎磯五郎が勤める。磯五郎は元禄十二年から山村座に出勤記録があり、評判記には十四年から若衆方として名がみられる。正徳期に実悪方となって地位を得るが、この時期はまだ駆け出しの頃で、重要な役ではない。

32 **宇都宮** 役人付では宇都宮弥三郎。『曾我物語』に登場する武士。この役を演じた天津うこんは実力のない若衆方で、元禄十二年から山村座への出勤が知られ、『役者二挺三味線』(元禄十五年三月)、『役者御前歌舞妓』(元禄十六年三月)には若衆方「中」の位で載る。元禄十六年を最後に記録がない。

33 **相沢** 役人付にこの役名が記されておらず、誰が演じたのかわからないが、やはり若衆方であろう。

34 **曾我五郎** 幼名箱王。母の命により箱根別当のもとで仏門修行をしていたが、剃髪の前の晩、親の敵を討つ覚悟をして山を下り、北条時政を烏帽子親として元服、曾我五郎時致と名乗った。時に十七歳。原作の『曾我物語』でも兄十郎が思慮深く、温和であるのに対し、弟五郎は気が荒く、力も強い男として描かれている。歌舞伎や浄瑠璃ではこれにそって、十郎は和事風、五郎は荒事風の役どころとして成長した。

35 **鬼王** 『曾我物語』や幸若舞曲の曾我物に、曾我兄弟の従者として鬼王と道(丹)三郎が登場する。そこでは兄弟という設定になっていないが、謡曲「夜討曾我」や「禅師曾我」では兄弟とされている。江戸の「傾城浅間嶽」(元禄十三年一月山村座)では、道外方西国兵五郎が鬼王を演じたが、本作では当時江戸立役の代表者の一人である宮崎伝吉が鬼王を勤め、西国兵五郎が団三郎にまわって、この兄弟の性格が変わっている。

36 **鬼王女房** 鬼王の女房は、江戸中期以降の歌舞伎では月小夜などの名に固定して重要な役割をになうが、元禄期に鬼王に女房がいることはめずらしい。早い例では、加賀掾正本「頼朝浜出」(貞享三年一月)に、鬼王と女房が年越しの金を得るため門松売りにやつすくだりがあるが、女房に名前はない。

37 **三浦与一** 錦文流作の浄瑠璃「本海道虎石」(元禄四年以前)では、三浦与一が伊賀平内左衛門を討ったとされ、遺された娘豊姫が化粧坂の少将となり、伊賀家譜代の侍栗矢の三太が団三郎と変名して曾我十郎に奉公し、敵討の機会をねらっている。本作に直接の影響を与えたかどうかはわからないが、与一を敵役に設定した点では共通する。

38 **宮崎伝吉** 京都の出身といわれるが、寛文末年から江戸に下って、実事役者として人気を得た。元禄期には作者も兼ね、市川団十郎と覇を競ったが、華やかさにかけるところがあった。正徳期からは上方と江戸を行き来し、その後の消息は明らかでない。曾我十郎は得意芸で、その他、家老の裁き役などを多く演じた。

39 **河津三郎** 『曾我物語』・「河津系図」によると河津三郎祐重。『吾妻鏡』・「工藤二階堂系図」は「祐泰」、『尊卑分脈』は「祐道」。所領の遺恨から工藤祐経の手の者に討たれた。

40 **曾我の母**　河津三郎が討たれたとき、長男一万は五歳、次男箱王は三歳で、女房は妊娠しており、五十日後に御坊と名付ける男子が生まれる。幼な子をかかえた女房は、相模国の曾我太郎祐信と再婚し、曾我の姓を名乗ることになった。真字本によれば正治元年己未年五月二十八日に大往生とあり、流布本巻十二では六十歳で往生と記す。敵討のあった建久四年は、五十四歳となり、本作もその年のこととなる。曾我に嫁して十七年を経ている。『曾我物語』にはこの母親の名が記されておらず、後の江戸歌舞伎では満江（まんこう）という名が定着した。ただし、『曾我物語』などでは、伊東祐親の娘で、いったん工藤祐経に嫁ぎ、父の命で土肥弥太郎と再婚した女性の名を万劫（まんこう）御前としている。

41 **大藤内**　『曾我物語』巻八、『吾妻鏡』では王藤内。平家に加担の疑いをかけられていたが、工藤祐経の取りなしで本領を安堵され、帰国の途中、祐経に礼を述べに来る。祐経が十郎に、父河津を討ったのは自分ではないと話す席に同座し、十郎が席をはずしたとき、祐経に先ほどの話は真実かとただす。曾我兄弟が夜討に入ったとき、祐経とともに寝ており、逃げるところを殺される。祐経の身近にいたことから、歌舞伎や浄瑠璃では祐経に取り入る愚かな役または幇間的な取り持ち役として描かれることが多い。本作でも道外方の仙石彦介が勤めており、にせの馬を引いてくる滑稽な役回りとなっている。彦介は「中ノ上々」に位しており、この頃あまり人気がなかった。「近年芸すはりて、是ぞと思ふ事なし」（『役者御前歌舞妓』元禄十六年三月）。

42 **工藤介経**　工藤左衛門祐経（すけつね）。当初、京都にあって平家に仕え、一臈職に任ぜられた。一臈は武者所などの最上席の職員。「伊豆国の住人伊東工藤一郎平祐経」（『曾我物語』巻一）。頼朝が挙兵し、勢力を拡げると、これに従い、鎌倉幕府成立後も重用された。歌舞伎では、その後の職名としても一臈を用いることが多い。「当時一臈別当の工藤左衛門祐経様が、御参詣だといふ事だが」（河竹黙阿弥作「小袖曾我薊色縫」）。『曾我物語』や謡曲・幸若舞曲では、悪人という描かれ方ではなく、所領争いの一方の当事者として登場しているが、歌舞伎や浄瑠璃では卑怯な敵役として描かれることが多かった。本作で曾我十郎を勤めた中村七三郎は、翌年の宝永元年から死去する宝永五年まで中村座に出勤し、初春狂言に曾我物を定着させるが、その中で祐経は次第に胆のある人物として立役の役者が勤めるようになり、今日の「曾我の対面」などに通じる重要な役として成長してゆく。ただし本作では、曾我の敵討と赤穂浪士の討入りを重ね合わせ、祐経を吉良上野介に見立てる意図があると思われるので、立役化の流れには反している。また年齢も『曾我物語』に記されるところの四十歳位より、かなり老年の設定となっており、舞台にはほとんど登場していない。

43 **犬坊**　『曾我物語』巻十では犬房。祐経が曾我兄弟に討たれたとき九歳。捕らえられた五郎の額を扇で打ったことが記されている。歌舞伎や浄瑠璃では憎まれ役であることが多い。「曾我五人兄弟」初段には犬坊が大磯の虎に惚れる件りがある。「犬坊はなしに聞入て。鹿のことはともかくも。京鎌倉のよい女房の足駄でよらぬさを鹿さへ。虎とやらんが足駄の笛に。心なき秋鹿さへあこがれよる。虎は美人に極まつたり。ひとめ見たや懐しやと。おとなくれたる恋心物思ひ顔もいきすぎたり」。この後鹿が化した大磯の虎が犬坊に濡れかかり、その虎の頼みで捕らえた鹿の子を放してやる。本作では虎を少将に代えているが、犬坊が遊女の手玉に取られる、心の足りない者であるという設定は類似する。また江戸の「傾城浅間嶽」(元禄十三年一月山村座)では、大磯の虎が曾我に金を貢ぐ計略のため、犬坊に身請けされようとする設定がある。本作ではやはり少将を虎に変えている。犬坊役を勤めた中島勘左衛門は、「参会名護屋」でも赤松の役を勤めた敵役。ただし元禄後期には、「第一こはい顔の内よりとひやうな事云出し、わらはさるゝ事此人の妙也」(『役者略請状』元禄十四年三月)、「第一此人ずいぶんこはき顔にて、すぐれてすさまじきむまれ付にて、ひよこ〳〵おかしい事をいふてわらはさるゝ事、是又此人の妙也」(『役者二挺三味線』元禄十五年三月)などおかしみを交えた敵役を得意としていた。犬坊は少年の役だが、敵役の勘左衛門に勤めさせて滑稽さを強調している。

44 **大磯の虎**　曾我十郎のなじみの遊女。『曾我物語』巻四では「大磯の長者の女、虎といひて、十七歳になりける傾城を、祐成(十郎)の年ごろおもひそめて、ひそかに三年ぞかよひける」と記される。遊女の虎を「虎御前(御世)」などと呼ぶが、御前は男女を問わず貴人の敬称に用いる一方、仏御前、浄瑠璃御前など、遊女に対しても用いる風習がある。虎御前ゆかりとされる土地は各地に分布しており、虎またはその末裔を名乗る多くの宗教的な女性芸能者が、諸国を遊行し、語り物を流布させたと考えられている(柳田国男『妹の力』)。女性の語り手という意味では瞽女《ごぜ》にも通じる。この役を演じた岩井左源太は、この一座の立女方であり、江戸でも一、二位を争う人気があった。『役者御前歌舞妓』(元禄十六年三月)によると、十四年の盆替りから病気のため舞台を退いていたが、同年顔見世より出勤した。「第一御面体愛あってよく、物いひ女めきて長口上つまづきなく、諸芸思入ふかくして、何にひとつふそくなし」(『役者二挺三味線』元禄十五年三月)。

45 **本田次郎**　畠山重忠の重臣。武蔵国男衾郡本田を本拠地とする。『曾我物語』巻九では、十郎・五郎兄弟が祐経の屋形に侵入すると、祐経は夜討をおそれて、すでに所を替えた後だった。そのおり本田二郎が通りかかり、それとなく祐経のありかを教える。幸若「夜討曾我」では、本田が兄弟を案内して警護の侍たちの前を通り抜け、祐経の寝所へ連れ行き、さらに助太刀を申し出るという、情けのある武士として描かれる。祐成は「秩父殿の御芳志、本田殿の御情、とかう申に及ばれず」と厚情を謝し、助太刀は辞退している。このあたりから十郎と本田次郎の男色関係が連想されたのであろう。本作で本田次郎を勤めた四宮平八は若衆方第一位。「お江戸地生の名人、第一御面体よく、濡がほにしてうまさふに見へてよし、諸げい若衆方の一通り、仕残さるゝことなく、武道ぬれごとの上手、所作ごとも飛きりではなけれ共、よくなさるゝ」(『役者御前歌舞妓』元禄十六年三月)。

46 **曾我十郎**　『曾我物語』において、逸り気な弟五郎に対し、兄の十郎は沈着で、柔和な人物として描かれている。その歌舞伎化にあたって、元禄期の江戸では、沈着さを強調した実事風の宮崎伝吉と、柔和な優男であることを強調した中村七三郎の、二つの役作りが行われていたが、次第に七三郎に人気が集中するようになる。宮崎伝吉の演技は、『役者謀火燵』(宝永七年三月)に「いや十郎役は此伝吉殿がお家、廿三年以前辰ノ三月三日、山村座三の替、古今ノ兄弟／兵曾我十番続に十郎となられ、古団十殿を五郎にして、五月末迄初日後日の大でけ、其比七三殿竹之丞座で初恋曾我、十郎と成、五郎に野田内蔵之丞今の新五郎殿也、随分とせられたれ共、兵曾我のあしもとへもよらなんだ、当年迄廾三年の内、此伝吉殿十七度十郎となられ皆大でけ、かまくら時代の牢人誠の十郎実の開山也」とあるように、自らの芸風にあわせた物堅い演技で、早くから成功していたが、同じ評判記に「十郎役は過行れし七三殿がお家、すいな虎のまぶ男にあのやうな物がたい宮崎殿が似る物か」とも非難されており、宝永期には古くさく感じられていた。七三郎はもともと濡れやつしを得意としていたが、さらに京都風の十郎の役作りを学んで、江戸に新しい十郎像を定着させた。京都で十郎を最も多く演じたとされるのは坂田藤十郎で、元禄十年七月都万太夫座の「大名なぐさみ曾我」には、これまで十回も十郎役を演じたので「とう十郎」だという地口がある。藤十郎の十郎役は、当然のことながらやつし芸に重点があり、二の替狂言に傾城買を演じ、七月の盆狂言に曾我を出して大磯の虎の相手役である十郎役を演ずることで、再び傾城買を見せるのが通例であったという(『役者論語』「耳塵集」)。七三郎は元禄十一、二年度在京し、江戸に戻ると、山村座で十三年正月に「傾城浅間嶽」の大名題で曾我十郎を勤めたのを皮切りに、十五年に「祭礼鎧曾我」、十六年に本作を上演、宝永元年からは中村座に移って、同五年に没するまで、毎年曾我を出して十郎を演じ続けた。『役者友吟味』(宝永四年三月)にこの間の事情を「お江戸立役の開山ぬれやつし御家、傾城買の元祖卯の年霜月に都よりお帰り有、好色の只中村、明ル辰の初狂言より去戌の初狂言まで七春の内、巳の春けいせい三ッ鱗形の外、六春はすつきり助成大当り、七三は丁ど十郎男」と説明している。七三郎が十郎を演じている間は、十郎が曾我狂言の主役であり、五郎の方は扱いが軽く、またやつし事的な要素も加味されて、曾我狂言全体が濡事風になってきた。本作はこうした七三郎色を強く打ち出した最初の狂言ともいえる。なお七三郎没後、二代目団十郎が五郎を演じるようになると、荒事芸の基盤の上に、十郎の濡れやつしの芸をも取り込み、新たな五郎像が創始された(赤間亮「『助六実は曾我五郎』の生まれるまで」『芸能』一九八七年十二月)。

47 **中村七三郎**　初代。俳名は少長。中村座座元の勘三郎家と縁続きにあり、座元に強い影響力を与えながら、やつし事・丹前芸など、柔らかみのある芸を得意として、市川団十郎と江戸の人気を争った。元禄十年顔見世から十二年秋まで京都に上り、十一年一月の「けいせい浅間嶽」で、坂田藤十郎のやつし事を見慣れた京都の見物の好評を得た。江戸に帰った後は、京都風の演技も導入し、江戸風のやつし芸を完成させた。宝永五年二月に急死。享年四十七歳。

48 **団三郎**　曾我兄弟に仕える従者。『曾我物語』真字本では丹三郎(流布本は仮名書き)。幸若舞曲では道三郎。謡曲以来、鬼王の弟という設定になる(→人名35)。江戸の「傾城浅間嶽」では道外方の西国兵五郎が兄の鬼王を勤めていたが、本作ではこれを立役宮崎伝吉の実事に改め、兵五郎は弟の団三郎にまわった。鬼王・団三郎は曾我の従者なので、下僕役の猿若の系譜をひく道外方と結びつきやすい。

49 **新開荒四郎**　『曾我物語』巻九によれば、祐経を討ち取った後のいわゆる十番切で、「武蔵国の住人新開荒四郎」が十郎に切り立てられ這い逃げる。新開は埼玉県大里郡豊里村。「世継曾我」で曾我に敵対する人物として描かれ、敵役のイメージが定着した。

50 **与太郎**　京都の「けいせい浅間嶽」では、道外方の名手山田甚八が勤めた。狂言本によると、帰宅する時に道外の演技をみせている。本作でも西国兵五郎が団三郎を演じているので、道外の所作があったかもしれない。ただし、山田甚八は「阿呆で、なをよく愁いが当ります、おかしい役めの道外は道外で立ながら、愁い事をあて給ふ事是近年のでき物」(「けいせい浅間嶽」狂言本)と評されるような新しい役作りを試み、「此格にて、うれいをあてらるゝ事」(『役者二挺三味線』元禄十五年三月)を得意とするようになったが、江戸の道外方の筆頭、西国兵五郎は「詞を出さず舞台へ出らるゝと、はやおかしう成が此役めの奇也妙也」(『役者二挺三味線』)といった可笑し味主体で、拍子事を得意とするなど、山田甚八や金子吉左衛門などの京風の道外とは芸風に差があった。江戸の本作は狂言本の記述が簡単ではっきりしないが、京都の「浅間嶽」にあった巴之丞への異見などは省かれているらしい。

51 **大しう**　京都の「浅間嶽」では、煙の中から出て巴之丞に恨みを言う役が傾城奥州で、岩井左源太が勤めた。巴之丞の揚代の代わりに遊女奉公をすることになる役回りは三浦という名で、地芸にすぐれた芳沢あやめが勤めた。本作では鬼王女房の廓での名が大しうとなっているが、人物関係は京都の時と同じ。江戸の「傾城浅間嶽」にこの件りはなく、初演に戻った設定となっている。

52 **陸上の禅師坊**　『曾我物語』によれば、父河津三郎の死後五十日目(『吾妻鏡』では五日目)に生まれる。幼名御坊。父の弟伊東九郎祐清の養子となる。養父没後、養母とともに武蔵守義信に養育され、越後国の国上寺(くがみでら)に入り、禅師坊を名乗る。十郎・五郎の敵討の後、自害して十八歳で没した。禅師坊が還俗したり、結婚したりする趣向は先例を見出していないが、「曾我五人兄弟」四段目で、禅師坊が五郎の勘当赦免を願うため、わざと母の不興をかおうと虎に濡れかけ、破戒の様をみせるのをふまえたか。また禅師坊を勤めた勝山又五郎は濡事を得意とした若手の役者で、「男は小兵なれ共、きれいにして濡事よし、芸何にても能こなさるゝ、濡事若き所あれ共、年相応」(『役者御前歌舞妓』元禄十六年三月)などと評されており、七三郎の没後はその芸の後継者として嘱目されることになる。この役にふさわしい役者で、戯曲上の設定からはなれ、二の宮と明るい濡場をみせたかと思われる。

53 **二の宮**　『曾我物語』では、十郎・五郎兄弟の母が、河津三郎に嫁する以前、先夫左衛門尉仲成との間に二人の子をなす。京の小次郎と、二の宮太郎に嫁した娘。後者を二の宮の姉と称して、曾我物では親しまれている。「養い娘」とする本作の設定は独自であるが、十郎・五郎や禅師坊の兄弟と血筋が異なることを強調したのであろう。「曾我五人兄弟」では、二の宮太郎との婚礼の衣裳見せの折、飾る衣裳がなくて困る役として登場している。この浄瑠璃には京の小次郎も登場しているが、本作には現れない。

54 **土肥二郎**　相模国の住人。名は実平(さねひら)。石橋山の合戦に敗れた頼朝を助けたことで知られる。また、曾我兄弟の祖父、伊東二郎祐親は娘を工藤祐経の妻としたが、後に取り返して実平の子弥太郎遠平に嫁がせた(『曾我物語』巻一)ので、曾我物にも縁のある人物。ここでも二の宮の縁組みに関して名が出ている。

二　参会名護屋・傾城阿佐間曾我　用語解説

1 **大名題小名題**　江戸板絵入狂言本は原則として第一丁表に大名題・小名題を掲げ、一丁裏に役人替名(配役)を示し、二丁表から本文にはいる。一丁目の表・裏は、通常二丁から成る役割番付を一丁に縮約して掲げたものであり、役割番付の大名題・小名題は、劇場正面に掲げられる大名題看板・小名題看板を紙面に移したものと位置づけることができる。したがって、元禄期の江戸歌舞伎狂言の正式な題名は、役割番付の大名題、絵入狂言本一丁表の大名題の順で採用するのが正確と思われる。本作の場合、題簽は「参会名古屋」となっているが、一般に通りのよい名古屋の文字を用いたものか。なおこの題簽は、上部に挿絵(四番目の鍾馗の図)があり、角書、大名題、座元名、作者名(主演者でもある)を一枚に収める。本作の次の三月上演「百合若大臣」は題簽欠、五月上演の「兵根元曾我」以降は、挿絵が脇方簽として独立し、題簽の上部に座名ないし櫓紋を図案化したものを描く形式で固定する。現存する宝永八年までの江戸板狂言本で、例外は「小栗鹿目石」(元禄十六年七月市村座)、「小栗十二段」(元禄十六年七月森田座)のみ。本書は狂言本の第一作であるため、様式が定まっていないものと思われる。

「参会名護屋」題簽

2 **角書**　歌舞伎の大名題の上に二行ないし三行の割書きで示され、狂言の内容に関連する文句などが並ぶ。

3 **大名題**　江戸歌舞伎で一日の続狂言(四番続ないし五番続)を統合する題名。たんに名題、また外題といっても同じものをさすことが多い。全体の筋立の背景となる時代設定などを取り入れ、狂言のおおよその内容を見物に知らせる。

4 **四番続**　一日の狂言を四つのまとまりに分ける。こんにち四幕構成というのと大きな隔たりはない。各番の中がさらに二―四場に分かれる。元禄期には一番ごとに観客の入れ替えをした(追出し芝居という)といわれており、独立性が高い。元禄期の上方では三番続、江戸では、中村座・市村座が四番続、森田座・山村座が五番続とだいたい定まっていた。

5 **小名題**　江戸歌舞伎の四番続ないし五番続の一番ごとに付けられた内容を暗示する章題。趣向を凝らして種々の形式をとる。

6 **春駒踊**　新春の祝福芸。駒の首形を手に携えたり、腹に結び付けたりして家々を回り、農耕や養蚕などの予祝として、「めでたやめでたや春のはじめの春駒なんどは、夢に見てさえよいとや申す」などと踊った。画証では上杉家本「洛中洛外図屏風」に描かれたのが早いという。起源は宮中の白馬節会に遡るとされ、民俗芸能として新潟県佐渡、宮城県の田植踊、徳島県などに残った。『松の葉』に長歌「春駒」があり、歌舞伎では元禄期以後華やかな所作事として多くの曲が上演され、長唄「対面花春駒」などが現行する。『野郎楊弓』(元禄六年)荻野沢之丞条に「参宮はる駒君がやつしの女馬士」とあり、『大和守日記』には「吉原春駒」「さんや春駒」などが元禄期に記録されている。

長唄「対面花春駒」正本

7 万歳をうたう 天子・国家などの長久を祝して「万歳」等ととなえること。祝儀の辞を述べることをいう定型句。舞楽の中でもめでたい曲とされる「万歳楽」をうたうのが原義か。「呼二万歳一(バンゼイヲヨバフ)秦ノ世以来ノ例。「書言故事」臣民呼二万歳一曰二山呼一、出二「漢書」一」(『書言字考節用集』)。「比は天喜元年。正月五日。竹つなをはじめ。公平。ため宗。たけち。市丸。そのほか伺候の諸侍。みな〳〵御まへにあひ詰むる。大将御悦喜浅からず。御かわらけを取上させ給ひ。次第〳〵に下されける。皆〳〵国土安鎮の。御祝儀の御さかづきを給はり。酒宴に興を催して。中にも公平高音に。とうたうと鳴るは滝の水。いつも絶へせず。おもしろや取上源家の御代を。まんざい〳〵〳〵万歳楽とぞうたいける」(出羽掾正本「だいりむらさき女郎幷公平けしやうろん」寛文四年正月板)。時代物でもとくに祝言性の強い顔見世狂言や正月狂言の冒頭の場面に、家中一同列座して家国の繁栄を唱えるのは、古浄瑠璃の冒頭に当主以下その家の主要人物が登場して安泰の様をみせる形式とも重なる。江戸中期の「暫」の場でも、(惟喬)「今日より大万乗の位を保つ惟喬天皇、皆々万歳を唱へいやい」、(敵皆々)「只々御目度ふ奉存ます」(「名歌徳三升玉垣」享和元年十一月河原崎座)などのせりふがあり、今日の「暫」に伝えられている。

8 武蔵野の安達が原 鬼女伝説で名高い安達が原は陸奥国(福島県)。武蔵国の足立郡内では大宮宿(埼玉県大宮市)右衛門八分(字名)に黒塚がある。同本村東光寺にあった撞鐘の元禄九年銘文には、「数百年前熊野那智山宥慶師なるもの、曾て檀門を扣て足立郡大宮邑に宿りし時、黒塚と云古塚有て種々の妖怪をなし、人を悩せしかば、慶師法力を以てこれを伏す」と記されていたという(『新編武蔵風土記稿』文政十一年成立)。本作はこうした風説などによったか。

9 天狗 我慢高慢の者は天狗に連れ去られるとされた。「かやうに候ふ者は、大唐の天狗の首領善界坊にて候。さてもわが国においては……少しも慢心の輩をば、みなわが道に誘引せずといふ事なし」(謡曲「善界」)。「されば、松若殿、所学当山に隠れなく、我慢の心出きたるが、仏神の咎めかや、いづく共しらず、山伏一人きたり……そのまゝつかんで、虚空をさしてぞ、あがりける」(説経「すみだ川」元禄頃、鱗形屋板)。天狗につかまれ、通力を得たとする例に「自一昨日五本松にてクモ舞の勧進在之……彼法師の所作常途の人の分にはあらず、不思議也、昔も後もかやうのことは不可在の由風聞候、或時彼法師を天狗つかみて年久しくみえず、今又かへり畢、其時天狗かやうのことを教へたりとぞ日記せしむ」(『大般若経』巻七十三奥書、天文十八年霜月二十二日)。

10 **御師**　近世には伊勢神宮の御師が有名で、「おんし」と呼ばれた。伊勢皇太神宮に付属する下級神職で、宮司や禰宜とは職掌も家柄も異なり、民間人の祈禱・奉幣・神楽・御祓頒布などを業とした。各地の伊勢講と契約し、また伊勢信者と旦那の関係を結んだ。十文字太夫、沢瀉太夫などと太夫を名のり、伊勢山田界隈に家を構えていた。歌舞伎では「伊勢音頭恋寝刃」の福岡貢が伊勢の御師である。

11 **神勧請**　神の座である依代(よりしろ)を設けて、神の降臨を仰ぐこと。江戸初期には芝居小屋でも、櫓に梵天を立て、槍などの武器を並べ、神勧請の場であることを示した。神楽では、冒頭に諸国の神々を勧請する。和語では「申おろす」という。出雲国佐陀大社、七座神事の「清目」では「抑是より東方の神の御戸は誰や開かん　誰とても御用のたとのやよきかき　七夜明けては神の世にも　庭のほうにも足毛の小馬に手綱よりかけ……申おろへて呉座清るは神の森　御山の榊　百浦の塩　七浦の塩　さへはい〳〵」ととなえる。途中で舞人が「申しおろいて」と歌うと、太鼓の胴取が「申しおろいて」と答えることがある(本田安次『日本の伝統芸能』第二巻)。また神おろしは、古浄瑠璃の節事としても好まれた。「三千大千世界の六万恒河の諸仏神。こと〴〵く勧請申おろし奉る」(井上播磨掾正本「花山院きさき諍」延宝元年板)。

12 **天井のきよめ**　獅子は悪魔を払うものとされ、伊勢の太神楽の獅子でも門付けをして竈払いや火伏せをする。東北地方の早池峰神楽(岩手)、番楽(秋田・山形)などでは獅子頭を崇拝し(早池峰神楽などでは獅子頭を権現様とよぶ)、やはり火伏せや竈払いをする。秋田県鳥海町の番楽では新築の家で獅子頭による「柱からみ」を行うが、これも新居を清める意味を持つ。獅子頭で天井そのものを清めた例は見出していないが、いずれも同根の発想である。

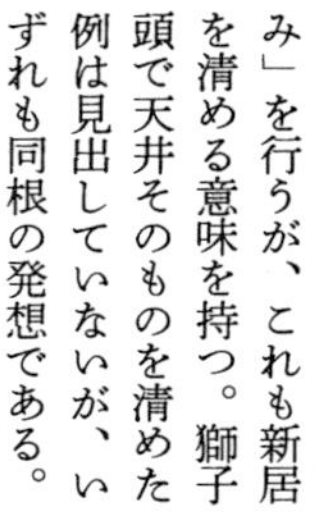

鳥海町平根番楽
「柱からみ」
(髙山茂氏撮影)

13 **雲掃の太刀**　「四尺八寸の、くもはらいといふ、剣をぬき、虚空を三度、切りはらい〳〵、しづまり給へ、竜神たちくわばら是に有と、よばはれば、鳴神は、しづまつて、みのりの空と、なりにける」(説経「ぼん天こく」山形屋板)。

14 **偽盲目の趣向**　「四国辺路」(元禄四年九月京都万太夫座)では、忠義の下人長九郎が主人の敵討の手引きをするため、座頭となって敵の館へ入り込む。「熊野山開帳」(元禄九年春大坂嵐座)では、琵琶法師小野川検校が兄の敵討のため偽盲目となっている。いずれも作中で眼を開き、事情を語る。「一心二河白道」(元禄十一年四月京都万太夫座)では、清玄の生霊が琵琶法師に化して現れ、桜姫の肩を揉みながら「座頭うしろより目をあき見る」。この系譜が後に天竺徳兵衛や「土蜘」の仙台座頭になる。評判記ではあまり古い例がなく、元禄十五年度山村座顔見世の次の狂言「百合若」で大伴黒主役の坂東又太郎が「偽盲と成牛に乗」る演技があった。語り物では幸若「入鹿」とその系統の古浄瑠璃に鎌足の偽盲目があり、近松作「百合若大臣野守鏡」(宝永七年一月)にも趣向取りされている。また義太夫正本「大友真鳥」(元禄十三年または十五年か)に宿禰兼道の偽盲目がある。

15 **北野**　京都市上京区の地名。菅原道真を祭神とする北野天満宮がある。中世以来連歌の興行が盛んだった他、猿楽や田楽、江戸

初期には出雲のお国のかぶき踊りなどの興行地としても賑わった。元禄期には北野上七軒、北野松原などが島原に匹敵する遊里となった。

16 **ぬめり歌**　近世初期流行歌の一つで、後年まで名が残るが、実態ははっきりしない。「ぬめる」は廓で遊蕩する意といい、廓通いに歌われた歌か。『六法ことば』の「さる若山三郎なのり」に「心うき世のぬめりぶしなぐさみせんと」、西鶴作『好色一代男』巻四に「花の都のぬめりぶし」などとあるのはその例か。また『好色一代男』巻六に「ぬきあしのぬめり道中」、『諸艶大鑑』巻二に「揚屋町の北口より南の門までは、大夫ぬめり道中百九十六足の所なり」とあり、遊女の道中の歌とする説もある(この場合のぬめりは八文字を踏む意とも)。『吉原はやり小歌そうまくり』(延宝頃)に「かはりぬめり歌」十四首収録。『大和守日記』には、「ぬめりおとり」(寛文六年十月二十五日および寛文九年四月十一日伊勢大掾座間狂言)、「二郎兵衛ぬめり」「二郎兵衛三味線にて小三郎伝之助ぬめり」(ともに延宝五年五月二十六日新屋二郎兵衛座)、「ぬめり」(延宝五年十二月二十四日)などが記録される。元禄期の江戸板狂言本では他に例がない。後年、「めりやす」の母胎になったともいう。「先年、上方より坂田兵四郎といふ者下り、菊之丞所作にあはせて、無げんといふ、少し計りの小歌を謡ひし也、これをぬめりといふよし、兵四郎予に出会咄たり」(『奈良柴』)。現行の歌舞伎では、遊女の出や、御殿の場の大勢の女方の出などに用いる唄を「ぬめり唄」と称することがある。

17 **宮主**　「宮主(みやじ)」は宮中の神事を司る者。天皇の神事を司る「内の宮主」、東宮の神事を司る「東宮の宮主」、中宮の神事を司る「中宮の宮主」などがある。「宮仕(みやじ)」であれば、掃除などの雑役に従事した下級の社僧。北野天満宮では、菅原氏の僧是算以来曼殊院が別当職を相承し、その下で、近世には松梅院・徳勝院・妙蔵院の祠官三家が中心となって奉仕していた。

18 **毒を売る作法**　「一毒薬売候もの　引廻し之上　獄門」(寛保二年極、『御定書百箇条』六六条)。「毒薬并にせ薬種売買之儀、弥堅制禁之。若於商売仕は、可被行罪科、たとひ同類たりといふとも、訴人に出る輩は、急度御褒美可被下事」(『御当家令条』巻二二)。ただし、現実にはなんらかの名目で売られていたらしい。「毒薬に類したる物数品有、皆等閑に商売せず。病により用る事有時は、何の病に用るよし、一札を出し、薬種屋にて聞済売渡す也」(『譚海』巻一四)。加賀掾正本「霊験記」初段では、毒薬を買った女が入っていった家の門に、追いかけてきた薬種屋が「年比三十計の女に鴆毒(ちんどく)をうり候所に、其女此御内へ入候故、御しらせのためかくのごとし」と貼紙をする。

19 **太宰の登場**　太宰のせりふに「徒歩をひろふべい」とある。「べい」は「べし」の連体形「べき」の音便として中古から会話文などに現れているが、中世以後東国で文末終止の用法が多くなった。これは「べいべい言葉」などとよばれて、東国(関東)方言を特徴づける一要素となり、近世には関東なまりの奴言葉として多く用いられた。そのため『元禄歌舞伎傑作集』の校訂では「是よりはちと徒歩をひろふべい」を「侍共」のせりふ、「北野の社に取付た」を地の文、「今日の奉納に」からを太宰のせりふとしているが、「取付た」という表現は会話文とみるのが妥当であろう。名もない侍のせりふを狂言本に記すのもあまり例がない。太宰を演じた山中平九郎は荒業を得意とする江戸の役者であり、「ひろふべい」は平九郎のせりふとみてよい。「兵根元曾我」(元禄十年五月中村座)でも工藤祐経役で「北条殿悪い、鳩や野鷹の話がいやだ」とのせりふが狂言本に記されている。この部分の演出としては、橋掛りから馬や輿などに乗って登場した太宰が、舞台に入って「侍ども……徒歩をひろふべい」と呼びかけて下に降りる(馬は出さずに、馬から降りた心で登場しながらこのせりふを言ってもよい)。能狂言では移動を示すときに「まず急いで参ろう」と言って、舞台を一回りしながら道中の経過を示すせりふがあり、「さればこそはや都へ上り着いた」(「末広がり」)と到着を示すが、本作でも太宰と侍が舞台を回るなどの所作があり(せりふや歌があったかもしれない)、「北野の社に取付た」とのせりふになるのであろう。

20 暫　「暫」の演出は初代市川団十郎が江戸歌舞伎の中に定着させ、その後は一時中島勘左衛門が得意としていたが、二代目団十郎に引き継がれて市川家の芸の一つとなった。今日のように「しばらく」を三度唱えるのは、正徳四年十一月山村座「万民大福帳」で、初代団十郎以来の相手役である山中平九郎と、若い二代目団十郎が初顔合わせをしたときに始まるとする説が『歌舞妓年代記』にある。その真偽は確認できないが、正徳四年上演時のエピソードは『古今役者論語魁』や当時の評判記に詳しい。

『役者返魂香』「万民大福帳」暫の場

21 いかづちと云名剣　近江太夫正本「かけ正いかづちもんだう」(寛文初年か)で、ゑちの五郎左衛門忠広が代継丸に「いかづち丸」を献上し、嵯峨院の御時、忠広の先祖が清涼殿で雷をしとめた太刀という由来を語る。鎌倉権五郎景政がこれに反論することから二人の争いが生じる。本作ではとくに説明されていないが、この設定をうけていると思われる。団十郎は元禄十三年一月森田座「景政雷問答」でも、いかづち丸をめぐって古浄瑠璃の設定通りのせりふを述べた。現行の「暫」でも踏襲している。

22 大福帳　江戸時代、商家で行われた帳簿の一。各種の帳簿から口座別に売掛けを転記する。本帳、元帳などとも称せられ、最も重要な帳簿で、主人または主な使用人のみが取り扱った。正月十一日は「帳綴祝」とされ、商家では各種の帳を綴じ、上書をして祝う日だったが(『難波鑑』延宝八年刊)、恵方に当たる帳屋で売られるようになったという。「凡そ毎年得方の家大に舗を開き大小の簿冊を売る。是を帖屋と称す。装潢(そうこう)の上に大に大福帖の字を書し、左右に年月日を記す。其の市廛(してん)の人、其の好む所に従ひて之を記し、其の人に売る。之を求むるの人得方の家に帖を買ふときは、則ち其の年必ず利を得と云ふ」(『日次紀事』)。

23 大幅帳の絵馬　絵馬は、古くは生きた馬を神社に奉納する風習から、それを絵で代用することになったものとされる。後には祈願する内容により、馬以外のものも描かれ、また実物を額に貼りつけた絵馬も作られるようになった。武術の上達を願い、また勝利を記念したりして、剣(宇都宮市平出神社・与野市)、木刀(尼崎市桜井神社)、弓矢(仙台市大崎八幡・桐生市天満宮・大和市田中八幡)、槍(流山市大杉神社)、鉄砲(加須市総願寺)などの武具を奉納したり、健脚を願って草鞋(和歌山県足守神社)や下駄(城崎町温泉寺)、書道の上達を願って筆(弘前市小白川天満宮)を付けた絵馬を作るなど、多くの例がみられる。男児・女児の成長を願って正月の景物である破魔弓・羽子板を取りつけた絵馬もある(姫路市冠神社・香寺町蛇穴神社)。太宰の剣の絵馬はこれらの風習にならったものといえる。大幅帳の絵馬は未見だが、商売繁盛を願って奉納することもありえただろう。「関東小六今様姿」(元禄十一年五月京都早雲座)では、関東小六(中村七三郎)が得意の笛を絵馬として奉納する。

24 大紋 五か所に大きく家紋を染めた直垂。「大紋直垂 諸大夫ノ著服」(『書言字考節用集』)。本書の挿絵第二図は大紋の袖をはね上げたところであろう。「景政雷問答」(→用語21)の狂言本挿絵では大紋かどうかよくわからない。二代目団十郎が暫の役を勤めた「万民大福帳」の挿絵(『役者懐世帯』『役者返魂香』、ともに正徳五年一月)は大紋姿。

25 寿のせりふ 出端の演技によって舞台に登場した主要な役者が、自ら名乗りをあげる「名乗りせりふ」はとくに江戸において好まれ、元禄初年からのせりふ正本が現存している。これらは故事来歴や掛詞などを盛り込むが、六方詞の系譜を引き、荒っぽい奴詞の面影を残しており、「寿のせりふ」というような祝言性はあまりみられない。本作のように漢語を多く並べた祝言のせりふは江戸に先例を見出していない。団十郎苦心の創始であろうか。現行の「暫」では「淮南子に曰く」云々の名乗りせりふがある。

26 大福帳のツラネ 初代市川団十郎は、元禄五年一月森田座で「大福帳朝比奈百物語」を演じている(『元祖団十郎元禄六年自記』)が、内容は不明。元禄六年暮に京都に上り、七年正月の初狂言「大福帳」に「大福帳文字の割くだき」のせりふで大当りを取った。本作はその芸を江戸で再び見せたもの。後年の評判記に上京時のことが繰り返し記述されている。『役者万年暦』(元禄十三年三月)団十郎条「権五郎景政と成ッて、序に大福帳を持て出てのせりふ、一とせ都村山座にて、あさいなとなつて初狂言にあてられし、其時よりは又かくべつなもの」。『役者大福帳』(宝永八年三月)二代目団十郎条「あさいなと成て大福帳文字の割くだき、京へ上られ村山座の初狂言で大当」。『役者返魂香』(正徳五年一月)二代目団十郎条「亡父古市川家の大福帳御当地にてあてられしのみならず。其むかし京村山座へのぼられし初狂言にあさいなになつて大福帳で大ぶんのあたりをとられし市川家の大福々帳」。さらに団十郎は、本作の後、「景政雷問答」(元禄十三年一月森田座)でも、これを演じて得意芸とした。

27 諫言事 主君の過ちを指摘し、正しい行動を求めること。歌舞伎では重要な演出で、元禄期に確立し、さまざまな趣向が凝らされた。諫言する人物としては、立役・実事師の家老、女方の家老女房、若衆方の小姓などが多い。「竜女三十二相」(元禄十一年六月中村座)では、平清盛に対して、若衆方猿若山三郎の渋谷金王丸が意馬心猿の掛軸をたとえにして諫言する。野郎歌舞伎時代の狂言として『芸鑑』にのる「浪人盃」では、弁右衛門の浪人の理由として「諫言過ぎて御勘当」があげられている。

28 謡 元禄期の江戸歌舞伎で謡曲を取り入れる場合、うたうのは一座に所属している小歌方で、謡曲そのままではなく、歌舞伎風にやつしてうたったと考えられる。ここでは謡曲「熊坂」後ジテの物語などをうたい、それにあわせて立廻りをみせたか。このように、既成の事実(この場合は牛若の熊坂退治の故事)を、音曲やせりふなどを用いて、舞台の登場人物や観客の前に再現するような演出を、「仕形(仕方)」という。今日の「熊谷陣屋」の熊谷の物語などもこの範疇に入る。

29 **三升**　団十郎の紋。評判記では『古今四場居色競百人一首』(元禄六年一月)・『役者大鑑』(元禄五年二月)の元禄七年板木部分に三升の紋が描かれているのが早い。『元祖団十郎元禄六年自記』にも「三升門弟」などと記述されている。『金の揮』(享保十三年)に「さて又親のだん十郎　前かたの定紋は角折敷(かくおしき)に矢はづを二つならべし紋成しが　ふはの伴左衛門の狂言よりいなづまを紋に付　それよりいなづまの紋をなおして　三升を定紋と改」とあるが、真偽未詳。

30 **総髪**　男子の結髪の一。総髪(そうがみ)の転。「総髪　ソウカウ」(『書言字考節用集』)。月代を剃らず、全体をのばしたもの。頭の頂で束ねて結う場合と、後ろへなでつけて垂らした場合とがある。「総髪　昔は武士髭はさらなり　総髪のもの老人などには殊に多し　天和貞享ごろ迄は専ら有之　猶其後も往々見ゆ」(『嬉遊笑覧』)。「又昇平ノ初頃ノ武士ニハ月代長シタル　或ハ惣髪ニテモ髻ヲ曲ゲズ図ノ如ク髻ニ元結ヲ多ク巻タル者アリ　蓋武士モ侠ヲ好ミ或ハ烟花ニ遊フノ人ナリ　市民ニハ無此風　専ラ髷タル也　此如ク髻ニテ元結多ク巻立　五分月代ニテ額際ヲ抜タルハ侠客風ニテ俗ニ丹前風ト言シ也　今ハ此風更ニ廃シテ唯劇場ニ扮スノミ今モ劇場名古屋山三不破伴左衛門ト言ニ扮スル者必ラズ如此也」(『守貞謾稿』)。

31 **蘇生**　古浄瑠璃の「しのだつま」「花山院きさき諍」などに、安倍晴明の蘇生の祈りがある。歌舞伎では『大和守日記』の「かうきでん　不残出　神おろしは又太郎」(元禄七年一月十八日)が蘇生のための神おろしかと思われ、古浄瑠璃の影響を受けたのであろう。蘇生の系譜にはもう一つ説経「小栗」がある。なお団十郎は元禄九年六月山村座「鳴神上人三世相」上演中に気絶し、死亡の噂もたったので、六月十六日よりの替狂言「小栗袖日記」では「後藤左衛門地獄讃嘆」と角書して冥途物語を演じた。本作で団十郎が蘇生するのも、前年の出来事を利かせたのかもしれない。

32 **奴**　行列の供をする従僕。伊達に着飾って毛槍や大傘を振りかざして練り歩き、関東方言を主体とした独自の奴詞を用いた。こうした風俗が近世初期には人目を引き、歌舞伎の中にも取り入れられて、奴芸として独自の役どころを形成した。またせりふの上でも、奴詞をまねた六方詞が寛文延宝頃に流行した。こうした力業の者が伝えた言い立てや歩く芸の系譜が、歌舞伎の荒事の基盤の一つともなっている。

33 **行列踊**　歌舞伎では重要な演出で、野郎歌舞伎時代から元禄期までは、行列にともなう奴の踊りに眼目があった。おおくは毛槍などを振る槍踊ともなる。中世から近世初期の、伊達な風流の行列の遺風を残す。『芸鑑』所収の「氏神詣」にも、殿様の六方の出端のあとに、「引馬行列おどり」がある。その歌詞は『落葉集』の「馬場先踊」とほぼ同じく、長唄「馬場先踊」として現在まで伝えられている。そのほか『松の葉』『落葉集』などに多くの類歌があり、宝暦以降も所作事として残る。また中期以降の江戸歌舞伎では、「鏡山」などの序幕に花見の場をもうけ、大勢の女形の行列や大道具の大仕掛などが見せ場の一つとなっていた。

34 徒然草の受容　『徒然草』およびその注釈書は江戸初期からたびたび出版されており、近世文芸に与えた影響は大きい。演劇の分野でも、加賀掾正本に「吉田兼好物語」、近松に「兼好法師物見車」があり、京都万太夫座で「吉田兼好鹿巻筆」が上演される(元禄十二年九月か)など、庶民にとっても身近な存在だった。「浮世つれ〳〵」は、土佐少掾正本「名古屋山三郎」の「其比北野の社人。梅津の掃部といひしおのこ。……流れの君の御事を。硯をならし筆をそめ。わけを吉田の兼好が。徒然草のねをとりて。うき世つれ〳〵といふ事を。一つ二つ書きつゞり寂しき床の友として。あかし暮して居たりけり」との設定を取り入れたもの。この件は上方の角太夫正本にはなく、本作が江戸の土佐少掾正本によっていることがわかる。『徒然草』の一節「下戸ならぬこそ」の文句も広く知られていた。「掃部書をひろげ　つれ〳〵成まゝに筆をそめ心に移るよしなし事。太夫の位を本として女郎の種ならぬ。それより下つかたの浮かれ女の手など拙からぬ御返事。下戸ならぬこそ君にはよけれと。いひ続たるせいたひにも。色ある事を書つゞり」(土佐少掾正本「名古屋山三郎」)。「銭もてごされゑい此、さればこそとよ吉田の、兼好法師も下戸ならぬこそおのこはよけれと、つれ〳〵草に書かれた、又酒屋のおかたも下戸ならぬこそおな子はよけれと、かよひの奥に書かれた、下戸も上戸も手に手を取りて、此銭もて御座れゑい」(「万歳踊」万治三年板)。

35 好色庵　この名称は古浄瑠璃にはみられない。土佐少掾正本「名古屋山三郎」では「北野の社人。梅津の掃部といひしおのこ。……神前の勤め過ぬれば。紅葉の宿りと名を付て。やうありげ成柴のいほ。庭には懸樋。遣り水の」とある。

36 浄瑠璃　江戸では野郎歌舞伎時代から元禄初年までは、浄瑠璃風の語り物を小歌方がうたっていた。本業の浄瑠璃太夫自身が歌舞伎の舞台で浄瑠璃を語ることは、本作の次の興行の「百合若大臣」(元禄十年三月中村座)から確認される。この場面で浄瑠璃太夫が出演したか、小歌方によるものだったかは不明。土佐少掾正本「名古屋山三郎」には葛城が梅津掃部のもとを訪れる設定はないので、いずれにしても歌舞伎独自の詞章によったと思われる。

37 梅の精　北野は飛梅伝説以来の梅の名所。能「老松」の小書演出では後場にツレ紅梅殿が天人の姿で登場し、古型を残す演出と考えられている。ただし慶長元年成立の『童舞抄』(下間少進)でも「昔は紅梅殿を出し」と記されているから、本作が「老松」の古演出を念頭において作られているわけではないだろう。

38 木遣り　材木・大石などを大勢で運ぶとき、音頭をとり掛け声をかけること。近世初期、築城の盛行などにともない、風流化した木遣りが流行した。めでたい文句を歌い込んでいたので、宴席などで独立した歌謡としても流行し、語り物の要素を取り入れた木遣り口説などもうまれた。江戸では後世、土木工事に携わった鳶職の間で伝承された。初期歌舞伎時代には、石引き・鐘引きなどが舞台化され、おおくの遊女や若衆役者が華やかな衣裳でこれらを引く所作に人気があった。その際にも木遣歌がうたわれたと思われる。『淋敷座之慰』(延宝四年写)には「野良くとき木やり」など多くの木遣り歌が収められている。『大和守日記』にも「石引きやり」(寛文九年十一月十六日)、「きやり色々」(延宝五年十一月二十三日）などがあり、木遣りを得意とした「きやり伝兵衛」（寛文八年十二月二十四日）などの名も記されている。「四天王十寸鏡」（元禄八年七月京都万太夫座）では、小佐川十右衛門の碓氷荒次郎が平家方の侍を捕え、「こいつらを木やりで、引て行ふ、かゝれ〳〵若い衆、平家のやつらを引づなと引ずり帰るぞ心地よき」との演技があった。

39 **かけ合なのり**　掛合せりふ、名乗りせりふ、ともにせりふ術の名称であると同時に、そのせりふを正本として出版するときに、書名として「○○名乗りせりふ」、「○○掛合せりふ」などと記された。本書は形式的に上下二巻の構成をとっており（分冊されていたとは考えられない）、三番目・四番目は下巻にあたる。そこで改めて三番目冒頭に内題を示したのだが、その下に「かけ合なのり」と表示したのは、絵入狂言本の成立基盤にせりふ正本の系譜があることを示すものと思われる。つまりせりふ正本に載せられるようなせりふを素材にして、筋をつないで示したのが狂言本ということになる。

40 **島原**　京都市下京区西新屋敷にあった公認の遊廓の俗称。寛永十七年（一六四〇）、六条柳町などにあった遊女町をこの地に集めたもの。三方に堀をめぐらし、一方を出入口とした。

41 **道中**　江戸の吉原や京都の島原などの遊里で、遊女が盛装して、供をつれて行列すること。花魁道中。揚屋入りや引手茶屋へ客を迎えに行く折、または、突き出し披露や、その他特定の日などに行われた。遊女の道中を模して、歌舞伎でも女方の歩く芸としてしばしば取り入れられた。「もとより大夫の名も高はしは。かぶろつたのを供につれ。けいせいの道中　さもだてにあゆみ来り」（元禄六年春京都万太夫座「仏母摩耶山開帳」）。

42 **名乗り**　橋掛りなどから登場した主要な人物が、自分の名を名乗ること。何々尽や道行文などを織り込んだ長せりふで、見せ場の一つとなった。そのせりふを正本として刊行したものが元禄初年から現存している（→用語25・39）。

43 **雪降道中**　「塗下駄の音静に、さしかけから笠もれてふる雪袖をいとはず、大やう成道中」（『好色一代男』巻六）。「なごりの道中常よりも雪のすあしの八もんじ」（加賀掾正本「大黒天神万宝の御蔵」宝永六年）。

44 **とていふ**　この時期の江戸板狂言本に時折みられる語法。「兵根元曾我」（元禄十年五月中村座）に「とかくおれ次第なり給へとて云所へ」。同書には「とてある」「とてのたまへば」などの例もある。

45 **投節**　江戸初期の流行歌の一。明暦・万治の頃から京都の島原の遊廓で歌い始められ、貞享・元禄の頃最も流行し、宝永・正徳頃から次第に衰えた。歌の終わりをヤンと投げるように歌ったという。江戸の狂言本にはあまり例がないが、「けいせい浅間嶽」（元禄十一年一月京都早雲座）で禿文字野が「かごの鳥かやうらめしや」という投節を歌うのが有名なほか、遊女奥州が揚屋の二階で投節を歌う場面もあり、後者の趣向をとって「傾城阿佐間曾我」にも投節が取り入れられた（→六四頁注五）。「藍子栄花聟」（宝永二年四月市村座）では坂田荻之丞の愛護が投節を歌っている。「小夜の衣に香はとゞまりて」云々の歌詞は、『松の葉』（元禄十六年六月板）「加賀ぶし」の「あだしこの身を煙となさば、とても浅茅の里近く、小夜の衣に香はとゞまりて、せめて見ぬ世の形見とも」と類想。

46 **鞘当**　西鶴『武道伝来記』(貞享四年四月)に「往来に鞘あてをして、さはぎ来る」とあるので、言葉としての「鞘当」が本作以前からあることは確かだが、歌舞伎の趣向として本作を遡る例があるかどうか未詳(通説では本作を嚆矢とする)。不破名古屋物の趣向として定着するのは、享保以降のことになる。宝永六年七月山村座「傾情雲雀山」では、生島新五郎の久米春時と二代目団十郎の久米八郎が「鞘当」を演じた。二代目の親代わりの新五郎が、先代を偲ぶせりふなどを述べたかと思われる。現在の歌舞伎十八番「鞘当」は、「浮世柄比翼稲妻」(文政六年三月市村座、鶴屋南北作)の一番目大詰に上演された時の台本に基づくとされる。古くは「不破」を外題としていた。挿図は早大演劇博物館蔵(一〇〇-九六七〇、九六七一、九六七二)。

「浮世柄比翼稲妻」鞘当の場　初代豊国画(早大演劇博物館蔵)

47 **女役の若衆姿**　「業平河内通」(元禄七年京都万太夫座)では、井筒の前(袖崎かりう)が若衆姿で出端の演技をみせ、節分の厄払いのせりふがある。「けいせいゐどざくら」(元禄十一年一月京都万太夫座)では、江戸から京都に戻った傾城高尾(水木辰之助)が若衆に姿を変え、傾城買に訪れる。「関東小禄」(元禄十一年三月中村座)でも露の前が若衆姿となり、片岡弥五郎と争い、関東小六に仲裁される。いずれも、素顔に近い若衆姿で、伊達な風俗をみせるのが趣向。

48 **糸鬢**　「鬢の厚きは、いやしからねど初心めきたり。糸鬢にすりさげたるは、健かに見ゆれど凡卑なり。細くて手先のあがりたる、猶いやし。鬢はたゞ、あつからず細からずして、直なるよし」(『色道大鏡』巻二)。糸鬢ははじめ中間・小者などの髪型で、のちに伊達な風俗として広まった。掃部を勤めた中村伝九郎は糸鬢頭の奴の役を得意とした。「いとびんにしてあらい事がゐもの」(『役者口三味線』元禄十二年三月)。神職は総髪が普通であるのに(挿絵第四図参照)、この場では奴頭の糸鬢で出たので非難したのであろう。挿絵第五図では遊客のかぶる焙烙頭巾をかぶっていて髪型がわからないが、あるいは奴頭を隠すための頭巾か。

49 **髪梳**　『曾我物語』巻六「曾我にて虎が名残おしみし事」に「虎は、何としもおもはで(十郎が敵討に出発するとは気づかず)、数の櫛を取ちらし、しばらく髪をぞけづりける」とあるのに端を発し、歌舞伎の曾我狂言の中で、特殊な演出として固定した。「参会名護屋」と同年の五月に上演された「兵根元曾我」では「此内かみすき有　上るりあり」とすでに一定の演出が窺われるが、「参会名護屋」では「髪梳」の語はなく、音楽の指定もない。団十郎はさらに翌十一年三月の「関東小禄」で説経で髪を剃る場面を見せている。『役者晴小袖』(享保元年一月)二代目団十郎条によると「元来髪すき曾我は、廿八年以前巳ノ年、今の親半大夫語り初めし也、しばゐにては廿九年以前山村座にて、十郎に宮崎伝吉、虎に竹中庄大夫是花井あづま前の名也、五郎に親団十郎致され、是より曾我きゝ出、世上専に仕る」という。半太夫の浄瑠璃は「参会和曾我」をさすと思われるが、二十八年以前巳歳にあたる元禄二年当時の正本は不明。歌舞伎での当りをうけて、浄瑠璃でも髪梳を重視して語るようになったのであろう。二十九年前の曾我狂言は、『役者謀火燵』『役者三名物』などにより、元禄元年三月から五月に山村座で上演された「古今兄弟／兵曾我」と推定されている。髪梳は享保期に大流行し、宝暦期になると、浄瑠璃系にかわって情緒纏綿たる長唄のめりやすが発達し、これと結びついてさらなる展開を遂げた。

50 **草履打**　現在の舞台では「加賀見山旧錦絵」の中に草履打の場があるが、局面が異なる。なお草履打は実際に起こった事件に取材したとする説もある。ある家の後室が頻繁に芝居見物をするのを諫めかねた、家来不破梶右衛門が芝居に乗り込み、中村伝九郎の刀のこじりが当たったとして追いかけた。詫びに出た花井才三郎を、梶右衛門は草履でたたいた。才三郎はのちに我名を山三、梶右衛門を伴左衛門にとりなして、草履打の狂言を仕組んだとする(『煙霞綺談』安永二年板)が、真偽未詳。

51 **道行**　道行は、出発地から到着地までの移動を示すもので、『万葉集』『平家物語』『太平記』などの文学作品の中で特殊な韻律文を形成し、謡曲や浄瑠璃にも取り入れられた。歌舞伎でも先行文芸の影響をうけ、一場の所作事として独自の発達をとげる。名古屋山三と葛城の道行については、『万葉歌集』(万治頃書写)の「なこやさんさ」に、山三の亡霊の北野七本松への道行のような詞章がある。角太夫正本「なごやさんざ六条がよひ」、土佐少掾正本「名古屋山三郎」でも山三と葛城は北野七本松で心中しようとして、掃部にとめられているが、二人が心中を決意する要因ははっきりしておらず、山三と葛城の北野七本松での心中という設定がすでに周知のものとして存在し、無理にそれに結びつけた感がある。北野は出雲のお国と縁の深い土地であり、お国の夫という俗説のあった名古屋山三であるから、いつしか山三が北野で心中したという伝承が生まれていたのであろうか。

52 **説経**　室町期には簓(ささら)などを伴奏に語り物として行われていたが、近世に入って浄瑠璃にならい、三味線・人形と結びついて劇場へ進出した。歌舞伎の中で説経が語られた例はあまり多くない。江戸板狂言本では「参会名護屋」、「百合若大臣」(元禄十年三月中村座)、「関東小禄」(同十一年三月中村座)、「出世隅田川」(同十四年三月中村座)、「成田山分身不動」(同十六年四月森田座、隅田川渡しのやつし)、「小栗要目石」(同十六年七月市村座)、「藍子栄花聟」(宝永二年四月市村座、武蔵権太夫)、「照手姫永代蔵」(同三年一月森田座)の八作に使用例がある。太夫名のわかるものに、右の武蔵権太夫のほか、「改春曾我」(宝永七年一月森田座)と「藪入隅田川」(同七年二月森田座)の大坂吉太夫があるが、使用箇所の表示はない。この時期の評判記では「百合若」(元禄十五年山村座顔見世の次、『役者御前歌舞妓』岩井左源太条)、「中将姫三の車」(宝永二年中村座二の替、『役者三世相』中川半三郎条)の二例。使用の狂言はだいたい説経種で、いずれも愁嘆がかった場面。本作をはじめ、元禄十、十一年の団十郎の使用が目を引く。

53 **北野七本松**　北野天満宮の南にあたる地名。「七本の松の根一処に生出る有北野の南」(北村季吟『菟芸泥赴(つぎねふ)』貞享元年成立)。「在二清和院南西一」(『山州名跡志』正徳元年板)。上七軒遊廓があって繁栄した。

54 **骸骨の所作** 元禄十三年一月山村座「傾城浅間嶽」で中村伝九郎が「がいこつと成てのしよさ」(『役者万年暦』元禄十三年三月)、元禄十五年山村座顔見世の次の狂言「百合若」で坂東又太郎が「がいこつと成、右衛門へのうらみの体、身ぶりがいこつのしよさよし」(『役者御前歌舞妓』元禄十六年三月)、宝永四年十月市村座「愛護」で市川団四郎が「亡魂がいこつと成てのしよさ　お家のゑ物ほと有て諸見物のほうび大かたならず」(『役者色将棋大全綱目』宝永五年二月)などの例がある。

江戸板「傾城浅間嶽」
骸骨の所作

55 **立役の亡魂** 立役の亡魂の恨みの所作は、「源平雷伝記」(元禄十一年九月中村座)の鳴神上人、「清見二見桜」(宝永四年七月市村座)の清玄などがあり、とくに敵役の執心の亡魂は「関東小禄」(元禄十一年三月中村座)など多数みられる。

56 **七頭の牛** 『太平記』巻二十三で楠木正成の亡魂が大森彦七にたたりをなす条に、正成が「最期ノ悪念ニ引カレテ罪障深カリシカバ、今千頭王鬼ト成テ、七頭(ツ)ノ牛ニ乗レリ」とある。「七頭ノ牛」は下文に「頭(カシラ)ノ七(ナナツ)アル牛」との説明がある。

57 **神霊事** 「仏母摩耶山開帳」(元禄六年大坂岩井座二の替)の大切で、安達兵庫の亡魂が第六天の魔王と現れ、法事を妨げようとするのを、牛頭天王が引き裂く場面がある。「当麻中将姫まんだらの由来」(元禄十一年三月大坂荒木座)大切では、継母の執心を須弥の四天王が退ける。江戸の記録では、元禄八年七月山村座「一心二河白道」五番目に「不動」、同九年四月山村座「鳴神上人三世相」五番続の切に「鍾馗」が出されたのが早く、いずれも団十郎が勤めたとみられる(ともに『元祖団十郎元禄九年自記』)。団十郎は不動明王や三宝荒神などへの信仰が厚く、古浄瑠璃や歌舞伎で行われていた神霊示顕の場面にもとづきつつ、本地物的な発想により作品全体との関連性を強め、演出面でも工夫をこらして、新たに独自の神霊事を創始したかとも思われる。

58 **奥書** 極め書とも呼ばれ、板元が刊行書の信頼性を述べる。本書の奥書に記された文句は必ずしも誇張ではなく、上方では一日の狂言全体の梗概を記した狂言本が貞享頃から出版され、現存しているのに対し、江戸では本書以前に狂言全体の梗概を記した書は今のところ発見されていない。その代わり、狂言の中で用いられたせりふや歌謡が正本として刊行されていた。団十郎は元禄七年度に上京しており、京都の例に基づいて江戸でも新しい形式の狂言本を刊行したものとみられる。

59 **狂言作者** 歌舞伎の狂言仕組(脚本・演出)は、役者同士の相談(口立て式)に始まるといわれ、京都では延宝八年にはじめて富永平兵衛が「狂言の作者」を名乗ったという(『役者論語』「耳塵集」)。元禄期になっても作者の独立性は低く、役者の工夫にまかされる部分が多かった。上方、江戸とも、役者自身が作者を名乗る場合もあり、とくに団十郎は三升屋兵庫の作者名までもち、狂言作りに強い意欲を示した。江戸に専業の作者が現れるのは、元禄十三年に津打治兵衛、宝永初年に津打九平次が上方から下った

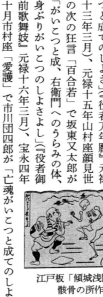

のが最初とされる。

60 刊記　本の巻末にあって刊行年次を示す。本書では「二月上旬」と記されているが、上演は正月であったとする説もある。狂言本初丁表大名題の上部に描かれた大福帳に「正月吉日」とあること、内容に正月の景物が描かれていること、『金の揮』(享保十三年)が正月の上演と記すことなどによるが、明確な根拠は未詳。評判記では「初狂言」と記されるのみ(『役者万年暦』元禄十三年三月)。刊記に従い、二月とするのが妥当か。あるいは正月の末から上演され、狂言本が少し遅れて二月に刊行されたことも考えられる。一般に、狂言本の刊行と上演のいずれが早いかは、いまだ明らかでない。なおこの年は二月が閏月だった。

61 富士と浅間　『曾我物語』流布本では、浅間の御狩は巻五、富士の御狩は巻八。富士の御狩の折に曾我兄弟の敵討が行われ、死後兄弟は富士の裾野に荒神として祀られたので、富士は曾我物にとって重要な土地である。富士の高さ・姿などを愛でた記述は『万葉集』以来の文芸に数多く伝える。一方、その秀麗な姿が山岳信仰の対象となり、修験道の発達により富士山も霊場として発展した。富士山の神は浅間(せんげん)大神とする。ゆえに富士山に対する信仰は浅間(せんげん)信仰と称される。浅間神社が駿河一宮(静岡県富士宮市)や甲斐一宮(山梨県一宮町)など、富士山の周囲に創建された。近世になると江戸市中にも勧請され、富士講・浅間講と称して浅間信仰が庶民の間にも広まった。アサマと読むと、火山に対する名称となる。活火山であった富士山と浅間が結びつくのはそのためであるが、アサマからの連想は信州の浅間山や伊勢の朝熊山などの方が結びつきが強い。歌舞伎の名題となった京都の「けいせい浅間嶽」の発想は、浅間信仰盛んな江戸の役者中村七三郎が、京への道中浅間神社に詣でたこともあったのであろう。いま一歩憶説に踏み込むならば、信州の浅間山を目にする中山道を通って京都に赴いたのかもしれないが、実証する資料は未見。

62 大名題の「傾城」　京都で正月後半から上演される二の替(にのかわり)狂言では、「傾城」の文字を大名題に詠み込むことが慣例となっていた。これを定着させることになったのは、中村七三郎が上京して上演した「けいせい浅間嶽」(元禄十一年一月京都早雲座)の大当りであり、七三郎は江戸の初春狂言にもその例を取り入れた。彼が所属した山村座では、元禄十三年正月に「傾城浅間嶽」、十四年正月に「傾城三鱗形」を上演している。

63 大名題の文字数　本作の絵入狂言本題簽には「けいせい／浅間／曾我」とあるが、江戸歌舞伎の正式な題名は、狂言本初丁表の大名題によるべきとの原則(→用語1)に従い、本作でも「傾城阿佐間曾我」を大名題と認める。江戸の大名題は文字の数を奇数に揃える慣習があるので、「浅間」を三字に分けたと考えられる。なお地名・人名で「浅」にかえて「阿左」「阿佐」などの表記を用いる例は少なくない。埼玉県北埼玉郡阿佐間村、同県児玉郡阿佐美、山梨県東八代郡阿佐利など。

「傾城阿佐間曾我」題簽

64 紅粉坂　化粧坂。神奈川県鎌倉市の扇ヶ谷から梶原・深沢方面へ抜ける道にある坂の名。「紅粉」は紅と白粉で、化粧のこと。一番目では、曾我五郎と化粧坂の少将の濡場が中心となることを暗示。

65 **由井浜**　由比ヶ浜。神奈川県鎌倉市の相模湾ぞいの海岸。幼い一万・箱王(曾我十郎・五郎)兄弟が、工藤祐経の讒言によりこの浜で斬首されることになるが、畠山重忠等多くの鎌倉武士の助命により兄弟は救われる。曾我物では重要な場面の一つ。

66 **星月夜**　神奈川県鎌倉市坂ノ下にある井戸の名。星の光が現れるとの伝承がある。曾我物との縁は薄いが、鎌倉や頼朝にゆかりの地名。「明くるを待つや星月夜。鎌倉山を朝立ちて」(謡曲「調伏曾我」)。

67 **手本湊**　未詳。相模国鎌倉郡腰越(神奈川県鎌倉市)から江の島にかけての浜を袂が浦といい、稲村が崎の名所袖が浦と一対に見立てられているのでこれをさすか。『新編鎌倉志』(貞享二年板)に「袂浦は腰越村より江島へ行直道あり。其の左の浜辺袂の形の如なり。故に名く」、『新編相模国風土記稿』(天保十二年成立)に「袂浦　七里浜の西にて村落に添へる海々を云ふ、浜辺の地形衣の袂に似たり故に此名あり」。

68 **箱根山**　神奈川県と静岡県の境にある山。箱根権現が祀られており、そこで出家を命ぜられた箱王(後の五郎)が修行した。

69 **二人〇〇**　本興行には同じ役柄で実力の伯仲した役者が二人ずつ同座していることもあり、類似の趣向を二つ重ねる構成がみられ、小名題も「二人〇〇」の形式で統一している。ただし各一番の中に二組が揃っているわけではない。

70 **二人十郎**　江戸の曾我狂言では、この時期まで十郎の役について、対照的な芸風の宮崎伝吉と中村七三郎が人気を二分していたが、本興行ではその二人が同座し、伝吉が鬼王にまわった。

71 **二人不動**　二番目で、曾我五郎が大山不動に祈誓をかけ、荒行をしていると、敵役の新開荒四郎が不動に化けて欺こうとして、かえって暴露される。その後、道外方の団三郎がその装束を着て不動に扮する場面がある。

72 **二人面影**　三番目で大磯の虎の恨みの念が誓紙を焼いた煙の中に現れる「浅間の所作」と、四番目で小春姫の怨霊が鬼王女房八重垣に取り付く、二つの怨霊事をさす。

73 **二人立髪**　立髪は月代を剃らずに伸ばした髪型。寛文から元禄期に流行し、歌舞伎では色男役の髪型として用いられ、曾我十郎役の中村七三郎のトレードマークであった。四番目では陸上の禅師坊が還俗して男になる。挿絵では立髪風に描かれていないが、禅師坊を勤めた勝山又五郎は濡事を得意とし、七三郎に似たと評されることもあった(『役者二挺三味線』元禄十五年三月)ので、ここでは七三郎と又五郎を「二人立髪」で暗示したのであろう。

74 **二人荒神**　『曾我物語』巻十一に、曾我十郎・五郎兄弟を勝名荒人宮と祀ったとある。本作では五番目に夜討の場面があるが、赤穂浪士の討入りと重ねられていて、通常の曾我物とは異なっており、兄弟が荒神に祀られる場面もないが、江戸の人々には曾我兄弟からすぐに荒神が連想された。なお「荒神」は「三宝荒神」の略で、仏法僧の三宝を守るとされ、陰陽道・修験道などで信仰された。また民間において竈の神として広く祀られ、西日本では産土神とも結びついて強い信仰がある。

75 **役人付の記載役者**　役人付は役人替名ともいう。記載はほぼ登場の順であるが、出勤の役者のすべてが記載されているとは限らない。また逆に、役人付にあっても本文には現れない役者もいる。

ここに記された三十三人の役名のうち、『曾我物語』になく、この作品にのみ登場する者に、鬼王女房八重垣、宇佐美の新五、越後の小春、揚屋九郎次および供奴などがある。また娘おさんは『曾我物語』の人物ではないが、京都の「けいせい浅間嶽」以来の重要人物の一人である。

76 **鶴ヶ岡八幡宮**　神奈川県鎌倉市雪ノ下にある神社。源頼義が岩清水八幡宮を勧請したのに始まり、頼朝によって再建され、源氏の氏神として信仰された。若宮は主祭神の分霊を祀ったものをいい、霊験あらたかと観念された。

77 **初春狂言の冒頭**　江戸歌舞伎の初春狂言では、君臣一堂に会しての目出度い祝儀の場面から始まるのがとくに好まれる。「参会名護屋」でも冒頭は春王・太宰之丞以下諸大名が列座し、新春を寿ぐ場面であった。「景政雷問答」(元禄十三年一月森田座)は賀茂次郎義綱の元服、「傾城浅間嶽」(元禄十三年一月山村座)は頼朝の若宮八幡への参詣、「傾城王昭君」(元禄十四年一月中村座)は豊明の節会・四方拝、「頼政五葉松」(宝永四年一月山村座)は男山八幡で神勇めの神事など、例は多い。京都の狂言では序開きの何気ないやりとりから本筋が展開してゆく自然な運びが好まれるのに対し、江戸では儀式性が重んじられていることがわかる。「傾城三鱗形」(元禄十四年一月山村座)は例外的に序開き的な導入部をもつが、三番叟の所作を忘れていない。

78 **万歳**　日本の芸能には、舞楽の「万歳楽」、宮中の「千秋万歳」、散所民や声聞師による正月の祝福芸「千秋万歳」、およびそれに由来し中世から近世に各地で門付芸として行われた「万歳」など、各種の万歳があり、いずれもめでたいものとされる。ここにいう万歳がどの系統かは明らかにし得ないが、新春を寿ぐ内容と考えておけばよいだろう。→五頁注一五。

79 **橋の大道具**　「和国五翠殿」一番目(元禄十三年三月森田座)、「出世隅田川」三番目(元禄十四年三月中村座、橋掛りに橋が作られたか)、「鬼城女山入」三番目(元禄十五年七月山村座)、「小栗十二段」一番目(元禄十六年七月森田座)などでも丸物(立体)の橋が飾られたと思われる。

「小栗十二段」今弁慶の所作

80 **五郎と少将の出逢い**　初心な五郎と恋知りの少将の出逢いという取り合わせは、近松作「曾我五人兄弟」三段目にみられる。少将が部屋で化粧をしていると出家を嫌った箱王が逃げ込むので、少将が前髪を落として元服させる。少将は箱王に一目惚れするが、「元服しても気はわらんべ箱王わな〱ふるひ出し。ヱ、さもしいことばつかりと。小指を口にさしうつふき畳にいろはを書きゐたり」ともじもじする様子が描かれる。

81 **鞍馬出の趣向**　幸若「鞍馬出」では、牛若が鞍馬山を下りて粟田口で金売吉次を待つところに美濃国の住人関原《せきはら》与市と出会う。牛若は見咎められないように扇をかざし編笠を傾けて、さあらぬ体ですれ違うが、与市の馬が「宵にふつたる雨水の。道にたまりて有けるを。そゞろに蹴上げけるほどに。牛若殿のひたゝれは。たゝしほる計にぬれ」てしまう。牛若は怒って鞍馬山で習得した天狗の秘法をもって与市の下人を討ち、与市を落馬させて打擲する。謡曲「関原与市」も同じ内容。この与市から思いついて、曾我物で敵役のイメージのある三浦与一を重ね合わせたのだろう。

82 安宅の趣向　謡曲「安宅」では、兄頼朝と不和となった源義経が山伏に姿をかえて北陸道を落ちのびる途中、加賀国安宅の関守富樫の某に見咎められるが、武蔵坊弁慶は義経をさんざんに打擲し、富樫の目をごまかして、関の通行を許される。曾我物に「安宅」の趣向が持ち込まれた例として、近松作「団扇曾我」(「百日曾我」)二段目で、鬼王の父津蔵入道が海野小太郎に捕らえられて仮に武蔵坊弁慶の父弁真となのる。曾我五郎と鬼王兄弟等が海野に見咎められ危うい場面で、弁真(実は津蔵入道)は五郎等を打擲し、「さればにや判官殿御存生の折からに。あづま下りの忍び路や安宅の関にて我子の弁慶。判官殿を打たるとや。それは富樫をたばかりの智略の棒のゆがみなき」云々と語るくだりがある。

83 畜生道　畜生道に堕ちた者は、顔は人間、胴体は牛馬の形になると考えられていた。「又こゝに、顔ばかり人のごとくにて、五体は馬・牛のやうなるものにて有、これは娑婆にて、あるひは兄弟、親、親類などに思ひをかけたる物なり、畜生道へ堕とさるゝなり」(室町物語『ふじの人あなさうし』寛永九年板)。また、父母が前生での罪悪の報いにより畜生に生れ、子供らの前でその印を見せる説話は、『日本霊異記』に上巻第十縁「子の物を偸用て牛と作りて役はれ異しき表を示す縁」などが収められ、『今昔物語集』にも受け継がれた。教訓物の仮名草子『鑑草』(中江藤樹、正保四年板)などにも類話があり(中国明代の教訓書の翻案)、古代から近世まで広く行われていた。肥前掾正本「十界図」(寛文十二年板)の畜生道の挿絵にも人面の牛馬が描かれる。「今源氏六十帖」(元禄八年一月京都早雲座)では、敵役の計略で、死んだ大殿が畜生道に堕ちた姿と偽り、人面の牛が物を言うが、のちに暴露される趣向がある。

84 相撲の遺恨　『曾我物語』巻一では、頼朝を慰めるために催された奥野の狩りの帰途、相撲が行われる。俣野(本作では又野)五郎景久が十番続けて勝ったが、河津三郎には負けて「木の根にけつまづいた」などと不平を言って取り直し、再び負けて恥辱を蒙った。祐経が自分の罪を逃れるため、相撲の遺恨により俣野が河津を討ったと偽るのは、『曾我物語』巻八以来の設定。なお俣野は元禄頃の浄瑠璃や歌舞伎では卑怯な敵役のイメージで描かれているが、後年の江戸歌舞伎では多く荒若衆の拵えで演じられた。

85 祐経の計略　歌舞伎や浄瑠璃の曾我物では、工藤祐経が兄弟の敵討から身を守るため、さまざまな口実や計略をめぐらす。江戸の「傾城浅間嶽」(元禄十三年一月山村座)では、祐経が曾我の家を相続させるためといって、二の宮の姉を自分の妻にしようとする。縁つづきとなって兄弟の敵討を止めようとする計略だが、十郎に顕される。本作でもこの趣向を取ったものと思われるが、祐経は老年の設定なので、息子の犬坊と二の宮の姉を結婚させようとする。またこの場の計略は馬のぬいぐるみを使った仕掛事となっているが、類似の趣向として、「曾我五人兄弟」三段目では、鹿の筆で描いた絵は物を言うという俗説を信じてその製作を請け合った祐経が、河津・俣野の相撲で俣野が勝った屏風絵を用意し、後ろに人を隠して付け声をさせる仕掛けをするが、朝比奈に暴露される。なお江戸の「傾城浅間嶽」でも、俣野の勝ちを描いた絵馬を奉納する趣向がある。また同作では、河津を討った直接の下手人として近江小藤太の偽首を犬坊が持参して兄弟を騙そうとする趣向もある。本作に引き続いて上演された江戸の「けいせい仏の原」(元禄十六年三月山村座)一番目でも、偽物の角の生えた馬、頭の白い牛の仕掛けを見顕す趣向がある。敵役側がさまざまな仕掛けをし、立役側がこれを顕わすのは、お家騒動狂言などの常套である。

86 元禄期の江戸の舞台　歌舞伎の舞台は、能舞台の襲用から出発するが、本舞台から下手にのびる橋掛りの幅が広がり、元禄期には本舞台との差がわずかになった。また元禄初年の画証によると橋掛りの奥には、囃子方が居並んだり、道具を飾ったりするような空間があったようで、単なる登退場の通路としての役割のみならず、登場した役者がそこでまとまった芸を披露することのできる場所として機能していたようである。元禄期の歌舞伎では、出端の芸が重要視され、今日の「助六」等にもその面影が残されているが、当時は観客席を貫く花道は常設されていなかったと考えられる。琉球の組踊は下手から登場して一踊りがあり、あらためて目的地に到着するせりふがあって本筋に入るという構成をとるが、元禄期の江戸歌舞伎でも同様な演出法が想定され、そのための場所として橋掛りが発達したのであろう。また、本舞台を屋内、橋掛りを屋外・通路と見ることで、大道具の転換なしに、屋内外の場面を演じ分けることが可能であったと思われる。この時期には、ふつう本舞台に二重屋体を作ることはなかったようで、平舞台の後方に障子や襖などを立てることで屋内を表現したと思われる(土田衞「『けいせい浅間嶽』演出妄言」『考証元禄歌舞伎』)。舞台の大臣柱を家屋の柱と見立てることで、橋掛りの屋外の空間と区別したのであろう。狂言本の挿絵には、しばしば二重屋体が描かれ、座敷の中の人物の他に、縁側の外にも人物が立つ構図が見られるが、座敷を本舞台の平舞台、縁側の外を橋掛りと読みとってよいようである。「小栗十二段」(元禄十六年七月森田座)二番目で「山形城の介馬上にて一さんにかけ来り、障子おつ取り割つて入」という演技も橋掛りと本舞台の間に障子を立てることなどで表現可能と思われる。また「鬟金時出世後妻」(宝永二年一月森田座)二番目で、船中の道行から難波浦の場面に続き、その場の終わりにまた船を使っての立廻りがあるが、橋掛り

「椀久浮世十界」椀久の出端

菱川師宣画「歌舞伎図 中村座内外図屛風」(東京国立博物館蔵)

菱川師宣画「風俗図巻 二人猿若図」(東京国立博物館蔵)

を使えば、これも一つの大道具で表現し得るだろう。廻り舞台がない時代であるから、すみやかに道具の転換はできなかったはずで、ひとつの道具で複数の場面を表現する工夫をしたと考えられる。付舞台を考慮に入れれば(→用語98)、さらに立体的な舞台空間が想定できる。

87 初買　元旦から三日間なじみの遊女を揚げ詰めにすること。遊廓ではめでたいものとされたが、多額の出費を必要とした。「年立ち返へる春霞、心時めく鼻歌にて、初買こそは目出たけれ」(「景政雷問答」三番目)。曾我兄弟は身貧なので金のかかる初買などは出来ないが、曾我物には幸若「和田酒盛」(和田宴)の系譜がある。この一件は、本来兄弟と和田一族の対立を示すものであり、正月の出来事でもないが、歌舞伎に入ると豪華な酒宴のイメージとなる。享保期以降、江戸の曾我狂言が正月に定着すると、初春の目出度い語感が好まれて、「振分髪初買曾我」「男伊達初買曾我」など外題に「初買」を詠みこんだものが作られた。「三人吉三廓初買」(万延元年一月市村座)は河竹黙阿弥作の白浪物として知られる作品だが、かつての華やかな曾我物の初買は、幕末の歌舞伎にとっては縁遠いものとなり、外題にのみその残香をとどめている。

「成田山分身不動」須磨浦の場　屋外と座敷

88 小袖　『曾我物語』巻七、謡曲「小袖曾我」、幸若「小袖曾我」(小袖乞)、それを踏襲した古浄瑠璃の薩摩太夫正本「小袖曾我」など、小袖は五郎の勘当訴訟と結びついて、曾我物には欠かせない趣向の一つとなっているが、本作では十郎に転じた。江戸の「傾城浅間嶽」(元禄十三年一月山村座)では、少将が五郎のために自分の衣裳を売ってしまったので、朋輩の女郎の衣裳を借りて着ているのを、遣り手に取り返される場面がある。

89 丹前・六方(法)　立役の歩く芸で、ともに「振る」「振り出す」と形容する。現在では「鞘当」などの登場の芸を丹前、「暫」などの花道の引っ込みの芸を六方ということもあるが、元禄期にはいずれも登場の芸(出端)として用いられることが多く、両者の違いは評判記などに照らしても明確でない。元禄期までは、主要な役者の出端は、音楽をともなう丹前・六方の所作と名乗りぜりふによって、短い舞踊的な一局面を構成していた。今日では「助六」の出端にその面影を残す。役柄によって、若衆丹前、立髪丹前、奴丹前などの種類があった。いずれも右手右足、左手左足を同時に前に振り出すナンバの動きが特徴。通説では堀丹後守の屋敷の前にあった風呂屋に通う遊客の風俗を取り入れたので、その名があるともいう。古くから日本の芸能には練り足などと呼ばれる特殊な足づかいの技術があり、これを担った六方衆などの語も中世の寺院の記録にあらわれている。祭礼や芸能にともなう足づかいの様式が、一方では民間に流出して流行風俗となり、また芸能者の間に伝承され、両方向から歌舞伎の中に流れ込んだものと思われる。

90 庵木瓜　庵形の中に木瓜を描いた紋所。伊東家の家紋。もともと『曾我物語』には、夜討の前に敵祐経の屋形の場所を見定めるため、十郎が諸大名の屋形の幕の紋を見て回る記述がある。幸若

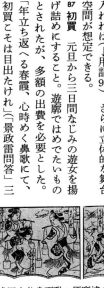

「夜討曾我」では紋尽しの節所となり、「爰に庵の中に木瓜、あり〳〵と打たるは、我等が家の紋ぞ」と強調されている。浄瑠璃や歌舞伎にも踏襲され、曾我と庵木瓜の紋は強く結びついていた。本作にいう庵の脚の有無による相違の典拠は未詳だが、伊東の嫡流と庶流で紋の形に差があるとする設定は『曾我物語』巻八にみられる。各屋形の紋を見て回っていた祐成が「二つ木瓜の幕」を見て、「これは、我らが家の紋也、ちかき頃は、伊東の一門、御敵と也ほろびぬ、伊東となのる物なければ、此幕打べき者なし」と不思議に思い、工藤の屋形と知ると「これはいかに、一《ひと》(つ)木瓜の幕をこそうつべきに、心へぬ物かな」と無念がる。

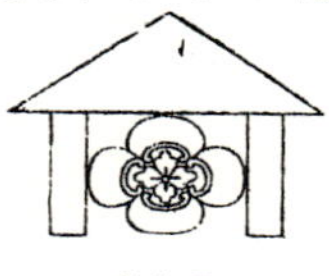

庵木瓜

91 **工藤の系図**　「工藤二階堂系図」によれば、十郎・五郎兄弟の祖父伊東祐親は、工藤祐経の親祐継の兄にあたり、総領筋となるが、『尊卑分脈』では異同がある。この系図の複雑さの背景として『曾我物語』は次の事情を記す。工藤祐隆(後に家継と改名)は男子がみな早世したので、継女の子(実は祐隆が継女に通ってもうけた子)を嫡子に立てたのが工藤祐継、その子が祐経。また祐隆の嫡孫を次男に立て河津二郎(後に伊東二郎祐親)と名乗らせた。祐親は嫡流の意識があって祐継を恨み、所領の争いに至る。このため、『尊卑分脈』などでは祐継が嫡流となり、祐親側の系図では自分たちを嫡流としている。

92 **紙子**　柿渋を塗った厚紙製の衣服。親に勘当され、零落して衣類も購うことのできなくなった若殿・若旦那などが、反故の紙を貼り合せて着ているとの設定で、元禄歌舞伎のやつし方の制服ともいうべきもの。江戸の「傾城浅間嶽」(元禄十三年一月山村座)でも七三郎の十郎が親に勘当され、編笠に紙子の姿で登場する。現在の「廓文章」の伊左衛門などは、紙子の心で、色とりどりの文字を散らした美しい衣裳を着る。

93 **滝**　舞台上の滝の大道具は現在でも本水を使う「鯉つかみ」のような特別な場合を除き、背景に描かれるのみで、立体的ではない。元禄期から「源平雷伝記」(元禄十一年八月中村座)、「一心女雷師」(元禄十二年六月山村座)、「傾城三鱗形」(元禄十四年一月山村座)、「成田山分身不動」(元禄十六年四月森田座)など、しばしば用いられている。大部分が「鳴神」の系統か、文覚・不動などに関わる水垢離の荒行の場面。

94 **大山**　大山寺は丹沢山地南東に位置する修験道の寺で、縁起によれば天平勝宝七年に良弁が不動像を祀ったと伝える。鎌倉期以後、関東武士の信仰を集めた。江戸期には修験色を失うが、御師による布教がなされ、関東各地に大山講が組織された。江戸庶民の信仰も厚く、大山参り(石尊参り)が盛んだった。

95 **不動**　『曾我物語』では、十郎と五郎が敵討に出発する際、それとなく箱根別当に別れを告げに行く場面で、師の恩の重いことを説く例話に三井寺の泣不動のいわれが引かれるだけだが、謡曲「調伏曾我」の後場では、箱王の敵討の本懐を遂げさせようと箱根別当が不動に祈誓すると、不動明王が現れ、祐経の形代を利剣で貫く。また謡曲「望月」では盲御前にやつしたツレと子方(小沢友房の妻子)の語り物の中に、一万・箱王が持仏堂に参詣した時、箱王が本尊の不動を工藤と聞き違えて切りかかろうとするので、一万がこれは仏だと教えると、箱王も「許させ給へ南無仏、敵を討たせ給へや」と祈ったという物語がある。『曾我物語』とは別系統の伝承のあったことが窺われる。歌舞伎では五郎の荒事演出と結びついて、不動がしばしば登場する。「兵根元曾我」（元禄十年五月中村座）では、団十郎の五郎が不動に勇力を授けられることを願って荒行をし、団十郎の息子市川九蔵が不動の示顕を見せた。

96 **偽不動**　本作が多くの趣向を得ている江戸の「傾城浅間嶽」（元禄十三年一月山村座）で、中村伝九郎の五郎が仁王の真似をし、十郎が誠の仁王と思って祈る場面に類想がある。また「景政雷問答」（元禄十三年一月森田座）でも、敵役の化けた偽仁王を顕す趣向がある。野郎歌舞伎時代には、仁王の物真似で名を取ったゆうなん三郎兵衛という役者もいた。浄瑠璃でも竹本義太夫正本「法隆寺開帳」（元禄十一年以前）に、山伏を偽不動に仕立てようとして失敗する場面がある。いずれにしても神仏の偽物の馬脚を顕すのは滑稽さをともない、愚策をめぐらす敵役をやりこめる場面となることが多い。

97 **筒抜…**　立廻りの場面の慣用句。筒を抜くように首を引き抜き、首をねじ切り、石のように投げる。現行の「鳴神」などでは、立廻りの演技中、役者に交えて同じ衣裳を着せた人形を使い、首を抜いたり投げたりする。「大せいが中へ割つて入。当るを幸ひと。筒抜ねぢ首人つぶて。目を驚かす計也」（「武知三浦一二のあらそひ」寛文二、三年頃上方板）。

98 **付舞台**　浅間狩場の場は、時間の推移を示すだけで、筋の上での必然性は薄く、場所も限定されておらず、大道具を飾る必要はないように思われる。しかし、二番目の大磯の場面とは違って、橋掛りに頼朝たちが登場し、引き続いて本舞台の鬼王住家の場に移るという展開は考えにくい。古浄瑠璃時代の人形浄瑠璃であれば、とくに大道具もなかったので、人形が二、三体出てすぐに引っ込み、次の場面に移ることは容易であり、その例は多い。近松の初期の作品でも、たとえば「烏帽子折」（元禄三年一月竹本座）二段目の冒頭には常盤母子の探索を命じるだけの短い場面が置かれている（八行本一丁分）が、人形浄瑠璃でも次第にこうした非演劇的な時間・空間の処理はみられなくなる。元禄期の上方歌舞伎では、「仏母摩耶山開帳」（元禄六年三月京都万太夫座）や「けいせい浅間嶽」（元禄十一年一月京都早雲座）の開帳触れ、「けいせい仏の原」（元禄十二年一月京都万太夫座）の乾介太夫と娘今川の出会いの場、「けいせい壬生大念仏」（元禄十五年一月京都万太夫座）の瑠璃姫屋敷門前の場など、序開きと呼ばれる短い導入部が設定される例がある。この場合は本舞台に大道具を飾るのではなく、本舞台の前に張り出した付舞台で演じられたと推定されている（前掲、土田衞『「けいせい浅間嶽」演出妄言」）。歌舞伎の付舞台は、京都では元禄初年から記録され、人物の登場に用いられることが多かったようである（諏訪春雄「花道の誕生」『文学』一九八七年四月）。この点、人形浄瑠璃の付舞台とは事情を異にするところがあるようだが、明確な形

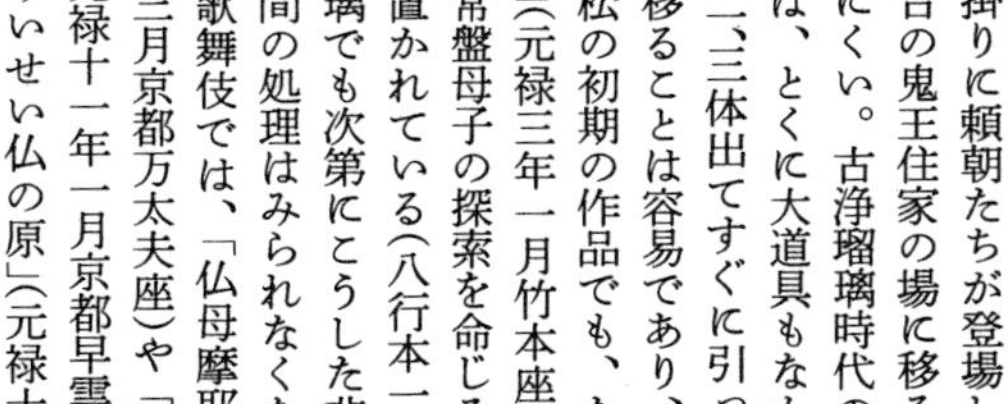

付舞台『役者大鑑』（西尾市岩瀬文庫蔵）

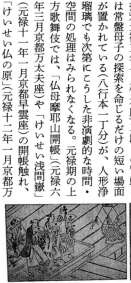

状やその変遷などは明らかでない。江戸歌舞伎の舞台機構は、いっそう不明な点が多い。こころみに、狂言本によって各作品の場面の数を調べると、団十郎出勤の芝居は一番ごとの場面数が少ないが、元禄十三年以降の七三郎出勤の山村座では全体に場面数が多いという傾向がある。たとえば元禄十五年三月山村座「紅梅隅田川」五番続では全二十場を数え得るが、おなじ五番続でも元禄十六年四月森田座で団十郎自作自演の「成田山分身不動」では全十一場である。「紅梅隅田川」では三番目と四番目の冒頭が、場所をはっきり限定できないような、筋を説明するためだけの短い場面になっている。江戸での付舞台の記録は正徳期まで下らないと現れないので、元禄期にこうした端場をどのような方法で見せていたのかは明らかでない。いっぽう、江戸でも宝永三年十一月には場面の終わりに幕を引いた記録があるので(『役者友吟味』宝永四年三月、村山平右衛門条)、すでに元禄末年には道具を隠す幕があった可能性もある。「けいせい角田川」(宝永元年二月山村座)三番目の吉田家館の場では、本殿と渡り廊下で結ばれた別殿とがあり、さらに人の出入りのある井戸が同じ舞台面に飾られていたようで、こうした大がかりな道具を飾るためには、観客の目を遮るための幕が必要だったかと思われる。しかし、狂言本で見る限り、場面の終わりは大部分が登場人物の退場によって区切られているので、幕の存在が裏付けられない。道具転換を隠すためだけの幕は早くから用いられていたが、登場人物が舞台に残ったまま幕を引くような、演出と関わった使用法が宝永頃から行われるようになり、珍しいのでとくに評判記に記されたのかもしれない。大切の神仏示顕の場などでは、早い時期から今日のように絵面の見得のまま幕を引く演出もあったかと思われる。いずれにしても七三郎出勤作の場数が多いということは、上方で序開きをともなった作劇法を学んできた七三郎が、江戸の芝居にもその構成を持ち込んだと考えてもよいだろう。江戸にも付舞台があって、そこで演じたのか、次の場の大道具を幕で隠しておいて橋掛りなどで演じたかは、今後の検討課題であろう。

「けいせい角田川」吉田家館の場

99 **浅間の御狩**　『曾我物語』によれば、頼朝は浅間(長野県)で狩りを催し、さらに三原野(長野県)、那須野(栃木県)、富士野(静岡県)と狩りを続けた。幸若「夜討曾我」では「去程に、頼朝、信濃の国三原野の御狩過ぎ、それよりして、相沢の原の射取狩、三日過ぎ、駿河の富士の裾野へ御出と、聞ふる」とある。

100 **狩場の誉れ**　狩りでしとめた獲物を頼朝の面前で報告する。「世継曾我」初段に「御狩揃え」の節事があるのに想を得たか。戦場での功名を帳に付ける場面は、古浄瑠璃などでもしばしば節事として設定されており、「世継曾我」はそれを狩場の獲物にやつしたといえる。

101 **鬼王住家**　曾我物で鬼王が主君十郎を養っているという設定は従来みられなかった。十郎役の中村七三郎は京都の「けいせい浅間嶽」の大当りの後、江戸に戻って元禄十二年十一月山村座顔見世の大切に「京土産浅間嶽」を出し(詳細不明)、十三年一月山村

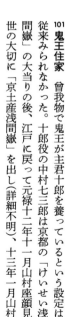

座でも曾我物の世界をかりて浅間嶽を仕組んだ「傾城浅間嶽」を上演した。怨霊事、娘殺し、碁盤縞の口説、草履打にかわる打擲など、京都で当った趣向を網羅しているが、前後の筋立てはかなり改めており、部分的局面のみの利用となっている。本作では逆に、曾我物の人名は借りながら本来の設定を離れ、京都の「浅間嶽」をそのままの形で江戸の観客に見せることをねらった。鬼王役の宮崎伝吉が、京都で山下半左衛門が勤めた家老役の実事を演じるのも呼び物の一つだった。曾我物としては、十郎・五郎は日陰の身だが、養父の曾我太郎は鎌倉殿に仕える武士であり、貧しくても家を持ち、鬼王はそこに奉公している下人である。「兵根元曾我」三番目にも「鬼王その日の営みせんために、一把の藁」を打つ場面があるが、「曾我の里にいたりけり」と明記されている。本作では無理に「浅間嶽」とつじつまを合わせた結果、十郎が母親に勘当されているという前提もあり、鬼王が曾我の里とは別に家を構え、十郎を養うことになった。この設定が後の曾我狂言の中で「鬼王貧家」という世話場をうむ端緒となる。

102 **女房の身売り**　京都の「浅間嶽」では、三浦は娘おさんが殺されたことを和田右衛門に語らず、悲しみをこらえて売られて行く。本作にその記述はないが、「あはれ也ける次第也」という地の文から、同じような愁いの場面があったことが推測される。また京都ではそのあとで、巴之丞がおさんの死を知り、自害しようとするが、阿呆与太郎が止め、敵を討ってくれと頼むので、巴之丞も納得して死を思いとどまる場面が続き、巴之丞の純真さと責任感、与太郎の愚かではあるが一途な思いやりが描かれる。その後、おさんの百ヶ日にあたる日に巴之丞は出家をしようと秘かに思い立ち、三浦を見舞いがてら廓を訪れ、草履打へと展開してゆくが、本作では愁嘆の場面の直後に、初演では全く別の場面にあった怨霊事をはめこみ、その後におさんの野辺の送りという手順なので、趣向本位の分裂的な傾向を示している。

103 **浅間の所作**　京都の「けいせい浅間嶽」以前の女方の怨霊事は、死後、殺された恨みや地獄の苦しみを述べるもので、恋の嫉妬ゆえのなまめかしい生霊という「浅間嶽」の趣向は、新しい発見だったと思われる。「浅間嶽」以前には、「娘親の敵討」（元禄四年秋か京都早雲座）、「丹波与作手綱帯」（元禄六年か京都村山座）、「和泉河内／連理松」（元禄八年京都村山座）、「熊野山開帳」（元禄九年春大坂嵐座）など、能「鉄輪」などを取り入れ、自分の敵に手強く恨みを述べ、責めさいなむものと、「仏母摩耶山開帳」（元禄六年大坂岩井座二の替）、「五道冥官」（元禄七年春京都万太夫座）、「面向不背玉」（元禄十年七月京都早雲座）など、この世に残した子供を案じて現れるものが多い。「浅間嶽」は小歌地の所作事とした点でも斬新だったかと思われるが、これ以前の音曲については明らかでない。その小歌は、「問ふてたもつてうれしやな……語りとふて来たはいの」と、口寄せの形式となっているが、「娘孝行記」（元禄五年京都万太夫座）のお吉の怨霊事に先例がある。「浅間嶽」の新工夫の大当りにより、その後の怨霊事の大部分が「浅間嶽」型となった。また後に「浅間物」と称し、各種の浄瑠璃による独立した舞踊としても行われた。京都の初演時には上の巻に設定され、許嫁音羽の前と対面した小笹巴之丞が、かつて愛した遊女奥州の誓紙を焼く。煙の中から「奥州が形現れ」る。音羽の前や腰元たちは気絶し、巴之丞と奥州の霊二人だけの場面となる。

江戸の「傾城浅間嶽」は二番目で、十郎が起請を焼くと、「火鉢の内より虎が面影現われ出で」、口説きとなる。京都では、新しい女に心を移した男に対する女の恨みだったが、江戸の「浅間嶽」では勘当された十郎が遊里通いをやめようと起請を焼いたので、虎が嫉妬すべき理由はない。それにしても怨霊事は子役の死の場面以前に設けられていたが、本作ではこれを後に移したため、十郎は自分の廓通いが幼い子の命を奪ったことを反省して誓紙を焼いたことになり、虎が嫉妬するのははなはだ理不尽である。そうした理屈の良し悪しを考えさせないほどに、「浅間嶽」の怨霊事が好評だったのであろう。さらに前二作では誓紙を取り交わした女と男の二人だけの所作であったのが、本作では道外役の団三郎がからんでいる点も異なるが、初演の如く、団三郎を気絶させれば二人だけになる。簡略な狂言本本文の記述だけでは不明。音曲についても触れられていないが、江戸の慣習からみて浄瑠璃を地としたのであろう。なお、本文には「煙の内」とあるが、挿絵では炎の如く見える。四番目に「火焔燃へ上がる」(七〇頁)場面もあるので、本火(実際の火)かどうかはわからないが、それと見える仕掛けのあったことが推測される。

104 **野辺の送り**　京都の「浅間嶽」ではおさんの亡骸を「先寺へ取り置く」とあって埋葬はしておらず、後の開帳場でおさんが生きていたことへの伏線となる。本作では三番目の最後に成仏するので(六六頁)、野辺の送りをしてよいのだろう。愁嘆場の後に艶麗な怨霊事をはさみ、再び哀れな野辺の送りになるのは緊張感を欠くが、十郎と団三郎を舞台から退場させる都合などにより、この場の終わりにおかれたか。

105 **碁盤縞の口舌**　京都の「浅間嶽」では、奥州は巴之丞が他の女に心を移したと誤解し、茶碗を投げつける。巴之丞は破片を拾って碁石とし、碁盤縞模様の羽織の上で、碁の用語を使って、独り言に紛らせて事情を説明する。本作にこの趣向があったかどうか、狂言本の記述では不明だが、寝ている虎が十郎を無視し(「ふり付て挨拶せず」)、十郎が「始め終り」を説明する段取りは共通している。京都以来、七三郎(巴之丞・十郎)の長話が見どころであったのだろう。

106 **鬼王の打擲**　草履打の趣向は、江戸の不破名古屋物の中で生まれ(→三三頁注四)、七三郎により京都の「浅間嶽」に持ち込まれて、さらに流行した。本作では単純な繰り返しを避けて人物関係を入れ替えているが、忠義な家来が怒りを爆発させて主人を打擲に及ぶという「浅間嶽」の苦渋に満ちた設定が、本作では女房の不貞を叱るだけで意味をなしていない。また、かんじんの草履について本作の狂言本には言及がない。京都「浅間嶽」で和田右衛門が草履で打つのは、巴之丞を武士と認めず、刀を汚すのも無益と考えたためだが、本作では相手が女房なので、草履を強調しても意味がないことから、趣向の眼目であった草履を用いなかったのかもしれない。「参会名護屋」、京都「浅間嶽」と本作を比較することで、趣向の展開の様子をみることができる。

107 **大蛇の軽業**　おさんの子役が胴体に蛇腹《じゃばら》をつけて大蛇になり、宙乗りなどの軽業事を演じたものとみられる。二階に上がるのも、軽業の仕掛けの上で都合がよいからであろう。「傾城三鱗形」(元禄十四年一月山村座)、「三世道成寺」(元禄十四年七月森田座)の狂言本などにその画証がある。中国地方の神楽では「大蛇退治」等の曲で、蛇腹の八岐大蛇（やまたのおろち）が出るが、この場合は人間の顔はみえない。歌舞伎の場合、上半身は役者の体を出す。琉球の組踊「執心鐘入」では、やはり下半身に蛇腹をつけた怨霊が、鐘の中からぶら下がって出る型がある。歌舞伎の草創期、それまで少年などに軽業等を演じさせていた一座が、流行の歌舞伎に転向したことで、若衆歌舞伎の芸脈の中に、軽業が注入された。はじめは間の物（あいのもの）として、歌舞伎狂言のつなぎに独立して演じられていたが、野郎歌舞伎時代の後半から元禄歌舞伎時代にかけて、軽業の技芸が戯曲の中に取り込まれた。体のやわらかさが要求されるため、若い役者、すなわち若女方や若衆方の持ち分であり、とくに怨霊事と結びついて、元禄期に流行した。本作でおさんの役を演じた子役吉五郎の詳細は不明だが、少年ゆえの身の軽さを見せたのであろう。

「三世道成寺」
蛇腹の軽業

備中神楽「大蛇退治」
（山路興造氏撮影）

108 **水浴びせ**　水祝い。婚礼のとき、または翌年の正月に、親類・友人などが集まって、新郎に水を浴びせて祝福するもの。京都の「けいせい浅間嶽」上の巻では、巴之丞と音羽の前の祝言の後に「水浴びせ」がある。七三郎は翌十二年京布袋屋座の二の替「なごや山三」でも山三と葛城の祝言に「水あびせ」の趣向を用いている。また「曾我五人兄弟」二段目で、二の宮太郎と兄弟の姉の祝言に石つぶてを打つ場面がある。竹本義太夫正本「根元曾我」では曾我祐信と兄弟の母の婚礼に工藤祐経らが若水を浴びせようとする。いずれも水浴びせにことよせて悪事をたくらむのが趣向となっているが、歌舞伎では、風流の飾り物などをつけ、大勢の役者が華やかな所作を見せる場面としても設定されており、京都の「浅間嶽」はその両方の要素をもつ。本作は後者のみで、賑やかな囃子とともに若手役者が花笠などをつけて登場し、二の宮と禅師坊を囲んで一こまの所作事が展開されたかと思われる。

109 **矢の根**　『曾我物語』に五郎が矢の根を磨くところはない。幸若「和田酒盛」に「弟の五郎時宗は、古井と言つし所に、矢の根を磨ひて居たりしが」とあり、そのまま古浄瑠璃の薩摩太夫正本「わだざかもり」（寛文四年一月）にも取られて流布した。これらを踏まえ、江戸の土佐少掾正本「風流和田酒盛」（貞享三年以前）五段目に「曾我の里に居たりける。弟の五郎時宗は。古井といひし所に。矢の根磨いて居たりしが。あまり眠さに。碁盤引よせ枕としてゆたかにこそは。ふしにけれ」、京都の宇治加賀掾正本「頼朝浜出」（貞享三年一月）三段目にも「さびたる矢の根取出し、げに侍の一道を研ぐがごとし磨くがごとし」などと継承された。幸若舞曲以来、大磯で窮地に立った十郎が救いを求める「和田酒盛」に関連して矢の根の場面が設定されている。歌舞伎に取り入れられたのは、現存資料では本作が最初だが、「和田酒盛」とは関係なく、禅師坊を射殺す準備として用いられている。流行をみるようになったのは、本作の後、二代目団十郎が演じてからで、「櫟根元曾我」（享保五年一月森田座）を最初とする説もある（『役者談合膝』宝暦九年一月)が、確実な資料の残るのは「扇恵方曾我」(享保十四年一月中村座)からで、さらに元文五年、宝暦四年、同八年と重ねて演じ、今日の型をほぼ確定させたといわれる。現行演出では長さ一間もある大きな矢を砥石に当てて研ぐ様を大薩摩の浄瑠璃地で演ずる。享保十四年の評判記『役者二和桜』の挿絵はこうした誇張的な絵ではない。宝暦四年上演時の辻番付には現在とほぼ同じ扮装が描かれている。また新春の目出度い景物を取り入れた長せりふにも特色があり、初春の吉例として好まれた。本作での演出は不明だが、江戸歌舞伎に「矢の根」を定着させるきっかけとなった大切な場面。

「楪矢の根五郎せりふ」正本(故大久保忠国氏蔵)

110 **井戸** 井戸は冥界への通路であり、魂呼ばいの民俗をもつ。歌舞伎では仕掛物を仕込んだり、意外な人物が登退場する場所として、元禄期にもしばしば利用されている。江戸後期の大坂の劇場では、花道の付け際に「空井戸《からいど》」と称する切穴が常設されていたが、あるいは元禄期にも類似の仕掛けがあったのかもしれない。この場面でも橋掛りの付け際あたりに井戸があると思われる。ここで五郎が小春姫を殺して井戸に突きはめるが、唐突の感は否めない。江戸の「傾城浅間嶽」三番目では、五郎が遺手の杉を突き殺す場面があった。京都で上演された「神事曾我」(元禄十四年七月万太夫座)中の巻では、曾我兄弟の腹替わりの姉で朝比奈の女房になっていた京の姫が、夫に離縁され、曾我兄弟を頼って来たところを、近江・八幡に殺され、井戸に突きはめられる。井戸の中からその亡魂が現れて朝比奈を驚かせる場面がある。この狂言では七三郎の後輩で、江戸から上った生島新五郎が十郎を勤めている。本作はこれらの趣向に想を得たのかもしれない。

111 **二階座敷** 元禄期の江戸の舞台では、今日のように多くの場面で二重屋体を設けることはなかったようだが、特別な場合には舞台の一部に二階座敷を作ったらしい。本作の三番目でおさんの亡霊が軍太左衛門を殺す場面でも二階座敷が用いられていた(六六頁)。ここでもおそらく上手によせて二階座敷を作ったのであろう。挿絵第八図はその二階をクローズアップした描写と思われる。京都の「けいせい浅間嶽」中の巻、乳守揚屋の場でも、挿絵に二階座敷が描かれている。現行の舞台でいえば、「伊勢音頭」の油屋や「封印切」など、遊廓の場面に元禄以来の古風が残るか。

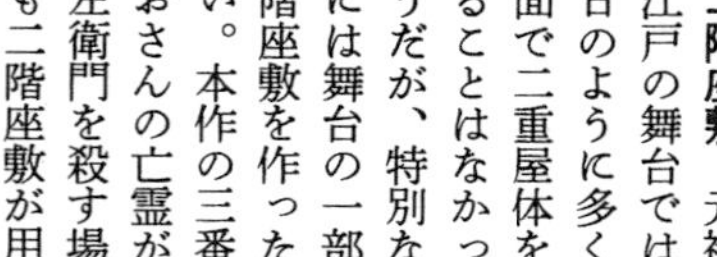

「けいせい浅間嶽」乳守揚屋の二階座敷

「伊勢音頭恋寝刃」油屋の場 数馬英一画
舞台装置図(早大演劇博物館蔵 No. 4716)

112 **生滅婆羅門** 『曾我物語』巻七で母に勘当赦免を訴える五郎がたとえに引くのが天竺の生滅婆羅門の物語。『曾我物語』でも古態とされる彰考館本・太山寺本や幸若「小袖曾我」では香姓婆羅門。名は異なるが内容はほぼ同じ。婆羅門はインドのカーストの最高位の僧侶階級。千日の間に物の命を千奪って悪王に生まれようとした婆羅門が、父の命日に亀を殺そうとするのを母が止める。婆羅門は代わりに母を殺そうとするが、大地が裂けて無間地獄に墜ちた。「菜花曙曾我」(寛保元年春中村座)三番目に「ばらもんのせりふ」があり、この説話が引かれている。「曾我五人兄弟」四段目には禅師坊について「今日にゐだんぎの高座のうへ色にをぼれて還俗とは。五郎にまさる大悪人一門眷属目の前に。地獄へおちよといふことかと。怒りくどきて泣き給へど」とある。

113 **千秋の和歌** 日本の芸能において、舞に付随する祝言的な謡い物で、短歌形式のものをさして「和歌」といったらしい。「舞延年の時の和歌」(謡曲「安宅」)。歌舞伎では後年、時代物の大詰の幕切などに用いられる下座音楽に「和歌」の名称があるが、今日ではこうした場面は「片シャギリ」を打つのみで、実態は不明。元禄期の用法はなお不明だが、めでたい内容の謡い物と解してよいだろう。「曾我七以呂波」初段段切に「又祐経や梶原は首のまはりの用心せよ。あぶない〳〵追付〳〵千秋楽と。曾我を祝て和歌を上。名をも上たる高やぐら」とある。

114 **計略の所作事** 曾我狂言の大詰に、女方や若衆方がさまざまな芸能者にやつして工藤の屋形に入り込み、芸能を披露するとみせ、隙をねらって祐経を討とうとする場面は、吉例として定着し、中期以降は長唄や豊後系浄瑠璃を地に、華やかな所作事が形成された。続いて十郎・五郎兄弟が祐経と出会う、いわゆる「対面」の場が設定され、実際の敵討は五月下旬の富士の狩場と約束して別れることになる。本作でも、八重垣と二の宮の試みは失敗してかえって捕らえられるが、そうした筋の展開よりも、正月らしい美しい女方の所作事として鑑賞すべき見せ場。

115 **梅花の島台** いっぱんに正月には蓬萊の島台を飾るが、曾我狂言の対面の場では、兄弟が趣向を凝らした島台(三宝)を持って出て、それにちなんだ祝言のせりふを述べるのが吉例となった。現在の「曾我の対面」では小さな三宝を持って出るだけで、長せりふはなくなってしまった。

116 **夜討** 『曾我物語』では、兄弟は昼の狩場で祐経を狙うが果たせない。その様子を見た畠山重忠は、狩りはその日で終わり、翌日には鎌倉に戻るので、今夜が最後の機会だと、それとなく和歌で教える。兄弟は「今宵かぎり」を決意して、その夜祐経の屋形に討ち入る。『吾妻鏡』などによると建久四年五月二十八日の夜。この日付は幸若「夜討曾我」などに継承されて広く流布し、曾我忌とされる。また農事と結びついてこの日に降る雨を「曾我の雨」と称している。

117 **虎・少将の道行** 『曾我物語』巻九では、曾我兄弟の供をしてきた鬼王・道三郎が、形見を預かり馬を引いて曾我の里へ帰る。幸若・謡曲「夜討曾我」も同じ。近松作「世継曾我」(天和三年九月)では、鬼王・団三郎兄弟が馬を引いて帰る場面(二段目)と、その両人が敵の新開・荒井を討ちに行ってしまうので、虎・少将が馬を引いて曾我の里を訪れる「虎少将道行」(三段目)があり、流行をみた。本作では「曾我の里へぞ急ぎける」とわずかな記述しかないが、ここに道行の所作事があったのであろう。虎・少将に馬をひいた道外方の団三郎がからんだものと思われる。

118 **赤穂浪士の討入り** この場は本作上演の前年、元禄十五年の十二月十四日に起こった赤穂浪士の討入り事件を当て込んだと思われるが、その根拠は次の通り。

(一)多人数での夜討　挿絵第九図によると、曾我にゆかりの者が総出で夜討ちをかけている。『曾我物語』やそれをうけた従来の歌舞伎・浄瑠璃の曾我物では、敵討を手助けする本田次郎のような人物はいても、実際に敵を討つのは十郎・五郎兄弟の二人に限られていたが、本作ではその大原則が破られている。

(二)揃いの鎧装束　本文には「思ひ〳〵の物具して」とあるが、挿絵をみると揃いの鎧姿に描かれている。紋所は各役者のものである。本作の前年、元禄十五年正月に山村座で上演された「祭礼鎧曾我」では、工藤を討ち取ったあとの、いわゆる十番切に鬼王兄弟、虎・少将が駆けつけ、「三番三(叟)の所作に寄ての太刀打、敵をうたるゝ所は、夢やら実やらと思ふて、合点のいかぬ所もあれ共、立物衆六人同装束鎧の光りに気をとられ、難をいふ者なく、只よい〳〵とのかけごゑ計也」という派手な立廻りがあった(『江戸桜』元禄十五年三月頃、生島新五郎条)。本作はこの設定をふまえながら、十番切ではなく、敵討そのものに揃いの鎧を着た多くの加勢を登場させている。

(三)梯子の使用　赤穂浪士が吉良邸の塀を越えるのに梯子を用いたことは諸書に記され、のちの歌舞伎でも使用されている。『曾我物語』では狩り場の陣屋であるから塀はなく、梯子は必要ない。

(四)老人の祐経　挿絵では総髪の老人に描かれている。『曾我物語』によれば、祐経が討たれたときは四十歳位であり、元禄後期の歌舞伎では実悪・敵役系の役者が勤めるのが通例になっていた(→人名42)が、本作では親仁方の四宮源八が演じており、異例のことである。

　『古今いろは評林』(天明五年)などに元禄十六年江戸中村座で「曾我夜討」に吉良邸討入を取り組んで上演したとの説があり、その外題を「曙曾我夜討」とも伝えているが、この大名題は現存の上演資料からは確認できない。元禄十六年の二月には歌舞伎で赤穂浪士の芝居を仕組むことを禁ずる法令が出ている(『徳川実紀』)ので、これ以前に歌舞伎で上演されていたのであろう。本作の上演が誤り伝えられて、中村座における「曙夜討曾我」という伝承をうんだものと考えられる(赤間亮「最初の赤穂義士劇に関する憶説」『歌舞伎の狂言』)。

三　御摂勧進帳　関連資料

1　顔見世番付(新役者付)翻刻

(櫓下)
さるわかかん三郎

(櫓下四枚)
芳沢崎之助、岩井半四郎、佐野川市松、瀬川雄次郎

(連名上段)
新古立役女形之部
江戸　おやま　中村里好
　若女形
　娘がた
　ぬれ事
江戸　おやま　瀬川雄次郎

　若女形
　娘形
江戸　若女形　沢村歌川
江戸　娘形　瀬川吉治
江戸　若女形　岩井しげ八
江戸　要蔵改　三条亀之助
　若女方
江戸　娘かた　せ川市弥
江戸　あら事　市川団十郎
　実事
　武道
　やつし
　太刀打
江戸　敵役　中島勘左衛門
江戸　敵役　冨沢半三郎
江戸　敵役　中村大太郎
江戸　敵役　中島国四郎
江戸　立役　市川鱗蔵
江戸　同　市川団太郎
江戸　子やく　大谷谷次

江戸　同　大谷永介
江戸　敵役　沢村沢蔵
江戸　小つゞみ　望月太左衛門
江戸　同　望月幸十郎
江戸　あら事　大谷広次
実事
やつし
男作
江戸　狂言作者　仲喜市
江戸　同　奥の栄次
江戸　三みせん　きねや定八
江戸　角かづら　市川雷蔵
江戸　子やく　市川高麗蔵
江戸　同　中村七三郎
江戸　どうけ　嵐音八
江戸　おやま　芳沢崎之助
若女形
ぬれ事
武道
江戸　おやま　岩井半四郎
若女形
娘形
所作
江戸　おやま　佐野川市松

若女形
若衆形
江戸　娘がた　あらしとら蔵
江戸　同　山下松之丞
江戸　同　たき中金太郎
江戸　同　小さ川いくせ
江戸　若衆方　市川門之助
娘がた
江戸　若衆方　姉川新四郎
江戸　子やく　よし沢三喜蔵
江戸　同　市川辰蔵
江戸　同　市川伝蔵
江戸　同　市川弁之介
江戸　けいぼ　市川団五郎
江戸　ふり附　中村伝次郎
(連名下段)
右立役囃子方之部
江戸　あら事　市川海老蔵
実事
ぬれ事
武道
やつし
江戸　実事　松本幸四郎
武道

ぬれ事
やつし
江戸　色悪　中村仲蔵
江戸　実悪　大谷友右衛門
半道
やつし
江戸　敵役　市川純右衛門
江戸　同　市川綱蔵
江戸　同　宮崎八蔵
江戸　同　中村此蔵
江戸　実悪　坂東又太郎
江戸　立役　市川染蔵
江戸　敵役　さの川仲五郎
江戸　立役　市川滝蔵
江戸　立役　篠塚浦右衛門
同　京屋春右衛門
同　三好わし蔵
同　松本大五郎
同　市川岩蔵
同　市川新蔵
同　中しま善五郎
同　ばん東きく蔵
江戸　奴丹前　中村伝九郎
やつし
あら事

男作
武道
江戸　丹前　中村少長
やつし
ぬれ事
実事
武道
江戸　立やく　ばん東卯蔵
同　中村つね八
同　中村定八
同　中村森五郎
江戸　三味線　きねや六三郎
江戸　同　きねや喜三郎
江戸　同　きねや左吉
江戸　同　きねや新太郎
江戸　長哥　湖出市十郎
江戸　同　柴田小源次
江戸　同　富士田音蔵
江戸　同　富士田松蔵
江戸　ふへ　西村吉右衛門
江戸　同　中村弥八
江戸　大つゞみ　六郷新三郎
江戸　たいこ　小西十兵衛
江戸　同　さかた仙之介

江戸　ふり附　　中村弥八
狂言作者　　奥野瑳助
狂言作者　　河竹新七
狂言作者　　桜田治助
頭取　　市川団五郎
　　市川久蔵
若太夫　　中村伝九郎
座元　　中村勘三郎

（張出し）
富本豊志太夫　富本豊太夫　富本伊津喜太夫　ワキ同富太夫　ワキ同豊次　三弦名見崎徳次　上調子同喜惣次　同与三次

大薩摩主膳太夫　三弦杵屋喜三郎

（刊記）
巳ノ霜月朔日ヨリ　新役者附
江戸大芝居歌舞妓狂言尽元祖　寛永元甲子歳始安永二癸巳歳迄及百五拾年ニ　板元高砂町　村山源兵衛正
絵師鳥居清満筆

2 役割番付翻刻

（大名題）

替紋開水仙初咲《かへもんにひらくすいせんはつざき》 忠義《ちうぎ》に凝《こり》し男一疋《おとこいつひき》 相惚《あいぼれ》で添女房《そうにようぼう》は 御《ご》そんじの岩井櫛《いわゐぐし》

定紋改若松飯花《じやうもんにあらたむわかまつのかへりばな》 世帯《せたい》を護《まも》る女一数《おんなのいちづ》 身易《みにかへ》て添連合《そうつれあい》は 御《お》なじみの仲蔵縞《なかぞうじま》

熊坂女子巡青墓宿《くまさかゞむすめのめぐりおふはかのしゆく》

昌俊謀計深堀川殿《せうじゆんがてだてはふかきほりかはどの》

松風名寄業塩竈浦《まつかぜがなによるわざをしほかまのうら》

兼房産衣喩亀割坂《かねふさがうぶぎにたとへしかめわりざか》

義盛旧里聞鈴鹿山《よしもりがふるさとゝきこへしすゞかやま》

静女一曲花芳野里《しづかゞいつきよくははなのよしのゝさと》

其頃熊野《そのころくまの》より 奥州《おうしう》へ通山伏《かよふやまぶし》の ありしが秀衡娘《ひでひらむすめ》を 寵愛《てうあい》のあまり 恋《こひ》に浮名《うきな》の子《こ》捨川《すてがは》

夜《よ》をこめて鶏《とり》の 空音《そらね》にきぬ〴〵を せかるゝものを鶏聲松《けいせいのまつ》 函《かん》谷関《こくくわん》の昔《むかし》を今に 加賀国安宅関守《かがのくにあたかのせきもり》

義経社《よしつねのやしろ》 弁慶崎《べんけいがさき》 神君蝦夷正月《かみときみゑぞのせうぐわつ》 吉例暫《きちれいのしばらく》 一聲百萬歳《いつせいにひやくまんざいを》

壽《ことぶく》 熊井太郎忠基親子草《くまゐたらうたゞもとがおやこぐさ》 大檀那御江戸栄《だいだんなおゑどのさかへ》

御摂勧進帳《ごひゐきくわんじんてう》 四番續

（小名題）

第一ばんめは文治元年《ぶんちぐわんねん》 起請文《きせうもん》にむらがる牛王《ごわう》の烏《からす》 ふしぎや土《と》佐《さ》が血筋《ちすじ》にて 紅葉《もみぢ》いろどる時酒《ときざけ》に 鶏《とり》の卵《たまご》はわりなき中《なか》と その夕闇《ゆふやみ》に物見松《ものみのまつ》の昔語《むかしがたり》 山城国《やましろのくに》の冠者殿《くわんじやでん》

判官殿《はうぐわんどの》の御内《をんうち》に 名聞《なにきこへたる》 義盛《よしもりが》 伊勢町《いせてう》

第二ばんめは文治二年《ぶんちにねん》 壺石碑《つぼのいしぶみ》による松島《まつしま》の鷗《かもめ》 さてこそ主人《しゆじん》の見替《みがはり》にや 着長《きせなが》そへたる雨皮《あまがわ》に 文《ふみ》の仰《あふせ》もわけある中《なか》と その夕《ゆふ》暮《ぐれ》に緒絶橋《をだへのはし》の昔語《むかしかたり》 陸奥国《むつのくに》の高館城《たかだちのしろ》

判官殿《はうぐわんどの》の御内《をんうち》に 世聞《よにきこへたる》 清重《きよしげが》 駿河町《するがてう》

第三ばんめは文治三年《ぶんちさんねん》 腰越状《こしごへじやう》にあつまる荒磯《あらいそ》の鵆《ちどり》 げに〳〵義《ぎ》士《し》の墨跡《ぼくせき》にや 筆意《ひつゐ》そなわる名所《めいしよ》の水《みづ》に 硯《すゞり》のもらさぬ中《なか》と その夕月《ゆふづき》に御浦里《みうらのさと》の昔語《むかしがたり》 相模国《さがみのくに》の満福寺《まんふくじ》

判官殿《はうぐわんとの》の御内《おんうち》に 音聞《おとにきこへし》 繁屋《しげいへか》 鈴木町《すゞきてう》

第四ばんめは文治四年《ぶんちよねん》 勲功記《くんかうき》にゑいづる金札《きんさつ》の鶴《つる》 まことや曽《そ》

我《が》の趣向《しゆかう》にも　友切《ともきり》つたわる正夢《まさゆめ》に　春《はる》の廓《くるわ》ははなれぬ中《なか》と　その夕映《ゆふばへ》に大門通《おゝもんとをり》の昔　語《むかしがたり》　武蔵国《むさしのくに》の新吉原《しんよしわら》
判官殿《はうぐわんどの》の御内《おんうち》に　時　聞《ときにきこへし》　茂清《しげきよか》　亀井町《かめゐてう》

（第一番目役人替名）

一義経めのと直井の左衛門秀国　大谷広治
一西の宮の右少弁長道卿　宮ざき八ぞう
一たゝき町の左大弁氏国卿　中島国四郎
一ふじの森の右大弁光高卿　中むら此ぞう
一さがり松の右中弁宗景卿　沢むら沢ぞう
一しなのゝ小路左中弁仲平卿　佐野川仲五郎
一赤井の次郎かげつぐ　市川滝ぞう
一ましをの十郎かねふさ　市川染五郎
一江田の源蔵ひろもと　市川団太郎
一やつこ紅梅八重平　大谷永介
一同　白梅八重介　大谷谷次
一こしもとしらぎく　滝中金太郎
一同　ませぎく　小さ川いく世
一同　そでぎく　あらしとらぞう
一あそうの団八　二やく中島国四郎
一江田の源次ひろつぐ　市川辰ぞう
一大津次郎たけとし　姉川新四郎
一するがの次郎妹ふしのと　沢むら歌川
一松風ひめのめのといくよ　三条かめの介
一かすやの藤太妹八重ぎく　岩井しげ八
一直井左衛門妹むらさめ　瀬川吉次
一びぜんの平四郎なりはる　市川純右衛門
一かすやの藤太ありすへ　市川つなぞう
一ひたちぼうかいぞん　あらし音八
一いなげの入道しげなり　富沢半三郎
一室のやりておつま　二やく富沢半三郎
一ゑちぜんの国住人斎藤次すけいへ　中島勘左衛門
一わしの尾の三郎よしひさ　市川雷蔵
一下川辺の庄司行平　市川門之介
一するがの次郎清しげ　二やく市川門之介
一ばん東太郎てるはや　坂東又太郎
一とがしの左衛門家来時介
実ハせい州鈴鹿の盗そく
いせの三郎よし盛　二やく坂東又太郎
一弁けいはしひたち長屋ふるかねかい
七つ道ぐの長兵へ実ハびぜんの守
みなもとのゆきいへ　大谷友右衛門
一後鳥羽院弟みやこれあきら親王　中村仲蔵
一ひでひら娘しのぶ　岩井半四郎
一よしつねの北のかた岩手姫　佐野川市松
一いせの三郎女ぼうおいち　二やく佐野川市松

一かめ井の六郎しげきよ　三やく佐野川市松
一ゆきいへ娘小とみ　中むら七三郎
一馬かた門出のよし松　市川高麗ぞう
一とがしの左衛門妹まつかせ　瀬川雄次郎
一三国の傾城室やの若松
実ハみのゝ国けいろう山鶏精霊　中村里好
一かふろたつた　山下松之丞
一同　もみぢ　せ川市弥
一いよの守源のよしつね　松本幸四郎
一古金かい長兵へ女ほうおよし
実(八)土佐坊昌俊娘しきたへ　芳沢崎之介
一義経の忠臣熊井太郎忠基　市川団十郎
一かゞの国住人富樫の左衛門いへ直　二やく市川団十郎
一かしまのことふれべい〳〵ことばの
弥五兵へ実ハ御馬屋の喜三郎　三やく市川団十郎
一山しろの国岩倉山不動明王霊像　四やく市川団十郎
一武蔵国住人川越太郎しげより　中村少長
一義経近臣斎藤の武蔵坊弁慶　市川海老蔵

(第二番目役人替名)

一秀ひらの四男元吉四郎高ひら　二やく大谷広治
一秀ひらの家来川田の三郎　沢むら沢ぞう
一同　ひつめの太郎　佐野川仲五郎
一仙だいきため町家主佐七
*実ハ本田の二郎近常　市川純右衛門

一ひたちぼうかいぞん　あらし音八
一秀ひら惣領にしきどの太郎国ひら　二やく富沢半三郎
一半沢六郎なり次　二やく市川雷蔵
一いせの三郎よしもり　二やく坂東又太郎
一熊坂が手下三国の九郎　二やく大谷友右衛門
一するがの次郎清しげ　二やく市川門之介
一秀ひらの二男伊達の二郎安ひら　三やく中村仲蔵
一秀ひら娘しのぶ　二やく岩井半四郎
一元よし四郎女房おふゆ　三やく岩井半四郎
一よしつねの北のかたいわで姫　佐野川市松
一かめわり坂のしづのめおはな　二やく瀬川雄次郎
一喜三太女ほう玉こと　二やく中村里好
一いよの守源のよしつね公　松本幸四郎
一秀ひらの三男いつみの次郎忠ひら　二やく松本幸四郎
一江口のうかれめとことば　芳沢崎之介
一とかしの左衛門いへなを　市川団十郎
一御馬やの喜三太　二やく市川団十郎
一しづか御ぜんの母いその禅司　中村少長
一かぢわらが家来あねわの平次かげ宗
実ハ畠山の庄司次郎重たゞ　二やく市川海老蔵
一くま(さ)かの長はんれいこん　三やく市川海老蔵
一御寄前の飴うり三間ばりの十兵へ　四やく市川海老蔵
一奥州押領主藤原の秀ひら　中村伝九郎
一義経の近臣源八兵へ広つな　二やく中村伝九郎

（第三番目役人替名）

一元吉四郎高ひら　大谷広治
一小田原町の商人おしとりの喜平次　三やく大谷広治
一かすやの藤太ありすへ　市川純右衛門
一にしきどの次郎くにひら　富沢半三郎
一かぢわら平三かげとき　中島勘左衛門
一下川辺行平　市川門之介
一いせの三郎よしもり　坂東又太郎
一びぜんの守源行いへ　大谷友右衛門
一すゞきの三郎しげいへ　中村仲蔵
一義経の妻しづか御ぜん　岩井半四郎
一いせの三郎女ぼううば玉　佐野川市松
一とがしの左衛門妹まつかせ　二やく瀬川雄次郎
一佐藤次のぶ女ぼうまゆみ　二やく中村里好

一いづみの三郎忠ひら　松本幸四郎
一にしきぎの小平次　三やく松本幸四郎
一重忠のおく方きぬがさ　三やく芳沢崎之介
一熊井太郎忠もと　市川団十郎
一御馬やの喜三太　市川団十郎
一西行法師　中村少長
一畠山庄司次郎重忠　市川海老蔵
一西塔の武蔵坊弁慶　市川海老蔵
一藤原の秀ひら　若太夫中村伝九郎
一源のよりとも公　三やく中村伝九郎

（第四番目役人替名）

一元吉四郎高衡　大谷広治
一かすやの藤太ありすへ　市川純右衛門
一にしきどの太郎国ひら　富沢半三郎
一斎藤次すけいへ　中島勘左衛門
一下川辺行平　市川門之介
一いせの三郎よしもり　坂東又太郎
一びぜんの守行いへ　大谷友右衛門
一伊達の次郎やすひら　中村仲蔵
一元吉四郎女房おふゆ　岩井半四郎
一義経の北の方いわで姫　佐野川市松
一とがしの左衛門妹まつかせ　瀬川雄次郎
一次のぶ女房まゆみ　中村里好
一源のよしつね公　松本幸四郎
一土佐坊娘しきたへ　芳沢崎之介
一とがしの左衛門いへなを　市川団十郎
一川越太郎しげより　中村少長
一畠山庄司次郎重忠　市川海老蔵
一藤原秀衡　若太夫中村伝九郎

(浄瑠璃名題)
浄留理　色手《いろた》綱恋《づなこひ》の関札《せきふだ》
富本豊志太夫　富本豊太夫　富本伊津喜太夫　ワキ同富太夫　ワキ同豊次　三弦名見崎徳次　上調子同喜惣次　同与三次
岩井半四郎　松本幸四郎　大谷広治　市川団十郎　第一はん目四立めに相勤申候

(作者連名・刊記奥付)
狂言作者　桜田治助　河竹新七　仲喜市　奥野栄治　奥野嵯助
千穐萬歳大叶
安永二年癸巳霜月朔日ヨリ
若太夫中村伝九郎　座元中村勘三郎
高砂町　村山源兵衛正

＊市川純右衛門、二番目の役名のうち「実ハ本田の二郎近常」の部分を削り取った異板(東大秋葉文庫・早大演博)がある。

3　顔見世番付（新役者付）図版

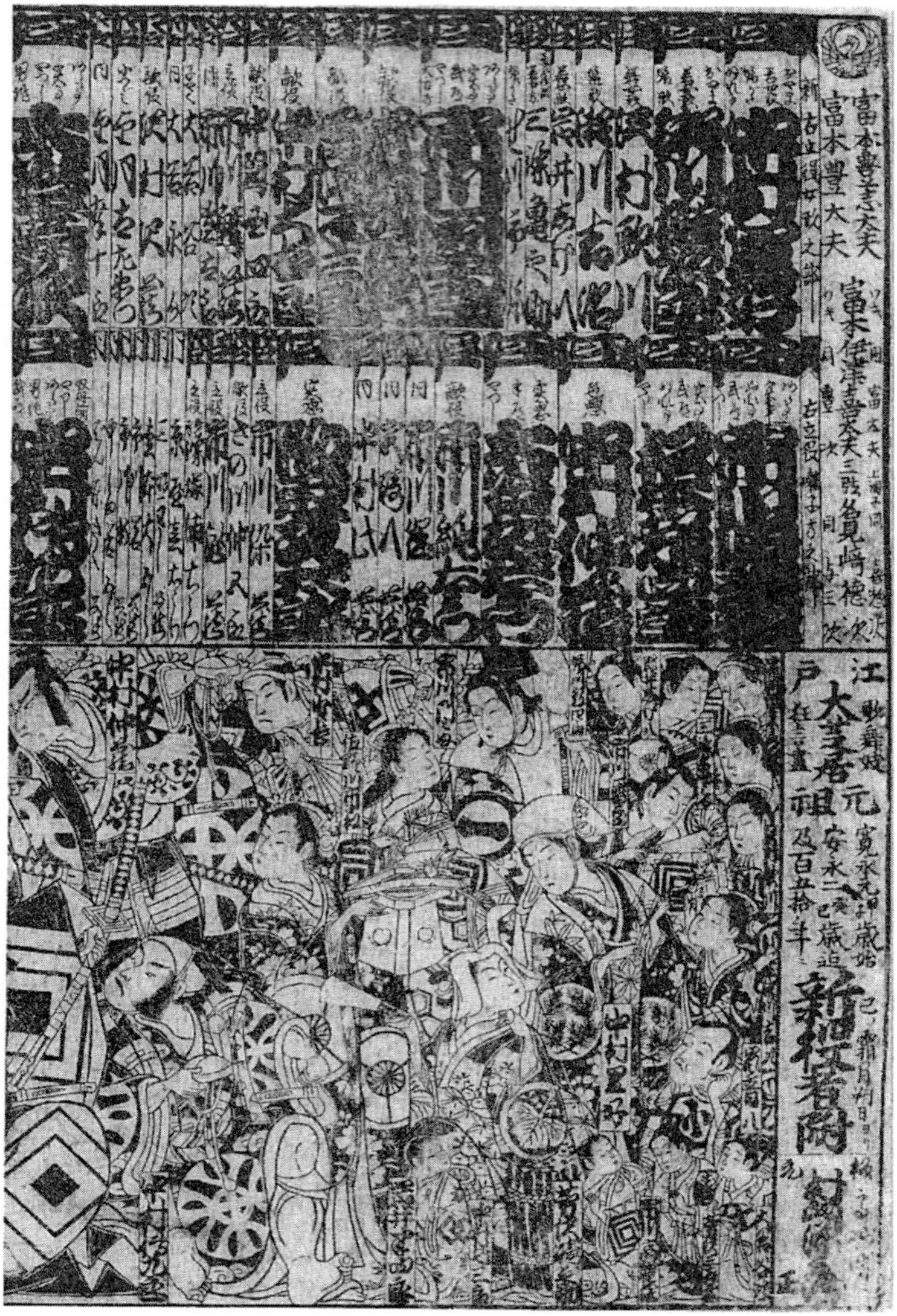

曲亭馬琴旧蔵「顔見世番附」所収（東京大学総合図書館所蔵秋葉文庫）

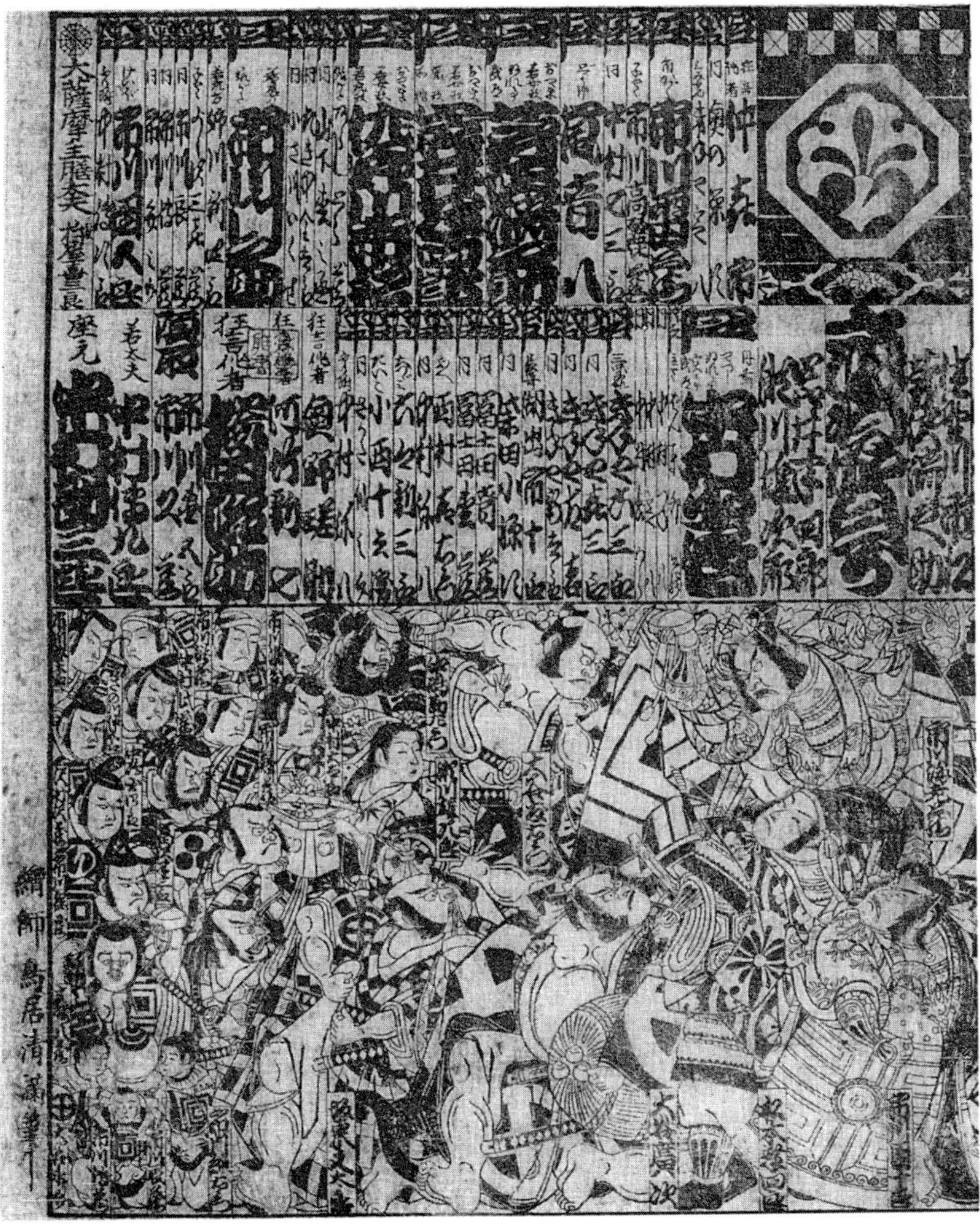
繪師　鳥居清満筆

4　役割番付図版　式亭三馬旧蔵「江戸三芝居紋番附」所収(国立国会図書館蔵)

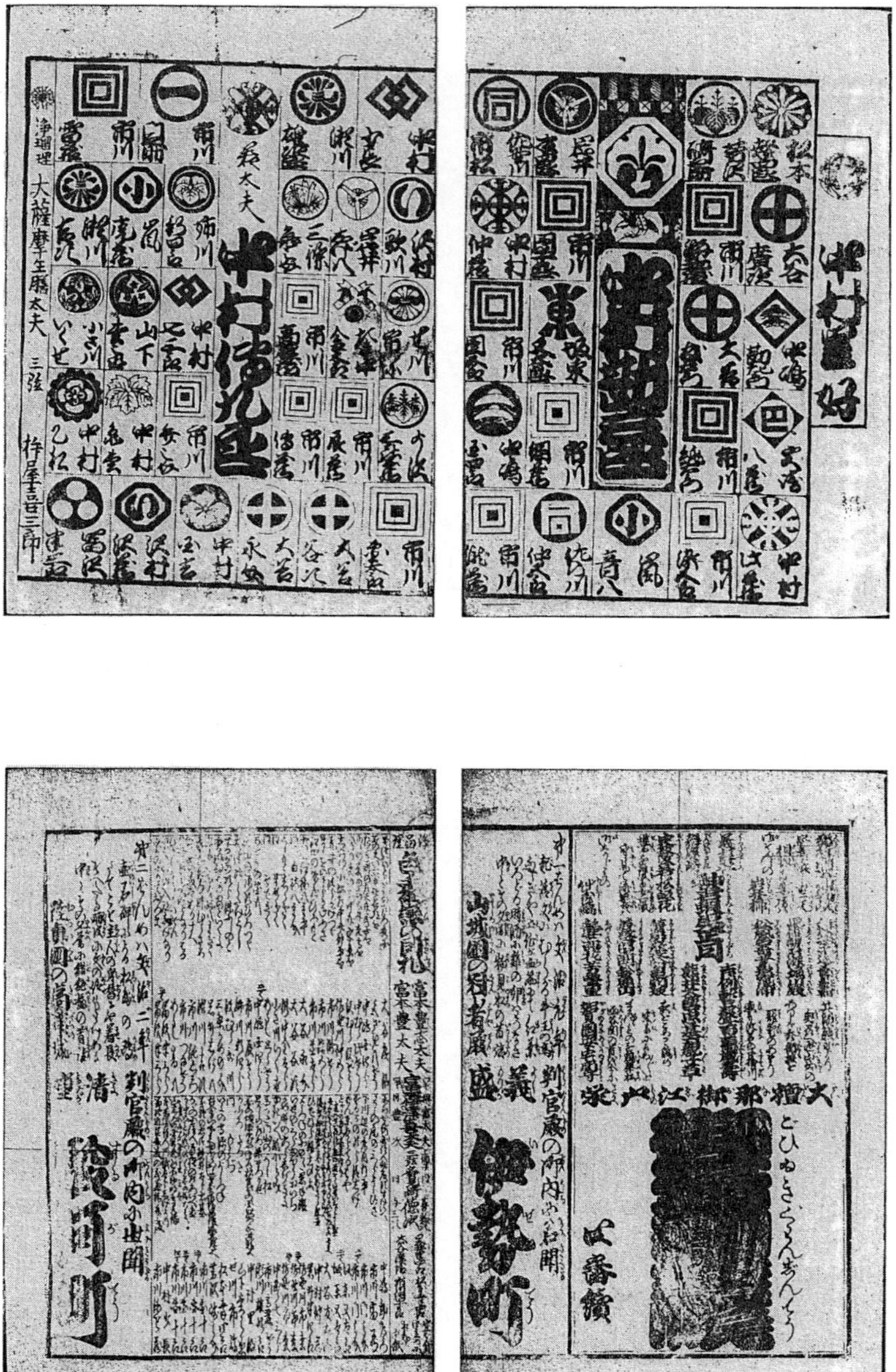

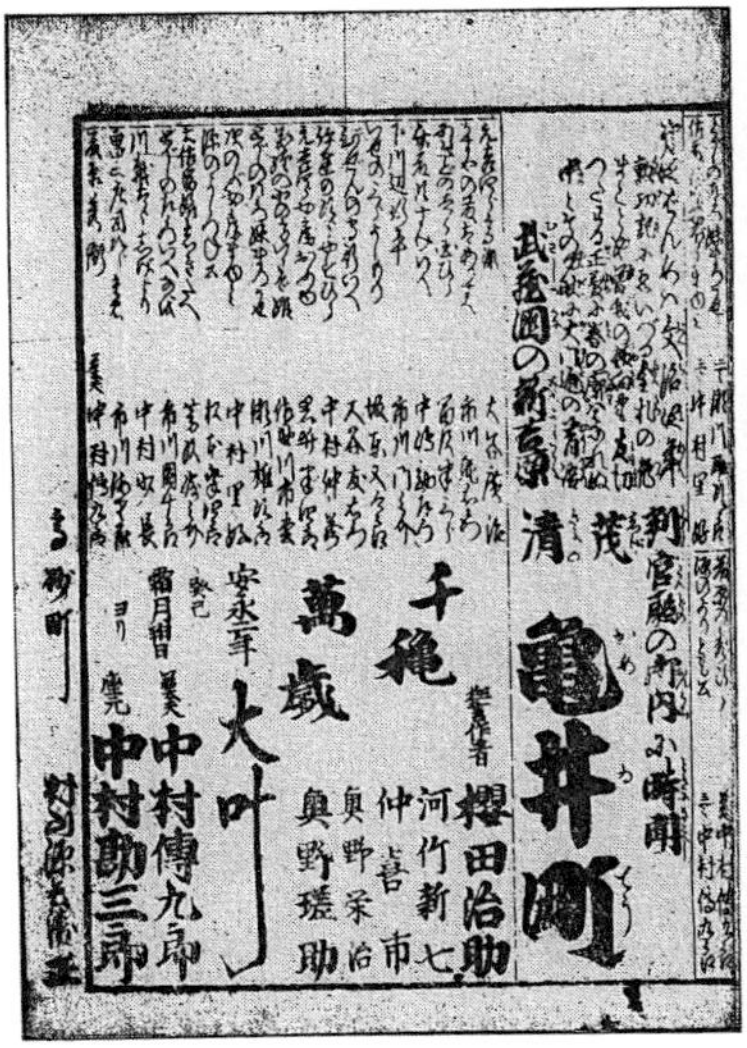

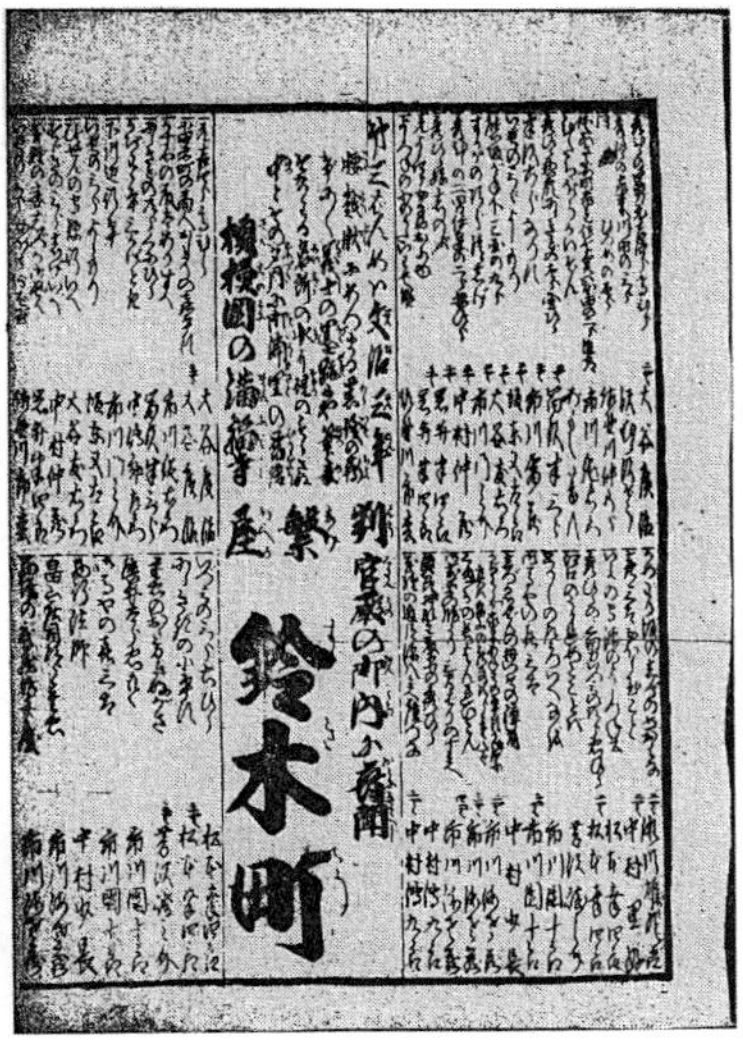

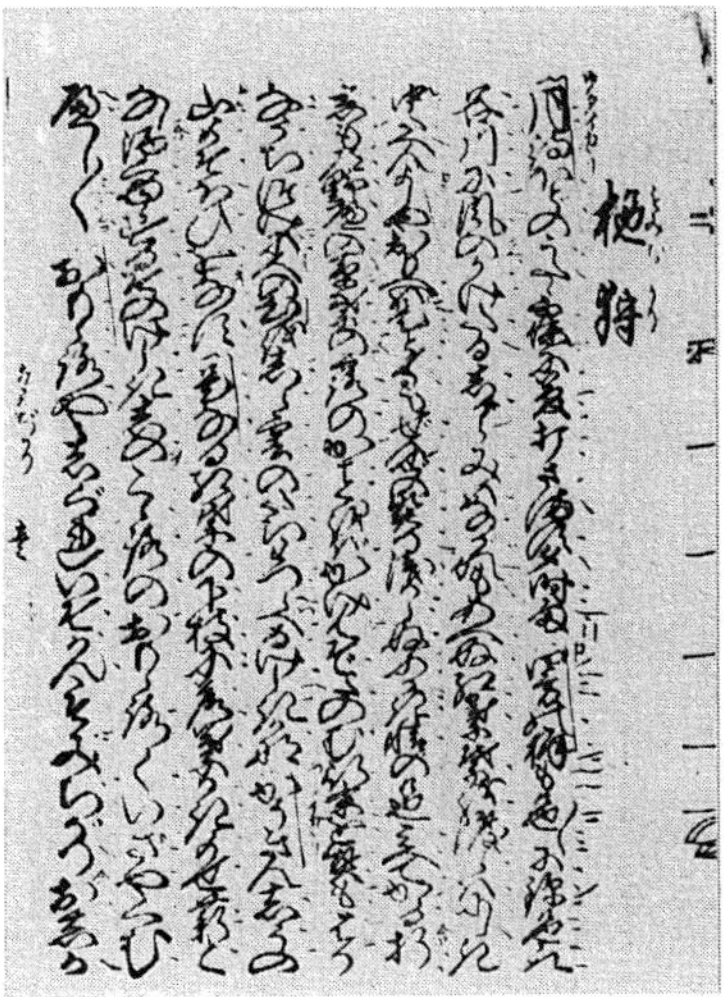

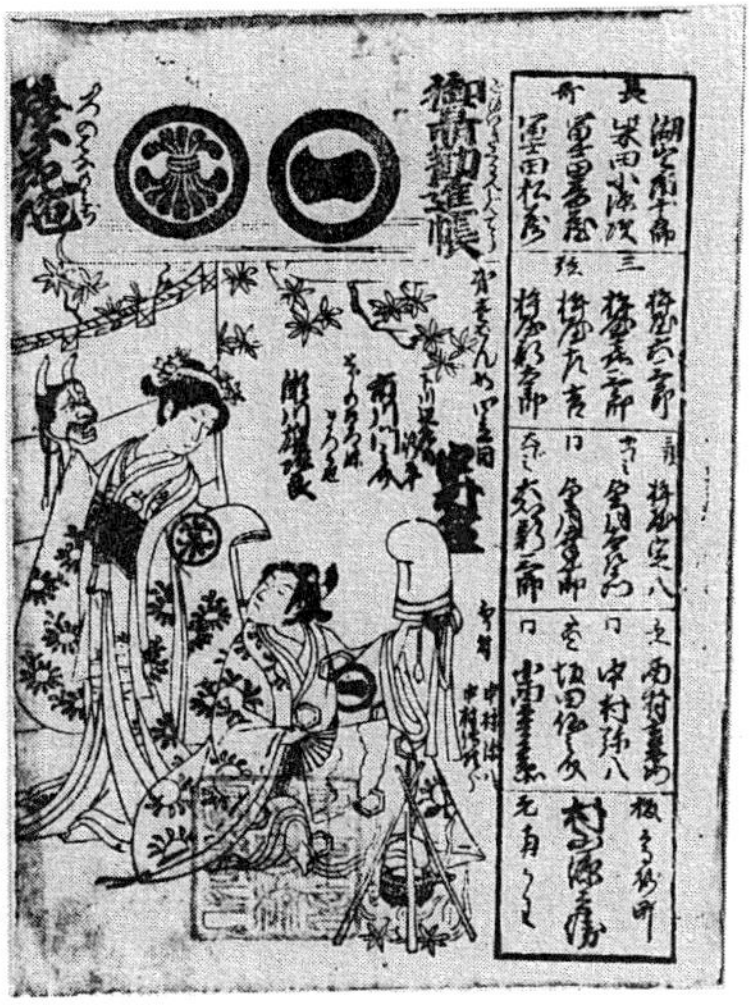

5　長唄正本　陸花栬　（東京芸術大学所蔵「長唄よせもの」所収）

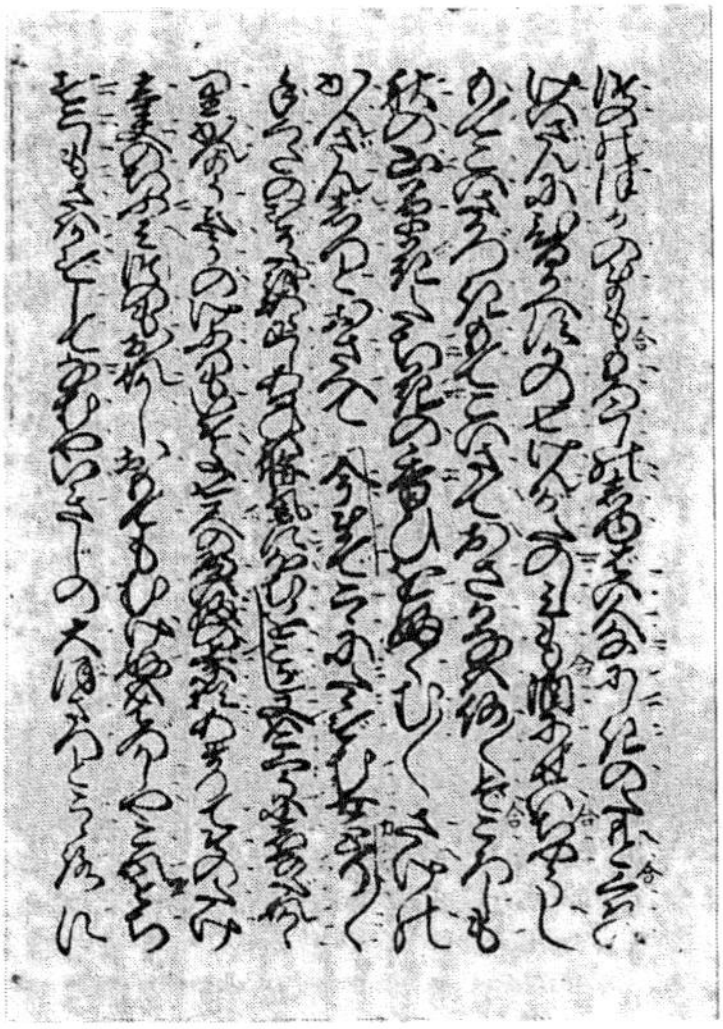

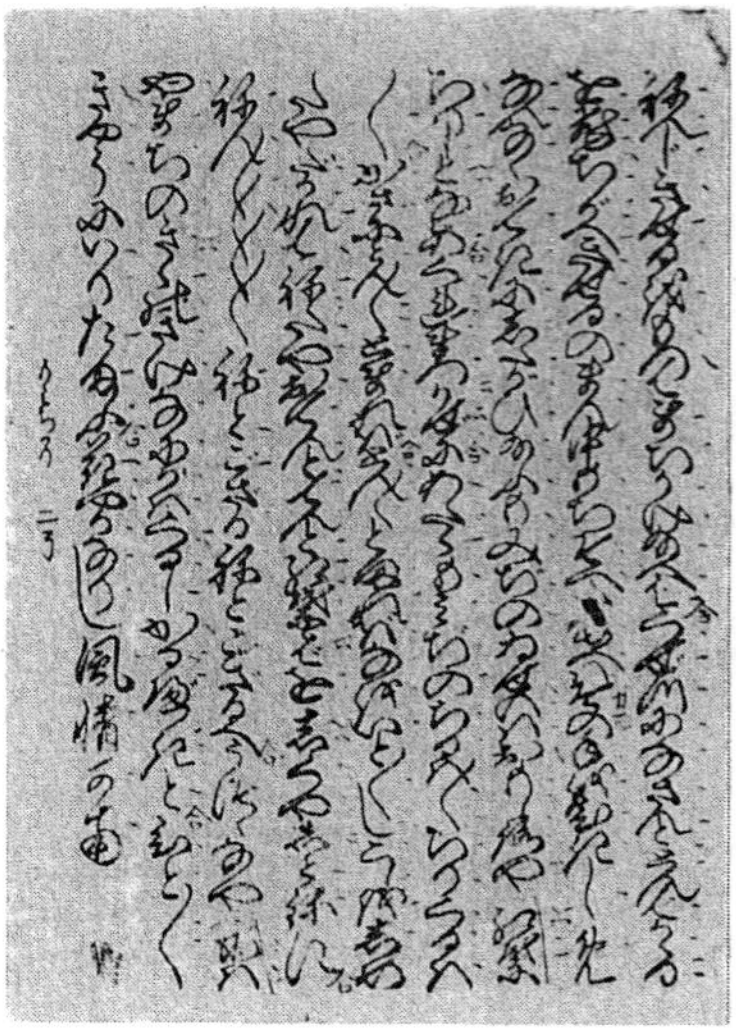

6　正本　暫のせりふ
六合新三郎旧蔵「長唄正本集」所収
（早稲田大学演劇博物館蔵）

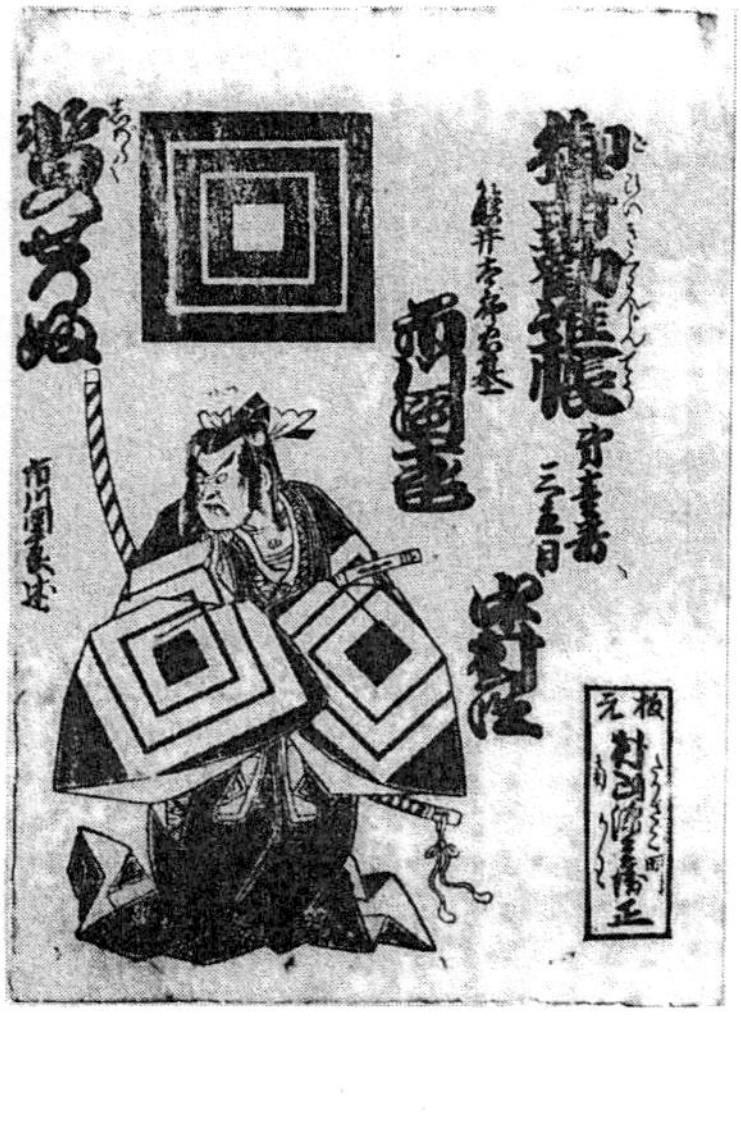

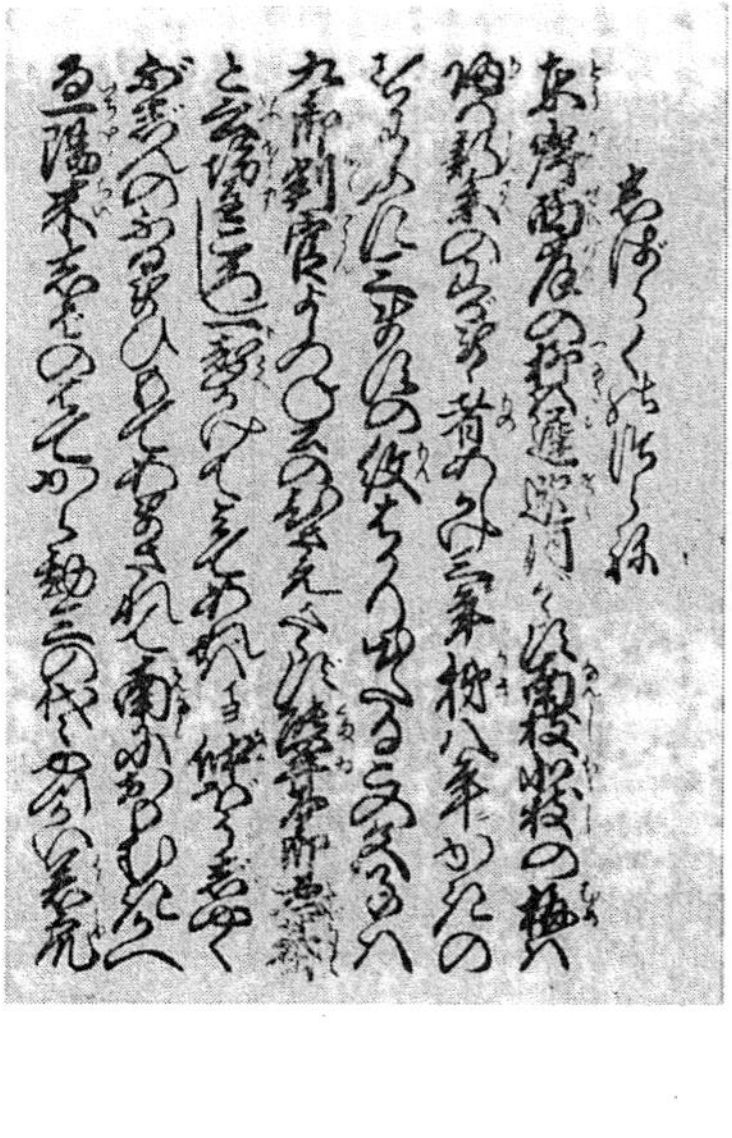

7　長唄正本　めりやす錦木（東京芸術大学所蔵「長唄よせもの」所収）

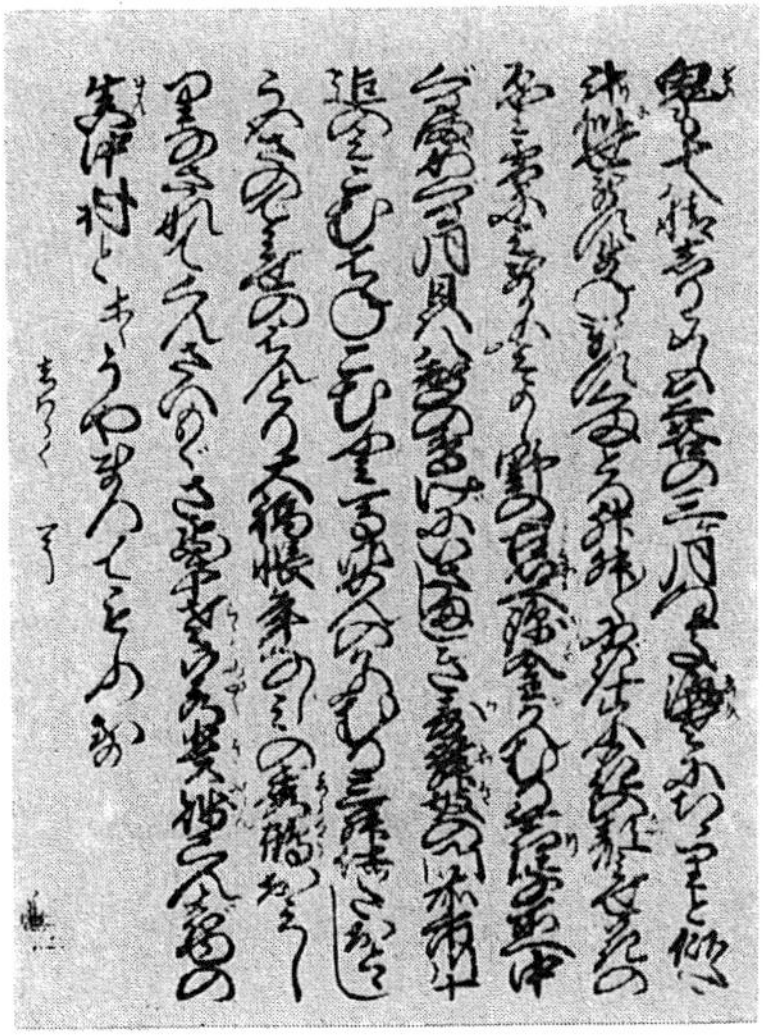

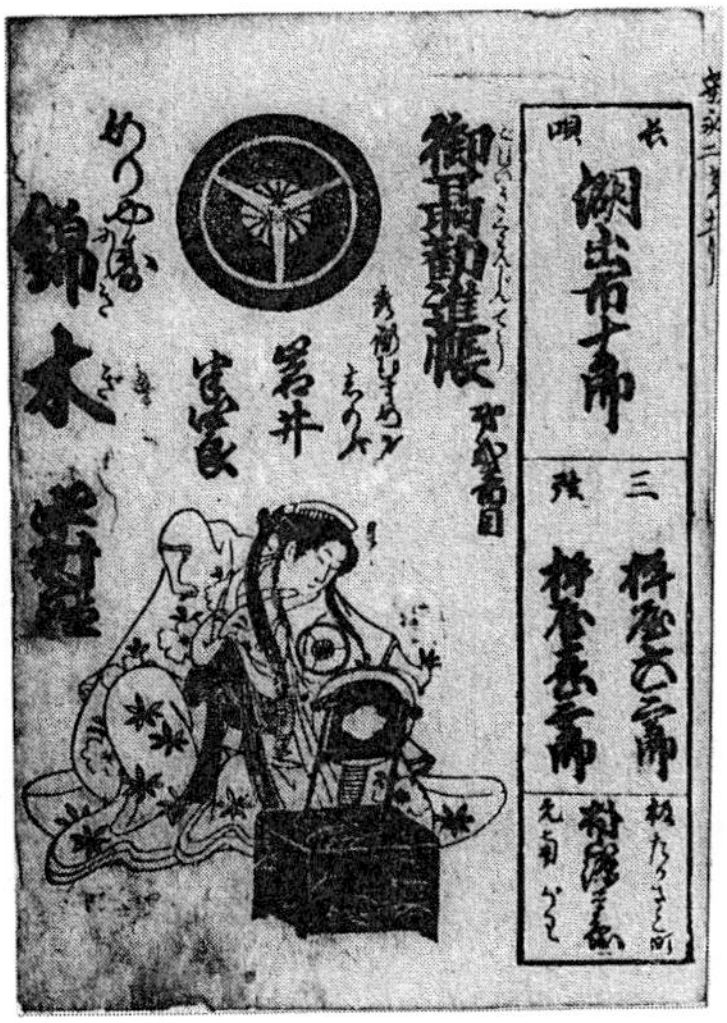

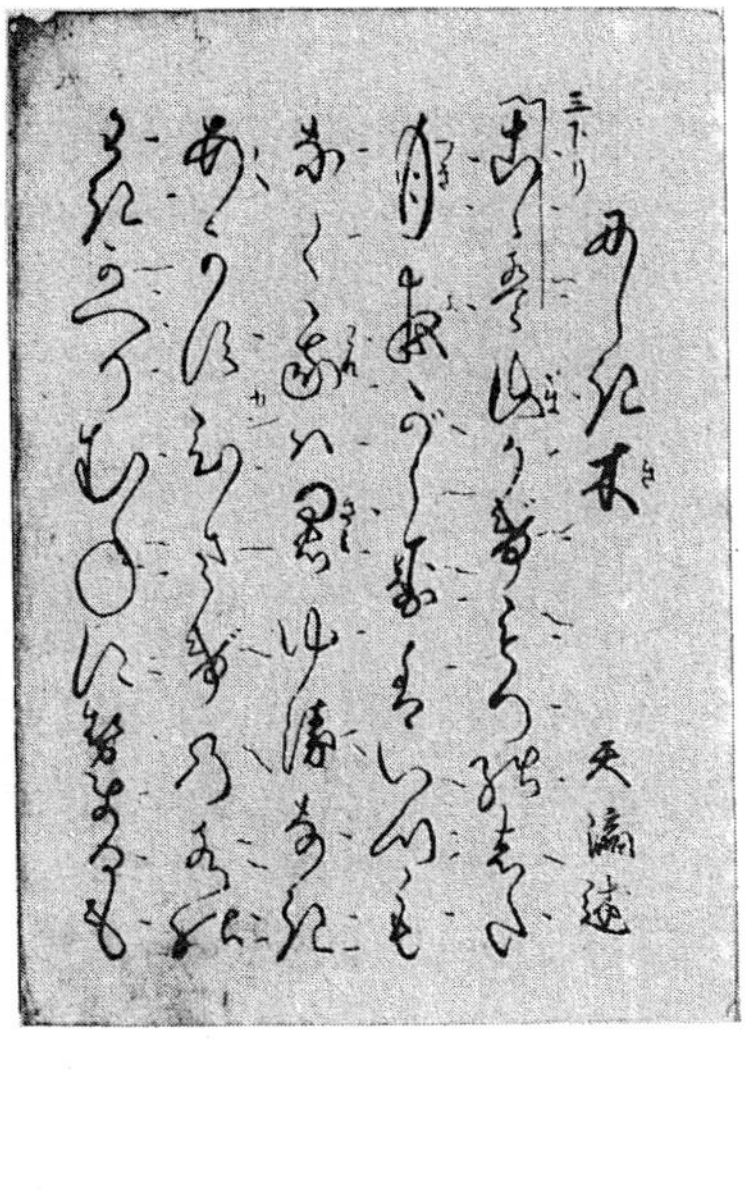

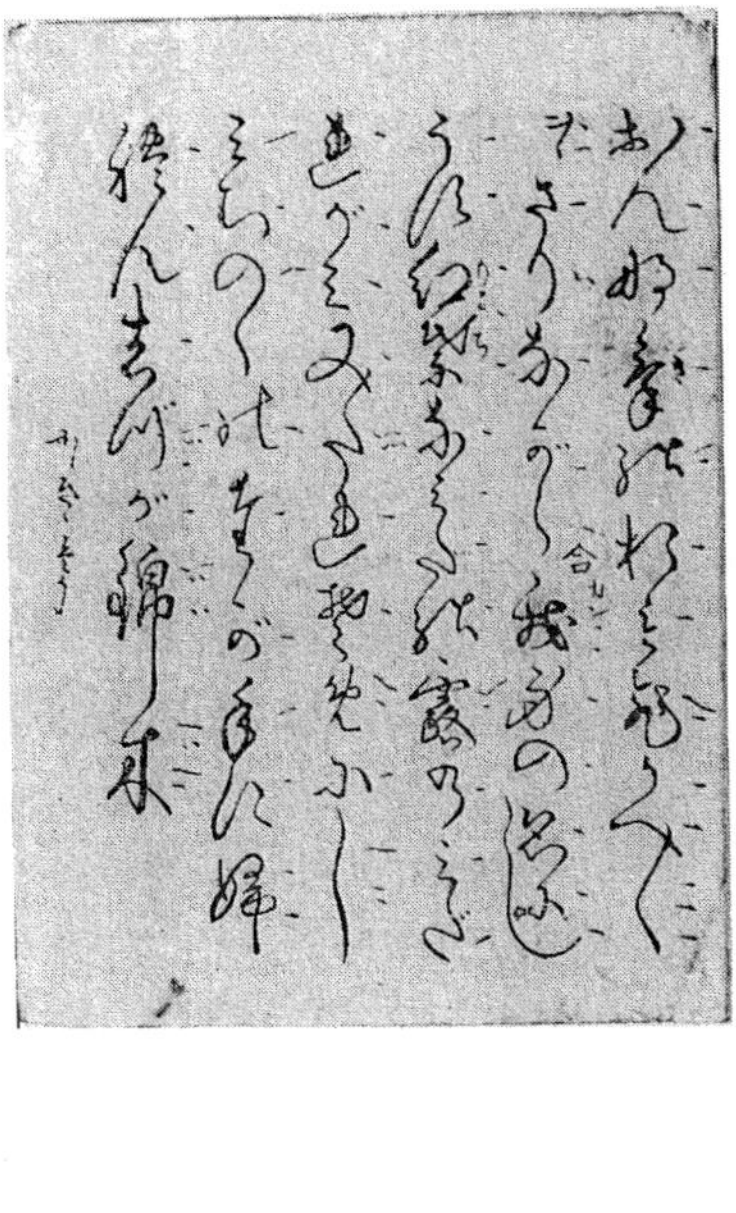

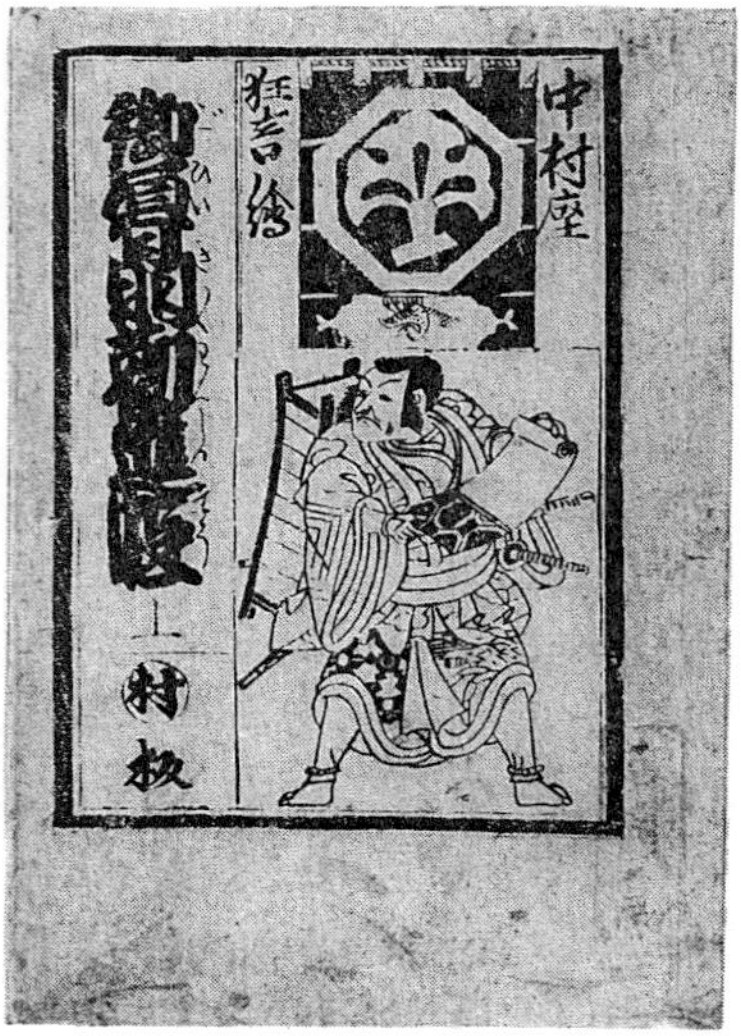

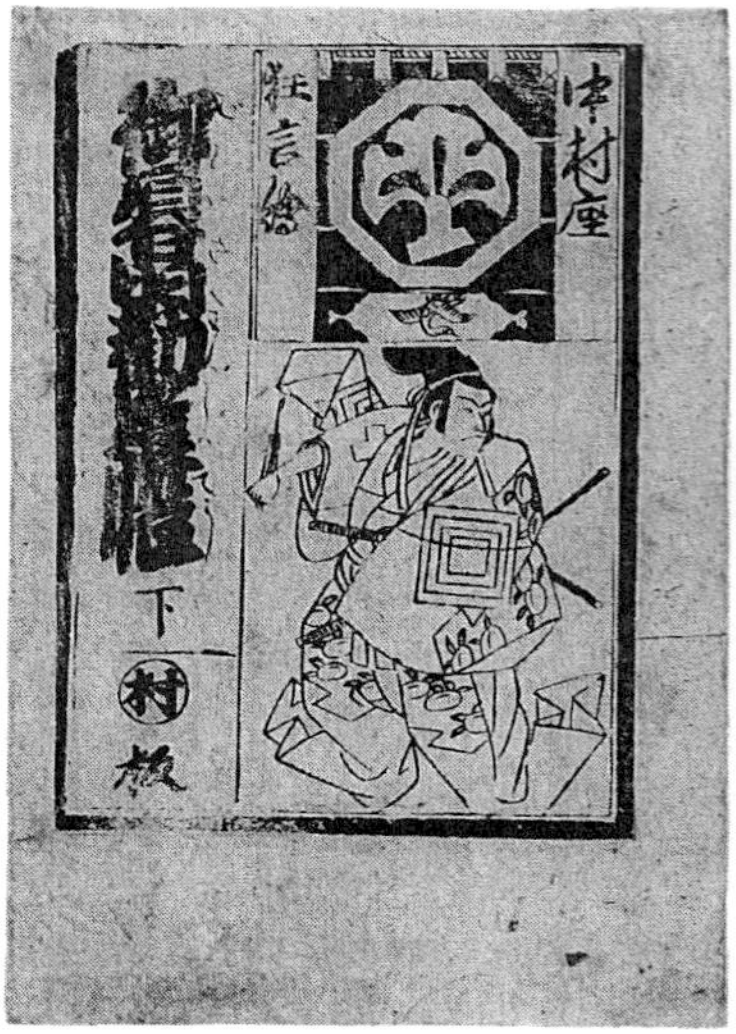

8　中村座狂言絵　御屓贔勧進帳　（西尾市岩瀬文庫蔵）

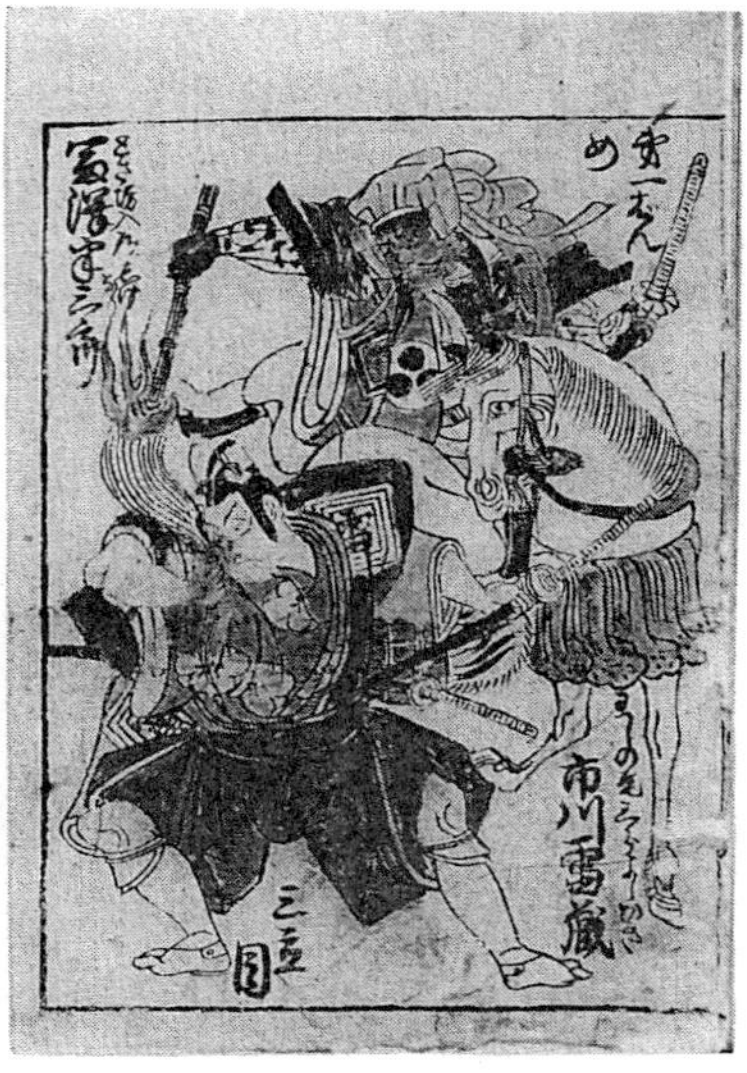

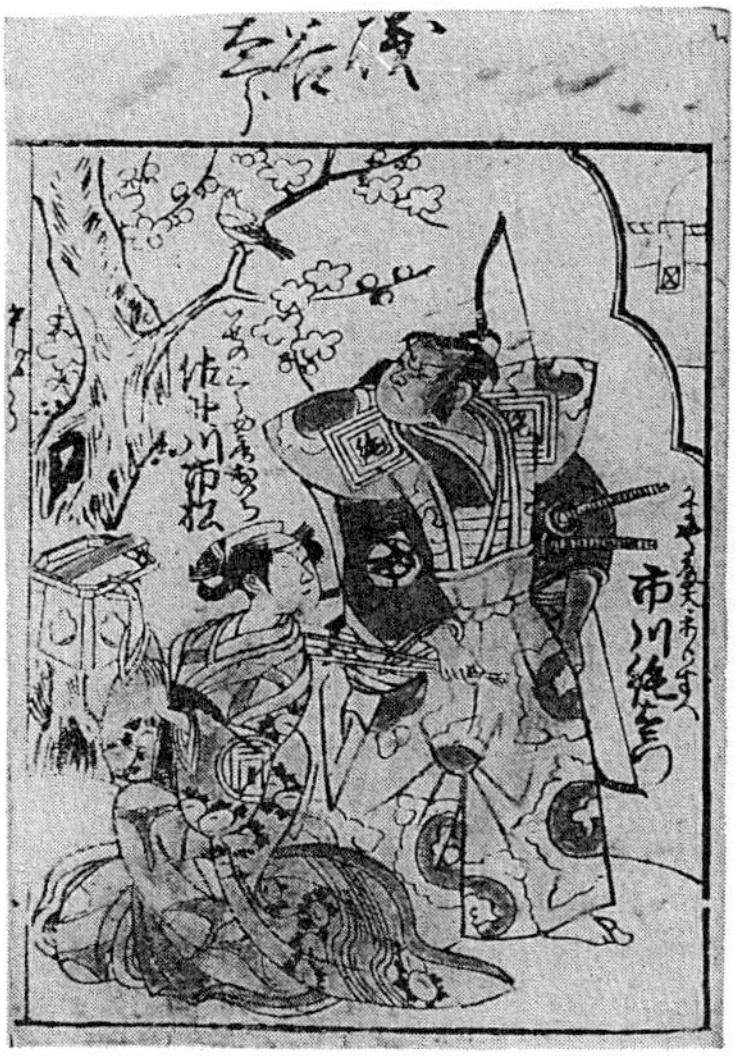

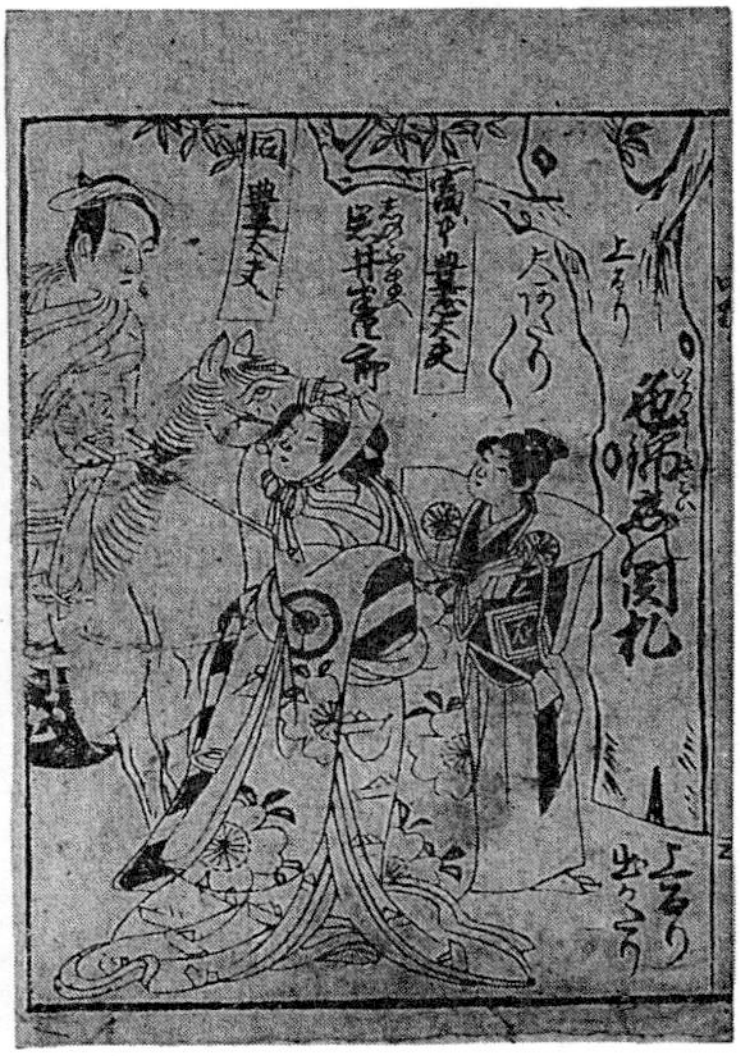

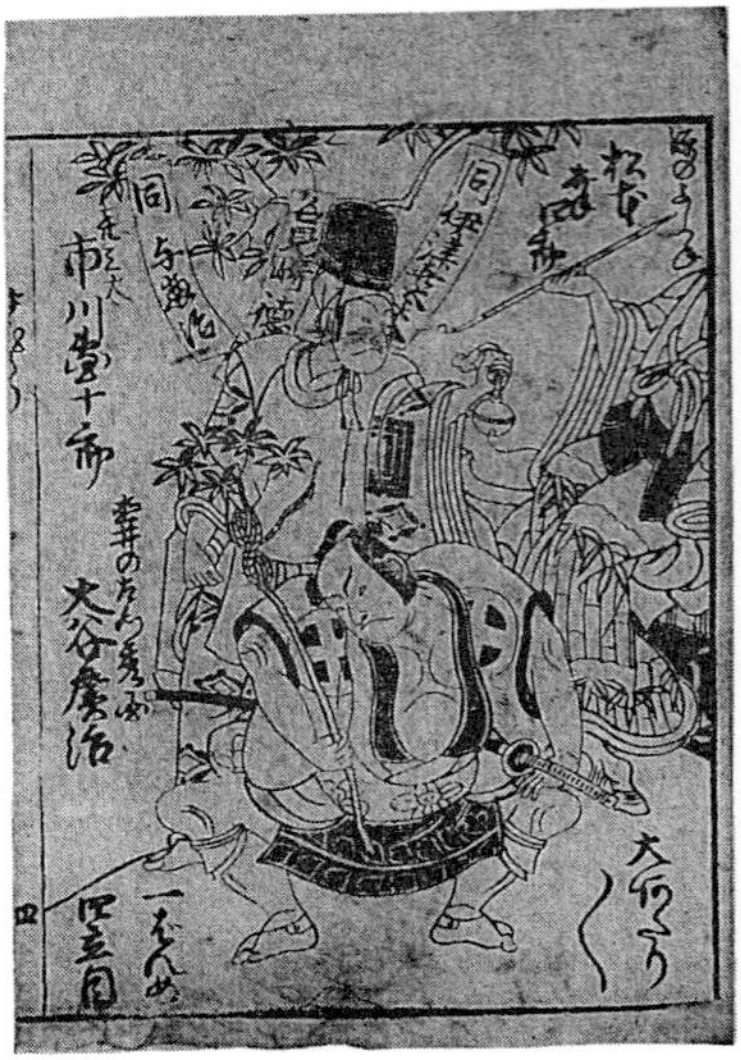

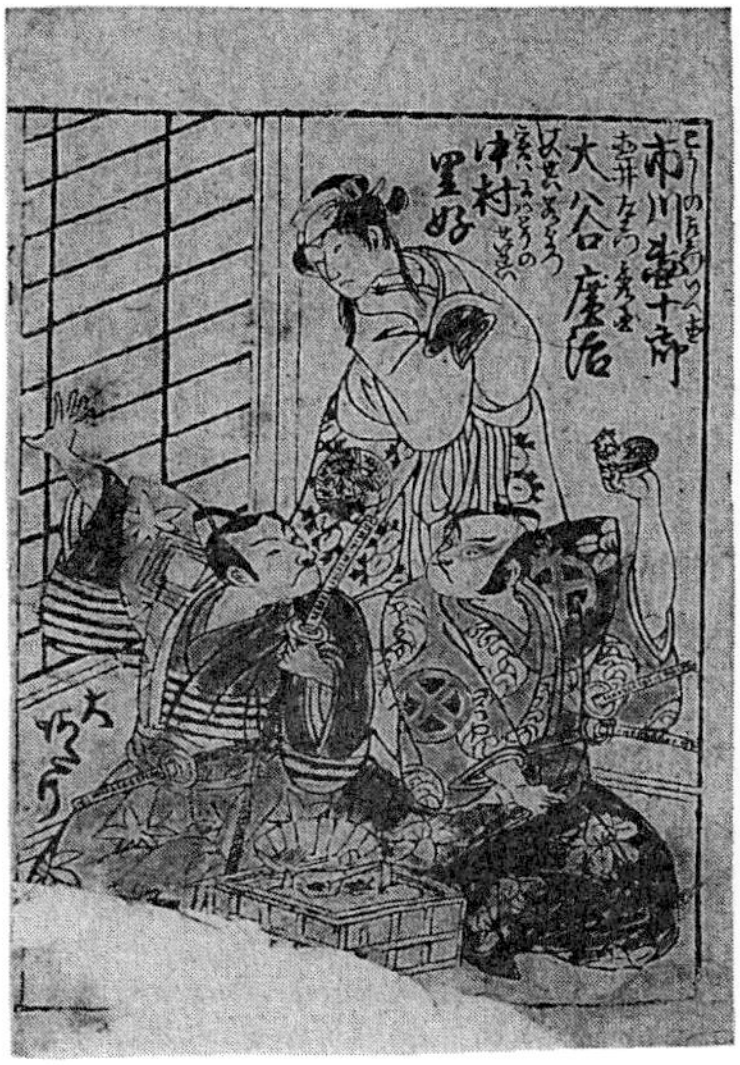

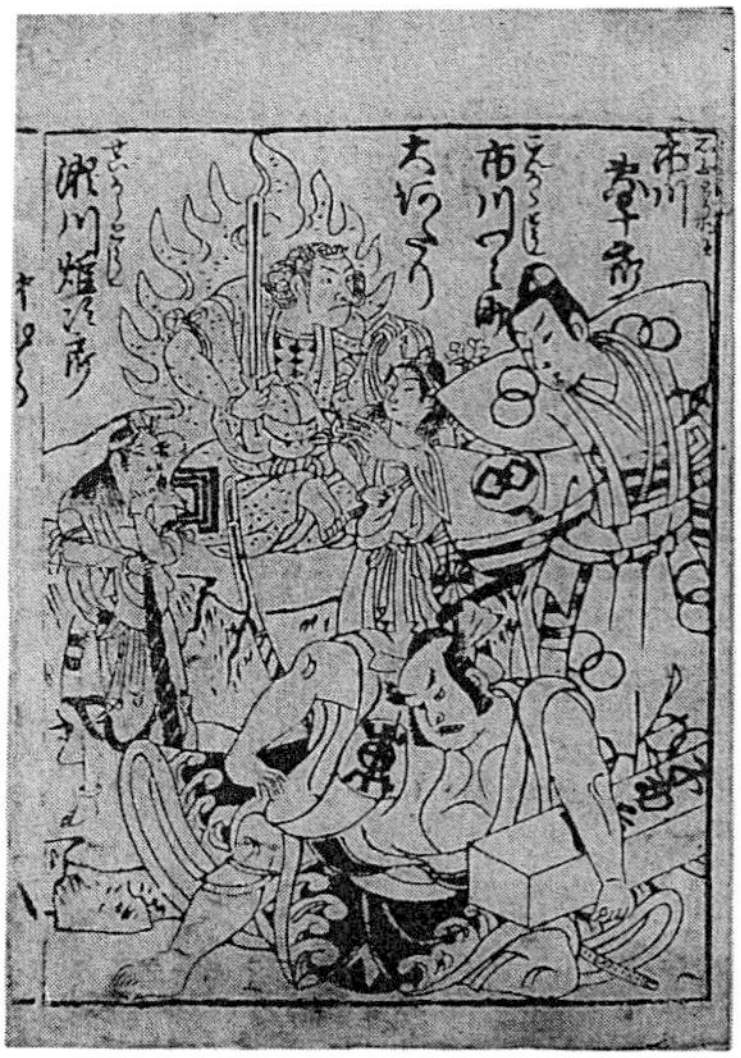

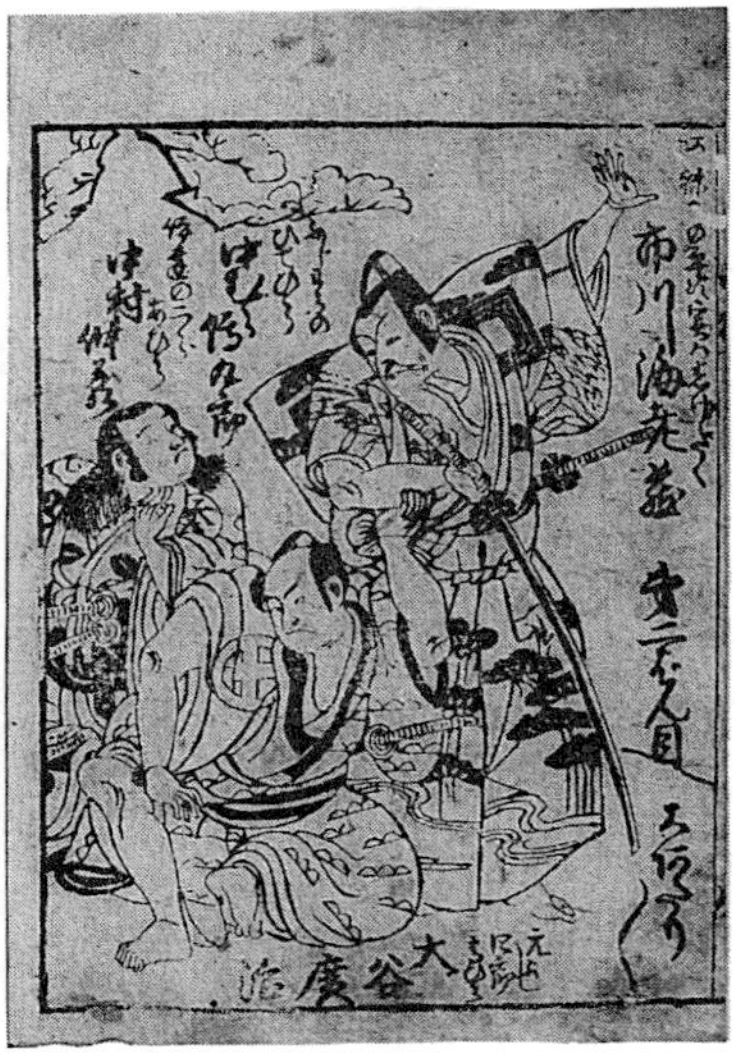

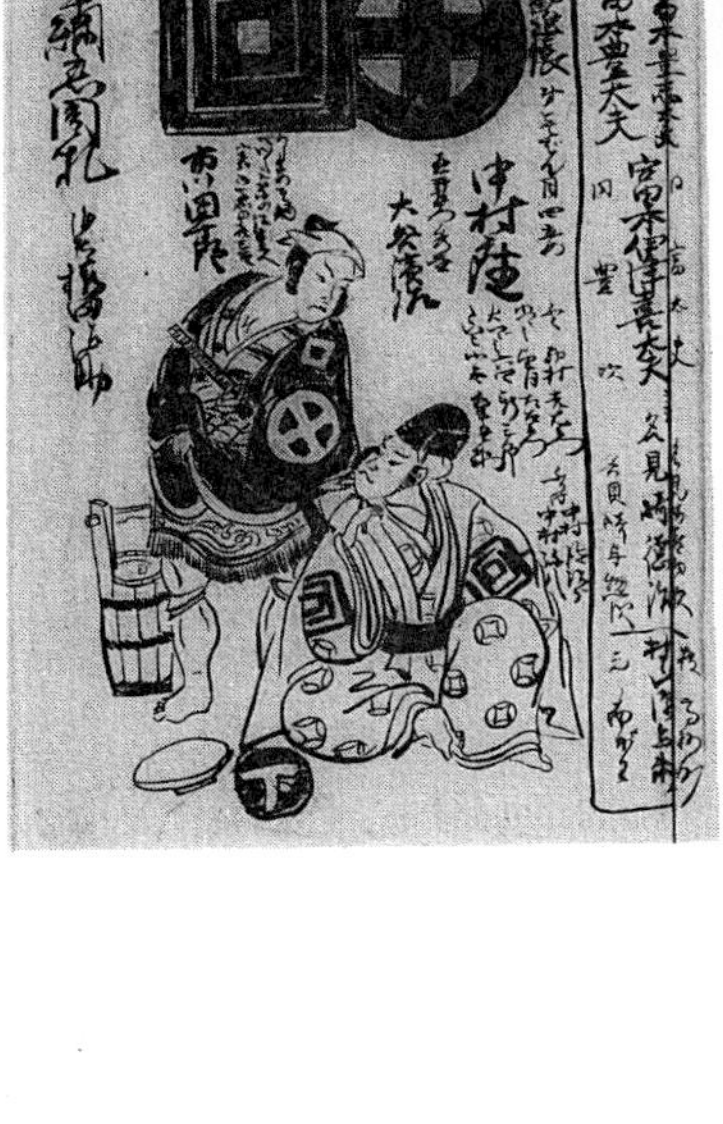

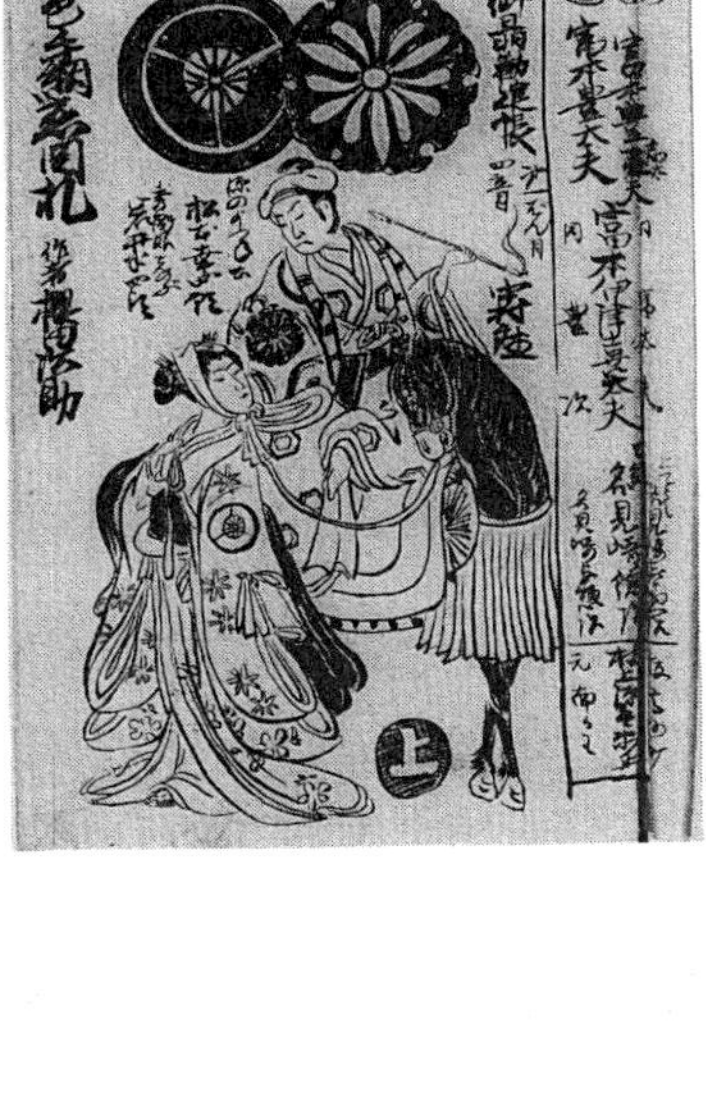

9　参考　富本正本写本　色手綱恋関札表紙
（早稲田大学演劇博物館蔵）

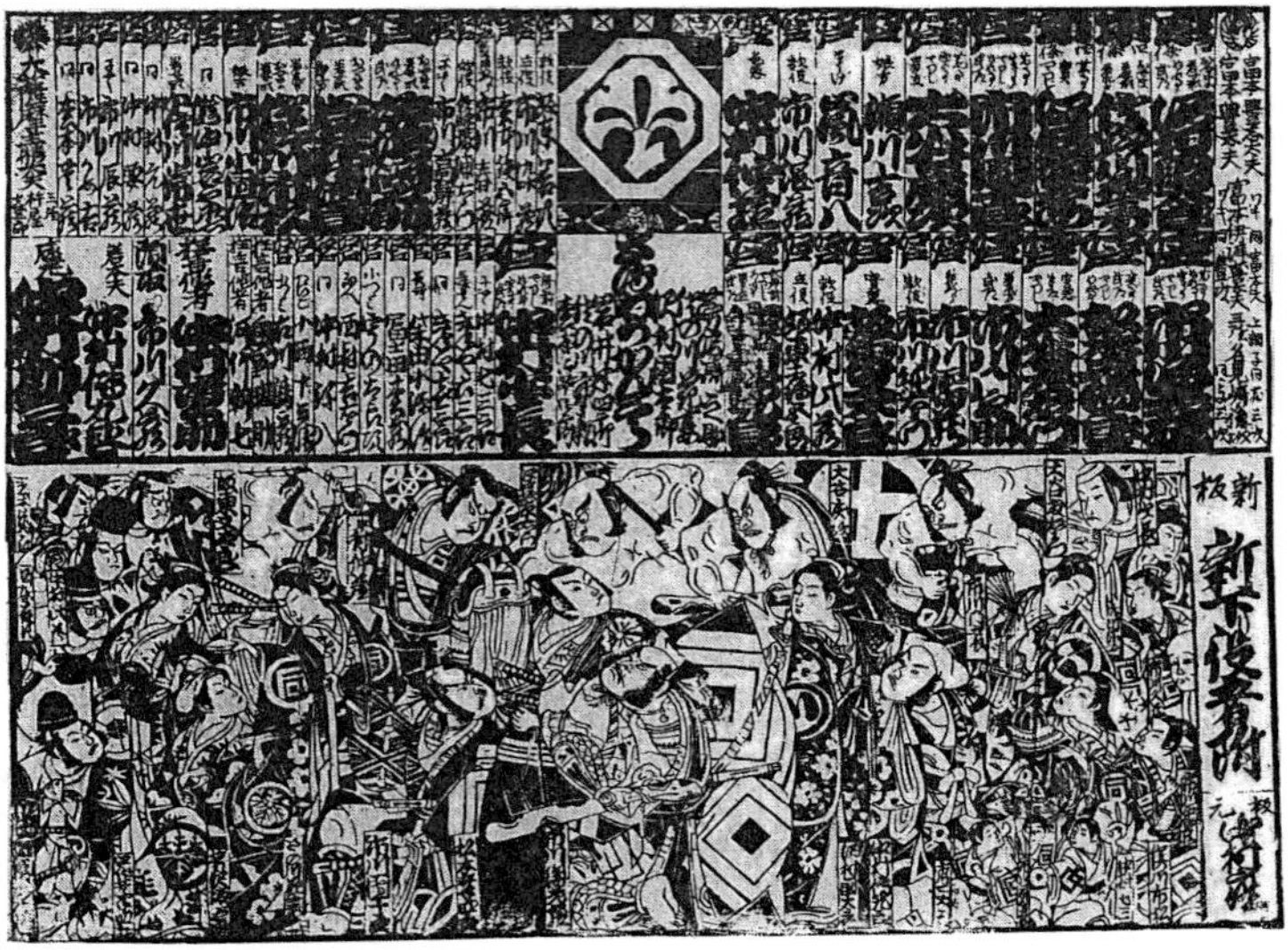

10　参考　新下り役者付（偽版・太郎番付）
「芝居番附」所収（国立国会図書館蔵）

四　御摂勧進帳　役者評判記抄録

『役者有難』(やくしやありがたい)江戸の巻(八文舎自笑著。安永三年正月刊。京正本屋九兵衛・八文字屋八左衛門板)早稲田大学演劇博物館蔵

『役者位弥満』(やくしやくらいのやみ)(羽觴庵著。安永の巳(二年)序。江戸辰巳屋清七板)早稲田大学演劇博物館蔵

役者有難　見立評語

○見立菊《きく》の銘《めい》に寄る左のごとし

市川海老蔵

役者有難　立役之部巻頭　極上上吉

是ぞ惣役者の大鳥の　鳳凰城《ほうわうじやう》(見立評語)

頭取曰　鳳凰城《ほうわうじやう》 其色紅黄《かうわう》にして多《た》弁《べん》微《び》捲《けん》　芸にいたり有てこせつかず誠に当時の大菊惣巻頭はうごかぬ〳〵　いせ丁の者出て　大名題御ひいき勧《くわん》進《じん》帳はできました　其上弐ばんめのしゆかうおもしろひこと。さくら田しめたぞ〳〵　亀井丁　是はしたり狂言の評判ではござらぬ。頭取かまはずと芸評〳〵　頭取　当白みせ御役武蔵坊弁慶。抑《そも〳〵》 弁慶は先祖団十郎殿元禄十五午年秋中村座にて新板高館《たかだち》弁慶状といふ狂言を始として。夫より古栢莚《はくへん》につたへ　弁慶橋　明和六丑の白みせ　羽左衛門のせし弁慶はつくりかつかうまで栢莚に其まゝであつた。当時栢莚風の事は座本がよい　するが丁　かしましいたわことつくとおたまてん〳〵してこますぞ。五柳《ごりう》の仕内にいかなくずはないぞ　鈴木丁　イヤくずがないとはいはれぬ。夏の和藤内ははやり病におされた。又すがはらのかんしやう〳〵のあれは　しやうきのやうであつた　頭取　けんくわは御用捨　扨此度弁慶第一大ばにて手づよし　わる口　しかしあんまりじやけらな所があつた。敵の首《くび》を切ていもあらいの所はどふか赤本を見るやうだ子共はうれしがる仕内じや　ひいき　こいつうろたへたやつだ　あら事は元祖より家の物。こゝが則市川流　頭取　さやうでござります。第二かまくらの上使あねわの平次の敵　秀衡《ひでひら》が方へよしつね岩手のせんぎに来り秀衡が子息にあひ兄安平をほめ元よし四郎を悪口の所にくてい〳〵夫よりいづみの三郎が酒にゑひてたわいなきていを見てあざける仕内おもしろい事。さすがは木場殿　夫よりよしつねの身がわりの首を持て行かふとする時。安平にせものと云。其にせものがつてんといはるゝ所。是より実《じつ》に成本名重忠と名のり安平が工みを見あらはすまで大出来〳〵　鈴木丁　おつかぶせのわる口耳《みみ》がいたいぞ

役者位弥満　大尾　極上上吉

頭取　さぞみな様お待かねで御ざりませう　此所が市川五粒先生でござります　当顔みせ御贔勧進帳に則西塔武蔵坊弁慶にて義経ともに安宅の関を通らんとする所斎藤治にとがめられ虎の巻を出し勧進帳になぞらへよみ上る仕内　見功者　こゝなぞは外の人のしては一向いけぬ所さすが親玉あつぱ

れ〳〵次に富樫左衛門が情にて義経主従をやす〳〵と関を通し跡にて斎藤次主従と荒事大ぜいを打殺し芋をもむやうに大ぜいの首をあらわるゝ場おかしみも有手づよきこと誠に弁慶と見へます【わる口】やつはり景清が坊主に成ッた様だ【ひいき】此才六めうぬも一ッ所にもまれるか【頭取】扨二ばんめは鎌倉よりの上使姉輪の平次にて秀衡館へ来たり義経の首打て渡せといひ付【見功者】此時秀ひら御きやう書をよむうち手をつきうやまひゐらるゝ所さすが〳〵【頭取】次に秀ひらの兄弟四人ひとりづゝ対面し泉の三郎ほうらつなる故伊達の次郎手にかけんとするをとゞめ色〳〵と三郎が心底をためしいかにも役にたゝざる者也とて手にかけんとする所を元吉四郎おしとゞむる故其分に差をき後に泉三郎同妹忍ぶか首を義経岩手姫の首也と請取立帰らん(と)する所を伊達二郎似せ者也といふ故姉輪の平次実は畠山重忠と本名をあらわし本田半沢を呼出し二ツの首桶を渡し伊達の次郎が悪事をあらわす迄【ひいき】姉輪の平次から畠山重忠と名のらるゝ所誠にきつとわかつてみへます　有かたい事〳〵【頭取】左様〳〵こゝらは又外にまねてもござりますまい　別して此度は御子息三升丈大出来にてさぞお悦びてござりましやう　イヨ親玉しめましよしやん〳〵〳〵

市川団十郎

役者有難　立役之部二人目　上上吉

仕うちは至てひくからぬ　天門山(見立評語)

【頭取曰】天は高く位事よく諸芸の徳を云　門は入ることをつかさどり山の高きは名代を云　其色あら事の紅くまやつしの粉色つやゝか也　両年森田座を勤又ゝ当冬よりさかい丁へ帰り花の皃みせ御仕きせのしばらく　熊井太郎の角かつら【ひいき】正銘しばらくの本店は是でござる【わる口】ハテちいさなしばらくがはやる【ひいき】此万八のおつかふせやらうめ皆様近頃此やうなうろたへた評をするやつが出ますぞかならず出みせせりうりは出しませぬぞ【頭取】御得〳〵さて此度上るりの場かしまのことふれの出・本名喜三太よし〳〵・次にとがし左衛門にてよしつねをみとがむる時　弁慶が忠心をかんじわざと関を通し・次に広治殿との出合めづらし玉子をわりし時直井がくわい中の玉鶏のいんにわとりのこゑをはつせしをあやしまるゝ所よし・次に上使をにせものとさとりびぜんの守行いゑと見あらはし・次におよしをつまにせんと云牛王に血汐《ちしほ》をかけさせ土佐が娘となのらするまでよいぞ〳〵大詰不動《ふどう》のおし出しまで出来ました【芝居好】去夏森田座にて物ぐさのおか平と伴左衛門の大出来・名残のけぬき鳴神もでかされ此度まじりなしの真黒上上吉にのぼされたも尤〳〵

役者位弥満　立役之部巻頭　上上吉

【頭取曰】礼記曰《らいきにいわく》君父の讐《あた》には共《とも》に不戴天《てんをいたゞかず》の語は曽我の五郎が工藤に対面の時いつの狂言にもいわねばならぬ言葉也　又寛仁大度の鎌倉殿よな重て謁《あつ》し奉らんそれまではかた〳〵さらばとは景清が頼朝に対面して帰る時の言葉也　五郎の役から景清などの役を引取て舞台いつぱいに仕内をみするは大ていや大かたの修行にてはなられず　しかるに当時市川団十郎を見るに　今此年来にて景清もなり又時宗も出るといふは誠に名人の子孫程有て末頼もしふ存る　此度三年ぶりにての帰新参　当顔みせの大当　夫故江戸役者の惣巻頭にいたしました【りくつ者】親玉をさし置て息子から評判とはこりやどふだ【頭取曰】サアそこで御座ります　成程当時市川海老蔵と申ましては三ヶの津役者の親玉なれども　海老と申名は申さば隠居分と申物団十郎と申ましてはかぶで　はふこは中に不及　外国までもかくれこざりませぬ　まして親子一体分身なれば其論にはおよびませぬ　殊に此度の大当り　かれこれもちまして巻頭　それでもむりか　おらむりじやあんまいと思ふ【大ぜい】そふだ〳〵あのよふなむだにかまはずと　はや芸評〳〵

【頭取曰】東西〳〵さて此度狂言の名題御贔勧進帳　第一ばんめ三立め熊井太郎と成　惟明親王坂東太郎に言付　義経の北のかた岩手姫丼に川越太郎

を手にかけんとする所へ吉例のしばらくの出いさぎよく　その手づよきこと申もおたまきどふも〳〵口合のつらねまでいやはや聞ごと〳〵本ぶたいへ移り坂東太郎をふみのめし御台井川越其外行平松風村雨をたすけ立わかるゝ迄大丈夫〳〵四立目浄留理の段　御馬やの喜三太なれども鹿島のことふれと成　所作事も親玉にそのまゝ〳〵五立目安宅の関守富樫左衛門役義経主従山伏姿にて関を通らんとするゆへ斎藤次通すまじとあらそふ所へゐぼしすわふにて出だん〳〵と詮義する仕内落ついてよし　弁慶東大寺大仏建立の山伏なりといふ故しからは僧乗坊よりの添状あらんといふ時に弁慶偽て虎の巻を勧進帳にしてよみ上ける　其忠臣をかんじ情にて関所を通す所　誠に位有てたけからず　親玉と立ならんでの仕内あつはれ〳〵六立目傾城若松に長柄をさしかけての出端きれいな事〳〵別而此度丸やと里好三人の出合たがいにうき世咄の上　酒の肴に鶏子をわりし時若松おどろくをあやしみ　次に斎藤次が悪事を見あらわす迄　此度壱番目は三升一人にもりかけたる狂言　所を始終ぬけめなく大詰の不動明王の見へ迄大出来〳〵去ミ卯ノ顔みせより森田座出勤の内も続て評よくお手から〳〵別而名残狂言粂の弾正鳴神上人【悪口】是は大みそであつた　まだ〳〵毛抜計りて置はよかつたに跡の鳴神でさん〴〵ことに慶子か大こく舞て鳴神はどこにゐるやら一向かげがなかつた【ひいき】まて〳〵三升にけちをつけるやつがあると　おれがあいてだぞ【頭取】まづ〳〵お待なされませ　成程鳴神の評判はちとさへませなんだ　あれも白雲黒雲を雷子是業たへまも野塩なぞて致されたらよふござりませうにざんねん〳〵慶子の白雲もひつきやう三升名残のことなれば地走心てござりませふが　帰つて大こく舞の大評判で馳走が無地走になりました　とやかく申ても有て過た事　此度の大あたりで鳴神の不印を取かへしました　何ンでもかでも此度は大当り〳〵夫故位もぐつと上ましてござります　木場でもさそお悦とそんします　江戸役者の随市川〳〵

松本幸四郎

役者有難　立役之部三人目　上上吉

御ひいきをかさねし　吾妻《あづま》の杜《もり》(見立評語)

ほうび(小鼓の絵)

【ひいき】是頭取からいやがあたりをしらないか中村座一の評判だ　此座組を仕直せ〳〵【頭取】さやうでござります　それゆへほうびをつけました・又くらいにおめを付られませ・扨此度よしつね役豊志太夫上るりの段恋の関札半四郎殿とのしよさきれい〳〵・二ばんめいづみの三郎にてそらなまゐいの所・当時此やうな和らかみ外にござるまい　此所近年の大出来〳〵【わる口】春の清玄をぢにしたといふもの【ひいき】此とうへんぼくのくされ木め　ふみ板にするぞ・扨御ひいきの女中方は三川丁のかうらいやがみせの瑋《い》噔《てう》香《かう》をお付なさい

役者位弥満　立役之部三人目　上上吉(嵐三五郎と引き合い)

【頭取曰】此度壱ばんめ四立目浄留理の段九郎判官義経にて馬に乗広治半四郎三人のせり出し　いやはやきれい成るかな　所作の内も始終此度は広治半四郎を引立ての仕内　成程おとなしくみへます　壱番目はさしたる仕内もなく　二番目和泉の三郎にてなまゐいの場は又かくべつ功者なもの　尤此度の狂言二ばんめ殊外出来ました　桜田どのお手から〳〵　立物ぞろへにて大ふんむつかしそふな所をみなそれ〳〵の役廻り　きついもの〳〵もふどこへこざつても急度立作　桃の木〳〵とは申されませぬ　一番目の崎之介市松黒装束にて女の忍ひの者あたらしい【大せい】是〳〵桜田計りほめて錦考の仕内はどふだ【頭取】成程〳〵泉の三郎にて上使姉輪の平次に対面の場つゞみを持てのあしらい　次に兄伊達の次郎弟元吉四郎が心底を引み姉輪の平次が引さきすてしみつ書を水にひたし　鼻紙にうつしみらるゝ段次に義経の身替りに切腹する迄大でき〳〵イヨ高麗や

大谷広次
役者有難　立役之部五人目　上上吉
男も女もひきまする　男女《おめ》川(見立評語)

頭取 東西〳〵御ひいきの丸屋でござる。当座初舞台　先は評よく珍重〳〵此度直井左衛門にて上るりの場よし むだ者 此上るりの趣向はとなりと同しやうだが　とちらがほんのだしらぬ ひいき なんでもあたつた方がてがら〳〵 頭取 次にとがしが方へ来り酒のみかはし玉子をわる時くわい中より鶏《にわとり》のこゑはつせし故とがしにあやしまるゝ所御両人よいぞ〳〵。二ばんめ元よし四郎にてあしがる姿にてあねわに悪口せらるゝをこらへ。次に左七にかりたる金すまぬゆへてうちやくにあいむねんをこらゆる仕内までよし〳〵 さしき 一ばんめよりきついおほねおり。先は初座評よく御仕合せ。去秋の忠臣蔵のわかさの介と平右衛門はきつい出来でござつた

役者位弥満　立役之部四人目　上上吉(市川八百蔵と引き合い)
当り　いわく有

ひいき 丸や一ツしめませうしやん〳〵 頭取 扨〻きついひいきの有人かな　何ッてもずつとそこへ出らるゝと　よいかわるいかいさいかまはずどつ〳〵とわれる様にござります　きひしいものかな　此度壱番め浄瑠理の段義経の家来直井左衛門にて奴姿の出　とこやら昔の関札の俤残て駿河やを思ひ出します　六立め富樫の左衛門やかたへ来り三升里好三人の出合富樫の左衛門玉子をわれは懐中の玉鶏の印声をはつする故　傾城若松富樫左衛門三人共にあやしみ　此間三人共に大出来〳〵大詰坂東太郎又太郎との荒事めさましい事　二ばんめ元吉四郎と成足軽ていの出端　とかく此人はかほまつかにぬり荒事よりすがほにて木綿衣裳の仕内が大きによし　女房半四郎殿を妹にして置家主佐七純右衛門殿に借金有故さん〴〵ちやうちやくにあい　兄伊達の次郎に金子をかり家主へ済し跡にて兄次郎が工みをざんねんがり後に上使姉輪の平次泉三郎を手にかけんとする所をとゝむる仕内丈夫にみへてよし　切に姉輪平次本名重忠と聞安堵し兄伊達の次郎に詰よる迄　先は此度親玉も此人を引立ての仕内　初舞台の評判よくおてがら〳〵当時此人程愛敬の有人はあるまし　それといふも一つはするがやのおかげ　かならず〳〵円心院泰然日了を忘れ給ふな

坂東又太郎
役者有難　立役之部九人目　上上吉
顔見世はいつでも　赤地《あかぢ》の錦《にしき》(見立評語)

はせ川丁 せんりう湯《とう》はよくきゝまする 人形丁 かのこもちはむまい事でござる 頭取 故人和孝の御子息達　兄弟一座の御つとめ。此度坂東太郎にてしばらくのうけ　きみよし〳〵。二やくとがし家来時介本名伊せの三郎よしもり　いづれもよいと申ます

役者位弥満　実悪之部七人目　上上吉

頭取 第一ばんめ三立め坂東太郎にてかすやの藤太が岩手姫を手ごめにする所へにしきのうろより出ての荒事　次にしばらくの請もよし〳〵二役伊勢三郎実事大てい　大詰十町との荒事迄　きみのよい事〳〵

市川染五郎
役者有難　立役之部　一上
役者位弥満　立役之部　上

市川団太郎
役者有難　立役之部　一上
役者位弥満　若衆形之部四人目　上

頭取 此度は江田源蔵の役よふこさります　随分御出情〳〵

中村仲蔵

役者有難　実悪之部巻頭　上上吉

評判は四方にかゝやく　夜光《やくはう》の珠《たま》(見立評語)

頭取曰　そも〳〵是は当時のきゝ者秀鶴《しうくはく》丈実悪の巻頭にて候　さても此度後鳥羽院《ごとばのいん》弟宮これあきら親王の公家悪・岩手姫にほれ心にしたがはぬゆへ親川越太郎其外行平松風村雨が首うてと云付すでに刀をふり上る所へ・三升のしばらく　此所手づよくてよいぞ・二ばんめ伊達《だて》の二郎安ひら　元よし四郎左七に金のさいそくにあい　めいわくする時金をすましやり・夫より四郎が女ぼうおふゆをくどかるゝ所までよし・夫より上使あねわが身がはりの首を持行時　それはにせものとつげ・あねわ本名重忠となのりたくみを見あらはさるゝまで出来ました　さしき　去秋より出勤なくひいきの待かね・此たびより御出にて皆よろこびまするぞ

役者位弥満　実悪之部二人目　上上吉

当り

ほうび(かもじの絵)

江戸中　やれ〳〵秀鶴がでるか　そりやもふ堺町はとんだこつた　あの上に仲が出たらどふもおつかへされまい　頭取　みな様御ひいきの中村仲蔵久ゝ病気にて引込れし所に此度ふしぎの名医の良薬にて病気本ふくにての出勤めでたし〳〵扨此度顔みせ第一ばんめ三立目惟明親王の出　先第一金冠白衣の其出立きれい成事とふも〳〵此段はしばらくの請計りにてさして何も仕内はなけれ共久ゝにての出勤故見物の嬉しがり様大かたならず　二番目は秀ひらの次男伊達の次郎にて鎌倉よりの上使姉輪の平次に対面して諸芸の返答あつはれ〳〵妹忍ぶしつとにて鏡台より落ちつたるかもじのおれとうごくをみて是を取上けいふかしがる仕内　見功者　此所なぞの仕様は外の人ならばばた〳〵とそふ〳〵しきみへもあるべき所なるにさわなくしてじつと落付てかもじを取上け　じりゝ〳〵きめらるゝ所いやはや何ンともかとも　口でもだ〳〵ほめよふがない事　夫故ほうびとしてかもじをおきました　頭取　成程此所が私共もきつとかんしん致ました　次に弟元吉四郎なんぎの場　金をかし弟がなんぎをすくい跡にてむたいに弟四郎が女房をもらひかけ　とく心せぬ故佐七純右衛門殿と二人して四郎夫婦をちやうちやくし元来元吉四郎が女房を義経の御台の身替りにせんとすることをさとつてわざと四郎が女ぼうの顔に疵を付身替りをさまたげ後に上使泉夫婦が首を持行故似セ首成よしをいへ共かゑつて上使姉輪の平次は本名畠山重忠にて大ぜいに取まかれ悪事あらはれる迄　どこに一ツいひぶんなし大立物とみへます　ひいき　随分此上共に煩らはぬやうにして下さりませ　夫のみ町中で申ます　一同　此度本服にての出勤殊に大出来祝ひませう　しやん〳〵〳〵も一ツせい　しやん〳〵

大谷友右衛門

役者有難　実悪之部四人目　上上吉

悪におかしみの　双舞鳳《さうぶほう》(見立評語)

頭取曰　気持土地の気にかなひ諸人のうけよし・此度古金かい長兵衛本名びぜんの守ゆきいゑ役出来ました　ほり江丁　此度物体座中大勢にそれ〳〵とよく役がまはりました　左交丈おてがら〳〵　弁けいはし古かねかい出て　なるほど役廻りがよいゆへ皆それ〳〵に直打がございます

役者位弥満　実悪之部四人目　上上吉・上上吉

頭取　当顔みせ備前守行家にて古かねかい長兵衛と成斎藤次と一味し似せちよくしをこしらへ悪事の様子　富樫の左衛門にみあらわされ備前守源行家と名のる迄　此度はお役が合ませいでいつもの様にどつと落が参りませぬ　菅原伝授の白太夫はきつい評判〳〵

中島勘左衛門
役者有難　敵役之部巻頭　上上吉
立身《りつしん》は次第にすゝむ　旭日紅《あさひくれない》(見立評語)
頭取曰　御当地根生《ねおい》中島氏元祖勘左衛門殿は実事の上手・次の勘左衛門殿は真実の悪にてちすじをうけついで今の是少丈段〻との上達《しやうたつ》・此度斎藤次すけ家役　第一の立敵出来ました・夫ゆへ敵の巻頭へ居《すへ》ました
役者位弥満　敵役之部巻頭　上上吉
ほうび(立烏帽子の絵)
頭取　当顔みせ三芝居壱の当　則役は安宅関守斎藤次にて壱番目四立目古かねかい長兵衛と心を合似せちよくしをこしらへ富樫左衛門をつみに落さんとはかり　松かえに懸りし女の片袖をみとかめ関破をぎんみし後に義経主従山伏姿にて関を通らんとする所を是を通すまじとあらそふ所其まゝの御親父でござります　当時真の敵役といふは此人なるべし　此度始終親玉親子と立ならんでの仕内　誠に立者とみへますと江戸中こぞつての評判でござります　老人出　アノ元祖中島勘左衛門は宝永二の顔みせより立役の部に入上と計り印年〻に当りを取　同八年の春は上上黒吉に成　諸芸言葉のなまりとんきやうのおもしろさ　でるまゝの出来口　是中島一流外にまねする人なし　其時の役まはりは景清五郎不破の伴左衛門にて　度〻当りを取　二代目勘左衛門は愛敬うすくひいきなく敵役上〻吉にて実悪にもならず　今三代目の勘左衛門は当世にて愛敬あり贔屓つよく何卒元祖勘左衛門程になられよかし　頭取　成程左様でござります　当春市村座にて梅幸病気の節代り工藤の役を勤られ諸見物梅幸よりよいと評判にて一日勤られ跡は頭取新九郎勤られました　其外かまや武兵衛　梅幸名残狂言高の師直などいつれも中分もなく夫〳〵に大てきでござりました　悪口　しかし口せきかわるい　おりなごつさらよといふくせがある　ひいき　おきやアかれ　うぬらかやうなすべたやろうが何をしる物た　すつこんてけつかれ　老人　イヤあの言葉は元祖勘左衛門からいふ言葉　中島流といふのじや　頭取　夫故是迄は上上吉でござりましたが此度の大当に付位もくつと上ました　上上吉にいたしゐぼしをほうびに付ましたれは是にて黒上上吉も同前なれは言分はござりますまい　敵の先生〳〵一ツ打ませうシヤン〳〵

富沢半二・富沢半三郎
役者有難　敵役之部四人目　上上(市川純右衛門と引き合い)
宝をとられてまた　夕陽色《せきやうしよく》(見立評語)
頭取曰　故人半三殿は故伝九の弟子　今の半三殿も伝九の弟子　功者な人でござる・此度いなげ入道と室のやりておつま二やくとも御大儀〳〵
役者位弥満　敵役之部四人目　上上吉(評は二人目)
頭取　当顔みせ稲毛入道にて　れいの鯰髭しばらくの引ツ立　壱腹をかゝ(へ)ます　二やくやりておまつ少し計り　三やく二番目秀ひらの惣領錦戸太郎にて上使姉輪平次にちやうちやくされる迄　功者〳〵

市川純右衛門
役者有難　敵役之部五人目　上上(富沢半三と引き合い)
宝をとられてまた　夕陽色《せきやうしよく》(見立評語)
頭取曰　此人元入蔵と云又照右衛門と改メ三ばんめ是ですみ右衛門殿・此度かすや藤太　二ばんめ家主左七まことは本田の次郎　口跡高くよい敵御出世〳〵
役者位弥満　敵役之部三人目　上上
頭取　第一ばんめ三立目かすやの藤太にて義経の御台岩手姫を惟明親王の御前へつれ行んとする所を坂東太郎にさゝへられ　次に惟明親王の言付によつて下川辺庄司行平の首打んとする所は是も同じくしはらくの請也　二ばんめ家主佐七にて元吉四郎に借金をさいそくして　らちあかぬ故ちよう

ちやくし後に実は重忠の家来本田の次郎にて上下の出端出来ます〳〵

市川綱蔵
役者有難　敵役之部八人目　上上
いづれ小手のきいた　瑶琴《たまごと》
頭取曰　いづれも牛角《ごかく》の敵の衆一同に申そう・　綱殿はびぜん平四郎よし
(略)皆よい芸の仕込今に御立身あるべし
役者位弥満　敵役之部十五人目　上・上上
頭取　此四人も一所に申ます(略)綱蔵殿はひせんの平四郎の役(略)イヨいつれも

宮崎八蔵
役者有難　敵役之部十一人目　上上
頭取曰　いづれも牛角《ごかく》の敵の衆一同に申そう(略)宮崎殿は西の宮右大弁
(略)皆よい芸の仕込今に御立身あるべし
役者位弥満　敵役之部十六人目　上
頭取　此四人も一所に申ます(略)八蔵殿は西の宮右少弁の役　イヨいつれも

中島国四郎
役者有難　敵役之部十四人目　上上
頭取曰　いづれも牛角《ごかく》の敵の衆一同に申そう(略)中島氏は左大弁氏国　皆よい芸の仕込今に御立身あるべし
役者位弥満　敵役之部十三人目　上・上上
頭取　此四人も一所に申ます　国四郎殿はあそうの団八にて二つめの立もの(略)イヨいつれも

沢村沢蔵
役者有難　敵役之部十六人目　上
役者位弥満　敵役之部十四人目　上・上上
頭取　此四人も一所に申ます(略)沢蔵殿は下松の右中弁の役(略)イヨいつれも

中村此蔵
役者有難　敵役之部十八人目　上
役者位弥満　敵役之部十二人目　上
頭取　右四人一所に申ませう(略)此蔵殿は藤の森左大弁といふ公家あく
いつれも御上達〳〵

佐野川仲五郎
役者有難　敵役之部　一上
役者位弥満　敵役之部　上

市川滝蔵
役者有難　敵役之部　一上
役者位弥満　立役之部　上

嵐音八
役者有難　道外形之部巻頭　上上・上上
おかしみの所は親の　姑射仙《こしやせん》(見立評語)
頭取曰　今は道外形といふものは御当地にきれもの　ずいぶんと親御のおかしみを得給へ　此度ひたち坊かいぞんの役よし

役者位弥満　道外形之部巻頭　上上

頭取 此度は常陸坊海尊にて沢蔵団七のしうところしの場少計にて　おかしみすくなし

芳沢崎之助

役者有難　若女形之部四人目　上上吉

しこなしに色も香もある　楊貴妃(見立評語)

頭取曰 延享二丑の顔みせ市村座へ故あやめ殿同道にて五郎市とて色子にて初下り此比のやうに思はるゝが立女形となられ先崎之介の名をうけ師匠の春水をつがれ・仕内は慶子に鯉長をひとつにした芸風 わる口 何んだか評判が仲の丁　江戸丁の角丁まで名をあげや丁にするやうに心がけ給へとほゝうやまつて申す 頭取 此度古金かい長兵衛女ほうおよし実は土佐が娘しきたへさしたる仕内なし　黒仕立のしのびの姿はできました〳〵

役者位弥満　若女形之部巻軸　上上吉

頭取 此度古かね長兵衛が女房にておつとがあくじをいさめ後に富樫左衛門方へ忍び左衛門が心底をうかゞひわざとれんぼし熊野の牛王にちしほのかゝるをみてくるしむゆへに土佐坊正俊か娘とみあらはさる迄　外にさしたる仕内もなし大てい〳〵

岩井半四郎

役者有難　若女形之部五人目　上上吉

御ひいきの岩井櫛さすての　舞《まい》蝶(見立評語)

岩井組 なぜこれほどこゑのかゝる岩井を跡にした　こゝは一ばんむざいにしてもらひたい 中村組 此五二へたの才六め　おいらがひいきの里好にけちを付やアがるとたゝみをなめさせるぞ 頭取 先〳〵御しづまりなされ目録には岩井殿を先とし此所では里好丈を先にしたは 大せい 其わけが聞たい 頭取 いかにも半四郎殿当時のきゝもの御ひいき多く其上芸も仕上られましたなれば目録には先へいたし・中村氏は顔みせの花いづれ同座の御つとめの事なればいこんもござるまい　よつて是は引合と思召ませ(略)

▲からころもきつゝなれにしつましあればはる〳〵とひいきはしたいます今をさかりのかほよ花江戸むらさきの評判娘　むすめ〳〵とたくさんそふにとは関札の上るり わる口 色手綱恋の関札色と恋とはちとくどい是を思へばむかしの駒鳥恋の関札はおもしろい 頭取 むだはいらぬもの　扨女馬子にて錦江丈との所作よし〳〵二やく元よし四郎女房おふゆ秀鶴十町との出合おもしろい事〳〵ハテきつい物になられました

役者位弥満　上上吉・上上吉　若女形之部三人目

ひいき やれ〳〵待かねた　はやくおらが杜若をほめてくれろ 頭取 当顔みせ壱番目四立目秀衡が乙娘しのぶにて義経の乗給ふ馬の口を取てのせり出し　高麗やと丸やとの三人の所作事　二ばんめ秀ひら方へ義経尋来り給ふゆへ悦び後に義経の御台としつとの仕内　二やく元吉四郎が女房お冬なれどもわざと妹と成居て伊達の二郎にほれられ心にしたかはぬ故ちやうちやくされ顔に疵つけられ岩手姫の身替りもたゝれず十町と二人のしうたんできます〳〵しかしながら当顔みせはあまりどつといふはねもなし　春は何ゞぞおもしろいことまちます　里好丈も同座なれば随分〳〵はげみ給へ〳〵

中村里好

役者有難　若女形之部六人目　上上吉

けいせいすがたは又とあるまい　青楼曲《せいろうきょく》(見立評語)

岩井組 なぜこれほどこゑのかゝる岩井を跡にした　こゝは一ばんむざいにしてもらひたい 中村組 此五二へたの才六め　おいらがひいきの里好にけちを付やアがるとたゝみをなめさせるぞ 頭取 先〳〵御しづまりなされ

目録には岩井殿を先とし此所では里好丈を先にしたは　大せい　其わけが聞たい　頭取　いかにも半四郎殿当時のきゝもの御ひいき多く其上芸も仕上られましたなれば目録には先へいたし・中村氏は顔みせの花いづれ同座の御つとめの事なればいこんもござるまい　よつて是は引合と思召ませ・扨里好丈当春中比より市村座へ大坂より突《つき》出し・しさい有て紋もかへ紋の若松にして名も俳名を呼び顔見世より当座へ出られ則三国のけいせい若松女郎すがたは外にない　すんとした風俗　其上御きりやうはよし　よい仕出しでござる・次にほらがいよりこぼれし米を見て本心をあらはし　みのゝ国けいろう山の鶏のせいれいと名のらるゝまで出来ました

役者位弥満　若女形之部二人目　上上吉・上上吉

岩井組　頭取コリヤ壱ばんいはねばならぬはへ　慶子は無類の部金作は当顔みせあんまりさへもないからさし詰若女形の巻頭はおらが杜若だあらふと思つたら　こりや何のことだ　半四郎を里好より跡へ出してはおいら計りじや有まい　おそらく江戸中ががつてんせまいぞ　それでも大じないのかな　頭取　申し〳〵是はきついおせきなされよふ　金作殿なんぼ当りがござりませす共慶子丈のけましては余人よりは下けられませぬ　まつた里好丈事もぜんたい杜若丈より前ゝから上座のお人　ひつきやう此二三年はこちらは日の出　こなたは少ゝたるみにみへました故　半四郎より次に致ましたが　扨此度の評判中村座はたれかれと申事もござりませず皆よふござります中にも取わけ勘左衛門と里好の評判　殊に当顔みせは半四郎いつものやうにあまりどつといふこともござりませぬ　夫故に此度は元へ立帰りまして里好丈を先へ直しまして御ざります　しかし此上共に時の当り不当をみまして又ゝどふなろふもしれませぬ　そこが評判でござります　何ッと皆様左様じやござりませぬか　大ぜい　そふだ〳〵頭取に無理はない　里好此度は大出来〳〵　頭取　御得心ならば是から狂言の仕内を申ませう　当顔みせ壱番目四立目　古かねかい長兵衛斎藤次に一味し鶏の血しほを吸てけいやくし　其鶏を池へ打込と鶏のせいにて池より出　ひいき　ずつと池から出られし所そのうつくしさ　きれいさ　いやはやたまつた物ではないおそらくたれでもつゞく者はござるまい　長兵衛あやしみ切かけんとする所　きつとふり返り花道へずつとはいらるゝ所　少計りなれどもきれい〳〵　頭取　六立目やはり鶏のせいなれどもけいせい若松と成富樫左衛門三升長柄さしかけての出端きれい〳〵　むだ　扨もきれいがるは　頭取　富樫左衛門直井左衛門酒盛の時とかし玉子をわれば直いが懐中の玉鶏の印声をはつする故びつくりする仕内　此所三升十町三人大出来〳〵　次に山伏が置しほらの貝を取上け思はす中の米のこぼれ出るをみて鶏のしやうたいをあらわす仕内　此所江戸中大評判〳〵どふぞ此度のよふに始終たるみのないよふになされよ　当顔みせは大当り〳〵

瀬川雄次郎

役者有難　若女形之部十八人目　上上

其俤《おもかげ》をうつしてみたい　李夫人《りふじん》(見立評語)

頭取曰　此度とがし左衛門妹松風にて門之介殿との所作事随分と精出されて師匠の名を上給へ　弟御は京都にて評判よく御悦〳〵

役者位弥満　若女形之部七人目　上上吉・上上吉

頭取　当顔みせ富樫左衛門妹松風にて下川辺庄司行平門之介と二人の所作事よし〳〵直井左衛門が妹村雨と行平をあらそふ迄これもよふござります

瀬川吉次

役者有難　若女形之部十四人目　上上

天人かとうたがふ　霓裳曲《げいしやうきよく》(見立評語)

吉次殿はむら雨のやくよし

役者位弥満　若女形之部十二人目　上上

頭取 此度は直井左衛門が妹村雨にて庄司行平にれんぼし松風と花仕合の仕内よし　どふそ路こふのひいき共請つぐやうにし給へ

沢村哥川
役者位弥満　若女形之部十六人目　上上
役者有難　若女形之部　一上

姉川新四郎
役者位弥満　若女形之部　上

三条亀之介
役者有難　若女形之部　一上
役者位弥満　若女形之部　上

岩井しげ八・岩井重八
役者有難　若女形之部　一上
役者位弥満　若女形之部　上

市川門之助
役者有難　若衆形之部巻頭　上上吉
女中が皆《みな》したひます　惣夫《そうふ》恋《れん》(見立評語)
頭取曰 故盛府薪車は若衆形の名人さの川市川のながれをくまれし御両人の衆御一所に申ませう　先市川殿は下川辺の庄司行平にて　松風村雨雄次吉次殿との所作事よし・二やくするがの二郎清しげ役よし
役者位弥満　若衆形之部巻頭　上上吉・上上吉
頭取 当顔みせ壱番目下川部庄司行平にて松風との所作事みこと〳〵後に松風村雨二人にほれられ　めいわくからるゝ段　大詰のせいたかどうじは大てき〳〵

佐野川市松
役者有難　若衆形之部二人目　上上吉
君とならしつほりと　ぬれ鷺《さぎ》(見立評語)
頭取曰 故盛府薪車は若衆形の名人さの川市川のながれをくまれし御両人の衆御一所に申ませう(略)是から御ひいきの盛府丈若衆女をかねられし家筋・此度かめ井の六郎の若衆形　岩手姫のふりそで　いせの三郎女房のとしま　いづれも ひいき よい〳〵
役者位弥満　若女形之部六人目　上上吉
頭取 第一ばんめ三立目義経の御台岩手姫となり　かすや藤太に親王の御前へひつ立られんとする所を坂東太郎にたすけられ　二やく伊勢三郎女房にて黒しやうぞくにて崎之介と二人富樫左衛門かたへ忍び込所を直井左衛門に見とがめられ委細の様子を語る迄よふござります

市川雷蔵
役者有難　若衆形之部四人目　上上
あら事は市川の　ゆかり(見立評語)
頭取曰 (略)雷蔵殿はわしの尾三郎の角かづら二やく半沢六郎のあら事父の俤《おもかげ》うつります
役者位弥満　若衆形之部二人目　上上・上上
頭取 此度はわしの尾三郎にてあら事　次第に御親父によふ似ますぞ　別而此度は大でき〳〵もふ此くらいなら五郎にいたしましてもよふこさりませう

市川高麗蔵
役者有難　中村座子役之分　上上
役者位弥満　子役之部巻頭　上上・上上吉
此度壱ばんめ馬かた門出の由松しほらし〳〵

中村七三郎
役者有難　中村座子役之分　上上
役者位弥満　子役之部二人目　上上・上上吉
御江戸三代の名物　行いへ娘小とみ　あいらしうてよいぞ〳〵御両人共子役の黒上上吉せんたんのふたば御せい人を待ます〳〵

大谷谷次
役者有難　中村座子役之分　一
役者位弥満　子役之部　上

大谷永介・大谷栄助
役者有難　中村座子役之分　一
役者位弥満　子役之部　上

芳沢三木蔵
役者有難　中村座子役之分　一
役者位弥満　子役之部　上

市川辰蔵
役者有難　中村座子役之分　一
役者位弥満　子役之部　上

市川伝蔵
役者有難　中村座子役之分　一
役者位弥満　子役之部　上

市川弁之介
役者有難　中村座子役之分　一
役者位弥満　中村座色子之部

せ川吉弥・瀬川市弥
役者有難　中村座色子之分　一
役者位弥満　中村座色子之部

たき中金太郎・滝中金太郎
役者有難　中村座色子之分　一
役者位弥満　中村座色子之部

山下松之介・山下松之丞
役者有難　中村座色子之分　一
役者位弥満　中村座色子之部

小佐川いく世・小佐川幾世
役者有難　中村座色子之分　一
役者位弥満　中村座色子之部

中村亀松
役者有難　中村座色子之分　一

役者位弥満　中村座色子之部

中村乙松
役者有難　中村座色子之分　一
役者位弥満　中村座色子之部

中村国吉
役者有難　中村座色子之分　一

あらし虎蔵・嵐虎蔵
役者有難　中村座色子之分　一
役者位弥満　中村座色子之部

市川久蔵
役者有難　頭取之部　不出
役者位弥満　頭取之部

市川団五郎
役者有難　頭取之部　上上
役者位弥満　頭取之部

中村勘三郎
役者有難　太夫元之部　芸ニ不出
座本の蔵《くら》入ずつしりとした　金花山《きんくわさん》(見立評語)
役者位弥満　太夫元之部　芸不出

中村伝九郎
役者有難　太夫元之部　上上吉
芝居はんじやうを祝ふ　万歳楼《ばんぜいろう》(見立評語)
[頭取]曰　当顔見世の大あたり初日よりはめをはづしての大入らかんも切落も皆さじきに成ました。此度奥州《おうしう》の押領主《おゝれうしゆ》藤原の秀ひらやく　さしたる仕内なし。先は芝居はんじやうにて大悦〱
役者位弥満　太夫元之部　上上吉
[頭取]当顔みせは大ぜいの立者揃　御勤なくとも随分くるしかるまじ　二番目奥州押領主藤原の秀衡のお役大てい〱芝居大あたりにてさぞ〱御悦でござりませう

中村少長
役者有難　惣巻軸
さすが大やうな　千年の鶴《つる》(見立評語)
[頭取]相替らずめでたき御人おも〱と惣巻軸にすへました　此度川こへ太郎にて一ばんめ狂言のくさび　さすが老功〱去秋菅原にかんしやう〱是延享四卯年中村座初て菅原《すがはら》に則かんしやう〱役　夫より当座にて都合五度勤られ此度ははや仕納めとの事おもしろい事でござりました
役者位弥満　立役之部巻軸　功上上吉
[頭取]当顔みせ壱番目川越太郎に成惟明親王の我まゝをいさめ　すでにあやうき所を熊井太郎に助けられ　壱番目大詰にも少計り　さしてお役もなけれ共壱番めのきまりに出らるゝとみへました　当顔みせも大入大当りにてさぞ御満足でござりませう　しやん〱

五　役者穿鑿論抄録

『当世役者穿鑿論』（戯場大通庵著。安永六年序。早稲田大学演劇博物館蔵）

役者穿鑿論叙

それ戯場《しばい》の濫觴《はじまり》は。天《あま》の岩戸《いはと》の神楽舞《かぐらまひ》。また人の代《よ》に至《いた》りては。出雲《いづも》のお国よりはびこりて。人の心にあふ坂の。行《ゆく》も帰《かへ》るも芝居《しばい》の評判《ひやうばん》。しるもしらぬもひいき〳〵。遂《つひ》に長局《ながつぼね》の。争闘《むしりあひ》とはなりけらし。角流行《かくりうかうたゞ》最中の戯場の穴を探《さぐり》しつて。芝居通《つう》と人にも好《このま》れ。世《よ》に嬌《ほこらん》とする者あり。さわいへ此人。豆男《まめおとこ》ならざれば。彼《かれら》が内所を。しるによしなし。世に評判記《き》などありぬれど。その業《けい》のよしあしは。見者《けんぶつ》よくこれを知る。など評判を待《まつ》べきや。此外大全《ぜん》。綱目《かうもく》とい〻けるも。伎者古代《やくしやこだい》の踊評《げいひやう》のみなり。今や大通願《つうねがわく》は。当世《たうせい》伎者の成長《ひとゝなり》。由緒居住妻子《ゆいしよいたくさいし》の訳《わけ》。気風交人《きふうつきあい》かくしげい。彼等《かれら》が内事《じ》隠密の。其《その》正跡《せき》を書顕《あらは》せと。彼探穴者《かのあなしりずき》ひたすらに。手を合するもむげならじと。春《しゆん》夜の燈下《とうか》に投筆《ふんでをたふず》云爾

安永六ッの夏

戯場大通庵撰

市川団十郎伝

住居《いたく》さかい町いづみやのうら成田屋。俳名《はいめう》は三升。とし三十五。給《きう》金八百両。妻《つま》おかめ是は羽左衛門姪《めい》なり。二子あり先《さきだつ》て殁《し》す。先祖《せんそ》才牛《さいぎう》は。下総国さくらの郷成田《ごうなりた》村市川某《なにがし》の一子。幼《おさ》名を海《ゑ》老《び》蔵といふ。故《ゆへ》に家名《かめい》を成田《なりた》やと呼《よひ》。今に海老《ゑび》蔵の名《な》を継《つぐ》。当三

升にて五代におよぶ
[評者] 湯を一ト口のみしかつべらしく抑《そも〳〵》当団十郎といつぱ宝暦四年戌の春栢莚《はくゑん》矢の根五郎の時。こも僧の出勤《しゆつきん》が初舞《ぶ》たひ。此時は幸蔵と申せしが同年の冬親《おや》幸四郎栢《はく》莚の聟《むこ》となり団十郎と改《かい》名なすゆへ幸蔵父の名を継《つい》て。幸四郎となり。松本の家を続《つき》しが。実に栢莚血すじの孫《まご》。其《その》遺言も一トかたならねば。程《ほど》なく団十郎の名をゆつり親父《おやぢ》はもとの幸四郎になりけるが。また海老蔵となりしゆへ松本の家名は。高らいやに継せました　一座の内よりコレ評者。おもしろくもなひ時代咄より早く三升か穴を聞たいどふだ〳〵 [評者] これ迄は三升の成立《おいたち》を申ました。さアこれからが評《ひやう》でござるが。中〻げいの評判《ひやうはん》など〻ちがひ。隠密な事までも。つ〻まずに。これ迄なひずな。珍《めづ》らしひ評《ひやう》でござれば。おたばこてもあがられながら。とくとお耳《み〻》をすまされませうず。さて。此人正直《せいちよく》にてわる気《ぎ》なく。伎者《やくしや》にはめつらしき気象《せう》。実《まこと》に戯場《ぎじやう》の君《くん》子《し》とも申ませう。第一俳諧《はいかい》を能《よく》いたされ。江戸伎者での手書キそれに祖父《ぢひ》柏莚《はくゑん》。学問《がくもん》をしつけられしに。近頃《ちかごろ》また山口なにがしの門人となり。唐本《とうほん》も。いつかど読《よめ》ます [やしき] 役者は能。なぐさみをすると聞《きひ》たが。三升もめくりぐらひは。やるだらふノ [評者] いゑ〳〵それは御りやうけんちがひ。古人路考《ろかう》栢車《はくしや》など好《すか》れし故。さやうな事も中にや。中伎《ちうどほり》は格《かく》べつ只今の大伎《たてもの》は。古《もと》した者《やつ》も。今はきまじめ。中〻さやうな事はござらぬ。中にも此三升は。福《ふく》引さへきらひでござる [やしき] それでも遊《あそび》には行《ゆく》だらふ [評者] それも。よし原ふか川など。人の行所へは。行《ゆか》れませぬ。折〻《おり〳〵》氷《ひ》川の赤城《あかぎ》のといふ。つがもなひ所へ行れます。一ツたい人とは。ちがつた気質《しつ》さ。[やしき] 妻《にやうぼ》のおかめは。なぜ離《はな》れて木場《きば》に居るな [評者] その儀《ぎ》でござる。此おかめといふ人は。至《いたつ》て発明《はつめい》な人故。三升つね〳〵申さる〻は。女房の賢《りかうな》は。気がつかわれて悪《わるひ》ものじやと。何となく別《わか》れて居《おり》しが。又去《きよ》年のくれから。一ツになられました [わる口] 桃太郎が歿《しん》だから。また子がほしくなつた故か [評者] おしむべきは。その桃太郎おと〻し木挽《こびき》町のしぞめに。七福神舞《ふくじんのまひ》をなし。人を感涙《かんるい》せしめしと。日本文集《ぶんじう》にも見へました。去年《きよねん》八ツで。くわひらいしを成《つとめ》。三升《みます》の中の子升《こます》でこんすアヽつがむなひは。見者《けんぶつ》が嬉《よろこび》ました。すでに論語《ろんご》唐詩《とうし》せん迄素読《そどく》せしに。惜《おし》むは先《さき》だつ。世のならひ。色香《いろか》妙《たへ》なる児《ちご》さくら。まだ九ツの春も待《また》ず。夜《よ》べの嵐《あらし》に子枝《こゑだ》をおられ。三升夫《ふう》婦。祖父《ぢゞ》海老《ゑび》のちから落《おと》し。高《かう》らい屋の駒《こま》蔵を。先養子《まづやうし》とは定《さだめ》ました [女中] わつちらがふだん内でも舞《ぶ》たいのやうに。さつぱり〳〵とした事かへ [評者] やつぱり言迄舞《ものい〻までぶ》たいのごとく。さつぱりとした人さ [女中] とうぞ三升さんに。直《じき》筆で。発句《ほつく》を書《かい》て貰《もら》ツてくんな [評者] 外の伎者《やくしや》は代筆が多《おゝい》が。三升ばかりは。新《あらた》に句《く》を案《あん》じて。直筆《じきひつ》に書《かき》ます。其お気《き》づかひはなされますな

松本幸四郎伝
住《い》居《たく》さかい町高らい屋。俳名錦考《はいめいきんかう》。とし四十二。給金《きうきん》八百両。妻《さい》

お梅。男子《なんし》二人。女子二人。二子先《さきだつ》て歿《し》す
先祖《せんぞ》幸四郎は。下総国《しもふさの》松本《まつもと》の人なり。故《ゆへ》に松本を氏とす。当錦考にて四代に至《いた》る 評者 元祖《ぐわんそ》瀬川菊之丞弟子なるが。初《はじめ》は瀬川錦次と申ました。産《むまれ》は上方でござる。高なわいねやは。此人の姉なる故《ゆへ》。一たび伎者を止《やめ》させ引こませ。いね屋をゆつらんと。いたさせしに。兎角《とかく》伎者が止《やめ》がたく。姉へたび〳〵願《ねがい》しを。此あね達《たつ》て止《とゞめ》ても。聞ゞれなければせんかたなく。はらたつて言《いゝ》けるは。薬《や》鑵《くわん》をかふるも心がら。こなた。かまへてわしが顔を。見かへしやよといふて。さかい町へ再《ふたゝび》やりしが。其后《そのゝち》宝暦七うしの冬。木場の弟子《てし》となり。市川竹十郎と改名《かいめい》し。其《その》のち染五郎と変名《へんめい》し。同十三年未の冬。駒蔵に成《なつ》て。絶て久しき高なわへ此時初てまひりしに。見るとじきに姉の方より。能《よく》顔を見かへしたと申せしと。高らい屋の一ツ咄《はな》し。姉《あね》の一言《いちごん》がはけみと成て角迄はなられました。此人茶の湯まりか好。俳諧もいたされます。しかし何に付ても一トロつゝ。思付《おもいつき》をいふて見たがるゝか。くせてこさる。また木挽町のざかしらを。仲蔵にゆつられては。おとなしひしかたてこさる

大谷広次伝

住《い》居よし町丸屋。俳名《はいめう》十町。とし三十八。給《きう》金七百両。妻おりせ。
養子《やうし》三人
宝暦五年亥の春。大谷春次とて。市村座に初舞たい。同寅の顔みせより。鬼次と改《あらため》同午の冬より。広次と改名《かい》す 評者 立花《りつくわ》の上手《す》。人相をよく。見られます わる口 去年の秋。深川の茶やの娘が。かけこんだといふ事た。いかに。浮気な所風でも。女房の在《ある》内へ欠込とは。こいつもあんまり。厚かましひやつじやアねいか 評者 なる程。かたの無い事でもござらぬ。十町が異見《い》して。帰されました。しかもいゝ女さ やしき ぶたいではきつい愛敬だがふだん内でもあのよかな 評者 すべて伎者は。十町にかぎらず。舞たいは。愛敬を専《もつば》らといたします。ふだんとは。きつひちがいさ

中村仲蔵伝

住居和泉町。よもの向うら。栄屋。俳名秀鶴《しうくわく》。とし四十七。給金七百両。妻おきし養子《やうし》二人
当勘三郎弟子なり。延享の末出勤《すへしゆつきん》す。初とうけがた。后《のち》立役。明和二年酉の春。色悪になり。甚立身 評者 一たい質人でござる。一ト度役者を止《や》めて。振付をいたされしが。再び舞たいをかせき。定九郎より評よく。か程迄にはなられました。此人万事をかへりみず。只家業《ぎやう》のみ。専一にいたされます。舞たいへ出るにも。あげ幕などに。まつ事がきらい。三がいにて。一ツのきつかけを聞と。じきにこしらへに致《かゝられ》ます。顔をくまどる時も。五本の指《ゆび》の頭《さき》に。色ゝ《いろく》の絵の具をつけて。一度《いちど》に忽《たちまち》くまどられます。扨いせうを着《き》て舞たいへ行《ゆく》に。てうどのきつかけ。げいわ道によつてゝご

ざる

大谷友右衛門伝

住《い》居《たく》新道《しんみち》天王寺屋《てんわうじや》のうら。住《すみ》よしや。俳名此《はいめうし》友《ゆう》。とし三十四。給《きう》金四百五十両妻おみね。太皷の十右衛門娘なり

元来出羽の子ども也。大谷広八弟子にて。初は友三郎といふ。後友右衛門とあらたむ 評者 役からとはちがひ。能気質の人。わる気などは少しもござらす。ずい分芝居も。身にしみてつとめられます。将ぎは初たんぐらひにはさゝれます。一たい気どくな人で。此はるおみね病気《びやうき》の時《とき》も下女は寝《ね》かして手前は寝ずに。看《かん》病をいたされました。わる口 そりや妻《かゝあ》に。のびをはるのだ 評者 イヱ〳〵他人《たにん》でもその通り。奉公《ほうこう》人なども。それはきどくに。いたされます。もきどなやうで。さりとは。やさしひ人でござる。曲《きよく》三弦《さみせん》をひかせては。鳥羽《とば》やも中〻かなひますまひ。

芳沢崎之助伝

住居なには町橘屋。俳名《はいめう》春水。とし卅八。給金六百両。妻《さい》おまつ。

男子一人娘一人

大坂の産。よし沢あやめ弟子なり。初名は五郎市。明和元申の冬。市村座にて。崎之助と改名《かいめい》 評者 活気《けんき》人でござる。突曲《へつつい》がしに湯やのかぶなとありて。相《そう》応にくらされます。妻のおまつは。ちとりんきしやでござる。春水ある時の咄しに。女がたは。けいせひ事さへ能すれば。外の事はしよいものと語りしか。せうとく男のことなれは。たおやかに。あとなき事はなるほと。しにくそうなものでござる

岩井半四郎伝

住《い》居《たく》。木挽《こびき》町の原《はら》。ぞうしがい屋。俳名杜若《はいめうとじやく》。とし二十六給《きう》金五百両。妻《さい》おたよ。これはさかい町滝田《たきた》やの娘。一ッ子を産《うむ》

元祖半四郎よりは五代。木場《きば》の隠居《いんきよ》が弟子《でし》也初《はじめ》の名は松本長松。宝暦十二午の春。松本七蔵と改名《かいめい》し。明和二年酉《とり》の冬。岩井の名《めう》跡《せき》を継《つぐ》 評者 いじのはつた性《せう》で。とめ場《ば》などが。けんくわのしやうを。ふだんまだるがられます。一ト頃《ころ》は角《つの》の六七本つゝ。はへたてつくわを。向《むかふ》へまわして。幾《いく》ツある。やらうども。見《み》てくれろなどゝ。しやれられしが。近年はきつと。おとなしくなられ。なか〳〵さやうな事ではござらぬ 女中 とじやく様ッの子は。いつそかあいらしひによ。めつきは。ぬしにそのまゝさ やしき それにつけて。親の辰松十三郎は。まだ人形をつかうかな 評者 イヽヱこれは髪《かみ》をそつて。如水《じよすい》と申。いんきよいたしました。今《いま》の重三は杜若《としやく》が弟《おと》でござる

中村里好伝

住居さかい町。ひぜんの向うら。さかい屋。俳名をすくに名とす。とし二十八給金五百両。当時無妻。両親あり

大坂の産なり。中村歌右衛門弟子也。幼少の時は。子共芝居をつとめしに。ひらかな盛すい記にて。松右衛門の役を中て。大評判にて。松右衛門〳〵と呼《よび》し故《ゆへ》。則《すなはち》松右衛門となのりしが。女形《おんながた》には。不相《そう》おうの名《な》なればとて。江戸へ下る時《とき》。衛門《ゑもん》を略《りやく》して。松江とあらたむ 評者 容色形《きりやうすがた》 音迄《てうし》。三ツ拍子《びやうし》そろいしは此人なり。一頃《ひところ》はこしんろかうをも。たぢ〳〵とせさせし程《ほど》の人でごさるに。さいつ頃。丁子《てうし》屋の丁山《てうざん》を。妻《ふさい》とせしが。わけありてりべつせしが。それよりおかしな気《き》を発《おこ》し。舞《ふ》たいも身《み》にしみず。させる中《あたり》もござりませぬが。此人出精《しゆつせい》いたさるゝならば。誰《たれ》か此人に及《およぶ》べき。ある時 巫《かんなぎ》来《きた》りて。松江といふ名《な》は。性《せう》にあわぬと申せしより。俳名《はいめう》をすぐ。名《な》にかへられました

瀬川雄次郎伝

住居《いたく》ふきや町新道記《き》の国屋。俳名《はいめう》は路舟《ろしう》。とし廾四。給《きう》金四百両。妻《さい》おつね。これはしん道橘屋の娘なり。初沢《はじめさは》村金平とて。古訥子《ことつし》の男子なり。古路考《ころかう》の弟子《てし》となり。雄二郎と改名《かいめい》す 評者 さつぱりとした気ぜん。花を好活《よくいけ》ます。此人糞門《うらもん》をきついきらい。前《まへ》かた古人路考《こしんろかう》の客《きやく》に。さるおかたが在《あり》しを。路考病気再発《ひやうきさいほつ》故。彼《かの》客を。此人にゆずらんといたせしを。いろ〳〵にして。はづされしほどなれば。その外の客は。色々《さま〳〵》に口説《くどき》しが。且《かつ》ふつ。とりあわれませぬ。あれがきらひ故か。舞《ぶ》たいに。色《いろけ》が鮮《ずくなう》ござる。とかく女がたは。あのほうがちと。好でなければ。ぶたいがすげないものじやとは。芝居通《つう》の伝《でん》じゆでござる。さりながら此程の上達《しやうたつ》閉《へい》口《こう》〳〵

六　御摂勧進帳地図

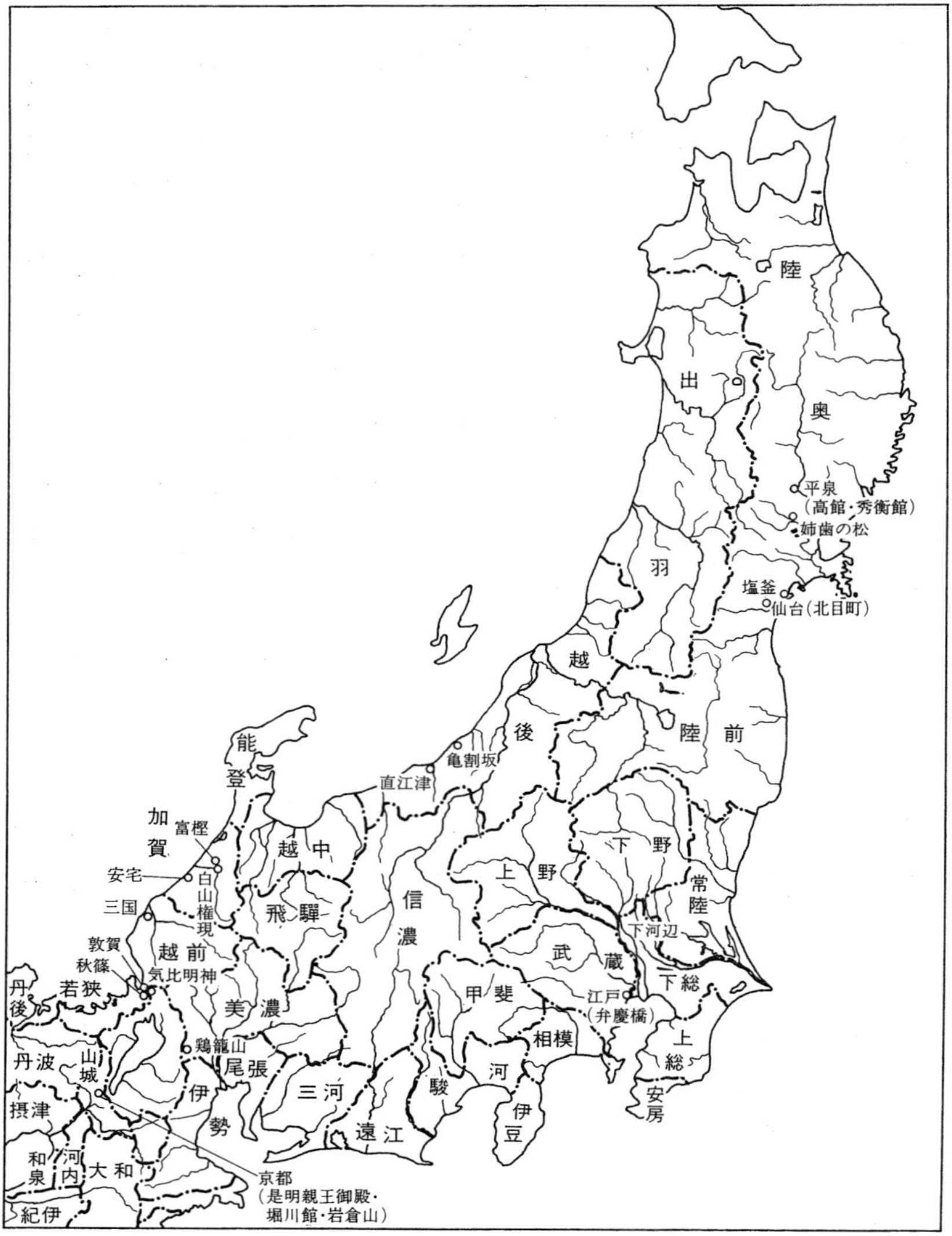
陸
出
奥
平泉
（高館・秀衡館）
姉歯の松
羽
塩釜
仙台（北目町）
越
後
陸
前
亀割坂
直江津
能
登
加
賀
富樫
安宅
白山権現
三国
越
中
飛
驒
信
濃
上
野
下
野
常
陸
下河辺
越
前
敦賀
秋篠
気比明神
武
蔵
下総
江戸
（弁慶橋）
丹
後
若狭
美
濃
甲
斐
相模
上
総
鶏籠山
丹波
山
城
尾張
三河
駿
河
安
房
伊
勢
伊
豆
摂津
遠江
和
泉
河
内
大和
京都
（是明親王御殿・
堀川館・岩倉山）
紀伊

解説

元禄期の江戸歌舞伎

和田　修

一　元禄歌舞伎

江戸時代の幕開きからおよそ百年を経過した元禄時代には、井原西鶴・松尾芭蕉をはじめ、文芸面にすぐれた達成がなされ、歌舞伎や浄瑠璃など演劇の分野においても、それ以前の時期から飛躍的な進歩を遂げ、今日に至る歴史の基礎を築いた時代と位置づけられる。元禄期というとき、元禄年間を中心に、貞享から宝永(一六八四―一七一〇)までを含めて考えたいと思うが、この時期の歌舞伎についていえば、京・江戸・大坂の三都で異なった芸風が明確化したこと、三都の興行体制が確立したこと、狂言作者が独立したこと、役柄がほぼ固定したこと、〇〇事と呼ばれる演技のパターン(趣向)が多く作られ、後世に継承されたこと、役者評判記が定期的に刊行されるようになったことなど、種々の面で新たな展開がみられる。そして、後の時代にも元禄期は規範として仰がれることになる。安永五年の『役者論語』の刊行に代表される八文字屋の出版活動、天保期の七代目市川団十郎による歌舞伎十八番の制定、さらに大正期の二代目市川左団次による「鳴神」「毛抜」などの古劇復活、いずれも元禄の黄金期に立ち戻ろうとする意識の表われとみることができる。

元禄期以前は、現存する資料が少ないこともあって、上方と江戸の歌舞伎にどのような違いがあったのかを明確にすることができない。むしろ軌を一にして歩んできた三都の歌舞伎が、元禄期の少し前から独自の特色を持つようになったと感じられる。後年の資料であるが、『戯財録』(享和元年成立)に、京都は色事本位で美女にたとえられ、大坂は理屈や義理を重視して男作《おとこだて》(俠客)に比されるのに対し、江戸は「人気荒く、人情に合せ、むかしより狂言、大時代にて、切た投たと太平楽を七分の筋にて、仕組堅く、女子の心にかなひ難し。侍の心持。人間にとりては骨のごとし」と評されているのは、元禄期にも当てはまるであろう。

本稿では、こうした元禄期の江戸の特色の中から、とくに「荒事」と「やつし」について取り上げてみたい。それぞれ、本書に収めた「参会名護屋」「傾城阿佐間曾我」を主演し、この期の江戸を代表する市川団十郎と中村七三郎の得意芸であり、元禄江戸歌舞伎の特徴をもっともよく示していると思われるからである。行論の都合上、「やつし」から取り上げる。

二　やつし事と丹前

中村七三郎は、元禄後期の評判記において、江戸立役の巻頭を市川団十郎と争い続けた人気役者で、団十郎が荒事をはじめ、武道事・実事など武張った演技に長じていたのに対し、美男子役で濡事・丹前・やつし事・能がかりの所作事などを得意としており、芸風の面でも両者は好一対をなしていた。一方、七三郎は元禄十一、十二年度に上京して、「けいせい浅間嶽」「なごや山三」などで好評を得た。とくに「浅間嶽」では、小笹巴之丞という若殿の役で、廓通いのため勘当されて駕籠舁きとなり、許嫁の姫と対面する場面、落ちぶれた姿で廓に行き傾城奥州と口舌をする場面などが七三郎の見せ場で、京都のやつし事の名手、坂田藤十郎に匹敵する演技と評された。

やつしについては、すでに多くの論考がある（郡司正勝『かぶきの発想』、板谷徹「所作事の成立とやつしの思想」『舞踊学』4号など）。「やつる」（やつれる）という動詞の他動詞化で、みすぼらしい格好をする意となるが、文芸のなかでは貴種流離の思想（折口信夫「日本文学の発生 序説」『折口信夫全集』第七巻）と結びついて、高貴な身分の者が何らかの事情で一時的に零落している状況をさすことが多くなる。歌舞伎の場合は、とくに恋愛のために本来の地位を逐われた若者や、身すぎのため職人の手業をみせる役について、やつし事・やつし芸などの名称があり、元禄期の京都で完成された。前者の恋ゆえのやつしは坂田藤十郎の得意芸であり、お家騒動に巻き込まれたりして世を忍ぶ身となった若殿が、かつてのなじみの遊女を忘れかね、編笠で人目を忍んだり、糟買いになったりして遊里へ行き、遊女と口舌をするといった内容で、二の替狂言の典型となり、「けいせい仏の原」「けいせい壬生大念仏」などの名作を生んだ。後者の諸職人のやつしは、たとえば「関東小六今様姿」（元禄十一年五月京都早雲座）で勘当された総領内蔵之介（山下半左衛門）が料理人善兵衛となって館に入り込み、鯛を料理したりするような手わざを見せる演技をさす。

七三郎の「浅間嶽」は、藤十郎のやつし事の向こうを張って、成功を収めたのである。元禄十一年には「浅間嶽」の人気に押されて当り目の少なかった藤十郎の一座が、翌十二年正月、起死回生をかけて上演した「けいせい仏の原」で、藤十郎は梅永文蔵という若殿になり、勘当されて零落した姿で許嫁の姫の前で廓話をしたり、虚無僧姿で廓を訪れ傾城今川と口舌をしたりと、「浅間嶽」を意識した構成で大当りをとった。こうしたことから、上方での七三郎は藤十郎風のやつし事役者という印象が強いが、同じやつし事でも、七三郎と藤十郎ではかなり芸風が異なるものと思われる。

藤十郎は『役者論語』に収められた逸話からもうかがえるように、写実的な演技を好み、その得意とする若殿も、特別な時代設定を必要とせず、江戸時代のどこかの藩に実在するような役であることが多い。これに対し、江戸の狂言は時代設定を過去にとり、古浄瑠璃や雑史などで周知の人物が登場する、いわゆる時代物が大部分である。七三郎の役も、当然その時代設定の中に織り込まれるものであり、現実的な大名の若殿というより、名古屋山三、園部衛門、曾我十郎など、古典の中の色男にふさわしい、のっしりとした押し出しのよさが見所であった。

そしてもう一つ、藤十郎と異なる点は、丹前芸を得意としたことである。藤十郎は「しよさ事はさしてしたまはずたゞ口さき一へんの芸なれど」(『鋸末』元禄十二年正月)、「お江戸にてもちゆる、ふり出し拍子事あら事ならず」(『役者略請状』元禄十四年三月)など、もっぱらせりふ芸の面白さ(居狂言)で観客を魅了した。七三郎はつねに「武道本問事丹前ならひやうしなら、ぬれやつしは御家の物」(『役者友吟味』宝永四年三月)と、やつし事と丹前が並び称されている。次の評はこうした七三郎像をよく伝えている。

武道よければやつしならず、両道に達すれば、ふり出しひやうし事ならず、武道やつしふり出しなれば、ぶ男にしてぬれうつらず、此得あれば此失あつて、万芸そろふたと云人は、三ケの津に稀也、然るに此人誠に何がならぬといふ事なし　(『役者略請状』元禄十四年三月)

こうした七三郎の芸風は、個人的な資質によるところが大きいのはもちろんであるが、京都と江戸との相違によるところも少なくないものと思われる。藤十郎を標準としてやつし事をとらえると、七三郎の芸風は異端とも感じられるが、七三郎の方がむしろ歌舞伎本来のやつしの発想を伝えているともいえる。零落したやつし姿と華麗な丹前を一人の役者の肉体の中で表現可能とした背景を歌舞伎の歴史の中に探ることで、元禄期の江戸歌舞伎の特色の一端にふれてみたい。

徳川家康が征夷大将軍に任ぜられ、江戸幕府を開いた慶長八年の春頃、かぶき踊という新しい芸能が京都で誕生した(『慶長日件録』『当代記』)。それ以前、天正頃からややこ踊と呼ばれる少女の踊りが貴顕の賞翫を得ていたが、出雲のお国を中心とする一座では、当時世間で注目を集めていたかぶき者の茶屋通いを舞台化して、かぶき踊と名づけたのである。「かぶき」とは「傾き」の漢字を宛て、人目に立つ派手な姿で逸脱的な行為をすることをさした。ようやく訪れた平和の予感の中で、エネルギーを戦場に爆発させられなくなった若者達のとった奇抜な行動であり、茶屋遊びもこの時代の新しい流行風俗だった。お国は男装してかぶき者に扮し、茶屋女と戯れる様子を演じたという(『当代記』)。従来の舞台芸能では、猿楽能・神楽能でも幸若舞曲でも、登場するのは神霊・亡霊か歴史的な英雄ばかりだったから、流行風俗の最先端を舞台にのせるのは前代未聞で、都人を驚かせたのであった。

お国一座の新芸能は、たちまち多くの追随者を生んだ。零細なややこ踊座にすぎなかったお国一座に対して、大規模な資本を持った遊女屋が、大勢の遊女を踊らせる遊女かぶきが一世を風靡し、軽業や大道芸を演じていた少年達の座もかぶき踊を取り入れ、若衆かぶきとして、男色愛好の風潮のもとで広く支持を得た。これらは舞台上で芸能を見せることばかりでなく、接客業に本来の目的があったから、幕府により風俗上の理由などで禁止されてしまう。性的な魅力のある女や若衆を出演させず、成人男子(野郎)によって演ずることを条件に、ふたたび興行が許可されたのは承応二年頃のこととされる。この頃にはもはや巷間のかぶき者は姿を消しており、かぶきの語はもっぱら芸能の用語となる。当時は「歌舞妓」の文字を宛てるのがふつうだったが、現在の通例に従って以下は「歌舞伎」と表記することにする。

野郎歌舞伎の時代にはさまざまな要素が取り入れられ、次の元禄歌舞伎時代の準備期間となるのだが、この時期にあっても、もっとも観客の注目を集めたのは傾城買狂言だった。略述したような歌舞伎の歴史的展開の中で、興行的にも舞台上でも、歌舞伎と遊里とは不可分の関係にあったのである。『芸鑑』の記す野郎歌舞伎時代の傾城買狂言の構成をみると、まず買い手の男が登場し、道外方の遊女屋の亭主がこれを迎える。ついで遊女が登場して買い手と問答をし、最後に遊女が踊りをみせるというものであり、お国の頃と根本に変化はない。ただその時々の流行を取り入れるところに観客の注視があり、右の構成はそれを盛り込むのにもっとも適当な器なのであろう。野郎歌舞伎時代の寛文期に江戸で流行していた買い手の風俗は丹前であった。

丹前の語源には諸説あるが、承応明暦の頃、神田の堀丹後守の屋敷の前に風呂屋があり、多くの湯女をおいて男性客の人気を集めたので、丹前風呂と呼ばれた。そこに通う伊達な男の姿を丹前風俗と称したともいう。「白無垢の下著、上著には紺ちりめん黒縮緬、裏はきはめて紅にて雁木山道などの思ひ付の裾べり、手きわ能取、羽織はきず、長柄の大小鮫鞘にして、其外も鞘に物好をなし、珊瑚珠類のさげ物、深編笠に紫竹の杖をつき」(『関東潔競伝』)といった華麗な装飾に身を飾った。これを形容して寛濶出立という。その歩き振りは、六方(六法)とも呼ばれたようだが、丹前と六方の語感の相違は明瞭でない。いずれにしても、こうした風俗の最前線で注目を集めたのは、奴と呼ばれる武士の奉公人達であった。かぶき者の系譜を引く無頼の徒の鬱屈した心情が、奇矯な風俗行動となり、武士中心で荒々しさを好む江戸の空気にかなって流行をみたのである。これを舞台上で取り上げて人気を博した役者に多門庄左衛門、鈴木平左衛門などがあり、平左衛門は後に京都に上り、上方の歌舞伎でも丹前を流行させることになった。奴丹前、立髪丹前、若衆丹前など、多くのバリエーションも生じた(今尾哲也「荒事芸の成立」『変身の思想』)。

このころまで、歌舞伎の作品(狂言)は、能の狂言と同様、ひとまとまりの短いもので、人物の退場による場面の区切り(中入)はあっても、今日いう多幕物にあたるような複雑な構成の作品はなかった。一日の興行ではそれをいくつか並べて演じており、こうした上演形式を放れ狂言と呼んでいる。万治三年から寛文二年までの間に『大和守日記』に記録された江戸堺町の芝居の演目数は、六演目から十演目程度である。寛文後期から延宝期にかけて、放れ狂言をいくつかまとめて、ひとつの名題のもとに構成する方法がとられるようになり、これを続き狂言と呼ぶ。歌舞伎の見せ場はつねに役者個人の芸にあるから、続き狂言の時代になっても、傾城買をはじめ、濡事、愁嘆、武道などといった芸の見せ場に変化はなかったが、いくつかの芸を結びつける筋立てが求められるようになる。現代的な用語で言えば、時代設定が必要となったのである。

長編の物語という点で、もっとも歌舞伎に近いところにあったのが、浄瑠璃操(人形浄瑠璃)である。当時、浄瑠璃史の上では古浄瑠璃と呼ばれる時代であるが、その人気の絶頂期が万治から寛文前期であり、多くの太夫と作品が輩出した。歌舞伎はその設定と構成法を取り入れ、従来からの芸種を配する土台とした。江戸では時代や登場人物をそのまま借りる方法が元禄以降まで大勢をしめる。上方ではお家騒動の骨格を古浄瑠璃に学びつつ、はやくから歌舞伎独自の構成を確立してゆくが、元禄期にあっても、江戸と同様に古浄瑠璃的世界をそのまま利用した狂言も少なくない。その他、幸若舞曲や謡曲、室町物語、仮名草子など、題材は各方面から得られている。

しかし、歌舞伎の眼目はつねに当代性にあり、源義経や坂田金平の武者姿を見ることは、観客の望むところではない。そうした古典のなかの人物が江戸庶民のヒーローとして、廓通いをしたり、お姫様相手に際どい濡れ場を見せたりすることで、見立ての趣向を重視する歌舞伎の真価が発揮される。こうした古典の当代化は、広義のやつしの発想といいかえてよいだろう。狭い意味の恋ゆえのやつしや職人のやつしと異なるのは、古典の中の人物設定よりむしろ華美に装う点で、零落をやつしの本義と考えると相違するようにも思われるが、面正しい歴史上の人物が、江戸時代の風俗で登場すること自体がやつしと認められる。『好色一代男』が『伊勢物語』や『源氏物語』を念頭において、当代の色男世之介を描いたのと同様、元禄文芸では古典と現代のダブルイメージとギャップに諧謔の面白さをみるのである。

古典のやつしという作品の構想は、江戸に限ったことではない。「熊谷名残盃」(元禄七年九月京都村山座)の前半では、大和屋甚兵衛の勤める薩摩守忠度が潮焼きとなり、謡曲「忠度」をやつした舞をまう。「心中八島」(元禄六年京都村山座)でも、やはり大和屋甚兵衛が佐藤忠信になり碁盤忠信のやつしをみせたり、浄瑠璃姫の妹瑠璃姫(松本兵蔵)が傾城にやつしたりする趣向がある。「面向不背玉」(元禄十年七月京都早雲座)では、「大職冠」物の伝統に反して、恋に悩む忠義の侍として蘇我入鹿を山下半左衛門が演じている。

江戸の場合は、大部分の作品が古典的世界を題材としており、古典のやつしの手法を指摘しうるが、七三郎の特色は、とくに丹前の出端に重点がおかれることである。上方から江戸に帰った元禄十三年度から世を去る宝永五年までの間に、狂言本や評判記で具体的に内容が判明する二十五、六種の狂言のうち、零落したやつしの演技が二十三例あまり、丹前ないし華美な出端の演技が十五例ほど数えられる。合計の数が合わないのは、同一狂言中に重複する例が多いからである。

本書に収めた「傾城阿佐間曾我」もその一つであるが、曾我十郎の零落したやつし姿を見せることだけがこの作品の眼目ではなく、むしろ大磯の虎から送られた豪華な小袖を着て、本田次郎役の若衆方四宮平八と二人で演ずる丹前芸が一番の見せ場であろう。その対比として、同じ場面の終わりに零落した紙子の丹前が設定されている。曾我十郎の場合は、『曾我物語』においても身貧であることが強調されているが、「傾城三鱗形」(元禄十四年正月山村座)では、北条義時の役で頼朝を助けるために勘当されるが、家来筋の木村文蔵のたくわえの金で大尽姿となり、傾城買をみせる。本来、古典中の人物が、いったん勘当されて零落し、さらに姿を変えて華麗な出立ちで廓通いを演ずるという複雑な設定をとることで、やつし事と丹前芸を両立させていることがわかる。

市川団十郎にも同様の例は少なくない。京都でのお名残狂言「熊谷名残盃」で、敦盛を討って出家の覚悟をした熊谷が、「立髪に長大小、伊達模様の長羽織、小性市十郎下人藤五を供につれ、六法を振り姿」を見せる。団十郎が江戸へ帰る置き土産に得意の丹前芸を披露したのであり、そのために「此世の名残」と理由付けがなされている。「参会名護屋」三番目でも、名古屋山三に異見をするという名目で、不破伴左衛門に寛潤な廓通いの場を与えている。

こうした取って付けたような設定を荒唐無稽と退けるより、その設定の上に盛り込まれた役者の芸を楽しむことが、江戸歌舞伎の正しい鑑賞法であろう。いま一度七三郎に戻っていうと、「けいせい浅間嶽」で駕籠舁きとなった巴之丞は、さるお屋敷に呼び入れられて傾城買の大尽の様子を真似てみせることになるが、かつて遊女に贈った自分の衣裳を借りて着る。寛潤な丹前姿になって、廓通いの風俗をみせるわけで、戯曲としての設定をはなれて、七三郎の得意芸を披露することになっている。これに対して「けいせい仏の原」で零落した理由を尋ねられた藤十郎の文蔵は、紙子姿で廓での痴話喧嘩を話して聞かせる。類似した局面なのだが、実は両者の得意芸の違いがよくあらわれているのであり、同じ傾城買・やつし事の名手といっても一様ではないことが確認される。お国の時代からの傾城買狂言の伝統を考え、また趣向を重視する風流踊に源を発する伊達な「かぶき」精神を考えると、七三郎に代表される江戸の芸風の方が、「やつし」の本来の発想を伝えているとみるのも不当ではないだろう。

三　荒事

荒事については、延宝元年九月中村座「四天王稚立」で市川団十郎が坂田金時に扮したのを嚆矢とするという伝承が江戸時代から行われていたが、郡司正勝が「荒事の成立」をはじめとする『かぶき――様式と伝承――』『かぶきの発想』所収の諸論において、荒事が荒人神・御霊信仰を基盤に成立し、その表現に民俗芸能などにみられる荒業の伝統のあることを説いて、団十郎一個人の創作説から広く民俗の発想の中に荒事を開放した。上演資料の整理が進んだことで、記録的にも延宝元年初演説は否定されることになった。

一方で、鳥越文蔵は、野郎評判記・役者評判記の記事から、荒事ははじめ荒武者事と呼ばれ、敵役の演技とされていたことを指摘、それを立役の芸に移し替えたところに団十郎の功績をみた（「元禄期　江戸と上方」『元禄歌舞伎攷』）。今尾哲也は江戸立役の芸系を追いながら、団十郎以前に「奴系荒事」「敵役系荒事」があり、彼が生み出したものを「実事系荒事」ととらえた（「荒事芸の成立」『変身の思想』）。これらの説の上に立って、岩井眞實は評判記の用例を板元別に整理し、荒武者事を敵役の範疇に置いたのは、江戸の実態を十分に知らない上方の評判記作者の認識であったことを、江戸から上って大坂で荒事を得意とした村山平十郎ら敵役系の役者を中心として述べている（「『荒事』とその周辺」『芸能史研究』一〇三号）。岩井説により、敵役の荒武者事以前に、江戸では荒事の概念ができあがっていたことを想定することが可能となった。

いずれにしても今日に伝わる荒事の骨格を作り上げるのに大きな力のあったのが市川団十郎であるという点では異論はないものと思われる。問題は、郡司の指摘した民俗性が、どのような経路で団十郎の荒事の中に取り込まれたかという点にあろうと思う。民俗の発想というのは、いわゆる心意伝承であって、意識しなくても自然と行動にあらわれる共通の志向をさすから、いつ、誰が歌舞伎の中に導入したかを特定しうる性格のものではないかもしれない。しかし、いま少し歴史的な展開をたどりながら、荒事と荒人神の結び付きを考えてみたい。

いったい荒事とはなんだろうか。郡司は前掲論文で、六法・見得・つけなどの個別の演技、引き事・押戻しなど戯曲中における演技の類型(趣向)、力紙・仁王襷などの扮装について、その民俗的基盤を解き明かしているが、その考察は、荒人神となって出現する神霊事と呼ばれる様式を含む役を中心としている。神霊事を荒事の必須の要件とみるか否かで、荒事のとらえ方が大きく変わるように思われるのだが、元禄十年の「参会名護屋」以前に江戸に狂言本がなく、評判記の記述も十二年の『役者口三味線』以前はとくに江戸の記述は概念的で、神霊事の有無などを確かめることは難しい。『元祖団十郎自記』(団十郎の願文)などにより、元禄八年には団十郎が不動の役を勤めていることが知られるが、それ以前については資料がみあたらない。ところが元禄六年、大坂岩井座で上演された「仏母摩耶山開帳」の大切は、次のような場面となっている。

観音の御前にて管絃の拍子を揃へて舞い遊ぶ所へ、兵庫が一念法事を妨げんと走り来り、如何に汝等、我はこれ第六天の魔王也、仏法を妨げんとすれ共、仏力に押へられ、本望を遂げざる口惜しや、いで〳〵思ひ知らさんと飛んでかゝる所へ、有難や、牛頭天王降魔の利剣を引さげ、悪人を取て押へ、両足取つて引裂き捨て、虚空に飛

去り失せ給ふ、なを〱仏法繁昌の、しるしは今に残りけり、是を聞人押なめて、弥々信心起しける

まったく「参会名護屋」など江戸の神霊事と同じ展開である。ただし役人付に牛頭天王の役名がないので誰が演じたのか明らかでないが、この狂言には先にもふれた大坂の荒事役者、村山平十郎が根来の覚範の役で出演しているので、牛頭天王も平十郎が勤めたのであろうか。元禄十一年三月頃大坂荒木座の「当麻中将姫まんだらの由来」でも、「継母執心来るを、多聞・持国・増長・広目四天王あらはれ、退治をし給ふ」場面で結ばれている。これは元禄十年以降のことであり、右の「仏母摩耶山開帳」同様、配役も明らかでないが、「参会名護屋」以前から大坂にも神霊事の系譜があったことは動かされず、村山平十郎がその推進者であったのだろう。

平十郎は元来江戸の役者だったが、『役者大鑑』元禄五年板木部分に「近年江戸よりのぼり」とあって、元禄初年に大坂へ上ったとみられる。江戸にいた頃の『野郎役者風流鏡』(貞享五年七月板)では、

此人悪人方の元祖と八百八町小路〱裏たなまで今専の取沙汰なり　第一せい高く色赤く悪人相顕れてめざまし也　怒れる時は阿修羅迦楼羅緊那羅王第六天の魔王帝釈修羅の戦ひに持国増長の四天王剣を鳴らし牙をかみ威勢を奮う有様も是には過ぎじと凄まじく　音調の響き非想非非想天迄も聞ゆらんとおびたゝし……和泉太夫所の金平の人形出たと市むら座の平十郎と同じ事也　此人舞台先へつつと出給へば見物の人眠りをさますほどの芸者也

と評されている。たまたま同じ評判記に平十郎についで掲げられた団十郎の評をみると、

此市川と申せしは三千世界に並びなき好色第一の濡れの男にて御器量並ぶ者なし　丹前の出立猶見事也　せりふ天下道具也　およそ此人ほど出世なさるゝ芸者異国本朝に又と有まじ　実事悪人其外何事をいたされてもおろかなるはなし　殊に学文の達者にて仕組の名誉人知らぬ者なし

とあって、平十郎とはずいぶん異なった芸風が窺われる。平十郎はもっぱら容貌のすさまじさから第六天の魔王や四天王にたとえられたので、引用を省いた部分には浅草の仁王と見間違えられたというエピソードが記されており、芸の内容としては悪人役しか挙げられていない。この評によって神霊事の存在を推定することはできないかもしれないが、こうした容貌の条件から、憤怒の相の仁王や四天王に扮し、悪人を従えるような役を演じることを思いついたとしても不思議はないであろう。

また右の平十郎評には、和泉太夫の金平人形との類似も指摘されている。先にも述べたとおり、団十郎の「四天王稚立」を荒事の始まりとする俗説をはじめ、荒事が浄瑠璃の金平物の影響を受けたことはしばしば説かれている。ここでも金平浄瑠璃との関連をしばらく考えてみたい。

金平浄瑠璃は、明暦をその準備期間として、万治寛文初年に江戸上方の浄瑠璃界で大流行をみたもので、「酒呑童子」などで知られた源頼光と四天王の子供たちの世代、頼義と子四天王らの活躍を描いた作品を中心とする。江戸の和泉太夫(のちに受領して丹波少掾)や虎屋源太夫などによって語り始められ、すぐに上方へ波及して伊藤出羽掾や井上大和掾(のちに播磨掾)らが取り入れ、東西競演の様相を呈した。浄瑠璃史における意義については、室木弥太郎『語り物(舞・説経・古浄瑠璃)の研究』をはじめ、多くの言及がある。

登場人物たちの中で人気を集めたのは、坂田金時の子、金平であった。智謀にすぐれた渡辺竹綱に対し、武勇一点張りの強情者、しかし非を悟ればすぐに従う竹を割ったような性格と、なによりその勇猛果敢な表現が好まれた。そこから歌舞伎の荒事への影響が想定されるのであるが、金平浄瑠璃全盛期には必ずしも金平の武勇のみが作品の中心にあったのではないことは、注意しておかなければならない。室木が前掲書において指摘する如く、金平浄瑠璃に前後して、「田村」の田村丸、「曲馬論」の広野丸、「箱根山合戦」の石山源太など、血気盛んな若者たちが旧来の権威を乗り越えて勝利を収める作品が次々と上演されており、一種の若者ブームが到来していた。そうした若い力への賛美が金平や四天王を生んだとされる。初期金平浄瑠璃にあっては、金平のみならず、四天王全体の若々しい武者振りが描かれており、主従の情愛の深さもその大切なテーマであった。現存する正本としては和泉太夫最初の金平物である「北国落」(仮題)では、初段で、「まことに大将頼義公も御若年、御内の者共、みな若者共計なれば」と、謙遜の辞ながら、若武者ぶりが強調される。そして四段目で、悪人の計略のため、朝敵の悪名を着ていったん都落ちをした頼義と四天王が八月の十五夜を眺めながら、懐旧の情にひたる場面は、落人の境涯のはかなさと、それゆえに一致団結する五人の若者の姿を描いて趣き深い。

金平浄瑠璃のブームはただちに歌舞伎にも波及して、『大和守日記』万治三年七月二十七日条に江戸堺町の日向太夫座で「四天王」という狂言が上演されていることが記されたのをはじめ、同年中に二度の記録があり、翌寛文元年八月古伝内座の「先陣あらそい四天王」については配役が掲げられている。

四天王 五郎兵衛	四天王子共 類之助	ほうせう 善左衛門	
源兵衛	左近	ひとりむしや 権三郎	
彦九郎	左膳		
三郎右衛門	小源太		

室木弥太郎(前掲書)が指摘するとおり、類之助以下は当時人気の若衆方である。室木は、左近を「武張った敵役的演技で、武綱の類之助を引立てたのであろう」と推測するが、後の敵役的荒事の演技を想定する必要はないように思

う。若衆方の魅力は美しい容貌だけではなく、さわやかな弁舌や凛々しい身の取りまわしなど、武士のような気丈さも求められた。初期金平浄瑠璃が若者の魅力に支えられたように、この頃の歌舞伎の四天王物も若衆方のいさぎよい武者ぶりを強調したものであったのだろう。同時に歌舞伎には好色性も不可欠であり、四天王たちといえども濡事と無縁ではなかったはずである。「四天王」という名題で上演したのは、金平一人の活躍が重要なのではなく、四人の若衆を並べる華奢に、伊達なやつしの魅力があった証であり、種々の若衆芸を展開させる枠組として、人気絶頂の金平浄瑠璃が必要とされたのだと思う。これをもって荒事の原型とみることはできないだろうが、若者の肉体の魅力という点では、七歳の子供の気持ちで勤めよというような荒事の心構えと通ずるところもあり、発生期以来の本質的な「かぶき者」精神と合致したことで、荒事成立の土壌を成したのであろう。

さて、金平浄瑠璃は寛文の中頃までは人気を保つが、次第にマンネリ化を余儀なくされる。金平物の上演にかげりのみられる延宝期に初版されたと考えられる正本は現存数が少ない。元禄期以降の江戸ではただ強いばかりの金平が、縦横無尽に働くような他愛もない作品が正本として多く出版されるようになるが、舞台にかけられていたのかどうか問もある。むしろ歌舞伎の荒事が出版物としての金平本をリバイバルさせたのかも知れない。

金平物ばかりでは立ち行かなくなった丹波少掾が寛文後期から模索していた新しい方向は、日本の神話ものであったように思われる。正式な書名が不明で、仮題で呼ばれる「日本大王」「仁武天王」などがその代表作で、神武天皇の物語である。大坂の播磨掾は、やはりこれを取り入れて「日本王代記」「大日本神道秘蜜の巻」を上演した。この二作が延宝期の上方浄瑠璃界に大きな影響を与え、竹本義太夫にまで語り継がれたことからも、人気のほどが窺われる。従来の浄瑠璃には神話を題材にした作品はまれだった。もちろん「日本大王」にしても「仁武天皇」にしても、題材を借りているだけで、記紀の説話によっているわけではなく、金平浄瑠璃で得た作劇法に従って、神武天皇らの危機と活躍を描くに過ぎない。いま注目したいのは、「日本大王」の語り出しである。

　そも〳〵、天神七代、地神五〔代は神〕の御代、扨人代にうつり、日本大王のはじまり、神武天王の由来を詳しく尋〔ね奉るに、天〕照太神に四代の孫、鵜萱不葺合命と申に、太子あまたおはします

これは、本地物の語り出しと同じである。たとえば「山椒太夫」は「ただ今語り申す御物語、国を申さば丹後の国、金焼き地蔵の御本地を、あらあら説きたてひろめ申すに」という語り出しではじまる。「日本大王」はもとより本地物の構成を取っているわけではないが、金平浄瑠璃にはこうした語り出しはみられないから、神話世界を扱うにあたって、意図的に本地物風の装いを取り入れたのであろう。

年代は貞享頃まで下るが、同じ丹波少掾の正本に「かしま御本地」がある。陸奥平泉の忠平が将軍頼秀と争い、頼秀に首を切られると、

　首は虚空に舞ひ上がり、申せしごとく一念の飛竜となり。日本をまとひ打返さんとたくむを。頼秀すなはち鹿島大明神とあらはれ。かの魚を神力にて押かゞめ、金輪際へ通る。要石にて打とめ給ふ。（元禄五年本）

という結末を迎える。これは一見本地物の首尾を整えているようにみられるが、室町物語などの中に、鹿島の本地を説いたものは見あたらないようで（『神道集』の「鹿島大明神」とは無関係）、おそらく丹波少掾の創作であろう。「熊野の本地」「諏訪の本地」など、中世以来の本地物の結末にはこうした戦闘場面はみられず、悪神を滅して神仏と顕れるという発想がどこから来たのか、いま明らかにすることはできないが、丹波少掾には、この他にも「天照大神五代

記」(延宝元年二月十三日)、「仏法魔法神通競」(延宝五年閏十二月二十一日)、「不動明王利剣巻」(延宝七年六月十九日)、「五天竺獅子王記」(貞享三年八月十一日、いずれも『榊原日記』)などの同趣と思われるような作品の存在が知られている(「五天竺獅子王記」のみ演博に端本が現存)。この頃の丹波少掾が目指していた一つの方向は、こうした荒々しい神仏が合戦を繰り広げる本地物の亜流のような作品だったのではないだろうか。

右の「かしま御本地」の末尾は、そのまま歌舞伎の神霊事となる。浄瑠璃における演出にも歌舞伎的と同じような要素が存在したであろう。村山平十郎にしても市川団十郎にしても、丹波少掾の浄瑠璃についたかどうかはあまり問題ではなく、神霊事の発想の基盤が江戸にあって、浄瑠璃にも歌舞伎にも現れたといってよいと思われる。金平のみならず、神霊事という点でも、荒事の先蹤を浄瑠璃にみることができるのである。

元禄八年七月京都の都万太夫座で上演された「四天王十寸鏡」では、渡辺竹綱をやつし方の鈴木平左衛門、坂田公平(金平)を実事の山下半左衛門、荒次郎貞景を後に荒事も得意とするようになる小佐川十右衛門が勤めている。十右衛門には「侍共をひつつかみ〳〵十人計一つ縄にひつくゝり、ひきずり来り」「こいつらを木遣りで引て行ふ」という荒事風の演技が与えられているが、半左衛門の公平は、雲井の前と濡事をしたり、生酔いの所作を演じたりするのが中心で、唯一金平的な場面は、「金平法問諍」に取材したばんかい和尚との仏法問答で、動きで見せるのではなく、役せりふ芸による問答として処理している。荒事というものが、単なる筋立ての必然による荒業、立廻りではなく、役者の肉体による表現に生命があり、一定の様式をそなえていなければならないことがわかる。大坂岩井座で元禄七年盆の上演と推定されている「和国風流兄弟鑑」では、村山平十郎の曾我五郎が関所破りの荒事を見せるが、その五郎のせりふに、「某は富士権現より授かる所の力」とある。いま一つ、歌舞伎の荒事の様式を生んだものに、『平家物語』以来の文覚荒行の系譜があろうかと思うが、いずれにしても荒神系の神仏への信仰心と荒事とは不可分の関係にあるとおもわれる。

団十郎が意識的に荒事を自身の芸としてとらえるようになる以前、村山平十郎が江戸にあった頃から、すでにその様式は固まっていたのであろう。古浄瑠璃なども媒介としながら、荒神信仰の表現に裏打ちされたところに、敵役や武道の役とは異なった、荒事独自の表現が生み出されたと考えたい。

当時の役者は誰しも信心深かったが、金子吉左衛門の日記などと比較したとき、団十郎の信仰心が並々ならず、しかもその対象が三宝荒神や愛染明王など、荒神系のものが多いことが『元祖団十郎自記』から知られる。同書はまた彼が座元になることを念願していたことも教えてくれる。江戸で中村・市村・森田・山村という四座元が固定したのは延宝末から天和の頃だから、団十郎のこの願いは元禄初年にあっては、さして無謀ではなかったかもしれないが、ついに実現することはなかった。

荒々しい信仰心と血気盛んなかぶき者精神に荒事が結びついて、新たな生命力が吹き込まれた。荒事が歌舞伎を代表する様式として今日まで伝えられることになる契機がここに存するのであろう。

付記　校正の段階で、岩波講座『歌舞伎・文楽』第2巻が刊行された。同書Ⅳ佐藤恵里「元禄歌舞伎〈江戸〉」と趣旨の重なるところが多いので、参照されたい。佐藤説では、「金平六条通」を荒事成立の契機として重要視するが、金平の当代化ということだけでは荒事の諸要素は説明し得ぬように思われる。なお検討したい。

御摂勧進帳　解説

古井戸秀夫

顔見世の親子草

『御摂勧進帳』は、安永二年(一七七三)十一月、江戸中村座の顔見世に初演された。

『東都劇場沿革誌料』に

> 此顔見世古今無類の大当り、四日目より見物客を断りし程にて前代未聞の大入。切落し札三四日前に売切れ、おくらかん台の脇へ「さゞえ桟敷」といふを拵へ、十日計りが間舞台の左右に見物居並び、道具建半分飾りし程にて、十二月十七日迄大入なり

とある。

『戯場年表』では「十二月二十日迄興行」とあり、『歌舞伎年表』では、「切落札は前夜に売切る」とある大当りであった。

大和郡山藩主であった柳沢信鴻《のぶとき》こと米翁は、この顔見世を十一月二十六日に見ている。『宴遊日記』別録には、「二

幕目半迄桟敷定らず。東の末の桟敷へ行、立ながら見る」とあり、「切落し絶気の女ありていだき出す」ともある。舞台の上にまで観客が入った熱気を見てとることができる。

この顔見世が人気を呼んだ理由は一つではなかった。日本橋の芝居町で堺町の中村座と軒を並べて競いあった葺屋町の市村座から、愛敬男と呼ばれた人気者三代目大谷広次が来たことも理由の一つであった。広次にとって中村座初舞台の顔見世であった。一方では、中村座子飼いの人気者中村仲蔵が病気全快で出勤する。江戸板の評判記『役者位弥満』では、それを「此度ふしぎの名医の良薬にて病気本ぷくにての出勤めでたし〳〵」としている。大坂から帰ってきて、突如改名した女形の中村里好も話題となった。改名の理由は、神子の占いだと噂された。このような人気が重なって、俗に太郎番付と呼ばれた贋物の顔見世番付が板行された。宝暦九年以来、十四年ぶりの太郎番付の出板であった。

そのようななかで、顔見世の花とされたのが五代目市川団十郎であった。三年前、明和七年(一七七〇)十一月の中村座で五代目団十郎を襲名したのち、森田座に移って座頭を勤め、二年ぶりに古巣の中村座に帰って来た、帰り花の顔見世であった。父四代目団十郎こと、中村座の座頭市川海老蔵との共演が、もっとも注目されるところとなった。大名題のカタリでは、それを、

吉例暫一声百万歳寿

熊井太郎忠基親子草

という対句で謳った。

熊井太郎は、五代目団十郎が三建目で扮する暫の主人公の名である。親子草は、楪《ゆずりは》の異名である。新しい葉が出る

と、古い葉がそれに譲るかたちで落ちるので「ゆずりは」といった。譲り葉は、親から子への相続、子孫繁栄を祝って正月の飾り物としても用いられる。ここでは、市川流の家の芸「暫」を、五代目団十郎が父海老蔵より立派に譲り受けたことを祝っている。

譲られたのは暫だけではなかった。五代目団十郎は、一番目の三建目で暫を演じたあと、四建目では鹿島の事触れに扮した。これも市川流のお家のやつしの芸であった。六建目の狂言場の富樫左衛門も市川流の立髪の捌き事で、大詰の不動もお家の神霊事である。一日のうちに、暫の荒事、やつし事、捌き事、神霊事と、お家の演目を四つ並べて披露することになった。正月の書初めを詠んだ其角の句に、「ゆづりはや口に含みて筆始」(『俳諧勧進牒』)という句がある。この句のように、団十郎にとってこの顔見世は、父海老蔵の見る目の前で、お家の役柄をひと通り浚ってみせる親子草の顔見世でもあった。その象徴が暫であった。

五代目の初暫は、明和七年十一月、団十郎襲名の顔見世であった。二度目は、翌明和八年十一月に、森田座に移り初めて座頭を勤めたときで、これが三度目の暫になった。初暫のウケは、中村仲蔵の清盛であった。冠姿で、顎鬚頬髯を伸ばし、口を大きく割った隈取りを取る中島流の公家悪の扮装であった。二度目のウケは沢村喜十郎の雷親王で、これも中島流の公家悪の拵えであった。三度目、三年ぶりで共演した仲蔵のウケ是明親王の顔には髭はなく、恐ろしく割った口の隈取りもない。たぶん顔の地肌を白粉で塗りつぶす白塗りの化粧で出たであろう仲蔵の顔には、病みあがりの若者の悽愴な雰囲気が漂ったであろう。安徳天皇の弟宮でありながら、祖父後白河法皇の顔を嫌って泣き出し、弟宮に皇位を取られた是明親王の鬱憤の形象でもあった。そのような若者が、失われた三種の神器の一つ、宝剣を手に入れたとしたら……。江戸の空想力が是明親王みずからの即位を歴史のなかに描き始める。そのとき、花道の揚幕から「しばらく」、すなわち、ちょっと待ったと言って颯爽と登場するのが五代目の暫であった。その吉例の一声が「百万歳寿」という。「腹出し」と呼ばれる、赤っ面で赤い腹を付き出した、夜の篝火のような男が、親王の恋を拒否する女の首を切ろうとするとき、朝陽がのぼるように花道から暫が出る。日の出の顔と称された朱の筋隈の隈取りは、「百万歳寿」とする神楽の一陽来復の祈りのシンボルでもあった。一陽来復は、冬の弱りきった太陽よ、ふたたび春の力を取り戻してほしい、という復活の祈りであった。五代目の筋隈を取った日の出の顔は、楪《ゆずりは》のごとく再生した団十郎の復活を象徴するものとなった。以後、暫は団十郎にとって特別な意味を持つようになる。

五代目の暫は、

親父五粒殿四代目団十郎と改名有てしばらくの出は御家の芸にてもちろん度々勤められしなれ共しばらくにて大当り取られし事なかりしに今団十郎殿は木挽町森田座初めての顔みせにしばらくの大あたり（安永九年十一月刊『役者贔屓升』）

とされ、生涯に十八回演じる当り役となった。その度ごとに、団十郎の復活が繰り返し視覚化された。前髪の角《すみ》を取った角前髪姿の、半元服の十八歳のエネルギーの発散の表現が、五代目によって老成した大人の磐石の安定感へと変わる。その変化が、暫の花道での立姿に端的に表われた。背を丸め、少し猪首になって立ち、素袍の大きな袖を体の前に重ね合わせた四代目の姿は、成人になるために物忌みの御籠りをする、半元服の若者の、もう一つの姿であった。閉じられた袖を大きく開き、本舞台で発散される若さと対極をなす姿であった。子供が大人へと脱皮する、生命の再生と誕生のプロセスを象徴する演出であった。それに対し、毎年のように繰り返された五代目の暫は、花道での素袍の大きな袖が左右に開き始め、その分、すっくと立った立ち姿が少しずつ沈み、高合引と呼ばれる椅子に坐るようになる。横に広がった姿形は、富士の山に見立てられるようになった。柿色の素袍は富士の山の地肌に、筋隈の顔は、富士山にのぼる初日の出の御来迎ともなって、頭に付けた力紙は白く棚引く雲に見立てられる。やがては「むかしより富士の山と浅草の観《くわん》音、団十郎、此三つは動《うご》ひた事がなひ」(寛政四年正月刊『役者名所図会』)とされる、江戸を象徴する不変、不動の存在となる。暫とともに、五代目団十郎の当り役となった不動が、それまでの立像から座像へと変わるのも、この顔見世であった。団十郎の四代目から五代目へと譲られる楪の顔見世は、市川流を不動のものへと導いてゆく、五代目の活動の出発点となった。

その一方で、楪の新しい葉に押し出されるように、古葉が散る姿を予感していたのであろうか。父海老蔵の目の前で、子団十郎が家の芸を浚ってみせる親子草の顔見世は、これが最後となった。翌安永三年春の曾我狂言で大一座ゆえの揉めごとが出来し、五月には海老蔵はじめ市川一門が退座するにいたる騒動がおきる。海老蔵にとって、宝暦四年(一七五四)十一月に四代目団十郎を襲名して以来二十年間にわたり、中村座を地盤に築きあげた市川揃えと呼ばれる大一座の崩壊を意味する事件であった。海老蔵は、しばらく芝居を休んだのち、安永四年十一月市村座に復帰し、翌安永五年秋の「寺子屋」(『菅原伝授手習鑑』)の松王丸を一世一代として隠退をする。その興行のさなか、十月五日に孫の市川桃太郎が死ぬ。六代目団十郎を約束された、八歳の少年であった。海老蔵が一世一代で勤めていた松王丸は、「利口なやつ立派なやつ、健気な八つや九つで」悴を身代りに殺す男の役であった。海老蔵は、千秋楽を無事舞い納めたその日に剃髪し僧形となったという。安永七年二月十五日に没するまで、今日は外出しよう、明日は外に出ようと思いつつ、往来で子供の姿を見る辛さゆえ外出をせずに一生をおえた。市川流の楪の顔見世は、新葉と古葉に、父子対称の人生を用意していた。

この顔見世で、海老蔵は二役に扮した。一番目五建目では、市川家由縁の役である弁慶で「芋洗い」の荒事を演じた。幕切れで番卒の首を引っこ抜き、天水桶に入れて芋洗いにするという無邪気な場面は、大太刀をひと振り振ると仕丁の首がいっぺんに飛ぶ暫の幕切れを茶番にした一対の演出であった。さわやかな弁舌でツラネを述べる暫に対し、弁慶は能の「安宅」の勧進帳の読み上げに大薩摩の浄るりを入れて、立ち廻りの振りごとの面白さを加えた。引っ立ての公家を軽くあしらって、やり込める団十郎の暫に対し、海老蔵の弁慶は敵役に縛られて、苛められて小突かれウソ泣きをする。このような親子、裏表の暫を、大名題のカタリでは「熊井太郎忠基親子草」としたのであろう。団十郎の暫が、江戸の町にひと足早い春を呼ぶ一陽来復の祈りだとすると、海老蔵の芋洗いは、疱瘡よけの呪力となった。芋洗いの「いも」は疱瘡の異名である。種痘の予防接種のなかった当時、疱瘡は子供の大病であった。重ければ命を失い、一命を取りとめても顔に醜いあばたを残す恐れがある。江戸では、赤い紙の幣束や赤の達磨など赤い物を供物にして平癒を祈ったが、これは四代将軍家綱の近習が赤い服を着た例にならったものだとされる。疱瘡絵と呼ばれる、朱の鍾馗や為朝を描いた紅刷の赤絵も疱瘡よけのお守りとされた。海老蔵の弁慶の着る朱色の衣は、暫の吉例の柿の素袍のやつしだが、それが疱瘡よけの呪力ともなっていた。海老蔵の芋洗いは、この年の三月から五月にかけて流行し、十九万人の疫死者を出した疫病退散の祈りでもあったのである。

『武江年表』安永二年の項に、

三月末頃より、疫病行はれ人多く死す(江戸中にて三月より五月まで凡そ十九万人疫死と云ふ。大方中人以下なり)。御救として朝鮮人参を給はる。

とある。追記として喜多村筠庭は、「疫病は去年の冬より引続きてなり。品川新宿の内計り、死する者八百余人と云ふ。江戸町々へ一町につき人参五両づゝ下さる」という。この疫病は、はじめ「中人以下」に流行し、ついには尾張徳川家の嫡子、尾張中将治休卿が感染し、六月十八日に卒去におよぶ。「御屋敷へ町からうつる疫病ははじめ中間をわり(尾張)中将」という落首も出た(辻善之助『田沼時代』)。

明和九年二月二十九日の正午、目黒行人坂の大円寺より出火した火事は、おりからの西南の風に煽られ、白金から神田・浅草・千住と江戸を焼きつくした。焼失の武家屋敷は百五余り、寺院は二百五十余宇、町家はその数を知らず、「焼死者幾千万人」(『続日本王代一覧』九)とされた。江戸の大火に対し、地方では冷害・旱魃・疫病。ついに十一月十六日、改元となって明和九年改め安永元年となった。

めいわ九も昨日を限り今日よりは寿命ひさしき安永のとし

と、落首に托された願いもむなしく、冬には疫病が流行し始め、翌安永二年の春の終りに蔓延する。大名題のカタリは「大檀那御江戸栄　御摂勧進帳」と読み上げる。御贔屓に向かい、海老蔵が読み上げる勧進帳は、中村座の市川揃えの御贔屓を乞い願うだけでなく、「大檀那」である江戸八百八町の御贔屓の栄えを願う復興の祈りでもあったのである。ことに江戸御府内惣鎮守である神田明神は本殿の復旧もままならず、隔年執行の大祭も仮社殿での式のみで、名物の練り物も出ることがない。かつて明和六年には神田明神修覆のための出銭の書き付けが各町へ廻り、二百二十町が呼び掛けに応じた(『江戸町触集成』七)。神田明神の目の前には芋洗坂がある。山城国の一口《いもあらい》から招かれた疱瘡よけの白狐をまつる太田姫稲荷神社を念頭に、海老蔵の弁慶は芋洗いの首を洗う。団十郎の暫の一声が「百万歳寿」と江戸の未来への祈りだとすると、海老蔵の「芋洗い」の大荒事は「いも」とともに沈滞する古い過去の江戸を洗い流す祈りとなった。

丹羽五郎左衛門長貴

団十郎の四役のうち、父海老蔵と直接の共演は五建目安宅の関の場の富樫一役であった。この富樫に、二本松十万七百石の大守丹羽五郎左衛門長貴《ながたか》公が見立てられた。

台本では、安宅の関守りを昼と夜の二人に分け、夜の富樫の高提灯に「大洲流しの紋」を指定した。大洲流しの紋は、治水に使う道具を図案化したもので、蛇籠と杭の二通りがある。蛇籠紋の方は、泉安田氏の流れをひく旗本保田氏の家紋で、蛇籠を蒲鉾形に描く。杭の方にも乱杭、籆杭などがあるが、芝居絵本に描かれた紋所から奥州二本松の城主丹羽家の直違《すじかい》紋とみるのが妥当であろう。

一方、昼の関守りである斎藤次には「窠《か》の紋のつきし高提灯」が指定された。窠は木瓜《もっこう》のことで、これは、当時の北町奉行曲淵甲斐守景漸《かげつぐ》の「丸の内横木瓜」の紋に相当する。大洲流しとともに、富樫にも斎藤次にも無縁の紋所を指定したところに、この作品の新しさがあった。

それまでも畠山重忠や工藤祐経を江戸幕府の三老職に見立てたり、江戸の大名の礼装を模した素袍や長袴姿で登場する演出が定着していた。それのみならず海老蔵を、川柳などで詠まれた徳川将軍の愛称である親玉と呼び、曾我の対面に、正月の将軍と諸大名の対面の儀式を重ね合わせる演出も現われるようになる。そのような江戸の歌舞伎の土壌から、歴史上の人物に、実在の大名や幕閣を見立てる手法が生れるのであろう。父海老蔵と共演する唯一の役である富樫に丹羽公が見立てられることで、団十郎の描きだす人物像に新しい要素が加わることになった。

丹羽家藩主歴代の記録である「長貴年譜」(『二本松市史』5)によると、長貴公は宝暦六年五月十八日に二本松城で生れた。父高庸《たかつね》公が宝暦十二年十二月十一日、老中への報告に際し、「年令ヲ告ルノ時年五ツ増シ奉告之因　茲　公辺ハ宝暦元年辛未ノ生レニアタル」となった。公辺《こうへん》、すなわち表向きの年齢と、実年齢と二つの年を持って成長をする。明和二年に父が死に、翌明和三年十一歳、公辺十六歳で家督を相続し、将軍家治公に拝謁をした。以後、若年故であろうか、正月の拝賀も風疾を理由に出仕せず、ようやく明和八年十六歳、公辺二十一歳の折に出仕することになる。翌安永元年十二月十八日従四位下に叙せられ登城する。その際、諸公の席順について、明和三年の先例を引いて糺し、それが話題となった。安永五年三月朔日には、大目付より「打揚腰網代乗物幷装束ノ節相用ル虎革鞍覆向後可致無用旨」に対し、「先祖宰相長重旧功ヲ以テ代々相用来ル処此度其形一向ニ相絶子孫ノ家格モ相闕難黙止ニ付打揚一通ノ乗物相用度鞍覆ノ儀モ　公免ノ願書」を出し、打揚腰網代の乗輿を許され、それを「永世ノ家格」とした。二十一歳、公辺二十六歳のときのことであった。長貴公は、寛政八年、四十一歳、公辺四十六歳で逝去。「長貴年譜」には、型通りの記録のあとに、長貴公の活動を総括する異例の文章が付された。

○夫

雄峰大君(長貴)十一歳公辺十六歳ノ御時襲封同年従五位下ニ叙シ御勤労ノ処有司ノ面々諸侯方　君侯ノ英質秀逸ヲ専ラ称美セラルコトヲ伝エ承ル

に始まり、続いて安永元年、四品(従四位下)に叙せられた際の拝謝の順に関する文章が続き、それに関しても「此時出仕ノ諸侯ハ勿論ニテ閣老有司ノ面々モ御心懸格別ノ御英質ヲ称美シ玉フ由是御英名ノ始ニテ其以来年老高官ノ御同席モ　君侯ヲ崇敬　営中ノ　公務都テノ事先ツ　君侯江談セラレ治定シ玉フト云」とあり、そのハイライトが安永五年の打揚腰網代の乗物の一件になる。

大名のうち、加賀百万石の前田家を筆頭に、外様大名十六家、それに徳川家御家門の越前家松平の越前三十二万石、松江十八万石を加えた十八家を国持大名、国主《とくしゅ》と呼んだ。二本松の丹羽家は、それに準ずる准国主、国持並みの取り扱いを受ける大大名であった。幕府は、各藩の財政逼迫に鑑み、安永三年十二月に、家格によって定められた大名の乗物などの簡素化を示達した。それに対する国主側の反撥が長貴公の打揚腰網代の一件になる。そこには、老中・若年寄、あるいは大老となって幕政を左右する可能性を持つ徳川譜代の大名と、立場を異にする国持の外様大名の気概があった。ときあたかも、明和九年、改元されて安永元年の正月に、田沼意次が老中格から正式の老中に昇進し、加増されて相良三万石の領主となった。もとは西の丸付きの小姓で、家督を継いで六百石の幕臣であった意次が、幕閣の中枢に坐り、天下を動かして田沼時代を形成する。その対極に、先祖創業の大勲により、独立した国を持つ国持の大守たちがいた。田沼意次の老中就任の直後、二月二十九日に目黒行人坂の大火がおこり、その冬から疫病の流行が始まり、ついには十九万人の疫死者が出るにいたる。重く澱んだ江戸の空気を一掃する奇蹟を、若き英邁な大守丹羽長貴公に求めたのであろう。その気概が、五代目団十郎を不動の位置に押しあげることになる。

長貴公の藩史に記録しえない行動は、土地の古老の俗伝となって伝えられた。それらは平島郡三郎の『二本松寺院物語』に書きとめられている。丹羽のジャジャ馬として知られた公は、十一歳の家督相続で将軍に初御目見をしたとき、諸侯が悪戯で公の席を詰めて、坐る座席がなくなってしまった。そのとき臆せずに、将軍の側に空いていた席に遠慮なく坐り諸侯をジロッと睨め廻したという。また、ある年には、今度は将軍のお戯れで、諸侯の前に大盛の飯台が置かれ、その上に盛られた麦こがしを手を使わずに食べよという。諸侯が辞退するなか、幼公は躊躇なく飯台に近づき、傍の瓶子を取って麦こがしに水を注ぐと、コロ〱と飯台の縁をころがってきたので、それをペロッと食べたともいう。物怖じしない大胆な行動が語り継がれる一方で、お守り役の老臣が次から次へと変わってゆく。なかでも熊谷十郎右衛門は諫死と伝えられている。尊王の志が厚く、備前少将池田治政公や、勤王家高山彦九郎と天下の事を謀ったという。その池田公とは、連れ立って吉原通いをしたとも、辻斬りをしたとも伝えられている。それらの噂が、一番目の狂言場富樫館の場面に反映されているのであろう。

「長貴年譜」で、もう一つ気になるのが火事の記録である。天明四年(一七八四)十二月二十六日夜、大名小路で出火した大火の際、みずから出馬して鎮火にあたった。この時、定例の火の番ではないが、有徳殿下こと八代将軍吉宗の古例に従い、手明きの国持大名として火消しにあたった旨を申し述べている。寛政四年(一七九二)七月二十一日、麻布笄橋の火事では、備前少将治政、出雲侍従治郷、津侍従高敦、土佐侍従豊策とともに国持大名五家が火消しに駆け付け、「是国持奉之始メトス」と記録された。そして、寛政六年正月十日、糀町より出火した火事で、永田町の上屋敷を全焼することになるのだが、この火事が江戸留守居役平島藤馬の小者久助の付火だという噂が広がった。長貴公は天下の動乱を待望され、この小者久助をして江戸市中の要所要所に火付けをさせ、ついにみずからの屋敷まで焼いてしまったというのである。あくまでも俗伝に過ぎないことだが、このような噂が立ちのぼるほど火事に関する記述には長貴公の強い意欲が感じられる。あるいは、目黒行人坂の大火の際、永田町の上屋敷、南八丁堀の中屋敷、青山長者丸の下屋敷の類焼を奇蹟的にまぬがれた丹羽藩に、長貴公陣頭の指揮による火消しの活躍があったのかもしれない。その活躍の姿が、江戸の救世主として、団十郎の富樫となるのであろう。松浦藩主静山公は、『甲子夜話』十九で、大名名家の特色を並べるなか、丹羽家には火消しを取りあげ、次のように記している。

火事の行列おし合図ありて、麾《き》のかわりに鞭を用ひ、拍子木ならし、隊伍の整《おさま》り候こと、中に見事に候。外の大名は、合図中合のケ条、鐘太鼓など為レ持、美々敷ことはさることなれども、法の如くまいり候はぬこと多く候。

これにかぎらず、事の整り候は法の善悪にもあらず。人の鍛錬にあることに極り候。

きらびやかな火事装束を身に纏い、馬に乗って江戸市中に繰り出す大名の火消しは戦国の遺風を伝えるものだが、その一方で、規制の対象ともなった。目黒行人坂の大火ののち、大名の騎馬での火元見、火事場見物が禁止され、火事見舞いは鎮火後とする達しが出た。明和六年の再令であった。目黒行人坂の大火のおりにも、自慢の火事羽織を着て、火の粉の舞いあがるなかを愛馬を馳せまわる国持の大名の姿が見られたのであろう。「長貴年譜」には、「二月二十九日江府大火　公城内ノ内桔梗御櫓幷御多門共炎上ニ付老中マテ呈書候問奉ル」とある。弱冠十七歳の若き大守長貴公も火のなかを駆け廻った、その一人であったのだろうか。英邁と称される、少年の客気は、充たされることなく内に籠り、やがては勤王の厚き志と結びついて天下の騒乱を望むようになる。その姿が、団十郎の富樫に重ね合わされた。弁慶と義経の君臣の情に感じ、すべてを腹の中に収めて関所の通行を許す姿は、のちに歌舞伎十八番の「勧進帳」の富樫に成長する。あるべき君臣の姿の美しさに賛嘆し、みずからの死を代償とする覚悟は、幕末の志士といわれた勤王の若者の精神に通じる。表向きは傾城に戯れ狂いつつも、その憐情が困難な現実を打開することになる。ストレートな市川流の力の表現が、深く静かに内包される。父海老蔵は、実悪を本役とする役者であった。実か悪かを深く秘めた行動は、暗くニヒルなテロリスト景清に大成された。その悪を実事に転じ、時流に流され浮かれ遊ぶふりをしつつも、心の奥深くに信ずる正義を確信する、孤独な男を演じきることになる。五代目は、団十郎の名で初めて「忠臣蔵」の大星由良助を演じる役者へと成長する。その沈黙が、やがて訪れる現実の春には見ることのできない、ひと足早い芝居の春にのみ起こる勇気という名の奇蹟を江戸の町にもたらすことになった。

長貴公は、みずからが富樫に見立てられたその時、二本松におり、領地巡見をおえたところであった。見ることのなかったであろう舞台の噂が、公にいかなる影響を与えたのであろうか。安永元年十二月、四品に叙せられ丹羽の家格である左京大夫に任ぜられた長貴公に、安永四年、老中より改名の伺書が出された。松平左京大夫頼淳が紀州家相続になり徳川左京大夫となるにおよび、先例の通り同名の諸侯に名改めを求めたものであった。この時、曾祖左京大夫尹重が、吉宗卿が紀州家相続で徳川左京大夫と改めた際、改名のお伺いがなかったという先例がありながらも、長貴公は再度の伺いで、名改めを受諾し、みずから望んで加賀守になった。「長貴年譜」に、その死は、「加州大守藤原長貴臨逝ス」と記された。異例の表記であった。丹羽家は、先祖長秀、長重親子が信長・秀吉に従った北国の雄で、それ故、二本松移住後も、若狭守・越前守を名乗る藩主はいたが、加賀守は長重以来の古い呼称の復活になる。芝居と現実の境界が朦朧となって、加賀守富樫左衛門が重ね合わされたのであろうか。初演より、一年四ケ月のちの選択であった。

江戸の義経

海老蔵には、後継者が二人いた。一番目を実子の団十郎が四役の奮闘で担えば、二番目は門弟の幸四郎が二役早替りで軸になった。海老蔵は、中村座の芝居茶屋和泉屋勘十郎の次男で初代松本幸四郎の養子となって二代目幸四郎を継いだ。二代目団十郎の娘聟であった関係で、宝暦四年十一月、早逝した三代目団十郎にかわり、四代目団十郎を襲名する。四十四歳であった。荒若衆を表芸とする団十郎としては異例の襲名になった。明和七年、還暦を迎えた海老蔵は、二代目の孫に当る実子に五代目を譲り、養家である松本幸四郎の名に戻った。その後事を托したのが門弟の高麗蔵で、この顔見世の前年、安永元年十一月の顔見世で四代目松本幸四郎が誕生した。この時、二代目団十郎の隠居名海老蔵を名乗ったのである。

江戸劇壇の親玉の御曹子として育った五代目団十郎に対し、四つ年嵩の四代目幸四郎は、数奇な生涯を生き抜いてきた。生れは京の山城で、父母に別れたのち宮川町の色子に売られたという。江戸の姉(または伯母)を頼りに下るが、芸道を止みがたく、高輪で茶屋を営む姉が跡取りにしようとする申し出を断って精進した経緯が『役者穿鑿論』に載せられている。役者としては、はじめ女形瀬川菊之丞門下となり、瀬川金吾、瀬川錦次を名乗ったあと、四代目団十郎に入門し、市川武十郎、染五郎、高麗蔵と出世魚のように名を変え、ついに四代目幸四郎となった。晩年、実子に五代目を譲り、男女川京十郎を名乗った。知る限りにおいても、七つの名を生き抜いてきた男であった。

五代目団十郎が富樫で丹羽公に見立てられたのと同じように、幸四郎は義経の役で、久保田(秋田)二十万五千八百石の城主佐竹義敦《よしあつ》公に見立てられた。丹羽公より八つ上の二十六歳の青年君主であった。義敦公も、長貴公と同じく十一歳で家督を継いだ英明な君主であった。癇癖の故か、二十八年間の治世のうち家老三十余人を御叱御免で解任した点も、長貴公に共通する性癖であった。丹羽家が北国の雄で、同じく北国の藤氏斎藤一族の富樫に見立てられたのに対し、佐竹家は八幡太郎義家の弟、新羅三郎義光を祖とする源家の弟の家筋であった。長貴公が加州大守藤原長貴の名乗りに固執すれば、義敦公も、源義敦の署名を好んで用いた。安永二年十一月、初演のとき、義敦公は江戸にいた。その一方で、江戸から平賀源内が招かれて、佐竹領内に入り、銅山開発の指導をするとともに、小野田直武に蘭画の手ほどきをしている。これが秋田蘭画の誕生となった。義敦公は、秋田蘭画を代表する画人となる。佐竹公は、狩野派の絵をよくする家柄でもあり、現在、千秋文庫に絵手本として集めた模写図が五百二十一点収められている。そのなかに「馬郎婦画讃添帖」がある。かつて東山殿が所持した一軸を借り受けて模写したものだが、絵手本というより、添えられた讃の分析をはじめ、馬郎婦観音という聞きなれぬ名に関する興味が優先しているようにも思われる一点である。書写年代等不明だが、『御摂勧進帳』で義敦公に見立てられた幸四郎の義経が、母常盤御前の守り本尊馬郎婦の観音を探し求める、その物語に影響されたものだとすると、ここにも芝居と現実の境界を踏み越えた若き大守がいた。

安永二年には、佐竹藩江戸邸の藩士で、のちに留守居役となる平沢平角が金錦佐恵流《きんきんさえる》の名で洒落本『当世風俗通』を出している。女郎買いの若者の当世風俗を解説したもので、挿絵は、同じく小島藩士でのちに留守居となる倉橋格こと恋川春町が筆を取った。安永四年には、春町の『金々先生栄花夢』が出板され、黄表紙の時代の幕が切って落とされる。平沢平角も朋誠堂喜三二の名で、春町とともに二人三脚で黄表紙を育ててゆく。狂歌では、春町が酒上不埒《さけのうえのふらち》、喜三二が手柄岡持《てがらのおかもち》を名乗った。若き幕臣大田南畝を頂点とする安永・天明の、もう一つの武士たちの姿がそこにあった。若き英明な藩主義敦公も、その一人であった。秋田叢書『見聞百物語』に、次のエピソードが伝わる。源通院こと義敦公二十七歳のときという。安永三年に当るのであろうか。平沢平角を連れ、お忍びで吉原に行った。途中、死人を葬場に運ぶ駕籠に出逢い、平角に「何ント一首有ルマイカ」と仰せられると、平角が「恋無常道ハ二ツ分レドモ　彼ハ死ニ行ク己ラモ仕ニ行ク」と答え、「君侯横手ヲ打テ出来タリト誉メナサレケルトナリ」と伝えられる(井上隆明『喜三二戯作本の研究』)。同じお忍びの吉原通いの姿でも、国家を憂え、辻斬り、放火にまでおよんだと噂された丹羽公の対極にある、若き国主大名の姿でもあった。それはそのまま、幸四郎が「何ノ役ニテモシヤレタガル」とされる一方で、団十郎が「何ノ役ニテモ白眼《にらみ》タガル」(『劇神僊話』)とされた両優の性格の相違となって表われている。団十郎は漢籍を学び、狂歌や俳諧にいそしみ、やがては向島に閑居し隠遁生活を送る。幸四郎は、同じ俳諧でも、「俳諧も御好そうで度々御見世で評物がござりまする。前此所の表茶屋で評物などはござらなんだが只今でも此高い屋斗の様に存じまする」(安永五年正月刊『役者通利句』)とある。芝居の表茶屋を貸り切って、点取りの評をつけた刷り物を配る派手な俳諧であった。十八大通の頭目、蔵前の文魚の後援を受け、茶の湯や鞠で大通仲間の交流をひろげる。二番目で、和泉三郎に扮した幸四郎が謡を謡い、仕舞いを舞い、三味線の秘曲を弾いて、一中節の浄るりを語る諸芸づくしを見せるのも、そのような大通との交流が生み出した幸四郎の個性であった。

五代目団十郎と幸四郎の性格の差は、安永七年、海老蔵没後、中村座の舞台で顕在化する。三日間にわたり、団十郎は幸四郎の悪工みを、観客に向かい口上のかたちで訴え退座する。その行動を江戸っ子が支持し、風来山人こと平賀源内は『飛だ噂の評』を出して団十郎にエールをおくる。その熱気が五代目を江戸の象徴として不動の位置に押しあげる。団十郎が孤高をきわめる一方で、空中分解した市川揃えの大一座を事実上幸四郎が掌握することになった。幸四郎の義経は、京の都を落ちのびる緊迫した旅の途中にあっても、可愛らしい女馬子の姿を見ると戯れに口説き始める。その一方で、討手と聞くと単身でも切り組まん勢いをみせる。自然な感情のままに自由に生きる姿に、多くの若者が共感し、みずからの命を賭して義経を守ることになる。君臣のあたたかな結び付きは、現実の社会の改革となって現われる可能性を示した。寛政の改革で、失脚した田沼にかわり登場した白河公松平定信に、幸四郎は見立てられる。寛政元年三月中村座の『荏柄天神利生鑑』の舞台であった。幸四郎は畠山重忠の役で登場し、長裃の紋に松平定信の梅鉢を付けた。舞台の上で幸四郎の重忠が駕籠から出ると「白河〳〵」の声が掛かり、その一方で、江戸城に登城する白河公が駕籠から出ると、供侍が「高麗屋〳〵」と声を掛けたという。高麗屋は、幸四郎の屋号であった。

当世男、洒落男と呼ばれた幸四郎と出逢って、その才能を開花させたのが狂言作者の桜田治助であった。桜田の登場は、それまでの劇場関係者ではない、武士や僧侶といった知識階級でもない、江戸の町人出身の作者の誕生を意味した。筆名の桜田は、桜田門に因んだもので、江戸生れの江戸っ子の主張が込められていた。

『狂言作者左交一代戯浄瑠璃記』（国会図書館蔵）という写本の序に次のような記述がある。

> 右治助義本石町一丁目河岸、炭薪商売何某之忰ニ而、幼年より芝居ヲ好、日々二丁町江入込居不得止事ヲ、親類共談、炭薪ヲ送候上州佐野江頼遣シ暫荷主方ニ而世話致、寺ニ而手習等為致置候所、兎角手習ハ不致、子供ニ芝居事ヲ為致候よし、或日荷主へ隠忍び荷舟へ乗、江戸へ帰り直ニ芝居へ入込、終ニ親の不興ヲ請、是より世話人有之、狂言作り書役ニ成居

芝居好きが高じて勘当になり、上州佐野に預けられるが、寺子屋では子供たちに芝居をやらせ、ついには荷舟に隠れて江戸に帰り、単身芝居の世界に飛び込んだ青年が、江戸っ子を主張し桜田を名乗るが、そのような自己主張が受け止められるまでに時間が必要となった。市村座の太夫元羽左衛門は、芝居の外から入って来た若者の名を覚えることができず「桃の木〳〵」と呼んだという。それから四半世紀、市川揃えの大一座の顔見世『御摂勧進帳』で大当りを取った桜田に対し、「きついもの〳〵もふどこへござつても急度立作《たてつくり》、桃の木〳〵とは申されませぬ」（安永三年正月刊『役者位弥満』）というエールが送られた。この年、桜田は不惑、四十歳を迎えていた。二十七歳年下の山東京伝が、十八歳で文芸界にデビューするのは、五年後、安永七年のことになる。筆名の山東は江戸城紅葉山の東、京橋の伝蔵

をもじって京伝と称した。文芸界における、江戸生れの江戸っ子の町人作者の誕生であった。ひと足さきに桜田を名乗った作者は、幸四郎に佐竹公を重ね合わせ、そこに江戸の義経を見ようとしたのだとおもう。

桜田治助は、大名題に続く小名題で、義経の四天王を江戸の町に見立てた。一番目が伊勢三郎義盛に因んで伊勢町。二番目が駿河次郎の駿河町。三番目が鈴木三郎の鈴木町。四番目が亀井六郎の亀井町。江戸の切絵図で見ると、堺町の中村座を中心に、北に亀井町、南に鈴木町、西に伊勢町と駿河町がある。桜田は、四天王を左右に一人ずつ、うしろに二人随えて登場する芝居の義経に堺町を見立てたのである。一番目から二番目のドラマは、義経に見立てられた江戸の中村座を扇の要として、西の京から北国を経て陸奥へと、ゆっくりと開かれる扇のように展開する。その先、けっして描かれることのない三番目、四番目を桜田の義経は見つめている。北の亀井町、南の鈴木町、西の伊勢町・駿河町を四天王に見立てると、中央にいる義経の目差しは東に向かう。桜田は、東国の遥かはて、蝦夷の国の義経を射程にとらえた。大名題のカタリは、義経社・弁慶崎を角書きに「神君蝦夷正月」と謳う。生き延びた義経が蝦夷に渡り、大王となったのち、オキクルミの神となったという伝説を踏まえて「神君《かみときみ》」とした。「神君」は同時に、江戸幕府の開祖、東照神君、徳川家康公を暗示することにもなった。

義経が蝦夷の地に渡ったとする入夷伝説は、江戸時代になって開花し、正徳二年刊『義経勲功記』で完成をみる。蝦夷地を支配した松前藩は、米の収穫のない無石の地ながらも、昆布・鰊・鮭などの特産で潤い、享保四年に一万石格の大名となった。ことに明和二年に家督を相続した八代君主道広公は江戸で評判の大名の一人で、吉原の遊女を妾にして本国に連れ帰っている。その弟頼定こと松前公子文京も江戸を代表する大通の一人で、吉原の遊女七代目の瀬川を落籍する。そのような派手な活動を支えたのが蝦夷地の特産品の数かずであった。それとともに、交易を求めるロシアの接近が盛んになり、安永・天明のころ、エカテリーナ二世の治世下には択捉《えとろふ》や国後《くなしり》島から東蝦夷の要港厚岸《あつけし》にまで姿を現わす。これが、天明初年の工藤平助著『赤蝦夷風説考』となり、老中田沼意次による蝦夷地探検へと発展をする。このような蝦夷に対する新しい情報が、逼塞する現実の江戸にはない、新しい可能性としての蝦夷の正月を桜田に設定させることになったのであろう。

その一方で、桜田は、北国から陸奥へと落ちのびてゆく東国の義経を、江戸町づくしの趣向で描こうとする。美濃の国鶏籠山の伝説にもとづく雌鶏の精を、三国の傾城として出現させ、富樫館に現われてくるのだが、その描く風俗は江戸の吉原であった。帆立貝の殻を小鍋の代りに使う簡単な手料理は、吉原の花魁がみずからの部屋で馴染の客にのみ見せる秘密の姿であった。二番目では、歴史通り平泉が場面となりながらも、元吉四郎女房のお冬が登場すると、そこに遠く離れた江戸時代の仙台の北目町が浮かび上がり、同じく描かれる風俗は、江戸の裏店の家主の姿であり、提重の地獄と呼ばれる安永の江戸に流行した私娼窟の話題となった。日本橋の四町が義経の四天王に見立てられるだけでなく、同じく日本橋の弁慶橋から古金買いの男が登場し、比丘尼横町から熊野比丘尼の女が徘徊する。首となっても踏むことのできなかった義経の物語を、江戸町づくしとして語ろうとする桜田の意図がそこにあった。義経が伊勢三郎を介して探し求める母常盤御前の守り本尊馬郎婦観音も、そのような江戸町づくしの構想から浮かび上がった趣向であった。

明和九年二月二十九日、目黒行人坂の大火ののち、三田の魚籃坂の魚籃観音の開帳があった。この観音は、江戸に入って生れた「魚籃観音者即馬郎婦也」(『寂照堂谷響続集』)の通り、魚籃観音に馬郎婦が習合したものであった。行人坂の大火で火災を免れた観音の開帳は、江戸の人々にどのようなかたちで受け取られたのであろうか。二年後、安永三年三月十八日に、再び魚籃観音の開帳が記録される（『武江年表』）。その間に、『御摂勧進帳』の大当りがあった。

魚籃観音の特色は、佐竹公の千秋文庫に残る模写図が足利将軍旧蔵の中世の馬郎婦であるのに対し、魚籃観音と習合した魚の籠を手に持つ賤女の姿となっている点にあった。その創建は、承応元年（一六五二）のことになる。武蔵忍十万石の城主阿部正敏公、大和郡山十五万石柳沢保光公の信仰を得るとともに、江戸南八丁堀の日傭吉助親子から、阿波の国の中島浦の舟乗りにいたるまで幅広い霊験を示した観音であった。魚籃寺蔵板の霊験記には、「殊に当尊は聖観光明の全体をわけて賤き婦女身を現して」いるため、その霊験が多方面におよぶと説く。上総の国桜井村の百姓八兵衛の妻その場合は、霊験を受けた翌年の五月十七日の夢ではじめて魚籃観音を知り、御礼の額を造って参詣する。魚籃観音を祈る前に利益があったことに対し「世の人祈るに利益の早きおそきは罪障の軽重と前世に仏縁を結び奉ると今世はじめて拝み奉るによるにや」としたところに信仰のひろがりが生れたのであろう。大火に焼け残った賤の女の観音を、母の形見に探し求める薄倖の貴公子の姿は、新しい江戸を生きぬく義経の誕生となった。

新 日本古典文学大系 96
江戸歌舞伎集

1997 年 11 月 20 日　第 1 刷発行
2025 年 1 月 10 日　オンデマンド版発行

校注者　古井戸秀夫《ふるいどひでお》　鳥越文蔵《とりごえぶんぞう》　和田《わだ》　修《おさむ》

発行者　坂本政謙

発行所　株式会社 岩波書店
〒101-8002 東京都千代田区一ツ橋 2-5-5
電話案内 03-5210-4000
https://www.iwanami.co.jp/

印刷／製本・法令印刷

ISBN 978-4-00-731520-6　　Printed in Japan